Titulaire d'un doctorat en ingénierie industrielle **Boyd Morrison** a notamment travaillé pour la NASA. Il vit à Seattle avec sa compagne. Traduites dans une dizaine de langues, les aventures de son héros Tyler Locke sont désormais lues dans le monde entier.

Du même auteur, chez Bragelonne Thriller :

L'Arche
Le Code Midas
L'Héritage du Loch Ness
La Conspiration de Roswell
La Vague

Chez Milady Thriller, en poche :

L'Arche

CE LIVRE EST ÉGALEMENT DISPONIBLE
AU FORMAT NUMÉRIQUE

www.milady.fr

Boyd Morrison

L'Arche

Traduit de l'anglais (États-Unis) par Vincent Basset

Bragelonne

Milady est un label des éditions Bragelonne

La collection Milady Thriller est dirigée par Lilas Seewald

Cet ouvrage a été précédemment publié en France par Bragelonne

Titre original : *The Ark*

ISBN : 978-2-8112-1686-3

Les citations bibliques présentes dans l'ouvrage suivent la traduction française de la deuxième édition de la Bible de Jérusalem, publiée en 1975 aux Éditions du Cerf.

Bragelonne – Milady
60-62, rue d'Hauteville – 75010 Paris

E-mail : info@milady.fr
Site Internet : www.milady.fr

Achevé d'imprimer en mai 2017
Par CPI France
N° d'impression : 3023218
Dépôt légal : avril 2016
Imprimé en France
81121686-2

À Randi, l'amour de ma vie.
Merci de croire en moi.

Remerciements

Écrire et publier un roman peut relever du véritable parcours du combattant, mais lorsque vous êtes entouré de gens formidables comme je le suis, l'épreuve s'avère bien plus aisée, et beaucoup plus amusante.

J'ai eu la chance que ma merveilleuse agente, Irene Goodman, ait décelé du potentiel dans ce que j'écrivais et qu'elle soit restée à mes côtés dans les mauvaises périodes. C'est la meilleure agente dont j'aurais pu rêver – et mieux encore.

Mes agents pour les droits internationaux, Danny Baror et sa fille Heather Baror, sont non seulement de remarquables professionnels mais aussi des personnes merveilleuses, et je suis fier qu'ils me représentent à travers le monde.

Je suis reconnaissant à Sulay Hernandez, ma fantastique éditrice de chez Touchstone, pour m'avoir donné une chance quand personne d'autre ne le faisait et pour m'avoir aidé à façonner le matériau brut de mon histoire en un véritable roman.

Merci à Stacy Creamer, David Falk, Marcia Burch, Kelly Bowen, Josh Karpf, Cherlynne Li, Ervin Serrano ainsi qu'à toute l'équipe de Touchstone pour avoir guidé le néophyte que j'étais à travers le processus d'édition d'un livre.

De nombreuses personnes ont apporté une contribution majeure au contenu de ce livre et méritent d'être remerciées. Mais je reste bien sûr responsable de toutes les erreurs, intentionnelles ou non, que pourrait contenir ce livre.

Je voudrais remercier le Dr Mark Eberhart, professeur de chimie et de géochimie à la Colorado School of Mines, pour son aide scientifique.
Merci à Gary Brugger pour ses éclairages sur le monde des ingénieurs-conseils.
Mon grand ami le chirurgien spécialisé en traumatologie Erik Van Eaton m'a généreusement fait profiter de ses connaissances médicales.
Mon frère, le lieutenant-colonel à la retraite Martin Westerfield, ancien pilote de l'Air Force, m'a fourni de précieuses informations sur les avions et les procédures de vol.
Ma sœur, le Dr Elizabeth Morrison, conservatrice des manuscrits médiévaux au musée J. Paul Getty, m'a offert de précieuses indications sur les manuscrits anciens, la traduction et les sites religieux.
Mon beau-père, le géologue Frank Moretti, m'a fait profiter de ses connaissances sur les processus géologiques et offert ses conseils sur la rédaction.
Susan Tunis, qui est mon amie depuis la toute première conférence ThrillerFest, m'a fait bénéficier de ses avis éclairés sur le manuscrit à ses débuts.
Quand j'ai d'abord publié à compte d'auteur une version électronique de ce roman, de nombreux lecteurs enthousiastes ont parié sur un écrivain inconnu et défendu mon travail. Sans leur réaction passionnée, ma vie serait totalement différente, et je voudrais donc dire ma reconnaissance à certains de mes tout premiers lecteurs : T.J. Zecca, Catherine Weatbrook, Leo Bricker, Charlie Roth, Gayla Timmerman, Gwyn Evans et S.J. Dunham. J'aimerais pouvoir citer tous ceux qui m'ont écrit et qui ont généreusement recommandé mon e-book aux autres.

Enfin, je n'aurais jamais pu parvenir au bout de ce roman sans le soutien sans faille de mon épouse, Randi. Elle a été mon roc, mon soutien, le cobaye de mes idées et ma meilleure lectrice. Nous n'avions aucune idée de ce que la vie nous réservait, mais nous savions que tant que nous marcherions main dans la main, ce serait une expérience fabuleuse et mémorable. Et nous avions raison. Ma vie à ses côtés est une aventure plus formidable que toutes celles que je pourrais écrire.

Prologue

Trois ans auparavant

Les jambes d'Hasad Arvadi refusaient de répondre. Il tenta de se traîner jusqu'au mur afin de s'y adosser pour attendre la mort, mais l'effort s'avéra impossible dans son état. Le sol de pierre était trop glissant et il n'avait plus aucune force dans les bras. Il laissa retomber sa tête sur le sol et resta allongé sur le dos, la respiration réduite à un râle, tandis que la vie le quittait peu à peu.

Il était mourant ; plus rien ne pouvait le sauver désormais. Cette salle où régnait une obscurité d'encre, dissimulée au reste du monde depuis des millénaires, allait devenir son tombeau.

La peur avait quitté Arvadi depuis longtemps déjà ; c'était de frustration qu'il pleurait. Il avait été si près d'atteindre le but de toute une vie de recherches – contempler l'arche de Noé de ses propres yeux –, mais cette chance lui avait été arrachée par trois pressions sur une détente. Les deux balles logées dans ses genoux rendaient tout déplacement impossible, et celle dans son ventre lui garantissait qu'il ne passerait pas les cinq prochaines minutes. Même si ces blessures le mettaient au supplice, ce n'était rien en comparaison de la douleur qu'il ressentait à savoir l'arche si proche et pourtant hors de sa portée.

L'atroce ironie de la situation lui était insupportable. Il avait enfin la preuve non seulement que l'arche avait bien existé, mais qu'il en subsistait des vestiges, attendant d'être découverts là où l'arche s'était échouée voilà six mille ans. Arvadi avait découvert la dernière pièce du puzzle dans un texte antique rédigé avant la naissance du Christ.

Nous avons eu tort tout ce temps, avait-il pensé en le lisant. *Nous nous sommes fourvoyés durant des milliers d'années. Et pour la simple raison que les gens qui ont dissimulé l'arche voulaient qu'il en soit ainsi.*

La révélation s'était accompagnée d'un tel sentiment de triomphe qu'Arvadi n'avait pas remarqué le pistolet pointé vers sa jambe avant qu'il soit trop tard. Puis tout était arrivé si vite. Le claquement des coups de feu ; les ordres aboyés exigeant de lui qu'il livre ses informations ; ses supplications pathétiques pour qu'on lui laisse la vie sauve ; les voix qui s'éloignaient et la lumière qui diminuait alors que ses meurtriers disparaissaient avec leur butin ; l'obscurité, enfin.

Agonisant, repensant à tout ce qui lui avait été enlevé, Arvadi se sentit bouillir de rage. Il ne pouvait pas les laisser s'en tirer comme ça. Quelqu'un finirait bien par retrouver son corps. Il devait raconter ce qui s'était passé ici, expliquer que l'emplacement de l'arche de Noé n'était pas le seul secret que cette chambre recélait.

Arvadi essuya ses doigts ensanglantés sur sa manche et sortit un carnet de la poche de sa veste. Ses mains tremblaient si fort qu'il le lâcha à deux reprises. Dans un effort surhumain, il ouvrit le calepin à l'aveuglette, en espérant tomber sur une page blanche. L'obscurité était si totale qu'il devait se fier entièrement à ce que ses mains lui disaient. Il sortit un stylo d'une autre poche et fit sauter le capuchon de son pouce. Le silence de la chambre fut rompu par le bruit du bouchon en plastique qui rebondissait sur le sol.

Arvadi posa le carnet sur sa poitrine et commença à écrire.

Il rédigea aisément la première ligne mais, en état de choc, il se sentit pris de vertiges. Le temps lui faisait défaut. La deuxième ligne fut autrement plus ardue à tracer. Le stylo devenait de plus en plus lourd entre ses doigts, comme s'il se transformait en plomb. Quand Arvadi arriva à la troisième ligne, il ne se rappelait déjà plus ce qu'il avait écrit précédemment. Il coucha deux mots supplémentaires sur le papier avant que le stylo lui glisse des doigts. Bouger les bras était au-dessus de ses forces, désormais.

Des larmes roulèrent sur ses tempes. Tandis qu'il perdait graduellement connaissance, trois pensées terribles lui traversèrent l'esprit.

Il ne reverrait plus jamais sa fille.

Ses meurtriers étaient désormais en possession d'un vestige dont la puissance défiait l'imagination.

Et il allait mourir sans avoir pu jeter ne serait-ce qu'un regard sur la plus grande découverte archéologique de tous les temps.

Hayden

Chapitre premier

De nos jours

Dilara Kenner se fraya un chemin à travers le terminal des vols internationaux de l'aéroport de Los Angeles, avec pour tout bagage un vieux sac à dos en toile. C'était un jeudi après-midi, et les voyageurs encombraient l'immense aérogare. Son vol en provenance du Pérou avait atterri à 13 h 30, mais elle avait mis quarante-cinq minutes à franchir les contrôles de la douane et de l'immigration. Elle était impatiente de retrouver Sam Watson, qui l'avait suppliée de revenir aux États-Unis deux jours auparavant.

Ami de longue date de son père, Sam était devenu avec le temps comme un oncle pour elle. Dilara avait été surprise de recevoir son coup de téléphone. Elle était restée en contact avec lui ces dernières années depuis que son père avait disparu sans laisser de traces, mais elle ne lui avait parlé qu'à une seule reprise au cours des six derniers mois. Lorsque Sam l'avait contactée sur son téléphone portable, Dilara se trouvait au Pérou pour superviser les fouilles d'une ruine inca dans les Andes. Sam avait semblé perturbé, effrayé même, mais il avait refusé d'expliquer la cause de son trouble, malgré tous les efforts de Dilara pour le faire parler. Il ne voulait qu'une chose : la voir en personne et le plus rapidement possible. Les exhortations empressées de Sam avaient fini par la convaincre de confier la direction des fouilles à un assistant le temps d'un aller-retour aux États-Unis.

Sam lui avait également demandé une chose qui laissait Dilara perplexe. Il lui avait fait promettre de ne raconter à personne pourquoi elle quittait le Pérou.

Sam était si impatient de la voir qu'ils s'étaient donné rendez-vous à l'aéroport, à l'aire de restauration située au premier étage du terminal. Dilara emprunta l'Escalator derrière un vacancier obèse qui arborait une chemise hawaïenne et un monstrueux coup de soleil. Il traînait derrière lui une valise à roulettes et bloquait le passage à Dilara. Quand elle voulut le dépasser, l'homme posa les yeux sur elle et la déshabilla des yeux sans la moindre retenue.

Dilara portait encore le short et le débardeur qu'elle mettait pour les fouilles et elle devint désagréablement consciente de l'attention de l'inconnu. Elle avait de longs cheveux noirs, une peau naturellement mate et une silhouette athlétique aux longues jambes qui lui valait les regards lubriques de ce genre d'individus.

Elle jeta à l'homme brûlé par le soleil un coup d'œil qui disait *dans tes rêves* puis lui adressa un « excusez-moi » avant de forcer le passage. Une fois en haut de l'Escalator, elle observa la gigantesque aire de restauration et finit par repérer Sam, assis à une petite table près du balcon.

La dernière fois qu'elle l'avait vu, il avait soixante et onze ans. Il en avait aujourd'hui soixante-douze, mais en paraissait quatre-vingts. Des touffes de cheveux blancs comme neige s'accrochaient encore à son crâne, mais les rides de son visage s'étaient creusées et il avait le teint cireux de quelqu'un qui manquait cruellement de sommeil.

Quand Sam aperçut Dilara, il se leva et lui fit un signe de la main. Un bref sourire éclaira son visage, le rajeunissant de dix ans. Dilara lui rendit son sourire et s'avança jusqu'à lui. Sam l'accueillit en l'étreignant avec force.

— Tu ne peux pas savoir combien je suis heureux de te voir, dit Sam en la tenant par les épaules face à lui. Tu es toujours la plus belle femme que j'aie jamais rencontrée. À l'exception peut-être de ta mère.

Dilara porta la main au médaillon autour de son cou, celui que son père avait toujours porté et qui contenait une photo de sa mère. L'espace d'un instant, le sourire de la jeune femme s'évanouit et son regard se perdit dans le vague, tout au souvenir de ses parents. Mais elle revint bien vite au présent et à Sam qui se tenait devant elle.

— Tu devrais me voir couverte de poussière et enfoncée jusqu'aux genoux dans la boue, répliqua Dilara avec son accent monotone du Midwest, cela te ferait changer d'avis.

— Un joyau couvert de boue n'en reste pas moins un joyau. Comment va le petit monde de l'archéologie ?

Ils s'assirent et Sam porta sa tasse de café à ses lèvres. Il avait eu la prévenance d'en commander une pour Dilara également, et elle avala une gorgée avant de répondre.

— Animé, comme d'habitude. Je dois partir pour le Mexique après ces fouilles. Quelques vecteurs intéressants de maladie datant d'avant la colonisation européenne.

— Voilà qui a l'air fascinant. Ils remonteraient aux Aztèques ?

Dilara ne répondit pas. Sa spécialité était l'archéobiologie, l'étude des vestiges biologiques des civilisations anciennes. Sam étant lui-même biochimiste, il partageait un intérêt pour le champ d'études de Dilara, mais ce n'était pas la raison pour laquelle il lui posait la question. Manifestement, il tergiversait.

Dilara se pencha en avant, prit la main de Sam dans la sienne et la serra dans un geste affectueux.

— Allez, Sam. Et si on s'épargnait les banalités ? Tu ne m'as pas demandé d'écourter mon séjour juste pour parler d'archéologie, n'est-ce pas ?

Il scruta nerveusement les gens autour d'eux, passant d'un visage à l'autre comme s'il voulait vérifier que personne ne les observait.

Dilara suivit son regard. Une famille japonaise avalait des hamburgers en souriant et en riant. Sur la droite, une femme d'affaires seule à une table écrivait sur son PDA tout en mangeant une salade. Bien que l'on soit au début du mois d'octobre et que la saison des vacances estivales soit terminée depuis longtemps, un groupe d'adolescents qui arboraient tous le même tee-shirt proclamant « Les jeunes avec Jésus » étaient assis à la table derrière eux, occupés à pianoter sur leurs téléphones portables.

— En fait, finit par dire Sam, c'est précisément d'archéologie que je voulais te parler.

— Vraiment ? Pourtant, quand je t'ai eu au téléphone, je ne t'avais jamais entendu si perturbé.

— C'est parce que j'ai quelque chose d'extrêmement important à te confier.

Sa mine défaite avait donc une signification. *Un cancer*, songea Dilara, la même maladie qui avait emporté sa mère vingt ans auparavant. Elle sentit sa respiration se bloquer.

— Oh ! mon Dieu ! Ne me dis pas que tu es malade ?

— Non, non, ma chérie. Je n'aurais pas dû te laisser t'inquiéter comme ça. À part un peu de bursite, je suis en parfaite santé.

Dilara soupira de soulagement.

— Non, poursuivit Sam. Je t'ai appelée parce que tu es la seule à qui je peux me fier. J'ai besoin de tes conseils.

La femme d'affaires à la table d'à côté prit son assiette de salade et se leva pour partir, mais son sac à main glissa de ses genoux et tomba à ses pieds, la faisant trébucher. Elle s'affala sur Sam, qui la rattrapa.

— Je suis navrée, s'excusa la femme qui avait un léger accent slave, tout en ramassant son sac à main. Je suis si maladroite.

— L'essentiel est que vous ne vous soyez pas fait mal, répondit Sam.

Elle baissa les yeux vers lui et prit un air navré.

— Oh non ! vous avez de la sauce de salade sur le bras. Laissez-moi arranger ça. (Elle sortit un mouchoir de son sac, le déplia et essuya l'avant-bras de Sam.) Heureusement que vous portiez des manches courtes.

— Ce n'est rien, vraiment.

— Bien, toutes mes excuses encore.

Elle sourit à Sam et Dilara et alla porter son assiette à la poubelle de la cafétéria.

— Toujours aussi galant, Sam, releva Dilara. Et à présent, dis-moi pourquoi tu as besoin de mes conseils.

Sam jeta de nouveau un regard alentour. Il plia les doigts, comme s'il était pris d'une crampe, avant de reporter son attention sur Dilara. Il hésita encore un instant, puis les mots jaillirent de sa bouche avec précipitation.

— Il y a trois jours, j'ai fait une découverte étonnante au travail. Quelque chose en rapport avec Hasad.

Le cœur de Dilara tressaillit à la mention de son père, Hasad Arvadi, et elle serra les mains sur ses cuisses dans l'espoir de contrôler l'anxiété qui l'envahissait chaque fois qu'elle pensait à lui. Il avait disparu sans laisser de traces voilà trois ans, et depuis Dilara avait passé tout son temps libre à essayer de découvrir ce qui avait pu lui arriver, en vain. Pour autant qu'elle sache, son père n'avait jamais mis les pieds dans la société pharmaceutique où Sam travaillait.

— Comment ça ? Je ne comprends pas… tu as trouvé quelque chose à ton travail à propos de la disparition de mon père ?

— J'ai passé une journée entière à me demander si je devais te parler de cela. Je veux dire : si je devais t'impliquer ou non. J'avais l'intention d'aller trouver la police, mais je n'ai encore aucune preuve ; elle risquerait de ne pas me croire et bientôt il sera trop tard. Mais je savais que toi tu me croirais et j'ai besoin de ton avis. Tout a commencé vendredi dernier.

— Il y a huit jours ?

Sam acquiesça et se massa le front.

— Tu as mal à la tête ? lui demanda Dilara. Tu veux une aspirine ?

— Je vais bien. Dilara, ce qu'ils prévoient de faire va tuer des millions de gens, des milliards peut-être.

— Des milliards de gens ? répéta-t-elle avec un sourire. (Sam se moquait sans doute d'elle.) Tu essaies de me faire marcher, c'est ça ?

Il secoua la tête avec gravité.

— J'aimerais que ce soit le cas.

Dilara scruta son visage pour voir s'il plaisantait, mais elle n'y lut que de l'inquiétude. Après un instant, le sourire de la jeune femme s'effaça. Sam avait vraiment l'air sérieux.

— D'accord, dit-elle lentement. Tu ne plaisantes pas. Mais je ne comprends toujours pas. Une preuve de quoi ? Et qui sont ces « ils » ? Et pourquoi cela aurait-il un rapport avec mon père ?

— Il l'a trouvée, Dilara, dit Sam en baissant la voix. Il l'a vraiment trouvée.

Dilara savait de quoi Sam voulait parler rien qu'à l'intonation de sa voix. L'arche de Noé. La quête qui avait obsédé son père sa vie entière. Elle secoua la tête, incrédule.

— Tu veux dire : le véritable navire sur lequel… (Elle s'interrompit. La pâleur de Sam s'était accentuée.) Sam, tu es sûr que tu vas bien ? Tu es blanc comme un linge.

Sam porta la main à sa poitrine et son visage se déforma en un masque de souffrance. Il se plia en deux sur son siège et s'effondra au sol.

— Mon Dieu ! Sam !

Dilara repoussa sa chaise et se précipita vers lui. Elle l'aida à s'allonger sur le dos et se tourna vers les adolescents avec leurs téléphones portables.

— Appelez les secours ! leur hurla-t-elle.

Les jeunes restèrent un instant interdits devant la scène, puis l'un d'eux se mit à composer frénétiquement le numéro des secours sur son téléphone.

— Dilara, va-t'en ! coassa le vieil homme.

— Sam, reste tranquille, lui dit-elle en s'efforçant de garder son calme. Tu fais une crise cardiaque.

— Ce n'est pas une crise cardiaque… la femme qui a fait tomber son sac… son mouchoir… poison…

Du poison ? Sam était déjà en train de délirer.

— Sam…

— Non ! l'interrompit-il d'une voix faible. Tu dois partir… ou ils te tueront toi aussi. Ils ont assassiné ton père.

Dilara le dévisagea, abasourdie. Au fond d'elle-même, elle avait toujours craint que son père soit mort, mais elle s'était refusée à perdre espoir. Mais à présent… Sam savait. Il savait ce qui était arrivé à son père ! C'était pour cela qu'il l'avait fait venir.

Elle ouvrit la bouche pour parler, mais il lui agrippa le bras.

— Écoute ! Tyler Locke. Gordian Engineering. Va lui demander… son aide. Il connaît… Coleman.

Sam était obligé de reprendre son souffle tous les deux ou trois mots.

— Les recherches de ton père… ont déclenché tout ça. Tu dois… retrouver l'arche. (Ses paroles se firent de plus en plus décousues.) Hayden… projet… oasis… nouvelle… genèse…

— Sam, je t'en prie…

Cela ne pouvait pas arriver. Pas maintenant. Pas quand elle avait enfin une chance d'obtenir des réponses !

— Je suis désolé, Dilara…

— Qui sont-ils, Sam ? (Dilara le vit qui sombrait dans l'inconscience et elle le saisit par les avant-bras.) Qui a tué mon père ?

Sam remua les lèvres, mais ne dit plus rien. Il respira encore une fois, puis se figea.

Dilara se mit à lui faire du bouche-à-bouche et un massage cardiaque jusqu'à ce que les ambulanciers arrivent et prennent le relais. Elle resta près d'eux, à pleurer en silence pendant qu'ils tentaient de réanimer Sam, en vain. Ils prononcèrent son décès sur les lieux. Dilara dut faire une déposition auprès de la police de l'aéroport, au cours de laquelle elle mentionna les étranges allégations de Sam, mais il semblait tellement évident que ce dernier avait été victime d'une crise cardiaque que l'inspecteur mit cela sur le compte du délire d'un homme à l'agonie.

Dilara récupéra ensuite son sac à dos et rejoignit comme dans un brouillard la navette qui la déposerait à sa voiture garée dans le parking longue durée. Sam avait été comme un oncle pour elle, la seule famille qui lui restait, et il était mort lui aussi.

Dilara prit place dans le bus tandis que les paroles de Sam ne cessaient de résonner à ses oreilles. Devait-elle prendre au sérieux l'avertissement de son ami, ou n'étaient-ce là que les affabulations d'un vieil homme sénile ? Dilara l'ignorait.

Mais il n'y avait qu'une seule façon de vérifier si l'histoire de Sam recélait la moindre parcelle de vérité.

Elle devait trouver Tyler Locke.

CHAPITRE 2

Tandis que sa limousine Hummer s'avançait jusqu'à l'avion bleu électrique garé devant la passerelle du terminal des vols privés, à l'aéroport Bob Hope de Burbank, Rex Hayden prit une autre gorgée de bloody mary en espérant que cela l'aiderait à surmonter sa douloureuse gueule de bois. Il avait fait la fête toute la nuit suivant l'avant-première de son nouveau film, ce vendredi. Il payait à présent le prix pour une nuit passée en compagnie de deux filles et trois bouteilles de Cristal. Même à travers ses lunettes de soleil, la lumière matinale le faisait grimacer. Dieu merci, l'aéroport de Burbank permettait à des célébrités comme lui d'éviter toutes ces conneries de contrôles de sécurité.

Sydney serait la première étape de son tour d'Asie afin de promouvoir son dernier film d'action. Son jet privé Boeing customisé n'avait pas une autonomie suffisante pour gagner l'Australie d'une seule traite, aussi feraient-ils escale à Honolulu. Mais passer du temps dans cet avion n'avait rien d'une épreuve. Rex avait acheté ce 737 modifié parce que c'était ce qui existait de plus luxueux avec des ailes. Une chambre à coucher privée, une cuisine équipée, des robinets plaqués or, assez de place pour embarquer tous ses potes, et deux hôtesses de l'air sexy en diable qu'il avait lui-même recrutées. Cet avion était un hôtel volant ; il coûtait cinquante millions de dollars, mais après tout, Rex le méritait bien, non ? À trente ans, il était déjà l'un des plus célèbres acteurs de la planète. Son dernier film avait rapporté plus d'un milliard de dollars dans le monde entier.

Hayden finit son verre d'un trait et s'extirpa de la limousine d'un pas mal assuré, suivi par sa petite cour. Billy et J-Man étaient en pleine conversation sur leurs téléphones portables, tandis que Fitz s'occupait des bagages. Trois autres voitures s'arrêtèrent derrière la limousine, d'où émergea la petite armée de gens qui s'occupaient de sa carrière : il y avait là son agent, son manager, son responsable des relations publiques, son coach personnel, son nutritionniste, et une dizaine d'autres personnes encore. Voyager avec un entourage si conséquent justifiait le besoin d'un avion privé, et le plus beau était que son contrat spécifiait que le studio devait lui rembourser les frais de vol durant la tournée de promotion.

— Rex, tu veux garder certains bagages dans l'avion, ou je les mets tous dans la soute ? demanda Fitz.

Hayden n'était pas d'humeur à supporter les questions stupides de Fitz. Sa gueule de bois ne s'arrangeait pas et la bile lui brûlait la gorge. Il n'allait quand même pas se mettre à vomir sur le tarmac, devant tout le monde. Bon sang ! il avait besoin d'une bonne dose de caféine.

— Bordel, Fitz, des fois je me demande à quoi tu me sers ! cracha-t-il. Mon frère a peut-être raison à ton propos. J'en ai marre de devoir prendre les décisions pour toi. Contente-toi de monter tout ça à bord.

Fitz acquiesça immédiatement et Hayden lut la peur sur son visage. *Bien. La prochaine fois, il se contentera peut-être de faire son boulot et de la fermer.*

— OK, tu l'as entendu, dit Fitz en s'adressant au chauffeur. Et assure-toi que tous les bagages soient bien embarqués. Si jamais il en manque un, tu ne pourras même plus trouver de boulot comme chauffeur de corbillard.

—Oui, monsieur, répondit docilement le chauffeur avant de commencer à passer les valises au bagagiste de l'aéroport.

Hayden grimpa la passerelle et demanda à Mandy, l'une des hôtesses, de lui servir un café. Billy, J-Man et Fitz s'assirent en silence autour de lui tandis que le reste des passagers prenaient place à l'avant de l'appareil. Hayden s'affala dans un des fauteuils inclinables garnis d'agnelin et regarda par la fenêtre la limousine qui s'éloignait. Il pressa le bouton qui le mettait en contact avec le cockpit.

—George, on peut y aller.

—*Aloha*, monsieur Hayden, répondit le pilote. Il vous tarde de revoir les îles ?

—Je n'ai pas l'intention de sortir de l'avion à Honolulu, répliqua Hayden, alors épargne-moi ces foutaises. Fichons le camp d'ici.

—Oui, monsieur.

Mandy ferma la porte de l'avion. Les réacteurs se mirent à gronder et le 737 roula jusqu'à la piste.

La caféine commença à faire effet et la migraine de Hayden reflua. Il se sentait mieux, et en posant les yeux sur Mandy il se dit qu'il savait exactement comment mettre à profit sa chambre privée pour les quinze prochaines heures.

Dès qu'il fut sorti du parking du terminal des vols privés, Dan Cutter arrêta le Hummer le long du trottoir de Sherman Way et abandonna sa casquette de chauffeur sur le siège passager. Il sortit de la voiture et ouvrit le capot pour donner l'impression qu'il était en panne. Puis il revint s'asseoir sur le siège conducteur et alluma le scanner radio pour écouter les communications de la tour de contrôle avec le 737 au décollage.

Placer la valise dans l'avion s'était avéré plus facile qu'il ne l'avait pensé. Cutter savait que la compagnie Crestwood

Limos était la préférée de Hayden ; il n'avait eu qu'à les appeler pour annuler la réservation faite par l'acteur et se présenter avec sa voiture à la place.

Il connaissait bien ce genre de célébrités. Elles ne prêtaient jamais attention aux membres du personnel, ne demandaient jamais leur nom. Hayden avait simplement supposé que Cutter était bien son chauffeur et l'avait laissé s'occuper des bagages, sans remarquer qu'il ajoutait une valise aux autres durant l'embarquement. Quand ce Fitz avait osé le menacer, Cutter avait envisagé un instant de briser la nuque de ce ver de terre, simplement pour lui montrer qui il était vraiment. Mais il s'était rappelé sa mission, la vision du Guide des croyants, et tout ce qu'ils avaient accompli ces trois dernières années. S'assurer que la valise soit embarquée dans l'avion était bien plus important.

C'était l'idée de Cutter de tester l'engin sur l'avion de Hayden. Un vol longue distance au-dessus de l'océan était exactement ce qu'il leur fallait. L'épave s'abîmerait par cinq mille mètres de fond et serait impossible à renflouer, même si elle était retrouvée. Et l'élimination de Hayden viendrait en bonus. Depuis des mois ce dernier posait des problèmes, à attirer une attention indésirable sur la cause. Le crash de l'avion de l'une des plus grandes stars internationales déclencherait une véritable frénésie médiatique qui offrirait une parfaite diversion.

Tester l'engin sur un vol commercial aurait été bien plus risqué. Il aurait fallu l'embarquer dans un bagage enregistré, et trop de choses risquaient de mal tourner. L'engin pouvait être découvert, ou simplement ne pas être chargé dans l'avion pour une raison ou une autre, ou encore être embarqué par erreur sur un autre vol. Sans parler du fait que celui qui aurait enregistré le bagage aurait dû monter dans l'avion avec lui ; pour des raisons de sécurité, les compagnies aériennes retiraient des soutes les bagages des passagers qui n'étaient pas à bord. Avec l'avion de Hayden, Cutter avait pu assister lui-même au chargement de la valise dans la soute et surveiller le décollage de là, bien à l'abri sur le plancher des vaches.

La tour de contrôle donna l'autorisation au 737 de Hayden de gagner la piste. L'horaire était parfaitement respecté ; Cutter savait qu'il en serait ainsi. Dans le cas contraire, Hayden serait devenu fou furieux. Les gars dans son genre pensaient que le monde tournait autour d'eux.

Le moment était venu. Cutter ouvrit son téléphone portable et parcourut le carnet d'adresses jusqu'à trouver l'entrée qu'il avait enregistrée sous le nom « Nouveau Monde ». Il appuya sur le bouton vert d'appel. Après trois sonneries, il entendit le « clic » de l'autre téléphone qui prenait la ligne. Une série de trois bips l'informa que l'engin dans la soute du jet de Hayden était activé. Il raccrocha et remit le téléphone dans sa poche.

Le 737 vint se placer en bout de piste. Cutter écouta le scanner, attendant que la tour donne au jet privé la permission de décoller.

— Tour de Burbank à vol N-348 Zoulou. Restez en position et attendez d'autres instructions.

— Bien reçu, contrôle. Quel est le problème ?

— On a une flaque de carburant sur la piste, due à une fuite sur un camion.

— Ça va être long ? Mon boss ne va pas apprécier si ça dure.

— Je ne sais pas pour le moment.

— Faut-il que je retourne à l'aire d'embarquement ?

— Pas encore. Je vous tiens informé.

— Reçu.

Cutter contempla le 737 arrêté en bout de piste avec horreur, se mordant les doigts d'avoir activé l'engin avant que l'avion ait reçu la permission de décoller. Si le retard se prolongeait trop, cela pouvait tourner au désastre. À présent que l'appareil était enclenché, il n'y avait aucun moyen de l'arrêter ; le processus avait déjà commencé. Si l'avion revenait à l'aire d'embarquement, il faudrait que Cutter trouve un moyen de récupérer la valise. Cela s'avérerait très compliqué, sans parler du danger. L'engin était déjà mortel pour celui qui s'en approcherait. Cutter n'avait plus aucun moyen de changer la situation. Il fit donc la seule chose qui lui restait à faire : il pria.

Cutter se pencha sur le volant, les yeux fermés, les mains jointes, et pria de tout son cœur pour le succès de sa mission. Dieu ne pouvait pas l'abandonner. Sa foi serait la plus forte.

Sa vie durant, Cutter avait su qu'il était destiné à servir une cause supérieure. Il était prêt, comme tous ses frères, à donner sa vie pour la voir triompher. Ce n'avait été qu'après l'armée, où il avait acquis les compétences nécessaires à l'accomplissement du plan de Dieu, que cette cause supérieure avait fini par se présenter à lui, et Cutter y avait adhéré sans réserve. Les actes qu'il avait commis pour assurer un avenir meilleur à l'humanité pouvaient sembler infâmes à ceux qui n'avaient pas la foi, mais son âme était pure. L'objectif final était tout ce qui importait.

Cet objectif semblait à présent compromis, mais Cutter n'avait pas de doutes. C'était un croyant fervent ; ses prières seraient entendues.

Après quarante minutes d'attente, le miracle se produisit. La radio revint à la vie en grésillant.

— Tour de Burbank à vol N-348 Zoulou. La flaque de carburant a été nettoyée. Vous avez l'autorisation de décoller.

— Merci, contrôle. Vous venez de sauver mon job.

— Pas de problème, George. Bon séjour à Sydney.

Deux minutes plus tard, l'avion fonçait sur la piste dans le rugissement des réacteurs. Cutter regarda le 737 s'élever au-dessus des montagnes et tourner vers l'ouest, puis il alla refermer le capot et revint se mettre au volant du Hummer. Pour la première fois de la journée, il avait le sourire.

Dieu était avec lui.

Chapitre 3

Le vent balaya l'hélistation de la plate-forme pétrolière *Scotia Un*, s'engouffrant dans la manche à air qui pointa fermement vers l'est. Située à deux cent cinquante kilomètres au large de Terre-Neuve, la zone des Grands Bancs était mondialement réputée pour son mauvais temps ; c'était à peine si l'on y parlait de tempête quand les vents atteignaient cinquante kilomètres à l'heure et que les vagues formaient des creux de cinq mètres. Un jour comme les autres, en somme. Tyler Locke était curieux de découvrir celle qui était prête à braver ces conditions pour le rencontrer.

Tyler s'accouda à la rambarde et scruta le ciel à la recherche de l'hélicoptère de transport Sikorsky qui devait arriver d'une minute à l'autre. Aucun signe de lui pour le moment. Tyler referma en frissonnant la fermeture Éclair de son blouson et respira l'odeur salée des embruns à laquelle se mêlait la puanteur du pétrole brut qui imprégnait la plate-forme.

Il n'avait eu pour ainsi dire aucun répit depuis son arrivée six jours auparavant et il appréciait ce moment de calme, à contempler l'immensité de l'océan Atlantique. Il n'avait besoin que de quelques minutes pour se ressourcer ; il n'était pas du genre à rester devant la télé toute la journée à regarder des films. Il aimait s'immerger complètement dans un projet et travailler sans interruption jusqu'à ce que le problème soit résolu. Ce besoin de rester toujours occupé lui avait été inculqué par son père. C'était une chose que sa femme Karen n'avait jamais pu changer en lui. « L'année prochaine, lui avait-il toujours promis. L'année prochaine, je lèverai le pied. »

Perdu dans ses pensées, à nouveau envahi par ce sentiment familier de regret, il tendit machinalement la main pour toucher son alliance. Quand il sentit la peau nue sous ses doigts, il baissa soudain les yeux en se rappelant qu'il ne portait plus son alliance. Il écarta les mains d'un geste vif et se retourna pour voir un des membres de l'équipe responsable des atterrissages, un petit homme sec du nom d'Al Dietz, qui s'avançait vers lui. Avec son mètre quatre-vingt-dix et sa solide carrure – il dépassait les cent kilos la dernière fois qu'il s'était pesé – Tyler dominait largement l'employé de la plate-forme.

— Salut, Tyler, cria Dietz par-dessus le hurlement du vent. Vous êtes venu voir atterrir l'hélico ?

— Salut, Al. J'attends quelqu'un. Vous savez si Dilara Kenner est bien à bord ?

Dietz secoua la tête.

— Aucune idée, désolé. Tout ce que je sais c'est qu'il y a cinq passagers aujourd'hui. Vous pouvez attendre à l'intérieur si vous voulez, et je vous amènerai votre visiteuse dès qu'elle aura atterri.

— Je préfère rester là. Mon précédent boulot était un effondrement de mine dans l'ouest de la Virginie. Après une semaine à respirer de la poussière de charbon dans un tunnel où il faisait au moins quarante degrés, ça ne me dérange pas d'être au grand air. En plus, elle a fait l'effort de venir jusqu'ici pour me rencontrer, je peux bien lui rendre la politesse en l'accueillant en personne.

— L'hélico sera là d'ici à une minute. Vous savez, si elle n'a pas pris ce vol, elle va devoir attendre. On va être coupés du monde pour au moins les prochaines vingt-quatre heures.

Dietz le salua de la main et le quitta pour aller préparer l'atterrissage.

Tyler savait de quoi Dietz parlait ; lui aussi avait consulté les prévisions météo. Le vent devait tomber d'ici aux prochaines heures et laisser place à de la brume, qui rendrait tout atterrissage impossible tant qu'elle ne se serait pas levée. Il observa la formation nuageuse qui se rapprochait à l'ouest et, juste au-dessous, à environ quatre milles nautiques, un yacht qui fendait lentement les flots. Le navire blanc devait faire au moins vingt-cinq mètres de long ; c'était une vraie merveille, sans doute un Lürssen ou un Westport. Qu'est-ce qu'un yacht pareil pouvait bien faire au milieu des Grands Bancs, Tyler se le demandait, mais en tout cas il ne semblait pas se presser.

Tyler ne savait pas non plus pourquoi une archéologue était à ce point désireuse de le rencontrer qu'elle se risquait à faire le trajet jusqu'à la plate-forme. Elle avait harcelé d'appels téléphoniques le siège de la Gordian au cours des derniers jours et Tyler avait profité d'une pause pour la rappeler. Tout ce qu'il avait pu apprendre d'elle était qu'elle enseignait à l'université de Californie et qu'elle devait le rencontrer sur-le-champ.

Quand il lui avait expliqué qu'il repartait directement de *Scotia Un* pour une mission en Norvège, elle avait insisté pour le voir avant son départ. Il lui avait répondu sur le ton de la plaisanterie que le seul moyen serait qu'elle monte dans l'hélicoptère qui faisait la navette avec la plate-forme. À sa surprise, elle avait sauté sur l'occasion, sans même rechigner à payer le prix exorbitant du trajet de deux heures en hélicoptère. Lorsqu'il lui avait demandé pourquoi, elle s'était contentée de répondre qu'il s'agissait d'une question de vie ou de mort. Elle semblait tout à fait résolue. C'était au final le genre de distraction mystérieuse susceptible de pimenter un peu une mission qui ne présentait autrement qu'un intérêt limité, aussi Tyler avait-il cédé et négocié avec le responsable de la plate-forme pour qu'il autorise Dilara Kenner à lui rendre visite.

Afin de s'assurer que l'inconnue ne le menait pas en bateau, Tyler avait consulté ses références sur le site Internet de l'université de Californie et trouvé une photographie d'une belle jeune femme aux cheveux ébène, qui devait avoir dans les trente-cinq ans. Elle avait des pommettes hautes, de magnifiques yeux marron et un sourire très naturel. Elle dégageait sur cette photo une impression d'intelligence et de compétence. Il avait fait l'erreur de la montrer à Grant Westfield, son meilleur ami qui était également l'expert en ingénierie électrique sur cette mission. Grant avait immédiatement fait quelques suggestions graveleuses sur les raisons pour lesquelles Tyler devait accepter de la rencontrer. Ce dernier n'avait pas répondu, mais il devait bien admettre que la photo de Dilara n'avait fait que renforcer sa curiosité.

Dietz, qui s'était muni de deux torches électriques équipées de cônes de signalisation rouges, revint près de Tyler. Il désigna le ciel au-dessus du bord opposé de la plate-forme d'atterrissage.

— Le voilà, dit Dietz. Pile à l'heure.

Sur la toile grise chargée de nuages, Tyler distingua dans le lointain un point qui grossissait rapidement. Quelques instants plus tard, il perçut le grondement sourd des pales de l'hélicoptère entre deux rafales de vent. Le point prit progressivement la forme reconnaissable d'un hélicoptère Sikorsky, un modèle capable d'embarquer dix-neuf passagers et qui était couramment utilisé sur les gisements pétrolifères de Terre-Neuve.

Tyler ne doutait pas que Dilara Kenner fût à bord. Lors de leur conversation téléphonique, elle lui avait fait clairement comprendre qu'elle ne manquerait le vol pour rien au monde. La détermination et la fermeté qu'il avait perçues dans sa voix lui laissaient penser qu'il s'agissait d'une femme de caractère.

À un kilomètre de la plate-forme, l'hélicoptère commença à ralentir pour effectuer sa descente quand soudain un panache de fumée s'éleva du turbomoteur droit au sommet de l'appareil.

— Qu'est-ce que… ? commença Tyler, avant de comprendre, horrifié, ce qui se passait.

Un frisson lui remonta le long de l'échine.

— Vous avez vu ça ? s'exclama Dietz d'une voix qui était montée d'une octave.

Avant que Tyler puisse répondre, une explosion éventra le turbomoteur, projetant des débris métalliques dans le rotor de queue.

— Bordel de merde ! s'exclama Dietz.

Tyler s'était déjà mis à courir.

— Ils tombent ! hurla-t-il. Venez !

Tyler traversa la zone d'atterrissage à toute allure, Dietz sur ses talons. Comme un coup de tonnerre suivant un éclair lointain, le bruit de la déflagration leur parvint après plusieurs secondes. Alors que Tyler franchissait l'immense « H » marquant le centre de la zone d'atterrissage, il leva les yeux vers le Sikorsky en perdition.

Deux pales du rotor arrière étaient déchiquetées et les autres se brisèrent en venant frapper la queue de l'hélicoptère. La puissante force centrifuge du rotor principal fit tournoyer l'hélicoptère comme une toupie.

Le cerveau de Tyler lui hurlait de faire quelque chose, mais il était totalement impuissant. Il s'arrêta au bord de la plate-forme d'atterrissage dans une glissade ; il avait désormais une vue dégagée sur le drame. Dietz arriva près de lui, le souffle court.

Le Sikorsky ne plongea pas directement dans l'océan mais descendit vers les flots en tournant sur lui-même. Seul un pilote expérimenté était capable de contrôler un hélicoptère si gravement endommagé.

Il restait un espoir. Si le Sikorsky ne percutait pas la surface trop brutalement, les passagers auraient peut-être une chance d'en sortir vivants.

— Ils sont foutus, souffla Dietz.

— Non, ils vont s'en sortir, répliqua Tyler, mais sa voix manquait de conviction.

L'hélicoptère continua à avancer sur plusieurs dizaines de mètres tout en perdant de l'altitude, avant de tomber comme une pierre. Il s'inclina juste au moment de percuter la surface et les pales du rotor principal frappèrent l'eau comme les lames d'un batteur de cuisine avant d'être arrachées. Le Sikorsky se coucha à la surface des eaux sur le flanc droit.

— Ils sont piégés à l'intérieur ! cria Dietz.

— Allez, lança Tyler en imaginant le visage souriant de Dilara Kenner. (Il serrait tellement les mâchoires que ses dents grincèrent.) Allez ! Sortez de là !

Comme en réponse à ses encouragements, il vit la porte de l'hélicoptère s'ouvrir alors que l'appareil s'enfonçait rapidement sous les eaux. Quatre personnes en combinaison de survie jaune fluorescent s'extirpèrent de l'hélicoptère et sautèrent à la mer. Seulement quatre.

— Où sont les autres ? demanda Dietz en pointant ses lampes torches vers l'hélicoptère.

— Sortez de là ! hurla Tyler, même s'ils ne pouvaient pas l'entendre.

Le nez du Sikorsky disparut sous la surface et les vagues vinrent s'écraser sur la carlingue. L'eau s'engouffra par la porte ouverte, puis la queue de l'hélicoptère pointa vers le ciel avant de disparaître sous les flots.

Tyler continua à scruter l'endroit où l'hélicoptère venait de couler. Chaque seconde qui passait sans signe des autres passagers lui sembla durer une éternité.

Puis, alors qu'il paraissait impossible que d'autres rescapés rejoignent encore la surface, trois silhouettes surgirent soudain au milieu des vagues. Sept survivants. Il y avait cinq passagers et deux pilotes ; ils s'en étaient tous sortis.

— Oui ! s'exclama Tyler, avant de taper dans la main que lui tendit Dietz, qui souriait de toutes ses dents.

— Vous avez une sacrée veine de cocus ! hurla Dietz en direction des rescapés ballottés par les vagues.

Tyler secoua la tête, abasourdi par leur bonne fortune. En Iraq, il avait eu l'occasion de voir les résultats de deux crashs d'hélicoptère, où il n'y avait eu aucun survivant. Mais pour les passagers du Sikorsky, il restait une chance.

— L'eau doit être glacée, dit-il. Ils ne vont pas tenir longtemps, même avec leurs combinaisons de survie.

Le sourire de Dietz s'évanouit.

— Je suis sûr que Finn est déjà au téléphone avec les garde-côtes…

— Ils sont trop loin, l'interrompit Tyler. Sans parler de la brume.

— Dans ce cas comment nous allons les sortir de là ? s'interrogea Dietz. Vous voulez dire qu'après avoir survécu au crash, ils vont mourir de froid dans l'eau ?

— Pas si je peux l'empêcher.

Tyler savait qu'il était le seul expert en catastrophe aérienne sur *Scotia Un*. Il devait convaincre le directeur de la plate-forme, Roger Finn, de ne pas se contenter d'attendre l'arrivée de l'hélicoptère des gardes-côtes. Cela risquait d'être délicat, car Tyler avait été engagé directement par la compagnie propriétaire de la plate-forme et Finn ne tolérait qu'à grand-peine sa présence.

— Gardez un œil sur eux, ordonna Tyler à Dietz avant de retraverser au pas de course l'hélistation en direction de l'escalier.

— Où allez-vous ? l'interpella Dietz.

— À la salle de contrôle !

Alors qu'il dévalait l'escalier, Tyler hésita un instant en se demandant s'il devait vraiment s'impliquer. Son instinct le poussait à agir, mais personne n'attendait de lui qu'il se charge d'organiser les secours. Ce n'était pas sa responsabilité. Le personnel de la plate-forme pétrolière et les gardes-côtes se chargeraient de cette mission.

Mais Tyler songea à ce qui se passerait s'il se trompait. Sept personnes luttaient pour leur vie et parmi elles Dilara Kenner, qu'il avait personnellement invitée à venir sur la plate-forme. Si les passagers de l'hélicoptère mouraient sans qu'il ait fait tout son possible pour leur venir en aide, il porterait leur mort comme un fardeau, même si personne d'autre ne venait lui reprocher sa passivité. Il devrait affronter de nouveau des mois d'insomnie à ressasser tout ce qu'il aurait pu faire pour les aider. Le spectre de ces longues nuits blanches l'incita finalement à agir.

Chapitre 4

Le capitaine Mike « Hammer » Hamilton fit grimper son F-16 à trente-cinq mille pieds et son ailier, le lieutenant Fred « Fuzzy » Newman, suivit sa trajectoire. Après un décollage d'urgence depuis March, la base de l'Air Force à l'est de Los Angeles, ils avaient enclenché la postcombustion afin d'intercepter leur cible au-dessus de l'océan, avant que le 737 n'atteigne la côte. Le jet privé d'indicatif N-348Z apparaissait désormais sur le radar de Hammer. Ils s'en rapprochaient à une vitesse avoisinant les trois mille deux cents kilomètres à l'heure.

— Deux minutes avant interception, annonça Fuzzy.

— Bien reçu, répondit Hammer. Contrôle de Los Angeles, ici CALIF trois-deux. D'autres contacts radio avec la cible ?

— Négatif, CALIF trois-deux. Toujours rien.

Durant le *briefing* en vol, Hammer avait été informé que l'on avait perdu tout contact avec un avion en route pour Honolulu qui avait fait demi-tour. L'avion s'était dérouté pour cause de passagers tombés malades et qui requéraient des soins médicaux. Puis les messages du pilote étaient devenus de plus en plus angoissés. Apparemment, tous ceux qui se trouvaient à bord, y compris le personnel navigant, avaient contracté cette mystérieuse affection.

Les communications étaient devenues confuses et incohérentes, comme si le pilote succombait à une forme de démence. Son dernier message était si farfelu que le contrôle de Los Angeles en avait fait écouter l'enregistrement à Hammer. C'était le plus étrange appel radio qu'il avait entendu de sa vie.

— *Contrôle de Los Angeles à vol N-348 Zoulou ? Votre dernier message était incompréhensible. Répétez.*

— *Je ne vois plus rien !* criait le pilote paniqué. *Je suis aveugle ! Je ne vois plus rien ! Oh ! mon Dieu !*

Hammer n'avait jamais entendu un pilote perdre les pédales comme ça.

— *Êtes-vous sur pilote automatique ?*

— *Oui, sur pilote automatique. Oh ! Seigneur. Je le sens !*

— *Que sentez-vous ? N-348 Zoulou ? Que sentez-vous ? Que se passe-t-il ?*

— *Je suis en train de fondre ! Nous sommes tous en train de fondre ! Aidez-nous !*

Il n'y avait plus ensuite que les hurlements de douleur du pilote, avant que la communication s'interrompe brutalement. Ce dernier message remontait à une heure vingt minutes.

— Ont-ils entamé un mouvement de descente ? demanda Hammer.

Depuis le 11-Septembre, la mission principale de son escadre de la Garde nationale était la défense du territoire. La procédure d'intervention standard consistait à intercepter tout aéronef en silence radio. S'il y avait le moindre indice laissant penser que l'appareil était aux mains de terroristes susceptibles de l'utiliser comme une arme, ils n'auraient pas d'autre choix que de l'abattre. Mais d'après ce que Hammer avait entendu, il ne pensait pas être confronté à une situation de ce genre. La présence éventuelle d'un terroriste à bord n'expliquait pas le message incohérent du pilote.

— Négatif, répondit la tour de contrôle. Aucun changement de cap ni d'altitude.

— Bien reçu. Interception dans une minute. Tu l'as entendu, Fuzz. Quand on sera sur lui, on lui tourne autour et on vient se placer sur ses flancs pour voir si on remarque quelque chose.

Hammer repéra au loin le 737 à la carlingue bleu électrique, qui emplit rapidement toute la vitre de son cockpit. Fuzzy et lui le dépassèrent en trombe et virèrent en réduisant les gaz pour faire tomber leur vitesse de moitié. Puis ils rattrapèrent le 737 et vinrent l'encadrer, Hammer à tribord et Fuzzy à bâbord.

— Contrôle de Los Angeles, appela Hammer, nous avons intercepté la cible. Elle vole en ligne droite à une altitude de 35. Vitesse de cinq cent cinquante nœuds, cap au zéro-sept-cinq.

Si l'appareil restait sur cette trajectoire, il allait survoler Los Angeles.

— Reçu, CALIF trois-deux. Décrivez ce que vous voyez.

— L'avion semble en bon état. Aucun dommage de mon côté.

— Ni du mien, ajouta Fuzzy.

— Je ne distingue aucun mouvement à l'intérieur. Je vais m'approcher un peu plus pour avoir une meilleure vue.

Hammer décala son F-16 vers bâbord avant, jusqu'à ce que la pointe de son aile se trouve à hauteur de celle du 737. Les gens à bord ne pouvaient pas manquer de le voir. Ceux qui n'avaient pas perdu connaissance auraient dû se presser aux hublots, mais Hammer ne vit personne.

— Des signes de vie, CALIF trois-deux ?

— Négatif.

Le soleil qui éclairait les hublots bâbord était visible à travers les hublots tribord, offrant à Hammer une vue dégagée sur les dossiers des sièges passagers. Selon le *briefing*, l'avion transportait la vedette de cinéma Rex Hayden et son entourage. Hammer s'attendait à repérer au moins quelques silhouettes affalées dans les sièges, mais il ne vit pas âme qui vive. Tout cela était bien étrange.

— Fuzzy, tu vois quelqu'un de ton côté ?

— Négatif, Hammer. C'est aussi calme qu'un… (Le mot que Fuzzy s'apprêtait à dire devait être « tombeau », car il s'interrompit brutalement.) Personne du côté bâbord pour ce que j'en vois.

— Contrôle de Los Angeles, appela Hammer, vous avez dû faire une erreur. Il n'y a pas de passagers. Il doit s'agir d'un vol de convoyage.

Après une pause, le contrôleur répondit :

— Heu… négatif, CALIF trois-deux. Le manifeste mentionne vingt et un passagers et six membres d'équipage.

— Bon sang ! mais alors où ils sont ?

— Et pour ce qui est des pilotes ?

Hammer avança encore son appareil jusqu'à avoir une ligne de vue sur le cockpit. Le poste de pilotage était vide. Les pilotes de jets de cette taille portaient un harnais de sécurité à quatre points d'ancrage. Même si les pilotes étaient inconscients, les harnais auraient dû les maintenir en position assise sur leurs sièges.

Au lieu de cela, Hammer remarqua quelque chose de déroutant. Les ceintures étaient bien bouclées, mais il n'y avait personne sur les sièges. Le cockpit était désert. Si les informations de la tour se révélaient exactes, vingt-sept personnes avaient tout simplement disparu au-dessus du Pacifique.

— Contrôle de Los Angeles, commença-t-il, en ayant lui-même du mal à croire ce qu'il disait, il n'y a personne à bord de l'appareil.

— CALIF trois-deux, vous pouvez répéter ?

— Je répète : N-348 Zoulou est complètement vide. Nous avons intercepté un avion fantôme.

Chapitre 5

Essoufflé, le cœur battant la chamade, Tyler pénétra dans la salle de contrôle de *Scotia Un*, un bijou de technologie qui permettait de diriger les opérations de la plate-forme dans leurs moindres détails, y compris de commander toutes les pompes et les vannes de l'installation. La salle de contrôle faisait également office de station de communication pour la plate-forme.

Trois hommes étaient assis devant les terminaux, occupés à parcourir leurs check-lists d'urgence tandis que Finn aboyait dans le téléphone. C'était un homme trapu dont les cheveux avaient la couleur et la consistance de la paille de fer, et sa voix résonnait avec l'autorité d'un sergent instructeur. Tyler reprit son souffle en écoutant ce que disait Finn.

— On a sept personnes à la mer… Oui, une explosion… Non, notre navire d'intervention est parti hier pour aider à colmater une fuite sur *Scotia Deux*. Ils ont des combinaisons de survie, oui… Quand ?… OK, on ne bouge pas d'ici là.

Tyler vint se planter devant Finn.

— On peut pas rester sans rien faire, dit-il sans préambule, d'une voix où perçait l'urgence.

Finn désigna du menton l'horloge sur le mur.

— Les gardes-côtes vont faire décoller un hélicoptère de secours d'ici à cinq minutes. En volant à pleine vitesse, il sera là en moins de deux heures. Donc on attend qu'il arrive.

— La brume approche, objecta Tyler en secouant la tête. Le temps que l'hélicoptère des gardes-côtes arrive, la visibilité sera nulle. Dans ce genre de conditions, il pourrait passer juste au-dessus d'eux sans jamais les repérer.

— Si vous avez des suggestions, je serai heureux de les entendre, rétorqua Finn sans chercher à masquer sa contrariété, mais je ne vois pas ce que nous pouvons faire d'autre.

Tyler réfléchit, le menton appuyé sur son poing. Il savait qu'après un crash en mer les chances de retrouver des survivants chutaient rapidement passé la première heure.

— Et le navire d'intervention ? demanda-t-il.

— Vous croyez que je n'y ai pas pensé ? répliqua Finn avec dédain. Il lui faudrait six heures pour revenir de *Scotia Deux*. Et c'est notre seul navire.

Scotia Deux, la plate-forme jumelle de *Scotia Un*, était située à trente-cinq milles marins au nord.

Tyler repensa au moment où il contemplait la mer, accoudé à la balustrade de la plate-forme d'atterrissage, et claqua des doigts.

— Quand j'étais sur le pont, j'ai vu un yacht qui croisait à quatre ou cinq milles de nous. Il devrait pouvoir venir leur porter secours.

Finn jeta un regard furieux à l'un des hommes.

— Pourquoi n'en ai-je pas été informé ?

L'homme haussa les épaules en un geste d'excuses et Finn cracha dans une corbeille à papier.

— Émettez un appel de détresse, ordonna-t-il.

Le SOS passa sur la radio. Les secondes défilèrent. Tyler écoutait intensément, attendant une voix dans les haut-parleurs de la salle de contrôle, mais ceux-ci restèrent silencieux. Aucune réponse du yacht.

— Recommencez, dit Finn après quelques secondes supplémentaires.

Toujours rien.

— Ils ont pourtant dû voir l'hélicoptère s'écraser, s'énerva Tyler, frustré par ce silence, car le yacht était la meilleure chance des rescapés. Pourquoi ne répondent-ils pas ?

Finn écarta les bras dans un geste de dégoût et s'assit.

— Leur radio est peut-être hors service. Peu importe ; ils ne répondent pas. On va devoir attendre l'hélicoptère des gardes-côtes et prier pour qu'il les retrouve dans la brume.

Tyler se souvint qu'il avait porté la même combinaison de survie qu'eux lors de son trajet en hélicoptère pour rejoindre la plate-forme. Il s'agissait d'un modèle de série VII ; une bonne combinaison de survie, mais pas du dernier cri. Elle ne suffirait pas à les sauver.

Tyler secoua de nouveau la tête.

— Les lampes de signalisation de ces combinaisons ne permettent un repérage fiable qu'à un kilomètre et demi de distance. Ce n'est pas assez précis dans la purée de pois qui nous attend. Quelle est la température de l'eau aujourd'hui ?

— Environ six degrés Celsius, répondit Finn. Les combinaisons sont censées leur permettre de tenir six heures dans une eau à cette température.

— Les caractéristiques de la combinaison sont prévues pour des conditions optimales avec une mer calme, s'impatienta Tyler. Ces gens sont probablement blessés et ils sont ballottés par les vagues. Si nous restons sans rien faire, l'hélicoptère ne remontera rien d'autre que des cadavres.

Finn haussa les sourcils en adressant à Tyler un regard éloquent. *Et qu'est-ce que j'y peux ?*

Tyler se tut, l'esprit en ébullition. Il passa en revue une à une les installations et les capacités de *Scotia Un*, en ponctuant sa réflexion d'imperceptibles hochements de tête.

Il tournait et retournait dans sa tête les différentes possibilités mais revenait toujours à la seule option valable. Il croisa le regard de Finn.

— Vous avez une idée, dit ce dernier.

Tyler acquiesça.

— Vous n'allez pas l'aimer.

— Pourquoi ?

— Il faut qu'on les récupère nous-mêmes.

— Et comment ? Nous n'avons pas de navire.

— Si, nous en avons. Les canots de sauvetage à mise à l'eau en chute libre.

Finn resta un instant sans voix devant une telle suggestion, puis il secoua la tête.

— Non. Ce serait trop risqué. Il s'agit de notre dernier recours si nous sommes contraints d'abandonner la plate-forme. Je ne peux pas autoriser qu'ils soient utilisés de cette façon.

Scotia Un était équipée de cinq embarcations de sauvetage totalement étanches et pouvant accueillir chacune quinze personnes. Tyler avait été consulté pour leur installation sur une autre plate-forme pétrolière et il avait même assisté au lancement de l'un de ces canots de sauvetage à mise à l'eau en chute libre.

Ces embarcations avaient ceci de particulier qu'elles étaient suspendues à vingt mètres au-dessus de la mer et orientées vers la surface à un angle de trente degrés. Il n'y avait pas de bossoirs pour les descendre en douceur à la mer ; une fois la porte étanche de l'embarcation refermée, les passagers actionnaient deux leviers et le canot glissait sur une rampe avant de tomber en chute libre jusqu'à l'eau. C'était le seul moyen d'évacuer en vitesse une plate-forme pétrolière en feu.

Tyler se pencha vers Finn en posant les mains sur les bras du fauteuil dans lequel ce dernier s'était assis. La carrure de Tyler était le produit de bons gènes associés à un régime régulier de pompes, d'abdos et de footing, un entretien physique qu'il pouvait pratiquer dans n'importe quel endroit du monde où l'emmenait son travail. Peu importait leur différence de taille, Tyler savait qu'il ne réussirait pas à intimider un homme de la trempe de Finn, mais il pouvait toujours utiliser son physique pour appuyer son propos.

— Bon sang ! Finn, lui dit Tyler avec un grognement sourd. Vous savez que c'est leur seul espoir. Si nous attendons sans rien faire, ces gens vont mourir.

Finn se leva et planta son regard dans celui de Tyler, pour autant que ses quinze centimètres de moins le lui permettaient.

— Je connais la situation, bon sang ! Mais personne à bord n'a jamais lancé un de ces canots de sauvetage.

Cette discussion nous fait perdre un temps précieux, songea Tyler. Un temps qui faisait défaut aux survivants du crash. Finn n'approuverait jamais cette opération sans que quelqu'un l'y pousse. Tyler ne pouvait pas rester ici à attendre que sept personnes se noient, aussi décida-t-il de mentir.

— Moi je l'ai déjà fait une fois, affirma-t-il sans broncher. C'est pour ça que j'en ai eu l'idée.

— Vraiment ? Et où était-ce ? demanda Finn d'un air dubitatif.

— La Gordian a testé un de ces canots il y a deux ans. Ils cherchaient des volontaires pour faire l'essai.

Il était vrai que la Gordian avait procédé à une évaluation en conditions réelles et que Tyler l'avait supervisée, mais il n'avait pas réellement pris place dans le canot. À l'époque, cela avait été jugé trop dangereux.

Finn haussa un sourcil étonné.

— Vous vous portez volontaire ?

Tyler ne cilla pas, mais il sentit son cœur s'emballer.

— S'il le faut, oui. J'ai signé le formulaire de décharge comme tout le monde à bord, et j'ai vu l'endroit où l'hélicoptère a coulé.

Finn balaya des yeux la salle de contrôle, et les trois opérateurs lui rendirent son regard. Puis il se tourna vers la fenêtre pour voir la nappe de brume qui s'approchait rapidement de la plate-forme. Il reporta enfin son attention sur Tyler.

— OK, vous m'avez convaincu, dit-il en levant les mains en signe de défaite. Nous utiliserons un canot de sauvetage. Combien d'hommes vous faut-il ?

Tyler lutta pour calmer les battements de son cœur et réfléchit à l'opération en se rappelant le proverbe disant qu'il fallait être comme le canard : calme en apparence, mais pagayant comme un damné sous la surface.

— Il faut qu'on soit trois, répondit Tyler. Un pour piloter le bateau et deux pour sortir les rescapés de l'eau. Je dois prendre Grant ; il ne me pardonnera jamais si je le laisse en dehors du coup.

Grant Westfield n'était pas seulement le meilleur ingénieur électricien avec qui Tyler ait travaillé, c'était aussi un adepte des sports extrêmes, un vrai drogué à l'adrénaline : escalade, chute libre, exploration sous-marine d'épaves, spéléologie, tout y passait. Tyler aimait bien l'accompagner à l'occasion, mais Grant était un vrai fanatique, qui sauterait sur l'occasion de tester un canot de sauvetage à mise à l'eau en chute libre, ce que peu de gens avaient déjà fait. Et si Tyler devait vraiment faire une chose si insensée, il voulait emmener la personne en qui il avait le plus confiance sur cette plate-forme.

— Très bien, Grant ira avec vous, concéda Finn. Et Jimmy Markson vous accompagnera. Vous savez qu'on ne pourra pas remonter le canot, pas par ce temps. La grue risquerait de casser.

De mieux en mieux, pensa Tyler.

— Nous utiliserons le treuil de chargement, dit-il.

Le treuil soulevait une nacelle grillagée pouvant accueillir six personnes, et que l'on utilisait pour le transbordement de personnel depuis un navire.

— Je vais dire aux autres de vous retrouver aux canots de sauvetage. Récupérez une combinaison de survie au passage, juste au cas où. Je ne veux perdre personne si l'un de vous doit se mettre à l'eau.

Tyler estima que c'était une bonne idée.

— Entendu, je sais où elles sont rangées.

Finn décrocha son téléphone tandis que Tyler sortait de la salle. Après avoir emprunté une combinaison de survie dans un poste de secours, il suivit les flèches balisant le chemin pour rejoindre les embarcations de sauvetage en dévalant les marches quatre à quatre.

Arrivé sur le pont inférieur où se trouvaient les canots, Tyler abandonna son blouson sur la passerelle en treillis et enfila sa combinaison en attendant l'arrivée de Grant et Markson. Les cinq embarcations étaient peintes en orange vif afin d'être facilement repérables en pleine mer. Elles étaient profilées comme des obus et les seules fenêtres dont elles disposaient étaient les hublots rectangulaires qui s'ouvraient sur la coupole arrière, où se trouvait le siège du pilote. Les hublots étaient en polycarbonate à haute résistance – le même matériau que l'on utilisait pour fabriquer les vitres pare-balles – et non en verre, de façon à pouvoir supporter l'impact de la chute. Une unique écoutille en aluminium s'ouvrait à l'arrière du canot.

Les embarcations reposaient sur des glissières qui les guideraient lors de la mise à l'eau, la proue pointée vers la surface. À l'extrémité des glissières, une chute libre de vingt mètres attendait le canot, qui plongerait sous l'eau pour refaire surface à une centaine de mètres de la plate-forme, propulsé à une vitesse de dix nœuds par l'accélération de la chute. Une fois en surface, le canot pourrait atteindre une vitesse de vingt nœuds grâce à son puissant moteur Diesel.

Sa combinaison enfilée, Tyler ouvrit l'écoutille du premier canot de sauvetage et jeta un coup d'œil à l'intérieur. Une allée centrale équipée de marches desservait deux rangées de sièges faisant face à la poupe. Le seul siège orienté vers la proue était celui du pilote, mais il fallait attendre que la mise à l'eau soit terminée avant de pouvoir s'y installer. Deux leviers, un de chaque côté de l'habitacle, devaient être actionnés simultanément pour déclencher la mise à l'eau, cela afin d'éviter qu'un marin paniqué ne puisse lancer seul le canot. En outre, un dispositif de sécurité empêchait la mise à l'eau tant que l'écoutille n'était pas verrouillée. Si l'écoutille était laissée ouverte, le canot se remplirait d'eau lors de sa plongée et risquait bien de ne jamais refaire surface.

Tyler entendit le claquement de pas derrière lui. Deux hommes descendaient l'escalier en courant. Ils étaient tous deux noirs de peau, mais leur ressemblance s'arrêtait là. Le premier avait un teint d'ébène et dépassait Tyler de quelques centimètres, mais il était filiforme et la combinaison de survie pendouillait sur lui comme un vêtement sur un cintre. Ce devait être Markson. Il approchait de la cinquantaine et malgré le pétrole qui lui barbouillait le visage, l'appréhension se lisait sur ses traits.

Le deuxième homme, qui avait le crâne rasé et une peau couleur moka, se débattait avec la fermeture Éclair de sa combinaison. Grant Westfield, qui comptait dix centimètres de plus que Markson et quinze ans de moins, affichait toujours les cent vingt kilos de muscles de l'ancien catcheur qu'il était. Grant avait dû prendre une combinaison trop petite ; Tyler ne put s'empêcher de sourire.

— Tu as besoin d'un coup de main, champion ? l'interpella Tyler, sans se donner la peine de masquer son amusement. Ça serait bien que tu perdes un peu de poids.

Grant remonta la fermeture Éclair jusqu'à l'encolure et renifla avec dédain.

— Ces trucs ne sont pas faits pour des gens possédant mon physique d'exception.

— Évite de t'accroupir, tu risquerais de la déchirer. Je ne suis pas sûr que ça ferait fureur comme mode.

Grant pinça les lèvres.

— Sache pour ton information que les combinaisons de survie déchirées sont le dernier chic à Milan.

Tyler entendit Markson s'esclaffer nerveusement. Leurs plaisanteries lui semblaient sûrement déplacées, mais Tyler aimait ça. C'était leur façon à tous les deux d'évacuer la pression dans les situations critiques, une habitude prise du temps où ils servaient ensemble sous les drapeaux.

— Content que tu aies pu te joindre à la fête, reprit Tyler.

— Tu plaisantes ? Je ne voulais pas rater l'une de tes cascades stupides. Ils m'ont dit que tu étais impatient de lancer un de ces bébés.

Grant semblait bien plus enthousiaste que Tyler à cette idée.

— « Impatient » est peut-être un peu exagéré, mais il faut bien que quelqu'un s'y colle. Autant que ce soit nous.

— Tu as bien raison, lui confirma Grant en regardant d'un œil appréciateur la rangée d'énormes canots. Ça fait longtemps que je ne suis pas monté sur des montagnes russes.

Tyler se tourna vers l'autre homme en lui tendant la main.

— Et vous êtes Markson ?

— C'est exact, Dr Locke.

— Appelez-moi Tyler.

Ils se serrèrent la main.

— Je suis plongeur et soudeur. Et je suis formé aux procédures d'utilisation des embarcations de sauvetage.

C'était un robuste gaillard, mais Tyler sentit néanmoins un léger frémissement dans sa voix.

— Content de vous avoir avec nous, dit Tyler. (Il désigna de la main l'écoutille entrouverte.) On y va ?

Grant entra le premier dans le canot et batailla avec le harnais de sécurité de son siège, qu'il eut toutes les peines à boucler. Tyler lui emboîta le pas, suivi de Markson, qui referma l'écoutille derrière lui. Tyler choisit le siège près du levier bâbord et se harnacha à son siège.

— Paré au lancement, annonça Markson. C'est bon les gars, vous êtes prêts ?

— Prêt, répondit Tyler.

— *Oh yeah !* hurla Grant pour se motiver, comme à l'époque où il pratiquait le catch. Voyons un peu ce que ce bébé a dans le ventre !

Markson saisit le levier près de son siège et Tyler fit de même. Puis il cria : « Trois… deux… un… lancement ! » et abaissa son levier. Une lumière rouge s'alluma, indiquant l'activation du système d'éjection, et Tyler entendit un choc sourd quand les pinces hydrauliques qui maintenaient le canot s'ouvrirent. Il était désormais impossible de faire machine arrière et Tyler se retrouva dans le même état d'esprit qu'à l'armée, quand il partait en mission. Précision, esprit de décision et sang-froid étaient ses mots d'ordre à partir de maintenant.

Le canot commença à glisser sur les rails. L'impression était décevante ; c'était comme de descendre un bateau de sa remorque le long d'une rampe au bord d'un lac. Puis l'avant du canot plongea brutalement vers le bas et Tyler sentit son estomac lui remonter dans la gorge.

Tyler avait pratiqué une fois le saut à l'élastique sur l'insistance de Grant, aussi la sensation lui était-elle familière. Son corps entier se souleva du siège et cette impression d'apesanteur sembla durer une éternité. Puis l'impact arriva.

Le choc de la coque en fibre de verre percutant l'eau résonna de toutes les directions à la fois. On aurait dit que le canot venait de heurter une dalle de béton. La tête de Tyler frappa contre l'appui-tête rembourré et l'impression d'apesanteur fut remplacée par la pression de la décélération. L'angle de son siège changea brutalement et Tyler vit l'eau recouvrir les hublots du pilote.

Tyler fut secoué dans son harnais, ballotté en tous sens alors que le canot de sauvetage remontait à la surface. L'eau s'écoula sur les hublots de la coupole pour laisser place au gris du ciel. Le canot se stabilisa enfin. Tyler entendit derrière lui Grant crier de joie, mais il se contenta pour sa part de se réjouir en silence de s'en être sorti en un seul morceau.

— Waouh ! hurla Grant en riant. On peut recommencer ?

— Pas avec moi, en tout cas, répondit Tyler en détachant son harnais de sécurité.

— Oh ! tu sais bien que tu as aimé ça.

— Dis-le à mon estomac. Il est resté sur la plate-forme.

Markson s'installa sur le siège du pilote. Malgré les vagues qui battaient le canot, celui-ci flottait aussi bien qu'un bouchon de liège. Mais ceux qui pataugeaient dans une mer si démontée étaient en train de lutter pour leur survie. Tyler se remémora la photo de Dilara et l'imagina en train d'épuiser ses forces à se maintenir la tête hors de l'eau. Markson alluma le moteur Diesel et Tyler lui indiqua la direction du crash. Avec la brume qui s'épaississait de minute en minute, ils devaient faire vite. Leurs chances de retrouver des survivants s'amenuisaient rapidement.

Chapitre 6

Dilara Kenner luttait pour garder hors de l'eau la tête du pilote de l'hélicoptère inconscient, mais les vagues qui déferlaient sur eux lui rendaient la tâche impossible. Au moins les combinaisons de survie leur permettaient-elles de flotter. Le mieux qu'elle pouvait faire était de ne pas laisser le pilote dériver loin d'elle. Le copilote, un blond au visage poupin qui s'appelait Logan, essayait bien de l'aider mais il avait le bras cassé et déjà bien du mal à éviter de boire lui-même la tasse.

Dilara avait perdu de vue les autres passagers, quatre ouvriers du pétrole qui regagnaient la plate-forme pour un séjour de trois semaines de travail. Ils avaient été dispersés par les vagues et elle ne pouvait donc pas plus compter sur leur aide. Avant que Logan et elle aient cessé de parler pour conserver leurs forces et éviter d'avaler plus d'eau salée, le copilote l'avait informée que la plate-forme ne disposait pas d'un hélicoptère. Le plus proche se trouvait à St. John, à deux heures d'ici.

La situation semblait désespérée, mais Dilara avait pensé la même chose quand elle avait participé au marathon de Los Angeles. L'idée de courir quarante-deux kilomètres sans s'arrêter était effrayante, tant cela semblait hors d'atteinte. Pourtant, en se concentrant sur une foulée après l'autre, elle avait réussi à rejoindre la ligne d'arrivée.

Dilara s'efforça de ne pas perdre son énergie à guetter l'hélicoptère qui n'arriverait que dans deux heures pour se concentrer sur l'idée de rester en vie, une minute après l'autre. Le problème le plus pressant était l'eau qui s'infiltrait dans sa combinaison de survie par l'accroc qu'elle y avait fait en s'extirpant de l'hélicoptère. Dilara commençait déjà à sentir ses jambes s'engourdir.

— Je n'en peux plus, dit Logan après dix minutes à affronter les vagues. Je crois que ma combinaison perd en flottaison.

Dilara était elle-même au bord de l'épuisement, mais elle savait que se laisser aller signifiait la mort.

— Tu vas t'en sortir, Logan. Ne perds pas ton souffle à parler. Garde juste la tête hors de l'eau.

— La brume arrive. Ils ne nous verront jamais.

— Je m'en fiche. Ils nous trouveront.

— J'ai des crampes aux jambes.

— Logan, je tiens ton pilote hors de l'eau en plus de m'occuper de moi, le provoqua Dilara, en tentant une nouvelle tactique. Es-tu en train de me dire que tu ne fais pas le poids face à une fille ?

Logan comprit son intention et lui adressa un faible sourire.

— Bien, dit-elle en voyant que sa petite pique avait eu l'effet désiré. Tu ne te défiles pas. J'aime mieux ça.

— Je tiendrai tant que tu tiendras.

— C'est bon à entendre. Je n'ai pas fait tout ce chemin pour renoncer maintenant.

La terrible ironie de ce crash était qu'au moment où l'explosion avait ébranlé l'hélicoptère Dilara était justement en train de penser que son épreuve allait enfin se terminer. Mais voilà où l'avaient conduite les paroles énigmatiques de Sam.

« Hayden. Oasis. Genèse. » Ces mots ne signifiaient rien pour elle. Quant à l'affirmation de Sam selon laquelle son père avait finalement achevé la quête de sa vie... Tout cela la plongeait dans la confusion.

L'idée que Sam avait été empoisonné lui semblait absurde. Pourtant Sam était un expert en produits pharmaceutiques et si quelqu'un était capable de reconnaître les signes d'un empoisonnement, c'était bien lui, et cette idée perturbait Dilara. Mais pourquoi quelqu'un aurait-il voulu l'empoisonner ? Elle se sentait coupable de ne pas croire Sam sur parole, mais toute cette histoire semblait tellement incroyable !

L'incident qui s'était produit alors qu'elle regagnait son appartement avait toutefois achevé de la convaincre.

Après être montée dans la navette de l'aéroport, Dilara avait remarqué un homme trapu en trench-coat noir qui lui jetait des coups d'œil répétés, et les paroles de Sam avaient résonné dans son esprit.

« Tu dois partir... ou ils te tueront toi aussi. »

Elle avait alors pensé qu'elle devenait paranoïaque, mais elle avait tout de même demandé au chauffeur du bus d'attendre près de sa voiture le temps qu'elle se mette au volant. Elle avait quitté le parking pour s'engager sur le boulevard Sepulveda, une route à six voies qui reliait l'aéroport à Santa Monica, où se trouvait son appartement. La circulation était relativement fluide vers le nord et Dilara avait roulé sur la voie de gauche qui était totalement libre.

Un gros 4 × 4 noir s'était placé à hauteur de sa petite Toyota et avait brusquement fait un écart pour venir percuter sa voiture, et la projeter sur les voies de circulation opposées.

Le 4 × 4 avait délibérément attendu un moment où la circulation dans l'autre sens était dense. Dilara avait freiné et tenté de résister à la poussée du 4 × 4, mais celui-ci était deux fois plus lourd que sa Toyota. Elle s'était retrouvée face à face avec un pick-up et, au lieu de continuer à résister à la poussée du 4 × 4, elle avait écrasé l'accélérateur et braqué violemment à gauche, alors que les crissements de pneus et les coups furieux de Klaxon résonnaient autour d'elle. Par un véritable coup de chance, elle avait réussi à éviter le pick-up d'un cheveu et à traverser les autres voies de circulation à contresens pour aller finir sa course sur le parking d'un centre commercial.

Le 4 × 4 avait pris la fuite en faisant fumer ses pneus sur l'asphalte, laissant derrière lui un embouteillage de voitures à l'arrêt. Dilara supposait que le 4 × 4 l'avait suivie depuis l'aéroport. Ses vitres étaient teintées, aussi ignorait-elle s'il s'agissait de l'homme au trench-coat, mais en toute logique le conducteur devait être de mèche avec la femme d'affaires qui avait empoisonné Sam.

« Tu dois partir… ou ils te tueront toi aussi. »

Elle aurait pu tirer un trait sur tout ça et reprendre une vie normale en se disant que Sam avait perdu l'esprit, mais son instinct lui disait qu'il ne s'agissait pas des élucubrations d'un vieillard sénile. Des gens venaient de tenter de la tuer. C'était une certitude, même si elle n'avait aucune preuve. Si elle reprenait son train-train habituel, elle serait morte d'ici au lendemain.

Elle avait fini par cesser de trembler et repris le volant. Elle avait tenté d'aller trouver la police, mais cela avait été une perte de temps. Un inspecteur avait pris sa déposition, une version détaillée de celle faite à l'aéroport, mais elle avait bien senti les doutes de l'officier. Son ami Sam Watson n'était pas mort d'une crise cardiaque mais avait été empoisonné ? La vie de milliards d'êtres humains était menacée et quelqu'un l'avait délibérément poussée sur les voies de circulation opposées ? Même à ses propres oreilles, cela semblait absurde.

Mais elle ne pouvait s'empêcher de revoir le 4 × 4 venir la percuter délibérément, et d'entendre les mots de Sam.

« Tu dois partir… ou ils te tueront toi aussi. »

Dilara ne pouvait pas retourner à son appartement. Logiquement, ses poursuivants devaient surveiller les lieux. Si elle ne pouvait pas rentrer chez elle, alors elle était en fuite, et ce jusqu'à ce qu'elle découvre qui en avait après elle et pourquoi.

Elle s'était rendue à la plus proche succursale de sa banque et avait vidé son compte. Les cartes de crédit étaient trop faciles à repérer et si elle voulait trouver ce Tyler Locke, il lui faudrait sûrement voyager.

Il n'avait pas été difficile de trouver la Gordian Engineering en faisant quelques recherches sur Internet dans une bibliothèque. Le nom de la compagnie faisait référence à la légende du nœud gordien, cet écheveau inextricable qu'Alexandre le Grand avait tranché d'un coup d'épée. La Gordian était apparemment la plus importante société privée d'ingénierie au monde. Elle offrait ses services de conseil à des clients aussi prestigieux que des sociétés appartenant à la liste des cinq cents plus grandes entreprises américaines établie par le magazine *Fortune*, ou encore à l'armée des États-Unis. Chacun des ingénieurs en chef de l'entreprise était également associé au capital, rappelant la structure d'un cabinet d'avocats. La spécialité de la Gordian était l'analyse et la prévention des risques, et le site Web recensait des dizaines de champs d'expertise : accidents de véhicules et d'avions, incendies et explosions, défaillances structurelles, etc.

Dilara avait utilisé le moteur de recherche du site pour identifier Tyler Locke. Il occupait le poste de responsable des opérations spéciales et son C.V. était impressionnant : une spécialisation en ingénierie mécanique au M.I.T., un doctorat à Stanford. C'était également un ancien capitaine de l'armée des États-Unis qui avait commandé une compagnie du génie. Il était expert en démolition, en déminage, en systèmes mécaniques, en reconstitution d'accidents et en expérimentation de prototypes. Des références pour le moins exceptionnelles.

Dilara ne savait pas exactement en quoi consistait une compagnie du génie. Un site Web de l'armée répondit à ses questions : les soldats du génie étaient ceux qui construisaient les ponts et les fortifications, qui s'occupaient du déminage et du désamorçage des bombes, tout cela sous le feu de l'ennemi. Elle chercha ensuite des détails sur les états de service de Tyler mais ne parvint pas à déterminer combien de temps il avait servi dans l'armée ni sur quels théâtres d'opérations ; seulement qu'il avait reçu plusieurs décorations, dont la Silver Star et la Purple Heart. Entre sa formation et son expérience, il devait bien avoir déjà trente-cinq ans de carrière derrière lui. Il n'y avait pas de photo, mais en repensant aux professeurs d'ingénierie de l'université de Californie, Dilara l'imagina comme un quinquagénaire chauve et ventripotent portant une chemisette blanche, des stylos rangés dans le protège-poche.

Le Dr Locke n'accorderait probablement pas foi à son histoire si elle lui en parlait au téléphone. Elle devait le rencontrer en personne.

Quand elle avait découvert qu'il se trouvait à bord d'une plate-forme pétrolière au large de Terre-Neuve, elle s'était dit qu'il s'agissait d'un endroit parfait pour le rencontrer, à des milliers de kilomètres de Los Angeles, et difficile d'accès pour ceux qui en avaient après elle. Elle avait dû réserver à l'avance sa place sur l'hélicoptère qui l'emmènerait jusque-là ; il n'existait pas de comptoir où acheter un billet pour se rendre sur une plate-forme pétrolière privée. En dehors de cette réservation, elle avait fait de son mieux pour ne pas laisser de traces. Elle avait pris un vol qui atterrissait à l'aéroport de Gander, à deux cent cinquante kilomètres de St. John, juste pour le cas où ses poursuivants l'auraient attendue à l'aéroport de St. John. Après un trajet en bus de trois heures depuis Gander, elle avait atteint l'héliport juste à temps pour enfiler sa combinaison de survie et prendre place à bord de l'hélicoptère.

Quand celui-ci avait pris les airs, Dilara s'était enfin détendue. Elle aurait bientôt des réponses à ses questions. Elle était en train d'observer la gigantesque plate-forme pétrolière par la vitre latérale quand le bruit d'une explosion avait retenti au-dessus du compartiment. Tous les passagers avaient crié, elle comme les autres. Le pilote avait géré avec sang-froid l'appareil en perdition, réussissant à maintenir l'assiette jusqu'à ce que l'hélicoptère s'abîme dans l'océan.

Il avait fallu quelques secondes à Dilara pour reprendre ses esprits après le crash. L'un des passagers avait ouvert la porte coulissante, tandis que le pilote gisait inconscient sur son siège. Dilara avait alors remarqué que le bras du copilote présentait un angle anormal. Avant qu'elle ait pu demander aux autres passagers de l'aider, ceux-ci avaient sauté à la mer. L'eau qui s'engouffrait par la porte s'était déversée sur elle ; l'hélicoptère allait sombrer en quelques secondes.

Elle avait détaché la ceinture du pilote alors que l'eau lui arrivait déjà à la taille, et il s'était mis à flotter dans l'habitacle. Le copilote, qui hurlait de douleur chaque fois que son bras cassé heurtait un obstacle, s'était dirigé en vacillant jusqu'à la porte. Dilara avait traîné le pilote inconscient vers la sortie au moment où l'hélicoptère s'enfonçait dans les eaux ; d'une dernière poussée sur ses jambes, elle s'était propulsée vers la surface en tenant le pilote et ils avaient émergé tous les trois à l'air libre.

Alors que Dilara luttait désormais pour maintenir la tête du pilote hors de l'eau, elle se fit la promesse de trouver les responsables de cet accident, ceux-là mêmes qui avaient assassiné son père. Sam lui avait révélé quelque chose qui était si important pour eux qu'ils étaient prêts à tuer. Elle devait découvrir ce dont il s'agissait et ce Tyler Locke allait l'y aider. Ils ne le savaient pas encore, mais ils découvriraient bientôt qu'ils s'étaient attaqués à la mauvaise personne.

Un bruit nouveau perça l'obscurité grandissante. Le bruit d'un moteur. Dilara tourna les yeux de tous côtés, incapable de déterminer la direction du son au milieu des rafales de vent. Puis elle le vit : un curieux bateau orange en forme d'ogive. L'embarcation stoppa à deux cents mètres d'elle, ballottée par les vagues. Une écoutille s'ouvrit à l'arrière et elle aperçut une silhouette dans le canot qui aida les autres passagers de l'hélicoptère à se hisser à bord.

Dilara leva le bras qui ne soutenait pas le pilote et l'agita frénétiquement, en battant des pieds pour se maintenir à la surface.

— Par ici ! hurla-t-elle.

Elle se sentit envahie par le soulagement. Ils allaient s'en sortir.

Logan essaya de crier lui aussi, mais il était trop faible. Il ne parvenait à maintenir la tête à la surface que durant quelques secondes et émergeait chaque fois en crachant de l'eau. Si le canot ne venait pas rapidement les repêcher, Logan finirait par ne plus remonter.

Elle hurla encore plus fort, mais n'obtint aucune réponse. Le navire dansait sur l'eau en disparaissant dans le creux des vagues, et son écoutille arrière ne fut bientôt plus tournée vers Dilara. L'espace d'un instant, elle craignit qu'il s'éloigne d'eux, mais elle le vit bientôt grossir. Le canot s'approchait ; il les avait repérés.

L'embarcation les contourna et s'arrêta quand sa poupe se trouva à leur hauteur. Dilara s'était tellement concentrée sur le canot de sauvetage qu'elle en avait oublié Logan. L'écoutille s'ouvrit et un homme athlétique aux cheveux bruns ébouriffés scruta la surface des eaux, avant de plonger vers l'endroit où Dilara avait aperçu Logan pour la dernière fois.

Les quelques secondes durant lesquelles il resta sous l'eau semblèrent une éternité à Dilara. Puis l'homme refit surface, un bras passé sous le menton de Logan. Il tendit le copilote inconscient à un homme noir musculeux qui se tenait au niveau de l'écoutille et qui hissa Logan à bord comme un fétu de paille.

Puis le nageur vint prendre le pilote des bras de Dilara et l'amena au canot.

Il se tourna enfin vers elle et, malgré les vagues glaciales qui déferlaient sur eux, lui adressa un sourire.

— À votre tour, mademoiselle.

Il ne semblait pas le moins du monde incommodé par l'eau glacée et se contentait de la regarder de ses yeux bleus. Dilara trouva cela étonnamment séduisant malgré les circonstances, et son assurance la rasséréna.

Dilara tendit les bras vers l'homme baraqué qui se tenait à l'écoutille et ce dernier la souleva sans effort. Dès qu'elle fut à bord, au lieu de s'affaler dans le siège le plus proche, elle vint s'assurer que Logan et le pilote étaient sains et saufs. Logan respirait péniblement tout en recrachant de l'eau, tandis qu'un troisième sauveteur s'occupait du pilote inconscient.

— Comment va-t-il ? demanda-t-elle en claquant des dents.

— Il a reçu un sacré choc, mais il est en vie, répondit le troisième homme.

— Mais de rien, grommela une voix derrière elle.

Dilara se retourna pour voir l'homme qui avait plongé refermer l'écoutille. Elle s'assit sur un siège, épuisée et prise de tremblements incontrôlables. L'homme récupéra une couverture en laine dans un casier et la passa sur les épaules de Dilara. La chaleur de la couverture était une sensation merveilleuse.

— Comment vous sentez-vous ? demanda-t-il.

À la lumière des lampes du compartiment, Dilara remarqua une fine cicatrice blanche qui descendait dans son cou. Les yeux de l'homme ne quittaient pas les siens. Il prit les mains de Dilara dans les siennes et les frotta vigoureusement.

— J'imagine que vous n'avez pas de machine à expresso à bord ? plaisanta-t-elle en claquant tellement des dents qu'on aurait dit qu'elle bégayait. Parce que j'en aurais bien pris un double.

L'homme lui adressa le même sourire lumineux, mais Dilara voyait qu'il était tout aussi frigorifié qu'elle.

— Notre barman est sorti pour le moment, mais vous aurez bientôt droit à un bon café bien chaud, répondit-il. Vous devez être Dilara Kenner.

Elle releva la tête avec surprise.

— C'est exact. Je ne m'attendais pas à un accueil personnalisé. Et qui est donc le grand et robuste inconnu à qui je dois la vie ?

— Eh bien, je ne sais pas duquel d'entre nous vous voulez parler, mais le gaillard là-bas, c'est Grant Westfield ; celui qui s'occupe de l'homme que vous avez sauvé, c'est Jimmy Markson, et pour ma part je suis Tyler Locke.

Loin du quinquagénaire auquel elle s'attendait, Tyler Locke n'était guère plus âgé qu'elle – il devait avoir dans les trente-cinq ans – et offrait davantage le physique d'un pompier que celui d'un ingénieur.

— Vous êtes le Dr Tyler Locke ? répéta-t-elle en s'étouffant.

— Inutile d'être si cérémonieuse. Je préfère Tyler, ou Ty, les deux me vont.

— Que faites-vous donc dans ce canot de sauvetage ?

— Je pourrais vous poser la même question.

Le choc et l'épuisement devaient avoir eu raison de sa prudence ; les mots sortirent de la bouche de Dilara avant qu'elle ait pu s'en empêcher :

— Je veux que vous m'aidiez à trouver l'arche de Noé.

Chapitre 7

Cela faisait une heure que le capitaine Hammer Hamilton tentait en vain de joindre le jet privé, mais ne recevait pour toute réponse que des interférences. Le contraire l'aurait étonné, au demeurant. L'unique radio de l'appareil se trouvait dans le cockpit, qu'il ne quittait pas des yeux depuis qu'ils avaient intercepté le 737. L'appareil poursuivit tranquillement sa route, encadré par Hammer et Fuzzy, et survola Los Angeles sans incident. Deux kilomètres plus loin, le ravitailleur KC-10 qui les avait déjà approvisionnés une fois les attendait, au cas où ils auraient encore besoin de ses services, selon le temps que le 737 continuerait à voler.

Hammer n'avait jamais rien vu de tel. L'incident le plus similaire qu'il se rappelait était celui du jet privé du golfeur Payne Stewart. Son Lear 35 avait subi une dépressurisation juste après son décollage depuis la Floride. Tous les passagers étaient morts d'hypoxie mais le jet avait poursuivi sa route sur pilote automatique. Cela avait duré jusqu'à ce qu'il épuise son carburant et s'écrase dans un champ du Sud-Dakota.

Des chasseurs avaient été envoyés pour intercepter le jet de Stewart, mais les hublots étaient couverts de givre et les pilotes de l'Air Force n'avaient pas pu voir l'intérieur de l'appareil. Toutefois le givre sur les hublots suggérait bien un problème de pressurisation. Les pauvres diables à bord n'avaient probablement pas compris ce qui se passait et le Bureau de la sécurité aérienne n'avait jamais entendu les derniers mots du pilote. L'enregistreur du cockpit ne conservait que les trente dernières minutes de vol ; mais dans le cas de l'appareil de Stewart, tous ceux qui se trouvaient à bord étaient morts bien avant.

La différence avec la situation actuelle était que dans le cas présent, les pilotes avaient disparu. Les hublots n'étaient pas gelés, ce qui rendait peu probable l'hypothèse d'une fuite d'oxygène. Hammer voyait clairement que le cockpit était désert. Peu importe ce qui avait pu se produire dans cet appareil, il était impossible que les deux pilotes aient quitté leur poste en même temps.

Bien sûr, tout cela pouvait faire partie d'une ruse élaborée. Il y avait toujours l'hypothèse de pirates de l'air qui s'en seraient pris à l'équipage et aux passagers. Mais même si des terroristes avaient rassemblé tout le monde à l'arrière de l'appareil où il n'y avait pas de hublot, il restait nécessaire de piloter l'avion, et Hammer n'avait vu personne dans le cockpit.

Les passagers étaient peut-être morts. Abattus ou asphyxiés. Mais dans ce cas, ils devraient être visibles, affalés sur leurs sièges ; il pourrait même y avoir des projections de sang sur les hublots. Hammer avait examiné l'avion des deux côtés. Tous les rideaux des hublots étaient ouverts. Il n'y avait pas âme qui vive à bord.

Et s'il s'agissait bien de pirates de l'air, que penser des derniers mots du pilote ? Qu'ils étaient tous en train de fondre et qu'il devenait aveugle ? Pourquoi des terroristes l'obligeraient à raconter de pareilles sornettes ?

S'il y avait du monde à bord, même des pirates de l'air, Hammer était persuadé qu'ils auraient aperçu quelque chose ou quelqu'un depuis le temps. Non, il se passait autre chose, mais il ignorait quoi. Et sans personne aux commandes, l'appareil ferait exactement ce qu'avait fait le jet privé de

Stewart : il volerait en ligne droite jusqu'à ce qu'il soit à court de carburant.

—Contrôle de Los Angeles, appela Hammer, quelle était la dernière estimation des réserves de carburant de N-348 Zoulou ?

—CALIF trois-deux, il avait parcouru environ deux mille cinq cents kilomètres quand le pilote a annoncé qu'il faisait demi-tour. Les autres vols ont signalé un fort vent contraire est-ouest, aussi a-t-il probablement brûlé plus de carburant au retour qu'à l'aller. L'appareil est également resté quarante-cinq minutes sur la piste avant d'être autorisé à décoller ; nous estimons donc qu'il va être à court d'ici à dix minutes.

Hammer consulta sa carte de vol. Le 737 se trouverait au-dessus du nord-ouest de l'Arizona quand il tomberait en panne sèche.

—CALIF trois-deux, vous êtes bien sûr qu'il n'y a personne dans l'appareil ?

—Aussi sûr que je peux l'être sans monter à bord. Cet avion est désert.

Hammer savait pourquoi la tour lui demandait de confirmer. Ses ordres de mission, révisés après le 11-Septembre, étaient d'estimer si l'avion représentait un danger pour une zone résidentielle. Si tel était le cas, il avait l'autorisation d'abattre l'appareil. Il n'avait jamais imaginé qu'il se retrouverait un jour confronté à cette situation.

—CALIF trois-deux, informez-nous si N-348 Zoulou modifie son cap ou son altitude.

—Bien reçu.

Tout ce que Hammer pouvait faire à présent, c'était suivre l'appareil et continuer à essayer d'établir un contact radio. Quinze minutes passèrent, puis ce qu'il craignait arriva. À cent kilomètres au sud-est de Las Vegas, alors qu'ils survolaient le lac Mohave et pénétraient en Arizona, le réacteur tribord du 737 s'éteignit brusquement.

— Contrôle de Los Angeles, j'ai un arrêt du réacteur tribord de la cible, annonça-t-il. Et de ton côté, Fuzz ?

— Le réacteur bâbord fonctionne toujours, répondit Fuzzy. Le réservoir bâbord doit avoir quelques litres supplémentaires.

En augmentant la poussée du réacteur bâbord, le pilote automatique serait en mesure de maintenir la vitesse et l'altitude, mais en consommant plus rapidement le fioul restant. Deux minutes plus tard, Fuzzy reprit le contact :

— Hammer, le réacteur bâbord vient de rendre l'âme.

À présent que ses deux réacteurs étaient hors service, le 737 perdait rapidement de la vitesse. C'était devenu un planeur de soixante-dix tonnes. Quelques secondes plus tard, le contrôle de Los Angeles appela :

— CALIF trois-deux, nous constatons une diminution de la vitesse de N-348. Pouvez-vous confirmer ?

— Affirmatif. Ses moteurs sont éteints. Il est à court de carburant.

— Nous vous signalons que sa trajectoire va amener N-348 Zoulou au-dessus d'une zone inhabitée.

Hammer souffla de soulagement. Il n'aurait pas à prendre la décision d'abattre l'appareil pour l'empêcher de s'écraser sur des habitations.

— Bien reçu.

Il ne lui restait plus désormais qu'à assister aux dernières minutes de vol du 737.

Les appareils de ligne modernes bénéficiaient d'une gigantesque envergure qui leur permettait de planer sur de longues distances. En utilisant les commandes de vol hydrauliques, un pilote pouvait maintenir son appareil en vol plané de façon optimale.

Hammer se rappela l'histoire de ce 747 qui avait perdu ses réacteurs après avoir traversé le nuage de cendres d'une éruption volcanique en Indonésie. Les quatre réacteurs de l'appareil avaient été étouffés par la densité des cendres, et le pilote avait mis quinze minutes à les rallumer. Quand il y était enfin parvenu, l'appareil se trouvait à une altitude de moins de deux cents pieds, mais, avec une envergure supérieure à la surface d'un terrain de football, le 747 avait réussi à planer tout le temps qu'avaient duré les efforts désespérés de l'équipage pour rallumer les réacteurs.

Mais sans personne pour le piloter, le 737 ne planerait pas longtemps. Le pilote automatique fit ce qu'il était censé faire : maintenir l'altitude et la trajectoire, en sacrifiant la vitesse pour rester à trente-cinq mille pieds. Hammer vit les gouvernes de profondeur de la queue s'abaisser alors que le pilote automatique compensait la perte de puissance. Hammer dut réduire les gaz afin de rester à hauteur de l'avion de ligne. Il approcha des deux cents nœuds, la vitesse de décrochage du F-16.

— Fuzz, on ne peut plus rester à sa hauteur. Suis-moi.

Hammer remit les gaz et décrivit un large cercle autour du 737, Fuzz dans son aile.

Une minute plus tard, alors que le pilote automatique ne parvenait plus à compenser la perte de vitesse, le 737 commença à tanguer. Le nez plongeait pour gagner de la vitesse, puis se relevait afin d'essayer de maintenir l'altitude. La troisième fois que le nez se releva, le 737 avait atteint cent soixante nœuds, sa vitesse de décrochage.

— On y est, dit Fuzzy.

Hammer et Fuzzy virèrent pour s'éloigner de l'appareil en perdition. Brusquement, le 737 commença à se retourner sur le dos, comme s'il s'apprêtait à exécuter une manœuvre de retournement, puis il partit en vrille, le nez pointé vers le sol.

Hammer s'efforça de garder un ton professionnel, mais il n'avait encore jamais assisté au crash d'un appareil. Il se sentait frustré de ne pouvoir rien faire d'autre que regarder.

— Contrôle de Los Angeles, dit-il, la cible vient de décrocher. L'appareil est parti en vrille et atteindra le sol sous peu. Fuzzy et moi allons suivre la cible en descente rapide.

— Bien reçu, CALIF trois-deux. Tenez-nous informés.

— Garde tes distances, Fuzz, ordonna Hammer, qui craignait que le 737 se délite.

— Compris.

Hammer informa le contrôle de Los Angeles à mesure de leur descente. Quand le 737 plongea au-dessous des cinq mille pieds, Hammer eut l'impression qu'il aurait pu toucher le sol tant celui-ci semblait proche. Il s'efforça de conserver une voix neutre, mais l'adrénaline rendait la tâche impossible.

— La cible est toujours en vrille... et toujours intacte, annonça-t-il. On vient de passer les trois mille pieds... deux mille. Bordel, ils construisent des avions sacrément costauds. Le sol se rapproche encore... Mon Dieu !

Hammer tira sur le manche pour faire remonter son F-16, mais il continua à observer l'avion de ligne qui plongeait vers son destin.

La seconde précédente, c'était un 737 similaire à ceux dans lesquels Hammer était monté un nombre incalculable de fois, puis il s'écrasa sur le sol du désert et se transforma en un amas informe de métal et de poussière. Le 737 fut pulvérisé par l'impact qui projeta des débris à d'incroyables hauteurs, et ses deux énormes réacteurs se détachèrent pour rebondir sur le sol loin du reste de l'épave. L'appareil ne contenait plus une goutte de carburant, aussi n'y eut-il ni incendie, ni explosion. Les débris finirent par s'immobiliser sur le sol, sous un nuage de sable soulevé dans les airs par la violence de l'impact.

Hammer ne distingua aucun bâtiment dans les environs, seulement une bande d'asphalte dans le lointain sur laquelle glissaient quelques voitures. Selon les données de sa carte, il s'agissait de la route 93, au nord-ouest de Chloride, en Arizona.

Hammer tourna en cercle au-dessus du lieu du crash, Fuzzy dans son aile.

— C'était horrible de devoir assister à ça, déclara ce dernier.

Hammer garda le silence. Que pouvait-il dire ? Il venait de regarder un avion s'écraser avec vingt-sept personnes à son bord.

Il relaya les coordonnées exactes du lieu du crash au contrôle de Los Angeles.

— Bien reçu, répondit la tour. Les véhicules de secours sont déjà en route.

Même si cela ne servirait à rien. Personne n'aurait pu survivre à ce crash.

— CALIF trois-deux retourne à la base, annonça Hammer.

Il redoutait la perspective du *debriefing* ; celui-ci risquait d'être long et lugubre.

Alors qu'il tournait son F-16 vers la base, Hammer jeta un dernier regard à l'épave du vol N-348 Zoulou qui serait bientôt examinée par les enquêteurs de la Sécurité aérienne. Il ne les enviait pas, car cette enquête risquait de ne ressembler à aucune autre. Le mystère à résoudre n'était pas de savoir pourquoi l'avion s'était écrasé ; la réponse était évidente. Non, la question était de savoir comment tous les passagers d'un appareil pouvaient se volatiliser en plein vol…

Chapitre 8

Le temps que le canot de sauvetage regagne *Scotia Un*, la nuit était tombée et la brume enveloppait la plate-forme pétrolière. Les tempêtes étaient si mauvaises en Atlantique Nord que le pont inférieur de la plate-forme était situé à vingt mètres au-dessus du niveau de la mer, afin de minimiser le risque que les vagues endommagent l'installation. Avec une mer agitée et une visibilité réduite, il était difficile de maintenir le canot directement à l'aplomb du treuil de chargement, et il fallut plus d'une demi-heure pour remonter tout le monde sur la plate-forme.

Tyler attendait avec impatience de pouvoir se débarrasser de sa combinaison de survie trempée, mais il mit un point d'honneur à quitter en dernier le canot de sauvetage. Son entraînement militaire comme son sens inné des responsabilités lui interdisaient de se faire hisser en sécurité pendant que d'autres attendaient encore dans le canot. Avant de prendre place dans la nacelle suspendue au treuil, il referma l'écoutille du canot afin que celui-ci puisse être récupéré plus tard. Il n'y avait rien pour l'amarrer à la plate-forme, en revanche ; le canot allait partir à la dérive sur l'océan.

Le pilote de l'hélicoptère avait repris conscience et il fut emmené à l'infirmerie de la plate-forme, en compagnie du copilote. Après l'avoir examiné, le médecin de bord conclut qu'il souffrait seulement d'une commotion qui ne nécessitait pas de prise en charge immédiate à terre, aussi l'hélicoptère des gardes-côtes qui était resté en vol stationnaire aux abords de la plate-forme rebroussa-t-il chemin jusqu'à St John, plutôt que de risquer un atterrissage dans la brume. Le médecin s'occupa également du bras cassé du copilote. Les autres passagers ne souffraient que d'une légère hypothermie. Tyler était stupéfait de constater que personne n'était plus grièvement atteint. Il n'était resté dans l'eau qu'une minute et il tremblait encore de froid.

Dilara Kenner refusa de se laisser examiner par le médecin. Elle semblait considérer tout le monde avec méfiance. En dehors du fait d'insister pour parler avec Tyler dès que possible, elle n'avait plus décroché un mot depuis qu'elle avait mentionné l'arche de Noé. Tyler avait proposé de retrouver Dilara le lendemain pour le petit déjeuner, mais elle insista pour lui parler le plus vite possible. Tout ce qu'elle réclamait avant, c'était une douche chaude et des vêtements secs.

Tyler et Grant la conduisirent à une cabine libre où Tyler avait laissé à son intention une combinaison de travail ainsi qu'une paire de bottes. Laissant Dilara se changer, il alla récupérer son blouson, puis gagna sa propre cabine et passa une chemise sèche et un jean. Il retrouva Grant devant la cabine de Dilara et lui raconta ce que cette dernière lui avait confié à bord du canot de sauvetage.

— L'arche de Noé, hein ? s'amusa Grant. Voilà qui n'est pas vraiment dans tes cordes. À moins qu'il n'y ait quelque chose de ton passé que tu ne m'aies pas avoué ? Tu fais des à-côtés dans l'archéologie maintenant ?

— Non, sauf si tu comptes cette fois où je cherchais quelque chose à manger dans ton réfrigérateur.

— Ce porc moo shu avait vraiment une drôle de tête, c'est vrai. Ou était-ce du poulet du général Tso ?

— Je crois qu'il s'agissait d'une toute nouvelle forme de vie. J'ai été traumatisé pour le restant de mes jours. Ce truc était assez vieux pour que ton frigo soit classé comme site historique.

— Bon, mais si elle n'est pas là pour faire appel à tes lumières en archéologie, qu'est-ce qu'elle te veut ?

— Du diable si j'en sais quelque chose, répondit Tyler. Elle ne m'a pas donné l'impression d'être cinglée, et ses références sont solides.

— Il y a quelque chose qui la rend nerveuse. Ça ne me dit rien qui vaille.

— Tu ferais mieux de me laisser lui parler seul à seul. Je te raconterai après.

Grant et Tyler étaient amis depuis qu'ils avaient servi ensemble dans l'armée. Tyler était capitaine et Grant avait été son sergent-chef avant de rejoindre les Rangers. Après avoir été remercié avec les honneurs, Tyler avait créé sa société de conseil en ingénierie et convaincu Grant quelques années plus tard de quitter l'armée pour devenir associé dans son entreprise, laquelle avait depuis fusionné avec une autre société. Ils travaillaient ensemble depuis deux ans à présent et Tyler lui aurait confié sa vie sans hésiter, mais il sentait que Dilara serait plus à l'aise face à un seul interlocuteur.

— Pas de souci, dit Grant. J'ai encore du travail à faire sur ce problème de ballast. Je devrais pouvoir résoudre ça d'ici à demain. Cela vous laissera à tous les deux le temps de faire connaissance.

Dilara sortit de la cabine. Malgré les cernes noirs qui marquaient ses yeux, elle ne ressemblait plus à la créature piteuse et détrempée que Tyler avait sortie de l'eau. Elle avait ramené ses cheveux en queue-de-cheval et même si ses joues étaient encore rougies par le froid et le vent, son visage arborait ce teint doré qui suggérait de longues périodes d'exposition au soleil ou des origines méditerranéennes, ou encore une combinaison des deux.

Tyler vit qu'elle dissimulait son épuisement ; il n'aurait pas été surpris de la voir s'écrouler devant eux. Surnager tout en soutenant un homme qui faisait deux fois son poids avait dû être harassant.

Pour ce qui était des vêtements, Tyler avait correctement estimé la taille de Dilara – environ un mètre soixante-quinze – mais elle flottait dans le bleu de travail dont elle avait serré la ceinture au dernier cran. Il ne l'avait vue que vêtue de sa combinaison de survie, laquelle était si volumineuse qu'il n'avait pas remarqué combien la jeune femme était svelte.

— Si vous le souhaitez, lui proposa-t-il, je peux vous trouver quelque chose qui vous ira un peu mieux.

Grant, qui se tenait derrière Dilara, haussa les sourcils en acquiesçant, comme s'il aurait bien aimé la voir dans des vêtements plus ajustés. Tyler lui adressa un signe de tête et Grant saisit le message.

— Je dois aller m'occuper de certains problèmes, annonça-t-il. Content de vous connaître, Dilara.

Il partit en adressant un petit clin d'œil à Tyler.

— Et ce café que vous m'aviez promis ? demanda Dilara.

— Vous êtes sûre que vous ne voulez pas vous reposer d'abord ? Vous avez l'air morte de fatigue.

Dilara se redressa et prit une grande inspiration.

— Croyez-moi, j'ai connu pire. Une fois, j'ai marché dans le Sahara pendant deux jours sans la moindre goutte d'eau après que mon camion était tombé en panne. Je peux rester debout encore un peu. Mais je ne dirais pas « non » à un *cheese-burger* pour accompagner mon café.

— On va vous trouver ça, dit Tyler en lui indiquant la direction du réfectoire.

Dilara le précéda avec la démarche volontaire de quelqu'un qui n'aime pas perdre son temps. Tyler ne savait pas pourquoi cette femme était là, mais il appréciait sa force de caractère.

Quelques retardataires étaient encore attablés pour dîner dans le réfectoire qui ressemblait à une cafétéria, avec un grill et une salle à manger meublée de longues tables en mélaminé et d'un sol en moquette. Tyler leur servit deux tasses de café fumant et commanda un *cheese-burger* pour chacun d'eux. Ils s'assirent à une table vide dans le coin opposé de la salle. Dilara prit place sur la chaise en face de Tyler et examina les gens autour d'elle. Satisfaite de constater que personne ne semblait faire particulièrement attention à eux, elle reporta son attention sur Tyler.

— J'apprécie que votre ami nous ait laissé l'occasion de parler en tête à tête.

— Je n'hésiterais pas à confier ma vie à Grant. Il m'a sauvé le jour où j'ai reçu cette cicatrice. (Tyler pointa du doigt la balafre sur son cou.) Mais je lui ai demandé de nous laisser seuls. J'ai eu le sentiment que vous vouliez me parler en privé.

Dilara plissa les yeux tout en fouillant parmi ses souvenirs.

— Son visage me semble familier. Où ai-je bien pu le voir ?

— Lorsqu'il était à l'université de Washington, Grant a été trois fois d'affilée champion universitaire de lutte libre. Par la suite, il est passé pro pendant trois ans.

Les yeux de Dilara s'éclairèrent.

— Mais oui, c'était le Brasier ! Ce catcheur qui avait tout plaqué pour s'engager dans l'armée après le 11-Septembre.

— C'est ça. Il évoque rarement cette période de sa vie et généralement les gens ne le reconnaissent pas sans ses *dreadlocks*.

— C'est incroyable ! Je ne connais rien au catch, mais j'avais quand même entendu parler de lui. Je me rappelle même sa phrase fétiche. (Dilara prit une voix grave.) « Sens la brûlure du Brasier ! »

Tyler éclata de rire.

— Très impressionnant, mais cela marche encore mieux si vous grimacez en le disant.

— Que fait-il ici ? Il n'envisage pas de revenir dans le catch ?

— Non. Après plusieurs années dans l'armée, il n'avait plus la condition nécessaire, alors il a abandonné les rings. Mais la prochaine fois que vous le voyez, demandez-lui de vous parler de ses coups spéciaux. Il adore raconter ces histoires.

Cet échange de banalités semblait permettre à Dilara de repousser le moment d'aborder les choses sérieuses. Tyler ne relança pas la conversation et laissa le silence s'installer.

— Vous voulez connaître la raison de ma présence, finit par lâcher la jeune femme.

— Le fait est que vous avez piqué ma curiosité.

— Écoutez, je ne suis pas une espèce d'illuminée.

— Je n'ai jamais pensé que c'était le cas.

— J'ai commis une maladresse tout à l'heure, lorsque j'ai mentionné l'arche de Noé à brûle-pourpoint. Quand je dérivais dans l'océan, je n'arrêtais pas de penser à la raison de ma venue. Et en entendant votre nom, cela m'a échappé.

— Donc votre plan d'origine était de me passer d'abord la pommade, pour me demander ensuite de vous aider à retrouver l'arche de Noé ?

— Cela sonne encore plus loufoque quand c'est vous qui le dites. Écoutez, je ne voudrais pas que vous pensiez que je suis une espèce de folle.

— Vous me paraissez tout à fait saine d'esprit.

— Le problème est que je ne suis même pas sûre que vous puissiez m'aider. Tout ce que j'ai, ce sont quelques mots prononcés par un ami de ma famille, Sam Watson. (Elle avait prononcé ce nom comme si Tyler était censé savoir de qui elle parlait.) Connaissez-vous Sam ?

Tyler secoua la tête.

— Non. Je devrais ?

— Je pensais que ce serait peut-être le cas. C'est lui qui m'a dit de vous contacter.

— Pourquoi ?

— Ses paroles exactes étaient celles-ci : « Tyler Locke. Gordian Engineering. Va lui demander son aide. Il connaît Coleman. »

— Le seul Coleman que je connaisse, songea Tyler d'un air perplexe, est John Coleman, de la Coleman Engineering and Consulting. Il est ingénieur-conseil lui aussi. Il nous arrive d'être en concurrence sur certains contrats, mais cela fait bien un an que je n'ai pas eu l'occasion de lui parler.

— Vous ne savez donc pas quel peut être le lien entre Coleman et vous ?

— Je n'en ai pas la moindre idée. Votre ami a-t-il dit autre chose ?

— Quelques mots décousus. « Hayden. Projet. Oasis. Nouvelle. Genèse. » Ont-ils un sens quelconque pour vous ?

Tyler réfléchit un instant, mais ces mots ne lui évoquaient rien de spécial.

— En dehors de leur signification usuelle, ils n'ont aucun sens pour moi. Mais vous disiez que tout cela avait un rapport avec l'arche de Noé ?

— Exact.

— Et avec moi ?

— Oui.

Tyler devait admettre que tout cela lui semblait bien étrange. Qu'est-ce que l'arche de Noé avait à faire avec lui ?

— Et pourquoi ce Sam Watson ne m'a-t-il pas contacté lui-même ?

— Il voulait d'abord me parler. Mon père était archéologue lui aussi ; il s'appelle Hasad Arvadi. Vous le connaissez ? lui demanda-t-elle avec espoir.

Tyler secoua la tête et Dilara se laissa aller contre le dossier de son siège avec un air déçu.

— C'est un nom turc, n'est-ce pas ? demanda Tyler.

— Tout à fait. Je suis impressionnée.

— J'ai passé quelque temps en poste à la base aérienne d'Incirlik.

Incirlik était la base principale des États-Unis en Turquie et servait souvent d'escale aux vols vers l'Iraq.

— Votre prénom a lui aussi des consonances turques. A-t-il une signification ?

— Il signifie « l'aimante », répondit Dilara en rougissant, avant de poursuivre. Mon père appartenait à la petite communauté de chrétiens turcs. Il a émigré aux États-Unis il y a de nombreuses années, mais il a usé de ses relations en Turquie pour décrocher l'autorisation de mener des fouilles sur le mont Ararat. Par le passé, il était très compliqué d'obtenir la permission d'explorer la région. L'œuvre de sa vie a consisté à rechercher des preuves de l'existence de l'arche de Noé. Dans l'ensemble, la communauté des archéologues le prenait pour un hurluberlu obsédé par des théories farfelues, mais Sam m'a affirmé qu'il l'avait trouvée.

Tyler réprima un éclat de rire.

— Il aurait trouvé l'arche de Noé ? La véritable arche de Noé ?

— Je sais, cela paraît ridicule, mais c'est ce que Sam m'a dit. Et il a ajouté : « Les recherches de ton père ont déclenché tout ça. Tu dois retrouver l'arche. »

— Si quelqu'un avait retrouvé l'arche de Noé, je crois que j'en aurais entendu parler aux infos.

— Pas si la découverte n'a pas été rendue publique. Cela fait trois ans que mon père a disparu sans laisser de traces. Sam m'a dit que quelqu'un l'avait assassiné à cause de l'arche de Noé. Et je le crois.

— Pourquoi ?

— À cause de ça.

Dilara lui montra le médaillon qu'elle portait autour du cou. Elle l'ouvrit pour révéler la photographie d'une belle femme aux cheveux châtain foncé. Hormis sa peau plus blanche et sa chevelure plus claire, on aurait pu croire qu'il s'agissait de Dilara. Tyler hocha la tête d'un air compréhensif.

— Il s'agit de ma mère, poursuivit Dilara. Elle est morte quand j'avais treize ans. Mon père était originaire d'Ankara et ma mère était une Italo-Américaine de Brooklyn. Il a fait sa connaissance quand il s'est installé à New York pour prendre un poste d'enseignant à Cornell. Ils formaient un couple original, mais ils étaient très amoureux.

Ces origines expliquaient le visage si particulier de Dilara.

— Que représente ce médaillon ? demanda Tyler.

— Mon père ne s'en est jamais séparé. Mais je l'ai reçu par la poste comme cadeau d'anniversaire peu avant sa disparition. Je pense qu'il se savait menacé et qu'il voulait me le transmettre avant de se faire tuer.

Tyler secoua la tête.

— Écoutez, je suis navré pour votre père, mais je ne vois toujours pas en quoi cela a un lien avec moi. Et où est ce Sam actuellement ?

— Il est mort. Ils l'ont tué sous mes yeux.

— « Ils » ?

— Ceux qui essaient de me tuer.

— Il y a des gens qui essaient de vous tuer ? s'enquit Tyler d'une voix dubitative, comme s'il s'adressait à une patiente qui venait de lui expliquer qu'elle avait été enlevée par des extraterrestres.

— Oui, il y a des gens qui essaient de me tuer, répéta Dilara sans masquer son exaspération devant le ton condescendant de Tyler. C'est la raison pour laquelle l'hélicoptère s'est écrasé. Il ne s'agissait pas d'un accident, mais d'un sabotage.

Chapitre 9

D'une pression sur un seul bouton, Sebastian Ulric éteignit toute la rangée de téléviseurs diffusant l'ensemble des chaînes d'information qui couvraient le crash de l'avion de Rex Hayden. Il se leva et sortit sur le pont arrière de son luxueux yacht, le *Mako*, un navire assez grand pour accueillir sa propre plate-forme pour hélicoptère, ainsi qu'un sous-marin de poche. À vingt-cinq kilomètres de là, les collines de Palos Verde émergeaient du smog qui recouvrait Los Angeles et Long Beach. Une brise légère agita les cheveux blonds d'Ulric, osant perturber la mise soignée d'un homme qui savait user de ses qualités physiques pour charmer ses disciples : des yeux vert intense, un corps athlétique et bronzé, et une mâchoire carrée qui disait toute sa force et sa détermination. Ulric savait qu'il avait le physique d'un meneur d'hommes et les récents événements le contraignaient à assumer de nouveau ce rôle. Il ferma les yeux et réfléchit à la meilleure façon de gérer la situation.

— Il ne s'agit que d'un désagrément mineur, monsieur.

Dan Cutter l'avait suivi sur le pont. Toujours disposé à servir, Cutter, toujours avide de plaire. C'était un tacticien de génie, mais il était incapable d'avoir une vision globale des choses.

Ulric se retourna et lui sourit. Le vétéran était un véritable géant doté d'un front proéminent qui faisait penser à celui des bélugas que l'on pouvait voir au parc aquatique de

SeaWorld. Il avait le physique d'un de ces chasseurs qui s'amusent à capturer les alligators à mains nues et un visage buriné qui trahissait ses années de service sur les champs de bataille poussiéreux. Pour autant, il arborait en cet instant l'expression piteuse d'un chien ayant contrarié son maître.

— Vous pensez que je suis en colère ? s'étonna Ulric. Bien au contraire. Je suis transporté de joie.

— Vraiment, monsieur ?

— Évidemment. Regardez là-bas et dites-moi ce que vous voyez.

Cutter marqua une pause, comme s'il s'agissait d'une question piège.

— Los Angeles, monsieur, répondit-il enfin avec assurance.

— Tout à fait. Vous voyez une ville. Mais il s'agit d'une ville gangrenée par le crime, la misère, la cupidité, le malheur, la débauche, la perversion. Tous les péchés de la terre se concentrent dans cet endroit. Et pourtant il s'agit d'une des cités les plus prospères de l'un des plus riches pays du monde. À présent, prenez toute la misère de cette ville et multipliez-la par un million. Vous obtenez une somme de péchés qui atteint l'incroyable, qui n'est même plus concevable. L'esprit reste interdit devant cette vérité que, pour tout ce que nous avons accompli de grandiose en tant qu'espèce, nous nous sommes avilis bien davantage, jusqu'à tomber si bas. Vous savez ce que moi je vois ?

— Non, monsieur.

— Quand je regarde cette ville, je vois une page vierge. Je vois un nouveau commencement pour l'humanité. Il ne s'agit que d'un de ces milliers d'endroits que nous rendrons aux justes une fois l'avènement du Nouveau Monde accompli. Et aujourd'hui je sais que ma vision s'accomplira. Notre démonstration a été un succès. Les nôtres vont avoir foi en notre mission. Ils verront que cela est possible, que j'ai tenu la promesse que je leur ai faite.

— Mais qu'en est-il de l'avion ? Il était supposé s'abîmer en mer après avoir survolé Honolulu. Maintenant qu'il s'est écrasé dans le désert, des équipes de recherche vont fouiller l'épave.

— Un désagrément mineur, comme vous l'avez si bien dit.

— Mais l'engin a pu supporter le crash. Nous pensions qu'il serait perdu en mer. S'il est retrouvé, les preuves pourraient conduire jusqu'à nous.

Ulric devait bien admettre que les débris de l'engin pouvaient poser un problème. Sebastian Ulric était président-directeur général et chef du département technologie d'Ulric Pharmaceuticals, dont les méthodes révolutionnaires en matière de production de vaccins avaient bouleversé le marché, propulsant le cours de son action – ainsi que les revenus personnels d'Ulric – dans la stratosphère. Bien sûr, il avait fallu prendre quelques libertés avec les autorisations de mise sur le marché et graisser quelques pattes pour faciliter les choses. Grâce à sa fortune et à ses contacts dans l'industrie pharmaceutique, Ulric avait pu mener à bien la construction de l'engin, mais certains de ses composants étaient hautement spécialisés. Il existait donc un risque limité que les enquêteurs puissent remonter leur piste jusqu'à Ulric Pharmaceuticals.

L'opération soigneusement orchestrée par Ulric pour l'avènement du Nouveau Monde avait réclamé trois années de préparation, et ce vendredi était une date-clé. Il était impossible d'avancer le planning et Ulric ne pouvait pas risquer d'être compromis durant cette étape critique. Il fallait récupérer l'engin.

— Vous pensez pouvoir retrouver la valise ? demanda Ulric.

— Oui, mais il me faudra du temps pour infiltrer le site du crash. Avant que j'y parvienne, ils auront emporté tous les bagages dans un entrepôt pour les inventorier et les analyser. Ce sera plus facile et plus discret de la récupérer là-bas. Enfin, si jamais elle n'a pas été détruite.

— Prions pour que ce soit le cas.

— Bien sûr.

— Et concernant l'autre affaire ?

— Là aussi, nous avons un problème.

— Vraiment ?

Ulric n'était pas au courant. Il avait supposé que les choses étaient réglées.

Lorsqu'il avait été informé que Sam Watson, un de ses plus brillants scientifiques, avait découvert leurs plans, la première priorité avait été de s'assurer qu'il ne communiquerait cette information à personne. Watson avait été un membre fidèle de la Sainte Église diluvienne, mais il n'avait jamais appartenu au cercle des intimes d'Ulric, les seuls à connaître le plan dans son ensemble. Il avait dû devenir suspicieux sur le but véritable de ses travaux et avait piraté certains fichiers critiques qui contenaient les détails de l'opération. La sécurité avait découvert la fuite, mais Watson s'était échappé. Il n'avait emporté aucune preuve matérielle, mais il en savait suffisamment pour représenter un danger. Comme le travail de Sam était terminé pour l'essentiel, Ulric n'avait plus besoin de lui et avait ordonné son élimination.

Mais avant que les forces de sécurité d'Ulric aient pu exécuter cet ordre, Watson avait téléphoné à quelqu'un. Ils ne savaient pas exactement ce que Watson avait raconté, mais en tout cas il n'avait pas prévenu la police, sinon il serait allé dans un commissariat pour faire sa déposition. Pour autant, il avait pu livrer à son interlocuteur une information essentielle. Comme ils ne pouvaient pas se débarrasser de Watson avant de découvrir l'identité dudit interlocuteur, ils l'avaient donc surveillé en attendant de voir qui il allait rencontrer.

L'assassinat de Watson s'était déroulé selon le plan, mais ce dernier avait réussi à communiquer quelque chose à cette femme, Dilara Kenner, qui avait disparu après avoir échappé de peu à la mort quand le 4 × 4 l'avait percutée. Ils avaient perdu sa trace jusqu'à ce qu'une recherche dans les bases de données des compagnies aériennes révèle sa réservation pour un vol chez Wolverine Helicopters, une compagnie basée à St John, dans la province canadienne de Terre-Neuve. Au premier abord, le fait qu'elle veuille se rendre sur une plate-forme pétrolière au beau milieu de l'Atlantique les avait laissés perplexes. Puis en étudiant la liste des personnes présentes sur la plate-forme grâce aux fichiers des gardes-côtes canadiens, ils avaient découvert l'identité de celui qu'elle venait rencontrer. Tyler Locke, un ancien vacataire employé par la firme d'Ulric qui avait posé plus de problèmes que n'en méritait sa réputation.

Une fois qu'Ulric avait appris que Tyler Locke était impliqué, le but de Dilara était devenu évident. Ils devaient l'arrêter avant qu'elle puisse lui parler. La supprimer de manière flagrante risquait de soulever trop de questions, surtout de la part de Locke, aussi devaient-ils faire en sorte que cela ressemble à un accident.

— Elle n'est donc pas morte ? demanda Ulric.

Cutter secoua la tête.

— Que s'est-il passé ?

— La bombe placée sur l'hélicoptère n'était pas assez puissante. Mes hommes sur le yacht l'ont déclenchée comme prévu, mais l'explosion n'a fait qu'endommager le moteur. Les passagers ont pu s'extraire de l'hélico avant qu'il coule. Le navire d'intervention de la plate-forme était en mission, mais à en croire les communications radio que nous avons interceptées,

Tyler Locke a utilisé un canot de sauvetage pour aller les repêcher. Sinon, ils n'auraient jamais pu survivre jusqu'à ce que l'hélicoptère des gardes-côtes arrive sur la zone.

— Tyler Locke. Décidément, il ne peut jamais éviter de fourrer son nez là où il ne devrait pas. Bon, nous avons désormais un bien plus gros problème. Nous devons supposer qu'elle lui a raconté ce qu'elle sait. Le yacht est-il toujours sur place ?

— Il attend mes ordres.

— Quelles sont nos options ?

Cutter prévoyait toujours un plan de secours, et cette fois encore il se montra à la hauteur des attentes d'Ulric.

— Nous avons déjà un plan en place. Mes hommes sont prêts à détruire la plate-forme tout entière.

— Il faut que cela ressemble à un accident, précisa Ulric. Le meurtre de Tyler soulèverait encore plus de questions.

— Cela ressemblera à une négligence de la compagnie pétrolière. Avec deux cents morts, une plate-forme d'un milliard de dollars détruite et une marée noire en Atlantique Nord, les autorités auront fort à faire. Une enquête détaillée leur prendra plusieurs semaines.

Ulric sourit et reporta son regard vers la ville, qui ne serait bientôt qu'un lointain souvenir.

— Parfait, dit-il. Le temps qu'ils découvrent ce qui s'est réellement produit, il sera trop tard pour qu'ils puissent nous arrêter.

Chapitre 10

Alors qu'ils attendaient leur repas, Tyler écouta avec attention Dilara lui raconter la mort de Sam et l'accident de voiture qui avait suivi, ne l'interrompant que pour lui demander de clarifier tel ou tel point. Elle ne lui mentait pas, Tyler en avait la certitude. Mais alors, que devait-il en conclure ? Soit qu'elle était la victime d'une extraordinaire série de coïncidences malheureuses, soit que lui-même avait effectivement un lien d'une nature inconnue avec quelque vaste conspiration qui cherchait à supprimer cette femme. Aucune de ces deux hypothèses ne lui paraissant crédible, Tyler réserva son opinion.

Les *cheese-burgers* arrivèrent encore fumants du grill du réfectoire. Dilara et Tyler interrompirent leur discussion pour attaquer leur repas.

— Incroyable, s'exclama Dilara après une bouchée. J'ai des hallucinations à cause du froid ou est-ce que c'est le meilleur *cheese-burger* que j'aie jamais mangé ?

— La cuisine est de premier ordre ici, pour maintenir le moral des ouvriers. Ils restent sur la plate-forme trois semaines d'affilée et il y aurait des émeutes si la compagnie leur servait des repas médiocres.

Dilara mâcha en silence. La nourriture et le café avaient ramené un peu de vie dans son regard.

— Vous n'avez pas réagi quand j'ai parlé d'avoir des hallucinations, hasarda-t-elle. Vous pensez que c'est ce qui m'arrive, n'est-ce pas ?

— Pour être franc, je ne sais pas quoi penser, avoua Tyler. Vous ne me paraissez pas être victime d'hallucinations, mais encore une fois, je ne vous connais que depuis quelques heures.

— Allez-vous m'aider ?

— Je ne sais même pas vraiment ce que vous attendez de moi.

— Moi non plus, à vrai dire. En revanche, je sais qu'il y a des gens qui essaient de me tuer et que nous pouvons faire toute la lumière sur cette affaire en retrouvant l'arche de Noé. Vous êtes impliqué d'une manière ou d'une autre. Sam en avait la certitude.

Tyler leva la main droite.

— Je jure solennellement que j'ignore où se trouve l'arche de Noé. Parole de scout.

Il ne pouvait s'empêcher de se montrer un peu sarcastique, tout en espérant ne pas en faire trop ; il n'était pas toujours très bon juge en la matière.

— Ça, je l'ai bien compris. Mais ceux qui tentent de me tuer ne veulent pas que je vous parle. Il doit bien y avoir une raison.

Tyler soupira. Dilara n'abandonnerait pas tant qu'il ne lui aurait pas donné quelque chose.

— Je vais demander à mes gars de fouiner du côté de Coleman Engineering, mais j'ai un boulot à finir ici, et je dois être en Europe dans deux jours pour une autre mission.

— Vous devez l'annuler.

— Écoutez, je veux bien vous aider…

— Et l'hélicoptère, vous oubliez l'hélicoptère ? Vous avez admis que cet accident avait quelque chose d'étrange.

Tyler haussa les épaules.

— Oui, il pourrait être dû à un engin explosif, comme il pourrait s'agir de la rupture d'une pale de turbine ou d'un autre problème mécanique. Le fond marin est à plus de trois cents mètres dans le coin. Il faudra des semaines, si ce n'est des mois, pour récupérer l'épave de l'hélicoptère.

— Nous n'avons pas ce temps devant nous ! Nous sommes déjà samedi soir. Cette chose qui va tuer des milliards de gens doit commencer vendredi prochain.

— Écoutez, vous êtes la bienvenue à bord aussi longtemps que vous en avez besoin. Je me suis déjà arrangé avec le directeur de la plate-forme. Mais si on ne trouve aucun lien avec Coleman, je ne pourrai rien faire de plus. Vous devrez vous en remettre à la police.

Pour la première fois, le découragement teinta la voix de Dilara.

— J'ai déjà essayé à Los Angeles. Ils m'ont dit que Sam était mort d'une crise cardiaque et que le 4 × 4 qui m'avait percutée était sans doute celui d'un chauffard ivre.

— Et c'était peut-être le cas.

Ce fut au tour de Dilara de se montrer sarcastique.

— Très bien. Donc j'ai vu un homme mourir sous mes yeux, j'ai été impliquée dans un accident de la circulation qui aurait pu m'être fatal et j'ai réchappé *in extremis* au *crash* d'un hélicoptère, et tout cela en l'espace de trois jours ? Allons donc. Ne me dites pas que vous pensez qu'il s'agit simplement de coïncidences.

Tyler devait bien admettre que Dilara était tenace.

— Je ne suis pas homme à croire aux coïncidences, et pourtant j'en ai déjà rencontré. Mais là je dois bien reconnaître que ce serait une incroyable succession de malchances.

— Je n'ai pas l'intention de tenter ma chance au black-jack de sitôt. J'ai seulement besoin d'un peu d'aide.

Tyler avala son dernier morceau de *cheese-burger* et attendit d'avoir fini de mâcher pour parler.

— OK, je vais vérifier tout ça moi-même, concéda-t-il, mais je ne vous promets rien. Je parlerai à John Coleman demain. Peut-être qu'il saura quelque chose.

— Je vous remercie, dit Dilara, soulagée de sentir qu'elle n'était plus seule face à cette énigme.

Tyler était curieux d'entendre ce que Coleman aurait à déclarer, mais il ne se faisait pas d'illusions. Pour l'heure, sa conclusion était que Sam Watson s'était trompé à son propos ; mais si Tyler n'avait aucun lien avec cette histoire, ce n'était peut-être pas le cas de John Coleman.

Dilara termina son *cheese-burger* et la fatigue vint finalement à bout de sa résistance. Tyler la raccompagna à sa cabine et lui assura qu'il l'informerait à la minute où il trouverait quelque chose, mais dans la mesure où l'on était samedi, il n'espérait aucune information nouvelle avant au moins le lendemain matin. Puis il regagna sa propre cabine. Tyler voulait avoir quelques informations sur Coleman avant de le contacter ; il rédigea un e-mail à Aiden MacKenna au siège de la Gordian à Seattle, où il y avait quatre heures et demie de décalage horaire par rapport à Terre-Neuve. Après s'être connecté au système wi-fi de la plate-forme pour envoyer son e-mail, Tyler s'écroula sur sa couchette, épuisé par cette journée riche en émotions.

À 1 h 15 du matin, un bip émis par son ordinateur portable le réveilla. Reposé par ces quelques heures de sommeil, Tyler tourna l'ordinateur vers lui et vit qu'il avait reçu un message instantané d'Aiden, le meilleur expert de la Gordian en matière de récupération de données. Tyler utilisait souvent ses services dans les enquêtes sur des catastrophes, mais Aiden était un véritable as de l'informatique capable de résoudre à peu près tous les problèmes que Tyler lui soumettait. Tyler n'était même pas surpris de constater qu'Aiden vérifiait ses e-mails à 20 h 45 un samedi soir.

« Tyler, mon gars, j'ai ta réponse. Tu es réveillé ? » disait le message.

« Maintenant, oui. Où es-tu ? » répondit Tyler.

« Chez moi, je joue à Halo et je siffle des canettes de Red Bull avec quelques potes du boulot. Je leur mets une raclée, d'ailleurs. Je viens seulement de voir ton message, sinon je t'aurais répondu plus tôt. »

« Qu'as-tu trouvé ? »

« Ça fait un bail que tu n'as pas entendu parler de John Coleman, hein ? »

« Depuis six mois. Pourquoi ? »

« Il est mort. Un accident à la noix. »

Mort ? John Coleman avait à peine la cinquantaine et il paraissait en parfaite santé.

« Que lui est-il arrivé ? »

Au lieu de la réponse d'Aiden, une fenêtre s'ouvrit sur le bureau, qui disait : « Connexion interrompue ». Juste au bon moment, alors qu'ils allaient entrer dans le vif du sujet !

Tyler vérifia sa connexion au réseau wi-fi de *Scotia Un*, mais la réception était parfaite. Il essaya d'ouvrir Google, mais n'obtint qu'une page d'erreur. Cela signifiait que c'était la connexion du réseau de la plate-forme à l'Internet qui était coupée.

Scotia Un était équipée d'une antenne satellite qui la reliait au monde extérieur. Les ouvriers pouvaient ainsi surfer sur le Web et envoyer des e-mails quand ils n'étaient pas au travail. L'antenne servait également de système de secours à la radio de la plate-forme. Cette coupure de connexion ne pouvait avoir que deux explications. Soit il y avait eu une défaillance interne quelconque, soit l'antenne s'était débranchée.

Tyler regarda par la fenêtre. La brume était toujours dense, mais une brève déchirure dans le voile cotonneux lui permit de constater que la mer était relativement calme. Ces conditions météo rendaient improbable l'hypothèse d'une défaillance mécanique. Seule une forte tempête aurait pu arracher l'antenne. Ce devait donc être une panne électrique ou un problème de logiciel.

Tyler décrocha le téléphone et appela la salle de contrôle. Frank Hobson lui répondit. C'était un homme timide qui portait des lunettes à grosse monture noire et assurait toujours le poste de nuit seul.

— Salut Tyler, dit-il d'une voix grêle. Qu'est-ce que je peux faire pour vous ?

— Frank, j'ai un souci avec l'Internet. Quand la connexion sera-t-elle rétablie ?

— Je ne savais même pas qu'elle était coupée. Vous êtes probablement le seul à l'utiliser à cette heure de la nuit. Laissez-moi vérifier. (Tyler l'entendit pianoter sur son clavier.) Ouais, ici aussi c'est mort.

— Pouvez-vous voir d'où vient le problème ? J'étais en train de chatter avec quelqu'un quand la connexion s'est interrompue.

Tyler n'entendit que le bruit du clavier pendant un petit moment.

— Le logiciel fonctionne bien. C'est peut-être un problème mécanique. Ou ça vient de l'antenne satellite. Je vais devoir appeler quelqu'un pour vérifier.

— Je peux m'en charger si vous voulez.

Tyler était réveillé de toute façon et il avait hâte de connaître le fin mot de cette histoire, alors autant aller prendre l'air.

— Vous savez où se trouve l'antenne ?

— Oui, Grant et moi l'avons examinée il y a quelques jours quand nous cherchions à comprendre d'où venait ce problème électrique. Si ça ressemble à une défaillance électrique, j'irai sortir Grant de son plumard.

— OK, merci.

— Pas de problème.

Tyler raccrocha et se leva en s'étirant. Il enfila son jean et son blouson et quitta sa cabine.

La nuit était fraîche et la brise lui apporta cette sempiternelle odeur de pétrole brut. Même à cette heure tardive, des ouvriers s'affairaient sur la plate-forme, car l'extraction du pétrole se poursuivait vingt-quatre heures sur vingt-quatre. La visibilité se réduisait à une dizaine de mètres. Le crissement aigu d'une meuleuse revenait sans cesse lui agresser les tympans.

Tyler s'avança sur la passerelle qui conduisait au sommet du module d'habitation, où se trouvait l'antenne satellite. Devant lui, à peine visible dans la brume, il remarqua la silhouette d'un homme vêtu d'une combinaison noire qui disparut dans les ténèbres en direction de l'escalier d'évacuation menant aux canots de sauvetage. L'homme portait quelque chose en bandoulière, mais Tyler ne réussit pas à voir de quoi il s'agissait avant que la silhouette se fonde dans la brume. Peut-être venait-il de réparer l'antenne ? Tyler l'appela à deux reprises, mais l'homme ne répondit pas. Il n'avait pas dû l'entendre à cause du bruit de la meuleuse.

Tyler atteignit l'escalier et grimpa jusqu'au bouquet d'antennes qui constituait le système de communication de *Scotia Un*. L'antenne parabolique faisait près d'un mètre de diamètre et pointait vers un satellite géosynchrone ; l'antenne radio mesurait dix mètres de haut et était équipée d'un puissant système d'alimentation afin de pouvoir communiquer avec St John, à trois cent vingt kilomètres de là. Les deux antennes semblaient intactes.

Tyler examina les câbles électriques qui partaient de l'antenne et son estomac se noua quand il vit d'où venait le problème. Les fils avaient été sectionnés et en partie enlevés. Celui qui avait saboté l'antenne connaissait son affaire. Les câbles de l'antenne radio avaient subi le même sort ; les fils étaient reliés à un boîtier de dérivation qui avait été saboté. Quelqu'un voulait priver la plate-forme de tout moyen de communiquer avec le monde extérieur.

Tyler pouvait penser à plusieurs scénarios expliquant ce sabotage, et aucun d'eux n'était réjouissant. Il se précipita jusqu'à la salle de contrôle et ouvrit la porte à toute volée. Hobson, le seul homme présent, sursauta en le voyant entrer en trombe. Les verres épais de ses lunettes grossissaient ses yeux au point de lui donner l'apparence d'un personnage de dessin animé.

— Nous avons une situation d'urgence, annonça Tyler de but en blanc. Quelqu'un a sectionné les fils des antennes et détruit le boîtier de dérivation.

Hobson bondit de son siège.

— Comment ? Mais qui ferait une chose pareille ?

— Trouvez Finn et dites-lui qu'il y a un intrus sur la plate-forme.

— Un intrus ? répéta Hobson en frissonnant à cette idée.

— Je l'ai aperçu il y a quelques minutes. Sur le moment, j'ai cru qu'il s'agissait simplement d'un ouvrier de la plate-forme, même si sa combinaison noire m'a intrigué.

L'intrus devait se douter qu'il ne faudrait pas longtemps à l'équipage pour découvrir le sabotage de l'équipement de télécommunications, ce qui signifiait qu'il ne tarderait pas à repartir de la plate-forme. Tyler devait lui mettre la main dessus avant qu'il décampe, et pour cela il avait besoin de l'aide de Grant. Pour ce que Tyler en savait, les intrus pouvaient être plusieurs, et peut-être armés. Cette idée l'inquiétait, mais elle risquait de terrifier Hobson, aussi se garda-t-il de lui en parler.

— Comment quelqu'un aurait-il pu monter à bord ? s'interrogea Hobson.

— Il a dû grimper depuis un bateau. Peu importe. Avant d'appeler Finn, contactez Grant Westfield et dites-lui de me retrouver aux canots de sauvetage. Et qu'il soit discret. Vous connaissez son numéro de cabine ?

Hobson acquiesça.

— Vous ne pensez pas que je devrais déclencher l'alarme ?

— Non, cela informerait notre intrus qu'il a été repéré.

Tyler devait découvrir pourquoi ce type voulait les priver de moyens de communication. Il aurait aimé avoir une arme sous la main, mais une plate-forme pétrolière était le dernier endroit au monde où on l'aurait laissé venir avec son fidèle Glock 9 mm, et il n'y avait évidemment pas d'armurerie à bord.

Il ne lui restait plus qu'à espérer que Grant et lui seraient en mesure de gérer la situation. Au combat, contre un adversaire en surnombre, Tyler préférait frapper vite et fort. S'il y avait deux intrus armés, Grant et lui devraient pouvoir en venir à bout. Ils s'étaient sortis de situations bien plus désespérées par le passé. Mais si les intrus étaient plus nombreux, ils risquaient d'avoir de vrais problèmes, et n'importe quelle arme disponible pouvait faire la différence.

Hobson décrocha le téléphone et composa un numéro. Avant de sortir de la salle, Tyler se tourna une dernière fois vers lui.

— Frank, dites à Grant de s'arrêter à l'atelier et de récupérer deux grosses clés à molette.

Chapitre 11

Tyler descendit l'escalier à pas feutrés jusqu'à ce qu'il aperçoive les canots de sauvetage. Il se sentait désagréablement exposé. Il n'avait ni armes, ni renseignements sur l'ennemi, ni plan. Il aurait préféré pouvoir fignoler un bon plan d'attaque qui, comme le lui avaient appris toutes les opérations militaires auxquelles il avait participé, n'aurait révélé ses failles qu'une fois la mission commencée. Là, il devait sauter directement à l'étape où il fallait improviser. Il sentit son estomac se nouer.

À travers la brume, il repéra l'homme en combinaison noire, penché sur l'écoutille du premier canot de la rangée, occupé à y attacher quelque chose. Il avait la trentaine, des cheveux blond sale, une carrure moyenne, aucun tatouage visible. Il portait en bandoulière une mitraillette Heckler & Koch MP5 équipée d'un silencieux. Il avait l'air d'être seul. La visibilité atteignait désormais les dix mètres et l'espace était dégagé entre Tyler et lui ; impossible de lui tomber dessus par surprise.

Tyler sentit une tape sur son épaule. Les poings levés, il pivota sur lui-même pour faire face à Grant, accroupi derrière lui. Malgré sa corpulence, Grant avait le pied aussi léger que Fred Astaire. Tyler préférait décidément l'avoir comme ami que comme adversaire.

Grant portait deux grosses clés à tuyau de soixante centimètres de long. Elles étaient assez lourdes pour faire mal, sans être trop encombrantes. Il en tendit une à Tyler, qui s'en empara et la tint en la laissant reposer sur son épaule.

— *Ennemi*, indiqua Tyler à Grant en utilisant la langue des signes. *Il nous faut une diversion.*

— *Tu penses à quoi* ? lui répondit Grant de la même manière.

La grand-mère de Tyler était sourde et elle lui avait enseigné la langue des signes dès qu'il avait été en âge de parler. Quand il avait rejoint son unité de sapeurs, Tyler s'était vite rendu compte que ce langage pouvait s'avérer utile dans les situations requérant de la discrétion, et il l'avait ajouté à leur répertoire habituel de signes tactiques. Grant n'avait mis que peu de temps à le maîtriser.

— *Il ne me faut que quelques secondes*, signa Tyler. *Fais le tour jusqu'à l'autre escalier et agis comme si tu parlais à quelqu'un.*

Au moins, il avait un plan à présent. Ce n'était pas un plan très élaboré, mais comme l'intrus ne se doutait sûrement pas qu'il était déjà repéré, cela devrait suffire.

— *Donne-moi trente secondes*, signa Grant avant de remonter l'escalier. Tyler resserra sa prise sur la clé.

L'intrus termina ce qu'il faisait près des canots de sauvetage et avança jusqu'à la rambarde, où Tyler repéra pour la première fois un grappin accroché au flanc de la plate-forme. L'homme s'apprêta à enjamber la rambarde, puis s'immobilisa. Tyler entendit Grant descendre d'un pas lourd l'autre escalier, en parlant d'une voix forte comme s'il se disputait avec quelqu'un. L'homme se tourna dans la direction de la voix.

Il baissa un instant les yeux sur la rambarde, comme s'il hésitait à tenter de disparaître avant qu'arrive celui qui descendait l'escalier, puis parut renoncer à cette idée. Il saisit sa mitraillette, la leva à hauteur de l'œil et attendit, l'arme pointée dans la direction d'où arrivait Grant. La diversion avait fonctionné et Tyler saisit sa chance.

Il descendit l'escalier en silence et se rapprocha de l'intrus sur la pointe des pieds. Arrivé à deux mètres derrière l'homme, Tyler leva la clé au-dessus de sa tête, mais il n'avait pas pensé à resserrer les mâchoires de l'outil. Le mécanisme émit un cliquetis audible ; Tyler arrêta immédiatement son geste, mais il était trop tard. Son plan venait de tomber à l'eau.

L'intrus pivota sur lui-même. Tyler, qui avait déjà perdu l'effet de surprise, se jeta sur lui. L'homme pressa la détente avant même d'avoir Tyler en joue, balayant l'espace d'une longue rafale circulaire. Les balles de neuf millimètres ricochèrent sur les parois métalliques avoisinantes tandis que les étuis éjectés tintaient sur le sol grillagé. Tyler était assez proche pour sentir l'odeur de la poudre s'échapper par les trous du silencieux.

Avant que l'homme ait pu pointer son arme sur Tyler, celui-ci la frappa avec sa clé. Le canon de l'arme était si proche de la tête de Tyler qu'il sentit les gaz d'éjection lui roussir les cheveux. Même équipée d'un silencieux, la mitraillette faisait un raffut tonitruant ; sans le silencieux, Tyler en serait resté sourd pendant au moins une semaine.

Tyler frappa l'arme de côté. Sous la force de l'impact, l'intrus lâcha la mitraillette qui resta suspendue par la sangle à son épaule. Tyler tenta de se saisir de l'arme, mais elle tomba au sol. L'homme écarta la mitraillette d'un coup de pied et elle glissa sur la passerelle pour basculer dans l'océan en contrebas.

Le combat avait duré à peine trois secondes. Grant, accouru au secours de Tyler, arriva dans le dos de l'intrus et le visa à la tête avec sa clé à tuyau, mais l'homme l'aperçut à la dernière seconde et esquiva, recevant le coup sur l'épaule gauche plutôt que sur le crâne. Ce seul mouvement apprit à Tyler que l'intrus était un professionnel, sans doute un ancien militaire, mais cela n'empêcha pas son omoplate de se briser, et il hurla de douleur.

La force du coup de Grant projeta l'homme ainsi que Tyler contre la rambarde. L'homme porta la main droite à sa poche et en sortit quelque chose. Tyler s'attendait à un couteau ou un pistolet, mais il s'agissait d'un cylindre équipé d'un bouton à son sommet. Un détonateur.

Avant que Tyler ou Grant aient pu l'en empêcher, il pressa le bouton. Des flammes aveuglantes jaillirent des écoutilles des quatre canots de sauvetage restants. Tyler et Grant plaquèrent l'homme sur le sol grillagé et se couvrirent le visage pour se protéger de la chaleur des charges incendiaires. Leur prisonnier se débattit, mais Grant le calma d'un coup de coude dans le ventre. Après quelques secondes, les flammes moururent.

Tyler et Grant saisirent les jambes et les bras de l'homme, mais celui-ci ne tentait plus de résister.

— Qui es-tu ? lui demanda Tyler. Que fais-tu ici ?

Malgré la douleur, l'homme lui adressa un sourire.

— Dieu seul le sait.

Puis il mordit avec force quelque chose qu'il avait dans la bouche.

— Du poison ! cria Grant.

Il força l'intrus à ouvrir la bouche et en sortit une capsule, mais il était trop tard. En quelques secondes, l'homme rendit l'âme. Du cyanure.

Dans le silence revenu, Tyler entendit au-dessous d'eux un moteur démarrer. Il se pencha à la rambarde mais ne vit pas le bateau qui s'éloignait. Au bruit du moteur, il devait s'agir d'un zodiaque. Tyler remarqua qu'il semblait s'éloigner dans la direction du yacht qu'il avait aperçu plus tôt dans la journée.

Grant n'était pas aussi essoufflé que Tyler, mais il avait une lueur caractéristique dans le regard, celle provoquée par l'excitation du combat.

— C'est quoi ce bordel ? grommela Grant.

Tyler secoua la tête.

— J'en sais rien. Mais quoi que ce soit, nous ferions mieux de vite comprendre. Je ne crois pas que ce gars ait terminé ce qu'il était venu faire. Fouille-le. Je vais jeter un coup d'œil aux canots.

Tyler inspecta prudemment les dégâts. Sur tous les canots, les gonds et les loquets des écoutilles étaient encore rougeoyants, soudés par une charge incendiaire, probablement du Thermate-TH3. Impossible désormais de pénétrer à bord des canots. Sur un plan professionnel, Tyler ne pouvait qu'admirer le travail de l'homme. Rapide, performant, efficace. Sur le plan personnel, il avait envie de lui tordre le cou, pas seulement pour avoir saboté les canots, mais aussi pour s'être suicidé avant de répondre à ses questions.

— Pourquoi se donner tant de mal pour mettre les canots hors service ? se demanda-t-il.

— Je crois que j'ai la réponse, dit Grant. Viens. Il faut que tu voies ça.

Tyler se tourna et vit Grant qui tenait une mallette en plastique.

— Qu'est-ce que c'est ?

Grant l'ouvrit. L'intérieur de la mallette était garni de mousse dans laquelle s'ouvraient trois compartiments, tous vides.

— Sens-moi ça, dit Grant en lui tendant la mallette.

Tyler renifla l'intérieur de la mallette et reconnut immédiatement l'odeur qui lui rappela l'armée. C'était l'odeur chimique du DMNB, relevée d'une touche d'huile de moteur. Tyler sentit son estomac se retourner. Le *cheeseburger* avait soudain du mal à passer.

— Au moins, on sait ce qu'il en est, dit-il.

— Tu penses qu'ils ont utilisé des minuteurs ? demanda Grant, qui avait perdu son habituel sens de l'humour.

Tyler non plus ne se sentait pas d'humeur à plaisanter. Il hocha la tête.

— Forcément. Des détonateurs à distance ne seraient pas assez fiables et risqueraient d'être déclenchés par des équipements électroniques de la plate-forme.

Si l'intrus avait utilisé des minuteurs, il devait s'assurer de quitter la plate-forme avant que…

Tyler se baissa et releva le poignet inerte de l'homme. Comme il le craignait, sa montre à affichage numérique égrenait un compte à rebours.

— Nous avons exactement treize minutes devant nous pour trouver les charges, annonça Tyler en synchronisant sa propre montre.

Le DMNB et l'huile de moteur étaient des éléments volatils entrant dans la composition du C-4, un explosif fabriqué aux États-Unis et utilisé par l'armée. L'homme avait placé trois bombes quelque part sur la plate-forme…

Chapitre 12

Tyler et Grant abandonnèrent le cadavre de l'intrus pour se précipiter à la salle de contrôle. Tyler ne cessait de jeter de brefs coups d'œil à sa montre et au compte à rebours qui s'égrenait inexorablement. Distrait, il finit par trébucher et manqua de tomber, et ce faux pas lui rappela qu'il n'avait plus désamorcé de bombe depuis l'armée. Une fois qu'ils auraient trouvé les charges, il suffirait d'un instant de distraction comme celui-ci, de la plus infime erreur, et il n'aurait même pas le temps de dire « ouf » avant d'être réduit en charpie par l'explosion. Il devait rester concentré.

Dans la salle de contrôle, ils retrouvèrent Finn qui passait un savon à Hobson. Celui-ci détournait la tête pour se protéger du déluge de postillons qui se déversait sur lui. Quand Finn les vit entrer, il délaissa Hobson pour se mettre à crier contre Tyler.

— Qu'est-ce que c'est que cette histoire de sabotage des antennes, Locke ? Et que s'est-il passé aux canots de sauvetage ?

— Les canots sont hors service, annonça Tyler, en jetant un nouveau coup d'œil à sa montre. Nous avons exactement douze minutes et vingt-cinq secondes pour trouver trois bombes placées sur la plate-forme.

Finn se prit la tête dans les mains.

— Des bombes ? Vous êtes sérieux ?

Tyler comprenait son désarroi. D'abord un crash d'hélicoptère, maintenant une alerte à la bombe, et tout ça en une seule et même journée. La coïncidence était effarante. Et soudain, Tyler comprit : cela n'avait rien d'une coïncidence. Tout cela concernait Dilara. Quelqu'un voulait la tuer comme elle le lui avait affirmé, et Tyler se sentit stupide de ne pas l'avoir crue.

— Il y a un cadavre sur le pont des canots de sauvetage, intervint Grant. C'est assez sérieux pour vous ?

Il montra à Finn le sac à dos de l'intrus et la mallette avec ses compartiments vides.

— Vous vous moquez de moi, dit Finn, dont le visage avait perdu toute couleur. (Il se tourna vers Tyler.) OK. C'est vous l'expert en explosifs. Qu'est-ce qu'on fait ?

Le poids de la responsabilité s'écrasa sur les épaules de Tyler, mais l'armée n'avait pas dépensé en pure perte des centaines de milliers de dollars pour former le capitaine Locke. Elle en aurait pour son argent. Tyler prit une grande respiration. Précision, sang-froid, efficacité.

— D'abord, rassemblez tout le monde dans le module de sécurité.

Situé sous l'hélistation, le module de sécurité était, en cas d'évacuation de la plate-forme, l'ultime refuge pour ceux qui n'auraient pas pu rejoindre les canots de sauvetage. Il était équipé de parois antisouffle ainsi que d'un générateur d'air autonome.

— C'est comme si c'était fait, déclara Finn en abattant son poing sur un gros bouton rouge.

Trois sonneries brèves retentirent dans toute la plate-forme, suivies d'une annonce prononcée par une voix féminine.

« Ceci n'est pas un exercice. Rendez-vous immédiatement au module de sécurité sur le pont 7. Ceci n'est pas un exercice. »

— Ensuite, reprit Tyler, fermez les vannes sous-marines.

— Je ne suis pas autorisé à le faire à moins qu'il y ait un incendie, objecta Finn.

— Il y aura le feu d'ici à quelques minutes, à moins que l'on réussisse à trouver ces bombes.

Tyler vit Finn peser à part lui les conséquences d'une telle mesure. Fermer les vannes qui contrôlaient le débit de pétrole depuis les têtes de forage vers le pipeline sous-marin n'était pas une décision facile à prendre. Une fois les vannes fermées, il faudrait plusieurs jours avant de pouvoir remettre en route la production.

— Vous êtes sûr et certain de cette histoire de bombes ? demanda Finn à nouveau.

— Absolument, lui confirma Tyler.

Il avait déclenché et désamorcé tellement d'engins explosifs au cours de sa carrière que l'odeur du C-4 était pour lui aussi reconnaissable que celle des antiseptiques pour un médecin.

— Et je ne crois pas que vous ayez envie d'attendre qu'elles explosent pour voir à quel point je m'y connais en explosifs, poursuivit-il en consultant de nouveau sa montre. Plus que onze minutes et quarante-cinq secondes.

Avec réticence, Finn adressa un signe de tête à Hobson. Ce dernier pressa le bouton d'arrêt d'urgence qui commandait la fermeture des vannes sous-marines.

— Elles sont fermées, annonça Hobson, mais nous continuons à recevoir le gaz extrait par *Scotia Deux*. Et sans radio, nous ne pouvons pas les joindre pour leur demander de fermer le réseau.

Le gaz naturel de *Scotia Deux* transitait par *Scotia Un* avant d'être acheminé à terre par le pipeline.

Tyler comprenait désormais pourquoi le saboteur s'était d'abord occupé de couper les communications.

Non seulement cela les empêchait d'appeler à l'aide, mais cela leur interdisait aussi de demander à *Scotia Deux* de suspendre l'acheminement du gaz. Les incendies déclenchés par les explosions seraient alimentés par une livraison de trois tonnes de gaz naturel à la minute, ce qui réduirait la plate-forme entière en cendres.

Le sabotage des canots de sauvetage était le point d'orgue du plan de l'intrus. Il voulait s'assurer que personne ne survivrait à la catastrophe. Ceux qui ne seraient pas emportés par les explosions initiales et les incendies se tueraient en sautant à la mer ou mourraient d'hypothermie dans les eaux glacées de l'Atlantique Nord. Pour les enquêteurs, cela ressemblerait à un tragique accident.

Le saboteur savait exactement comment détruire la plate-forme pétrolière de façon que personne n'y survive ; paradoxalement, cela pouvait leur servir, songea Tyler. Le fait de connaître son objectif était crucial pour retrouver les bombes avant qu'elles explosent.

— Cette plate-forme est immense, se lamenta Finn. Comment voulez-vous qu'on retrouve trois bombes en moins de douze minutes ?

Tyler ne répondit pas. Le temps lui sembla ralentir alors qu'il essayait de se mettre dans la peau de quelqu'un qui voudrait détruire *Scotia Un*. C'était quelque chose qu'il faisait souvent en Iraq quand il cherchait des engins explosifs improvisés. Il fallait essayer de penser comme l'ennemi. Où Tyler aurait-il placé les bombes si cela avait été sa mission ?

Il jeta un nouveau coup d'œil à sa montre. Onze minutes et dix secondes.

— Très bien, se décida-t-il enfin. Nous n'avons que le temps de procéder à une recherche ciblée. Nous allons prendre des talkies-walkies. Grant, tu vérifies la conduite de gaz de *Scotia Deux*, en commençant par la vanne principale.

Si ce gars savait que nous ne pourrions pas fermer la conduite d'approvisionnement de *Scotia Deux*, ce serait le meilleur endroit pour déclencher un incendie. Finn, l'autre endroit parfait serait la pompe du système anti-incendie. Autant nous priver de tout moyen de circonvenir les feux.

— Et la troisième bombe ? demanda Grant.

— Je parierais sur le module de sécurité. Si le but était bien de tuer tout le monde à bord, c'est là que je l'aurais placée.

— Mais je viens d'envoyer tout le monde là-bas ! s'écria Finn.

— Si la troisième bombe n'est pas là, ce sera l'endroit le plus sûr de la plate-forme. Et si elle est bien là, l'endroit où se trouve le personnel n'aura plus aucune importance.

Finn secoua la tête et leur distribua les talkies-walkies.

— Dites-moi si vous trouvez quelque chose, dit Tyler à Finn, mais ne touchez à rien. La bombe pourrait être piégée.

Tyler ôta sa montre et la jeta à Hobson, qui la réceptionna maladroitement, comme si elle était brûlante.

— Qu'est-ce que je dois en faire ? demanda-t-il.

— Appelez-nous sur les talkies-walkies à chaque minute qui passe, lui ordonna Tyler. (Cela leur permettrait d'être tous informés du temps qui restait, mais en vérité, Tyler ne voulait plus se laisser distraire par la tentation de consulter sa montre à tout bout de champ.) Et quand le compte à rebours arrivera à quatre minutes, filez rejoindre le module de sécurité. Inutile que vous restiez ici si jamais les bombes explosent.

— D… D'accord, bégaya Hobson.

Tyler suivit Grant et Finn à l'extérieur de la salle de contrôle puis fila en direction du module de sécurité. La foule des ouvriers se pressait déjà dans cette direction, ralentissant sa progression.

— Je dois passer ! cria-t-il. Faites place !

Il dépassa une femme et vit qu'il s'agissait de Dilara. Elle avait l'air hagarde et semblait terrifiée.

— Que se passe-t-il ? l'interpella-t-elle, en s'efforçant de rester à sa hauteur.

— Nous avons un problème, répondit Tyler, en évitant délibérément d'utiliser le mot « bombe » afin de ne pas créer un mouvement de panique.

Mais Dilara était obstinée et elle lui agrippa le bras.

— Quel genre de problème ?

— Je ne peux rien dire.

— C'est eux, n'est-ce pas ? Ils ont saboté la plate-forme.

Les ouvriers autour d'eux se mirent à murmurer en entendant Dilara.

Tyler la tira sur le côté et lui parla à l'oreille.

— Écoutez, à présent je vous crois, lui chuchota-t-il. Il y a bien des gens qui essaient de vous tuer. Et apparemment, ils ont décidé que nous devions tous vous accompagner.

— Oh ! mon Dieu ! s'écria-t-elle, attirant de nouveau l'attention sur eux. J'avais raison ?

— Taisez-vous ! La dernière chose dont nous avons besoin serait de répandre la panique. Il y a des bombes sur la plate-forme.

— Des bo…, commença à s'écrier Dilara avant que Tyler ne plaque la main sur sa bouche.

— Restez avec moi. J'ai besoin d'une paire d'yeux supplémentaire pour les retrouver.

Dilara semblait toujours effrayée, mais elle hocha la tête et Tyler la relâcha.

La voix tremblante de Hobson résonna dans le talkie-walkie :

— Dix minutes.

Tyler passa devant les ouvriers qui convergeaient vers le module de sécurité, Dilara sur ses talons. Ordinairement, l'endroit était utilisé comme entrepôt de stockage sous l'hélistation, mais il servait également d'abri pour les situations d'urgence. Il était équipé d'un système de ventilation destiné à préserver ses occupants des fumées d'un feu de plate-forme. Cette salle représentait un abri si sûr que Tyler était persuadé d'y trouver une bombe.

Une centaine de personnes s'entassaient déjà dans le module de sécurité. La salle était suffisamment grande pour accueillir l'ensemble du personnel de la plate-forme. Si du C-4 explosait dans un lieu confiné comme celui-ci, l'effet serait dévastateur.

— Commencez à regarder de ce côté et restez à ma hauteur, dit Tyler à Dilara. Je m'occupe de l'autre côté.

— Qu'est-ce que je cherche ?

— Cela devrait avoir la forme et la taille d'une brique. Regardez dans tous les tiroirs et les casiers.

— Et si je la trouve ?

— Appelez-moi. Et au nom du ciel, n'y touchez surtout pas.

— Je ne suis pas dingue, répliqua Dilara avant de commencer à ouvrir les portes d'un casier.

Tyler balaya rapidement du regard les lieux du sol au plafond, en examinant chaque pièce d'équipement entassée là. Le saboteur avait dû se contenter de placer sa bombe à l'abri des regards, étant donné qu'il ne s'attendait pas à ce que quelqu'un la cherche. Il y avait de nombreux casiers de rangement, qui contenaient des combinaisons de survie et toutes sortes d'équipements d'urgence ; Tyler était persuadé que c'était là qu'il avait caché la bombe. Il les fouilla un par un avec empressement.

Son talkie-walkie crachouilla :

— Ty, c'est Grant. J'en ai trouvé une, juste à côté de la conduite de gaz.

— À quoi elle ressemble ? demanda Tyler tout en continuant à chercher.

— Noire, rectangulaire, environ trente centimètres de long sur dix de large et dix de profondeur. Il y a un affichage LED synchronisé avec le compte à rebours de notre saboteur. Le détonateur est enroulé autour du C-4 avec du ruban adhésif.

Mauvaise nouvelle ; cela rendait le désamorçage délicat.

— Commutateur au mercure ? demanda Tyler.

Certaines bombes étaient activées par un détecteur de mouvement.

— Heu… neuf minutes, les gars, annonça Hobson.

— Merci, Frank, répondit Tyler. Vous vous en sortez comme un chef.

— Négatif, pas de commutateur au mercure, précisa Grant. Il n'aurait pas pu la placer là où elle se trouve et l'armer ensuite. J'imagine qu'il a dû se dire que les vibrations risquaient de la faire exploser prématurément. Il l'a juste glissée sous la canalisation pour la cacher. Elle n'est même pas fixée à la plate-forme.

Voilà qui était une bonne nouvelle. Cela signifiait que la bombe pouvait être déplacée. Mais ils ne pouvaient pas pour autant se contenter de la balancer par-dessus bord. La bombe risquait d'atterrir sur un conduit d'alimentation, provoquant une explosion sous la plate-forme, ou elle pouvait échouer près d'un des piliers de soutènement. Si l'un d'eux venait à céder, la plate-forme tout entière risquait de s'effondrer dans l'océan. Aucune de ces éventualités n'était réjouissante.

— Une idée pour s'en débarrasser ? demanda Grant.

— Je suis en train d'y réfléchir. Va aider Finn à localiser la deuxième bombe.

— J'y vais.

Tyler continua à chercher aussi vite que possible. Il était arrivé au milieu de la salle quand la voix de Hobson annonça : « Huit minutes. » Tyler jura dans un souffle et poursuivit la fouille. Ce n'était pas une si bonne idée d'avoir donné la montre à Hobson. Puis il entendit Dilara l'appeler de l'autre côté de la salle.

— Tyler, venez ici !

Il se précipita vers elle, attirant l'attention des ouvriers assemblés. Le temps que Tyler la rejoigne, d'autres personnes avaient vu ce que Dilara avait découvert et commençaient à discuter nerveusement entre elles, mais il n'avait pas le temps de les rassurer.

— Je crois que je l'ai trouvée, dit la jeune femme, pointant le doigt vers l'objet en question.

La bombe ressemblait en tout point à celle que lui avait décrite Grant. Le C-4 était dissimulé derrière des masques à gaz sur l'étagère du haut d'un casier de stockage. Après une inspection rapide, Tyler confirma l'absence de commutateur au mercure. Il sortit la bombe du casier pour l'examiner.

— Plus que sept minutes, annonça Hobson.

Tyler avait l'impression que ce compte à rebours ne cessait de s'accélérer, mais il s'efforça d'ignorer ce sentiment pour se concentrer sur sa tâche.

Il n'avait rien vu de si sophistiqué depuis qu'il avait quitté l'armée. La brique de C-4 était assez grosse pour pulvériser le module de sécurité tout entier. Le détonateur était placé sur le dessus de la brique et enveloppé de ruban adhésif enroulé autour du pain de C-4. Si Tyler essayait de l'enlever, il risquait de faire exploser la bombe. En ouvrant le boîtier du détonateur, il pourrait désamorcer la bombe, mais il ne réussirait jamais à le faire trois fois d'affilée en moins de sept minutes.

Grant l'appela sur le talkie-walkie :

— Ty, je suis avec Finn. Nous avons trouvé la deuxième bombe. Elle était sous le générateur principal du système anti-incendie, comme tu l'avais deviné.

— Parfait. J'ai trouvé la troisième.

— On les désamorce ?

— Mon Dieu ! intervint Hobson. Plus que six minutes.

— Pas assez de temps, répondit Tyler.

La seule autre solution était de se débarrasser des bombes. Il devait trouver un moyen de les emporter loin de la plate-forme. Puis il comprit soudain que ce moyen se trouvait juste sous son nez.

— Grant, appela Tyler dans son talkie-walkie, tu as toujours la mallette ?

— J'ai rangé les deux bombes dedans. Au moins elles sont à l'abri des chocs.

— Parfait. J'ai une idée.

Chapitre 13

Tyler demanda à Grant de le rejoindre près des canots de sauvetage avec les deux bombes, puis il se mit en quête d'une solide barre à mine ou d'une hache si possible, de quelque chose susceptible de faire des dégâts.

— Il me faut une hache ! hurla-t-il à la foule. Une barre de fer ! N'importe quoi de lourd !

— Un marteau, ça vous irait ? lui demanda un homme en bleu de travail qui portait une ceinture à outils.

Il tendit à Tyler une petite masse.

— Parfait, dit Tyler, avant de se tourner vers Dilara. Restez ici.

— Mais…

Il se pencha vers elle et chuchota à son oreille.

— Si la bombe explose, c'est ici l'endroit le plus sûr de la plate-forme.

Elle n'était pas rassurée pour autant, le visage crispé par la peur.

— Ne vous inquiétez pas, la réconforta Tyler avec un sourire. J'ai un plan.

Cela sembla la rassurer un peu, et elle cessa de protester.

La masse dans une main et la bombe dans l'autre, Tyler fonça vers la sortie du module puis emprunta l'escalier. Après avoir descendu un niveau, il entendit la voix de Hobson jaillir du talkie-walkie accroché à sa ceinture :

— Cinq minutes !

Tyler atteignit sa destination, la salle de stockage des produits chimiques. Il ouvrit la porte sans ménagement et examina les étagères chargées de bouteilles de produits chimiques. Des récipients en verre, en plastique ou en métal étaient entassés pêle-mêle, sans organisation. Il passa les doigts sur les étiquettes, à la recherche d'acétone, le produit chimique qui entrait dans la composition du dissolvant pour vernis à ongles. Sur la plate-forme, l'acétone était utilisée pour ses puissantes propriétés dégraissantes.

— Quatre minutes ! annonça Hobson. Je pars pour le module de sécurité !

Tyler commença à penser que son plan risquait d'échouer. Il vit des bouteilles d'ammoniaque, de benzène, d'acide chlorhydrique, d'éthylène glycol, mais pas d'acétone. Un de ces autres produits chimiques pourrait sans doute faire l'affaire, mais il n'était sûr que de l'acétone, et il n'arrivait pas à en trouver dans ce capharnaüm. Il avait vu des sites de *crash* d'avion plus ordonnés que cette pièce.

S'il entendait Hobson annoncer « trois minutes » avant d'avoir trouvé, il devrait tenter sa chance avec le benzène ou l'ammoniaque.

Tyler commença à renverser des récipients pour examiner la rangée derrière. Il savait qu'il devait y en avoir. Puis il vit un « A » majuscule sur une bouteille en plastique d'un demi-litre. Il tourna la bouteille et lut le mot « Acétone ». Il lui sembla soudain qu'il respirait mieux.

— Plus que trois minutes !

Tyler fourra la bouteille dans sa poche et fonça vers l'escalier en faisant résonner le sol grillagé sous ses pas.

Les canots de sauvetage se trouvaient cinq niveaux au-dessous du module de sécurité. Tyler arriva à destination juste au moment où Hobson annonçait « deux minutes ». Grant et Finn l'attendaient là.

— Content que tu aies pu te joindre à nous, l'accueillit Grant d'une voix joyeuse, mais Tyler discerna les fines lignes de tension autour de ses yeux.

Finn était livide, mais il conservait encore un peu de sa hargne habituelle.

— Bordel ! où est-ce que vous étiez ?

— Dans votre salle de stockage des produits chimiques si bien rangée, répondit Tyler en plaçant la troisième bombe dans la mallette, que Grant s'empressa de refermer.

— Et maintenant ? demanda Grant.

— Nous allons mettre les bombes dans un des canots et le lancer.

Les canots de sauvetage pouvaient également être mis à l'eau par une commande externe. Tyler tendit la masse à Grant et sortit la bouteille d'acétone de sa poche.

— Dans un des canots ? protesta Finn. Mais les portes ont été soudées. Comment allons-nous faire entrer la mallette dedans ?

— Par un hublot de la coupole arrière.

— Une minute ! cria la voix de Hobson.

La fin du compte à rebours se rapprochait dangereusement.

— Les hublots sont en polycarbonate, petit génie, cracha Finn. Ils sont incassables.

Tyler prit à sa ceinture son couteau multifonction Leatherman – une sorte de couteau suisse sous stéroïdes – et déploya la scie miniature, dont il se servit pour érafler la surface du hublot.

— Ils sont normalement incassables, précisa Tyler en débouchant la bouteille d'acétone et en en versant le contenu sur le petit hublot tribord. Mais au contact de l'acétone, le polycarbonate cristallise.

Tyler jeta la bouteille et passa la main sur le hublot pour bien répartir l'acétone sur toute sa surface. Puis il demanda la masse à Grant et compta jusqu'à dix afin de laisser le temps à l'acétone de s'infiltrer dans les éraflures.

— Qu'est-ce que vous attendez ? rugit Finn.

Tyler ne se démonta pas et continua à compter. Arrivé à « un », il leva la masse et l'abattit sur le hublot de toutes ses forces. Le panneau de polycarbonate se brisa comme du verre.

— Et voilà, proclama Tyler d'une voix bien plus calme qu'il ne l'était en réalité.

Il attrapa la mallette et la glissa à l'intérieur du canot.

— Trente secondes !

Tyler saisit l'un des deux leviers de lancement à côté du canot tandis que Grant s'occupait de l'autre. Il fit un signe de tête à Grant.

— Prêt… maintenant !

Ils baissèrent les leviers simultanément. Les pinces hydrauliques s'ouvrirent et le canot commença à glisser sur les rails. Il accéléra et disparut brutalement. Après une chute de deux secondes, il percuta la surface dans une gerbe d'eau.

Le canot disparut entièrement sous la surface. Tyler scruta les eaux à travers une ouverture dans la brume et ne vit rien pendant un instant, puis le canot refit surface à une centaine de mètres de l'endroit où il avait plongé et Tyler se remit à respirer. Il avait choisi délibérément le hublot le plus petit sachant que le canot embarquerait de l'eau, mais en espérant que cela ne suffirait pas à le faire couler. L'élan acquis par le canot durant sa descente sur les rails continua à l'éloigner de la plate-forme à une vitesse de dix nœuds.

— Abritez-vous derrière le canot ! hurla Tyler.

Ils avaient à peine battu en retraite derrière le volumineux canot de sauvetage voisin qu'un terrifiant grondement déchira l'air. La plate-forme fut brièvement éclairée par une colonne de feu qui monta à plusieurs dizaines de mètres et des débris de couleur orange retombèrent un peu partout autour d'eux.

Quand la grêle de morceaux de canot cessa enfin, Tyler se releva et regarda par-dessus la rambarde. Des fragments de métal et de fibre de verre en feu parsemaient la surface des eaux ; il ne restait nulle autre trace de l'embarcation, qui avait été pulvérisée par l'explosion. La brume se referma bientôt, recouvrant de son voile la scène de dévastation.

Le saboteur n'avait pas lésiné. Une seule de ces bombes aurait suffi à souffler la moitié de la plate-forme et à provoquer un incendie impossible à maîtriser.

— Eh bien, dit Tyler alors que l'adrénaline refluait, voilà qui était intéressant.

Il se laissa glisser au sol, le dos à la rambarde, soudain vidé de ses forces.

— C'est vraiment le moins qu'on puisse dire, souffla Finn. Vous devez avoir de la glace dans les veines. J'ai presque fait dans mon pantalon. (Il pointa du doigt le corps du saboteur, qui gisait toujours sur la coursive.) Qui est ce type ? Un terroriste ?

Tyler se tourna vers le cadavre.

— Je ne crois pas, répondit-il. Il semble que quelqu'un veuille tuer le Dr Kenner. Et je crois bien qu'à présent ils veulent me voir mort moi aussi.

— Mais pourquoi ? demanda Grant.

— C'est ce que nous allons devoir découvrir.

— On a vraiment failli y passer. Ce gars savait ce qu'il faisait.

— C'est vrai, mais il a commis deux erreurs.

— Lesquelles ?

— D'abord, dit Tyler, il n'aurait pas dû essayer de me tuer. Cela me donne une raison personnelle de m'impliquer dans les problèmes du Dr Kenner. Sans parler du fait que cela me fout les boules.

— Si cela peut te réconforter, fit remarquer Grant, il n'a pas fini le boulot. Tu es encore en vie.

— Et ça, mon ami, c'est la deuxième erreur qu'il a commise.

Chapitre 14

Il fallut deux heures à un électricien de la plate-forme pour rebrancher l'antenne radio, mais avec la boîte de dérivation fracassée, la liaison satellite ne pouvait pas être rétablie avant le dimanche soir, qui était également le moment où la brume devait se lever, à en croire les prévisions météo. Avec l'aide de Grant, Tyler utilisa ce délai pour terminer sa mission de consultant sur la plate-forme. Le travail lui gardait l'esprit occupé en attendant que la connexion Internet soit rétablie et qu'il puisse reprendre sa conversation avec Aiden MacKenna à propos de Coleman. Pendant que Tyler et Grant travaillaient, Dilara n'avait rien d'autre à faire qu'attendre dans sa cabine en bouillant d'impatience.

À 22 heures, la connexion satellite fut enfin rétablie, permettant à Tyler de réorganiser ses projets de voyage. Au même moment, la brume se leva et un hélicoptère quitta St John à destination de *Scotia Un*. Quand l'appareil retournerait à Terre-Neuve, Tyler avait l'intention d'être à son bord avec Grant et Dilara. Le jet privé de la Gordian était en route depuis New York et les retrouverait à St John pour les ramener au siège de la compagnie à Seattle, où Tyler comptait enquêter sur les incidents de ces derniers jours. Comme la plate-forme se trouvait dans les eaux internationales, c'était à la compagnie pétrolière qu'il revenait de mener l'enquête. Dans l'intervalle, le fabricant des canots de sauvetage devait leur envoyer de toute urgence de nouvelles écoutilles afin de remettre en état les embarcations.

Sa mission sur la plate-forme remplie, Tyler se concentra sur les étranges incidents de la veille. Il attendit dans sa cabine en compagnie de Grant et Dilara que l'hélicoptère arrive. Il devait découvrir pourquoi Dilara Kenner, une inoffensive archéologue, avait été la cible de deux tentatives de meurtre en l'espace de douze heures.

Comme Tyler s'y attendait, le saboteur n'avait aucun papier d'identité sur lui. Tyler avait pris des photos numériques de son visage ainsi que des gros plans des empreintes digitales de son pouce et de son index avant que le corps soit entreposé dans une chambre froide. Le système wi-fi fonctionnait à nouveau normalement, ainsi que les téléphones. Tyler téléchargea les photos sur son ordinateur portable et les envoya à Aiden MacKenna afin qu'il recherche l'identité du saboteur. Tyler parla à Aiden pendant que Dilara, qui était désormais convaincue qu'elle pouvait se fier à Grant, racontait à ce dernier tout ce qu'elle avait déjà dit à Tyler la veille.

— Je t'ai envoyé une photo et des empreintes, dit Tyler au téléphone. Trouve-moi l'identité de ce type.

Il y eut une courte pause avant qu'Aiden réponde. Aiden était devenu sourd cinq ans auparavant à la suite d'une méningite. À une conférence d'ingénierie à laquelle Tyler assistait, Aiden l'avait vu parler en langue des signes et était venu l'aborder ; après cette rencontre, Tyler avait proposé à l'Irlandais de venir travailler pour la Gordian. Grâce à la générosité d'un des clients de la Gordian, Aiden disposait d'un appareil de transcription des signaux vocaux en texte qui lui permettait de tenir une conversation téléphonique, étant donné que sa surdité n'avait pas affecté sa capacité à parler. Le seul inconvénient résidait dans les quelques millisecondes nécessaires au logiciel pour convertir les paroles de l'interlocuteur en phrases qui s'affichaient sur l'écran de l'ordinateur d'Aiden.

— J'ouvre la photo, répondit Aiden de sa voix à l'accent épais. Seigneur Dieu ! Il a la tête d'un type qui a pris quelques pintes de trop !

— Il est mort. Il a tenté de nous transformer en beignets flambés, dit Tyler, avant d'expliquer à Aiden les événements de la veille.

— Je vois que vous vous ennuyez à mourir, commenta Aiden, toujours pince-sans-rire.

— Ouais, on se tourne les pouces, c'est rien de le dire.

— Je suppose que ton ninja n'avait pas de portefeuille sur lui ?

— Non, mais il a l'air d'un ancien militaire. Je commencerais par là si j'étais toi.

En raison des missions que la Gordian effectuait pour le FBI et l'armée – enquêter sur des accidents d'avion, tester de nouveaux armements, évaluer les risques d'une menace terroriste sur différentes infrastructures –, la compagnie avait accès à certaines bases de données confidentielles. Comme Tyler, Aiden disposait d'un haut niveau d'accréditation auprès de l'armée.

— Et vois si tu peux trouver confirmation de la présence d'un yacht Lürssen ou Westport à proximité de la plate-forme aujourd'hui. Un vingt-cinq mètres. Il est forcément lié à tout ça.

— Il ne doit pas y en avoir beaucoup à croiser dans l'Atlantique Nord.

— Bon, maintenant, parle-moi un peu de Coleman, demanda Tyler. Tu m'as laissé sur ma faim la dernière fois.

— C'est vrai. J'allais te laisser baba avec mes infos, mais tu as ruiné mon effet.

— Tu as dit qu'il était mort. Quand ça ?

— Il y a trois semaines.

— Comment ?

La compagnie de Coleman était basée à Seattle, tout comme la Gordian. Tyler ne doutait pas que la nouvelle avait fait les gros titres de la presse locale, mais cela faisait plusieurs mois qu'il vadrouillait à droite à gauche et il n'avait pas eu l'occasion de lire les journaux de Seattle.

— Tu vas adorer, lui annonça Aiden. Il est mort dans une explosion. Apparemment, Coleman et trois de ses meilleurs ingénieurs jouaient les consultants sur un projet de démolition. Un court-circuit électrique a fait exploser la dynamite trop tôt. Ils ont été réduits en poussière tous les quatre.

Une autre coïncidence malheureuse. Tyler n'aimait pas ça.

— Demande à Jenny de me programmer un rendez-vous demain après-midi avec la personne qui a repris les rênes de la Coleman. Je veux avoir plus de détails sur ce supposé « accident ».

— Tu reviens à Seattle, alors ? Tu ne vas pas travailler sur le *crash* de Rex Hayden ?

Tyler fronça les sourcils à la mention du nom de Hayden.

— Quel *crash* ?

— J'oubliais que vous avez été coupés du monde. L'avion de Hayden a pris un bain de poussière dans le désert de Vegas. Pas de survivants.

— Quand ça ?

— Hier après-midi. Une étrange affaire. L'avion volait vers Hawaï quand il a fait demi-tour, a survolé Los Angeles et continué sa route au-dessus du désert de Mojave jusqu'à tomber en panne de carburant. C'est sur toutes les chaînes d'info. On dirait que c'est l'avion présidentiel qui s'est écrasé.

Enfin, je dis ça, mais Hayden était probablement plus célèbre que le président.

Le fait que Hayden soit un des noms cités par Sam Watson avant de mourir ne pouvait pas être un hasard.

— La Gordian a obtenu le contrat d'enquête auprès du Bureau de la sécurité aérienne, poursuivit Aiden. Judy Hodge s'est rendu sur le site du *crash* hier avec son équipe, mais je pensais que Miles voudrait te mettre sur cette affaire, au vu de son importance.

Cela ne surprenait guère Tyler que Miles Benson, le P.-D.G. de la Gordian et l'homme le plus rusé qu'il connaissait, ait déjà proposé les services de sa compagnie pour l'enquête. La Gordian avait été consultée par la Sécurité aérienne sur la plupart des catastrophes aériennes majeures de ces dix dernières années : le vol 800 de la TWA, le *crash* d'American Airlines à Brooklyn un an après le 11-Septembre, l'accident de l'avion privé du lanceur des New York Yankees Cory Lidle qui avait percuté un immeuble de Manhattan. La Gordian était la compagnie la plus à même de prêter main-forte à l'enquête sur un *crash* impliquant une célébrité aussi renommée que Rex Hayden.

Les cadavres s'empilaient à un rythme effrayant. D'abord Coleman, maintenant Hayden. Sam avait mentionné leur nom, et tous deux mangeaient les pissenlits par la racine. Tyler n'aimait pas le tour que prenaient les choses, étant donné que Sam avait mentionné son nom à lui aussi. Il décida d'enquêter en priorité sur le décès le plus récent, celui de Hayden, où les indices étaient plus frais.

— Informe Judy que nous allons les rejoindre sur le site de l'accident, dit-il à Aiden. Nous ferons une escale à Vegas avant de rentrer à Seattle.

— Si tu passes par un casino, mets-moi cent dollars sur l'Irlande contre l'Allemagne, dans ce que vous appelez du soccer.

— Désolé, Aiden. Tu sais bien que je ne parie jamais. J'aurais trop peur d'y épuiser ma réserve de chance.

Tyler raccrocha le téléphone et observa Dilara avec curiosité. Qu'est-ce qu'une ravissante archéologue et l'arche de Noé pouvaient bien avoir à faire avec le décès d'un ingénieur et d'une star de cinéma de renommée mondiale ? Voilà une question qu'il n'aurait jamais pensé se poser un jour. Et la réponse risquait d'être plus étrange encore.

— Vous, Dr Kenner, proclama-t-il avec un sourire et un clin d'œil, vous attirez les problèmes.

Dilara sourit en retour à Tyler et Grant qui la dévisageaient.

— Dans ce cas il me semble que je suis en bonne compagnie.

— Parlez pour vous, dit Grant. Moi je suis plutôt du genre à les provoquer, les problèmes.

— Ça, je peux en témoigner, confirma Tyler.

Le grondement assourdi des pales d'un hélicoptère se fit entendre. Tyler jeta un coup d'œil par la fenêtre et vit le Super Puma se diriger vers l'hélistation. Il attendit en retenant son souffle de voir de la fumée s'élever d'une des turbines de l'appareil, mais celui-ci vint se poser sans incident. Tyler ne pensait pas qu'ils se risqueraient à faire exploser un autre hélicoptère, mais il se sentirait tout de même mieux une fois qu'ils auraient rejoint Terre-Neuve.

— Notre taxi est là, annonça-t-il. Il est temps de changer de décor.

Avant qu'ils rejoignent l'hélicoptère, Tyler passa un dernier coup de fil afin d'organiser l'escale de leur avion à Las Vegas et demander qu'une Jeep les attende à l'aéroport. Il voulait voir le lieu du *crash* de l'avion de Hayden par lui-même.

Chapitre 15

Sebastian Ulric ne fut informé de l'échec de l'assassinat de Dilara Kenner et Tyler Locke que le lendemain soir. Le dimanche, il avait volé depuis Los Angeles jusqu'à l'île d'Orcas, dans l'archipel de San Juan au large de l'État de Washington, pour une inspection de ses installations. L'île de quatre-vingt-dix kilomètres carrés hébergeait une population de quatre mille cinq cents habitants et une économie touristique prospère, ce qui permettait aux visiteurs d'Ulric d'aller et venir sans éveiller les soupçons.

Ulric dîna en compagnie de Svetlana Petrova dans la véranda du manoir de sa propriété en profitant de la brise fraîche d'octobre, un luxe dont il ne pourrait plus jouir d'ici à une semaine. Svetlana portait un corsage transparent et une minijupe qui mettaient parfaitement en valeur ses formes avantageuses. Cette tenue était bien différente de celle qu'elle portait le jour où elle avait empoisonné Sam Watson. Ulric regrettait qu'elle n'ait pas fait partie de la mission qui devait filer Dilara Kenner à sa sortie de l'aéroport de Los Angeles et l'éliminer avant qu'elle ne pose un problème. Elle au moins n'aurait jamais laissé le travail inachevé.

Les deux cents hectares de la propriété, densément boisée et bordée de vieux pins immenses, abritaient cinq bâtiments, dont la résidence où dînaient Ulric et Svetlana.

Dan Cutter était assis avec raideur de l'autre côté de la table. Il ne mangeait pas, se contentant du verre d'eau posé devant lui. Petrova écoutait la conversation en silence. Ulric l'avait rencontrée alors qu'elle trafiquait des produits pharmaceutiques sur le marché noir à Moscou pour le compte de la mafia russe. Il l'avait sauvée de cette vie et ramenée aux États-Unis. Ses parents étaient des scientifiques qui travaillaient dans le domaine nucléaire ; ils avaient péri dans la catastrophe de Tchernobyl, un drame qui la rendait sensible aux aspirations d'Ulric à fonder un monde meilleur.

— Pourquoi a-t-il fallu si longtemps pour que j'en sois informé ? s'agaça Ulric.

Cutter s'agita sur son siège, mal à l'aise.

— L'agent chargé de l'opération a préféré attendre d'avoir la confirmation qu'ils avaient survécu avant d'annoncer l'échec de la mission.

— Quel est son nom ?

— Gavin Dane. Il a rapporté que notre homme sur la plate-forme a été neutralisé alors qu'il installait le Thermate sur les canots de sauvetage. Locke a dû découvrir les bombes et s'en débarrasser en utilisant justement un des canots.

— Ce bon vieux Tyler, toujours aussi astucieux. Votre agent aurait dû envoyer plusieurs hommes à bord au lieu d'un seul.

— Il a pensé que la discrétion était plus essentielle que la force.

— L'aviez-vous averti que Tyler était un adversaire particulièrement intelligent ?

— Oui, mais c'était lui qui avait la charge de l'opération. C'était sa décision.

— Eh bien, c'est un imbécile et un négligent. Deux défauts que nous ne voulons pas voir dans notre Nouveau Monde.

— Je suis d'accord.

— Barry Pinter a déjà manqué l'occasion de tuer Dilara Kenner à sa sortie de l'aéroport, et maintenant ça. Je ne suis pas prêt à tolérer un tel taux d'échec. Surtout alors que nous sommes si près du but. A-t-on découvert d'autres fuites en dehors de Sam Watson ?

— Non. Il semble qu'il soit le seul impliqué.

— Pour autant, nous ne pouvons pas laisser le reste des nôtres se mettre en tête qu'ils peuvent faire machine arrière. Certains risqueraient de ne pas avoir le cran d'aller jusqu'au bout. Pas sans un peu d'encouragement.

Disparue prématurément, la mère d'Ulric avait tout de même eu le temps de lui inculquer le sens de la droiture et de l'engagement, en affirmant à son fils jusqu'à son dernier souffle que son intelligence hors du commun était le signe que Dieu le destinait à réaliser de grandes choses.

Le père d'Ulric, qui était un ivrogne et un raté, ne lui avait appris qu'une seule chose : la valeur de la discipline.

— À quoi pensez-vous ? demanda Cutter.

Ulric avait justement une idée. Il se leva brusquement et chuchota à l'oreille de Svetlana, qui sourit et acquiesça d'un signe de tête. Elle lui donna un long baiser, puis se leva et rentra dans la maison.

— Venez avec moi, dit Ulric à Cutter. Et demandez à Olsen de nous retrouver à la salle d'observation.

Ulric descendit l'escalier de la véranda pour sortir de la résidence sous un ciel nuageux, typique du nord de la côte ouest. L'immense manoir de style Tudor était utilisé pour héberger les nouveaux disciples de son organisation religieuse. À côté se trouvait un hôtel où logeaient les deux cent cinquante employés du domaine. Les trois autres bâtiments étaient identiques, des édifices de forme carrée de cent mètres de côté sur quinze mètres de haut. Ces constructions austères ressemblaient à des hangars pour avion, mais les trois hélicoptères que comptait le domaine étaient alignés sur des hélisurfaces installées devant l'hôtel. Le petit port sur Massacre Bay comportait un quai suffisamment long et large pour permettre le déchargement de n'importe quel type d'équipement lourd.

Ulric s'avança jusqu'à l'un des bâtiments à l'allure de hangar et franchit une porte pour pénétrer dans un vestibule où se tenait un garde. Celui-ci était assis à un bureau derrière une vitre pare-balles de cinq centimètres d'épaisseur. Ulric posa la main sur l'écran du scanner biométrique.

Une lumière verte s'alluma sur le scanner et le garde hocha la tête en attendant qu'Ulric lui donne le mot de passe, qui changeait toutes les semaines. Personne, pas même Ulric, n'était autorisé à entrer sans lui. Il existait deux mots de passe, déterminés aléatoirement : un mot de passe ordinaire et un mot de passe d'alerte. Si Ulric donnait le second, le garde saurait qu'il venait sous la menace de la personne qui l'accompagnait. Il devait alors laisser Ulric entrer puis abattre celui qui l'accompagnait d'une balle dans la tête au moment où ce dernier franchissait à son tour la porte.

Cette semaine, le mot de passe d'alerte était « Paradis ».

Ulric donna au garde le mot de passe ordinaire : « Projecteur ».

La porte en acier coulissa. Ulric et Cutter dépassèrent le bureau du garde et avancèrent jusqu'à une intersection en croix. Les couloirs à droite et à gauche, longs de vingt-cinq mètres, se terminaient chacun par une porte ouvrant sur un escalier d'évacuation d'urgence. Le couloir en face d'eux conduisait à une porte menant à la partie centrale de l'entrepôt. Ulric tourna à droite et s'arrêta devant le bouton d'appel des deux ascenseurs. Il le pressa et la porte de l'ascenseur de gauche s'ouvrit immédiatement. Cutter et lui prirent place à l'intérieur.

Le panneau de contrôle de l'ascenseur indiquait sept niveaux souterrains en plus du rez-de-chaussée. Ulric inséra une clé dans le panneau de contrôle et la tourna. Un écran LCD s'alluma et Ulric composa un code sur l'écran tactile. Les portes de l'ascenseur se refermèrent et ils descendirent en silence jusqu'au cinquième niveau, qui n'était accessible qu'à un petit nombre de personnes triées sur le volet. Les portes s'ouvrirent au bout d'une seconde sur un couloir blanc qui s'étirait en ligne droite sur une trentaine de mètres, tandis qu'à gauche et à droite s'ouvraient deux couloirs de vingt-cinq mètres de long, similaires à ceux du rez-de-chaussée. Les sept niveaux de l'installation souterraine avaient la même configuration en « T » et comportaient un escalier au bout de chaque couloir.

Ulric emprunta le couloir d'en face et s'arrêta à mi-chemin devant une double porte. Il pénétra dans une antichambre puis franchit une autre double porte pour arriver dans une salle dont le mur opposé comportait une longue vitre de cinq mètres de long surplombant un pupitre de contrôle. Cette salle était utilisée pour observer en toute sécurité les expérimentations.

Howard Olsen, un des agents de sécurité de Cutter et un vétéran lui aussi, se mit au garde-à-vous quand Ulric entra. Olsen était l'exemple même des recrues de Cutter, un idéaliste qui avait rejoint l'un des groupuscules religieux clandestins les plus fanatiques qui existaient au sein de l'armée. Comme les autres soldats que Cutter avait recrutés pour le compte d'Ulric, Olsen ne se faisait guère d'illusions sur l'avenir de l'humanité après ce qu'il avait vu en Iraq et en Afghanistan. Il avait rejoint avec enthousiasme le mouvement d'Ulric, la Sainte Église diluvienne, après son renvoi de l'armée pour manquement à l'honneur quand il avait perdu son sang-froid au combat et abattu deux civils présumés innocents. Ulric savait bien, lui, qu'il n'existait personne de véritablement innocent en ce bas monde.

— Olsen, le salua Ulric. Je voulais que vous soyez informé.

Olsen resta silencieux. Comme tout bon soldat, il ne répondait qu'aux questions qui lui étaient directement posées.

— À combien pouvons-nous tenir ici, à votre avis ? demanda Ulric à Cutter.

Cutter examina la salle d'observation.

— À vingt-cinq, au moins.

— Cela suffira. Nous avons supporté assez d'erreurs et de déloyautés. Il est temps pour une démonstration.

— Une démonstration de quoi ?

Ulric regarda par la vitre et Cutter suivit son regard. Un air de compréhension passa sur son visage quand il comprit ce qu'Ulric envisageait de faire.

— Sam Watson est déjà mort, reprit Ulric, mais nous avons toujours Gavin Dane et Barry Pinter. Ils se sont montrés négligents et représentent un handicap pour nos projets futurs. Amenez-les ici. Sur-le-champ.

— Qui devra assister à la démonstration ? demanda Cutter.

— Faites venir tous ceux qui connaissent l'ensemble du plan. Il faut qu'ils voient ce qui risque de leur arriver à eux et à leurs conjoints s'ils envisageaient de renoncer maintenant.

Tous les disciples d'Ulric étaient prêts à mourir pour la cause, mais la plupart savaient seulement qu'un Nouveau Monde merveilleux était sur le point d'éclore d'ici à cinq jours et qu'ils étaient destinés à y prendre part. Pour des raisons de sécurité, seules quelques personnes savaient ce que ce Nouveau Monde impliquait vraiment. Sam Watson avait démontré que le secret était peut-être compromis.

Ulric se tourna de nouveau vers Olsen, qui semblait perplexe. Lui-même n'appartenait pas à ce cercle restreint d'élus.

— Pinter et Dane vont mourir dans la pièce derrière cette vitre parce qu'ils n'ont pas accompli leur mission, lui annonça Ulric. À présent, j'ai une tâche à vous confier. J'ai découvert que Tyler Locke a prévu de se rendre à Seattle. Il a changé ses projets, ce qui signifie à l'évidence qu'il soupçonne quelque chose. Il est impossible qu'il en sache déjà beaucoup, mais c'est un homme plein de ressources et, si on lui en laisse le temps, il en découvrira davantage. Votre mission est de le supprimer.

— Oui, monsieur, répondit Olsen. Bien compris, monsieur.

— Je veux être sûr de bien me faire comprendre. Je ne veux pas vous revoir ici tant que Tyler est en vie. Dans le cas contraire, vous serez le prochain à vous retrouver derrière cette vitre. Et ce qui s'y passe est bien pire que tout ce que vous pouvez imaginer. Soit Tyler meurt, soit c'est vous. Est-ce bien compris ?

Pour la première fois, l'attitude impassible d'Olsen se fissura. Il jeta un rapide coup d'œil vers la pièce stérile de l'autre côté de la vitre et s'humecta les lèvres.

— Tout à fait, monsieur. C'est comme si Locke était déjà mort.

Chapitre 16

Le Gulfstream de la Gordian quitta St John à une heure du matin, heure de Terre-Neuve, trente minutes après l'arrivée de l'hélicoptère en provenance de *Scotia Un*. Le jet pouvait accueillir douze personnes, mais Tyler, Dilara et Grant étaient les seuls passagers. Fréquemment appelée à intervenir sur des sites mal desservis par les lignes aériennes commerciales, la Gordian entretenait une flotte de trois Gulfstream. La compagnie les avait achetés pour une bouchée de pain dans une vente d'État de biens confisqués à des trafiquants de drogue, et les honoraires facturés à ses clients couvraient largement les frais de maintenance des appareils.

Grant ronflait déjà à l'arrière du compartiment et Tyler avait lui aussi les paupières bien lourdes, malgré une courte sieste dans l'hélicoptère. Dilara, en revanche, semblait parfaitement réveillée. Elle revenait des toilettes de l'avion, où elle s'était changée pour passer un chemisier, un jean, un blouson et des bottes ; Tyler avait pris des dispositions pour que des vêtements l'attendent sur le tarmac.

Avant de faire un somme, Tyler voulait lui poser encore quelques questions.

— Merci pour les vêtements, dit Dilara. Avec cette combinaison, j'avais l'impression de porter une tenue de prisonnier.

— Je ne crois pas que qui que ce soit aurait pu vous prendre pour une fugitive, mais je dois reconnaître que cette tenue-là vous convient mieux.

— Et je ne vous ai jamais remercié de nous avoir secourus avec le canot de sauvetage. D'après ce que j'ai entendu dire, c'était votre idée.

— Oui, mes idées folles fonctionnent de temps en temps.

Dilara jeta un coup d'œil vers Grant et secoua la tête.

— Comment peut-il s'endormir comme ça après tout ce qui vient de se passer ?

— Il applique un vieil adage de l'armée, répondit Tyler. Dors quand tu le peux parce que tu ne sais jamais quand tu en auras à nouveau l'occasion. Il profite de ce répit.

— J'aimerais pouvoir en faire autant.

— Vous devriez essayer. Nous avons huit heures de vol devant nous. Mais peut-on d'abord bavarder un peu ?

— OK. Dites-moi donc quelque chose à propos de vous.

Tyler sourit.

— Comme quoi ?

— Qui était le héros de votre enfance ?

— Facile. Scotty dans *Star Trek*.

— L'ingénieur ? s'étonna Dilara en riant, un son riche et guttural que Tyler trouva irrésistible.

— Que puis-je dire ? Au fond de moi-même, je suis un véritable geek. Kirk était le héros, mais c'était toujours Scotty qui lui sauvait les miches. Et vous ? Ne me dites pas que c'était Indiana Jones.

Dilara secoua la tête.

— Non, la princesse Diana. Enfant, j'étais très fifille, j'adorais les robes. Mais mon père n'a cessé de me traîner de par le monde et j'ai fini par contracter le virus de l'archéologie.

— Et pour ce qui est de l'arche de Noé ?

— Ça, c'était la passion de mon père.

— Sam Watson a affirmé que votre père l'avait trouvée.

— Vous ne le croyez pas, n'est-ce pas ?

— Je suis sceptique de nature. Donc, oui, j'en doute.

— Vous doutez de quoi ? Que l'arche ait réellement existé ou que mon père l'ait trouvée ?

— Qu'un navire de cent cinquante mètres de long ait emporté un couple de toutes les espèces animales de la terre sur les eaux du Déluge.

— De nombreuses personnes croient littéralement à ce qui est écrit dans la Bible.

— Et je suis sûr que vous savez, contra Tyler, que pour de nombreuses raisons, cela est tout simplement impossible. Du moins, pas sans miracles. L'histoire de l'arche remonte à six mille ans. À cette époque, le bois était le seul matériau de construction utilisé pour la fabrication d'embarcations. Le plus long navire en bois jamais construit était une frégate de la guerre de Sécession, le *Dunderberg*, qui mesurait cent quinze mètres.

Dilara parut surprise.

— Vous savez ça comme ça ? Vous êtes quoi, une encyclopédie vivante ?

— Au risque d'affaiblir mon aura d'omniscience, je dois avouer que j'ai fait quelques recherches quand la connexion Internet a été rétablie.

— Vous voulez donc dire que l'arche de Noé n'aurait pas pu mesurer plus de cent quinze mètres de long ?

— D'un point de vue technique, l'idée d'un navire entièrement en bois d'une taille plus importante que celle-là est insoutenable. Sans la membrure et les entretoises en fer des navires du XIXe siècle, un bateau de la taille de l'arche de Noé se déformerait comme une bande de caoutchouc. Il y aurait des voies d'eau à des centaines d'endroits. Sans parler du fait que dans une tempête telle que celle du Déluge, les oscillations des vagues auraient brisé sa coque comme une brindille. L'arche aurait coulé en quelques minutes. *Bye-bye* la race humaine.

— Elle était peut-être moins grande que ce que raconte la Bible.

— La taille n'est que le premier problème, dit Tyler. Savez--vous combien de temps il faut à du bois pour se décomposer entièrement ?

— Dans un climat désertique comme celui de l'Égypte, des milliers d'années. On retrouve tout le temps des vestiges en bois dans les tombes égyptiennes.

— Et dans un climat humide ?

— Plusieurs centaines d'années si le bois n'est pas entretenu, admit Dilara. Certainement moins d'un millier d'années, même dans des conditions alpestres.

— Exactement. L'arche de Noé est supposée s'être échouée sur le mont Ararat, qui jouit d'une importante pluviométrie. Regardez toutes ces granges qui n'ont qu'une centaine d'années et qui s'effondrent. Si ces granges pourrissent déjà après un siècle, les vestiges de l'arche de Noé auront totalement disparu après des milliers d'années.

— Croyez-moi, je connais par cœur tous les arguments s'opposant à son existence. Mon père y croyait, mais il ne souscrivait pas à une interprétation littérale du texte biblique en raison des problèmes logiques que pose l'histoire de Noé telle qu'elle y est racontée. Par exemple, il y a approximativement trente millions d'espèces animales dans le monde et l'embarquement est censé avoir duré sept jours. Cela voudrait dire que Noé aurait dû embarquer les animaux au rythme de cinquante couples d'animaux par seconde, sans parler du problème de la place nécessaire à bord pour accueillir tant de monde.

— Noé n'aurait jamais pu embarquer tant d'animaux, même sur un navire dix fois plus grand.

Tyler et Dilara étaient absorbés dans la discussion, chacun rebondissant sur les arguments de l'autre.

— Et puis il y a le problème de la quantité de nourriture et d'eau que l'arche aurait dû embarquer, ajouta Dilara. C'est un de mes préférés. Un seul éléphant mange soixante-quinze kilos de nourriture par jour. Si vous avez quatre éléphants, deux d'Asie et deux d'Afrique, cela fait pas moins de douze tonnes de nourriture pour quarante jours, sans parler de ce qui ressort de l'autre côté. Ajoutez-y des rhinocéros, des hippopotames, des chevaux, des vaches et des milliers d'autres animaux. Impossible à seulement huit personnes de nourrir et de nettoyer tant d'animaux.

— Sans parler de l'odeur. Et n'oublions pas non plus qu'il faudrait cinq fois plus d'eau que n'en contient la terre pour recouvrir tous les continents. La fonte des calottes glaciaires inonderait la Floride, certes, mais cela ne suffirait pas pour que les océans recouvrent les montagnes.

Dilara semblait impressionnée.

— Il semblerait que vous connaissiez bien les arguments s'opposant à une interprétation littérale du texte biblique.

— Pas vraiment, nuança Tyler. Mais je suis un scientifique.

— Tout le monde ne prend pas la Bible au pied de la lettre. Certains considèrent l'histoire de Noé comme une allégorie. Mais même les allégories sont généralement issues d'événements réels, et différentes théories de substitution ont été proposées pour expliquer l'histoire du Déluge. Savez-vous que la Bible n'était pas la première à raconter l'histoire d'un déluge ?

— Je sais que les histoires de déluge sont un thème commun à différentes cultures.

— Mais celle de la Bible semble être l'héritière d'une légende en particulier, qui précède d'un millier d'années la rédaction du livre de la Genèse. En 1847, des archéologues ont découvert des tablettes couvertes de caractères cunéiformes relatant l'épopée de Gilgamesh. L'histoire du Déluge qu'elles racontent est remarquablement similaire à celle de la Bible, et certains historiens estiment que les rédacteurs juifs de la Genèse se sont inspirés de l'épopée de Gilgamesh.

— Reste tout de même le problème que, scientifiquement parlant, c'est impossible.

— Pas de la façon exacte dont l'histoire est racontée dans le récit biblique, nous sommes d'accord. Mais en 1961, Bill Ryan, un océanographe du Woods Hole Oceanographic Institute, a découvert que vers 5600 avant J.-C., la Méditerranée s'est déversée au niveau du détroit du Bosphore dans la mer Noire, qui n'était alors qu'un lac d'eau douce à cent vingt mètres au-dessous du niveau de la mer. Quand cela s'est produit, une chute d'eau cinquante fois plus grande que les chutes du Niagara s'est formée et a donné naissance à la mer Noire en l'espace de quelques mois. Imaginez maintenant que vous étiez un fermier vivant à l'époque sur les rives de la mer Noire.

— J'imagine qu'il a fallu réunir famille, bétail et possessions et décamper en vitesse face à la montée des eaux.

— Et pourquoi pas en bateau ? ajouta Dilara. Avec quelques embellissements et quelques miracles en plus, le souvenir de cet événement a très bien pu donner naissance à l'histoire de l'arche de Noé.

— Je veux bien le croire, mais cela n'explique toujours pas comment votre père a pu découvrir l'arche, ni même comment il pouvait savoir qu'il s'agissait réellement de celle-ci, ni comment elle aurait pu subsister après tous ces millénaires, ni – plus important encore – en quoi cela pourrait être lié à la mort imminente de milliards de gens comme votre ami Sam Watson le prétendait.

Dilara s'adossa à son siège et regarda par le hublot. Elle se caressa les cheveux d'un air absent, absorbée dans ses réflexions. Tyler se surprit à l'admirer et détourna rapidement les yeux quand elle reporta son attention sur lui.

— Vous n'êtes pas du genre optimiste, remarqua Dilara. Le verre est-il toujours à moitié vide pour vous ?

— Pour moi, le verre est trop gros. J'essaie juste de me concentrer sur la réponse à trouver. C'est toujours de cette façon que je procède.

— Très bien. Dans ce cas, comment faisons-nous pour trouver ces réponses ?

— Sam a prononcé le nom de Hayden. Cela doit forcément avoir un rapport avec le *crash* de l'avion de Rex Hayden. Je me suis arrangé pour que nous puissions aller examiner nous-mêmes le site du *crash*. J'ai dans l'idée que cet accident a été provoqué délibérément.

— Vous pensez à une autre bombe ?

Dilara avait le même air effrayé que lorsqu'elle avait trouvé la charge explosive sur la plate-forme.

— Non, l'avion est arrivé à court de carburant et s'est écrasé. Je n'ai pas encore tous les détails, mais je préfère toujours voir le site du *crash* avant d'écouter les enregistreurs de vol et de commencer les analyses en laboratoire. Ensuite, nous repartirons pour Seattle.

— Pourquoi ?

— C'est là que la compagnie de Coleman est basée. Nous pourrions trouver à son bureau quelque chose qui nous éclairerait sur tous ces événements. Nous ferons aussi un arrêt au siège de la Gordian. Je dois parler à mon patron et l'informer de ce qui se passe. Et là-bas se trouve également un génie de l'informatique qui est le meilleur que j'aie jamais rencontré. Il devrait pouvoir nous aider dans nos recherches.

— Vous m'avez l'air soudain bien motivé…

— C'est généralement ce qui se passe quand vous venez de frôler la mort.

— Maintenant que j'ai survécu au sabotage de la plate-forme pétrolière, pensez-vous qu'ils vont renoncer à chercher à m'éliminer ? demanda Dilara, qui semblait plus frustrée qu'autre chose, notamment parce que Tyler et elle n'avaient toujours aucune idée de qui pouvaient être ces « ils ».

Tyler secoua la tête.

— Désolé, mais ils ont l'air d'être du genre têtu. C'est pour cette raison que vous devez rester avec moi à partir de maintenant.

— Vous croyez que je ne suis pas capable de veiller sur moi ?

— Oh ! je n'en doute pas. Mais si nous voulons résoudre cette affaire, nous devons rester ensemble. Rappelez-vous, ils veulent me tuer moi aussi. Et peut-être Grant, même s'ils feraient mieux d'éviter de s'en prendre à lui.

— Pourquoi ?

— Ils vont se retrouver du mauvais côté du manche s'ils s'attaquent à Grant. C'est lui le vrai dur à cuire. Il est ceinture noire de krav maga et c'est un expert dans le maniement de toutes les armes possibles et imaginables.

— Sans parler du fait qu'il est énorme. C'est quoi le krav maga ?

— Un art martial israélien. Associé à ses prises de lutteur, cela le rend mortellement dangereux.

— Il était dans les forces spéciales, je parie. Dans quelle branche ? L'antiterrorisme ?

— Je pourrais vous le dire, mais il devrait alors me tuer.

— Je me rappelle l'avoir vu une fois à la télé. Il était impressionnant. Pourtant, quand on le rencontre en personne, il a un visage vraiment amical.

— En temps normal. Mais quand il est en colère, c'est le type le plus effrayant que je connaisse.

Dilara se pencha vers Tyler.

— Et qu'en est-il de vous ? Vous pratiquez aussi le krav maga ?

— Grant m'a enseigné quelques prises. Je me débrouille.

— J'ai remarqué. (Elle soutint son regard quelques secondes supplémentaires puis se redressa sur son siège.) Dans ce cas, je ferais mieux de rester avec vous.

— Pendant que nous essayons de débrouiller cette affaire, y a-t-il quelqu'un que nous devrions tenir informé ? du fait que vous allez bien, je veux dire ?

— Non, personne, répondit-elle en secouant la tête.

— Même pas M. Kenner ?

Tyler jeta un coup d'œil vers l'annulaire de Dilara. Il ne portait pas d'alliance, ni de marque de bronzage.

Elle suivit son regard et écarta les doigts.

— C'est vrai. Vous savez que mon nom de jeune fille est Arvadi.

— Je n'y avais pas pensé jusqu'à maintenant.

— J'ai divorcé il y a deux ans. Un archéologue, lui aussi. Vous savez comment ça se termine quand deux personnes sont souvent séparées, à parcourir le monde chacune de son côté. Nous ne passions pas assez de temps ensemble. J'ai décidé de garder son nom, pour ne pas avoir à refaire tous mes papiers d'identité. (Elle marqua une pause.) Et vous ? Vous avez de la famille ?

— Une sœur cadette. Nous étions des gamins de l'Air Force. Mon père est toujours en service actif, il est général. Il dirige l'agence de répression des armes de destruction massive au sein du département de la Défense. Je ne le vois plus beaucoup. Il n'apprécie guère mon choix de carrière. On dirait que votre père et vous étiez bien plus proches que nous ne le sommes.

— Vous êtes marié ? demanda Dilara.

Le ton de sa voix exprimait une curiosité neutre.

—Veuf, répondit Tyler en secouant la tête.

Il ne donna pas plus de détails et le silence se fit pesant.

—Bon, conclut Dilara, qui avait saisi le message, je crois qu'il vaudrait mieux que j'essaie de dormir un peu.

—Vous pouvez prendre mon siège, dit la voix grave de Grant derrière Tyler, qui se tourna vers son ami. Il est douillet et déjà tout chaud pour vous. Et Tyler m'a dit que vous aviez des questions sur les prises célèbres du Brasier. Quand vous vous serez reposée, je vous parlerai du Détonateur. Je m'en suis servi pour gagner mon premier combat.

—J'ai hâte d'entendre ça, dit-elle en riant avant de gagner l'arrière de l'appareil.

Grant s'assit sur le siège qu'elle venait de libérer.

—Je l'aime bien, dit-il en baissant la voix. Et sinon… on dirait que vous vous entendez bien tous les deux ?

Grant adressa un clin d'œil à Tyler. Depuis que la femme de ce dernier était morte, Grant essayait parfois de le pousser à se remettre avec quelqu'un.

—Nous bavardions, c'est tout.

Il jeta un coup d'œil par-dessus son épaule vers Dilara. Elle s'était déjà pelotonnée sur le siège, les yeux fermés, emmitouflée dans une couverture. C'était la première fois que Tyler la voyait vraiment vulnérable et il se sentit envahi par un besoin impérieux de la protéger. Il se tourna de nouveau vers Grant, qui arborait un sourire stupide.

—Je t'ai dit pour ma petite amie, non ?

—La femme que tu as rencontrée à Seattle il y a deux semaines est maintenant ta petite amie ?

—Tiffany, précisa Grant. Elle est parfaite.

—Vous avez eu, quoi, deux rencards ?

— Je sais que c'est encore tôt, mais elle possède toutes les qualités de la future Mme Westfield. Tu sais comment nous nous sommes rencontrés ?

— Au club de *strip-tease* ? hasarda Tyler avec un sourire.

— À la salle de sport. Le club de *strip-tease*, elle ne fait qu'y travailler.

— Comme videur ?

— Comme serveuse, le reprit Grant en feignant l'agacement. Pour payer ses études d'infirmière. Elle est menue, mais sacrément costaud.

— J'espère qu'elle n'est pas trop menue, tu risquerais de l'écraser.

— Tu devrais la voir sur le banc de musculation. Ouah ! Je l'avais remarquée, et elle m'avait remarqué. Pendant quelques jours on ne s'est pas parlé, on s'est contentés de se regarder. Et puis finalement un jour, on est entrés en relation. Tu sais comment ?

— À toi de me le dire.

— En bavardant, c'est tout.

Tyler jeta un autre coup d'œil vers Dilara. Elle s'était déjà endormie.

— Il n'y a rien entre nous, lui affirma Tyler.

— Entendu, concéda Grant, qui ne semblait toujours pas convaincu.

— Tu n'as pas l'intention de me lâcher avec ça, hein ?

— Oh non ! répliqua Grant.

Tyler soupira. Ce vol promettait d'être sacrément long.

Chapitre 17

Après avoir atterri à l'aéroport international McCarren de Las Vegas, Tyler, reposé par sa sieste de quatre heures, récupéra les clés de la Jeep de location qui les attendait et s'installa à la place du conducteur. L'écran d'un navigateur GPS était installé sur le tableau de bord devant Grant. Dans quelques minutes, ils seraient sur la route 93, qui les conduirait à proximité du lieu du *crash*.

— C'est à combien d'ici ? demanda Dilara depuis la banquette arrière.

— Judy Hodge, l'ingénieur responsable de l'équipe sur place, m'a dit que c'était à environ cent trente kilomètres, répondit Grant. Au beau milieu de nulle part. Heureusement, ce n'est qu'à deux kilomètres de la route 93, en terrain plat. Si l'avion s'était écrasé dans un canyon ou sur une montagne, il aurait fallu dix fois plus de temps pour récupérer les morceaux de l'épave.

— Combien de temps cela prendra-t-il ? pour comprendre ce qui a pu se passer, je veux dire ?

— En général, plusieurs mois pour rassembler tous les éléments de l'enquête, et des années jusqu'au rapport final.

— Des années ? Sam a dit que nous avions jusqu'à vendredi et nous sommes déjà lundi matin !

— Comme cela ne ressemble pas à un accident, intervint Tyler, j'essaierai de convaincre le Bureau de la sécurité aérienne d'accélérer l'enquête. Grant, je veux que tu prennes les choses en main, là-bas.

— Ça, c'est pas sympa, dit Grant. Pour Tiffany, je veux dire.

— Elle survivra sans toi quelques jours de plus. Fais acheminer tous les débris au CET, dans le hangar 3.

— C'est quoi le CET ? demanda Dilara, en prononçant « sept », comme l'avait fait Tyler.

— Le Centre d'évaluation technologique de la Gordian. Il est situé à Phoenix, ce ne sera donc pas trop long d'acheminer l'épave là-bas. C'est une installation de deux mille cinq cents hectares construite dans le désert il y a vingt ans de cela. Phoenix s'est tellement étendue que l'endroit se trouve désormais juste en périphérie des faubourgs. Le CET dispose d'un circuit d'essai qui forme un ovale de dix kilomètres de long, d'un parcours en terre pour tout-terrain, d'un terrain de dérapages, de deux plates-formes mobiles de *crash-test* – une en extérieur et l'autre en intérieur et de plusieurs laboratoires d'analyse. Il y a également une piste d'atterrissage d'un kilomètre et demi de long et cinq hangars pour des essais en vol.

Tyler savait qu'il pérorait avec la fierté d'un jeune papa quand il décrivait le CET, mais c'était plus fort que lui. Ce site était le joyau de la Gordian.

— Vous effectuez donc des tests pour des constructeurs automobiles ? demanda Dilara. Je pensais qu'ils avaient leurs propres installations.

— C'est le cas, mais de nombreuses firmes réclament des tests indépendants, comme des compagnies d'assurances, des cabinets d'avocats, des fabricants de pneus. Notre plus gros client est le gouvernement des États-Unis. Nous sommes en mesure de tester à peu près tout ce qui roule, de la bicyclette au poids lourd. D'ailleurs dans deux jours, nous devons mettre à l'épreuve un camion minier.

— On dirait que vous aimez ce genre de choses. Il vous arrive de vous mettre vous-même au volant ?

— Parfois, quand j'en ai l'occasion. Ce camion-là devrait être particulièrement amusant.

— Amusant de conduire un simple camion ? Pourquoi ça ?

— Il s'agit d'un Liebherr T 282B, un camion de sept mètres soixante de haut avec un poids à vide de deux cents tonnes.

— Deux cent mille kilos, je n'arrive pas à m'imaginer quelque chose de si grand, s'émerveilla Dilara.

— C'est le plus gros camion du monde. Imaginez un immeuble de trois étages monté sur essieux. Quand son tombereau est chargé, il pèse deux fois plus lourd qu'un 747 au décollage. Ses seuls pneus ont un diamètre de trois mètres soixante et pèsent plus lourd que n'importe quelle voiture. Une mine de charbon du Wyoming nous a demandé de le tester avant de se décider à l'acheter. C'est de l'argent bien dépensé quand vous envisagez d'en acquérir vingt exemplaires au prix de quatre millions l'unité.

— Cela paraît incroyable.

— Malheureusement, puisque nous allons repartir pour Seattle, je vais devoir encore attendre avant d'avoir droit à mon petit tour en camion.

Le reste du trajet se fit dans le silence. Ils franchirent bientôt le barrage Hoover et entrèrent en Arizona. Quelques arbres épars se dressaient sur le sol aride du désert et l'air tremblait dans la chaleur, qui dépassait déjà les trente degrés.

À quarante kilomètres au nord de Kingman, le GPS indiqua l'intersection et Tyler conduisit la Jeep sur une route d'accès en terre. Une minute plus tard, ils arrivèrent en vue d'un groupe de véhicules à l'arrêt. Trente vans équipés d'antennes paraboliques étaient agglutinés au milieu du désert. Des reporters se tenaient devant l'objectif des caméras et rapportaient ce qu'ils avaient pu apprendre du *crash* qui avait coûté la vie à l'une des plus grandes célébrités du septième art.

Tyler dépassa les vans des télévisions jusqu'à un barrage de trois voitures de la police d'État de l'Arizona. Un officier leur fit signe de s'arrêter.

— Les journalistes ne sont pas autorisés au-delà de ce point, les informa l'officier de police.

— Nous ne sommes pas de la presse, dit Tyler en tendant au policier sa pièce d'identité. Nous travaillons pour la Gordian Engineering.

Le policier examina brièvement le document avant de le rendre à Tyler.

— Ils vous attendent, Dr Locke. Vous les trouverez à environ un kilomètre dans cette direction.

— Merci.

Tyler continua à rouler jusqu'à ce qu'ils arrivent près d'un autre groupe de véhicules, essentiellement composé de voitures de police, de camions de pompiers et de fourgons de la morgue pour l'évacuation des victimes. Il y avait également trois Humvee de l'armée ainsi qu'un semi-remorque de l'unité de décontamination. Près du camion, deux personnes en combinaison de protection contre les risques biologiques étaient penchées sur une lugubre rangée de sacs noirs qui devaient contenir les restes humains découverts jusque-là. Tyler fut intrigué par la présence d'une équipe de décontamination. Normalement, l'avion ne transportait pas de produits chimiques dangereux et tout son carburant avait été épuisé avant le *crash*.

Un van était garé à l'écart des autres véhicules. Le logo de la Gordian ornait son flanc. Celui-ci représentait un engrenage entourant quatre écussons symbolisant les domaines d'expertise de la compagnie : la flamme d'une arme à feu, un éclair d'électricité, un avion superposé à une voiture et une forme humaine stylisée.

Une femme athlétique d'une trentaine d'années se tenait près du van et parlait dans un talkie-walkie. Judy Hodge releva la tête quand elle entendit la Jeep s'approcher. Elle portait une casquette au logo de la Gordian, un débardeur, un jean, et une paire de gants en latex. Quand elle vit Tyler, elle rangea son talkie-walkie et s'avança vers la Jeep.

Tyler sortit du véhicule et serra la main de Judy. Elle salua Grant d'un signe de tête et Tyler lui présenta Dilara.

— Content de te voir, Judy, la salua Tyler. Ça m'a l'air d'être le cirque là-bas.

— La police a déjà arrêté deux journalistes qui tentaient de franchir le périmètre, grommela Judy. Sans compter les chasseurs de souvenirs qui rôdent aux alentours. Je suis heureuse que nous disposions du G-Tag. Il faut que nous évacuions ces débris le plus vite possible. Je n'imaginais pas à quel point les fans de Hayden pouvaient être dingues.

Le G-Tag était une méthode de traitement des débris d'un *crash* aérien développée par la Gordian. Chaque débris de l'appareil était photographié à l'aide d'un appareil numérique et localisé avec précision par un système GPS. Puis un code-barres formant un numéro d'identification unique était imprimé et collé sur le débris. Les informations étaient automatiquement transmises aux ordinateurs centraux de la Gordian, qui produisaient une carte détaillée indiquant la position exacte de chaque débris retrouvé. Le système G-Tag divisait par dix le temps normalement nécessaire pour inventorier manuellement les débris d'un *crash*, ce qui permettait de commencer à récupérer les morceaux de l'appareil après quelques heures, en les préservant au maximum des dégradations dues aux éléments.

— Avez-vous déjà commencé à envoyer les débris au CET ? demanda Tyler.

— Le premier semi-remorque devrait y arriver d'ici à une heure. Une vingtaine de camions vont faire la rotation entre le site et le CET. La principale concentration de débris se trouve par là.

Judy pointa le doigt vers un attroupement d'ouvriers. Tyler aperçut quelques débris massifs, dont un élément qui ressemblait à une turbine.

— Quand j'en aurai terminé ici, je retournerai à Seattle avec le Dr Kenner. Cette enquête ne doit pas traîner. Judy, tu resteras sur le site jusqu'à ce qu'il n'y ait plus rien à récupérer. Grant va s'occuper de superviser le transport de l'épave jusqu'au CET. Bien, et maintenant, dis-m'en un peu plus sur ce *crash*.

Tout en s'approchant des débris de l'appareil, Judy leur raconta comment l'avion fantôme était revenu sur le continent. Elle avait reçu une copie numérique des communications des pilotes de l'armée de l'air et leur en fit un résumé. Tyler vit des dizaines de morceaux de métal, de bagages et de débris divers déjà marqués de petits drapeaux indiquant qu'ils pouvaient être déplacés.

Il s'immobilisa à côté d'un morceau de fuselage d'un mètre de côté qui contenait en son centre un hublot pulvérisé. Il s'agenouilla pour l'examiner tout en continuant à parler.

— Des signes d'une décompression explosive ?

— Aucun. L'avion était parfaitement intact jusqu'à ce qu'il s'écrase au sol.

À travers l'encadrement vide du hublot, Tyler aperçut quelque chose de blanc briller au soleil sous le morceau de fuselage.

— Tu aurais une autre paire de gants ? demanda-t-il.

Les ouvriers avaient peut-être laissé passer un autre débris dissimulé sous ce morceau de fuselage, qui avait déjà été répertorié, comme l'indiquaient l'étiquette et le petit drapeau.

— Bien sûr, dit Judy en lui tendant une paire de gants en latex.

— Donc on serait en face d'une fuite d'oxygène progressive ? proposa Tyler tout en enfilant les gants.

Judy le dévisagea d'un air perplexe.

— Non. Mais attends, je pensais que tu étais au courant…

— Au courant de quoi ? s'enquit-il tout en retournant le morceau de fuselage.

Il eut un mouvement de recul, surpris par ce qui se trouvait sous la tôle. Il s'agissait d'un fémur d'un blanc luisant, provenant probablement d'un individu de sexe masculin.

Il n'était pas inhabituel de trouver des morceaux de corps humains disséminés parmi les débris d'un *crash*, mais c'était étrange qu'il s'agisse d'un os, notamment quand celui-ci avait l'air d'avoir été nettoyé par des charognards, alors même qu'un coyote n'aurait jamais pu se glisser sous ce morceau de fuselage.

Judy s'empara de son talkie-walkie.

— Nous en avons un autre ici, annonça-t-elle.

Tyler entendit quelqu'un répondre qu'il arrivait.

— Ce n'est pas le premier os que vous trouvez ? interrogea Tyler en se penchant pour l'examiner.

Judy secoua la tête.

— Non, nous…

Avant qu'elle ait pu poursuivre, une voix s'éleva derrière Tyler :

— Ne touchez pas à ça !

Tyler se retourna et vit s'approcher un technicien vêtu d'une combinaison de protection. L'homme prit une photo du fémur, puis le souleva avec précaution pour le ranger dans un sac en plastique. Après avoir indiqué la provenance de l'os sur l'étiquette du sac, il s'éloigna sans un mot.

— Je suis désolée, dit Judy. Je croyais qu'on t'avait mis au courant.

— Aiden MacKenna nous a juste donné les grandes lignes avant que nous nous mettions en route, dit Tyler. Bon sang ! qu'est-ce qui se passe, Judy ?

— Cet os est la raison de la présence de l'équipe de décontamination. À cause de l'état des restes humains trouvés, le FBI craint la possibilité de résidus chimiques ou biologiques. L'équipe la plus proche était une unité de l'armée de la base d'essai de Dugway dans l'Utah. Elle n'a rien trouvé de dangereux et nous a donné le feu vert pour commencer notre travail hier après-midi.

— Combien de corps ont été retrouvés jusqu'ici ?

— Aucun.

— Comment ? s'étonna Tyler. Vous auriez déjà dû en trouver quelques-uns. D'après le manifeste que j'ai consulté, il y avait vingt-sept personnes à bord.

— Nous avons trouvé les restes d'au moins vingt personnes, mais aucun corps.

— Par « restes », tu veux dire une main, un torse, des choses comme ça ?

— Non. Cette rangée de sacs que tu as vue ne contient rien d'autre que des ossements.

Tyler resta sans voix. Grant semblait lui aussi sous le choc.

— Comment est-ce possible ? demanda enfin Tyler.

— Nous n'en avons pas la moindre idée, répondit Judy. Tout ce que nous savons, c'est qu'avant que l'avion s'écrase quelque chose a réduit tous ses passagers à l'état de squelettes.

Coleman

Chapitre 18

Gavin Dane avait mis huit heures pour regagner Washington après que le yacht s'était amarré à Halifax. Ulric avait fait en sorte que le responsable de la mission avortée sur *Scotia Un* soit uniquement informé qu'il devait se présenter sur-le-champ à la propriété de l'île d'Orcas. Gavin devait s'attendre à être réprimandé pour son échec, mais il ne se doutait certainement pas du châtiment qui lui avait été réservé.

Barry Pinter, qui avait été chargé d'éliminer Dilara Kenner à sa sortie de l'aéroport, était déjà arrivé et aidait aux ultimes préparatifs en vue des jours à venir. Cutter venait de convoquer les deux hommes, tandis que les spectateurs gagnaient la salle d'observation.

Un groupe composé des meilleurs scientifiques et agents d'Ulric se rassembla dans la salle d'observation. Ils étaient nerveux et gardaient le silence, en dehors de quelques murmures. Ils savaient qu'un événement important allait se produire, mais ils en ignoraient la nature. Ulric, qui se tenait devant la vitre en compagnie de Svetlana Petrova, les observait. Ils étaient tout à fait dans l'état d'esprit désiré. Ulric pressa un bouton du tableau de contrôle.

— Commençons, ordonna-t-il dans le microphone.

La porte de la chambre d'expérimentation de l'autre côté de la vitre s'ouvrit et les derniers chuchotements s'éteignirent. Cutter conduisit deux hommes dans la chambre aux murs gris acier. Le premier était Gavin Dane, un homme trapu aux cheveux coupés en brosse, vêtu d'un tee-shirt noir moulant qui révélait un physique athlétique.

Le deuxième homme était Barry Pinter, qui dépassait Dane de trente centimètres et pesait vingt-cinq kilos de plus. Il s'avança dans la pièce avec la grâce d'un félin. Les deux hommes étaient des vétérans des forces spéciales ; Dane avait servi chez les Rangers, tandis que Pinter était un ancien béret vert.

Ulric les observa avec détachement. Il n'appréciait pas d'avoir à faire cela, mais c'était un mal nécessaire. Quel gâchis bien sûr de devoir éliminer deux hommes pareils, mais le projet avait atteint un point critique et Ulric ne pouvait plus prendre aucun risque. Il fallait faire un exemple.

Cutter quitta la chambre en refermant la porte derrière lui. Le bruit d'une barre tombant en place résonna, indiquant sans l'ombre d'un doute que la porte venait d'être verrouillée. Dane et Pinter, qui se connaissaient pour avoir collaboré dans des missions passées, échangèrent un regard où la circonspection fit place à l'inquiétude, puis ils observèrent la pièce dans laquelle ils se trouvaient et qu'ils voyaient pour la première fois.

Le sol de la chambre d'expérimentation était entièrement composé d'un plancher grillagé, spécialement forgé en acier à haute teneur en carbone afin de résister à de fortes températures. Au-dessus d'eux, le plafond – grillagé lui aussi – ouvrait sur un système de ventilation sophistiqué qui intégrait quatorze filtres perfectionnés. Les murs de la chambre étaient en acier de trois centimètres d'épaisseur et la vitre d'observation était faite d'un polymère spécial qui permettait de créer un vitrage très épais sans pour autant déformer la vision.

Le seul objet que contenait la chambre était un masque à gaz intégral, posé sur le sol grillagé.

Ulric régla le micro afin que Dane et Pinter puissent entendre ce qu'il allait dire aux observateurs.

— Mesdames, messieurs, bonjour. J'imagine que vous vous demandez la raison de votre présence ici et je vous en félicite. La curiosité fait partie des qualités pour lesquelles je vous ai recrutés en vue de cette aventure épique. Comme vous le savez tous, nous sommes sur le point d'embarquer pour ce grand voyage. Malheureusement, j'ai conscience que certains d'entre vous pourraient nourrir des doutes.

Les personnes rassemblées le dévisagèrent avec des visages de marbre. Aucune d'elles ne voulait trahir ce genre de pensées, surtout si elle était effectivement tenaillée par sa conscience.

— Et je comprends cela, poursuivit Ulric. Nous sommes engagés dans une entreprise immense, qui va bouleverser la face du monde. Un changement qui, je le crois – ou plutôt devrais-je dire nous le croyons –, permettra en fin de compte de sauvegarder la race humaine. Mais pour cela, il est nécessaire de consentir à des sacrifices, et j'ai dans l'idée que certains d'entre vous ont des difficultés à accepter cette réalité.

Ulric jeta un coup d'œil vers la chambre d'expérimentation et lut la peur sur les visages de Dane et de Pinter. Il remarqua que les deux hommes jetaient des coups d'œil furtifs vers le masque à gaz.

— Par conséquent, j'ai estimé qu'il était important que nous confortions notre résolution pour la tâche qui nous attend. Nous ne pouvons admettre ni l'hésitation, ni le doute, ni la trahison, ni l'échec. Nous devons rester concentrés sur notre objectif. Et c'est pourquoi j'ai fait venir ces deux hommes ici aujourd'hui. (Ulric désigna la vitre d'un geste de la main.) Deux hommes qui ont déçu notre confiance à tous et mis en danger tout ce pour quoi nous avons œuvré.

Ulric se tourna vers la vitre donnant sur la chambre d'expérimentation.

— Gavin. Barry. Vous allez montrer à tous ceux ici présents pourquoi il est crucial que chacun de nous accomplisse sa tâche avec le plus grand soin. Vous allez leur montrer ce qui est en jeu.

Pinter se jeta contre la porte et l'examina en cherchant un moyen de l'ouvrir, mais en pure perte. Elle était hermétiquement verrouillée, sans aucun moyen de l'ouvrir de l'intérieur. Dane resta immobile, attendant stoïquement la suite.

— Il n'y a qu'un seul masque à gaz dans la chambre et ce pour une bonne raison, reprit Ulric. Dans soixante secondes, la chambre d'expérimentation va se remplir d'Arkon-B, un composé de l'agent biologique qui va rendre possible notre Nouveau Monde. Celui qui portera le masque échappera à ses effets. Quant à l'autre...

Ces simples mots suffirent. Pinter plongea vers le masque mais Dane, qui avait toujours été le plus intelligent des deux, savait que la meilleure stratégie consistait à neutraliser son concurrent. Il laissa passer Pinter devant lui et le frappa dans le dos. Pinter s'affala sur le sol et, prenant conscience de son erreur, se releva en un éclair pour se tourner face à Dane en se mettant en position de combat. Les deux hommes étaient experts en arts martiaux, mais Pinter avait l'avantage de la taille. Ils restèrent immobiles un instant, le temps de se jauger.

Ulric regarda sa montre.

— Cinquante secondes, annonça-t-il afin de les pousser à l'action.

Son annonce produisit l'effet escompté. Dane bondit et décocha un coup de pied retourné vers le visage de Pinter. Celui-ci recula la tête et bloqua le coup de pied avec son bras. L'impact les projeta tous les deux au sol. Pinter se remit debout le premier et se jeta sur Dane, qui était toujours sur le dos. Pinter tenta de lui assener un coup de pied dans les côtes ; Dane bloqua la jambe de Pinter et le déséquilibra, profitant de la chute de ce dernier pour le frapper à l'aine d'un solide coup de genou.

Pinter retomba lourdement en gémissant de douleur, mais il n'était pas encore hors de combat. Dane roula sur lui-même et visa Pinter à la gorge. Celui-ci contra l'attaque par un direct au visage qui envoya valser Dane au sol. Les deux hommes s'assirent, reprenant leur souffle pour l'ultime assaut.

— Trente secondes, annonça Ulric.

Il ne viendrait jamais à l'idée d'hommes dans leur genre de s'associer pour partager le masque à gaz. Encore un malheureux exemple de la nécessité d'un Nouveau Monde, pensa Ulric. L'égoïsme humain le plus vil s'étalait devant eux et c'était une démonstration qui collait parfaitement aux circonstances. Ulric espérait seulement qu'aucun des deux n'arriverait à tuer l'autre, faute de quoi il devrait ordonner à Cutter d'aller enlever son masque au vainqueur.

Dane et Pinter tournèrent l'un autour de l'autre. Pinter tentait sans succès de masquer sa claudication, tandis que Dane saignait abondamment du nez.

Cutter, qui avait regagné la salle d'observation pour venir se placer à côté d'Ulric, se pencha pour lui chuchoter à l'oreille.

— Que se passera-t-il si le vainqueur a une blessure ouverte ?

Ulric n'avait pas pensé à l'éventualité que le vainqueur puisse avoir des plaies exposées, mais ce serait une intéressante occasion de tester la virulence de l'Arkon-B et de voir s'il pouvait infecter l'organisme par ce biais-là.

— J'imagine que nous allons le découvrir.

Dane et Pinter échangèrent une série de coups avec une telle rapidité qu'Ulric eut du mal à suivre leurs mouvements. Puis Pinter réussit à se positionner pour effectuer un étranglement. Il serra la gorge de Dane en une prise décisive.

— Quinze secondes, annonça Ulric, et il hocha la tête à l'intention de l'opérateur qui se tenait devant le pupitre de contrôle.

Celui-ci laissa son doigt en suspens au-dessus du bouton qui libérerait l'Arkon-B.

Le visage de Dane avait pris une teinte violacée. Le combat était presque terminé. Puis, dans un ultime effort, Dane se contorsionna légèrement et projeta son pied en arrière, atteignant Pinter au genou. Ce dernier hurla de douleur et relâcha Dane qui le frappa immédiatement à l'autre jambe. Pinter se retrouvait désormais avec le genou droit disloqué et la jambe gauche brisée, constata Ulric. Il ne se relèverait pas de sitôt.

Dane resta un instant à observer son adversaire pour voir s'il pouvait sans risque se rapprocher afin de lui porter le coup de grâce, oubliant de se préoccuper du temps qui passait. Ulric poursuivit le compte à rebours :

— Dix, neuf, huit…

Dane releva la tête en direction du haut-parleur puis se précipita vers le masque à gaz posé au sol.

— Sept, six, cinq…

Il s'en saisit et l'enfila sur son visage.

— Quatre, trois, deux…

À « un », Dane avait fini de resserrer les sangles du masque et reporta son attention sur Pinter, qui gisait toujours sur le sol et foudroyait Dane d'un regard haineux.

Ulric hocha de nouveau la tête à l'intention de l'opérateur qui pressa le bouton. Un bruit de ventilation se fit entendre dans la salle d'expérimentation ; Dane et Pinter regardèrent tous deux vers le sol grillagé d'où monta un souffle d'air continu qui fit voleter leurs vêtements.

Ulric sentit les gens autour de lui retenir leur souffle. Ils n'auraient pas à attendre longtemps pour découvrir les effets de l'Arkon-B. Le gaz qui se déversait à présent sur Dave et Pinter était exactement de la même composition que l'échantillon qui avait été utilisé dans l'avion privé de Hayden, à part que celui-ci avait une concentration cent fois supérieure puisque l'engin qui l'avait libéré dans l'avion se devait d'être petit et portatif. C'était la raison pour laquelle le gaz avait mis tant de temps à agir, ce qui avait orienté leur choix sur un vol devant survoler l'océan. Le temps que les passagers à bord de l'appareil de Hayden aient compris ce qui leur arrivait, l'avion se trouvait déjà trop loin des côtes pour pouvoir revenir se poser avant que tout soit terminé.

Pinter s'était traîné jusqu'au mur pour s'y adosser. Son expression resta impassible, mais Ulric lut la peur dans son regard. Dane se recula du côté opposé et continua à surveiller Pinter, au cas où celui-ci voudrait essayer de lui prendre le masque. Mais même si Pinter tentait une action désespérée, il était trop tard pour lui. Il avait été exposé ; ce n'était plus qu'une question de minutes.

Conformément aux attentes d'Ulric, les premiers effets se manifestèrent en moins de deux minutes. Pinter commença à tousser, d'abord sporadiquement, puis de manière continue. L'Arkon-B avait d'abord attaqué ses poumons et il courait désormais dans son sang, véhiculé jusqu'à ses autres organes.

La toux se fit de plus en plus rauque, et un filet de sang coula de la bouche de Pinter. Celui-ci sentit l'humidité sur son menton et l'essuya de la main. Il contempla alors ses doigts ensanglantés et la terreur envahit son visage.

— Je vous en prie ! Je suis désolé ! cria-t-il entre deux quintes de toux. Je vous en prie ! Aidez-moi !

Il regarda Dane, qui le contemplait les yeux écarquillés.

Le filet de sang qui coulait de la bouche de Pinter devint une véritable hémorragie ; des hoquets d'horreur et des exclamations étouffées résonnèrent parmi les spectateurs. L'épiderme de Pinter commença à se détacher, par petits morceaux d'abord, puis par plaques entières. Pinter était en train de se dissoudre sous leurs yeux.

Le malheureux ne pouvait plus que gémir de douleur désormais. Puis il plaqua soudain les mains sur sa gorge et hoqueta, la bouche béante. Ses poumons devaient être emplis de fluide ; il se noyait dans son propre sang.

La mort survint à peine trente secondes plus tard. Dans un dernier gargouillis, Pinter succomba, le regard fixé sur Dane. La tête de Pinter bascula en arrière contre le mur, y abandonnant une large portion de cuir chevelu et une traînée de sang alors que tout son corps s'affalait sur le sol.

Certains observateurs laissèrent échapper un cri ou un gémissement de dégoût et de peur, mais Ulric leva une main pour leur intimer le silence. Leur épreuve n'était pas encore terminée.

Sous leur regard médusé, le corps de Pinter continua à se décomposer, comme s'ils assistaient en accéléré au processus de putréfaction d'un cadavre. Les plaies qui couvraient le corps de Pinter s'agrandirent en trous béants par lesquels le sang et les fluides corporels s'écoulèrent pour s'infiltrer entre les interstices du sol grillagé. La trace de sang sur le mur disparut rapidement, comme l'auraient fait des gouttes d'eau sur une plaque brûlante.

Ulric jeta un coup d'œil dans la salle d'observation ; tout le monde regardait, horrifié, le corps de Pinter en train de se désagréger. Quelques personnes semblaient sur le point de se trouver mal, et une femme vomit dans une corbeille à papier. La démonstration produisait l'effet escompté. Toute personne dans cette pièce qui avait pu envisager de suivre la voie de la trahison comme Sam Watson y réfléchirait désormais à deux fois.

Chaque cellule du corps de Pinter était attaquée et il ne fallut que trois minutes de plus pour qu'il ne reste de lui que des os immaculés, comme si son corps avait été dévoré par un banc de piranhas affamés. Son crâne, qui était encore recouvert d'un visage de chair quelques minutes plus tôt, souriait lugubrement aux observateurs de l'autre côté de la vitre.

L'opérateur appuya de nouveau sur le bouton, et la ventilation cessa de souffler dans la salle d'expérimentation.

— Voilà qui met fin à la démonstration de ce jour, dit Ulric. Je suis persuadé qu'elle aura été instructive pour vous tous. Si vous ne voulez pas faire partie des masses qui seront exposées à l'Arkon-B dans cinq jours, je vous conseille d'éviter de mettre en péril le plan que nous avons préparé avec tant de soin. Me suis-je bien fait comprendre ?

Quelques-uns répondirent sur-le-champ par un « oui » sonore, tandis que les autres hochaient la tête avec conviction.

Satisfait, Ulric les congédia.

— Vous pouvez retourner à vos occupations, dit-il, avant de se tourner vers la femme qui avait vomi. Et emportez-moi cette corbeille.

Ils quittèrent la salle en silence, encore abasourdis par ce dont ils venaient d'être les témoins. À l'intérieur de la salle d'expérimentation, Dane hurlait dans son masque en martelant la porte du poing.

Ulric attendit que le dernier spectateur soit sorti et referma la porte derrière eux. Il ne restait plus dans la salle d'observation que l'opérateur, Cutter, Petrova et lui-même.

— Et pour Dane ? lui demanda Cutter. Je le laisse sortir ?

L'opérateur, qui connaissait les propriétés de l'Arkon-B, regarda Cutter avec surprise. Apparemment, ce dernier n'avait aucune idée de la virulence de cet agent biologique, même s'il en connaissait les effets.

Ulric secoua la tête avec gravité.

— C'est impossible, j'en ai peur. Même si Gavin porte le masque, il a été exposé lui aussi. L'Arkon-B est également absorbé par la peau, même si le processus est plus lent que par la respiration. Nous ne pouvons pas le laisser sortir de cette salle à présent qu'il a été infecté, cela signifierait notre perte à tous. Nous ne pouvons plus faire qu'une seule chose pour lui.

Ulric se tourna vers l'opérateur, qui marmonna quelque chose, peut-être une prière. Il souleva un couvercle de sécurité et plaça son doigt sur un interrupteur rouge surmonté de l'inscription « stérilisation ».

— Cela épargnera à Gavin de subir le même sort que Barry. Allez-y, ordonna Ulric en adressant un signe de tête à l'opérateur.

L'homme enclencha l'interrupteur et des flammes émergèrent du sol grillagé pour monter jusqu'au plafond. Enveloppé par les flammes, Dane hurla en se débattant durant quelques secondes avant de s'effondrer sur le sol et d'être rapidement réduit en cendres. Ulric vit que la température dans la salle avait déjà atteint un millier de degrés et continuait à augmenter. Il ne resterait bientôt plus rien d'organique dans la pièce ; même les os seraient réduits en cendres et aspirés par la ventilation pour être éliminés en toute sécurité.

— Encore deux minutes, ordonna Ulric à l'opérateur.

Il était nécessaire de s'assurer que l'Arkon-B était bien détruit. Quelle ironie, pensa Ulric, de se tenir à quelques mètres de la substance la plus dangereuse du monde, tout en se trouvant pourtant dans le lieu qui, d'ici à quelques jours, serait l'endroit le plus sûr de la planète…

Chapitre 19

Après être revenus du site du *crash*, Tyler et Dilara avaient décollé immédiatement de l'aéroport de Las Vegas pour Seattle, où ils atterrirent à 14 heures. Ils descendirent du Gulfstream et gagnèrent le hangar de la Gordian à l'aéroport de Boeing Field, dans la banlieue sud de Seattle. Avec ses trois jets, la Gordian bénéficiait d'une aire de stationnement privée à l'aéroport.

La journée était exceptionnellement chaude et ensoleillée pour un début d'octobre. Les nuages éternellement présents durant les mois d'hiver n'avaient pas encore fait leur apparition, offrant une vue dégagée sur les sommets des Olympics et du mont Rainier dans le lointain.

Tyler alla jusqu'à une voiture de sport rouge et ouvrit le coffre. Il rangea son sac de voyage à l'intérieur, puis débrancha un câble de la voiture.

— À quoi cela sert-il ? demanda Dilara.

— C'est le chargeur de la batterie, répondit Tyler en se mettant au volant, tandis que Dilara prenait place sur le siège passager. C'est une Tesla. Une voiture entièrement électrique ; il faut quatre heures pour recharger sa batterie.

Tyler pressa un bouton pour faire démarrer la voiture. Un tintement élégant indiqua que la Tesla avait démarré ; en dehors de cela, la voiture resta silencieuse. Tyler fit sortir la voiture de l'aéroport et, une fois qu'il eut rejoint la route 99, il écrasa l'accélérateur. La Tesla bondit en avant comme si elle avait été propulsée par une catapulte et atteignit en quelques secondes la vitesse de cent trente kilomètres à l'heure.

— Il vous arrive donc bien d'essayer vous-mêmes vos jouets, observa Dilara.

— C'est un petit à-côté sympathique. Nous testons un autre exemplaire de cette voiture au CET. Ils me laissent conduire celle-là pour mes trajets quotidiens. Je vais pouvoir la garder un certain temps et en échange je dois leur donner des idées d'améliorations pour le modèle suivant.

Tyler s'amusait sur son temps libre à tester des voitures en tant qu'ingénieur-conseil indépendant. Ses véhicules personnels, ceux qu'il s'était achetés, comprenaient une Dodge Viper, un 4 × 4 Porsche Cayenne et une moto Ducati, mais il aimait rouler dans les dernières nouveautés. Il devait profiter de la Tesla pour quelques semaines encore, puis il passerait à autre chose. Peut-être la nouvelle Ferrari qui devait sortir le mois prochain.

La ville de Seattle se rapprocha rapidement. Dilara observa un ferry qui entrait dans la baie d'Elliott alors que la Tesla franchissait le viaduc d'Alaskan Way. Tyler parla peu, laissant Dilara profiter du paysage, et réfléchit aux informations glanées sur le site du *crash* dans le désert de Mojave.

Ils n'étaient restés que deux heures sur place et avaient discuté avec les commandants de l'unité de décontamination, sans apprendre grand-chose d'eux sur la cause possible de cette désintégration des corps. Ils soupçonnaient l'action d'une sorte d'agent biologique mais n'en avaient pas trouvé la moindre trace sur les ossements ni dans l'épave de l'avion. Étant donné que personne dans les équipes au sol de l'aéroport de Los Angeles n'avait subi un sort similaire, le scientifique de l'unité supposait que le microbe dévoreur de chair avait été dispersé dans l'avion durant le vol, ce qui signifiait qu'ils devraient retrouver sa source parmi les débris.

Tyler avait demandé à Judy d'envoyer tout ce qu'ils trouveraient au CET, et Grant devait commencer aussitôt que possible à examiner chaque morceau de bagage et d'équipement de bord retrouvé. Tyler ne savait pas ce qu'ils devaient chercher, mais il souhaitait voir lui-même tout ce qui paraissait inhabituel. Quand il en aurait fini à Seattle, il avait l'intention de les rejoindre à Phoenix afin de superviser lui-même l'enquête.

Tyler prit la sortie Seneca et traversa le centre-ville de Seattle pour rejoindre le siège de la Gordian, en face de Westlake Center, un centre commercial très fréquenté par les nombreux touristes qui visitaient la ville. Le célèbre monorail, qui faisait la navette entre Westlake et la Space Needle, arrivait justement à la station au moment où Tyler tourna pour entrer dans le parking souterrain de la Gordian.

Il inséra son passe dans le lecteur optique pour ouvrir la porte d'acier du garage. Un capteur au sol s'assurait qu'un seul véhicule entrait bien dans le parking. Tyler se gara sur sa place de parking personnelle et conduisit Dilara à l'ascenseur. Il plaça la main sur un scanner biométrique, qui confirma son identité d'un « bip » sonore, tandis que les portes de l'ascenseur s'ouvraient.

Dilara ne fit aucun commentaire, bien qu'elle fût surprise par l'importance des mesures de sécurité.

— Nous travaillons souvent pour le gouvernement, expliqua Tyler sans autres précisions.

Les contrats militaires *top secret* de la Gordian imposaient des mesures de sécurité drastiques. Les touristes qui flânaient sur la place devant l'immeuble ignoraient complètement qu'ils se promenaient devant l'un des bâtiments les plus sécurisés de l'État de Washington.

Quelques secondes plus tard, l'ascenseur s'ouvrit au dix-neuvième étage sur un vestibule rappelant celui d'un cabinet d'avocats de grand standing. La salle d'attente, peinte dans des tons neutres rehaussés de boiseries sombres, était garnie de fauteuils luxueux. Une réceptionniste se tenait derrière un magnifique bureau en acajou installé devant une porte en verre. Dilara signa un registre et reçut un badge d'identité qu'elle accrocha au col de son chemisier.

Tyler la conduisit jusqu'à son bureau. Les fenêtres à hauteur de pièce offraient une vue saisissante sur le détroit de Puget. Étant donné le peu de temps que Tyler passait à son bureau, il ne s'était pas donné la peine de soigner la décoration. Son bureau était vide, à part un téléphone et une pile de courrier en attente. Il n'avait pas besoin d'un ordinateur ; il gardait son portable avec lui. Une collection de livres d'ingénierie et de revues automobiles occupait une étagère et le mur était couvert de photos de courses de voitures et de Tyler posant au côté d'hommes en tenue de pilotes automobiles.

— Je vois que vous êtes un vrai dingue de voitures, remarqua Dilara.

Elle s'attarda sur certaines photos et Tyler vit qu'il s'agissait de celles où il posait en compagnie de la même belle femme blonde.

— C'était ma femme, Karen, dit-il.

— Elle est superbe, commenta Dilara, avant de se tourner vers lui avec ce regard compatissant qu'il avait croisé tant de fois. Quand est-elle morte ?

Il redoutait toujours ces inévitables questions, mais au moins était-il désormais capable d'en parler sans avoir des sanglots dans la voix.

— Il y a deux ans. Un accident de voiture. Ses freins ont lâché et elle a été percutée à un croisement.

— Je suis navrée.

— Moi aussi. (Il laissa s'installer un trop long silence, puis s'éclaircit la voix.) Je voudrais aller discuter avec mon patron ; cela ne vous dérange pas de m'attendre ici ? Je vous demanderai sûrement de vous joindre à nous, mais je préfère lui parler d'abord en tête à tête. Si le téléphone sonne, ce sera moi, alors n'hésitez pas à répondre.

— Entendu. Je vais profiter de la vue en attendant.

Tyler quitta Dilara et gagna l'extrémité du couloir, où il frappa à la porte de Miles Benson, président-directeur général de la Gordian.

— Tyler, ramène tes fesses par ici ! cria une voix rocailleuse en réponse.

La réceptionniste avait dû informer Miles que Tyler était arrivé. Tyler n'était même pas encore entré dans le bureau qu'il savait déjà qu'il allait avoir droit à un savon.

Tyler ouvrit la porte de l'immense bureau de Miles. La pièce était confortable, mais entièrement dédiée au travail. Une table de conférence pouvant accueillir huit personnes occupait le centre du bureau ; sur le côté se trouvaient un canapé et un fauteuil, ainsi qu'un espace vide à l'endroit où l'on aurait pu s'attendre à trouver un deuxième fauteuil. Un bureau massif occupait le fond de la pièce, derrière lequel était assis un homme âgé aux cheveux coupés en brosse, une habitude prise à l'armée. Miles Benson fit signe à Tyler de s'avancer tout en continuant à pianoter sur son clavier. Quand il eut fini, il leva les yeux vers Tyler en haussant un sourcil et s'empara d'un dossier sur son bureau. Puis il commença à se lever, un spectacle auquel ses visiteurs s'attendaient rarement sachant que Miles Benson était paraplégique, paralysé depuis la taille à la suite d'un accident industriel.

Tyler avait assisté à cette scène un nombre incalculable de fois, mais cela continuait à le fasciner. Toujours assis,

Benson s'éleva sur son iBOT, un fauteuil roulant motorisé mis au point par le fabricant du Segway. Le fauteuil se déplaçait normalement sur quatre roues, mais quand Benson ressentait le besoin de gagner une trentaine de centimètres de hauteur, il lui suffisait d'activer le contrôle gyroscopique qui faisait pivoter son siège pour que celui-ci ne repose plus que sur deux roues. Un système informatique ajustait en permanence l'assise des roues afin d'éviter que le fauteuil ne bascule. L'effet était déconcertant au premier abord, mais Tyler s'y était rapidement habitué. Il s'assit sur le bord de la table de conférence afin que ses yeux soient au même niveau que ceux de Miles.

Miles pianota sur le panneau de contrôle de son fauteuil et l'iBOT contourna adroitement le bureau. Miles serra la main de Tyler avec une poigne de fer. Tyler savait qu'il levait des poids chaque jour et participait à des courses handisports. Miles n'était pas le genre d'homme à se laisser miner simplement parce qu'il était paralysé.

— Comment s'est passé le marathon ? lui demanda Tyler.

— J'ai gagné dans ma catégorie d'âge, répondit fièrement Miles, qui avait soixante-deux ans. Je serais arrivé premier de toutes les catégories au-dessus de quarante ans sans cette ampoule à la main gauche au trente-septième kilomètre. Je me suis fait dépasser par un abruti de Special Olympics alors qu'il ne restait plus que deux kilomètres.

— Tu veux parler d'un athlète paralympique, j'imagine.

Miles grommela.

— Peu importe. Tout ce que je sais c'est qu'il avait vingt ans de moins et que c'était un petit con. Il m'a jeté un regard par-dessus ses lunettes de soleil pendant qu'il me dépassait et m'a fait un clin d'œil. J'ai failli le faire sortir de la route.

— Qu'est-ce qui t'a retenu ? lui demanda Tyler avec un sourire.

— Mon bon cœur. Ce même bon cœur qui m'empêche de te botter les fesses pour avoir abandonné ce boulot en Norvège. C'est un contrat d'un demi-million de dollars que tu as laissé passer.

Miles était bien plus que le patron de Tyler. Il avait été son professeur et son conseiller pédagogique au MIT, un mentor qui l'avait poussé à l'excellence dans ses études d'ingénieur. Après que Tyler avait quitté l'armée et obtenu son doctorat, c'était Miles qui lui avait suggéré de monter sa propre société d'ingénieur-conseil, que Tyler avait baptisée Gordian Engineering. Quand Tyler en avait eu assez d'être accaparé par les tâches administratives et commerciales, Miles l'avait convaincu de fusionner la Gordian avec sa propre société, qu'il avait fondée après avoir quitté le MIT. La firme née de la fusion avait conservé le nom de Gordian et Miles en avait pris la direction. Même si Miles était un ingénieur brillant, c'était dans le commerce et le recrutement qu'il excellait vraiment ; avec Miles à sa tête et Tyler libre à nouveau de consacrer tout son talent aux opérations de terrain, la compagnie avait doublé de taille chaque année.

Aussi, même si les mots de Miles pouvaient paraître brutaux, Tyler savait qu'ils n'étaient pas l'exact reflet de sa pensée.

— Mais je sais que tu avais une bonne raison, poursuivit Miles.

— Le boulot n'est pas abandonné. Juste retardé. Et nous avons pu terminer le travail sur *Scotia Un*.

— D'après ce que m'a raconté Aiden, vous leur avez sauvé la peau.

— Malheureusement, c'est à cause de ma présence à bord qu'ils ont été en danger. Et à cause de celle de Dilara Kenner.

Miles jeta le dossier qu'il tenait sur la table de conférence.

— C'est pour toi. Je l'ai déjà parcouru. J'ai chargé Aiden de réunir tout ce qu'il a pu trouver sur le Dr Kenner. Elle a un C.V. impressionnant.

— Elle est tout aussi impressionnante en chair et en os.

Tandis que Tyler parcourait rapidement le dossier, il expliqua à Miles les événements des dernières quarante-huit heures. Quand il eut terminé, il attendit un commentaire de Miles, dont le visage restait aussi impassible qu'à l'accoutumée.

— Tu as une idée de ce qui relie tous ces événements entre eux ? lui demanda finalement Miles.

— Bonne question. Coleman et Hayden sont liés d'une manière ou d'une autre, et quelqu'un s'est donné beaucoup de mal pour éliminer Dilara Kenner et moi-même afin de nous empêcher de répondre à cette question. Notre prochaine tâche sera de trouver leur lien avec ces mots : « nouvelle, genèse et oasis ». Si nous découvrons ce que ces mots ont en commun, j'ai dans l'espoir que nous saurons comment le fait de retrouver l'arche de Noé pourrait empêcher la mort d'un milliard d'êtres humains. En attendant, je pense qu'il est temps de mettre le FBI au courant.

— Je suis d'accord, acquiesça Miles. On dirait bien que tu as mis le doigt sur un sacré bazar. Je connais l'agent spécial en poste ici ; je vais lui passer un coup de fil. Et ton père ? Tu as l'air convaincu que le gars qui a essayé de faire exploser la plate-forme était un ancien militaire. Peut-être que le général Locke pourrait nous aider à ce sujet ?

Tyler se renfrogna. L'idée d'aller quémander l'aide de son père lui était insupportable. Quand la Gordian avait connu des temps difficiles, Miles avait suggéré à Tyler de parler à son père afin de leur faciliter l'obtention de certains contrats militaires, mais Tyler était resté inflexible.

Pas temps que j'ai mon mot à dire, pensa-t-il, mais il se contenta d'une réponse plus neutre.

— Ce n'est pas une bonne idée.

— Tu es sûr ? insista Miles en fronçant les sourcils. Il a le bras long et pourrait nous faciliter l'accès à certaines informations.

— Nous pouvons nous débrouiller par nous-mêmes.

Sherman Locke était un général deux étoiles de l'Air Force, un homme du rang qui avait fait carrière après être passé par l'école des élèves officiers. La mère de Tyler les avait abandonnés alors que celui-ci n'avait que quatre ans et il avait été élevé avec sa sœur cadette, qui était encore un nourrisson, par leur grand-mère maternelle. Leur père faisait régner une discipline de fer et rien de ce que faisait Tyler ne semblait jamais assez bien pour lui. Une fois, alors que Tyler était au lycée, il avait été privé de sortie trois mois pour avoir rapporté un « B », le seul qu'il ait jamais reçu.

Tyler n'avait jamais envisagé d'intégrer l'école de l'Air Force en raison de sa mauvaise vue – corrigée depuis par une chirurgie laser –, qui l'empêchait alors d'ambitionner une carrière de pilote de chasse. À la place, il avait voulu faire West Point. Le général, comme Tyler appelait son père, avait refusé de soutenir sa candidature. Le général ne lui avait jamais expliqué pourquoi, mais Tyler supposait que son père avait estimé qu'il n'était pas de taille. Quand Tyler avait intégré le MIT, il avait rejoint le corps des officiers de réserve par défi, malgré les objections de son père.

Depuis lors, Tyler avait toujours pris soin de mener seul sa barque, aussi bien dans sa vie militaire que dans sa vie privée. Demander de l'aide à son père était hors de question. Ils entretenaient une relation distante, même si Karen avait tenté de les rapprocher. Quand elle était morte, le mur qui les séparait s'était remis naturellement en place.

Miles pensait à l'évidence que Tyler ne faisait pas le bon choix. Il pouvait le lire sur le visage de Miles, mais cela ne suffit pas à le faire changer d'avis.

— Très bien, renonça Miles après une pause. C'est ta décision. Tu as l'intention de garder le Dr Kenner avec toi ? Il semble qu'elle ait un rôle-clé dans toute cette affaire.

— Elle est dans mon bureau à l'heure où nous parlons. Je n'ai pas l'intention de la perdre de vue une seconde.

— Demande-lui donc de nous rejoindre.

Tyler décrocha le téléphone pour appeler Dilara. Puis Miles reprit :

— Que vas-tu faire à présent ?

— Nous allons passer à la salle informatique pour parler à Aiden, puis j'emmène Dilara au bureau de Coleman afin de voir si nous pouvons trouver des indices là-bas.

On frappa à la porte.

— Entrez, je vous prie, dit Miles, en prenant cette fois-ci une voix d'invitation aimable.

Dilara entra dans le bureau. Tyler ne lui avait pas parlé du handicap de Miles, mais elle ne manifesta pas le moindre signe de surprise en le voyant assis dans son fauteuil roulant à un mètre au-dessus du sol. Dilara marcha droit vers Miles et lui tendit la main.

— Ravie de vous rencontrer, Dr Benson.

— Vos photos ne vous rendent pas justice, Dr Kenner. Et, s'il vous plaît, appelez-moi Miles.

— Merci, Miles. Et moi, c'est Dilara. Je suppose que vous avez été mis au courant de toute l'histoire ?

— Oui. Tyler m'a dit que vous en aviez bavé ces derniers jours.

— C'est vrai, mais je n'ai pas tout perdu ; j'ai eu droit à des vêtements gratuits.

Miles adressa un sourire à Tyler, comme pour lui dire qu'il avait raison. Elle était effectivement impressionnante.

— Tyler pense qu'il y a des choses à découvrir ici à Seattle, poursuivit Miles. Tous les moyens de la Gordian sont à votre disposition.

— Je vous remercie de votre aide.

— Eh bien, ce n'est pas uniquement par pure bonté d'âme. *Scotia Un* m'a déjà contacté pour me demander de remplacer le canot de sauvetage que Tyler a fait sauter, alors j'aimerais bien savoir à quel nom je dois dresser la facture. Le contrat d'enquête sur le *crash* de Hayden couvrira en partie la dépense. Mais par-dessus tout, je suis un ancien soldat, et j'ai tendance à en faire une affaire personnelle quand quelqu'un essaie de tuer un de mes gars.

— Tout comme moi, déclara Tyler en se levant. Si nous allions retrouver Aiden, pour voir s'il peut nous en dire plus ?

— Et prudence, hein, ajouta Miles.

— Ne t'inquiète pas. Dilara est capable de veiller sur elle-même.

— Je sais. Ce n'était pas à elle que je m'adressais.

Howard Olsen se tenait à une quinzaine de mètres de l'entrée du bâtiment de la Gordian, à proximité d'un arrêt de bus afin de ne pas éveiller les soupçons. Comme il ne savait pas quel moyen de transport Tyler Locke utiliserait pour revenir à Seattle, le meilleur endroit pour intercepter ses cibles était le siège de la compagnie, et il avait vu juste. Locke et Dilara Kenner étaient arrivés dans une voiture de sport rouge trente minutes plus tôt, mais la porte du garage l'avait empêché de les suivre pour terminer le boulot immédiatement.

Il avait soigneusement examiné le bâtiment, mais il était impossible d'y pénétrer discrètement sans travaux d'approche préalables. Sa seule chance était de les suivre quand ils ressortiraient du bâtiment. Son partenaire, Cates, attendait dans une voiture garée au coin de la rue. Il n'y avait aucun endroit où stationner en ayant vue sur la sortie du garage ; Olsen appellerait Cates dès qu'il verrait la voiture de Locke sortir. Puis ils n'auraient plus qu'à les suivre et attendre qu'ils s'arrêtent à un feu rouge. Olsen et Cates se placeraient à hauteur de leur véhicule et l'arroseraient avec leurs mitraillettes MP5. Locke et Kenner seraient morts avant d'avoir pu comprendre ce qui leur arrivait.

Chapitre 20

La salle informatique ne ressemblait pas à ce à quoi Dilara s'attendait ; la visite des bureaux de la Gordian l'emmenait décidément de surprise en surprise. Elle avait imaginé un endroit terne encombré de matériel informatique avec des enchevêtrements de câbles. Au lieu de cela, elle pénétra dans un élégant centre *high-tech* qui aurait pu servir de décor pour la passerelle d'un vaisseau spatial. Des écrans plats colorés se dressaient sur des bureaux ergonomiques agréablement distribués dans la pièce. À travers une immense vitre à l'autre extrémité de la salle, elle vit un pan entier de mur couvert par un écran géant aussi grand que ceux qui équipaient les stades de football.

Tout ce qu'elle découvrait ne cessait de démentir ses *a priori* sur les ingénieurs. Tyler Locke était une sorte d'aventurier de cinéma, sa société était à la pointe de la technologie et toutes les personnes qu'elle rencontrait ne correspondaient en rien au stéréotype de l'intello pas très dégourdi. Elle avait été stupéfiée par le fauteuil roulant de Miles Benson juché sur deux roues, mais elle avait réussi à masquer sa surprise.

— Voici notre installation de prévisualisation, lui dit Tyler en montrant l'écran géant. (Deux hommes étaient affalés sur un divan devant l'écran et jouaient frénétiquement de la manette pour abattre des extraterrestres à taille humaine dans quelque jeu vidéo.) Avant de travailler sur un projet délicat, nous aimons établir des scénarios ou réaliser des schémas techniques. Quand le système n'est pas utilisé, nous laissons nos gars se défouler.

En dehors des deux joueurs, un seul autre homme se trouvait dans la salle informatique et pianotait sur un clavier.

— C'est lundi, remarqua Dilara. Où sont tous les employés ?

— Il est possible qu'il y ait une réunion en cours, mais la plupart de nos ingénieurs n'ont pas d'horaires fixes, alors les semaines de travail sont irrégulières. Nous sommes davantage soumis à la nécessité de respecter les délais annoncés et d'être disponibles quand nos clients ont besoin de nous. Il arrive parfois que cette salle soit bondée un samedi soir si nous sommes en train de boucler un projet.

Le travailleur solitaire, un homme d'une vingtaine d'années aux cheveux ébouriffés, observait intensément son écran tandis que ses mains volaient sur son clavier avec la rapidité d'un virtuose interprétant une sonate de Beethoven. Il leur tournait le dos et était tellement absorbé qu'il ne semblait pas avoir remarqué leur présence.

— Il déteste qu'on le surprenne, dit Tyler avec un grand sourire.

L'homme devant l'ordinateur continua à taper sur son clavier. Tyler alla jusqu'à lui et se plaça juste derrière sa chaise. Il leva les mains, comme s'il avait l'intention de saisir l'homme par les épaules.

— Tu perds ton temps, Tyler, dit l'homme avec un fort accent irlandais, sans cesser de taper sur son clavier. Je vous ai repérés, cette belle jeune femme et toi, à la minute où vous êtes entrés. Tu ne crois quand même pas réussir à me surprendre alors qu'il y a ici une vingtaine d'écrans dans lesquels se reflète le moindre de vos mouvements ?

Il tourna sur sa chaise pivotante et se leva. Après avoir serré la main de Tyler, il commença à parler en langue des signes. Voilà pourquoi il ne s'était pas retourné en les entendant arriver ; il était sourd.

Tyler sourit d'un air narquois et répondit à la fois en parlant et en signant.

— Oui, je vais te présenter et non, elle n'est pas intéressée.

L'homme, qui avait un visage attrayant et d'épais sourcils sous sa monture de lunettes couverte de fils électriques, adressa à Dilara un sourire canaille. Quoi qu'il ait pu dire, Dilara eut le sentiment que Tyler se garderait bien de le lui répéter.

— Dilara, dit Tyler en restant tourné vers le jeune homme, voici Aiden MacKenna, notre expert informatique en récupération de données. Comme vous pouvez le constater, il est malentendant, et possède un sens de l'humour douteux. J'utilise la langue des signes par courtoisie, mais il est capable de lire sur les lèvres et ses lunettes sont équipées d'un petit écran qui lui fournit une version écrite des paroles que vous prononcez.

Dilara serra la main qu'Aiden lui tendait.

— Ravi de vous rencontrer, la salua Aiden. Et je ne faisais que demander à Tyler depuis combien de temps il était rentré.

Il parlait avec une clarté d'expression inhabituelle pour un malentendant. Si Tyler n'avait pas prévenu Dilara, elle n'aurait jamais deviné qu'il était sourd.

— Tu as de la chance d'être indispensable, lui lança Tyler avec un regard désapprobateur.

— Mais je le suis. Et toi tu as de la chance que j'aie choisi ta boîte plutôt que Microsoft ou Google. (Aiden reporta son attention sur Dilara.) Alors c'est vous l'archéologue dont j'ai tant entendu parler. Vous n'avez pas l'air d'être trop amochée.

— C'est que Tyler a pris grand soin de moi.

À peine avait-elle prononcé ces mots que Dilara se rendit compte qu'ils pouvaient être mal interprétés.

— Ah ! vraiment ? Bien, et que puis-je faire pour vous deux ?

— On va vite le savoir, répondit Tyler avec une certaine précipitation. (Dilara eut l'impression qu'il rougissait légèrement.) D'abord, quel lien as-tu trouvé entre les mots que je t'ai communiqués ?

Aiden se rassit sur sa chaise.

— Ah ! oui. Tes phrases mystérieuses. (Il détacha un Post-it collé sur le bord de l'écran.) Hayden, projet, oasis, nouvelle et genèse.

— N'oublie pas Coleman.

— Exact. Et tout cela aurait un rapport avec l'arche de Noé ?

— À toi de me le dire.

— Eh bien, je pense que nous serons tous d'accord pour dire que Hayden fait référence à Rex Hayden et à son malheureux accident. Personnellement, je ne l'ai jamais vraiment aimé, ce type. Ses films étaient à chier.

— Un lien quelconque avec Coleman ?

— Mes recherches ne révèlent aucun lien entre Hayden et Coleman. Non pas que je m'attendais à trouver un quelconque rapport entre une star de cinéma et un ingénieur. Et je n'ai pas pu accéder aux fichiers de Coleman par le réseau. Le siège de sa société existe toujours, mais je me suis laissé dire que ses bureaux ont été fermés après la mort des principaux ingénieurs de la boîte. Pour consulter leurs fichiers, il faudrait accéder à leurs ordinateurs sur place.

— Et pour les autres mots ?

— Pris individuellement, ils sont trop génériques pour signifier quelque chose. Par exemple, je pensais que « genèse » faisait simplement référence au premier livre de la Bible. Puis j'ai mis les mots dans l'ordre où tu me les as communiqués. Pour moi, ils ressemblaient plutôt à des bouts de phrases qu'à des mots, alors je les ai étudiés ensemble. « Projet Oasis » n'apparaît nulle part. Peut-être s'agissait-il de quelque chose sur quoi Coleman travaillait. Par contre, j'ai trouvé quelque chose pour « Nouvelle Genèse ».

Tyler claqua des doigts, comme s'il venait de trouver lui aussi ce que cela signifiait.

— Le bateau de croisière !

— Vous plaisantez, intervint Dilara, encore perplexe sur ce qui pouvait relier ces mots entre eux. Un bateau de croisière ?

— Pas un simple bateau de croisière, la corrigea Aiden en leur tendant la photo d'un gigantesque navire. Le plus gros bateau de croisière jamais construit. Bien sûr, chaque nouveau paquebot est le plus gros jamais construit, jusqu'au suivant. Une capacité d'accueil de six mille passagers et deux mille membres d'équipage. À côté, le *Titanic* ressemble à un jouet de baignoire.

Tyler regarda la photo puis la tendit à Dilara. Cela ressemblait à la photo promotionnelle du site Internet d'une compagnie de croisières. La *Nouvelle Genèse* était mise en scène comme si elle passait devant la statue de la Liberté, qui était écrasée par la taille monumentale du navire.

— Et devinez quoi ? poursuivit Aiden. Il largue les amarres vendredi pour son voyage d'inauguration.

Tyler releva brusquement la tête.

— Il part d'où ?

— De Miami.

Dilara repensa à l'épave de l'avion de Hayden et à la macabre découverte des ossements. Elle échangea un regard avec Tyler et ils comprirent en même temps ce que cela signifiait.

— Oh ! mon Dieu ! s'écria-t-elle. Nous devons empêcher cela.

— Que voulez-vous dire ? demanda Aiden, qui était perdu. Empêcher quoi ?

— Elle a raison, dit Tyler. La *Nouvelle Genèse* pourrait bien être la prochaine cible.

— La prochaine cible de quoi ?

— De l'arme biologique qui a été utilisée dans l'avion de Rex Hayden.

— Pourquoi voudrait-on tuer les passagers d'un bateau de croisière ?

— C'est une excellente question.

— Peu importe, intervint Dilara. Il faut que nous arrivions à empêcher le bateau de prendre la mer.

— Nous ne pourrons jamais convaincre qui que ce soit d'annuler le voyage inaugural d'un navire d'un milliard de dollars sans de solides preuves, objecta Tyler. Le mieux que nous puissions espérer est que la sécurité soit renforcée, mais avec huit mille personnes à bord à fouiller, il sera difficile d'arrêter les terroristes. À moins de savoir ce que nous devons chercher.

— Dans ce cas, qu'attendons-nous ? s'impatienta Dilara. Allons au bureau de ce Coleman pour voir si nous pouvons y apprendre quelque chose.

Aiden sembla s'amuser de l'impatience de la jeune femme, mais celle-ci était trop agitée pour s'en préoccuper. Elle en avait assez de rester sur la défensive. Ils avaient toujours un coup de retard sur ceux qui manigançaient tout ça, il était temps que cela cesse.

— Tu as entendu la dame, dit Tyler. Nous allons chez Coleman. Mais une dernière chose : qu'as-tu appris sur Sam Watson ?

— Je n'ai pas encore eu le temps de m'en occuper. Tout ce que je sais, c'est qu'il travaillait pour un petit laboratoire pharmaceutique.

— Mets-toi là-dessus. Il faut que nous arrivions à savoir comment il a eu vent de toute cette affaire.

— Je m'en occupe. (Aiden tendit à Tyler un objet de la taille d'un paquet de *chewing-gum*.) Cette clé USB est la dernière-née de chez Samsung. Elle devrait être assez grosse pour stocker ce que vous pourrez trouver dans les ordinateurs de Coleman. Juste par curiosité, comment tu comptes t'y introduire ?

— J'ai mon idée.

— Dans ce cas, bonne chasse.

Sur ce, Aiden se remit à son bureau et recommença à pianoter sur son clavier.

— La prononciation d'Aiden est parfaite, remarqua Dilara alors qu'ils quittaient la salle informatique.

— Il est devenu sourd il y a seulement cinq ans, des suites d'une méningite virale.

— Avez-vous beaucoup de personnes handicapées parmi vos employés ?

— Une bonne dizaine. Recruter Aiden a simplement été un coup de chance, mais Miles est bien connu dans les milieux du handicap. Il a une politique très volontariste sur le recrutement de personnes handicapées.

Quand Tyler et Dilara eurent rejoint l'ascenseur, il pressa le bouton du hall d'entrée au lieu de celui du garage.

— On ne prend pas la voiture ? demanda Dilara.

— Les bureaux de Coleman ne sont qu'à trois pâtés de maisons. Les rues seront pleines de monde, nous devrions donc y être en sécurité. Nos ennemis ne semblent pas aimer la publicité. Mais nous pouvons y aller en voiture si vous préférez.

— Au contraire. J'ai hâte de pouvoir me dégourdir les jambes. J'ai l'habitude de passer la plus grande part de mon temps dehors.

Ils sortirent par l'impressionnant dispositif de sécurité de l'entrée principale et émergèrent dans une rue débordante de vie. Le soleil de l'après-midi était masqué par les gigantesques immeubles, mais il faisait encore doux. Ils utilisèrent le premier passage piéton qu'ils rencontrèrent pour traverser la rue et se dirigèrent en direction du nord.

Dilara portait encore les vêtements que Tyler lui avait fournis et s'ils devaient rester ensemble jusqu'à vendredi, il lui faudrait de quoi se changer. Elle ralentit devant une boutique qui présentait une large sélection de vêtements d'extérieur, et la collection de chemisiers et de pantalons exposés en vitrine était tout à fait dans son style. Elle indiqua du doigt la boutique à Tyler.

— Vous voudrez bien que l'on s'arrête ici en revenant ? J'ai l'habitude de voyager léger, mais là cela en devient ridicule, dit-elle en désignant d'un geste sa tenue actuelle.

Tyler sourit et se tourna vers la vitrine du magasin.

— Bien sûr. Je suis désolé que nous n'ayons pas pu vous fournir plus de…

Les yeux de Tyler s'écarquillèrent soudain et il hurla :

— À terre !

Il plaqua brutalement Dilara au sol en la couvrant de son corps. Cela se passa si vite qu'elle fut trop surprise pour résister. Puis elle entendit une série rapide de bruits sourds, comme des coups de tambour assourdis, et la vitrine du magasin explosa en déversant une pluie d'éclats de verre sur eux.

Il ne fallut qu'un instant à Dilara pour comprendre ce qui se passait. Les bruits sourds étaient ceux d'une arme équipée d'un silencieux. Quelqu'un leur tirait dessus depuis l'autre côté de la rue.

Chapitre 21

Olsen fut surpris de voir Locke et Kenner sortir à pied par l'entrée principale de l'immeuble de la Gordian. Ils traversèrent au feu rouge et commencèrent à marcher sur le trottoir d'en face. Olsen reconsidéra rapidement la situation et comprit qu'il avait là une occasion encore meilleure de leur régler leur compte. La Cinquième Avenue, une artère à sens unique où l'on circulait en direction du sud, ne faisait qu'une dizaine de mètres de large. À cette distance, il pouvait les abattre et prendre la fuite avant que quiconque réagisse.

Il ordonna par radio à Cates d'amener la voiture. Quelques secondes plus tard, Cates s'arrêta devant lui dans la Chevrolet banale qu'ils avaient volée pour l'opération. Olsen se pencha dans la voiture par la vitre ouverte et récupéra sa mitraillette MP5 à silencieux qu'il cacha sous son bras. En temps normal, il n'aurait jamais tenté un assassinat en plein jour avec tant de témoins, mais il était méconnaissable avec sa perruque et sa fausse moustache. Et le temps que la police mène une enquête approfondie, cela n'aurait plus d'importance. Olsen serait retourné à l'abri sur l'île d'Orcas et la police de Seattle ne serait plus qu'un lointain souvenir.

Il épaula la MP5 et visa. Il n'aurait pas pu espérer un tir plus facile, mais juste au moment où il pressait la détente, Locke et Kenner plongèrent au sol et disparurent derrière une voiture garée le long du trottoir. Il vida le reste de son chargeur sur la voiture, en espérant que les balles traverseraient la carrosserie jusqu'à ses cibles.

Olsen comprit son erreur et jura entre ses dents. Locke avait aperçu son reflet dans la vitrine. Dans son impatience, il avait stupidement gâché son meilleur atout : l'effet de surprise. Trop tard pour les regrets. Il inséra un nouveau chargeur dans la mitraillette. Il pouvait encore régler les choses ici et maintenant.

— Allons-y, dit Olsen à Cates. Laisse la voiture. On en trouvera une autre en cas de besoin.

Ils pouvaient abandonner la voiture sans s'inquiéter des empreintes ; ils avaient eu la prudence de porter des gants.

Cates, un homme courtaud dont la silhouette ressemblait à celle d'une bouche à incendie, bondit de la voiture armé de l'autre MP5, le visage dissimulé par une casquette et des lunettes de soleil. Un bus s'arrêta devant eux, leur bloquant la vue. Ils le contournèrent par l'arrière et traversèrent la rue en courant dans l'espoir d'arriver sur leurs cibles avant qu'elles se soient relevées.

Dès qu'ils eurent de nouveau une vue dégagée sur l'autre côté de la rue, Olsen repéra Locke et Kenner qui ouvraient la porte de la boutique de vêtements et se précipitaient à l'intérieur, au milieu des clients allongés sur le sol qui hurlaient en se protégeant la tête ou appelaient la police sur leurs téléphones portables. Olsen bondit à travers la vitrine qu'il venait de briser et passa à côté du mannequin encore debout. Il tira une nouvelle rafale qui faucha des présentoirs de vêtements mais manqua ses cibles. Les quelques personnes encore debout dans le magasin plongèrent au sol. Locke et Kenner franchirent une porte à l'autre extrémité de la boutique et pénétrèrent dans le centre commercial de Westlake, Olsen et Cates sur leurs talons.

Locke et Kenner tournèrent au coin juste avant qu'Olsen les aient en ligne de mire, puis il les vit grimper quatre à quatre les marches d'un Escalator. L'angle de tir était mauvais et il décida de continuer à les suivre au lieu de faire feu.

Les cibles entraînèrent Olsen et Cates dans deux Escalator successifs, qu'ils grimpèrent en poussant les clients encore ignorants de la fusillade qui venait de se produire à l'extérieur du centre commercial. Des cris de frayeur éclatèrent quand certains remarquèrent les mitraillettes aux mains des deux hommes.

Olsen et Cates étaient au milieu du deuxième Escalator quand les cibles tournèrent à gauche et dépassèrent une file de gens. Olsen vit où Locke et Kenner se dirigeaient. La station du monorail se trouvait à l'intérieur du centre commercial, au deuxième étage à côté de la cafétéria. Locke et Kenner venaient de sauter par-dessus le portique d'accès au quai et le train était sur le point de partir.

— Tu les vois ? demanda-t-il à Cates.

— Je crois qu'ils sont montés dans le monorail !

— Grimpe dans le train ! hurla Olsen en repartant vers l'Escalator. Je vais attendre ici au cas où ils sortiraient avant le départ. Élimine-les si tu en as l'occasion. Je te retrouverai à la prochaine station.

Il s'arrêta le temps de s'assurer que Cates réussissait à monter dans le monorail et examina les visages dans la foule. Les portes se refermèrent et le monorail quitta lentement la station. Alors que les voitures du train passaient devant Olsen, celui-ci aperçut le visage de Locke derrière la vitre.

Olsen descendit les Escalator en courant. Le monorail n'avait qu'un seul autre arrêt, au niveau de la salle des spectacles du Seattle Center, juste à côté de la Space Needle. Il jaillit dans la rue au pas de course. La Chevrolet était coincée dans la circulation et une voiture de police venait d'arriver sur les lieux. Le policier regardait dans la direction opposée, son pistolet dégainé, et essayait de prendre la mesure de la situation. Sans attendre qu'il se retourne, Olsen abattit le policier d'une balle dans le dos, puis s'engouffra dans la voiture de patrouille et alluma la sirène.

Le monorail glissait sur son rail aérien à deux pâtés de maisons de là, mais si Olsen se dépêchait, il pourrait atteindre la prochaine station avant lui. Il fit demi-tour en montant sur un trottoir et remonta la circulation en sens inverse sur la Cinquième Avenue. En seulement quelques secondes, il combla l'avance prise par le monorail. À cette allure, il serait debout sur le quai de la station au moment où Locke et Kenner descendraient du train. Si Cates les ratait, Olsen serait là pour finir le boulot.

Tyler avait envie de se gifler. Il avait imprudemment baissé sa garde, mais il n'aurait jamais cru que leurs ennemis oseraient tenter de les abattre en plein jour, au milieu d'une rue pleine de témoins. Le fait d'être chez lui, dans sa ville, l'avait incité à relâcher sa vigilance. Il avait un permis de port d'arme délivré par l'État de Washington ; il aurait dû aller d'abord chez lui récupérer son Glock. À quoi lui servait d'avoir un permis si c'était pour se retrouver désarmé alors qu'il était traqué par deux professionnels équipés d'armes automatiques ?

La première idée de Tyler avait été de monter dans le monorail sur le départ et de convaincre le conducteur de s'arrêter avant la prochaine station, qui se trouvait deux minutes plus loin, afin que la police puisse arriver et s'occuper de leurs agresseurs. Dans le monorail suspendu à six mètres au-dessus de la rue, leurs poursuivants seraient dans l'incapacité de les atteindre. Mais quand Tyler aperçut l'un d'eux plonger dans la dernière voiture de la rame juste avant que les portes ne se referment, il sut qu'il devait changer ses plans.

Leur unique option était de réussir à rester en vie durant les cent vingt prochaines secondes et espérer que la police serait présente à la station suivante. Toute la difficulté serait d'empêcher ce type de les tuer pendant les deux minutes que durait le trajet. Dilara et lui se trouvaient dans la voiture de tête, à seulement cinq ou six mètres du conducteur. Pour un lundi d'octobre, le train était bondé ; le soleil avait fait sortir les touristes qui s'entassaient dans la voiture, chargés d'emplettes et de souvenirs où dominaient les reproductions kitsch de la Space Needle et les babioles du marché de Pike Place. Parmi les divers objets qui dépassaient des sacs, Tyler ne remarqua rien qui puisse lui servir d'arme ; il allait devoir affronter ce type à mains nues.

Dilara et lui s'accroupirent derrière le caisson d'accès de maintenance situé au niveau de l'attelage entre la première et la deuxième voiture. Il ressentait la même peur que celle qu'il avait connue au combat en Iraq, mais il la maîtrisa comme il l'avait toujours fait alors et se concentra sur ce qu'il avait à faire. Il entendit des cris en provenance de l'arrière du train, mais pas de coups de feu. Les passagers devaient avoir vu l'arme de leur poursuivant, mais celui-ci était un professionnel ; il n'allait pas gâcher ses munitions en tirant sur d'autres personnes, à moins qu'elles ne se mettent en travers de son chemin. Tyler jeta un coup d'œil prudent et n'aima pas ce qu'il vit.

Leur poursuivant, qui remontait à présent la troisième voiture, avançait dans le train en examinant méthodiquement les passagers. La foule des touristes lui compliquait la tâche, mais Tyler craignait que des innocents se retrouvent pris sous le feu. Il devait agir avant que la situation se transforme en bain de sang.

— Dilara, rampez vers l'avant, dit Tyler. Prenez mon téléphone. Appelez la police et dites-leur qu'il y a un criminel armé à bord du monorail. Gardez les yeux sur moi et attendez mon signal. Quand je vous ferai signe, levez-vous et assurez-vous que l'homme vous a bien repérée.

Il savait que ce plan était risqué et qu'il mettrait Dilara en danger si l'homme avait une ligne de tir dégagée, mais c'était leur seule chance.

Le visage de Dilara reflétait les propres sentiments de Tyler, mélange de peur et de détermination, et elle comprit immédiatement ce qu'il voulait faire.

— Je vais vous servir de diversion, c'est ça ?

— Exactement. Le temps presse. Allez-y.

Dilara rampa vers l'avant du monorail. Tyler observa l'homme qui se rapprochait. Il semblait calme, comme si ce n'était pas la première fois qu'il traquait des êtres humains et ne doutait pas qu'il finirait par les rattraper. Dix secondes plus tard, l'homme était arrivé de l'autre côté du caisson de maintenance ; Tyler fit signe à Dilara.

Elle se leva et tapa du poing sur la vitre avant du train. Le tueur, qui était en train d'examiner un passager, releva la tête et la vit. Il leva son arme et visa. La diversion avait fonctionné à la perfection ; l'homme était totalement concentré sur Dilara. Tyler se redressa en périphérie du champ de vision du tireur et le frappa d'un grand coup de pied au moment où il tirait.

La rafale partit de côté, fracassant la vitre gauche de la voiture. Des hurlements déchirèrent l'air. Tyler enchaîna avec un coup de coude à la tête. Pendant un instant l'homme fut étourdi : Tyler agrippa la mitraillette et la lui arracha des mains.

Avant que Tyler puisse utiliser l'arme, son agresseur recouvra ses esprits et le saisit à la gorge. Ils tombèrent sur le sol et l'homme écrasa Tyler sous son poids tout en lui broyant la gorge avec la force d'un étau, privant son cerveau d'oxygène. Tyler lâcha l'arme pour agripper les mains du tueur, mais il ne parvint pas à desserrer la prise. Sa vision commença à rétrécir. Il essaya d'inspirer, mais aucun filet d'air ne parvint à franchir sa gorge. L'homme lui broyait le larynx. Tyler ne pouvait plus respirer. S'il ne parvenait pas à se dégager, il serait mort avant que le train entre à la prochaine station.

Dans le tunnel auquel se réduisait son champ de vision, Tyler vit l'homme tourner la tête avec un air de surprise. Un objet s'enfonça brusquement dans l'œil de ce dernier et les passagers hurlèrent de nouveau. Le tueur devint soudain inerte et s'affaissa sur Tyler.

Tyler ôta les mains de l'homme de sa gorge. Il toussa jusqu'à ce qu'il réussisse à reprendre son souffle et repoussa le corps affalé sur lui. Il vit alors l'objet qui émergeait de l'œil de l'homme : une reproduction en étain de la Space Needle, enfoncée jusqu'à la base dans l'orbite. Tyler leva les yeux pour découvrir l'identité de son sauveur et vit Dilara qui regardait vers lui avec un mélange de choc et de soulagement.

— J'en ai marre de ces types, dit-elle, la voix brisée par un sanglot.

— Vous allez bien ? coassa Tyler.

Elle acquiesça.

— Je n'avais pas l'intention de le tuer… Je visais son oreille, je voulais l'assommer pour qu'il vous lâche, mais il a tourné la tête et…

Sa voix s'éteignit alors qu'elle ramenait le regard sur leur poursuivant, dont l'œil valide la dévisageait fixement. Il était évident que c'était la première fois qu'elle tuait quelqu'un.

Tyler se releva et passa un bras autour des épaules de Dilara.

— Vous vous en êtes sortie comme un chef. Vous m'avez sauvé la vie. Merci. Quelqu'un est-il blessé ? demanda-t-il à la cantonade.

Plusieurs personnes secouèrent la tête. Tyler dévisagea les passagers du monorail qui s'étaient reculés loin du combat et contemplaient avec horreur le cadavre sur le sol. Quelques-uns pleuraient, mais personne ne semblait atteint.

Tyler regarda dehors. Le monorail entrait dans la station du Seattle Center. Trop tard pour arrêter le train ; il n'avait plus qu'à espérer que la police se trouvait déjà sur place. Tyler ne voulait pas se retrouver bloqué dans ce wagon un instant de plus. Il y avait toujours un autre tueur en liberté, celui qu'il avait aperçu dans la vitrine du magasin. Si son complice avait été assez déterminé pour les poursuivre jusque dans le monorail, il ne fallait pas s'attendre à ce que celui-là renonce plus facilement.

Le monorail s'arrêta et les portes s'ouvrirent. Tyler attrapa la main de Dilara.

— Sortons d'ici.

Tyler laissa la mitraillette là où elle était, préférant éviter que la police le prenne pour l'un des tireurs.

Ils dévalèrent la rampe de sortie de la station et Tyler aperçut une voiture de patrouille qui s'arrêtait contre le trottoir dans un crissement de pneus à cinquante mètres d'eux, bloquée par des barrières de sécurité qui l'empêchaient de se rapprocher davantage de la station. Tyler soupira de soulagement en constatant que les autorités étaient là. D'autres voitures n'allaient sûrement pas tarder à arriver. La porte côté conducteur s'ouvrit mais l'homme qui sortit de la voiture portait des vêtements noirs, et non l'uniforme d'un policier. Il s'agissait du moustachu qui leur avait tiré dessus devant la vitrine du magasin. Il avait dû voler une voiture de patrouille.

Oh, pitié ! pensa Tyler. *Une petite pause, c'est trop demander ?*

Il entraîna Dilara et fonça vers le couvert le plus proche : la célèbre Space Needle de Seattle. La tour de cent quatre-vingts mètres de haut se composait d'une flèche de béton surmontée d'une plate-forme circulaire de deux étages qui offrait une vue imprenable sur la ville, pour le plaisir des milliers de visiteurs qui y montaient chaque jour. Tyler savait que l'endroit serait noir de monde un jour de beau temps comme celui-là et qu'il risquait de mettre beaucoup de gens en danger, mais pris à découvert comme il l'était, il n'avait guère le choix. Il grimpa la rampe courbe menant au pied de l'édifice en traînant Dilara par le bras.

Tyler ouvrit la porte à toute volée et jeta un coup d'œil en arrière. Le tueur courait vers eux en tirant dans leur direction.

Une rampe moquettée montait en s'incurvant pour conduire aux ascenseurs. Tyler et Dilara dépassèrent une file de touristes qui attendaient patiemment leur tour. Quand ils atteignirent le sommet de la rampe, Tyler remarqua un ascenseur en train de se vider de ses passagers. C'était exactement ce qu'il leur fallait.

Ils passèrent en trombe devant un employé qui eut à peine le temps de leur crier un « Hé ! » de protestation. Tyler entendit des hurlements parmi les gens qui faisaient la queue ; certains avaient dû remarquer l'arme brandie par leur poursuivant.

— Dehors ! cria Tyler à la préposée de l'ascenseur interloquée, qui était en train d'indiquer la sortie aux visiteurs.

Elle le dévisagea, hésitante, jusqu'à ce qu'une rafale silencieuse de mitraillette vienne s'écraser sur la paroi de l'ascenseur. L'employée se jeta dehors et Tyler appuya frénétiquement sur le bouton de l'ascenseur indiquant le niveau de la plate-forme d'observation tandis que Dilara se plaquait du côté opposé.

Les portes se refermèrent, mais pas assez vite pour empêcher le tueur de plonger à l'intérieur de l'ascenseur. La cabine commença à s'élever et la lumière du soleil se déversa par les fenêtres extérieures offrant une vue panoramique sur la ville. Allongé sur le sol, le tireur leva son arme et la pointa sur Tyler, qui eut le temps de comprendre qu'il allait mourir. L'homme pressa la détente.

Le chien s'abattit sur la chambre vide. Le tueur avait commis l'erreur classique de ne pas compter ses tirs. Tyler saisit cette chance inespérée et se jeta sur lui. Il lui plaqua les bras contre la poitrine, mais l'homme lui donna un coup de genou qui le renversa de côté. Le tueur bondit sur ses pieds et passa une main dans son dos pour se saisir d'un calibre 45 semi-automatique.

L'homme secoua la tête et sourit. Tyler n'en était pas certain, mais c'était comme si cet homme le regardait avec une certaine admiration.

Dilara se jeta sur le bras de l'assassin au moment où il tira, et les deux balles se perdirent dans la fenêtre. Tyler profita du déséquilibre de l'homme et le percuta de tout son poids. Alors que tous trois étaient pris dans un corps à corps furieux, d'autres balles vinrent frapper la vitre. Tyler enfonça son épaule dans la poitrine du tueur et le souleva en le projetant contre la vitre. La paroi de verre, fragilisée par les huit impacts de balle qu'elle avait reçus, se fracassa en mille morceaux.

Le tueur passa au travers mais réussit à se rattraper au chambranle métallique de la vitre. Il resta suspendu dans le vide, les yeux levés vers Tyler. L'ascenseur atteindrait le sommet de la tour d'ici à quelques secondes et l'homme serait broyé contre les parois de la cage d'ascenseur au moment où celui-ci pénétrerait dans la plate-forme d'observation.

D'instinct, Tyler tendit les mains pour aider l'homme à remonter dans l'ascenseur, avant d'hésiter. Désirait-il réellement le sauver ? Ce type venait d'essayer de les tuer. Tyler envisagea de laisser l'homme où il était, mais il voulait pouvoir le questionner. À contrecœur, il tendit le bras pour saisir son agresseur, mais à sa stupéfaction, l'homme se contenta de lui sourire de nouveau, sans chercher à attraper sa main.

— Pourquoi ? hurla Tyler par-dessus le rugissement du vent.

— Car toute chair a une conduite perverse sur la terre, cria le tueur en retour.

Puis, sous le regard horrifié de Tyler, l'homme ouvrit les mains et se laissa tomber dans le vide.

Chapitre 22

Adossé à une voiture de patrouille, Tyler répondit aux questions d'un inspecteur de la police de Seattle, sans omettre aucun détail depuis le moment où il avait aperçu le tireur dans le reflet de la vitrine jusqu'à ce que ce dernier se donne la mort en se laissant tomber dans le vide. À quelques mètres de là, assise dans une autre voiture de police, Dilara parlait avec l'équipier de l'inspecteur. Elle paraissait encore secouée par les événements et buvait une tasse de café. Les ambulances et les voitures de police encerclaient la base de la Space Needle et la police rassemblait les témoignages de dizaines d'autres témoins oculaires.

Tyler ne doutait pas que cette dernière tentative d'attenter à leur vie soit liée au reste des événements, et cela renforçait sa conviction qu'il risquait d'y avoir bien plus de morts, notamment sur la *Nouvelle Genèse*. Même s'il n'avait aucune preuve, il était évident que ces tueurs appartenaient au même groupe que l'homme qui avait voulu faire sauter *Scotia Un*.

Par chance, personne n'avait été tué au cours des fusillades à travers la ville, à l'exception des deux assassins. Le seul blessé était ce policier abattu dans le dos par le moustachu ; aux dernières nouvelles, ses jours n'étaient pas en danger.

Tyler achevait de faire son récit au détective quand un homme brun dans un complet gris impeccable s'approcha d'eux. Il était accompagné d'une séduisante blonde dans un tailleur tout aussi soigné. L'homme ouvrit son portefeuille pour présenter au détective une plaque d'identité.

—Agent spécial Thomas Perez, FBI, annonça l'homme. Et voici l'agent spécial Melanie Harris. Le Dr Locke travaille pour l'Agence sur le *crash* de l'avion de Rex Hayden, et nous avons des raisons de penser non seulement que cette attaque a un rapport avec cette catastrophe aérienne, mais qu'elle s'inscrit également dans le cadre d'un complot terroriste de grande envergure.

Une telle entrée en matière prit l'inspecteur de police au dépourvu.

—Il s'agit d'une enquête sur un homicide..., bafouilla-t-il.

—Personne d'autre que les terroristes n'a été tué.

—Un officier de la police de Seattle a été blessé. Nous voulons savoir pourquoi.

—Comme vous ne l'ignorez pas, dit l'agent Perez, le Patriot Act donne au FBI le droit de prendre en charge toute enquête susceptible de concerner une activité terroriste. S'il vous plaît, veuillez demander à votre équipier de nous amener le Dr Kenner.

—C'est des conneries, tout ça.

—Nous sommes en train de mettre sur pied une équipe d'enquête et je suis sûr que votre département y aura sa place, mais pour le moment, nous avons besoin d'interroger le Dr Locke et le Dr Kenner en privé. Le chef de votre police m'a assuré de la pleine coopération de ses services, mais vous pouvez toujours vérifier auprès de lui.

Miles n'avait pas perdu de temps, pensa Tyler, s'il avait déjà réussi à convaincre le FBI de se charger de l'enquête.

L'inspecteur se dirigea vers son équipier en grommelant et lui désigna du pouce les deux agents du FBI. Après quelques jurons choisis de son équipier, les deux inspecteurs firent signe à Dilara de les rejoindre, et Tyler lui présenta Perez et Harris.

— Nous sommes au courant de votre rôle dans les incidents sur *Scotia Un*, commença Perez. Même si la plate-forme se trouve en dehors de la juridiction des États-Unis, le gouvernement canadien a demandé notre assistance pour identifier l'assaillant. Nous avons également été mis au fait par Miles Benson de votre situation, Dr Kenner. Il a réussi à convaincre mes supérieurs que tous ces événements pourraient bien être liés. Dr Locke, avez-vous reçu des menaces avant cette attaque en plein centre-ville ?

— Je crois que ceux qui sont derrière tout ça ont clairement énoncé leurs intentions quand ils ont piégé un hélicoptère et tenté de faire sauter une plate-forme pétrolière d'un milliard de dollars.

— Nous ignorons si le *crash* de l'hélicoptère est dû à autre chose qu'une simple défaillance mécanique.

— Il y a deux jours, j'aurais pensé la même chose, concéda Tyler en regardant Dilara. Aujourd'hui, je suis plutôt enclin à penser qu'il a été victime d'un sabotage.

— Aviez-vous déjà vu l'un ou l'autre de ces hommes ?

— Non, répondit Tyler, tandis que Dilara secouait la tête. Tout ce que je sais, c'est que c'étaient de vrais fanatiques. L'un d'eux a préféré se suicider plutôt que de se laisser prendre, comme l'avait fait le saboteur sur *Scotia Un*.

— Savez-vous pourquoi ils veulent votre mort ?

— Je ne peux que supposer qu'il y a un lien avec la mort de Sam Watson à l'aéroport de Los Angeles, à laquelle le Dr Kenner a assisté, ainsi qu'avec le *crash* de l'avion de Rex Hayden.

— Quel lien ?

— C'est ce que je m'efforce de découvrir.

Perez sortit un appareil photo numérique de sa poche et montra l'écran à Tyler. Il fit défiler deux photos, des gros plans du visage de leurs agresseurs. L'un avait toujours la Space Needle miniature enfoncée dans l'œil, mais on lui avait enlevé sa casquette. L'autre, celui qui s'était laissé tomber de l'ascenseur et à qui l'on avait ôté sa perruque noire et sa fausse moustache, avait le crâne déformé par l'impact de sa chute et des cheveux châtains coupés court.

— Et là, est-ce que vous les reconnaissez ? demanda Perez.

Tyler n'avait jamais vu ces hommes. Il secoua la tête.

— Ce type, reprit Perez en montrant le deuxième homme, avait dans sa poche des photos du Dr Kenner et de vous.

— Avaient-ils des papiers d'identité sur eux ?

— Non. C'étaient des professionnels. Nous sommes en train de vérifier leurs empreintes. En revanche, les empreintes que vous avez récupérées sur *Scotia Un* et que Miles Benson nous a transmises nous ont déjà permis d'identifier votre saboteur. Il s'agissait d'un ancien Ranger, congédié avec les honneurs. Il s'était mis à travailler dans le secteur privé, mais nous n'avons pas pu identifier son employeur actuel. Tout le C-4 a été détruit, il est donc impossible de retrouver son origine. Pour l'instant, cette piste est un cul-de-sac.

— Vous aurez peut-être plus de chances avec ces gars-là.

— Je ne me fais pas trop d'illusions. Je suis persuadé qu'ils ont bien couvert leurs traces. Ce qui me laisse perplexe, c'est la raison pour laquelle ils ont essayé de vous éliminer comme ça, au grand jour. C'était pour le moins risqué.

— Parce qu'il ne leur reste plus que quatre jours, intervint Dilara. Et ils pensent que nous savons quelque chose qui pourrait nuire à leurs plans.

— Et c'est le cas ?

— Pas vraiment, répondit Tyler. Tout cela est encore bien mystérieux pour nous. Mais nous pensons que la *Nouvelle Genèse* est leur prochaine cible.

— Pourquoi cela ?

— À cause de quelque chose que Sam Watson a dit à Dilara.

L'agent Harris prit la parole pour la première fois :

— Nous allons demander une nouvelle autopsie, mais le rapport préliminaire n'indique aucune trace de poison dans le corps de Watson. Le médecin légiste a conclu à une crise cardiaque.

— C'est à ça qu'ils voulaient que cela ressemble. Sam travaillait pour un laboratoire pharmaceutique. Peut-être est-ce là qu'il faut chercher. Des gens de sa boîte pourraient avoir accès à des poisons indétectables.

— Cela me paraît un peu tiré par les cheveux, objecta Perez. Pourquoi essaieraient-ils de vous abattre devant des dizaines de témoins après avoir pris soin d'empoisonner un vieil homme avec un poison indécelable ?

— Ils deviennent fébriles, dit Tyler. Ils ont pensé qu'ils réussiraient à régler le problème s'ils éliminaient Sam Watson et Dilara dans ce qui aurait ressemblé à des décès accidentels.

— À régler quoi ? Et qui sont-ils ?

— Tout cela a un rapport avec l'arme biologique utilisée dans l'avion de Hayden, affirma Dilara.

— Un instant, l'interrompit Perez. Nous ne sommes toujours pas certains qu'il s'agissait d'une arme biologique. Nous pourrions être en face d'une cause naturelle.

— Oh ! je vous en prie, agent Perez ! s'agaça Tyler. Avez-vous lu le rapport sur ce qui est arrivé aux passagers ?

— Nous travaillons sur la piste d'une attaque terroriste, même si personne ne l'a revendiquée, mais nous ne voulons pas pour autant tirer de conclusions hâtives et susciter la panique. Cette enquête est toujours en cours.

— C'est vrai, dit Tyler, et Dilara et moi allons retourner demain à Phoenix pour y participer. Un grand nombre de débris de l'épave ont déjà été rapportés à notre centre d'étude et nos techniciens sont en train de les examiner. Nous espérons trouver un indice parmi ces débris. Mais il faut que nous travaillions vite ; la *Nouvelle Genèse* prend la mer vendredi matin.

— Nous pouvons renforcer la sécurité pour le gala inaugural de la *Nouvelle Genèse*, suggéra l'agent Harris, mais vous ne nous apportez pas beaucoup d'éléments pour faire avancer l'enquête.

— Quel gala ? demanda Tyler.

— Une grande réception a été organisée le soir précédant le voyage inaugural de la *Nouvelle Genèse*. Beaucoup de personnalités doivent y assister.

Cela semblait une cible alléchante pour Tyler, mais il restait convaincu que l'attaque ne se produirait qu'une fois le navire en mer. Cela correspondait davantage au mode opératoire utilisé dans l'avion de Hayden.

— Nous devons empêcher ce voyage inaugural, dit Tyler, ou du moins le retarder.

— C'est impossible, affirma Perez. À moins d'avoir la preuve d'une menace formelle contre le bateau, nous ne pouvons rien faire.

— Nous avons une autre piste.

— Nous vous écoutons.

— Coleman Engineering and Consulting. Nous avons des raisons de penser qu'ils sont impliqués.

— De quelle façon ?

— Je l'ignore. John Coleman et ses principaux ingénieurs ont été tués dans un accident. J'ai dans l'idée que les réponses pourraient encore se trouver dans ses archives.

— Qu'est-ce qui vous fait penser que Coleman est impliqué ?

— Sam Watson a prononcé son nom avant de mourir, répondit Dilara.

— Pouvez-vous nous obtenir un mandat de perquisition ? demanda Tyler à Perez.

— Sous quel motif ? Un nom prononcé par un mourant ? Le juge va me rire au nez.

— Vous ne pensez pas que cette chasse à l'homme en plein Seattle soit suffisante ?

— Mais quel est le lien ? Vous devez m'apporter quelque chose de plus tangible que les derniers mots de Sam Watson pour que j'obtienne l'autorisation de fouiller les bureaux de Coleman. Je pense que notre temps sera mieux utilisé à chercher l'identité de ces deux assassins et à voir s'ils sont liés à celui de *Scotia Un*.

— Alors quoi, on oublie Coleman ? protesta Dilara.

— Jusqu'à ce que vous ayez une preuve qui justifie un mandat, oui, répondit Perez. Dr Locke, je vous suggère de vous concentrer sur le *crash* de l'avion de Hayden.

— Mais…, commença Dilara.

Tyler leva la main pour l'interrompre.

— Nous repartirons pour Phoenix dès demain, dit-il.

— Pendant que vous êtes à Seattle, dit Perez, je vais demander à la police de vous garder sous protection.

— Inutile. Miles Benson a engagé une compagnie privée pour assurer notre sécurité. Ses agents sont en route pour venir nous chercher.

Perez haussa un sourcil d'un air perplexe.

— Très bien. Je vous tiens informés dès que j'en sais plus sur vos agresseurs.

Il tourna les talons, suivi de l'agent Harris.

Dilara dévisagea Tyler.

— Comment pouvez-vous renoncer si facilement ? s'étonna-t-elle. Coleman pourrait être la clé de toute cette affaire ! Nous devons trouver ce que « oasis » veut dire.

Tyler lui rendit son regard.

— Je n'abandonne pas. Nous allons pénétrer dans le bureau de Coleman ce soir.

— Comment ? Sans mandat…

— Nous n'en avons pas besoin.

— Que voulez-vous dire ?

— Je ne crois pas que John Coleman soit mort dans un accident. Je le connaissais. C'était un ingénieur compétent et très prudent. Ce qui signifie qu'il a été assassiné. Et ceux qui ont voulu détruire une plate-forme pétrolière en faisant passer ça pour un accident sont sans le moindre doute capables d'avoir maquillé l'assassinat de Coleman en erreur tragique. Peut-être ce dernier ne savait-il même pas qu'il était en danger. Il ne se serait jamais impliqué dans une affaire criminelle ; du moins, pas en connaissance de cause.

— En quoi cela nous aide-t-il ? le pressa Dilara d'un air frustré. Comment allons-nous entrer dans son bureau ?

— Vous m'avez dit que Sam Watson vous avait affirmé qu'ils avaient tué votre père. Accepteriez-vous de laisser quelqu'un fouiller le bureau de votre père si vous pensiez que cette personne était en mesure de découvrir l'identité de son meurtrier ?

— Bien sûr. Sans la moindre hésitation.

— Eh bien, espérons que la fille de John Coleman réagira comme vous.

Chapitre 23

Le pharmacologue David Deal se réveilla en sueur. Il ouvrit les yeux sur le décor austère de la chambre où il était reclus, dans le cadre de son initiation finale comme disciple de niveau dix. En dehors du petit lit et d'une maigre couverture, le reste du mobilier se réduisait à une chaise cannée devant un bureau métallique sur lequel reposait le très convoité chapitre final du Manifeste diluvien, le texte sacré de la Sainte Église diluvienne. Dans une petite alcôve se trouvaient un lavabo et un W.-C. Une porte solide fermait la seule issue de cette chambre de trois mètres sur trois.

Durant cette semaine d'initiation à laquelle aspiraient tous les Diluviens, David n'avait de contacts humains que lorsqu'on lui apportait ses repas trois fois par jour. Disciple de niveau neuf, il avait été jugé digne de recevoir l'initiation deux jours auparavant et avait été amené au domaine de l'île d'Orcas pour le « Rituel ». L'Église ne comptait que trois cents disciples de niveau dix et David se sentait privilégié d'avoir été choisi pour cette ultime initiation.

À chaque passage de niveau, il avait vécu un processus similaire, mais celui-ci était le plus intense et le plus riche sur le plan spirituel. Il avait lu et relu le chapitre final jusqu'à le connaître par cœur. Soudain, tout ce qu'il avait lu dans la Bible avait pris sens. C'était comme si son âme avait été embourbée dans des sables mouvants et que le Guide des croyants, Sebastian Ulric, l'avait extirpé de la fange par ses enseignements et apaisé par ses paroles emplies de sagesse et de beauté.

David savait que l'isolement était un élément important du Rituel et cela ne le gênait pas. Vêtu de sa seule robe blanche immaculée, il occupait son temps à explorer attentivement les visions qu'il avait la grâce de recevoir.

Comme il n'avait pas de montre, il ne savait pas combien de temps s'était écoulé depuis son dîner, mais il avait eu le loisir de relire la moitié du texte du chapitre final. Le pouvoir de ces mots qui développaient sa conscience lui emplit l'esprit jusqu'à ce qu'il sente son âme s'étendre au-delà des limites de son corps. La sensation de légère apesanteur qui l'envahit était le premier signe annonciateur d'une vision et il attendit son arrivée avec ferveur.

Puis un feu d'artifice explosa dans son cerveau et il tomba en arrière sur son lit. David ouvrit les yeux et les étincelles chatoyantes s'évanouirent. Il lui avait été dit que le chapitre final n'était pas la Vérité pleine et entière, que les visions représentaient sa propre compréhension de la signification réelle du texte et que chaque niveau dix était le récipiendaire de sa propre Vérité. Voilà pourquoi David brûlait de recevoir une autre vision, afin d'avoir la révélation des dernières parcelles de Vérité.

Enfin, la vision arriva. Les sons, les lumières, les mots. Ils parlaient d'un nouveau commencement pour la terre, un commencement dans lequel lui, David Deal, avait un rôle à jouer. C'était la plus merveilleuse expérience de sa vie.

Tout en caressant le dos de Svetlana Petrova, Sebastian Ulric observait David Deal sur les trois écrans de contrôle, et l'extase qu'il lisait sur le visage de ce dernier lui apprit tout ce qu'il avait besoin de savoir. Une autre brebis avait rejoint le troupeau.

— J'aime regarder ça, ronronna Petrova avec son accent slave, assise sur le bureau d'Ulric. C'est tellement sexy. Le pouvoir. Le contrôle.

Elle passa une main dans les cheveux d'Ulric et il sentit un fourmillement descendre le long de sa colonne vertébrale.

— Je croyais que les endoctrinements étaient terminés, poursuivit-elle. Le chiffre à atteindre était bien de trois cents personnes, non ? Nous sommes presque à égalité entre hommes et femmes. Pourquoi avons-nous besoin de lui ?

— Il possède des compétences particulières, des compétences que Sam Watson devait nous apporter. À présent que ce dernier est hors jeu, j'ai estimé qu'il était prudent de trouver quelqu'un pour le remplacer.

— Tu es vraiment un homme avisé. C'est une des nombreuses raisons pour lesquelles je t'aime.

Depuis qu'il avait eu l'inspiration de fonder la Sainte Église diluvienne dix ans auparavant, Ulric avait couru les universités pour recruter les scientifiques, les ingénieurs et les penseurs les plus brillants. Cela avait été une tâche longue et ardue de s'attacher les hommes et les femmes qu'il estimait les mieux disposés à adhérer aux enseignements de son Église. Il avait fallu chaque fois trouver la bonne combinaison d'intelligence et de réceptivité à sa philosophie.

Le processus d'endoctrinement avait été soigneusement mis au point au cours de longues années de recherches. Au début, les initiés n'entendaient même pas parler d'une Église. Il s'agissait plutôt de partager une aspiration commune à créer un monde meilleur, un monde débarrassé des souffrances humaines et de l'avidité qui entraînait le pillage des ressources naturelles de la planète.

Puis les candidats étaient invités dans l'une des résidences que l'Église possédait dans des destinations de rêve : Hawaï, les Bahamas, Acapulco. Non seulement ils y passaient des vacances de luxe, mais ils participaient à des débats exaltants sur les moyens d'améliorer le sort de l'humanité. S'ils manifestaient alors la volonté de poursuivre les mêmes objectifs que l'Église d'Ulric, l'étape suivante consistait en un voyage sur l'île d'Orcas.

Quand ils arrivaient là-bas, il leur était demandé de signer une clause de confidentialité si stricte que les indemnités prévues en cas de violation risquaient de mettre le signataire sur la paille pour le restant de ses jours. La clause était destinée à empêcher les mécontents de révéler les pratiques de l'Église. Il n'y avait aucune exception, et ceux qui refusaient de signer cette clause de confidentialité étaient immédiatement raccompagnés à la sortie de la propriété. Ulric ne se souciait alors plus d'eux ; manifestement, ils n'étaient pas les personnes dont sa cause avait besoin.

Enfin venait la véritable épreuve : la mise à niveau. David Deal était justement en train de subir sa dernière mise à niveau pour atteindre le niveau dix, celle qui altérait le plus profondément l'esprit. Chaque personne progressait dans les niveaux à son propre rythme, mais seuls ceux qui paraissaient les plus prometteurs étaient promus au-delà du niveau cinq. Ulric avait besoin d'un pharmacologue dans son Nouveau Monde. Il avait pensé que Watson serait celui-là et sa trahison l'avait déçu. Deal était son choix suivant et c'était pourquoi le scientifique regardait à présent avec un air extatique l'hologramme projeté dans sa chambre.

La chambre d'initiation était un petit bijou de technologie, avec des projecteurs dissimulés dans tous les coins de la pièce. Une fumée légère était diffusée dans la chambre, à peine visible tant que les lumières laser n'étaient pas enclenchées. Les drogues qui avaient été mises au point par le laboratoire d'Ulric et mélangées à la nourriture de Deal avaient pour but de le rendre plus perméable à l'idée que les images qu'il voyait étaient le produit d'une révélation spirituelle plutôt que le résultat d'une prouesse technologique.

Toutes ces procédures étaient nécessaires afin de s'assurer que chaque disciple vivait là l'expérience mystique la plus bouleversante de toute son existence. Bien sûr, un conditionnement si poussé n'allait pas sans risques. C'était durant l'une de ces procédures que le frère de Rex Hayden avait eu une attaque et était mort. L'autopsie avait révélé une malformation cardiaque génétique et Ulric s'était finalement félicité que ce dernier n'ait pas survécu ; son Nouveau Monde ne tolérait pas ce genre d'imperfection.

Lors de cet incident, un des fidèles avait paniqué et appelé les secours au lieu de régler le problème en interne, ce qui avait entraîné une enquête des autorités. Mais grâce au réseau de relations d'Ulric, l'affaire avait vite été enterrée. Pourtant, Rex Hayden n'avait cessé de vouloir révéler les secrets de l'Église au grand jour, car il la tenait pour responsable de la mort de son frère. L'idée de Cutter de tester l'Arkon-B sur l'avion de Hayden avait été un parfait moyen de punir ce dernier pour son ingérence.

Pour ceux des fidèles qui subissaient la mise à niveau sans problème majeur, celle-ci avait des effets profonds. Rares étaient ceux qui sortaient des chambres d'initiation sans être convaincus qu'ils venaient de vivre une révélation divine les appelant à une vie meilleure. Ceux qui mettaient en doute l'expérience vécue étaient excommuniés de l'Église ou, pour les plus récalcitrants d'entre eux, éliminés purement et simplement.

Sam Watson avait malgré tout réussi à échapper à leurs procédures de contrôle soigneusement élaborées. C'était la raison pour laquelle Ulric avait été contraint de renforcer la loyauté de son troupeau en organisant cette démonstration au laboratoire. D'une façon ou d'une autre, il réussirait à les contraindre à l'obéissance quand viendrait l'heure.

On frappa à la porte de son bureau. D'un geste négligent, il éteignit les écrans de contrôle, sachant que son équipe d'endoctrinement en avait bientôt terminé avec Deal.

— Entrez !

Dan Cutter pénétra dans la pièce et vint se placer devant le bureau d'Ulric avec une rigueur toute militaire. Il prit soin de ne pas jeter un seul coup d'œil vers Petrova, qui s'était lovée dans un fauteuil à côté du bureau.

— Monsieur, Olsen a échoué, annonça Cutter.

— Que s'est-il passé ? s'enquit Ulric d'une voix neutre.

Il était inutile de montrer sa colère.

— Il y a eu une fusillade à la Space Needle. Cates et Olsen sont morts, et la police de Seattle et le FBI sont en train d'enquêter.

Ulric ne prit pas la peine de demander si ses hommes avaient pu être capturés et interrogés avant de mourir ; il savait qu'ils n'auraient jamais laissé une telle chose se produire.

— Locke et Kenner sont toujours en vie, poursuivit Cutter. Dois-je envoyer une autre équipe s'occuper d'eux ?

Ce bon vieux Cutter. Toujours un homme d'action. Mais l'inaction était parfois la meilleure des réponses.

— Non, il est trop tard à présent. Ils seront protégés. Au point où nous en sommes, une nouvelle tentative d'assassinat serait contre-productive. Par ailleurs, notre plan d'urgence est en place.

Locke était plus débrouillard qu'Ulric ne l'aurait cru ; il avait déjà survécu à deux tentatives de meurtre. Pourtant, cela n'aurait pas dû le surprendre. Locke était lui aussi un homme d'action.

— Que faisons-nous pour vendredi ? demanda Cutter. Peut-être devrions-nous modifier… ?

— Aucune modification ! l'interrompit Ulric, d'une voix plus sèche qu'il ne l'aurait voulu. (Il se força à respirer calmement avant de reprendre.) Nous ne laisserons pas quelques erreurs dans l'exécution remettre en cause un plan bien conçu et préparé de longue date. Et nous ne laisserons pas non plus Tyler Locke influencer notre façon de procéder. Toutefois, nous ne pouvons pas lui permettre de retrouver l'engin utilisé dans l'avion de Hayden et découvrir ce qu'il contient. Votre opération est-elle prête ?

— Oui, monsieur. Je me chargerai moi-même de la mission avec mon meilleur élément. Nos renseignements indiquent qu'une partie importante des débris a déjà été transférée du site du *crash* aux installations du CET de la Gordian, à Phoenix. Nous devrions pouvoir récupérer l'engin là-bas. Nous entamerons les recherches demain matin.

— Bien. Une fois que nous serons de nouveau en sa possession, détruisez-le.

Cutter acquiesça tout en continuant d'éviter le regard de Petrova et quitta le bureau.

— Je l'aime bien, dit la jeune femme. C'est un vrai dur à cuire. Une sorte de Rambo. Est-ce vrai ce qu'on raconte à son propos ?

— Sur sa blessure ?

Cela faisait des années que Cutter jouait auprès d'Ulric le rôle de chef de la sécurité, mais c'était la première fois que Svetlana lui posait la question.

Elle hocha la tête.

— C'est vrai, répondit Ulric. C'est l'une des raisons qui en font un atout si précieux. Pourquoi me poses-tu la question ?

Petrova haussa un sourcil et se leva du fauteuil. Elle s'approcha d'Ulric d'une démarche souple et s'assit sur ses genoux.

— Tu n'as aucune raison d'être jaloux, lui dit-elle en l'embrassant sur la joue, puis sur le front. Parle-moi plutôt de tes plans pour ce soir.

Elle l'embrassa sur la bouche et Ulric sut qu'il avait choisi la femme parfaite pour l'accompagner dans son Nouveau Monde.

Chapitre 24

Julia Coleman était assise dans le café Starbucks au rez-de-chaussée de l'immeuble qui hébergeait les bureaux de Coleman Engineering. Sa garde au centre médical de Harborview venait de s'achever et elle portait encore sa blouse blanche. Tyler ne savait pas grand-chose d'elle en dehors du fait qu'elle était interne en médecine. Quand il entra dans le café, il remarqua ses yeux rougis derrière des lunettes à monture d'écaille et ses cheveux coiffés en queue-de-cheval. Son visage hagard racontait assez les longues heures de garde qu'elle venait d'endurer.

Quand Tyler l'avait appelée au téléphone, elle avait accepté de les rencontrer, souhaitant d'abord qu'ils lui expliquent pourquoi ils réclamaient l'accès aux dossiers de son père avant de leur en donner la permission. Tyler avait proposé qu'ils en discutent autour d'un café près des bureaux de Coleman, afin de ne pas perdre une seconde s'il obtenait son autorisation.

Les deux gardes de la société de sécurité surveillaient Tyler et Dilara depuis une voiture garée à l'extérieur. Tyler était persuadé qu'ils ne risquaient pas de nouvelle attaque ce soir, mais leur présence rassurait Dilara.

Tyler se présenta et introduisit sa compagne auprès de Julia Coleman. Cette dernière leur serra mollement la main sans se lever de sa chaise. Ils s'assirent en face d'elle.

— Merci d'avoir accepté de nous rencontrer, commença Tyler. Je sais que vous devez être épuisée.

— Vous avez éveillé ma curiosité quand vous m'avez dit que cela concernait mon père.

— Oui, je vous présente toutes mes condoléances. Nous sommes tombés sur des informations susceptibles d'éclairer d'un jour nouveau le décès de votre père.

— Vous appartenez à la brigade criminelle ?

— Non, je suis ingénieur chez Gordian Engineering. Je connaissais votre père, même si nous n'avons jamais travaillé ensemble.

— Exact. Je m'en souviens maintenant. Mon père vous tenait en haute estime, même si vous étiez un concurrent.

Cela surprit Tyler. La Gordian et la Coleman avaient fréquemment été en concurrence amicale pour décrocher certains contrats, mais Tyler ignorait que Coleman avait parlé de lui à sa fille.

— Vous êtes vous aussi à la Gordian ? demanda-t-elle à Dilara.

— Non, je suis archéologue.

— Pourquoi une archéologue saurait-elle quelque chose sur la mort de mon père ? Le connaissiez-vous ?

— Non, répondit Dilara, mais j'ai peut-être connu quelqu'un qui était en relation avec lui. Le nom de Sam Watson vous dit-il quelque chose ?

Julia secoua la tête.

— Non. A-t-il quelque chose à voir avec l'accident ?

— Nous pensons qu'il ne s'agissait pas d'un accident, dit Tyler.

— Mais l'enquête de l'ATF a conclu qu'ils avaient commis une erreur dans le branchement des explosifs, ce qui aurait provoqué une détonation prématurée.

— Vous pensez vraiment que votre père était le genre d'homme à commettre une telle bourde ?

Tyler savait que la manipulation des explosifs n'était pas quelque chose que l'on pouvait prendre à la légère. Si vous deveniez négligent, vous mouriez. Mais John Coleman avait une longue expérience dans l'emploi d'explosifs.

— C'était un perfectionniste, reconnut Julia. C'est pourquoi j'ai toujours pensé qu'un des autres ingénieurs avait dû commettre cette erreur.

— Connaissez-vous la nature du projet sur lequel il travaillait au moment de sa mort ?

— Il s'agissait d'un nouveau tunnel dans la chaîne des Cascades. Ils étaient en train de placer les explosifs la veille du jour où l'explosion était programmée. Puis il y a eu cet accident… Cela a été horrible. Tous les principaux ingénieurs de sa société ont disparu avec lui.

— Qui dirige la société à l'heure actuelle ?

— Personne. Je ne suis pas ingénieur et de toute façon je n'ai pas le temps de diriger une entreprise. Il s'agissait d'une société de conseil ; donc personne n'a d'intérêt à la racheter. Je ne voulais pas m'enfermer dans des années de procédure judiciaire avec les familles des autres ingénieurs, j'ai donc réglé à l'amiable avec chacune d'elles les indemnités à verser et j'ai fermé la société. Je n'ai pas encore eu le temps de réfléchir à ce que j'allais faire de tout ce qui se trouve dans les bureaux. Tout est encore là, mais je dois rendre les locaux le mois prochain.

— Sur quoi travaillait-il avant le tunnel ?

— Sur un gros projet pour le gouvernement, quelque chose de *top secret*. Il a travaillé dessus pendant trois ans. Il ne pouvait pas m'en parler. (Julia les dévisagea.) Êtes-vous en train de me dire que mon père a été assassiné ?

— C'est effectivement une possibilité.

— Mais pourquoi ? Qui aurait voulu le tuer ?

— C'est ce que nous essayons de découvrir, et nous avons besoin de votre aide.

Julia s'adossa à sa chaise et son regard se perdit dans le vide, tandis que l'idée de l'assassinat de son père faisait son chemin en elle.

— Ma mère est morte quand j'avais vingt ans, dit-elle finalement. Il était ma seule famille. Vous pourrez prendre ce que vous voulez dans son bureau si vous êtes en mesure de me dire qui l'a tué.

Ils jetèrent leurs gobelets de café et suivirent Julia dans l'immeuble. Les bureaux se trouvaient au deuxième étage. Julia déverrouilla la porte et les fit entrer. Un espace de travail classique avec des bureaux séparés par des cloisons les accueillit.

— Le bureau de mon père se trouve dans le coin, annonça Julia.

— Seriez-vous d'accord pour que j'allume votre serveur pour que mes informaticiens puissent télécharger les fichiers de votre société, afin de les analyser et d'y chercher des indices ? lui demanda Tyler. Je sais que cette société a probablement signé des contrats contenant des clauses de confidentialité…

— Je vais vous considérer comme un sous-traitant. Et si d'aventure un client veut me faire un procès, il n'aura qu'à se mettre en contact avec les avocats de la société.

Tyler alluma les ordinateurs et passa un coup de fil à Aiden MacKenna, qui le guida afin d'ouvrir une connexion qui permette l'accès à distance des fichiers sans que le système de sécurité bloque l'opération. Il demanda ensuite à Aiden de chercher les fichiers en rapport avec le projet Oasis. Pendant que ce dernier se mettait à l'ouvrage, Tyler passa derrière le bureau de John Coleman et ouvrit l'armoire à classement.

Comme il s'y attendait, la majorité des dossiers de Coleman était informatique. La plupart des firmes d'ingénierie établissaient leurs dessins industriels sur ordinateur et communiquaient par téléphone et e-mail, mais il restait toujours nécessaire d'imprimer des plans, des schémas, des présentations. Il devait bien exister une trace papier de ce projet Oasis si Coleman avait travaillé dessus. Les classeurs de rangement de Coleman étaient méticuleusement rangés par date.

Deux autres armoires étaient pleines à ras bord de dossiers et Dilara commença à les examiner en quête d'une référence à Oasis. Un troisième meuble de rangement, plus proche du bureau lui-même, contenait lui aussi de la paperasse à l'exception du tiroir du haut, qui était presque vide. Tyler examina attentivement les dates des dossiers. De nouveaux projets apparaissaient régulièrement dans les archives jusqu'à trois ans en arrière, date à laquelle le nombre des missions engagées par la société se réduisait brutalement.

— Dr Coleman, dit Tyler, est-ce que des dossiers ont été emportés des bureaux ?

— Pas que je sache. Pourquoi ?

— Certains dossiers semblent manquer. Connaissez-vous le nom du projet sur lequel votre père a travaillé ces trois dernières années ?

— Il était censé n'en rien dire, mais un jour qu'il était exténué, il a laissé par mégarde le nom du projet lui échapper. Quand c'est arrivé, il a semblé effrayé et m'a fait promettre de ne jamais en parler à personne. Le projet avait pour nom « Oasis ».

Tyler et Dilara échangèrent un regard.

— Dr Coleman, vous rappelez-vous quoi que ce soit à propos de ce projet Oasis ?

— Tout ce que je sais, c'est que mon père se rendait fréquemment dans l'archipel de San Juan à cette époque. Ce projet a dû lui rapporter beaucoup d'argent. Après sa mort, j'ai découvert que sa société avait fait récemment un dépôt de plus de trente millions de dollars. C'est ce qui m'a permis de régler les compensations pour les familles des ingénieurs décédés et de conserver ces bureaux le temps que je décide quoi en faire. (Julia remarqua la surprise de Tyler et poursuivit.) Mon père aurait été déçu de me voir abandonner mes études de médecine.

Tyler acquiesça, mais il restait étonné par l'importance du contrat. La firme de Coleman ne manquait pas de talents, mais c'était une petite société. Trente millions de dollars représentaient une somme colossale pour une entreprise de cette taille.

— Dr Locke, reprit Julia Coleman, j'ai besoin de rentrer chez moi pour prendre un peu de repos. (Elle lui tendit la clé des bureaux.) Vous refermerez la porte en partant.

— C'est très aimable de votre part, dit Tyler en prenant la clé.

— Je veux juste savoir une chose. Allez-vous attraper la personne qui a fait cela à mon père ?

— Nous ferons tout notre possible.

— Parfait. J'ai beau être médecin, je serais ravie de voir le responsable de sa mort griller sur la chaise électrique.

Elle quitta les bureaux, laissant Dilara et Tyler seuls.

— Je comprends ce qu'elle ressent, remarqua Dilara. Vous pensez donc que quelqu'un a pris les fichiers concernant Oasis ?

— Quelqu'un a fait le ménage, dit Tyler. D'abord, tous les ingénieurs de premier plan de la société qui ont dû travailler sur Oasis sont tués dans un tragique accident que quelqu'un d'aussi expérimenté que Coleman n'aurait jamais laissé se produire. Ensuite, tous les fichiers relatifs au projet disparaissent mystérieusement. Et pour couronner le tout, sa société a été payée une somme exorbitante, probablement dans l'espoir que l'argent calmerait les velléités d'enquête des survivants. Quelqu'un a pénétré ici et volé tous les documents concernant Oasis ; j'imagine que s'ils ne se sont pas contentés de mettre le feu aux locaux, c'était simplement pour éviter de soulever des questions indésirables.

— Et les fichiers informatiques ?

— S'il reste quelque chose, Aiden le trouvera.

Ils examinèrent la paperasse pendant encore une heure mais ne trouvèrent pas la moindre mention du projet Oasis. Ceux qui avaient fait le ménage s'étaient appliqués. Leur seul espoir désormais était qu'ils aient pu laisser quelque chose dans les bases de données informatiques. Tyler était en proie au découragement quand Aiden appela pour lui communiquer les résultats de ses recherches.

— Ces gars sont doués, Tyler. Pas la moindre référence à Oasis dans les fichiers. Rien dans PowerPoint, dans Word, ni dans les boîtes mail. Tout a été nettoyé, bien qu'ils aient laissé le reste des données informatiques. Probablement parce que effacer l'ensemble des fichiers aurait éveillé la suspicion.

Tyler sentit qu'Aiden pavoisait malgré tout.

— Mais tu as quand même trouvé quelque chose, dit-il, en sentant l'espoir renaître en lui.

— J'ai dit qu'ils étaient doués, mais pas autant que moi. J'ai décidé d'effectuer quelques recherches périphériques. Comme ce Watson avait mentionné ton nom, je t'ai intégré dans mes paramètres de recherche. J'ai retrouvé quelques e-mails sans intérêt entre toi et Coleman, comme des demandes de références et autres choses du genre. Mais un e-mail m'a particulièrement intrigué.

— Un e-mail qui m'était adressé ou que j'ai écrit moi-même ?

— Ni l'un ni l'autre. Un e-mail qui parlait de toi.

— Lis-le-moi.

— Il est de Coleman, adressé à l'un de ses ingénieurs. Je cite : « Jim, ce nouveau projet va tous nous rendre riches. Je n'arrive pas à croire que Tyler l'ait refusé. Tant pis pour lui et tant mieux pour nous. Initialement, le nom du projet était « Tornade ». Stupide, non ? Ces militaires, avec leurs noms de code à la noix. Le client doit modifier le nom du projet, mais il ne me l'a pas encore communiqué. Je te le dirai dès que je le saurai, et nous pourrons nous mettre au travail. Dis-moi qui tu verrais dans l'équipe pour travailler là-dessus. N'oublie pas, c'est un projet fantôme. Personne d'autre ne doit être mis au courant. John. » Fin de l'e-mail. Alors, j'ai raison ? Cela a quelque chose à voir avec notre affaire ?

L'espace d'un instant, Tyler resta sans voix. Le projet Tornade. La dernière fois qu'il avait entendu ce nom, c'était il y a trois ans, quand il avait signé le contrat pour cette mission puis avait été renvoyé par le client deux mois plus tard.

— Tyler ? Tu es toujours là ?

Tyler avala péniblement sa salive.

— Ouais, Aiden. Vois si tu peux trouver d'autres mentions de Tornade et je te rappellerai.

Tyler raccrocha.

— Quel est le problème ? lui demanda Dilara.

Le choc que Tyler avait ressenti devait se lire sur son visage.

Il lui parla de l'e-mail trouvé par Aiden.

— Vous pensez que le projet Oasis est la même chose que ce projet Tornade ? demanda-t-elle.

— Je prie le ciel pour qu'il n'en soit rien.

— Pourquoi ?

— Parce que dans ce cas, celui qui est derrière le projet Oasis est en train de se préparer pour la fin du monde.

Chapitre 25

Après que Tyler eut parlé de fin du monde, tout ce que Dilara put tirer de lui fut qu'il lui fallait réfléchir. Elle comprit qu'elle devait le laisser tranquille ; il avait besoin de s'absorber dans ses pensées pour réfléchir au problème. Ce devait être sa façon de faire. Elle recommença à fouiller dans les dossiers en silence. Comme ils le craignaient, il n'y avait rien concernant un projet Oasis ou Tornade.

Dilara était d'accord avec ce qu'avait dit John Coleman dans son e-mail. Pourquoi les projets et notamment les opérations militaires devaient-ils toujours porter un nom mystérieux ? Cela devait avoir un rapport avec le sentiment du pouvoir, le besoin de tout contrôler. Les militaires aimaient les clubs secrets, ceux auxquels on ne pouvait accéder qu'en connaissant le mot de passe.

Mais quelque chose dans ce projet Tornade avait effrayé Tyler. Ce n'était pas un homme à paniquer pour un rien, et la façon dont il avait prononcé ces mots avait fait courir un frisson le long de l'échine de Dilara, comme si elle avait assisté à la prédiction funeste d'un voyant consultant sa boule de cristal. Et apparemment, ce qu'il avait vu de l'avenir était trop atroce pour en parler.

Après avoir épuisé les dossiers de Coleman, ils s'attaquèrent en silence à ceux des autres ingénieurs qui avaient été tués. Là aussi, leurs recherches furent infructueuses. Les gens qui avaient fait le ménage dans ces dossiers savaient exactement ce qu'ils cherchaient.

Le temps que Tyler et elle s'accordent pour dire qu'ils ne trouveraient rien de plus en continuant à fouiller ces dossiers, il était 21 h 45.

— Vous avez faim ? lui demanda Tyler.

Dilara avait été si absorbée par l'examen des dossiers qu'elle n'avait même pas pensé à manger. Mais dès que Tyler en parla, elle sentit la faim lui tordre l'estomac.

— Je suis affamée.

— Nous en avons fini ici. Vous aimez le poisson ?

— Du moment qu'il est cuit, oui. Les sushis m'écœurent.

— Quant à moi je suis allergique aux coquillages, mais nous trouverons bien quelque chose.

Ils refermèrent la porte des bureaux et retrouvèrent l'un des gardes, qui les attendait dans le hall de l'immeuble. Ils revinrent tous les trois à la voiture, où patientait le deuxième garde du corps.

Après un arrêt à une épicerie, il ne leur fallut que dix minutes pour rejoindre la résidence de Tyler, dans le quartier Magnolia. Dilara s'attendait à un appartement de célibataire dans un immeuble, mais ils s'arrêtèrent devant une grande demeure de style méditerranéen, perchée au sommet d'une falaise dominant le détroit de Puget.

Les gardes du corps restèrent monter la garde dans la rue. Après que Tyler eut déconnecté l'alarme et se fut assuré que personne n'avait trifouillé le boîtier, il invita Dilara à entrer. Les lumières de la maison étaient éteintes, mais la lueur de la lune pénétrait largement par la baie vitrée qui occupait le mur du fond. Puis Tyler alluma les lampes et Dilara découvrit une maison qui semblait tout droit sortie des pages d'une revue d'architecture d'intérieur.

Un plancher en bambou couvrait toute la surface de la maison. Des meubles anciens au bois soigneusement ciré décoraient le salon ainsi que la salle à manger, et l'immense cuisine était équipée de plans de travail en granit poli et d'ustensiles en Inox. L'ensemble formait un intérieur moderne sans être trop froid, ravivé par le choix des décorations et des tentures murales. Cela ne ressemblait vraiment pas à la maison d'un célibataire toujours par monts et par vaux. Le seul élément qui déparait l'ensemble était un mur du salon, entièrement blanc à l'exception de cinq carrés de soixante centimètres de côté, peints dans différentes nuances de jaune. Dilara comprit soudain. La femme de Tyler devait être la responsable de cette décoration et ce mur était un projet inachevé.

Soudain, cette maison ne lui sembla plus aussi parfaite. Elle ressemblait à un mausolée, comme si elle avait été préservée dans l'état où elle était depuis le décès de la femme de Tyler.

Tyler remarqua que Dilara regardait le mur avec les essais de peinture.

— Karen avait fait des essais de peinture, dit-il d'une voix où perçait la nostalgie, confirmant la supposition de Dilara. Elle aimait la chaleur lumineuse du jaune pour égayer les jours gris. Elle ne m'a jamais dit lequel elle préférait. Je songe souvent à finir de peindre ce mur, mais je n'arrive jamais à choisir entre toutes ces teintes de jaune.

Tyler s'empara d'une télécommande et un concerto de Vivaldi résonna depuis des enceintes dissimulées. Dilara se déplaça jusqu'à la baie vitrée. Une porte-fenêtre ouvrait sur une terrasse qui s'étendait jusqu'au bord de la falaise. Les lumières scintillantes de Seattle offraient une parfaite toile de fond à la silhouette de la Space Needle, tandis qu'un ferry traversait les eaux de la baie d'Elliott.

— Par temps clair, dit Tyler tout en sortant les provisions des sacs, on aperçoit le mont Rainier à l'horizon.

— C'est une vue magnifique.

— Nous avons acheté la maison avec Karen en partie pour la vue.

Elle perçut de nouveau la tristesse dans la voix de Tyler, qui s'attaquait à la préparation du dîner. Dilara sentit une gêne s'installer entre eux.

— Je peux faire quelque chose ? demanda-t-elle pour dissiper le malaise.

— Tenez, dit-il en lui montrant où se trouvaient la planche à découper et les couteaux, vous pouvez équeuter les haricots verts.

Dilara l'observa pendant qu'il s'affairait. Il se débrouillait bien dans une cuisine et chacun de ses gestes avait une fluidité gracieuse. À une ou deux reprises, elle le surprit qui hochait inconsciemment la tête au rythme de la musique. Il avait l'air d'un homme qui savait apprécier la vie, malgré ce chagrin qui l'accablait par moments. Dilara ne pouvait nier que le caractère de Tyler et cette impression de maîtrise qui émanait de lui avaient quelque chose de séduisant, mais ce genre de pensées était absurde au regard de la situation. Elle se surprit à lui jeter plus de coups d'œil qu'elle ne l'aurait dû et se concentra sur les haricots verts.

Ils travaillèrent en silence, hormis quelques questions de Dilara cherchant tel ou tel ustensile de cuisine. Puis elle repensa à ce qu'ils avaient découvert dans l'e-mail. La curiosité l'emporta finalement.

— Qu'est-ce donc que ce projet Tornade ? lui demanda-t-elle de but en blanc.

Tyler cessa de couper les pommes de terre et leva les yeux vers elle. Son expression était indéchiffrable, mais Dilara eut le sentiment que le mot lui-même lui répugnait.

— Désolée, s'excusa-t-elle. Je ne voulais pas aborder le sujet si brutalement.

Tyler recommença à couper les pommes de terre.

— Il s'agit d'un projet *top secret* du Pentagone sur lequel j'ai brièvement travaillé.

— Vous voulez dire que le département de la Défense serait derrière tout ça ?

— La compagnie qui m'avait embauché, Juneau Earthworks, m'avait informé qu'il s'agissait d'un projet du Pentagone. C'est la raison pour laquelle j'ai tout d'abord hésité à vous en parler. Mais à présent que j'y repense, je ne suis plus aussi certain qu'il s'agissait réellement d'un projet militaire.

— Je ne comprends pas. Pourquoi en doutez-vous ?

— Quand vous travaillez sur un projet clandestin, tout passe par des sociétés comme Juneau, qui ne sont en réalité que des prête-noms. Vous ne pouvez pas appeler directement le Pentagone et demander à parler au chef de projet. Comme ils ne reconnaissent pas officiellement l'existence du projet, il est impossible d'être absolument sûr qu'il s'agit bien d'une opération gouvernementale. Mais à voir la façon dont ces types jetaient l'argent par les fenêtres, j'étais persuadé qu'ils travaillaient bien pour le gouvernement.

— De quel argent parlez-vous ?

— Le projet avait un budget de quatre cents millions de dollars.

Dilara laissa échapper un sifflement appréciateur.

— En quoi consistait ce projet ? Un vol habité vers Mars ?

— Un bunker. Cela partait de l'idée que les vieux abris anti-atomiques du gouvernement étaient obsolètes et vulnérables à de nouveaux types d'attaques biologiques et chimiques. Au lieu de moderniser les anciens bunkers avec du matériel et des systèmes informatiques dernier cri, ils voulaient construire un nouvel abri secret équipé de systèmes de pointe évolutifs. Ce devait être le bunker le plus sophistiqué jamais conçu. Le genre de défi qui ferait saliver n'importe quel ingénieur.

— Mais ils vous ont renvoyé.

— Je devais être l'ingénieur en chef responsable du projet, expliqua Tyler tandis qu'il faisait griller le saumon. Nous avions à peine commencé les plans et trouvé des solutions pour procéder aux essais quand, deux mois après avoir accordé le contrat à la Gordian, les clients l'ont annulé. Ils ont prétendu que les budgets du Pentagone avaient été revus à la baisse et qu'ils n'avaient plus le financement pour ce projet. Cela m'avait semblé louche à l'époque ; on n'annule pas un projet de près d'un demi-milliard de dollars comme ça, du jour au lendemain. Mais ils ont payé sans discuter la lourde clause d'annulation prévue dans le contrat et nous sommes passés à autre chose. Je m'étais dit que le projet avait dû effectivement être abandonné et je n'y avais plus repensé jusqu'à aujourd'hui.

— Mais ils n'ont pas annulé le projet. Ils ont simplement engagé la société de Coleman et changé le nom du projet en « Oasis ».

— À ce qu'il semble. Nous parlons d'un abri assez grand pour héberger trois cents personnes pour une durée d'au moins quatre mois. Une alimentation électrique autonome, une installation de dessalement d'eau, un système de filtration de l'air, des stocks importants de nourriture, et tous les aménagements que l'on peut trouver dans un hôtel cinq étoiles. Tout cela dans un bunker souterrain, qui était même censé être assez spacieux pour accueillir des animaux ainsi que des jardins hydroponiques.

La mention d'animaux ramena Dilara à l'homme qui s'était laissé tomber du haut de la Space Needle.

— « Car toute chair a une conduite perverse sur la terre », récita-t-elle.

Tyler la dévisagea.

— C'est ce que le tueur a dit juste avant de se laisser tomber dans le vide, releva-t-il. Je lui avais demandé pourquoi il en avait après nous.

— Ils sont en train de construire une nouvelle arche. Mais au lieu d'un navire, ils se bâtissent une arche souterraine.

— Quoi ?

— Cette phrase qu'a prononcée l'homme. Elle provient de la Bible. Genèse, chapitre six.

— L'histoire du Déluge ?

— C'est ce que Dieu dit à Noé juste avant qu'il décide de noyer sous les eaux les péchés des hommes et des bêtes.

— Je ne suis pas un spécialiste de la Bible, objecta Tyler, mais autant que je m'en souvienne, Dieu affirme qu'il ne refera jamais cela. L'événement avait un caractère unique.

— Vous voulez parler de son alliance avec Noé. « J'établis mon alliance avec vous : tout ce qui est ne sera plus détruit par les eaux du déluge, il n'y aura plus de déluge pour ravager la terre. »

— Cela me paraît parfaitement clair. Mais bien sûr, ce groupe ne croit peut-être pas en Dieu.

— Et vous ?

— Comme je vous l'ai dit, je suis un sceptique.

Tyler garda le silence. Manifestement, il n'avait pas l'intention d'en dire davantage.

— D'un autre côté, ils pourraient très bien croire en Dieu, objecta Dilara. De nombreuses personnes prennent la Bible au sens littéral, et le texte dit que Dieu lui-même ne noiera plus jamais la terre sous les eaux.

— Donc si je vous suis bien, vous dites que quelqu'un d'autre que Dieu pourrait se charger du sale boulot cette fois-ci ?

— Je dis juste que l'on pourrait l'interpréter ainsi.

— J'ai déjà rencontré des gens capables de ce genre d'interprétation.

— Mais il faudrait qu'ils soient déments pour passer à l'acte.

— Vous ne croyez pas que ce soit possible ? Après tout ce qui nous est arrivé ?

— Comment pourraient-ils provoquer un déluge qui détruirait le monde ?

— Le projet Oasis a été conçu pour protéger les occupants du bunker des radiations, de la contamination biologique et des agents chimiques. À l'époque de Noé, c'est un déluge qui aurait balayé l'humanité de la surface de la terre, mais je pense qu'ils prévoient cette fois-ci de renouveler l'opération avec ce qui a tué les passagers de l'avion de Rex Hayden. Le lien avec l'arche de Noé est peut-être simplement allégorique.

Dilara se tut un instant, absorbée dans ses réflexions.

— Le rapport ne peut pas être uniquement symbolique. Sam a dit que mon père l'avait trouvée. La véritable arche de Noé. C'est davantage qu'une simple allégorie. Je le sais.

— Espérons que nous en apprendrons davantage par l'examen de l'épave de l'avion. Nous pourrons commencer nos recherches demain quand nous serons à Phoenix. En attendant, nous avons besoin de repos.

— C'est tellement frustrant. J'ai l'impression que nous devrions pouvoir faire quelque chose.

— Vous le pouvez, dit Tyler en lui désignant une bouteille dans la cave à vin encastrée tandis qu'il disposait les filets de saumon dans deux assiettes. Débouchez donc cette bouteille de chardonnay. Le dîner est servi.

Tyler termina la bouteille en remplissant le verre de Dilara. Il avait l'esprit un peu cotonneux. Il n'avait pas bu un verre depuis le début de sa mission sur *Scotia Un* ; le vin avait plus d'effet sur lui qu'à l'accoutumée. Il était heureux d'avoir eu l'occasion de cuisiner. Cela ne lui arrivait que rarement à cause de ses nombreux voyages, mais c'était quelque chose qu'il aimait faire.

Au cours du dîner, ils évitèrent de parler de l'affaire. Tyler raconta à Dilara certaines de ses missions les plus intéressantes et elle le régala en retour de quelques anecdotes pittoresques sur ses expériences de fouilles. Quand elle lui narra l'histoire de son directeur de département aux prises avec un chameau flatulent, Tyler se surprit à rire aux éclats.

— On dirait bien que vous n'êtes pas souvent chez vous, remarqua Tyler. J'imagine que vous n'avez pas d'enfants.

Dilara secoua la tête.

— Je n'ai jamais eu le temps ni véritablement l'envie. Et vous ?

— Non. Karen voulait des enfants ; moi aussi – un jour ou l'autre – mais j'ai toujours repoussé à plus tard.

Tyler ne savait pas pourquoi il lui confiait cela. Ce devait être le vin.

— Et je n'ai pas non plus la place, ajouta Dilara un peu trop rapidement. Je vis dans un appartement minable. Mais vous, vous avez une maison magnifique.

— C'est Karen qui a presque tout fait. J'ai aménagé une petite salle télé dans le sous-sol et elle a fait le reste. Le plus drôle, c'est que la salle télé est la pièce où j'ai passé le moins de temps. J'y ai regardé quelques courses automobiles, rien d'autre.

— En tout cas, elle avait vraiment du goût. Que faisait-elle comme métier ?

— Elle était thérapeute et travaillait avec des enfants handicapés. Elle s'y impliquait totalement et n'arrêtait pas de faire des heures supplémentaires. C'est la raison pour laquelle elle rentrait si tard le soir où elle est morte.

Qu'est-ce qui lui arrivait ? Il ne parlait jamais de Karen à des gens qu'il venait seulement de rencontrer. D'ailleurs, il ne parlait quasiment jamais d'elle. C'était encore trop douloureux.

— Quand est-ce arrivé ? demanda Dilara.

— Cela fera deux ans le mois prochain. C'était une nuit pluvieuse. Son système ABS a souffert d'une défaillance alors qu'elle arrivait à un carrefour. Elle m'avait dit à plusieurs reprises que ses freins lui semblaient un peu mous, mais j'étais sur un gros projet à l'époque. Je ne pensais pas qu'il s'agissait d'un problème sérieux et je lui avais promis que je regarderais ça dès que je rentrerais de mon voyage d'affaires. Je n'y avais plus repensé jusqu'à cette nuit-là. Elle a dérapé en voulant s'arrêter à un feu rouge et a été percutée de plein fouet par un 4 × 4.

— C'est horrible.

Tyler sentit sa respiration se bloquer alors qu'il revivait ce terrible coup de fil.

— J'étais en Russie pour l'installation d'un pipeline quand j'ai appris l'accident. Il m'a fallu deux jours pour rentrer à la maison en prenant des vols commerciaux, à cause de problèmes de mauvais temps et de correspondances manquées. Elle a survécu une journée. Elle est morte alors que j'étais à l'aéroport de Hong Kong. (Tyler avait soudain la gorge sèche. Il déglutit et contempla le mur inachevé.) Il m'a manqué douze heures pour avoir une chance de lui dire adieu. C'est une des raisons pour lesquelles la Gordian possède désormais des jets privés.

Dilara resta silencieuse, mais quelque chose dans son expression de compassion encouragea Tyler à continuer.

— J'ai souffert d'insomnies pendant près d'un an. J'ai passé au peigne fin les rapports sur l'accident, tourné et retourné les informations dans ma tête, en tentant de me convaincre qu'il n'y avait rien que j'aurais pu faire. (Il émit un ricanement désabusé.) Je veux dire : me voilà moi, avec mon doctorat en ingénierie, expert en accidents et en défaillances de systèmes, et ma femme est morte à cause du genre de choses qu'on me paie pour prévenir.

— Et vous l'auriez pu ?

Tyler secoua la tête avec lenteur.

— Je ne sais pas. La voiture était trop sérieusement endommagée pour qu'on puisse répondre à cette question. Cette éventualité m'a tenu éveillé pendant longtemps. Je dors mieux à présent, mais je vois son visage chaque soir quand je ferme les yeux.

Tous ceux qui travaillaient à la Gordian avec Tyler connaissaient l'histoire, mais il l'avait racontée à peu d'autres personnes. Tyler supposa que le fait d'avoir affronté la mort avec Dilara lui donnait le sentiment de pouvoir se confier à elle. Il prit également conscience qu'elle serait la première femme à dormir dans la maison depuis le décès de Karen. D'une certaine façon, il n'aurait pas été correct que Dilara ignore son histoire, comme si cela aurait représenté une trahison envers Karen.

— Bien, dit-il, maintenant que j'ai plombé l'ambiance, je suppose que nous ferions mieux d'aller nous coucher.

Dilara se contenta de lui adresser un regard de profonde sympathie.

— Où est ma chambre ? demanda-t-elle.

— Au bout du couloir, la troisième porte à droite. Attendez une seconde. (Tyler gagna sa chambre et récupéra un tee-shirt qu'il n'avait jamais porté.) Il est tout neuf. Dites-moi si jamais vous n'avez pas assez chaud.

Dilara avait un physique très similaire à celui de Karen, mais Tyler avait fait don de tous les vêtements de sa femme à une œuvre de charité peu de temps après sa mort. Et même s'il avait encore possédé des vêtements de Karen, il aurait trouvé déplacé de les prêter à Dilara.

— Merci pour le dîner, dit-elle. Et pour tout ce que vous avez fait jusque-là. Je ne pensais pas vous entraîner dans un tel sac de nœuds.

— Ce n'est rien.

Ce fut tout ce qu'il trouva à répondre.

Puis à sa surprise, Dilara l'embrassa sur la joue avant de quitter la pièce. Cette expression d'affection le prit au dépourvu et le laissa interdit. Elle avait fait durer son baiser assez longtemps pour lui donner le sentiment que celui-ci exprimait davantage que de la simple sympathie. Quand Tyler eut fini de ranger les assiettes dans le lave-vaisselle et qu'il éteignit les lumières de la cuisine, il était encore en train de penser à ce baiser.

Chapitre 26

Le portail du Centre d'évaluation technologique de la Gordian, dans la banlieue nord de Phoenix, semblait avoir été construit dans l'intention de résister à un char d'assaut. Un poste de garde en béton se dressait entre deux énormes grilles d'acier qui coulissaient sur des rails pour laisser les véhicules entrer et sortir. Une clôture grillagée de trois mètres de haut couronnée de fil barbelé s'étendait de chaque côté du portail et entourait l'ensemble du complexe. C'était le genre de mesures de sécurité dignes d'une centrale nucléaire, se dit Dan Cutter. Mais il n'avait pas à se soucier de franchir ces obstacles, puisqu'on allait simplement le laisser entrer.

Il arrêta la voiture devant le poste de garde et baissa la vitre, laissant s'engouffrer dans le véhicule la chaleur étouffante qui s'élevait déjà de l'asphalte, même s'il n'était encore que 9 heures. L'homme sur le siège passager, Bert Simkins, avait ôté ses lunettes de soleil afin que sa fausse identité soit vérifiée comme il se devait.

— Puis-je voir vos papiers, je vous prie ? demanda le garde.

Celui-ci portait un Glock 9 mm dans un holster à la ceinture, mais Cutter savait qu'il y avait des armes automatiques dans le poste de garde.

Cutter sourit au garde et lui tendit les fausses pièces d'identité qu'ils avaient fabriquées la veille. Les deux enquêteurs de la Sécurité aérienne pour lesquels ils se faisaient passer étaient attendus au CET, mais pas si tôt dans la matinée.

Le garde vérifia attentivement chaque pièce d'identité et les compara à une liste imprimée. Anticipant ce genre de vérification, Cutter s'était donné la peine de s'approprier l'identité de deux individus qu'il savait devoir être autorisés à entrer. Une fois que le garde eut vérifié la présence de leurs noms sur sa liste, il les dévisagea attentivement. Ce gars n'avait rien de l'agent de sécurité lambda. Il était bien entraîné. Cela impressionna Cutter, mais leurs faux papiers étaient parfaits.

Satisfait, le garde leur rendit les documents et les grilles s'ouvrirent pour les laisser passer.

— C'est au troisième hangar. Vous pouvez vous garer du côté sud.

Cutter fit avancer la voiture et suivit la route jusqu'à un tunnel qui passait sous le circuit ovale à virages relevés. Avec ses dix kilomètres, le circuit d'essai était si long qu'il tournait autour de tous les bâtiments et installations d'expérimentation, y compris la piste d'atterrissage et les hangars à avion. Le tunnel de près de dix mètres de haut avait été conçu afin de permettre le passage de véhicules et de matériels volumineux sans qu'on ait à interrompre les essais sur le circuit.

Ils émergèrent du tunnel devant trois grands bâtiments munis de plusieurs portes de garage. Cutter avait étudié attentivement le plan du CET sur le site Web de la Gordian. Ces bâtiments contenaient les laboratoires de test des véhicules, avec des installations de *crash-test*, des souffleries climatiques et des systèmes de simulation de chute inversée, du diable si Cutter savait à quoi cela servait. À côté se trouvait une rampe extérieure de *crash-test*, des terrains de dérapage permettant de simuler des conditions de route sèche ou mouillée, une piste en terre qui serpentait sur cinquante hectares ainsi qu'un parcours d'obstacles pour les essais tout-terrain.

Au loin, Cutter aperçut une voiture rouge qui fonçait sur l'ovale du circuit à plus de cent soixante kilomètres à l'heure. Devant le dernier bâtiment consacré aux essais de véhicules, des gens discutaient à côté du plus énorme camion que Cutter ait jamais vu. Le flanc du camion portait le nom « LIEBHERR ».

Cutter continua à suivre la route de service ; cent cinquante mètres plus loin, il approcha d'une rangée de cinq hangars dont chacun paraissait assez grand pour accueillir un 747. Il se gara devant le troisième hangar, juste au moment où un dix-huit-roues passait devant lui, suivi d'un semi-remorque équipé d'une grue, qui transportait un réacteur d'avion en piteux état. Il devait s'agir de transports de débris en provenance du site de l'accident. Ces gars travaillaient vite, ce qui était à l'avantage de Cutter. La mort de Hayden avait provoqué un emballement médiatique d'une ampleur inédite depuis la mort tragique de la princesse Diana. Non seulement Rex Hayden était une immense star de cinéma, mais il avait également su monnayer sa célébrité dans des contrats publicitaires qui avaient porté sa fortune personnelle à près d'un milliard de dollars. Cela faisait de lui un formidable ennemi pour l'Église diluvienne. L'idée que l'acteur était mort dans d'atroces souffrances cependant que ses chairs se dissolvaient réjouissait Cutter au plus haut point.

Les camions tournèrent au coin du hangar et disparurent.

Plusieurs dizaines de voitures officielles s'alignaient près du bâtiment, ce qui signifiait que Cutter et Simkins pourraient passer inaperçus parmi la foule des enquêteurs qui devaient se presser autour des débris.

Cutter et son acolyte sortirent de la voiture et se dirigèrent vers une porte gardée par deux hommes en uniforme de policier. Leur chemise portait le logo du département du shérif du comté de Maricopa et chacun était armé d'un fusil automatique AR-15.

Le seul point de la mission qui gênait Cutter était qu'ils avaient dû renoncer à prendre leurs armes. Des enquêteurs de la Sécurité aérienne armés de pistolets risquaient d'éveiller les soupçons. Par cette chaleur, l'option de porter de lourds manteaux était hors de question et leurs vestes légères ne pouvaient pas dissimuler la moindre arme à feu. Simkins et lui étaient donc désarmés.

Si la mission se déroulait comme prévu, ils n'auraient pas besoin d'armes. Il s'agissait de retrouver la valise et de l'escamoter avant qu'elle soit identifiée comme étant la source de la contamination biologique. Le plan de Cutter était d'utiliser l'autorité de sa fausse identité d'enquêteur de la Sécurité aérienne détaché par le ministère de la Justice sur cette affaire pour emporter le bagage, sous prétexte d'analyses complémentaires.

Il jaugea les policiers, qui semblaient s'ennuyer ferme à monter la garde. Si jamais il devait avoir besoin d'armes, il savait où venir les prendre.

Cutter et Simkins présentèrent de nouveau leurs papiers d'identité, et les policiers les laissèrent entrer. Cutter retira ses lunettes de soleil et laissa ses yeux s'accommoder à la pénombre qui régnait à l'intérieur du hangar.

Les portes massives à l'autre extrémité du bâtiment étaient en train de se refermer après avoir laissé entrer les deux camions, dont les moteurs continuaient à ronronner, en attendant de savoir dans quelle partie du hangar ils devaient décharger leur cargaison.

Il y avait au bas mot soixante-quinze personnes dispersées en différents endroits de l'immense hall. Un châssis préfabriqué de la taille du fuselage d'un avion était en cours d'assemblage au centre du hangar et plusieurs débris du 737 y avaient déjà été suspendus. Les autres morceaux de l'appareil étaient alignés sur le sol à proximité, attendant d'avoir été examinés.

Le contenu de l'appareil – les sièges, les bagages, les vêtements, le mobilier – avait déjà été soigneusement trié sur plusieurs rangées le long du mur opposé. Cutter avait accédé au système G-Tag par le biais du serveur informatique de la Sécurité aérienne, grâce aux codes d'accès fournis par les deux véritables enquêteurs qui, à l'heure actuelle, gisaient morts dans une chambre d'hôtel de Phoenix. Après une recherche dans l'inventaire du G-Tag, Cutter avait trouvé une photo numérique de la valise à doublure d'acier qui contenait le diffuseur du gaz mortel. Elle était intacte et faisait partie d'un chargement en route pour le CET et dont l'arrivée était prévue pour ce matin. C'était ici qu'il pourrait la retrouver.

— Tu commences par ce côté-ci, ordonna-t-il à Simkins, et on se rejoint au milieu. Essaie de ne parler à personne. Si tu repères la valise, n'y touche pas. Viens me chercher et nous attendrons ensuite une occasion de la subtiliser.

— Et si elle n'est pas là ? demanda Simkins.

— Dans ce cas, nous attendrons le camion suivant.

Cutter se félicita à part lui. Ce plan était bien meilleur que de fouiller le désert en quête d'une simple valise. Autant laisser les fédéraux faire le plus dur et attendre qu'elle arrive ici pour la voler.

Cutter se retourna quand il entendit la sonnerie indiquant que le semi-remorque reculait. Au bout de la rangée d'objets provenant de l'avion, à une centaine de mètres de là, un homme noir dans un tee-shirt moulant qui enserrait son torse puissant leva la main. Le camion stoppa et l'homme, qui manifestement dirigeait les opérations, ordonna à deux autres hommes d'ouvrir les portes arrière. Un groupe d'employés fit la chaîne pour décharger avec précaution les débris du camion tandis que le chef leur criait des instructions.

La valise pouvait se trouver dans ce chargement mais le contenu du camion n'était pas ce qui retenait l'attention de Cutter. Il observa l'homme noir avec plus d'attention. Il avait reconnu sa voix malgré le brouhaha qui régnait dans le hangar, une voix qu'il n'avait jamais oubliée.

L'homme se retourna et Cutter sentit une haine ancienne l'envahir. Ils avaient servi ensemble dans les Rangers. C'était bien Grant Westfield – ingénieur électronicien, ex-catcheur professionnel connu sous le nom du Brasier et ancien membre des forces spéciales –, l'homme à cause duquel Cutter avait été chassé de l'armée.

Il se détourna afin d'éviter d'être repéré par Westfield, mais à présent qu'il savait qui dirigeait les opérations, son plan risquait fort d'être compromis.

Soudain, sa mission ne lui parut plus aussi facile.

Chapitre 27

Tyler admira la vue sur Seattle alors qu'il terminait son huitième kilomètre sur le tapis de course. Il avait disposé l'appareil de façon à pouvoir lever la tête de sa lecture pour profiter simplement du panorama. Les nuages s'étaient avancés sur le détroit de Puget durant la nuit, annonciateurs de la tempête à venir, mais la chaîne des Cascades était encore visible. Sans la menace qui pesait sur leur vie, Tyler serait sorti faire son jogging à Discovery Park.

Son horloge interne l'avait réveillé à 7 heures ; il avait déjà eu le temps de s'occuper de la paperasse et de lever des poids avant de courir un peu. Son travail sur le terrain était généralement physique et il était donc indispensable qu'il se maintienne en forme. Par ailleurs, le sport lui libérait l'esprit pour penser. Il avait fait un rêve où figurait Dilara, et même s'il ne se le rappelait plus très clairement, il savait que ce n'était pas un songe tout à fait innocent. Ce baiser sur la joue n'était pas grand-chose, mais Tyler savait néanmoins qu'une étincelle était passée entre eux.

— Jolie vue, fit remarquer une voix ensommeillée derrière lui.

Tyler ne sursautait pas facilement, mais il n'était plus habitué à une autre présence dans la maison. Il tourna la tête pour découvrir Dilara, adossée au montant de la porte. Il se força à ne pas écarquiller les yeux devant le spectacle de la jeune femme uniquement vêtue du tee-shirt qu'il lui avait donné la veille au soir. Celui-ci épousait ses formes aux endroits où il fallait et s'arrêtait à mi-cuisse, révélant des jambes fermes. Tyler laissa son regard s'attarder sur elle un court instant avant de reporter son attention vers la fenêtre. Le double sens que pouvait avoir la phrase de Dilara ne semblait pas voulu et Tyler réprima un sourire.

— Tout à fait.

Il pianota sur le tableau de contrôle pour arrêter le tapis de course. Tyler se servit de la serviette suspendue sur la barre d'appui pour s'éponger le front et se rendit compte que son débardeur et son short étaient trempés de sueur.

— Il y a du café ? demanda Dilara.

— Sur le comptoir. Vous voulez un petit déjeuner ?

— Je ne suis pas très petit déjeuner. D'habitude, je me réveille bien plus tôt, mais je crois que tous ces changements de fuseau horaire ont fini par avoir raison de moi.

— J'ai déjà pris mon petit déjeuner. Buvez tranquillement votre café pendant que je prends une douche. Quand vous serez prête, nous partirons pour l'aéroport. Oh ! et j'ai demandé hier soir à une personne de mon bureau de faire un saut dans un autre magasin de cette marque que vous aimiez bien, afin de vous rapporter quelques vêtements de rechange. Ils sont dans un sac de voyage, devant la porte d'entrée.

Dilara récupéra le sac.

— C'est un geste très attentionné, merci.

— Je m'efforce de prendre soin de mes hôtes, répondit Tyler avant de battre en retraite sous la douche.

Une fois que tous deux furent prêts, ils chargèrent leurs sacs dans le 4 × 4 Porsche et Tyler sortit la voiture du garage. Deux nouveaux gardes du corps, qui avaient appelé plus tôt dans la matinée pour s'annoncer, firent un signe de main à Tyler et suivirent la Porsche dans leur propre voiture.

— Cela ne vous dérange pas si je mets un peu de musique ? demanda Tyler.

Il alluma la radio satellite, qui était déjà réglée sur une station diffusant des classiques du rock. Le titre *Back in Black* d'AC/DC rugit dans les haut-parleurs.

— Vous me dites si le son est trop fort pour vous.

— C'est assez différent de Vivaldi.

— Au volant d'une Porsche, on doit écouter du rock.

Le trajet jusqu'à l'aéroport de Boeing Field dura vingt minutes. Tyler congédia d'un signe de la main les gardes du corps une fois que la voiture eut franchi les portes de l'aéroport et fut arrivée en sécurité à l'aire d'embarquement de la Gordian.

Le Gulfstream avait déjà été réapprovisionné en carburant et était prêt à décoller pour le vol de trois heures qui les amèneraient à Phoenix. Tyler prit leurs sacs dans le coffre de la voiture et grimpa dans le jet.

Une fois leurs affaires posées en cabine, il ressortit de l'appareil et fit une minutieuse vérification avant décollage de tous les systèmes. Il ne craignait pas vraiment que leurs ennemis se risquent à placer une nouvelle bombe dans un avion, mais il préférait tout de même s'en assurer.

Satisfait de constater que le jet était en parfait état de vol, Tyler remonta à bord. Après avoir fermé la porte de la cabine, il se dirigea vers le cockpit.

— Vous voulez venir vous asseoir avec moi ? demanda-t-il à Dilara, qui avait déjà pris place dans la cabine des passagers.

Elle le gratifia du regard de surprise qu'il espérait.

— C'est vous le pilote ? demanda-t-elle.

— J'ai pris quelques leçons. (Il vit le regard de Dilara passer de la surprise à l'inquiétude et il éclata de rire.) J'ai trois cents heures de vol sur ce modèle et plus de deux mille heures de vol au total. Je devrais m'en sortir.

Dilara secoua la tête et vint s'asseoir dans le cockpit avec Tyler.

— Décidément, vous êtes un homme occupé.

— C'est que je m'ennuie facilement. Traîner à ne rien faire n'est pas vraiment mon truc. Je suis un actif, tout ce qui peut me sortir de la maison est bon à prendre : le travail, faire joujou avec mes voitures, les circuits de course, le pilotage.

— Existe-t-il quelque chose que vous ne sachiez pas faire ?

— J'ai une voix de casserole. Demandez donc à Grant quand nous serons au CET. Une fois il m'a traîné dans un bar à karaoké et depuis il ne peut plus écouter *My Way* sans être pris d'un fou rire incontrôlable. Il dit qu'à côté de moi Bob Dylan chante comme Pavarotti.

— Et que pense Grant de vos talents de pilotage ?

— Oh ! que je suis bien meilleur pilote que Pavarotti, répondit Tyler avec un grand sourire.

Il alluma les réacteurs de l'avion et quelques minutes plus tard, Dilara et lui décollaient pour Phoenix.

Cela faisait déjà trois heures que Cutter et Simkins se trouvaient dans le hangar ; de nouveaux camions chargés de débris arrivaient régulièrement, mais toujours aucune trace de la valise. Cutter gardait discrètement ses distances avec Grant Westfield ; chaque fois qu'il voyait celui-ci s'avancer dans sa direction, il s'éloignait l'air de rien.

Simkins était quant à lui en mesure de vérifier les débris sans se préoccuper de la présence de Westfield, mais pour l'instant la chance ne leur avait pas encore souri. Si les enquêteurs ouvraient la valise et découvraient le dispositif à l'intérieur, ils sauraient immédiatement qu'il ne s'agissait pas d'un bagage ordinaire et la valise serait emportée dans un endroit encore plus sécurisé, où Cutter risquait de ne plus pouvoir la récupérer. Il fallait qu'il la trouve avant que cela se produise.

Un nouveau camion entra dans le hangar et les employés formèrent de nouveau la chaîne pour le décharger. Cutter observa la scène, caché derrière un morceau de carlingue qui n'avait pas encore été mis en place. Il la vit enfin : la valise verte qu'il avait montée à bord de l'avion trois jours auparavant. Elle avait résisté au *crash* et semblait intacte. *Bien.* Cela faciliterait les choses quand il s'agirait de la subtiliser.

En revanche, son plan consistant à sortir du CET avec la valise en usant de l'autorité de leur fausse identité risquait d'échouer si Westfield devait approuver en personne tout déplacement d'un débris de l'avion. Cutter n'avait aucune chance d'abuser Westfield ; celui-ci le reconnaîtrait à l'instant et saurait que quelque chose clochait.

Ce qui signifiait que Cutter devait trouver un autre moyen de sortir du centre.

Alors qu'il réfléchissait à un nouveau plan, il entendit un jet atterrir sur la piste à l'extérieur.

Le vol jusqu'au TEC s'était déroulé sans encombre. Tyler amena l'avion jusqu'au hangar numéro deux où il laissa le Gulfstream aux bons soins de l'équipe de maintenance.

Il régnait au CET une intense activité, comme à l'accoutumée. En dehors de la reconstitution de l'avion qui se déroulait dans le hangar trois, Tyler aperçut plusieurs personnes affairées autour d'une Tesla électrique similaire à celle qu'ils avaient utilisée avec Dilara la veille. À une centaine de mètres de là se trouvait l'exact opposé de la petite voiture de sport : l'énorme camion minier Liebherr. Apparemment, les techniciens en étaient aux derniers préparatifs avant la mise à l'essai.

Tyler appela Grant sur son cellulaire ; il était encore en train d'organiser le déchargement de la colossale quantité de débris dans le hangar trois. Tyler et Dilara pénétrèrent dans le bâtiment pour le rejoindre.

Tyler présenta son accréditation aux gardes et se porta garant pour Dilara ; celle-ci leur montra son passeport, qu'elle avait pensé à glisser dans sa combinaison de survie au moment du *crash* de l'hélicoptère.

Une fois à l'intérieur du hangar, Tyler constata que les équipes avaient bien progressé. La Gordian avait mobilisé plus de personnel que jamais, et au moins quarante pour cent des débris de l'épave avaient déjà été rapportés au CET.

Il repéra Grant qui supervisait le déchargement d'un semi-remorque. Grant les salua de la main avant de continuer à aboyer des ordres aux équipes à pied d'œuvre.

— J'aime bien ce que tu as fait de l'endroit, l'interpella Tyler.

— Oui, j'apprécie ce gros puzzle ; ça fait très art contemporain, répliqua Grant.

— Avec un petit côté Lego géant.

— C'est la dernière mode en reconstitution d'accident.

— Frank Gehry serait fier de toi. J'ai l'impression que les choses avancent bien ?

— Plutôt, oui, surtout que la Sécurité aérienne n'arrête pas de me casser les pieds parce qu'ils ont peur qu'on aille trop vite. Mais tout est répertorié et photographié avec soin. Cela exige simplement de payer des heures supplémentaires à trois cents personnes.

— Ça vaut le coup, étant donné les enjeux.

Tyler expliqua à Grant le lien avec le projet Tornade ainsi que la théorie de Dilara sur le fait qu'il pourrait s'agir d'une nouvelle arche.

— Dans ce cas, je ne regrette pas d'avoir botté quelques derrières, dit Grant. Quatre autres camions doivent encore arriver, puis nous passerons au triage…

Le talkie-walkie de Grant l'interrompit.

— Monsieur Westfield ?

Grant s'empara du talkie-walkie suspendu à sa ceinture.

— J'écoute.

— Ici l'officier Williams. Je sais que vous avez dit que rien ne devait sortir du hangar, mais ces messieurs de la Sécurité aérienne…

La communication s'interrompit brutalement.

— Qui était-ce ? demanda Tyler.

— Un des policiers de garde à la porte d'entrée du hangar.

Grant tenta de reprendre contact mais n'obtint aucune réponse.

— Allons-y, dit Tyler en se mettant à courir vers l'entrée, qui se trouvait de l'autre côté du hangar.

Quand Grant et lui arrivèrent à la porte, ils trouvèrent les deux policiers qui gisaient sur le sol. Tyler se pencha pour prendre leur pouls, mais ils étaient morts tous les deux. On leur avait brisé la nuque d'une main experte. Ces hommes avaient été attaqués par surprise. Tyler remarqua que leurs fusils automatiques avaient disparu. Il était furieux ; ces hommes avaient été tués chez lui, sur son territoire.

Grant était aussi enragé que Tyler. Il prit sa radio et lança les clés de sa voiture à Tyler.

— Ici Grant Westfield. Bouclez immédiatement le CET. Personne ne doit sortir. Est-ce bien compris ? Nous avons des intrus armés et dangereux. Activez les protocoles gamma.

Cela signifiait que si quelqu'un tentait de forcer le portail, les gardes étaient autorisés à tirer d'abord et à poser des questions ensuite.

Ils sautèrent dans la Jeep de Grant et Tyler démarra. Ceux qui avaient tué les policiers s'enfuyaient à bord d'une berline qui n'était qu'à deux cents mètres. Deux véhicules de sécurité surgirent en face de la berline, qui tourna brusquement pour aller s'arrêter devant le Liebherr. Les intrus devaient avoir compris qu'ils ne pourraient jamais franchir le portail et se préparaient à vendre chèrement leur peau devant le camion.

Les employés de la Gordian se dispersèrent quand ils virent deux hommes jaillir de la voiture en tirant des rafales de fusil automatique en l'air.

Les malfrats grimpèrent l'escalier menant à la cabine du gigantesque camion et chassèrent les deux employés de la Gordian qui s'y trouvaient. Tyler comprit soudain quel était leur plan.

Pour un si gros engin, le Liebherr était étonnamment facile à conduire. Toute personne capable de démarrer un camion banal et de passer les vitesses pouvait conduire un Liebherr, et les fuyards ne se privèrent pas de cette aubaine. Les deux moteurs Diesel à seize cylindres de l'énorme camion se mirent en route en rugissant tandis que les deux véhicules de sécurité s'arrêtaient devant lui et que leurs occupants en jaillissaient pour se mettre en position de tir, à couvert derrière leurs portières ouvertes.

— Mais qu'est-ce qu'ils font ? s'exclama Grant.

— Une grossière erreur, répondit Tyler.

Le camion minier s'ébranla et écrasa les deux voitures, les transformant en origamis d'acier, tandis que les gardes couraient se mettre à l'abri.

Tyler vint se placer à hauteur du monstre de deux cents tonnes et essaya de trouver un moyen de monter à bord, quand il entendit soudain le claquement d'une rafale d'AR-15. Les balles perforèrent le capot de la Jeep et de la vapeur mêlée d'huile jaillit des impacts, souillant le pare-brise. Le moteur émit un bruit donnant l'impression qu'il tombait en morceaux.

Tyler frappa du poing sur le tableau de bord et arrêta la voiture. La Jeep était hors d'usage ; impossible de continuer à suivre le camion. Il contempla le mastodonte qui fonçait vers l'enceinte grillagée qu'il n'aurait aucun mal à déchirer comme un vulgaire Kleenex.

Tyler descendit de la Jeep. Il leur fallait un véhicule, mais les plus proches se trouvaient dans le hangar, à plus d'un kilomètre derrière eux. Le temps qu'ils courent là-bas pour récupérer une voiture, le camion aurait disparu depuis longtemps.

Grant, qui se tenait de l'autre côté du capot criblé de balles, pointa le doigt vers quelque chose qui se trouvait derrière Tyler.

— Tyler, derrière toi.

Tyler se retourna pour découvrir les yeux écarquillés des cinq employés qui procédaient aux tests sur la Tesla. Les hommes se tenaient à côté d'une remorque, mais Tyler ne vit pas leur véhicule de service. Il reconnut l'un des hommes qui les dévisageaient, l'air ébahis.

— Del, où est votre Jeep ? lui demanda Tyler.

— Fred l'a prise pour aller nous chercher à déjeuner, répondit Del.

Puis Tyler posa les yeux sur la Tesla.

— Del, Grant et moi allons devoir t'emprunter ta voiture.

Chapitre 28

— Tu prends le volant, dit Tyler à Grant. Et enlevons le toit targa.

La Tesla était équipée d'un toit targa amovible et Tyler savait que la seule façon de capturer les hommes dans le Liebherr était de monter à bord du camion, ce qui serait plus aisé s'il n'avait pas à se glisser par la fenêtre de la voiture. Il déverrouilla plusieurs loquets, tandis que Grant faisait de même de l'autre côté de la Tesla, puis ils ôtèrent la partie amovible du toit et la jetèrent sur le sol derrière la voiture.

Grant s'installa sur le siège conducteur et écrasa l'accélérateur avant même que Tyler ait refermé sa portière. À part le crissement des pneus et le bruit strident du moteur électrique, la voiture était étrangement silencieuse, ce qui renforçait par contraste le rugissement du camion géant.

Tyler était malade de voir le géant d'acier saccager son CET bien-aimé. Le Liebherr se fraya un chemin au beau milieu du parcours d'obstacles, écrasant tout sur sa route. Même le béton et l'acier ne résistaient pas à la masse gigantesque du camion. Une fois qu'il serait sorti du CET, personne ne serait en sécurité et il n'existait pour ainsi dire aucun moyen d'arrêter un engin pareil.

Tyler se rappela ce drame qui s'était déroulé à San Diego quelques années auparavant, quand un fou dangereux avait dérobé un char d'assaut de la Garde nationale. Même si le canon du char était hors service, l'énorme blindé avait semé la dévastation dans les rues de la ville à une vitesse de trente kilomètres à l'heure, suivi par des dizaines de voitures de police. Personne ne pouvait rien faire pour l'arrêter. Il avait détruit des maisons, des voitures, des camping-cars, des poteaux électriques. La police n'avait pu qu'assister impuissante aux dégâts, en attendant que le char finisse par tomber à court de carburant. Les destructions n'avaient pris fin que lorsque le conducteur avait échoué son char sur un terre-plein en béton. La police avait alors pu donner l'assaut au blindé et tuer le forcené.

La situation présente était encore pire. Le char en question était un vieux M60 de la guerre du Vietnam, un véhicule lent, qui ne devait pas faire plus de cinquante tonnes. Le Liebherr 282 B pesait quatre fois plus, mesurait sept mètres cinquante de hauteur et pouvait atteindre une vitesse maximale de soixante-cinq kilomètres à l'heure. À part une bombe à guidage de précision, rien ne pouvait arrêter ce monstre.

Ces voleurs étaient prêts à prendre tous les risques pour s'enfuir avec ce qu'ils étaient venus chercher. Ce qui signifiait que Tyler devait absolument les en empêcher.

La police locale devait déjà être en chemin pour traquer le camion par hélicoptère ; il était impossible qu'un tel véhicule se perde dans le décor. Mais les voleurs le savaient certainement et ils devaient avoir un plan de repli. En attendant, un camion de deux cents tonnes qui était sous la responsabilité de la Gordian allait débouler en pleine banlieue de Phoenix.

La Tesla était une voiture de sport surbaissée ; impossible pour elle de suivre la trajectoire directe empruntée par le Liebherr. En revanche, elle l'emportait en vitesse et en maniabilité. Grant emprunta les parties les plus carrossables de la piste et slaloma au milieu des débris projetés par le passage du camion.

Le Liebherr atteignit le circuit d'essai et le traversa. Il grimpa un talus de six mètres de haut – destiné à empêcher qu'on espionne les essais sur piste – puis bascula sur le versant opposé. Le camion était si grand que l'on pouvait encore l'apercevoir depuis l'autre côté du talus. Enfin, il fonça sur la clôture d'enceinte et trente mètres de grillage en acier trempé se déchirèrent sous l'impact et retombèrent dans le sillage du véhicule.

Tyler et Grant disposaient au mieux de deux minutes avant que le camion atteigne une zone résidentielle. Incapable de le suivre sur le talus avec la Tesla, Grant fonça par le tunnel souterrain en direction du portail principal.

Tyler s'empara du talkie-walkie.

— Ouvrez le portail immédiatement ! Grant Westfield et moi sommes dans la voiture rouge. Ne tirez pas ! Confirmez !

— Qui parle ? lui fut-il demandé en réponse.

— Ici Tyler Locke ! Je répète, ne tirez pas sur la voiture rouge ! C'est un ordre !

— Bien reçu, monsieur !

La Tesla émergea en trombe du tunnel et le portail se dressa devant elle, alors que les grilles étaient encore en train de coulisser sur leurs rails pour ouvrir le passage. Grant continua à foncer et Tyler grimaça quand la voiture se glissa entre les grilles, manquant de les percuter d'à peine quelques centimètres.

Grant exécuta un virage brutal et se lança à la poursuite du camion jaune, qui avait déjà près d'un kilomètre d'avance. Mais il était impossible de le perdre ; c'était comme si un restaurant McDonald s'était soudain vu pousser des roues.

La Tesla atteignit rapidement les cent soixante kilomètres à l'heure. En l'espace de trente secondes, elle avait rattrapé le Liebherr. Au bout de la route apparaissaient les premiers signes de civilisation, une zone d'entrepôts à l'extérieur de

Deer Valley. Le camion ne semblait pas avoir l'intention de ralentir.

Des voitures de police l'avaient pris en chasse dans le hurlement de leurs sirènes et les rares véhicules sur la route devant eux se dispersaient en voyant approcher le monstre de métal. Tyler utilisa son portable pour conseiller à la police de rester en retrait. Il voulait éviter que d'autres voitures soient broyées et les policiers ne pouvaient de toute façon rien faire. Armés de pistolets, de fusils à pompe et de carabines, ils étaient dans l'incapacité d'endommager suffisamment le camion pour le stopper. Un bazooka aurait été nécessaire pour crever ses pneus de quatre mètres de diamètre, et le moteur lui-même pesait dix tonnes. Les balles ne feraient que ricocher dessus ; il aurait fallu un miracle pour que l'une d'elles atteigne une partie vitale du moteur.

Grant amena la voiture juste derrière le camion.

— Nous devons l'arrêter, déclara Tyler.

— Bien sûr, tu es conscient qu'il pèse à peu près deux cents tonnes de plus que nous. Je vais avoir du mal à le pousser sur le bas-côté.

— C'est pour ça que je dois y monter.

Tyler aurait sans doute mieux fait de rester en retrait, mais l'idée que des innocents puissent être tués par un camion sous la responsabilité de la Gordian lui était insupportable. Si le camion allait s'encastrer dans un centre commercial, le nombre des victimes serait abominable.

Il n'était pas nécessaire de se débarrasser du conducteur. Le compartiment moteur du Liebherr était ouvert des deux côtés pour des questions de maintenance. Arrivé à la moitié de l'escalier du côté droit, Tyler serait en mesure d'accéder au moteur et de l'arrêter. Une fois le camion stoppé, la police pourrait prendre le relais.

Le complice du conducteur représentait le plus gros problème. Tyler devait d'abord s'occuper de lui afin d'éviter de se faire descendre pendant qu'il trafiquait le moteur.

Il fit part de son plan à Grant.

« Tu es timbré » fut le seul commentaire de ce dernier.

— Je ne peux pas dire le contraire, acquiesça Tyler.

— Mais c'est ce que j'aime chez toi. Tu n'as peur de rien.

Tyler jeta un coup d'œil à Grant et lui adressa un sourire ironique.

— Mais bien sûr. Et maintenant, passons à l'action avant que je retrouve mes esprits.

Grant accéléra jusqu'à se placer à hauteur des roues arrière du camion. Il y avait peu de risques que le Liebherr fasse un écart et écrase l'agile Tesla, surtout avec Grant au volant, mais l'idée effleura tout de même Tyler.

Le deuxième malfrat se pencha au bord de la plate-forme qui entourait la cabine et regarda de chaque côté du camion. Il leva son AR-15 et tira une rafale qui ricocha sur la route devant la Tesla. Grant freina pour repasser derrière le camion, hors de vue du tireur.

— Et maintenant ? demanda Grant. Avec les énormes rétroviseurs dont ils disposent, ils peuvent nous voir arriver quel que soit le côté par lequel on passe.

— Dans ce cas, occupons-nous des rétroviseurs.

Tyler dégaina son Glock, heureux d'avoir pensé à le prendre cette fois. Il fit un signe de tête à Grant, qui accéléra et déboucha sur le côté gauche du camion. Le tireur était hors de vue et avant qu'il ait pu venir de leur côté, Tyler tira six balles sur le rétroviseur. Deux firent mouche et le rétroviseur vola en éclats.

Le tireur apparut et les mit en joue, mais Grant était déjà en train de ramener la voiture derrière le camion pour passer du côté droit. Tyler tira six autres balles sur le rétroviseur de droite.

— Joli tir, *cow-boy*, le félicita Grant.

Le conducteur était désormais dans l'incapacité de voir ce qui se passait derrière lui. Tyler avait à présent une chance sur deux de réussir à atteindre l'escalier à l'avant du camion sans être vu. Ce qui était déjà mieux qu'aucune chance du tout.

Grant fit virer la Tesla sur le côté gauche et fonça vers l'avant du camion qui venait juste d'écraser l'arrière de deux voitures, comme si elles avaient été en carton. Tyler baissa instinctivement la tête pour esquiver les débris de carrosserie qui volèrent dans les airs et Grant évita de peu de percuter une des épaves de voiture.

Tyler inséra son seul chargeur de réserve dans son pistolet qu'il remit à sa ceinture et se prépara à sauter sur l'escalier du camion.

Le Liebherr comportait trois escaliers : un de chaque côté du compartiment moteur, et un troisième qui descendait en diagonale de droite à gauche devant le radiateur, pour déboucher sur une petite plate-forme juste au-dessus du niveau du sol, où aboutissait également l'escalier de gauche.

La Tesla vint se placer à hauteur de la plate-forme. Si Tyler avait été catholique, il se serait signé. Au lieu de cela, il se contenta de marmonner : « Mais qu'est-ce que je suis en train de faire ? »

Il franchit d'un bond le mètre de distance qui le séparait de la plate-forme et s'affala dessus en s'accrochant à la rambarde pour ne pas glisser. Une chute sur l'asphalte à soixante-cinq kilomètres à l'heure lui aurait valu de belles brûlures, sans parler du risque de se faire aplatir par l'un des pneus géants du camion.

Tyler se remit sur ses pieds et leva le pouce en direction de Grant pour lui indiquer que tout allait bien. Il dégaina son Glock et monta l'escalier avant à pas prudents ; autour de lui, l'air s'engouffrait en sifflant dans le moteur rugissant. Comme prévu, Grant écarta rapidement la Tesla afin d'attirer l'attention dans une autre direction.

Le plan fonctionna comme prévu et le tireur envoya une nouvelle rafale destinée à Grant. Quand Tyler atteignit le haut de l'escalier, l'homme lui tournait le dos et regardait vers l'arrière du camion, penché par-dessus la rambarde. Tyler leva son arme et visa l'homme dans le dos. *Ce n'est pas très loyal,* pensa Tyler, *mais tant pis pour lui. Il a fait son choix quand il a tué ces deux policiers.*

Avant que Tyler ait pressé la détente, le conducteur du camion le mitrailla. La vitre de la cabine vola en éclats et les balles ricochèrent sur le métal autour de Tyler, qui se mit à couvert dans l'escalier.

Le deuxième tireur apparut soudain en haut de l'escalier. Tyler leva son Glock vers lui, mais l'homme frappa du bout de son fusil le pistolet qui échappa des mains de Tyler et vola par-dessus la rambarde. Tyler agrippa l'homme par la chemise et ils tombèrent ensemble dans l'escalier. L'homme lâcha son AR-15 en tentant de freiner sa chute, et son fusil tomba lui aussi sur la route.

Alors qu'ils dégringolaient au pied de l'escalier, Tyler tenta de se rattraper avec l'énergie du désespoir, l'esprit envahi par l'image des gigantesques pneus du camion. Ils atterrirent ensemble sur la plate-forme et Tyler se retrouva affalé sur l'autre homme, qui commença à se débattre. Tyler le maintint au sol et essaya de prendre le dessus afin d'assommer son adversaire ou de le pousser par-dessus bord.

Il entendit soudain des coups de Klaxon frénétiques. Il releva la tête pour voir Grant dans la Tesla qui roulait à sa hauteur et hurlait en pointant le doigt devant lui.

Les genoux sur la poitrine de son adversaire, Tyler tourna la tête et sentit chaque muscle de son corps se tendre comme une corde de guitare, quand il vit ce que Grant lui montrait. Le camion fonçait droit sur un mur de briques.

Chapitre 29

Cutter conduisait le camion, la valise posée sur le sol à côté de lui. Il ne pouvait pas la détruire au beau milieu des installations de la Gordian ; il avait donc dû la voler. Le Liebherr représentait la seule option viable, et le plan avait fonctionné à la perfection. À présent, il fallait seulement qu'il arrive jusqu'à l'endroit auquel il pensait avant que ses poursuivants trouvent un moyen de stopper le camion. Une fois là-bas, il serait en mesure de se perdre dans la foule. S'il était arrêté avant, il lui serait impossible de quitter le camion sans se faire repérer. Il serait alors rapidement encerclé et il ne pouvait pas laisser une telle chose se produire.

Puis il avait vu le visage de Locke apparaître soudain dans l'escalier. Simkins s'était précipité imprudemment et Locke l'avait pris par surprise. Cutter les avait perdus de vue tous les deux à présent, mais il savait que l'escalier devant le radiateur descendait quasiment au niveau du sol. S'ils étaient encore dessus, Cutter savait comment régler le problème.

La zone de stockage d'un fournisseur de matériaux de construction apparut devant le camion. Des piles de briques d'au moins deux mètres d'épaisseur étaient entreposées les unes derrière les autres, chaque pile plus haute que la précédente.

Tout ce que Cutter avait à faire, c'était de foncer droit dedans. Le camion absorberait l'impact sans ralentir et même si l'escalier avant supportait le choc, Locke ne survivrait pas à l'avalanche d'une tonne de briques. Dommage pour Simkins, tout de même, mais il avait vécu en bon soldat et il mourrait en bon soldat.

Grant, qui maintenait la Tesla dans une trajectoire parallèle à celle du camion minier, contempla avec horreur le Liebherr fonçant délibérément sur les palettes de briques espacées de quinze mètres pour permette aux chariots élévateurs de manœuvrer entre elles. La première pile faisait trois mètres de haut, la suivante quatre mètres cinquante et la troisième au moins six mètres. Grant ne doutait pas que le conducteur du camion savait que Tyler se trouvait sur l'escalier.

Grant vit que Tyler avait compris son avertissement. Celui-ci donna un coup de genou à l'homme qui avait dégringolé les marches avec lui et remonta l'escalier à toutes jambes. Son adversaire, qui se tenait l'entrejambe, était encore au bas de l'escalier quand le camion percuta la première rangée de briques.

Les briques déchiquetèrent l'homme ainsi que les marches juste au-dessous de Tyler. Celui-ci perdit l'équilibre un instant et Grant retint son souffle. Mais Tyler reprit pied et grimpa deux mètres de plus, se mettant à l'abri de la deuxième pile de briques qui vola en éclats contre le camion, dont la grille en acier du radiateur fut à peine endommagée par le choc. Grant avait vu trop souvent Tyler échapper à la mort pour penser qu'il risquait d'échouer cette fois-ci, mais il se dit que son ami avait décidément une chance de pendu.

Tyler sauta en haut de l'escalier au moment précis où l'impact avec la troisième pile de briques achevait d'arracher l'escalier de ses montants, et Grant se dit que Tyler allait tomber.

Il cligna des yeux et vit qu'un morceau d'escalier tenait encore à la carrosserie du camion. Tyler était suspendu dans le vide à un bout de rambarde qui pointait devant le moteur. Il était trop loin de l'escalier de droite pour pouvoir sauter dessus. S'il tombait, il ferait une chute de six mètres de hauteur depuis un véhicule qui roulait à soixante-cinq kilomètres à l'heure. Même avec la chance de Tyler, il était impossible de survivre à cela.

Grant devait trouver un moyen de l'aider.

Une alarme résonna dans la Tesla. Grant baissa les yeux sur le tableau de bord pour voir d'où venait le problème. Les batteries de la voiture électrique étaient presque à plat. Il la sentait déjà qui perdait de la puissance, ce qui signifiait qu'il n'aurait qu'une seule chance d'aider Tyler.

Le conducteur du Liebherr, pensant probablement qu'il s'était débarrassé de Tyler, était revenu sur la route principale, toujours suivi par une cohorte de voitures de police, et poursuivait son chemin vers sa destination inconnue.

Grant devait essayer quelque chose, mais la seule idée qui lui vint semblait démente, même à lui.

Il fit virer la Tesla de façon à l'amener au plus près de l'escalier de droite. Celui-ci avait survécu au déluge de briques. Grant activa le régulateur de vitesse et jeta un dernier coup d'œil à la route devant lui afin de s'assurer qu'il y avait suffisamment de distance en ligne droite. Il sentit l'adrénaline affluer comme quand il se préparait à un saut en chute libre, sauf qu'ici la situation était cent fois plus périlleuse. Il poussa un hurlement à pleins poumons pour se motiver.

Il se leva sur son siège et stabilisa le volant. Puis, d'un seul mouvement fluide, Grant bondit sur la plate-forme de l'escalier en poussant un nouveau cri.

Sans personne pour tenir le volant, la Tesla fit une embardée à gauche et disparut sous les roues gigantesques du camion dans un crissement de métal écrasé. C'en était fini de la Tesla.

Grant se retourna et vit Tyler qui s'accrochait toujours des deux mains, mais il semblait sur le point de lâcher prise. Grant s'appuya contre la rambarde de l'escalier et se pencha autant qu'il le pouvait. Tyler lâcha une main pour la tendre vers lui. Ils arrivaient à peine à se toucher du bout des doigts.

— À trois ! hurla Grant. Un ! Deux ! Trois !

Grant saisit la main de Tyler tandis que ce dernier lâchait la rambarde. Tyler tomba dans le vide et Grant le ramena vers lui dans un mouvement de balancier. L'espace d'une seconde, les pieds de Tyler éraflèrent l'asphalte, puis le mouvement le fit remonter vers Grant, qui le rattrapa au vol.

Quand ils furent tous deux en sécurité sur la plate-forme, ils tombèrent à genoux pour reprendre leur souffle.

Tyler s'essuya le front sur sa manche avant de se relever avec lenteur. Il se pencha en avant, les coudes appuyés sur les genoux.

— Et tu penses que c'est moi qui suis timbré ? dit-il à Grant d'une voix tremblante.

— Ouais, complètement dingue, répliqua Grant.

Tyler lui tendit la main et Grant la serra.

— Merci, dit Tyler, je te dois une fière chandelle sur ce coup-là.

— Et nous devons une voiture à Tesla.

— Nous avons de plus gros problèmes que celui-là. (Tyler pointa du doigt un panneau indicateur affichant l'inscription : « Parking de Splash World, première à droite ».) C'est comme ça qu'il compte se tirer.

C'est logique, pensa Grant, *pervers, mais logique.* Splash World était le plus important et le plus populaire parc aquatique de la ville. Par une journée si chaude, il y aurait des milliers de personnes là-bas. Le conducteur du camion n'avait plus qu'à foncer au beau milieu du parc et à profiter de la confusion pour disparaître.

— Allons le débusquer, dans ce cas, dit Grant, en commençant à monter l'escalier.

Tyler le retint par la cheville.

— Ce type a un AR-15 pointé sur nous. Il nous descendra avant que nous soyons arrivés à la cabine. (Tyler sortit son couteau multifonction Leatherman de sa poche.) Tiens. C'est toi l'ingénieur électricien. Puisque tu es à bord, tu peux t'en charger.

Le camion fit une embardée à droite et pénétra dans le parking de Splash World en écartant les voitures devant lui comme un chien dans un jeu de quilles.

— Et magne-toi, ajouta Tyler.

Comme la plupart des moteurs modernes, celui du Liebherr était contrôlé par un système informatique. Si Grant réussissait à déconnecter l'ordinateur, les systèmes de sécurité du camion s'activeraient, couperaient l'arrivée d'essence et actionneraient automatiquement les freins.

— Si j'avais su que tu te donnerais tant de mal pour me forcer à monter à bord, cria Grant alors qu'il grimpait dans le compartiment moteur où régnait un vacarme assourdissant, je t'aurais laissé conduire.

Entre les barreaux de la grille du radiateur, Grant aperçut la barrière du parc qui se rapprochait rapidement. Il ouvrit le Leatherman et déploya les pinces coupantes avec des gestes prudents. Si jamais il laissait tomber son outil, toute chance d'arrêter le camion disparaîtrait avec lui.

Grant entendit des cris au loin, mais apparemment personne n'était encore passé sous les roues du camion. C'était déjà quelque chose. Il vit la cible du conducteur apparaître devant le camion : une série de toboggans tombant dans des piscines. Si le conducteur réussissait à les démolir, la panique gagnerait le parc entier.

Grant trouva les fils connectés à l'ordinateur de bord. Il commença à les couper un par un.

Le camion écrasa la barrière d'enceinte du parc.

Plus que deux fils.

Grant aperçut l'immense piscine à vagues défiler sur la gauche.

Encore un fil. Au dernier coup de pinces, le moteur s'arrêta brutalement, son grondement remplacé par un silence assourdissant. Le camion commença à ralentir, mais il continuait d'avancer en direction des toboggans. Les hurlements des visiteurs qui se trouvaient sur les escaliers d'accès aux toboggans se firent plus aigus à mesure que le camion se rapprochait.

Puis le système de freinage d'urgence entra en action. Le camion se cabra, comme si quelque main géante l'avait saisi par l'arrière. Le Liebherr écrasa deux toboggans et s'arrêta juste alors qu'il atteignait l'escalier bondé, qu'il vint toucher sans heurt. Grant siffla entre ses dents. Il était moins une.

Grant sortit du compartiment moteur, le visage couvert de sueur.

Tyler se trouvait au-dessus de lui au sommet de l'escalier, tourné vers la cabine du conducteur. Vu qu'on ne lui tirait pas dessus, cela ne pouvait signifier qu'une chose.

— Ne me dis rien, l'apostropha Grant. Il a filé.

Tyler hocha la tête avec frustration.

— Et il a emporté avec lui ce qu'il était venu voler. Je pense qu'il a sauté dans la piscine à vagues quand nous sommes passés devant. Il a déjà dû se fondre dans la foule, à présent.

— Ce salopard a une sacrée veine, grommela Grant en s'épongeant le front. Mais au moins, on l'a obligé à se mouiller.

Chapitre 30

Les informations du mardi soir revinrent en détail sur la folle équipée du camion géant et, le mercredi matin, les accusations commencèrent à pleuvoir. Les dégâts causés au quartier de Deer Valley étaient importants, mais pas aussi catastrophiques qu'ils auraient pu l'être. À l'exception de l'entrepôt de matériaux de construction, la plupart des dégâts restaient limités au parc aquatique de Splash World. Pas moins de soixante-cinq voitures avaient été détruites sur le parking, et cinquante autres endommagées. La facture totale des dégâts s'élèverait sans doute à plusieurs millions de dollars. C'était un miracle que les seuls décès à déplorer soient ceux du criminel et des deux officiers de police. Plusieurs visiteurs de Splash World avaient été blessés, mais aucun grièvement. Quoi qu'il en soit, la Gordian devait se préparer à d'inévitables poursuites judiciaires.

Miles Benson avait pris l'avion mercredi matin pour venir constater lui-même les dégâts. La Gordian allait être montrée du doigt pour ne pas avoir su empêcher le vol du Liebherr et permettre qu'il soit utilisé comme engin de destruction, et Miles en portait la responsabilité en dernier ressort. Des employés de la Gordian sous la supervision de Grant étaient déjà à pied d'œuvre pour stabiliser à l'aide de grues la tour du toboggan contre laquelle le camion avait buté et commencer le démontage du Liebherr afin d'organiser son rapatriement vers le CET.

— Et vous n'avez même pas réussi à alpaguer ce type ? dit Miles sans quitter des yeux la grue qui soulevait le plateau du Liebherr. Bon sang ! comment tout ça est arrivé ?

Tyler était retourné au CET dès la fin de la poursuite pour constater les dégâts et enquêter sur la façon dont ces hommes avaient infiltré le complexe. À présent qu'il était de retour au parc de Splash World, il se retrouvait avec une tâche encore plus ardue : répondre aux questions de son patron. Tyler toussota, davantage sous le coup de la gêne que réellement indisposé par la poussière du chantier.

— Voici ce que l'on sait pour le moment, répondit-il. Nous avons vérifié l'identité de tous ceux qui ont pénétré au CET hier, à part deux enquêteurs de la Sécurité aérienne. La police du comté de Maricopa a fait une descente dans leur chambre d'hôtel. Les véritables enquêteurs étaient morts tous les deux, tués par balle et placés dans la baignoire avec de la glace, le panneau « Ne pas déranger » accroché à la poignée de la porte de la chambre. Un boulot rapide qui aurait donné le change pendant un jour ou deux au maximum.

— Qu'est-ce qu'ils ont volé ?

— Nous avons comparé les débris encore présents dans le hangar à l'inventaire du G-Tag. Ils ont emporté une valise rigide de couleur verte, de la taille d'un bagage à main. Elle n'avait pas encore été ouverte par notre équipe ; nous ne savons donc pas ce qu'elle contenait.

— Pourquoi attirer tant d'attention sur eux ?

— Je ne pense pas qu'il était dans leurs plans que l'avion fasse demi-tour et revienne aux États-Unis. C'est la seule raison que je vois qui explique une opération si improvisée et si risquée pour récupérer quelque chose parmi les débris. L'avion aurait dû s'abîmer en mer, ce qui nous aurait empêchés de retrouver quoi que ce soit.

— A-t-on le moindre indice ?

— Le médecin légiste est encore occupé à enlever des morceaux de briques du corps du deuxième homme. Des témoins près de la piscine à vagues ont vu un homme sauter dans l'eau alors que le camion passait devant, mais il a réussi à s'enfuir dans la confusion qui régnait. Nous vérifions en ce moment même si aucun véhicule du parking n'a été volé, mais cela va prendre du temps, avec toutes ces voitures écrasées par le camion. Nous avons la vidéo de la caméra de surveillance à l'entrée principale du CET. J'ai mis Aiden MacKenna dessus pour voir s'il parvient à nous fournir une identité.

— Ils se sont donné beaucoup de mal pour nous empêcher d'ouvrir cette valise, constata Miles. Et en plus, ça va nous coûter un max.

— Je m'inquiète davantage de leur projet final, argua Tyler. Miles, je sais qu'ils ont construit un abri quelque part. Ils ont l'intention de l'utiliser comme une nouvelle arche. Tout cela n'est que le prélude à quelque chose de bien pire, et la *Nouvelle Genèse* joue un rôle dans cette affaire.

— Quel rôle ? Une expérimentation grandeur nature pour une arme biologique ?

— Cela se pourrait bien. Ils ont peut-être terminé les tests en laboratoire et veulent voir si leur arme fonctionne dans un environnement non contrôlé. La *Nouvelle Genèse* est soit une nouvelle expérimentation, soit l'étape finale de leur plan. Et on ne sait toujours pas qui est derrière tout ça.

— La fin du monde est proche, dit Miles avec un air désinvolte. Je viens juste de penser que c'est ce que certains dingues impriment sur ces petites cartes qu'ils distribuent aux passants.

— Personne ne dépense quatre cents millions de dollars pour construire un bunker à moins de penser en avoir un jour l'usage. Et dans ce cas précis, je crois qu'ils savent avec certitude que cet abri leur sera utile.

— Le Dr Kenner a-t-il découvert le lien avec l'arche de Noé ?

— Elle est retournée au CET et elle y travaille. Elle est convaincue que son père a retrouvé la véritable arche de Noé, qu'il ne s'agit pas seulement d'une métaphore désignant le bunker Oasis. Elle pense que si nous parvenons à trouver l'arche, nous devrions pouvoir réunir toutes les pièces du puzzle. Pour être parfaitement honnête, je n'y crois pas vraiment.

— Tu n'es pas croyant.

C'était une affirmation, non une question.

— Je t'en prie, Miles. Un navire en bois de cent quarante mètres de long qui aurait subsisté après six mille ans et ferait désormais partie du complot d'un fou pour tuer des milliards d'êtres humains ? Tu me connais, je suis un homme de science. Je ne crois que ce que je vois.

— J'admets que je suis moi-même un sceptique, mais il y a quelque chose dans la confiance que manifeste Dilara Kenner à l'égard de son père… Disons que j'ai tendance à suivre mon instinct. La foi de cette femme apaise mes doutes.

— Et le gros navire en bois qui devrait être réduit en poussière depuis des siècles ?

— Peut-être que ton esprit sceptique prend le problème par le mauvais bout. Tu devrais plutôt te demander comment l'arche de Noé pourrait se conserver pendant six mille ans. Si tu pouvais répondre à cette question, il se pourrait bien que tu retrouves vraiment l'arche. Ainsi que les responsables de ce merdier. Désormais, j'ai un véritable intérêt à ce que ce problème soit résolu. La Gordian va se retrouver comptable des dégâts du Liebherr à moins que l'on ne trouve quelqu'un d'autre pour porter le chapeau.

— Et pour la *Nouvelle Genèse* ? Son voyage inaugural commence dans deux jours.

— À partir de maintenant, c'est sous ta responsabilité. Je compte sur toi pour t'assurer que le monde sera toujours là la semaine prochaine. Grant s'occupera de faire le ménage ici. Viens, je te ramène au CET. Une dizaine d'avocats et d'agents d'assurances m'attendent là-bas.

Tandis que Tyler suivait Miles jusqu'à son van spécialement aménagé qui lui permettait de monter à bord avec son iBOT et de se mettre au volant, il se prit à penser que pour une fois il aurait bien aimé que ses problèmes soient aussi ordinaires que de parler de poursuites judiciaires avec des avocats. Mais au lieu de cela, il devait retrouver l'arche de Noé, un trésor archéologique resté caché depuis les débuts de l'histoire de l'humanité, tout en empêchant l'éradication de ses semblables.

Pas de quoi avoir la pression.

Chapitre 31

Cutter expliqua à Ulric comment, trempé de la tête aux pieds, il avait réussi à échapper aux forces de police qui convergeaient vers le parc aquatique et avait volé une voiture pour filer jusqu'à Tucson. Là, sous couvert d'une fausse identité, il avait pris un vol pour Seattle. Alors qu'ils s'éloignaient de l'hélicoptère qui venait de ramener Cutter au domaine de l'île d'Orcas, Ulric leva la main pour signifier à ce dernier qu'il en avait assez entendu. Les détails de la fuite de Cutter lui importaient peu. Tout ce qui comptait, c'était qu'il avait rapporté la valise.

Le test à bord de l'avion de Hayden avait failli compromettre toute l'opération, car ils n'avaient pas prévu que le jet puisse faire demi-tour pour rejoindre la terre ferme, mais Ulric pouvait néanmoins considérer que la mission était un succès. Elle avait prouvé l'efficacité de l'Arkon-B hors des conditions de laboratoire. À présent, Ulric était assuré de la validité de sa méthode de diffusion, qui serait utilisée à nouveau avec l'Arkon-C sur la *Nouvelle Genèse*.

Il avait envisagé de renoncer à un test préalable et de passer directement à l'opération sur le bateau de croisière, mais cela aurait été une prise de risque inconsidérée. Si le plan avait échoué et que l'engin ait été découvert prématurément, il aurait été difficile d'organiser une autre tentative. Cela aurait tout de même été possible, grâce à ses installations de secours en Suisse. L'abri sous son château près de Berne était opérationnel, même s'il était loin d'être aussi confortable que le bunker Oasis. Une fois qu'Ulric avait décidé qu'il serait plus opportun de rassembler tous ses scientifiques et ses fidèles en un même endroit, il avait concentré ses moyens sur le complexe d'Orcas et mis le laboratoire suisse en sommeil. Il pourrait toujours le remettre en activité plus tard, mais seulement en cas de nécessité.

— Bien sûr, dit Ulric à Cutter, cela signifie que vous ne pouvez plus m'accompagner sur la *Nouvelle Genèse* pour activer l'engin.

— Je pourrais porter un déguisement, protesta Cutter.

Ulric comprenait. Cutter avait tout autant envie que lui de jouer un rôle dans l'opération finale, mais Ulric ne pouvait pas prendre le risque de compromettre leurs plans maintenant.

— Non, vous resterez là. Vous superviserez les derniers préparatifs. Il s'agit simplement de revérifier nos stocks et nos procédures. Quand je reviendrai, il faudra que nous soyons prêts à tout boucler. Tout le monde doit arriver dans les deux jours à venir.

— Entendu, monsieur. Mais qu'en est-il de Locke ? Notre contact a dit qu'il s'était rendu au bureau de Coleman.

— Cette piste a été soigneusement effacée, à la fois par la mort de Coleman et par le nettoyage de ses dossiers. Sans la valise que vous avez récupérée, il sera incapable de faire le lien avec nous. Je pensais que Watson m'avait impliqué directement, et c'est pourquoi je voulais que Tyler soit éliminé. Il est clair désormais que ce n'est pas nécessaire. Croyez-moi, je connais Tyler. S'il avait le moindre indice le rapprochant de la vérité, il serait déjà venu me trouver. Il a sans doute quelques pistes, mais rien qui lui permette d'agir avant qu'il ne soit trop tard.

— Et vous faites entièrement confiance à notre contact ?

Ulric acquiesça.

—Absolument. D'ailleurs, dès que la nouvelle de vos mésaventures à Phoenix m'est parvenue, je lui ai demandé de me rejoindre à Miami. Il devra s'assurer que l'engin soit activé après mon départ.

Quand Ulric avait entendu parler pour la première fois du voyage inaugural de la *Nouvelle Genèse*, il avait immédiatement su que ce serait le moyen parfait de commencer son Nouveau Monde. Les places pour la première traversée du bateau de croisière le plus grand et le plus luxueux du monde s'étaient arrachées des années à l'avance et le navire affichait complet, mais Ulric avait utilisé l'influence de sa fortune pour se voir tout de même allouer la plus grande suite du navire. En revanche, il avait dû également promettre d'assister au gala inaugural. Cela l'ennuyait profondément, mais la cabine était parfaite pour ses besoins, et il avait donc accepté sans discuter.

Le navire devait quitter Miami à destination de New York, avant de partir pour les principaux ports d'Europe, où des milliers de dignitaires et de passagers du monde entier monteraient à bord pour visiter l'énorme paquebot ou y passer quelques jours avant de rentrer chez eux raconter leur séjour sur ce fabuleux navire.

La croisière complète durerait quarante jours. La durée exacte du Déluge. Quand Ulric avait consulté l'itinéraire prévu, il y avait vu un signe.

Après avoir quitté le navire, les passagers transiteraient par les aéroports les plus fréquentés de la planète. C'était un moyen parfait de propager l'Arkon-C dans le monde entier en l'espace de quelques semaines. Le temps que l'on comprenne d'où provenait la maladie, il serait trop tard. Elle aurait été répandue de manière involontaire sur toute la surface du globe.

Ulric avait été déçu quand ses scientifiques et lui avaient développé l'Arkon-B, la substance utilisée pour le test dans l'avion de Hayden. Bien que l'Arkon-B produise l'effet désiré, il agissait beaucoup trop rapidement. Les personnes infectées pouvaient être mises en quarantaine et l'Arkon-B risquait de ne tuer que quelques milliers de personnes. Ulric avait besoin d'une variante au temps d'incubation plus lent.

Il avait fallu une année de plus pour développer l'Arkon-C, mais celui-ci lui avait enfin permis de mettre en route son projet de Nouveau Monde. Il n'y avait évidemment aucun remède ; une fois que l'Arkon-C aurait été répandu de par le monde, rien ne pourrait l'arrêter. Quelques rares groupes isolés échapperaient sûrement à l'épidémie, par pure chance. Les modélisations informatiques d'Ulric estimaient que le monde ne compterait qu'un peu moins d'un million de survivants. Tout ce que ses disciples auraient à faire serait d'attendre la fin de l'épidémie et d'émerger de leur abri pour devenir les maîtres incontestés du Nouveau Monde.

C'était pour cela qu'il avait investi une part si importante de sa fortune dans la construction d'Oasis, sa propre arche souterraine, qui resterait à jamais dans l'histoire comme l'Arche d'Ulric.

Quelle ironie, pensa-t-il, que ce soit la découverte de l'arche de Noé qui ait rendu son projet possible. Pendant un instant, il avait envisagé d'informer le monde de sa découverte, de la concrétisation du rêve de toute une vie. Mais cette découverte avait fait naître un nouveau rêve, encore plus grandiose et plus profond. Dieu avait jugé bon de faire de lui l'instrument à travers lequel il rebâtirait le monde.

Il deviendrait le Noé de cette nouvelle ère, le père de tout ce qui viendrait à naître dans ce Nouveau Monde. C'était un fardeau écrasant, mais Ulric savait que Dieu le jugeait digne de devenir un objet de vénération pour les générations à venir.

L'accouchement de ce Nouveau Monde se ferait dans la douleur, comme c'était le cas pour toute naissance. Pourtant, Ulric était persuadé qu'il serait considéré comme le héros qu'il était, comme le représentant de Dieu qui ouvrait les portes d'un âge d'or de l'humanité.

Sa compagne pour ce Nouveau Monde, sa chère Svetlana, avança vers lui, suivie par un domestique qui portait ses bagages. Elle venait au gala, afin de trinquer avec lui au début du Nouveau Monde.

— Tu as l'air heureux, lui dit-elle. Tu es prêt ?

— Est-ce que tu as conscience que nous sommes sur le point d'embarquer pour le plus grand voyage de l'histoire ? lui demanda-t-il. Un voyage encore plus grand que celui de Noé lui-même ?

— Bien sûr, répondit-elle. Je suis tellement impatiente. Mais ce sera la dernière fois que j'aurais l'occasion de porter une robe Armani, alors j'espère qu'il ne pleuvra pas.

Chapitre 32

Tyler revint au CET mercredi après-midi. Aiden avait échoué jusque-là à identifier les voleurs dans les bases de données du FBI et de l'armée ; Tyler décida de visionner lui-même la vidéo de la voiture franchissant le portail du CET en quête d'un indice susceptible de révéler leur identité. Grant Westfield, qui avait fini de démanteler le Liebherr, le rejoignit dans la salle de projection et la surprise figea son visage dès qu'il posa les yeux sur l'écran.

— Sale fils de pute, cracha Grant.

— Quoi ?

— Je connais cet homme.

— Lequel ?

— Le conducteur. Celui qui s'est enfui. Il s'appelle Dan Cutter.

— D'où le connais-tu ?

— J'ai servi avec lui en Iraq.

— Dans les Rangers ?

Grant se laissa tomber sur une chaise, qui craqua sous son poids.

— Pendant environ quatre mois. Juste assez longtemps pour apprendre quel enfoiré il était.

C'était la première fois que Grant donnait à Tyler des détails sur les problèmes qu'il avait eus dans son détachement des forces spéciales. Tyler avait servi dans l'armée avant le 11-Septembre et il avait regagné son unité à la suite de l'attentat, en tant que réserviste. En Afghanistan puis en Iraq, où Tyler était commandant d'une compagnie, il avait noué des relations étroites et une amitié sincère avec Grant, son sergent-major. Malgré les protestations énergiques de Tyler, Grant avait été envoyé suivre le Programme d'orientation des Rangers en raison de sa réputation d'as de l'électronique, le genre de compétences dont les forces spéciales avaient grand besoin. Ajouté aux capacités martiales de Grant, cela faisait de lui une recrue de choix pour cette unité d'élite.

Pour ce que Tyler en savait, tout se passa bien pour Grant les deux premières années, jusqu'au moment où il arriva en fin de contrat. Tyler avait déjà quitté l'armée à cette époque. Il avait cru que Grant voudrait rempiler, mais il s'était produit un incident qui avait poussé ce dernier à quitter l'armée et à se chercher un travail dans le civil, et Tyler l'avait convaincu de s'associer à lui dans la Gordian. Grant n'avait jamais évoqué son service chez les Rangers, à part quelques vagues mentions d'un problème en Iraq.

— Cela concerne Ramadi ? lui demanda Tyler.

Grant hocha la tête avec lenteur. Tyler l'avait rarement vu avec un visage si grave. Cela ne fit rien pour le rassurer.

— Ce gars était le meilleur, dit Grant. C'était mon sous-officier supérieur. Comme je ne faisais plus partie du commandement de la compagnie, j'étais retombé au grade de sergent-chef. Cutter était sergent-major, mais il était surtout connu par son surnom, le Tronçonneur, à cause de son habitude de découper l'ennemi en morceaux. J'ai toujours refusé de l'appeler comme ça, juste pour l'emmerder. Il arrivait à dénicher des caches d'insurgés comme personne. C'était une légende chez les Rangers. Tout le monde le connaissait. Cutter avait le meilleur score de l'équipe.

Tyler savait que par « score », il fallait entendre le nombre d'ennemis abattus.

— Je voyais bien que Cutter risquait de déraper un jour, poursuivit Grant. Il aimait trop tuer. Il a commencé à faire des encoches sur son arme pour compter ses victimes. Il y avait tellement d'encoches que son maudit fusil ressemblait au sofa de ma mère après que notre chat s'était amusé à y faire ses griffes. Et puis tout a basculé à Ramadi.

Grant marqua une pause et Tyler attendit en silence qu'il poursuive. Manifestement, ce n'était pas un souvenir que son ami avait plaisir à évoquer.

— Nous étions en incursion à la recherche d'une cellule d'insurgés dans un faubourg au nord de la ville. Nous progressions à pied pour rester discrets, mais un hélico nous attendait pour l'évacuation. Cutter nous avait fait encercler les insurgés qui se cachaient dans une des rares maisons encore intactes. Nous étions en phase d'approche quand un type a surgi de nulle part avec un lance-roquettes. Cutter l'a abattu d'un seul tir, mais l'homme avait déjà appuyé sur la détente et l'explosion de la roquette tua notre lieutenant. C'est alors que Cutter a disjoncté.

» Nous avons investi la maison ; nos ordres étaient de capturer les suspects, rien d'autre. Mais cela ne suffisait pas à Cutter, qui nous ordonna de les exécuter. Nous avons obéi sans discuter. (Grant parlait d'un ton neutre, mais Tyler sentait néanmoins la douleur dans sa voix.) Mais cela ne s'est pas arrêté là. Cutter est sorti et il a rassemblé dans la rue toutes les familles qui se cachaient dans les maisons avoisinantes.

Tyler sut ce qui allait suivre.

— Il a dit qu'il voulait les interroger, poursuivit Grant. Puis il a ouvert le feu. Sur les hommes, les femmes, les enfants. Si ça se trouve, ils étaient tous innocents, mais Cutter n'en avait rien à faire. Dès que j'ai compris ce qui se passait, je l'ai plaqué au sol. Les familles se sont dispersées, ou du moins ce qui en restait. Cutter et moi avons commencé à nous battre au milieu de la rue, et c'est alors qu'un sniper s'est mis à tirer. Il a touché Cutter à deux reprises, à l'épaule et à l'aine.

» Avec Cutter hors de combat, je me suis retrouvé l'officier le plus haut gradé. J'ai appelé notre hélico pour qu'il vienne nous chercher et j'ai ramené tout le monde, y compris nos morts. Cutter a été transféré à l'hôpital de Ramstein. J'ai entendu dire que son épaule s'était bien remise mais qu'ils avaient dû l'amputer de ses bijoux de famille. J'ai quitté l'armée deux mois plus tard. Je ne l'ai jamais revu, mais je sais qu'il ne m'aura pas oublié.

— Tu penses qu'il t'a vu hier ?

— Si c'est le cas, il a dû sacrément prendre sur lui pour résister à l'envie de me descendre. Je suis désolé, Tyler. Il y avait tant de monde dans le hangar que je ne l'ai pas remarqué. Si je l'avais vu, peut-être que ces policiers seraient toujours en vie.

Tyler repensa à Grant sautant sur le camion pour venir le sauver.

— Les choses auraient pu être bien pires, dit Tyler.

— Elles sont déjà assez mauvaises comme ça si Cutter est impliqué. Ceux qui l'ont recruté cherchaient le pire cinglé possible. Et si Cutter est avec eux, ils ont probablement hérité d'autres vétérans des unités d'élite. Cutter aura recruté des hommes loyaux et prêts à se salir les mains. Il faudrait peut-être que nous impliquions le général.

Tyler leva les yeux au ciel à la mention de son père.

— C'est Miles qui t'a demandé d'aborder le sujet ?

Grant posa une main sur l'épaule de Tyler.

— Écoute, je connais tes sentiments à l'égard de ton père, mais c'est un homme vraiment puissant et qui a accès à de nombreuses ressources.

Tyler soupira.

— Crois-moi Grant, si je pensais vraiment qu'il pourrait faire quelque chose qui soit hors de notre portée, j'irais le voir.

Grant semblait dubitatif.

— Vraiment ?

— Je devrais ravaler ma fierté mais oui, je le ferais.

— Je suis sûr qu'il serait prêt à nous aider.

— Je le sais. C'est bien le problème. Parce que je me sentirais son débiteur. (Tyler se leva.) À présent, je ferais mieux d'appeler l'agent Perez et d'informer le FBI de ce que nous savons. Ils en ont peut-être appris davantage sur les deux gars qui nous ont attaqués à Seattle.

— D'autres infos sur le lien entre Coleman et le projet Tornade ? demanda Grant.

— Pas encore, répondit Tyler. J'ai été tellement occupé que je n'ai pas encore eu le temps de rappeler Aiden. Mais il est censé me joindre s'il déniche quelque chose.

— Je retourne au hangar pour voir si nous pouvons trouver d'autres indices. Cutter a peut-être laissé quelque chose derrière lui, même si je ne miserais pas là-dessus.

Grant quitta la salle de projection en compagnie de Tyler, puis ils se séparèrent et Tyler se dirigea vers la pièce qu'il avait mise à la disposition de Dilara dans l'immeuble où se trouvaient les bureaux du CET. Il appela l'agent Perez pendant le trajet. L'agent du FBI décrocha à la deuxième sonnerie.

— Dr Locke, je voulais justement vous parler.

— Vous avez découvert l'identité des hommes de Seattle ?

— C'est exact.

— Des anciens des forces spéciales ?

— Comment le savez-vous ?

Tyler lui raconta ce qu'il savait sur Dan Cutter, dit le Tronçonneur, et sur le vol de la valise.

— Je vais le mettre sur la liste des criminels recherchés en priorité. Mais il doit certainement se planquer désormais.

— Avez-vous reçu des menaces concernant la *Nouvelle Genèse* ? lui demanda Tyler.

— Non, mais j'ai renforcé la sécurité autant que je le pouvais. Sans preuve directe d'une menace terroriste, je ne peux rien faire de plus.

— Agent Perez, un danger pèse sur la *Nouvelle Genèse*. Cela pourrait se passer durant le gala ou une fois que le bateau aura pris la mer. Dans tous les cas, nous parlons de huit mille vies en jeu. Vous ne prenez donc pas l'histoire du Dr Kenner au sérieux ?

— Bien sûr que si. Mais nous nous concentrons également sur le *crash* de l'avion de Hayden. Washington n'a aucune envie de plonger le pays dans la panique en évoquant un risque d'utilisation d'armes biologiques sur le sol américain. Quoi qu'il en soit, mes supérieurs me laissent une grande liberté d'action et ils ont mis d'importants moyens humains à ma disposition au cas où cette piste mènerait à quelque chose de sérieux.

— Et pour cette valise qui a été dérobée au CET ? demanda Tyler. C'est probablement le moyen par lequel l'arme biologique a été embarquée à bord de l'avion de Hayden.

— Nous examinerons chaque valise qui sera chargée à bord de la *Nouvelle Genèse*, mais je ne sais même pas ce que nous sommes censés chercher.

— Vous allez vous rendre sur place vous-même ?

— Je vous l'ai dit. Je prends cette affaire au sérieux. Mais tout ce que vous m'avez dit pour l'instant, c'est que la *Nouvelle Genèse* est une cible potentielle. Comment puis-je protéger le plus gros bateau de croisière du monde d'une attaque si je ne sais même pas ce que je dois chercher ?

Tyler se morigéna en pensant qu'il avait laissé filer le seul moyen d'étayer ses soupçons. S'il avait pris Cutter, il aurait eu des arguments bien plus solides à présenter pour empêcher cette croisière.

Tyler n'avait pas encore parlé à Perez de ses découvertes au bureau de Coleman, du projet Tornade et de son lien avec Oasis. Là aussi, il ne s'agissait que de conjectures et de l'intuition que la mort de Coleman n'était pas accidentelle. Il n'avait pas la moindre preuve à avancer. Mais il voulait pousser Perez à exercer la plus grande vigilance.

— Agent Perez, j'ai des raisons de croire que toute cette affaire pourrait avoir un lien avec un certain projet Oasis.

— Qu'est-ce que c'est ?

— Un abri souterrain destiné à héberger plusieurs centaines de personnes sur une période de quelques mois. Je pense que celui qui a assassiné Hayden dispose d'un abri de ce genre.

— Et comment le savez-vous ?

— Parce que j'ai travaillé sur ce projet durant deux mois. Il portait alors un nom différent, mais c'était bien le même projet.

— Et ce serait la raison pour laquelle Coleman aurait été tué, enchaîna Perez, qui avait l'esprit vif. Ils effacent leurs traces.

— Exactement.

— Vous avez des preuves de l'existence de ce projet Oasis ?

— Non. Quelqu'un a nettoyé les dossiers de Coleman en effaçant tout ce qui avait trait à ce projet. J'ai eu de la chance de dénicher tout de même quelques informations.

Perez soupira.

— Je vais rapporter vos découvertes à mes supérieurs, dit-il d'une voix neutre, mais en l'absence de preuve formelle, je vais avoir du mal à les convaincre d'agir. Quelle taille avait la valise ?

— La taille d'un bagage à main. Celle sur la *Nouvelle Genèse* pourrait être plus volumineuse, mais elle restera sûrement portable.

— S'il y a quelque chose de louche, Dr Locke, affirma Perez, nous le trouverons. Ne vous faites pas de souci.

Le ton était condescendant, comme si l'agent du FBI s'adressait à une mère inquiète de laisser pour la première fois son enfant à l'école. Tyler n'appréciait pas qu'on lui parle ainsi et malgré les affirmations de Perez, il n'avait pas le sentiment que celui-ci prenait la menace au sérieux.

— Je suis heureux de l'entendre, agent Perez, dit Tyler, parce que si vous échouez, quelqu'un va embarquer sur ce navire avec un engin qui tuera tous ceux présents à bord.

Chapitre 33

Tyler entra dans la salle où il avait installé Dilara et la trouva assise au bureau qui croulait sous les livres.

— Un peu de lecture pour vous détendre ? plaisanta-t-il.

— Les gens de votre société ont été assez aimables pour récupérer les notes et les dossiers de recherche de mon père que j'avais entreposés dans un garde-meuble. Tout ça est arrivé par FedEx ce matin. Quand j'ai appris la disparition de mon père, j'ai fouillé dans ses papiers en quête d'indices, mais je n'ai rien trouvé d'utile ; depuis, ils prenaient la poussière dans des armoires. J'ai pensé que ce serait une bonne idée de remettre le nez dedans.

— Il s'agit de ses recherches sur l'arche de Noé ?

Dilara acquiesça.

— C'était son obsession. Il croyait dans la véracité historique du texte biblique et pensait que l'histoire du Déluge était fondée sur des faits réels. S'il avait réussi à retrouver l'arche, cela aurait prouvé que le Déluge s'était réellement produit.

— Cela aurait également pu contrarier beaucoup de gens si cela montrait que les choses ne s'étaient pas passées exactement comme le raconte la Bible.

— Mon père s'en moquait. Seule la vérité l'intéressait. Il était curieux. Il aimait l'excitation de la découverte, peu importait si cette découverte venait à l'encontre de telle ou telle idée reçue. Et il ne croyait pas que la Bible soit un document infaillible dicté par Dieu. Il pensait que la Bible était faillible, et notamment parce que les hommes n'avaient cessé de manipuler son texte au fil des siècles.

— Vous voulez parler des traductions ?

— Précisément. La Bible a été traduite en grec à partir de l'original hébreu, puis en latin, et enfin en anglais. Il savait qu'il était possible qu'au long de ce processus des erreurs se soient introduites dans le texte. Les différentes traductions anglaises qui existent prouvent à elles seules que le texte biblique peut être interprété de différentes façons.

Dilara s'empara d'une liasse de documents.

— Voici ses transcriptions manuscrites de la version de Douay-Rheims de la Bible, que beaucoup d'érudits considèrent comme la traduction anglaise la plus fidèle. Plus précisément, il a recopié les chapitres 7 à 10 de la Genèse. Regardez cette ligne, ici.

> « Genèse 7, 17 : Il y eut le déluge pendant quarante jours sur la terre ; les eaux grossirent et soulevèrent l'arche, qui fut élevée au-dessus de la terre. »

Les mots « qui fut élevée au-dessus de la terre » étaient barrés. À leur place, Arvadi avait écrit une nouvelle phrase. Le verset devenait :

> « Il y eut le déluge pendant quarante jours sur la terre ; les eaux grossirent et l'arche était loin au-dessus de la terre. »

— Cela ne me paraît pas très différent, dit Tyler. Il y a quelque chose d'autre ?

Dilara pointa du doigt la ligne suivante.

« Genèse 7, 18 : Les eaux montèrent et grossirent beaucoup sur la terre et l'arche s'en alla à la surface des eaux. »

Arvadi avait changé « s'en alla » en « surplomba ».

« Les eaux montèrent et grossirent beaucoup sur la terre et l'arche surplomba la surface des eaux. »

— Je pense toujours que cela relève du pinaillage, dit Tyler.

— Je suis d'accord. Mais il y a un autre verset qui est encore plus étrange.

Sur la page suivante, Tyler lut :

« Genèse 8, 4 : Et, au septième mois, au dix-septième jour du mois, l'arche s'arrêta sur les monts d'Arménie. »

Cette fois, Arvadi n'avait corrigé qu'un seul mot, barrant « sur » pour le remplacer par « entre ».

— « Et le septième mois, lut Tyler, au dix-septième jour du mois, l'arche s'arrêta entre les monts d'Arménie. » Quelle est la différence ?

— Le terme « Arménie » est ici généralement interprété comme désignant le mont Ararat. Le massif de l'Ararat compte deux sommets : le Grand Ararat et le Petit Ararat. Peut-être mon père pensait-il que l'arche reposait entre les deux sommets.

Tyler parcourut les pages et repéra un autre verset souligné à plusieurs reprises.

« Genèse 9, 15 : Je me souviendrai de l'alliance qu'il y a entre moi et vous et tous les êtres vivants, en somme toute chair, et les eaux ne deviendront plus un déluge pour détruire toute chair. »

« Détruire toute chair ». C'était exactement ce qui s'était produit dans l'avion de Hayden. La coïncidence fit frémir Tyler.

— L'alliance que Dieu conclut avec Noé après le Déluge, dit Dilara avant de citer de mémoire : « Quand l'arc sera dans la nuée, je le verrai et je me souviendrai de l'alliance éternelle qu'il y a entre Dieu et tous les êtres vivants, en somme toute chair qui est sur la terre. »

— Quel est le sens de ces notes d'après vous ? lui demanda Tyler.

— Mon père m'a expliqué sa théorie préférée des dizaines de fois, mais il n'a jamais trouvé de sources historiques pouvant la confirmer et l'avait donc abandonnée. Je me sens si stupide à présent.

— Ne soyez pas trop dure avec vous. Durant des décennies, les meilleurs scientifiques du monde ont rejeté la théorie de Wegener sur la dérive des continents. Et aujourd'hui, un géologue qui oserait la contester serait considéré comme un hurluberlu. Quelle était sa théorie favorite ?

— Qu'un mystérieux texte baptisé le *Livre de la grotte aux trésors* était la clé qui permettrait de retrouver l'arche de Noé. Et que ce document révélerait un secret si bouleversant que personne ne voudrait le croire à moins de retrouver la véritable arche de Noé.

— Il ne vous a jamais dit quel était ce secret ?

Dilara secoua la tête.

— Il affirmait qu'il était sur le point de le trouver. Quelques jours avant sa disparition, il avait fait une découverte. La dernière fois que je lui ai parlé, il m'a dit que ce n'était plus qu'une question de semaines avant qu'il ébahisse le monde avec l'annonce de sa découverte et que je pourrais enfin marcher la tête haute et être fière de lui. J'ai cru qu'il s'agissait encore d'une de ses lubies jusqu'à ce que Sam Watson débarque avec ses affirmations et bouleverse mon univers.

Dilara se laissa aller contre le dossier du fauteuil et se passa la main dans les cheveux. Le médaillon en argent autour de son cou refléta la lumière de la lampe de bureau et attira le regard de Tyler. Le médaillon que le père de Dilara lui avait envoyé juste avant de disparaître…

— Vous pensez que cette découverte était le texte du *Livre de la grotte aux trésors* ? lui demanda Tyler.

— C'est une théorie qui en vaut une autre, mais j'ai examiné tous ces dossiers, et il n'y a rien là-dessus.

— Il aurait voulu vous aider à le découvrir, n'est-ce pas ? Je veux dire au cas où il n'aurait pas pu aller au bout de sa quête ?

— Je suppose, oui. Mais il ne m'a jamais dit où se trouvait ce document.

— Peut-être ne le pouvait-il pas. Peut-être que ceux qui l'ont tué se seraient emparés de ce manuscrit s'ils en avaient eu connaissance.

— Mais alors où est-il ?

— Vous m'avez dit que votre père ne s'était jamais séparé de ce médaillon et que vous aviez été surprise qu'il vous l'envoie. Puis-je le voir ?

Dilara défit la chaîne et lui tendit le médaillon. Tyler l'ouvrit et regarda la photo de la mère de Dilara.

— Avez-vous une idée de la raison pour laquelle votre père vous l'a envoyé ?

— Il m'a dit qu'il s'agissait de mon cadeau d'anniversaire.

Tyler regarda de nouveau la photo. Quand il y avait jeté un rapide coup d'œil sur la plate-forme après le *crash* de l'hélicoptère, il n'avait pas remarqué que celle-ci avait souffert de son séjour dans l'océan. Mais la photo était bombée, comme si quelque chose au-dessous avait gonflé. Tyler sortit son Leatherman et déplia le couteau.

— Vous permettez ? Je n'abîmerai pas la photo.

Dilara sembla perplexe, mais lui donna son assentiment d'un signe de tête. De la pointe de son couteau, Tyler souleva le plastique de protection qui recouvrait la photo. Le plastique et la photo tombèrent sur le bureau, ainsi qu'un petit morceau de papier.

Dilara regarda le morceau de papier d'un air ébahi.

— Je crois qu'il y a une autre raison pour laquelle il voulait que vous ayez ce médaillon, dit Tyler.

Il déplia précautionneusement le morceau de papier qui forma un petit carré de deux centimètres et demi de côté. Une écriture fine et soignée le couvrait, mais l'eau avait dilué l'encre.

— C'est l'écriture de mon père, dit doucement Dilara. Je la reconnais malgré les coulures d'encre.

Tyler la compara aux autres notes manuscrites et eut confirmation de ce que Dilara affirmait. Il arrivait à déchiffrer trois lettres. « L.G.T. » Puis il y avait un « 1 » suivi d'autres chiffres qui étaient illisibles.

— « L.G.T. », lut Tyler. Le *Livre de la grotte aux trésors* ?

Dilara bondit de son siège avec exaltation.

— Ce mot m'indique où se trouve le livre ! Il a dû le cacher avant sa mort !

— Et si nous parvenons à le trouver, il nous conduira à l'arche de Noé.

— Mais ce papier est illisible, se lamenta-t-elle. Nous ne pourrons jamais le retrouver.

— Pas forcément. Nous disposons d'instruments de pointe au CET. Je vais demander aux techniciens de notre laboratoire de l'examiner pour voir s'ils parviennent à le déchiffrer. En attendant…

Le téléphone portable de Tyler sonna. L'écran lui indiqua que l'appel provenait d'Aiden MacKenna. Tyler décrocha.

—Aiden, donne-moi de bonnes nouvelles.

—Eh bien, j'ai peut-être quelque chose pour toi, dit Aiden. J'ai enfin eu le temps de me plonger dans le parcours de Sam Watson. Il a travaillé pour une petite société pharmaceutique du nom de PicoMed Pharmaceuticals. Une sorte de comité d'experts. Ils n'ont jamais produit un seul médicament ayant reçu l'approbation du département de la Santé. J'ai tenté de pirater leurs serveurs, mais ils sont totalement inaccessibles. Ça sent la couverture pour une opération militaire, mais la piste est froide.

—Comment ça ?

—J'ai essayé de voir si je trouvais quelque chose dans nos bases de données du gouvernement et de l'armée. Pas une seule mention de cette boîte. Si elle a reçu des fonds du gouvernement, on a pris soin de bien le dissimuler.

—En quoi cela nous aide-t-il ?

—Leur P.-D.G. est un certain Cristian Bulesa. Ça te dit quelque chose ?

—Non, ça devrait ?

—Pas vraiment. Je tentais le coup. Passons au projet Tornade. J'ai pensé que je devrais commencer par cette société écran qui a financé le projet Oasis, Juneau Earthworks. Elle a fermé il y a trois mois.

—Quelle heureuse coïncidence.

—C'est aussi ce que j'ai pensé et j'ai donc cherché leur inscription au registre du commerce. Il s'agissait d'une entreprise du Delaware, avec pour P.-D.G. un certain Cristian Bulesa.

—Bingo !

— Exactement. Et ce Cristian Bulesa a une chose en commun avec le frère de Rex Hayden. Ils étaient tous les deux des membres très actifs de la Sainte Église diluvienne.

— Sans rire !

— J'ai fouillé un peu et découvert que la plupart des fonds de l'Église proviennent d'une source unique. Une société privée du nom d'Ulric Pharmaceuticals.

— Comme dans Sebastian Ulric ?

— C'est ça. C'est le dirigeant de l'Église. Je trouvais ce nom de Cristian Bulesa un peu étrange, alors j'ai réarrangé les lettres qui le composent et…

Tyler comprit où Aiden voulait en venir ; il n'arrivait pas à le croire.

— Quel *ego* démesuré ! Il a utilisé une anagramme de Sebastian Ulric pour ses sociétés écrans ?

— Un vrai comique, ce gars. J'ai vu que la Gordian avait travaillé une fois pour Ulric Pharmaceuticals. Tu l'avais rencontré ?

Tyler serra les dents.

— Malheureusement, oui.

Quelques années auparavant, Ulric avait embauché la Gordian pour travailler sur l'installation d'un laboratoire biologique au siège de sa société, à Seattle. Ce laboratoire devait être à la pointe de la technologie et Ulric voulait bénéficier de l'expertise de la Gordian pour valider les systèmes de confinement. Il s'agissait d'un projet d'importance et Ulric s'était donc impliqué personnellement ; Tyler avait dû travailler en étroite collaboration avec lui. Au début, le projet avança bien et Ulric sembla impressionné par Tyler et par la Gordian.

La phase de conception achevée, la Gordian n'était plus chargée que de superviser la construction et Tyler avait donc passé la main à d'autres ingénieurs pour se consacrer au projet

Tornade. Il lui arrivait encore d'intervenir occasionnellement sur le projet d'Ulric, et c'était là que les problèmes avaient commencé.

Ulric avait parlé pour la première fois à Tyler de l'Église diluvienne au cours d'une conversation amicale, en lui expliquant comment il avait eu l'idée de cette Église du temps où il était à Yale. Au début, afin de conserver des relations de travail cordiales, Tyler avait poliment découragé ce qui ressemblait à du prosélytisme. Puis Ulric avait invité Tyler à Hawaï, sous prétexte de discuter de la construction du laboratoire, mais le séjour avait tourné à un véritable matraquage au sujet de l'Église. Ulric n'avait cessé de tempêter contre la dégradation de l'environnement et le fait que l'humanité était une verrue sur la beauté de la terre. Son Église était la seule réponse, elle qui ambitionnait de rassembler les esprits les plus brillants de ce monde, ceux qui comprenaient la nécessité de préparer un avenir meilleur.

Ulric pensait que Tyler était exactement le genre d'homme que son Église recherchait. Tyler quant à lui, même s'il trouvait qu'Ulric ne manquait pas de charisme, le prenait pour un vrai illuminé. Même si Tyler ne pouvait qu'adhérer aux dénonciations d'Ulric sur la façon dont marchait le monde, il n'appréciait pas le mépris qu'affichait cet homme pour ceux qu'il considérait comme d'une intelligence inférieure à la sienne – Tyler y compris – ni le fanatisme de son discours sur la nécessité d'un changement radical. Tyler lui avait alors clairement expliqué qu'il ne voulait rien avoir à faire avec sa secte d'exaltés et avait regagné Seattle par ses propres moyens.

Après son retour, lors d'un bilan sur la progression du projet d'Ulric, Tyler s'était aperçu que les travaux de construction négligeaient les mesures de protection environnementale spécifiées par la Gordian lors de la phase de conception. Quand

Tyler s'en était ouvert à Ulric, celui-ci avait immédiatement mis fin à son contrat en lui faisant clairement savoir que ses avocats réduiraient la Gordian en pièces si jamais Tyler s'entêtait à soulever ce problème.

Deux semaines plus tard, le contrat Tornade était brutalement annulé. Ces deux ruptures de contrat successives avaient porté un rude coup à la Gordian, mais à l'époque Tyler n'avait pas fait le lien. Mais si Ulric était en réalité derrière le projet Tornade, cela expliquait pourquoi ce dernier avait été brutalement retiré à Tyler.

— Sebastian Ulric est donc impliqué dans tout ça ? dit Tyler, en redoutant ce que cela signifiait.

— En tout cas, il dispose des milliards nécessaires pour le projet Tornade. Et j'ai encore autre chose.

Apparemment, Aiden avait gardé le meilleur pour la fin.

— Accouche, Aiden.

— Sebastian Ulric a réservé la plus grande suite à bord de la *Nouvelle Genèse* pour la croisière inaugurale. Il est censé faire une apparition au gala jeudi soir.

— Cela fait un peu trop de coïncidences à mon goût.

— Je suis d'accord. Et je crois que je sais ce que tu vas me demander à présent. Tu veux assister au gala inaugural.

— Exact. Trouve-moi deux entrées. Je veux parler moi-même à Sebastian.

— Et Aiden a encore frappé ! La Gordian a rempli une mission importante pour la compagnie de croisière il y a deux ans et Miles a donc pu s'arranger pour te trouver une cabine. Les tickets t'attendent sur le bateau à Miami. Bon voyage !

Tyler raccrocha et regarda Dilara qui releva la tête vers lui en entendant qu'il avait terminé son coup de fil.

— Alors ? demanda-t-elle.

— Je crois que nous avons à nouveau besoin d'aller faire les boutiques. Le seul problème, c'est que je n'ai aucune idée de l'endroit où aller pour vous trouver une robe du soir.

— Une robe du soir ?

Tyler hocha la tête.

— Ça vous dirait d'aller à une fête ?

Nouvelle Genèse

Chapitre 34

Par la porte ouverte du balcon de sa suite sur la *Nouvelle Genèse*, Tyler entendit le ronronnement lointain d'un hors-bord passant devant la gare maritime de Dodge Island. À l'horizon, les lumières des gratte-ciel de Miami étincelaient à présent que le soleil s'était couché. Tyler regarda sa montre : 19 h 30. Le gala avait déjà commencé depuis une demi-heure. Il ne voulait pas s'y montrer trop tôt, cela aurait nui à l'effet de surprise.

Tyler examina son reflet dans le miroir du salon de la suite. Il ne portait pas si mal le smoking, pour un ingénieur miteux qui avait manqué d'être réduit en bouillie par un tas de briques deux jours auparavant. Son Glock, qu'il avait perdu lors de la course-poursuite avec le camion, lui avait été rapporté. L'arme était légèrement cabossée mais un nettoyage rapide l'avait remise en état et puisque la Floride autorisait le port d'arme, Tyler avait opté pour une veste de costume trop grande d'une taille afin de dissimuler le renflement du pistolet dans son holster. Après cette course-poursuite dans Phoenix, Tyler avait le sentiment qu'il pourrait en avoir de nouveau besoin, tout comme de son fidèle Leatherman, qu'il portait dans un étui accroché à sa ceinture.

Dès qu'il avait entendu le nom de Sebastian Ulric, Tyler avait su que son ancien client était impliqué dans cette affaire. Il n'avait aucun doute là-dessus. Le problème était d'en apporter la preuve. Tyler avait passé les dernières vingt-quatre heures à réfléchir à la façon de prouver l'implication d'Ulric, mais sans succès. Il n'avait que son intuition et un faisceau de coïncidences. Personne ne remettrait en question la parole d'un des hommes les plus riches du pays, même si ce dernier était le chef de file d'une obscure organisation religieuse.

Tyler savait qu'Ulric était un adversaire éminemment dangereux, guidé par la certitude de détenir la vérité et bénéficiant des moyens quasi illimités que lui procurait son immense fortune. Le FBI fouillait à l'heure actuelle le navire et les bagages ; Tyler décida donc de tenter une autre approche. S'il surprenait Ulric en se montrant au gala, il réussirait peut-être à le déstabiliser suffisamment pour le pousser à commettre une erreur ou à ajourner ses projets concernant la *Nouvelle Genèse.*

Quand Tyler avait décidé de partir pour Miami, il avait hésité à emmener Dilara. L'idée de se retrouver tous les deux à bord d'un navire où une arme biologique risquait d'être utilisée n'avait rien d'agréable ni pour l'un, ni pour l'autre. Mais quand il avait vu la réaction de Dilara à la découverte du papier dans son médaillon, Tyler avait compris combien il était important pour elle de découvrir les responsables de la mort de son père et il en avait conclu qu'il ne pouvait pas la laisser en arrière. Elle avait encore plus besoin que lui de découvrir le fin mot de cette histoire.

— Comment ça se passe, là-dedans ? demanda Tyler à travers la porte de la chambre.

— Je suis presque prête, répondit Dilara. Juste quelques petits ajustements. La robe est un peu serrée.

— Vous avez besoin d'aide ?

— Je vous appelle au besoin.

Un instant plus tard, Dilara ouvrit les portes. Tyler sentit son visage se figer de stupéfaction et sa respiration se bloquer.

Ils avaient fait un saut dans une boutique de luxe de Phoenix où Dilara avait choisi une robe du soir noire toute simple et des talons aiguilles assortis. Tyler n'avait pas assisté à l'essayage ; sa surprise était donc complète. Jusqu'ici, il n'avait vu Dilara que vêtue d'habits de travail, sans maquillage, les cheveux coiffés en chignon ou en queue-de-cheval.

Ce soir, la transformation était totale. Sa chevelure sombre cascadait jusqu'au milieu du dos et rehaussait le noir de sa robe, qui moulait son buste souple avant de descendre en longs plis jusqu'au sol. Le décolleté profond en « V » mettait en valeur le seul bijou qu'elle portait, le médaillon de son père. Un maquillage discret illuminait ses pommettes hautes et ses yeux chocolat.

Elle exécuta une petite révérence.

— Verdict ?

— Vous êtes absolument renversante, répondit Tyler, qui se remettait difficilement de ses émotions.

Dilara sourit, à la fois embarrassée et flattée par son compliment.

— Dans mon métier, je n'ai pas souvent l'occasion de m'habiller.

— Eh bien, allons leur montrer ce qu'ils ont raté, dit Tyler en lui tendant le bras. Prête ?

Avec ses talons aiguilles, Dilara était presque aussi grande que lui. Elle lui prit le bras et le regarda droit dans les yeux.

— Je dois admettre que je ne me serais jamais attendue à ce qu'un ingénieur ait si fière allure dans un smoking.

— Je devrais peut-être en porter plus souvent.

— Vous devriez, dit-elle d'une voix appréciatrice.

Puis, reprenant un ton détaché et professionnel, elle ajouta :

— Bien, allons voir si nous pouvons obtenir des réponses.

Leur cabine donnait sur une galerie qui surplombait le centre commercial de la *Nouvelle Genèse*. L'atrium à ciel ouvert avait la taille de deux terrains de football et s'ouvrait sur la hauteur de neuf ponts. Les sept ponts supérieurs accueillaient les cabines passagers qui s'ouvraient sur la galerie, tandis que les deux ponts inférieurs étaient occupés par des boutiques, des restaurants et des bars. À une extrémité, trois ascenseurs vitrés attendaient les passagers ne souhaitant pas emprunter la rampe en colimaçon qui descendait autour de la cage des ascenseurs. La promenade du pont inférieur, large d'une quinzaine de mètres, avait été transformée en salle de bal pour le gala. Des milliers d'invités se pressaient dans l'atrium où des serveurs en veste blanche portaient des plateaux chargés de coupes de champagne et de hors-d'œuvre.

Tyler se mit immédiatement à chercher Ulric du regard.

— Vous le voyez ? lui demanda Dilara tandis qu'ils se dirigeaient vers les ascenseurs.

— Pas encore, répondit Tyler. Avec le monde qu'il y a, cela risque de prendre un peu de temps.

Mais Tyler repéra à ce moment-là un homme blond qui dissertait avec animation au milieu d'un groupe de couples qui l'écoutaient avec attention. Tyler reconnut les gestes de l'homme, qui lui rappelèrent son séjour à Hawaï, quand Ulric lui avait rebattu les oreilles de ses discours sur le péché et le châtiment. L'homme releva la tête l'espace d'un instant et Tyler réussit à apercevoir son visage. C'était un bel homme, dont les traits n'étaient pas aussi doux que dans les souvenirs de Tyler, à la coiffure aussi impeccable que son smoking à cinq mille dollars.

Il s'agissait bien de Sebastian Ulric. Il était accompagné d'une jeune femme mince qui se tenait près de lui.

— C'est lui, dit Tyler en le désignant d'un geste du menton.

Il avait raconté à Dilara sa rencontre avec Ulric durant leur vol depuis Phoenix.

— C'est l'homme qui a tué mon père ?

— Je l'ignore. Mais je suis prêt à parier qu'il est derrière tout ça. En tout cas, je ne doute pas qu'il en soit capable.

— Il a l'air si charmant. J'ai du mal à croire que ce soit cet homme qui envisage de commettre un génocide.

— Nous devons agir prudemment avec lui, Dilara. C'est un homme dangereux. Peut-être même un sociopathe. Mais il est extrêmement intelligent. Si nous voulons obtenir quelque chose de lui, il va falloir la jouer fine. Laissez-moi mener la conversation.

Tyler escorta Dilara jusqu'à l'ascenseur. Une fois descendus au pont principal, ils furent abordés par une animatrice de croisière particulièrement enjouée à l'entrée du gala.

— Souhaitez-vous acheter des tickets supplémentaires pour la tombola ? leur demanda-t-elle. Comme vous êtes un passager, vous êtes automatiquement inscrit pour le tirage au sort permettant de gagner les magnifiques lots que vous voyez là.

L'animatrice leur désigna une estrade au milieu du pont, chargée de quantités d'objets rutilants : une Mustang rouge décapotable, deux motos Suzuki – une rouge et une noire –, des écrans plasma, des ordinateurs et une foule d'autres équipements électroniques. Les clés de la voiture et des motos, accrochées à un porte-clés de la même couleur que le véhicule correspondant, étaient présentées dans une vitrine fermée au milieu des différents gadgets.

— Si vous achetez des tickets supplémentaires, vous augmentez vos chances de recevoir un de ces porte-clés à l'issue de la croisière, poursuivit l'animatrice.

— Non merci, répondit Tyler en prenant deux verres de champagne sur le plateau d'un serveur.

Ils mirent plusieurs minutes à se frayer un chemin à travers la foule pour arriver derrière Ulric. Tyler sentit Dilara lui serrer le bras.

— Je crois que j'ai déjà vu cette femme, lui murmura-t-elle à l'oreille.

— Celle qui accompagne Ulric ?

— Oui.

— Où ça ?

— À l'aéroport de Los Angeles. C'est cette femme qui a trébuché sur son sac et que Sam a rattrapée.

— Celle qui l'a empoisonné ?

Dilara hocha la tête.

— Ses cheveux étaient différents et je ne l'ai vue qu'un instant, je n'en suis donc pas absolument certaine, mais son profil m'a rappelé ce moment.

— Vous vous souviendriez de sa voix ?

— C'est possible. La femme de l'aéroport avait un accent.

— Si vous la reconnaissez, faites-le-moi savoir.

Dilara toujours à son bras, Tyler se rapprocha encore d'Ulric afin de pouvoir entendre la conversation. Ulric finissait juste de parler et un des hommes assemblés autour de lui posa une question.

— Je comprends votre point de vue, dit l'homme corpulent, mais ne pensez-vous pas qu'il soit important de garder un équilibre entre les impératifs économiques et le besoin de protection de l'environnement ?

— Quel équilibre pourrait-il y avoir ? répondit Ulric. (Il avait une voix de baryton que les autres trouvaient sans doute majestueuse mais qui, aux oreilles de Tyler, avait quelque chose de creux et de glacial.) L'humanité est l'espèce la plus prédatrice et la plus destructrice qu'ait portée la terre ;

elle a provoqué à elle seule plus d'extinctions d'espèces que n'importe quel animal dans l'histoire de la planète. Je reconnais que de nombreux individus se préoccupent sincèrement de ce que nous faisons à notre monde, mais en tant qu'espèce… Disons que je ne crois pas que la destruction prendra fin à moins qu'il ne se produise quelque changement majeur.

— Un changement majeur ? Comme le réchauffement climatique ?

— Je crains que le changement climatique ne soit qu'un simple symptôme de nos efforts pour éliminer les autres espèces, que cela soit de manière délibérée ou non. Il pourrait éveiller nos consciences, mais il ne fera que nous détourner momentanément de nos mauvaises habitudes. Puis nous recommencerons à éradiquer tout ce qui n'est pas à l'abri derrière les grilles des zoos. Non, j'imagine que ce changement devra être bien plus extrême.

— « Dieu vit la terre : elle était pervertie, car toute chair avait une conduite perverse sur la terre », intervint Tyler.

Ce dernier avait pris le temps de relire l'histoire biblique du Déluge au cours du vol pour Miami.

Ulric se retourna pour voir qui se permettait de se mêler à la conversation. Tyler prit soin de garder les yeux rivés sur le visage d'Ulric. Pendant une seconde, un mélange de surprise et de peur déforma les traits de son visage. Puis l'acteur consommé qu'il était se reprit. Son visage redevint neutre, avant de se fendre d'un sourire.

— Tyler Locke, dit-il, j'ignorais que vous étiez un fin connaisseur du texte biblique.

Ulric ne lui tendit pas la main pour le saluer et Tyler ne fit aucun geste non plus.

— Un simple amateur, rien de plus, objecta Tyler. Je suis surpris qu'un milliardaire possédant ses propres yachts s'abaisse à embarquer sur un navire en compagnie de nous autres pauvres hères.

Les autres passagers observèrent l'échange avec des regards curieux.

— Il se trouve que je suis un actionnaire majeur de cette compagnie de croisière, dit Ulric, et j'ai pensé que je pourrais apporter mon soutien en cette occasion historique.

— De quelle occasion historique voulez-vous parler ?

Ulric marqua une pause puis sourit de plus belle, comme s'il comprenait le sous-entendu de Tyler.

— Mais, l'inauguration du plus grand bateau de croisière du monde, bien sûr. Permettez-moi de vous présenter Svetlana Petrova. Et qui est votre charmante compagne ?

Ulric jeta un regard furtif au médaillon que Dilara portait. Il savait parfaitement qui elle était.

— Je suis Dilara Kenner. (Elle foudroya du regard Petrova.) Êtes-vous originaire de Russie ?

— De la banlieue de Moscou, répondit Petrova avec un léger accent slave. J'ai émigré aux États-Unis à l'âge de treize ans.

Dilara hocha la tête. Elle serra le bras de Tyler, lui indiquant qu'il s'agissait bien de la femme qui avait empoisonné Sam Watson.

— Êtes-vous ici pour les affaires ou pour le plaisir ? demanda Ulric.

— Un peu des deux, répondit Tyler. La compagnie a souhaité me consulter sur certains problèmes techniques pour son prochain navire et elle m'a offert une cabine pour ce voyage pour partie du paiement de mes honoraires. Je me suis dit : pourquoi pas ?

— Resterez-vous pour toute la croisière ?

— Seulement jusqu'à New York. Je me vois mal rester quarante jours à bord d'un bateau de croisière. Et qu'en est-il de vous ? Qu'est-ce que ces quarante prochains jours vous réservent ?

— Oh ! je passe seulement la nuit à bord, mais je devrai ensuite m'en aller. J'ai un agenda chargé.

— Que pensez-vous du *crash* de l'avion de Rex Hayden ? Je crois avoir compris que son frère faisait partie de votre Église ?

— C'est une tragédie de voir deux frères mourir si jeunes. Les médias sont pour le moment restés assez évasifs sur les causes de l'accident.

— À vrai dire, je participe à l'enquête.

Les yeux d'Ulric brillèrent d'une lueur mauvaise.

— Vraiment ? Et qu'avez-vous trouvé ?

— Je crains de ne pas pouvoir en parler. L'enquête est toujours en cours.

— Évidemment. Je sais que vous autres ingénieurs êtes très à cheval sur le respect des procédures. Et quelle est votre profession, madame Kenner ?

— Je suis archéologue. Mon père Hasad Arvadi m'a transmis sa passion. Peut-être avez-vous entendu parler de lui ?

— Effectivement. Il se trouve que je suis passionné par l'histoire de l'arche de Noé et j'ai eu l'occasion de lire les travaux de votre père. De fascinantes idées, bien que parfois hasardeuses. Je crois savoir qu'il a disparu il y a déjà un certain temps. Quelle tristesse, ajouta-t-il avec une sympathie forcée.

Ulric prenait plaisir à jouer avec eux. Tyler sentit que Dilara était sur le point de réagir à ses provocations et il se dépêcha de reprendre la parole :

— Quand vous parlez d'un changement majeur, reprit-il, vous pensez à quelque chose comme le Déluge ? un événement qui éradiquerait l'humanité pour permettre un nouveau départ ?

— Si telle est la volonté de Dieu, répondit Ulric, nous ne pourrons que respecter sa décision.

— Mais vous connaissez son alliance avec Noé. Dieu lui a promis qu'il ne renverrait jamais un déluge pour détruire toute chair. La Bible est très claire là-dessus.

— Tout à fait. Mais Dieu pourrait choisir d'éradiquer seulement la race humaine – ou au moins la majeure partie d'elle – par une guerre nucléaire, la collision avec un astéroïde ou tout autre moyen. Un tel cataclysme, selon son point de vue, pourrait s'avérer nécessaire afin de réparer tous les dégâts que nous avons causés.

— « Pour sauver le village, il faut le détruire », comme on disait au Vietnam.

— Pensez-vous que les hommes changeront de comportement, Tyler ? Croyez-vous vraiment que six milliards d'êtres humains pourront faire le bon choix quand la question est de sauver la planète ?

— Si nous ne le faisons pas, qui le fera ? Un être suprême qui pense être le seul à savoir ce qui est bon pour l'humanité entière ? répliqua Tyler, en laissant clairement entendre à son interlocuteur qu'il parlait de lui, Sebastian Ulric.

— Si c'est ce qui est nécessaire, je ne doute pas que Dieu aura choisi le meilleur chemin pour l'humanité. Et maintenant, très chère, dit-il à Petrova, je suis lassé par cette réception. Je pense que nous devrions profiter des commodités de notre suite. Bonne soirée à vous tous. Ce fut une belle fête. Et Tyler, si nous n'avons pas l'occasion de nous revoir, ajouta-t-il d'un air sans équivoque, profitez bien de votre croisière.

Sur un dernier sourire adressé à Tyler, Ulric tourna les talons. Avant qu'il ait eu le temps de s'éloigner, Tyler se pencha en avant et murmura à son oreille :

— Vous feriez mieux de prier pour que l'on ne se revoie pas, Sebastian. Parce que si c'est le cas, vous saurez que vous aurez échoué et que j'aurai gagné.

Le sourire disparut enfin du visage d'Ulric. La peur réapparut un instant dans ses yeux, puis il adressa une moue de mépris à Tyler et prit congé.

Dilara les regarda partir avec une expression de haine pure.

— J'ai eu toutes les peines du monde à me retenir de mettre mon poing dans le visage de cette femme, cracha-t-elle.

— Je comprends ce que vous ressentez. Mais au moins nous savons une chose.

— Quoi ? Qu'Ulric est un psychopathe ?

— Ça, je le savais déjà, répondit Tyler, et je peux dire d'après son expression de dédain qu'il pense que nous arrivons trop tard. Quel que soit son plan, il est ici pour le mettre à exécution.

— Il ne déclenchera rien tant qu'il se trouvera à bord.

— Exact. Et il a dit qu'il restait pour la nuit. Nous avons jusqu'au départ de la *Nouvelle Genèse* demain matin. Si d'ici là nous n'avons pas découvert ce qu'il prévoit de faire, il aura son scénario de fin du monde.

Chapitre 35

Tyler et Dilara prirent le temps d'assister au dîner de gala. Tyler garda un œil sur la porte de sa cabine qui se trouvait cinq ponts plus haut, afin de s'assurer que personne ne s'y introduisait durant leur absence. Il était resté silencieux depuis leur conversation avec Ulric, plongé dans ses réflexions.

Qu'est-ce qu'Ulric faisait là ? Prévoyait-il de renouveler à bord de ce navire l'attentat commis contre l'avion de Rex Hayden ? Sur un vaisseau de cette dimension, la diffusion d'un agent biologique relevait d'autres contraintes. Ulric pouvait utiliser la nourriture, qui était le vecteur habituel des épidémies de gastro-entérite qui frappaient parfois un bateau de croisière, mais l'industrie avait fait de gros progrès dans le domaine de l'hygiène alimentaire. Tyler baissa les yeux sur son assiette vide et écarta cette hypothèse. Ulric n'aurait pas infecté les gens alors qu'il se trouvait encore à bord.

Le réseau d'eau courante serait un bon moyen de contamination, mais cela impliquait d'accéder au système central de distribution connecté à l'installation de désalinisation. Il fallait la complicité de quelqu'un ayant accès aux zones réservées au personnel. C'était un plan possible, mais pas infaillible.

La méthode la plus simple, et qui était certainement celle utilisée dans l'avion, consistait en une contamination par voie aérienne, ce qui impliquait d'infiltrer le système de climatisation à partir d'un point central. Mais avec la maintenance rigoureuse à laquelle était soumis un navire flambant neuf comme celui-ci, Ulric ne pouvait pas espérer que son dispositif passe inaperçu suffisamment longtemps pour infecter l'ensemble du bâtiment. Il devait disposer d'un endroit où il était certain de ne pas être dérangé…

La solution jaillit dans l'esprit de Tyler comme un coup de tonnerre et il se leva brutalement de son siège.

— C'est ça, dit-il.

— Quoi ? lui demanda Dilara.

— Ulric. Il a commis une erreur quand il m'a dit qu'il ne resterait pas pour la croisière. Venez. Il faut que j'appelle Aiden pour qu'il m'envoie des informations sur mon ordinateur.

La musique s'arrêta, marquant la fin de la soirée de gala, et ils se frayèrent un chemin parmi la foule des invités qui se dispersaient pour rejoindre l'ascenseur. Durant le trajet, Tyler appela Aiden pour lui demander un plan détaillé du navire, et en particulier du système de ventilation.

Arrivé à sa chambre, Tyler examina rapidement les lieux pour vérifier que personne ne s'y était introduit puis, rassuré, il alluma son ordinateur portable. Les passagers disposaient d'une connexion Internet sans fil sur tout le navire et Tyler put accéder immédiatement à l'e-mail d'Aiden qui, en plus des plans du navire, comportait également l'autre information demandée : le numéro de cabine d'Ulric.

Tyler ouvrit les plans. Ulric logeait dans une suite de près de huit cents mètres carrés située sur le pont passagers le plus haut, à la proue du navire, juste au-dessus de la passerelle. La vue depuis le balcon qui courait sur toute la longueur de la suite devait être époustouflante.

Tyler superposa le plan de la cabine d'Ulric et le schéma du système de ventilation et obtint le résultat auquel il s'attendait.

— Bon sang !

— Que se passe-t-il ? demanda Dilara.

Elle se pencha à côté de Tyler pour regarder l'ordinateur et une bouffée de son parfum lui emplit les narines. Il tenta d'ignorer le trouble qui s'empara de lui et pointa le doigt sur l'écran.

— Sa suite est la seule qui se trouve juste à côté de la prise d'air principale du navire, lui expliqua-t-il. Toute substance injectée dans le conduit à cet endroit sera diffusée dans l'ensemble du bâtiment.

— C'est comme ça qu'il compte contaminer tout le monde ?

— Je le suppose. Il pourrait percer un trou dans la cloison pour atteindre le conduit d'aération et personne n'en saurait rien. Même s'il n'est plus à bord, il peut laisser des instructions pour que personne n'entre dans sa cabine. Et ainsi, aucun risque que l'appareil soit débranché par qui que ce soit.

— Nous devons en informer quelqu'un !

— Le problème va être d'accéder à sa cabine. Elle est probablement gardée.

— Et le FBI ?

— C'est une solution à envisager, mais ils doivent avoir un mandat pour agir et cela sera difficile à obtenir avec seulement des suppositions.

— Vous êtes toujours si optimiste dans la vie ?

Tyler se leva et se retrouva face à face avec Dilara. Son champ de vision se réduisit aux yeux de cette dernière, dont il sentait le souffle venir lui caresser les lèvres.

— Je m'efforce de réfléchir aux différentes solutions. Mais croyez-moi, j'ai bien l'intention d'entrer dans cette cabine pour mettre un terme à tout ça. Puis nous trouverons enfin ce qui est arrivé à votre père.

— J'apprécie vraiment tout ce que vous faites pour moi. Vous n'y étiez pas obligé.

— En fait, si.

Avant que Tyler ait eu le temps de réfléchir, il saisit Dilara dans ses bras et l'embrassa avec une passion qu'il n'avait plus ressentie depuis longtemps. Il sentit son corps ferme et chaud contre le sien et elle glissa la main sur sa nuque en lui rendant son baiser. Tyler laissa courir ses mains sur le dos soyeux de Dilara…

Ils furent interrompus par des coups à la porte. Ils se séparèrent brusquement, comme des adolescents surpris par leurs parents à se bécoter sur le canapé du salon.

Tyler sourit en comprenant en quoi ce simple baiser était différent de tous ceux qu'il avait eu l'occasion d'échanger ces deux dernières années. Pour la première fois, il n'avait pas pensé à Karen en tenant une autre femme dans ses bras. Il ne savait pas exactement ce que cela signifiait, mais il ne ressentait pas de culpabilité cette fois-ci.

Les coups redoublèrent.

Tyler essuya le rouge à lèvres sur sa bouche à l'aide de son mouchoir et alla ouvrir la porte à l'agent spécial Perez qui entra avant même d'y avoir été invité. Son regard s'attarda sur Dilara qui réarrangeait sa coiffure.

— J'espère que je n'ai rien interrompu ?

— Pas du tout, répondit Tyler. En fait, j'étais sur le point de venir vous voir.

— Seulement maintenant ? Vous êtes là depuis le début de la soirée et vous n'êtes pourtant pas venu m'en informer.

— Je n'avais encore rien découvert, je n'ai donc pas jugé opportun de vous déranger. Mais j'ai quelque chose, à présent.

— Et quoi donc ? Cela concerne ce dont nous avons parlé hier ?

Tyler secoua la tête.

— Sebastian Ulric. Il est à bord. C'est lui l'instigateur du *crash* de l'avion de Rex Hayden. Il projette de faire subir la même chose à ce navire, et je sais comment il va s'y prendre.

— Le milliardaire ? dit Perez d'une voix incrédule. Super… J'imagine que vous avez des preuves de ce que vous avancez ?

— J'ai une théorie. Je peux vous montrer sur mon ordinateur.

Perez leva les bras.

— Cela peut attendre. Il faut que vous veniez avec moi. C'est la raison de ma présence. Quand j'ai vu vos noms sur la liste des invités, j'ai pris soin de garder un œil sur vous durant la soirée. Je n'ai pas voulu prendre contact pour qu'on ne nous voie pas ensemble et j'ai attendu que vous regagniez votre chambre.

— Où allons-nous ?

— Nous avons une cabine sur le pont d'en dessous. Nous pourrons y parler tranquillement.

— De quoi donc ?

— Je crains que nous ne puissions avoir cette conversation ici.

— Très bien. Venez, Dilara.

Perez secoua la tête.

— Désolé, mais elle n'est pas habilitée secret défense comme vous l'êtes. Elle devra rester ici.

— Elle vient avec moi, protesta Tyler avec fermeté.

— Non. Seulement vous. Tout de suite. C'est important, ajouta Perez quand il vit que Tyler hésitait.

L'attitude de Perez semblait étrange, mais après un moment, Tyler acquiesça à contrecœur.

— J'ai la clé, dit-il à Dilara. Si quelqu'un frappe à la porte, n'ouvrez pas, et passez-moi un coup de fil. Je serai là en trente secondes.

— Vous êtes vraiment du genre à envisager toutes les solutions, remarqua-t-elle avec un sourire. Ça va aller, ne vous inquiétez pas.

Tyler appréciait la force de caractère de Dilara. Elle ressemblait beaucoup à Karen sur ce point. Mais malgré cette similitude, elle avait une personnalité bien à part, et c'était ce qui rendait les sentiments de Tyler différents cette fois-ci.

Il lui rendit son sourire et hocha la tête, avant de suivre l'agent Perez afin de découvrir ce qu'il y avait de si important.

Dilara regarda la porte se refermer en réfléchissant à ce qui venait de se passer. Ce baiser n'était pas vraiment une surprise. Cela faisait plusieurs jours qu'elle se sentait attirée par Tyler, mais elle avait refoulé ses sentiments en les mettant sur le compte des événements. À présent, elle ne savait plus vraiment où elle en était.

S'ils devaient tenter de découvrir ce que contenait la cabine d'Ulric, il fallait qu'elle soit prête à agir. Ce qui impliquait de quitter cette robe clinquante pour enfiler quelque chose de plus pratique. Elle gagna la salle de bains, dans l'intention de commencer par se démaquiller.

Elle était sur le point d'ouvrir le robinet quand elle entendit le léger grincement de la serrure électronique de la porte. Cela ne faisait même pas une minute que Perez et Tyler étaient partis. Sa première pensée fut que Tyler était revenu chercher son ordinateur.

— Vous avez oublié quelque chose ? cria-t-elle.

Pas de réponse.

— Tout va bien. Je suis dans la salle de bains.

Toujours pas de réponse.

Voilà qui était étrange. Une minute auparavant il s'inquiétait qu'elle puisse ouvrir la porte à des inconnus et maintenant il entrait sans dire un mot ? Dilara ne connaissait pas Tyler depuis longtemps, mais elle savait que cela ne lui ressemblait pas. Il lui aurait répondu. Quelque chose clochait.

La réponse jaillit soudain dans son esprit : ce n'était pas Tyler qui venait d'entrer dans la chambre.

La porte de la salle de bains était entrouverte, mais Dilara ne voulait pas risquer que l'intrus l'aperçoive en train de regarder dans la chambre. Elle ne devait pas le mettre sur ses gardes. Vu qu'elle n'avait pas d'arme, son meilleur atout était la surprise.

— Je suis en train de me changer, poursuivit-elle en tentant de donner le change. J'en ai pour une minute.

Dilara ôta ses talons aiguilles puis ouvrit son poudrier afin d'utiliser le petit miroir de ce dernier. Elle se recula derrière la porte entrebâillée afin que son reflet dans le miroir de la salle de bains ne la trahisse pas. Elle orienta son poudrier de façon que le miroir de la salle de bains s'y reflète. Si elle s'y prenait bien, elle pouvait conserver l'avantage de la surprise.

La première chose qu'elle vit fut un bras tendu qui tenait une arme se rapprocher lentement de la salle de bains, puis un visage apparut dans le miroir. Il s'agissait de Svetlana Petrova, la femme qui avait tué Sam Watson.

Dilara abaissa son poudrier et attendit jusqu'à ce que la main qui tenait le pistolet pénètre dans la salle de bains puis elle referma la porte de toutes ses forces.

La main écrasée contre le montant de la porte, Petrova hurla de douleur et le pistolet tomba sur le sol en cliquetant.

Dilara se précipita pour le ramasser, mais Petrova était plus résistante qu'elle ne l'escomptait.

La porte de la salle de bains s'ouvrit à toute volée, repoussant Dilara dans la douche. Elle prit appui sur le mur carrelé et se propulsa sur Petrova avant que celle-ci puisse ramasser son arme.

Elle la percuta violemment en lui donnant un grand coup d'épaule en plein estomac. Elle entendit les poumons de Petrova se vider brutalement sous le choc et elle la plaqua sur le sol de la chambre à coucher.

Pendant que Petrova cherchait à reprendre son souffle, toujours affalée sur le sol, Dilara se précipita dans la salle de bains. Elle récupéra le pistolet et le pointa sur Petrova, qui la dévisagea avec un étrange sourire.

— Donnez-moi une bonne raison de ne pas vous tuer ici et maintenant, lui cracha Dilara.

— Cela me déplairait, énonça une voix sur sa gauche.

Dilara tourna la tête et découvrit Sebastian Ulric qui pointait un pistolet vers elle. L'arme était équipée d'un silencieux, comme celle dont elle venait de s'emparer.

— Baissez votre arme, lui dit Dilara, ou je lui fais sauter la cervelle.

Elle espéra avoir l'air déterminée. Elle avait appris depuis toute petite à manier des armes à feu, mais elle n'avait encore jamais tiré sur qui que ce soit.

— Dans ce cas je devrais vous abattre, et je ne pense pas que ce soit ce que vous voulez.

— Je ne plaisante pas. Je vais le faire.

Dilara comprit soudain qu'elle en serait capable.

— C'est possible, mais vous supposez que je tiens davantage à Svetlana qu'à l'accomplissement de mes plans. Êtes-vous prête à courir ce risque ?

Dilara regarda Ulric dans les yeux et comprit que cet homme était un véritable sociopathe. Svetlana n'était rien pour lui.

— Vous hésitez parce que vous pensez que je vous tuerai de toute façon, dit Ulric. Laissez-moi vous dire que si j'avais voulu vous tuer, nous n'aurions pas cette discussion. Je suis un excellent tireur.

Le raisonnement était imparable. Le mieux qu'elle avait à faire était de découvrir ce qu'ils voulaient d'elle. Elle lâcha le pistolet.

Petrova le récupéra et se releva. Dilara s'attendit à une vengeance, un coup sur la tête ou quelque chose du genre, mais Petrova ne s'en prit pas à elle.

— Et maintenant ? demanda Dilara.

— Notre travail ici est terminé. Nous quittons le navire et vous allez nous accompagner.

Voilà qui expliquait pourquoi ils la voulaient indemne : ils ne pouvaient descendre du navire en traînant une prisonnière ensanglantée. Petrova alla ramasser les chaussures de Dilara dans la salle de bains.

— Où allons-nous ? demanda Dilara en remettant ses talons aiguilles.

— Vous le découvrirez quand nous y serons, répondit Ulric. Mais je peux vous assurer que cela vaut mieux que de rester sur ce navire.

Dilara hocha la tête. Le temps qu'ils sortent du bateau, elle aurait bien l'occasion d'alerter quelqu'un.

— Et je sais ce que vous devez vous dire, ajouta Ulric en l'escortant jusqu'à la porte de la cabine. Si vous tentez de prévenir qui que ce soit que vous êtes emmenée contre votre volonté, nous ne vous tuerons pas. En revanche, nous abattrons tous ceux dont vous aurez sollicité l'aide.

Ils s'engagèrent dans le couloir, Petrova marchant derrière eux, son arme dissimulée sous un châle passé sur son bras.

— J'ai vu comment vous vous pendiez au bras de Locke durant la fête, dit Petrova d'une voix moqueuse. Vous feriez mieux de l'oublier. Vous ne le reverrez jamais. C'est un homme mort.

Chapitre 36

Tyler et Perez empruntèrent l'ascenseur pour descendre sur le pont situé deux étages au-dessus de l'atrium central. Par la paroi vitrée de l'ascenseur, Tyler observa les membres de l'équipage qui s'affairaient à nettoyer les lieux après le gala, mais des passagers flânaient encore dans l'atrium et s'attardaient dans les bars.

Ils sortirent de l'ascenseur et se dirigèrent vers la poupe.

Tyler ignorait ce que Perez avait de si important à lui montrer et il n'avait pas réussi à lui en faire dire davantage.

— Qu'allons-nous faire à propos d'Ulric ? demanda Tyler. Nous n'avons que quelques heures devant nous avant que la *Nouvelle Genèse* appareille.

— Qu'attendez-vous de moi ?

— Lancez l'assaut contre sa chambre. Si j'ai raison, il a branché un dispositif sur le système de ventilation du navire. Je ne pense pas qu'il l'activera avant d'être descendu à quai, mais si nous parvenons à le prendre sur le fait, cela prouvera qu'il est derrière tout ça.

— Vous savez, Dr Locke, vous avez perdu beaucoup de votre crédibilité en venant ici sans m'en avoir informé. Pourquoi ne m'avez-vous pas fait part de vos soupçons sur Sebastian Ulric quand nous nous sommes parlés hier ?

— À ce moment-là, je n'en savais encore rien. Et lorsque j'ai eu l'information qu'il pourrait être impliqué dans la construction de cet abri dont je vous ai parlé, je n'avais aucune preuve tangible. Je voulais lui parler moi-même et je craignais que vous n'interfériez si je vous informais de mes intentions.

— Évidemment que je m'en serais mêlé, bon sang ! Même si Sebastian Ulric est impliqué dans l'Église diluvienne – sur laquelle le FBI a enquêté un bon moment sans découvrir la moindre activité criminelle –, affirmer que l'un des hommes les plus riches du pays est mouillé dans ce projet Tornade est une grave accusation.

Une alarme retentit dans l'esprit de Tyler, sans qu'il sache exactement pourquoi. Quelque chose ne collait pas dans ce que venait de dire Perez.

— Agent Perez, vous avez contrôlé tous les bagages, n'est-ce pas ?

— Tous sans exception. Nous avons bien découvert quelques produits de contrebande, mais rien qui ressemble à une arme biologique.

— Même les bagages d'Ulric ?

— Je viens de vous dire que nous avions fouillé tous les bagages.

Ils arrivèrent devant la porte d'une cabine avec vue sur la mer, au bout de la galerie. La réponse de Perez ne satisfaisait pas Tyler. Ulric devait bien faire monter son dispositif à bord, et se servir d'un bagage semblait la méthode la plus logique. Mais dans ce cas, comment aurait-il pu échapper à la fouille ?

Quelque chose clochait. Tyler porta la main à sa ceinture et joua avec son Leatherman.

— Avez-vous parlé à Aiden MacKenna ou à Grant Westfield ? demanda-t-il.

— Je ne les connais pas.

Perez inséra la clé électronique dans la porte et s'écarta pour laisser Tyler entrer le premier.

Tyler venait de franchir le seuil quand il comprit soudain ce qui n'allait pas. Perez avait mentionné le projet Tornade. C'était son nom au moment où Tyler avait travaillé dessus, mais il avait changé pour Oasis quand le projet était passé chez Coleman, et il n'en avait parlé à Perez que sous cette dénomination-ci.

Dilara, Grant, Aiden et lui-même étaient les seuls à connaître le lien entre Tornade et Oasis. Si Perez n'avait pas appris ce nom de l'un d'entre eux, cela ne pouvait signifier qu'une chose : Perez était lui aussi impliqué.

La cabine était une suite de deux chambres semblable à celle que Tyler occupait avec Dilara. Si le FBI y avait installé une sorte de centre opérationnel, Tyler aurait dû y trouver d'autres agents affairés devant des équipements électroniques de pointe. Mais le salon était désert.

Toutes ces pensées jaillirent dans son esprit dans l'intervalle d'un pas. En un instant, il passa d'un sentiment de sécurité à celui d'un grave danger. Il conserva la même démarche sans essayer de prendre son Glock rangé dans son holster sous son bras gauche ; Perez aurait remarqué son mouvement avant qu'il ait pu dégainer son arme.

Il sortit plutôt le Leatherman de son étui et ouvrit le couteau pliant.

— Alors, que faisons-nous là ? demanda-t-il.

Au même instant, Tyler se ramassa sur lui-même et se retourna. Perez avait déjà dégainé son arme et s'apprêtait à l'assommer d'un coup de crosse.

Tyler fit un écart et le pistolet le frappa sur le biceps, projetant une onde de douleur dans tout son bras. Il ramena son autre main armée du couteau et taillada le poignet de Perez qui lâcha son arme en hurlant. Le pistolet tomba en arrière sur la moquette, juste devant la porte. Tyler enchaîna par un coup de coude au visage de Perez.

Perez recula en titubant et se cogna violemment contre la porte. Il baissa les yeux vers le pistolet sur le sol et se pencha pour s'en saisir. Tyler lâcha son Leatherman pour dégainer son Glock. Il le pointa sur Perez avant que celui-ci n'ait eu le temps de récupérer son arme de service.

— Plus un geste ! hurla Tyler.

Perez s'immobilisa, la main à quelques centimètres de son arme.

— Vous n'avez jamais mentionné le nom de Tornade, c'est ça ? dit Perez. C'était le nom du projet à l'époque où vous y avez collaboré, c'est pour ça qu'il m'est venu à l'esprit. J'ai compris mon erreur à l'instant où je l'ai commise. C'est drôle comme une minuscule faute d'inattention peut vous perdre.

— Où est votre coéquipière ?

— À côté, dans la chambre. Elle est encore en vie. Pour le moment.

Tyler jeta un rapide coup d'œil vers la chambre. Du coin de l'œil, il distingua la silhouette inerte de Melanie Harris allongée sur le lit.

— Vous travaillez pour ce fou dangereux ?

— Sebastian Ulric est un grand homme. L'histoire le montrera.

Ce type était aussi cinglé qu'Ulric.

— Debout, lui ordonna Tyler.

Perez ne bougea pas.

— Le monde sera bientôt complètement différent.

— Si vous essayez de vous emparer de votre arme, je n'hésiterai pas à vous abattre.

— L'humanité est faible. Nous la rendrons forte à nouveau.

— Je vous ai dit de vous relever, répéta Tyler.

— Vous ne pouvez pas l'empêcher.

— Empêcher quoi ?

— Le Nouveau Monde.

Vif comme un cobra, Perez se saisit de son arme et se releva pour faire feu. Tyler n'avait pas le choix et tira sur Perez trois balles en pleine poitrine. Projeté en arrière, Perez passa au travers de la porte de la cabine, déjà fragilisée par le premier choc, et s'effondra sur le sol. Son pistolet lui échappa des mains et vola par-dessus la rambarde de la galerie.

Tyler se précipita auprès de l'agent Harris. Elle était ligotée, bâillonnée et gémissait faiblement. Une vilaine bosse marquait sa tempe.

Tyler lui ôta le bâillon et commença à la libérer de ses liens. Quand il la retourna sur le dos pour dénouer la corde qui la ligotait, le chemisier de Harris se releva, révélant un sous-vêtement de couleur grise, qui avait la surface rugueuse du Kevlar. Un gilet pare-balles.

Bon sang!

Tyler se précipita jusqu'à la porte de la cabine et ses craintes se confirmèrent.

Il n'y avait plus personne ; Perez avait pris la fuite.

Chapitre 37

Tyler se précipita dans la galerie où se pressaient déjà les passagers qui avaient entendu les coups de feu. Une vieille dame passa la tête par la porte de la cabine voisine et s'étrangla en voyant l'arme au poing de Tyler.

— Appelez les secours, lui dit-il. Il y a un agent du FBI blessé dans cette cabine.

La femme referma précipitamment la porte. La police était sans doute déjà en chemin, sans parler des agents de sécurité du navire. Mais Tyler devait empêcher Perez de s'enfuir ou, pire encore, de rejoindre Ulric pour l'avertir de son échec. Si Perez prévenait Ulric, celui-ci aurait le temps de faire disparaître le dispositif de contamination qui devait se trouver dans sa suite.

Tyler alla jusqu'à la rambarde et regarda des deux côtés de la galerie. Aucun signe de Perez. Celui-ci avait dû emprunter l'escalier. Tyler l'aperçut qui sortait de la cage d'escalier dans l'atrium deux étages plus bas, à la recherche de son arme. Tyler repéra le pistolet de Perez qui était tombé juste à l'aplomb de la cabine. Perez ne mettrait pas longtemps à le retrouver lui aussi.

Les balles de 9 mm de Tyler n'avaient sans doute pas traversé son gilet pare-balles, mais elles l'avaient amoché. Il vit Perez grimacer sous l'effort tandis qu'il courait. Les balles avaient dû lui laisser de solides contusions sur la poitrine, et lui avaient peut-être cassé une côte ou deux.

Si Perez parvenait à récupérer son pistolet, Tyler n'aurait plus l'avantage. Perez ne le laisserait jamais quitter ce navire en vie. Tyler devait récupérer l'arme avant lui.

Il serait trop long de descendre par l'escalier. La devanture d'une pizzeria ouvrant sur l'atrium était surmontée d'un store qui donnait au lieu l'apparence d'une terrasse de café. L'auvent ne se trouvait qu'à cinq mètres au-dessous de Tyler.

Repoussant la voix de la raison qui lui hurlait que ce n'était pas une bonne idée, Tyler rengaina son pistolet et sauta par-dessus la rambarde. Il pensait que le store amortirait sa chute, mais ce dernier était en réalité un auvent métallique peint pour ressembler à de la toile. La violence de l'impact lui coupa le souffle ; il rebondit sur le store et passa par-dessus bord dans une chute sans la moindre élégance.

Hoquetant de douleur, il rampa pour se saisir du pistolet et s'en empara juste avant Perez. Encore incapable de prononcer le moindre mot, il pointa le Sig Sauer sur Perez, qui passa devant lui et continua à courir vers l'autre bout de l'atrium.

Tyler se redressa à genoux. Perez continua à courir en zigzaguant, passant au milieu des derniers invités qui s'attardaient dans l'atrium afin d'empêcher Tyler de lui tirer dessus.

— Arrêtez ! hurla Tyler en levant son arme en direction de Perez.

Il espérait que la menace contraindrait ce dernier à se rendre, mais Perez continua à courir. Tyler ne pouvait pas prendre le risque de tirer, pas avec tous ces gens dans sa ligne de mire.

Il devait le poursuivre. Il se remit debout et se lança derrière lui. Dès que Tyler réussit à retrouver son souffle, il combla rapidement la distance qui le séparait de Perez, encore sous le choc des tirs amortis par son gilet. Tyler le rattraperait avant qu'ils arrivent au bout de l'atrium.

Perez regarda plusieurs fois derrière lui et vit que Tyler gagnait du terrain. Conscient qu'il ne réussirait pas à le distancer, il changea brutalement de direction pour se précipiter vers l'estrade où étaient exposés les prix de la tombola.

Perez bondit sur l'estrade et fracassa du pied la vitrine d'exposition. Il s'empara de la clé de la moto noire et l'inséra dans le démarreur de l'engin. Le moteur s'alluma en rugissant et Perez enfourcha la moto. La Suzuki démarra en trombe. Le grondement du moteur à quatre cylindres emplit l'atrium et Perez fonça en direction de la rampe circulaire qui entourait les ascenseurs vitrés.

Tyler bondit à son tour sur l'estrade et récupéra les clés de l'autre moto. Des membres de l'équipage se précipitèrent vers l'estrade pour voir ce qui se passait mais quand ils aperçurent l'arme au poing de Tyler, ils se dispersèrent sans demander leur reste. Tyler glissa son pistolet dans la ceinture de son pantalon et fit démarrer la deuxième Suzuki. Cette moto était un peu différente de la Ducati qu'il possédait, mais elle était presque aussi rapide. Il tourna la poignée d'accélérateur à fond, laissant une trace de pneu brûlé sur l'estrade.

Perez avait commencé à remonter la rampe en colimaçon et Tyler se lança à sa poursuite. Derrière les parois vitrées de l'ascenseur, il aperçut des passagers ébahis qui regardaient cet homme en smoking juché sur une moto qui fonçait vers eux. Il grimpa la rampe à toute vitesse sans quitter Perez des yeux pour voir s'il sortait sur un des ponts.

Ils grimpèrent la rampe à trente kilomètres à l'heure jusqu'à ce qu'ils arrivent au sommet. Perez quitta la rampe et fonça sur la galerie bâbord. Les passagers, qui s'étaient attroupés à la rambarde pour regarder la course-poursuite, rentrèrent précipitamment dans leurs cabines en hurlant tandis que la moto rugissante de Perez fonçait en direction de la poupe du navire. Tyler le suivit, à quelques mètres à peine derrière lui.

Au bout de la galerie, Perez fonça vers une porte donnant sur l'extérieur. Il cherchait un moyen de quitter le navire. Pour avoir étudié les plans de la *Nouvelle Genèse*, Tyler savait que la passerelle arrière de débarquement se trouvait deux ponts plus bas ; Perez était coincé.

Le passage de la porte déstabilisa Perez, le ralentissant suffisamment pour que Tyler le rattrape. Ils se trouvaient désormais sur le pont arrière de l'immense navire de quatre cents mètres de long.

Perez retrouva son équilibre et ils foncèrent côte à côte vers la poupe du navire en esquivant les transats qui encombraient leur chemin. Perez, qui se trouvait sur la gauche de Tyler, tenta de renverser la moto de ce dernier d'un coup de pied, mais échoua à se rapprocher suffisamment de lui.

Tyler ne perdit pas une seconde à regarder le compteur, mais il estima qu'ils devaient rouler à plus de soixante kilomètres à l'heure et il ne restait plus beaucoup de pont devant eux. S'il arrivait à obliger Perez à ralentir et à tourner, il pourrait tenter de le percuter afin de le faire tomber de sa moto.

Ils continuèrent à foncer droit devant en se maintenant à la même hauteur. La surface du pont devint soudain verte et Tyler vit qu'ils traversaient un parcours de golf miniature. Au bout se dressait la rambarde du pont arrière à laquelle était accroché un ballon de trois mètres de haut en forme de clown, annonçant un tournoi de golf pour les enfants.

Perez, qui était focalisé sur Tyler, ne vit pas la rambarde du pont qui approchait à toute vitesse. Tyler ne commit pas la même erreur. Il freina de toutes ses forces, dérapa sur le gazon artificiel et comprit qu'il ne parviendrait pas à s'arrêter à temps.

Il ne lui restait qu'une chose à faire. Il s'orienta vers le clown en baudruche et coucha la moto sur le flanc. Il glissa sur le sol en se recroquevillant en position fœtale pour se protéger la tête.

Tyler avait déjà ralenti à moins de trente kilomètres à l'heure au moment où il percuta le clown. Il glissa contre la baudruche mais l'impact avait suffisamment réduit sa vitesse et il vint buter dans la rambarde sans trop de dommages. À part quelques hématomes et quelques brûlures, il était indemne.

Perez n'eut pas cette chance. Au lieu de coucher sa moto, il tenta de freiner. Il n'y avait pas assez de distance pour pouvoir s'arrêter ; il percuta de plein fouet la rambarde et fit un soleil par-dessus, disparaissant hors de vue.

Tyler entendit des hurlements en contrebas. Il se releva et regarda par-dessus la rambarde.

Le pont sur lequel il se trouvait ne se prolongeait pas jusqu'à la poupe du navire. Perez n'était pas tombé à la mer, mais sur le pont du dessous. Il gisait à côté de sa Suzuki, le cou tordu dans un angle fatal.

Tyler prit soudain conscience que Perez avait insisté pour que Dilara ne les accompagne pas. Dans l'excitation de la poursuite, il n'avait plus pensé à elle. Perez n'avait aucune raison de les séparer à moins que…

Tyler se précipita à sa cabine et ouvrit la porte à toute volée, l'arme en main.

— Dilara ! cria-t-il. Dilara !

Aucune réponse. Il vérifia dans les deux chambres, mais aucun signe d'elle. Quand il regarda dans la salle de bains, il comprit en voyant le médaillon de Dilara abandonné sur le sol qu'elle avait été enlevée.

Chapitre 38

Quand Tyler vit que Dilara n'était plus dans la cabine, il ressortit pour se lancer à sa recherche. Des passagers le reconnurent comme l'un des hommes qui avaient participé à cette poursuite à moto et il fut arrêté par la sécurité de la *Nouvelle Genèse* avant d'être remis à la police. Il passa les deux heures suivantes dans une salle d'interrogatoire d'un poste de police à expliquer fébrilement les événements à des inspecteurs qui ne semblaient pas convaincus par son histoire.

Tyler en était à se dire qu'il allait être inculpé du meurtre d'un agent du FBI, sans parler des dégâts causés sur le bateau de croisière, quand la porte de la salle s'ouvrit sur l'agent Melanie Harris. Cette dernière avait l'air encore un peu sonnée.

— Laissez-nous, ordonna-t-elle aux inspecteurs, qui quittèrent la salle d'interrogatoire.

— Vous allez bien ? lui demanda Tyler.

— Juste une sale migraine. Merci de votre aide. Vous m'avez sauvé la vie.

— Comment le savez-vous ? s'étonna Tyler.

— Je viens de raccrocher avec Washington. Ils ne savaient pas que Perez et moi étions à Miami. C'était mon supérieur ; j'ai suivi ses ordres quand il m'a dit que nous venions ici. Cela aurait été suspect qu'il parte sans moi. Je pensais que nous suivions votre piste, mais quand nous sommes arrivés à la cabine, il m'a menacée de son arme et m'a ligotée. La seule chose qu'il m'a dite était qu'il allait s'amuser un peu avec moi avant de me jeter par-dessus bord une fois que le navire aurait pris la mer.

— J'imagine qu'il avait l'intention de faire la même chose avec moi. Il n'a pas voulu me tirer dessus à cause du bruit du coup de feu. Vous avez pu entendre notre conversation ?

— À peine. J'étais plutôt dans les vapes. Il m'a assommée d'un coup de crosse une fois qu'il m'a eu bâillonnée et ligotée. Je reprenais à peine connaissance au moment où vous êtes arrivés. Que se passe-t-il, bon sang ?

Tyler lui raconta tout ce qu'il savait à propos d'Ulric et ses soupçons sur l'installation d'un dispositif de contamination dans la cabine de ce dernier.

— Si Perez avait l'intention de rester à bord, remarqua Harris, il aurait été infecté lui aussi par l'arme biologique, non ?

— Je suis sûr qu'Ulric ne lui a pas tout raconté. Il voulait simplement que Perez se débarrasse de nous. Il ne savait pas qu'il serait sacrifié pour la grande cause d'Ulric et il n'a probablement pas cru à ma théorie quand je la lui ai expliquée.

— Comment cela a-t-il pu se produire ? Le passé de chaque agent est soigneusement étudié. S'il appartenait à l'Église diluvienne, nous aurions dû le découvrir.

— Il doit forcément y avoir un lien avec Ulric.

— Nous sommes en train de vérifier en ce moment même, mais son dossier du FBI est immaculé. (Harris parcourut le dossier de Perez sur son portable.) Perez a grandi à Dallas, au Texas. Sa mère est morte en le mettant au monde. Son père était inspecteur de la police de Dallas ; il a été blessé dans l'exercice de ses fonctions et a pris sa retraite ensuite. Il n'a plus fait grand-chose après, à part encaisser ses chèques de pension d'invalidité. Perez a été choisi pour faire le discours de fin d'études à son lycée et a intégré Yale avec une bourse. Il s'est spécialisé en psychologie…

— Ça doit être ça ! (Tyler regarda en quelle année Perez avait obtenu son diplôme.) Ulric se vantait d'être allé à Yale, et Perez et lui avaient à peu près le même âge. Ils ont dû se lier d'amitié à l'université. Nous n'avons plus que quelques heures avant que la *Nouvelle Genèse* prenne la mer. Le dispositif laissé par Ulric dans sa cabine doit être équipé d'un minuteur. Il faut que nous retournions à bord et que nous le trouvions avant qu'il se mette en route.

— J'ai dix agents du bureau de Miami qui se trouvent sur le navire.

Tyler aborda enfin le sujet qui le dévorait d'inquiétude depuis qu'il avait trouvé sa cabine déserte.

— Nous avons un autre problème, dit-il, les mâchoires crispées. Ils ont enlevé Karen.

— Karen ? Qui est Karen ? demanda Harris avec étonnement.

Tyler rougit. *Karen ? Comment ai-je pu faire un tel lapsus ?*

— Je veux dire Dilara, répondit-il rapidement. Dilara Kenner. Je pense qu'elle a été kidnappée par Ulric. Nous devons la retrouver.

L'idée qu'elle soit aux mains d'Ulric le révulsait.

— Dans ce cas il faut que nous entrions dans la cabine d'Ulric le plus rapidement possible.

— Il faut que je sois là.

Dans l'esprit de Tyler, ce n'était pas négociable.

Harris marqua une pause, puis hocha la tête.

— Très bien. Allons-y. Je vais arranger ça pendant le trajet.

— Pas de mandat cette fois-ci ? demanda Tyler.

— Dans une situation d'urgence comme celle-ci, nous n'avons pas besoin de mandat.

Trente minutes plus tard, ils pénétrèrent dans la suite d'Ulric. Un des agents du FBI utilisa un passe-partout pour entrer, déguisé en steward. Les deux hommes dans la cabine firent face au faux steward et furent pris par surprise quand les autres agents se précipitèrent dans la cabine et les appréhendèrent sans avoir besoin de faire usage de leurs armes. Au grand dam de Tyler, ni Ulric ni Dilara n'étaient là.

Il examina la pièce et découvrit une lourde valise métallique posée sur un bureau juste à l'endroit où il l'avait imaginé. Un tube sortait de la valise et s'enfonçait dans un trou percé dans la cloison. Tyler souleva le cache d'un boîtier de contrôle révélant un écran qui égrenait un compte à rebours. Celui-ci atteindrait zéro dans dix heures, soit trois heures après l'heure de départ prévue de la *Nouvelle Genèse*. La serrure de la valise était équipée d'un verrou à combinaison.

Tyler ordonna à un des hommes d'ouvrir la valise. L'homme lui répondit qu'il avait été grassement payé pour garder la suite et empêcher qu'on y entre et qu'on touche à la valise, mais qu'il ignorait ce qu'elle contenait et ne connaissait pas la combinaison du verrou.

La valise était peut-être piégée. Si Tyler tentait de l'ouvrir, une bombe pouvait exploser ou le dispositif risquait de s'activer immédiatement, contaminant tous ceux présents dans la pièce. Il demanda qu'une équipe de décontamination vienne installer une barrière de confinement autour de la valise.

L'équipe enferma la valise et son tube sous une tente en plastique étanche. Désormais, si l'arme biologique se déclenchait, la contamination serait contenue.

— Il faut que cet engin soit analysé sur-le-champ, dit Tyler à l'agent Harris. Nous devons savoir à quoi nous sommes confrontés. Et il n'existe que quelques laboratoires dans le pays qui soient qualifiés pour s'occuper de dangers biologiques de niveau quatre.

La catégorie des dangers biologiques de niveau quatre réunissait les agents pathogènes les plus dangereux que l'on connaisse, comme les virus Ebola ou Marburg. En dehors du laboratoire de pointe d'Ulric, Tyler avait également travaillé sur les installations de confinement de l'Institut militaire de recherche médicale sur les maladies infectieuses à Fort Detrick, dans le Maryland, quand celui-ci avait souhaité renforcer sa sécurité en cas d'attaque terroriste.

— Je sais que notre installation de Miami n'en est pas capable, réfléchit Harris.

— Le laboratoire le plus proche est le Centre de contrôle des maladies à Atlanta, dit Tyler. Je dispose d'un jet à l'aéroport de Miami. Je peux apporter la valise là-bas en deux heures.

L'agent Harris donna son accord à condition d'accompagner elle-même l'engin en compagnie d'un membre de l'équipe de décontamination, ce que Tyler accepta volontiers. Pendant le vol jusqu'à Atlanta, Harris pourrait contacter le siège du FBI et lancer les recherches afin de localiser Ulric.

Chapitre 39

Dilara regarda par le hublot du jet privé d'Ulric en tentant de deviner leur destination, mais la couverture nuageuse et l'obscurité de la nuit l'en empêchèrent. Il s'était déjà passé cinq heures depuis leur décollage. Tout ce qu'elle savait, c'était qu'ils volaient en direction de l'ouest. Elle se frotta le poignet, qui était menotté au bras du fauteuil.

Quand Petrova lui avait dit que Tyler était mort, Dilara avait reçu la nouvelle comme un coup de poing dans l'estomac. Elle avait été attirée par cet homme incroyable et à présent il était peut-être mort. Si c'était vraiment le cas – ce qu'elle se refusait à croire en repensant à tout ce à quoi Tyler avait déjà survécu – elle ne pouvait désormais plus compter que sur elle-même. Personne ne viendrait la sauver. Si elle voulait se sortir de là, ce serait à elle de trouver une solution.

Ulric émergea de la cabine à l'avant de l'appareil ; il avait troqué son smoking pour un pantalon et une chemise impeccablement repassés. Il s'assit en face d'elle en souriant. Il la détailla lentement du regard, de haut en bas, sans chercher à s'en cacher. Dilara n'avait pas pu changer de robe et les yeux prédateurs d'Ulric la mirent mal à l'aise, même si elle n'en laissa rien paraître. Il fallait qu'elle profite de l'occasion pour évaluer la situation dans laquelle elle se trouvait. Si elle voulait avoir une chance de s'en sortir, elle ne devait pas paniquer et garder les idées claires.

— Où m'emmenez-vous ?

C'était vraiment une question attendue, mais si Ulric la pensait plus sotte qu'elle ne l'était, il risquait de moins surveiller ses paroles.

— Dans notre installation sur l'île d'Orcas, répondit-il sans la moindre trace d'hésitation. Vous avez une voix magnifique. Bien sûr, vous êtes très belle, mais cette tessiture d'alto vous rend encore plus séduisante.

Dilara fut surprise par la sincérité d'Ulric et resta désarçonnée par ce compliment.

— Pourquoi m'emmenez-vous là-bas ?

— J'aurais cru que cela semblerait évident à quelqu'un d'aussi instruit que vous. Nous avons besoin de savoir ce que vous avez découvert.

— L'agent Perez ne peut-il vous dire ce que vous avez besoin de savoir ?

Dilara était parvenue à la conclusion que Perez travaillait pour Ulric. C'était la seule explication au fait que Petrova semblait convaincue de la mort de Tyler.

— Apparemment, Tyler et vous n'avez pas partagé tout ce que vous saviez avec Perez. Vous avez peut-être dissimulé certaines informations. J'ai besoin de savoir lesquelles.

— Je ne…

— Vous pouvez économiser votre souffle si c'est pour me dire que vous ne parlerez jamais.

Dilara sentit la peur l'envahir. Ulric sourit.

— Oh ! ne vous tourmentez donc pas. Je n'ai pas l'intention de vous soumettre à la torture. Nous disposons de méthodes bien plus élégantes et bien plus efficaces pour vous soutirer des informations. Vous n'aurez pas le choix.

Il devait parler de drogues. Peut-être valait-il mieux lui dire maintenant ce qu'il voulait savoir, en espérant réussir à grappiller de nouvelles informations en retour. Du reste,

Dilara ne savait rien qui soit susceptible d'incriminer qui que ce soit.

— Vous avez fait tuer Tyler.

— Oui, à regret. C'était un formidable adversaire. Il y a longtemps de cela, je lui ai pardonné d'avoir rejeté mon invitation à nous rejoindre, mais il était désormais trop près de réussir à dévoiler mes plans. J'attends d'une minute à l'autre la confirmation qu'une fois encore, j'ai gagné et il a perdu. C'est une constante entre nous.

— Il a pu réussir à échapper à Perez, affirma Dilara avec défi. Il savait à propos de l'arme biologique que vous prévoyiez de répandre dans le système de ventilation du navire. Il doit être en train de la désamorcer au moment même où nous parlons.

Ulric haussa un sourcil d'un air impressionné.

— Tyler a donc découvert cela ? C'est assurément un homme intelligent. C'était, devrais-je plutôt dire. Mais de toute façon, cela importe peu.

— Quel lien Tyler a-t-il avec toute cette affaire ?

— C'est ma faute, je dois avouer. J'ai pensé que Tyler était la personne la plus à même de m'aider à construire Oasis, enfin ce qu'il connaissait sous le nom de projet Tornade. Nous avons convaincu la Gordian de se charger du projet par l'entremise d'intermédiaires se faisant passer pour les sous-traitants d'un contrat militaire *top secret*, et d'en confier la direction à Tyler. Quand celui-ci a découvert les libertés que nous prenions sur un autre projet auquel il travaillait pour moi, j'ai su que sa curiosité poserait un problème. Il risquait de finir par découvrir que j'étais derrière le projet Tornade. Nous avons donc cessé de travailler avec la Gordian et fait appel à la société de Coleman.

— Écoutez, l'interrompit Dilara, nous avons découvert l'existence de votre abri souterrain. Nous savons ce que vous prévoyez de faire. Vous voulez éradiquer l'espèce humaine. Et si Tyler est entré dans votre cabine, vos plans sont compromis.

Ulric s'esclaffa.

— Vous ne pensez quand même pas que mon plan se résumait à cela ? Je reconnais que j'aimais le côté symbolique de mettre en action notre projet en utilisant la *Nouvelle Genèse*, mais il aurait été imprudent de ma part de mettre tous mes œufs dans le même panier, vous ne croyez pas ?

— Vous voulez dire qu'il existe un autre point de diffusion de votre arme biologique ?

— Plusieurs autres, à dire vrai. Vous vous trouviez dans l'un d'entre eux il y a quelques jours à peine : l'aéroport de Los Angeles. Mais j'ai également des plans pour New York et Londres.

— Quand ?

— Dans deux jours, alors que la *Nouvelle Genèse* sera en route pour New York. Une fois que tous nos gens seront à l'abri dans le bunker Oasis, j'ordonnerai l'activation de tous les dispositifs. Ils sont en cours de préparation au moment même où nous parlons et ils seront expédiés dès ce soir.

— Sam Watson m'a dit que vous vous prépariez à tuer des milliards de gens.

— J'ai pensé à tort que Watson pourrait embrasser notre cause et il a trahi ma confiance.

— C'est parce que Sam était un homme bien. Il n'aurait jamais participé à un tel crime.

— C'est que vous ne le connaissiez pas aussi bien que vous le croyez. Avant de rejoindre mon Église, il travaillait pour le gouvernement américain. Je l'ai recruté par le biais d'une petite entreprise que je possède, PicoMed Pharmaceuticals, où Watson pensait travailler sur un projet de guerre bactériologique pour le Pentagone.

Dilara resta sous le choc. Sam ne lui avait jamais vraiment parlé de son travail, mais elle avait cru qu'il travaillait à la recherche de nouveaux vaccins.

— Après plusieurs années de collaboration, poursuivit Ulric, j'ai pensé qu'il partageait mes points de vue et l'ai donc recruté dans mon Église. Puis il a découvert les détails de mon plan et volé des informations critiques, mettant en péril tout ce que j'avais bâti. C'était un homme stupide. Il n'a jamais compris le but réel de tout cela.

— Quel but ? cracha Dilara. Éradiquer l'humanité ?

— Non. L'humanité continuera à exister. Mais elle prendra le bon chemin, comme elle l'aurait toujours dû. Et oui, des milliards de personnes vont mourir, mais tous ceux qui sont aujourd'hui en vie, moi y compris, seront de toute façon morts d'ici à une centaine d'années. Je ne veux pas éradiquer la race humaine ; au contraire, je veux la sauver.

— Vous êtes fou à lier !

— Et vous, vous êtes trop émotive pour comprendre ce que je m'efforce d'accomplir. Que se passera-t-il si nos dirigeants décident de se lancer demain dans une guerre nucléaire ? Tous les êtres humains de la planète périront, et la race humaine s'éteindra. La maladie, la dégradation de l'environnement, la pollution, toutes ces choses pourraient nous détruire entièrement. Et pire encore, l'humanité est en passe d'éradiquer toutes les autres espèces vivantes, à l'exception de celles qui lui sont utiles. Ce qui irait à l'encontre de l'œuvre de Noé, qui avait préservé toutes les espèces animales. Je ne peux laisser une telle chose se produire.

— L'arche de Noé a donc un lien avec tout cela ? Est-ce que mon père l'a trouvée ?

— Oh ! oui. Il a découvert son emplacement, ainsi qu'un vestige ancien qui a rendu possible ma vision d'un Nouveau Monde. J'ai été terriblement déçu de ne pouvoir révéler cette découverte au reste de l'humanité, mais cela aurait interféré avec mon projet.

Malgré sa situation, Dilara ne put s'empêcher de se sentir enthousiasmée par la portée historique d'une telle découverte.

— L'avez-vous vue par vous-même ? lui demanda-t-elle.

— Je ne suis jamais entré dans l'arche. Cela aurait par trop attiré l'attention. Mais je sais où elle se trouve et je sais qu'elle existe réellement, et qu'elle contient encore un vestige similaire à celui qui m'a été rapporté. Tout cela grâce à votre père.

Dilara bondit de son siège, mais les menottes à son poignet l'empêchèrent d'atteindre Ulric.

— Où est mon père ? rugit-elle.

— Ça, c'est une chose que j'ignore.

Pour la première fois, elle vit qu'il lui mentait.

— Mon père vous a aidé à planifier tout ça ?

— Son travail a été déterminant dans la mise en action de mes projets. En fait, c'est votre ami Sam Watson qui nous a présentés. Je m'étais ouvert à Sam de mon désir de retrouver l'arche de Noé et c'est lui qui m'a parlé de votre père comme faisant autorité sur le sujet. Hasad travaillait pour moi depuis deux ans quand nous avons fait une découverte majeure. Enfin, quand il a fait une découverte majeure. Il ne s'est pas montré aussi franc que je l'aurais espéré. Mais sans cette découverte, rien de tout cela n'aurait été possible. C'était un signe de Dieu qui me désignait comme son messager, son instrument.

Cet homme était dément, Tyler avait raison. Mais c'était un dément incroyablement intelligent. Dilara devait retrouver son calme et masquer son dégoût. Elle se rassit et se lissa les cheveux.

— Qu'est-ce qu'une inondation qui s'est produite il y a six mille ans a bien pu vous apporter qui rende votre projet réalisable ? demanda-t-elle doucement. En quoi une rivière sortant de son lit ou la mer Noire naissant d'un déversement de la Méditerranée par le détroit du Bosphore, ou n'importe quel autre événement à l'origine de l'histoire du Déluge pourrait permettre vos projets actuels ?

— Ah ! nous en arrivons à la partie la plus intéressante. Vous supposez que le Déluge consistait en une montée des eaux.

— De quoi pourrait-il s'agir d'autre ?

— Même si j'aimerais bien que la Bible soit un document littéral et infaillible, sa véritable valeur est métaphorique. Votre réflexion reste engluée dans la lettre du texte.

Ulric lui parlait comme si elle était une enfant et non une archéologue titulaire d'un doctorat, mais elle passa outre son ton condescendant, et cita de mémoire la traduction anglaise de Douay-Rheims, Genèse, chapitre 6.

— « Pour moi, je vais amener le déluge, les eaux, sur la terre, pour exterminer de dessous le ciel toute chair ayant souffle de vie : tout ce qui est sur la terre doit périr. » Cela me semble plutôt clair.

— La phrase-clé est « pour exterminer toute chair », dit Ulric. L'eau est un agent de destruction, mais elle n'est pas la cause de l'extermination. Réfléchissez. À quoi avez-vous assisté dernièrement qui réponde à cette description ?

Dilara repensa immédiatement à l'épave de l'avion de Rex Hayden et à l'os immaculé, débarrassé de la moindre trace de chair.

— Le *crash* de l'avion…, dit-elle dans un souffle, en comprenant soudain. Les corps disparus des passagers.

— Exactement, la félicita Ulric. Leur chair a été littéralement dissoute. C'est parce que le Déluge n'était pas une inondation. Il a bien été apporté par les eaux, mais le Déluge était en réalité une maladie.

Chapitre 40

— C'est absurde, balbutia Dilara, incapable de masquer sa surprise après l'affirmation d'Ulric que le Déluge était une épidémie transmise par l'eau. L'histoire du Déluge est un thème central de nombreuses traditions antiques.

— Et vous croyez vraiment que les eaux ont recouvert toutes les montagnes de la terre, submergeant les plus hauts sommets sous une profondeur de quinze coudées ? lui demanda Ulric, l'air satisfait de sa repartie.

Il semblait avoir oublié que Dilara était son ennemie.

— Ce serait tout aussi ridicule. Il n'y a pas assez d'eau sur la terre pour cela.

— Vous devez donc admettre que l'histoire ne peut être prise au pied de la lettre. Et si vous êtes prête à renoncer à certains éléments de l'histoire, pourquoi vous accrocher si farouchement à d'autres ?

— Les inondations étaient des catastrophes fréquentes dans l'Antiquité. La plupart des sites d'habitation se trouvaient au bord de l'eau. Les tsunamis, les ouragans, les crues de rivières, cela se produisait tout le temps. Il paraît raisonnable de croire que les histoires de châtiment divin puissent s'être inspirées de ce genre de catastrophes naturelles.

— Les épidémies étaient également fréquentes dans les millénaires passés, objecta Ulric. Pourquoi serait-il si difficile de croire que Noé ait survécu à une pandémie ?

— Le texte biblique est limpide, objecta Dilara. Je cite encore : « Au bout de sept jours, les eaux du Déluge vinrent sur la terre. » Et il parle également de la manière dont les eaux recouvrirent la terre : « Les eaux montèrent de plus en plus sur la terre et toutes les plus hautes montagnes qui sont sous tout le ciel furent recouvertes. »

Ulric leva le doigt en objection.

— La Bible dit également : « Ainsi disparurent tous les êtres qui étaient à la surface du sol, depuis l'homme jusqu'aux bêtes, aux bestioles et aux oiseaux du ciel ; ils furent effacés de la terre et il ne resta que Noé et ce qui était avec lui dans l'arche. » Cette description pourrait parfaitement correspondre aux effets d'une pandémie.

— Dans ce cas, pourquoi la Bible ne parle-t-elle pas d'« épidémie » au lieu de « déluge » ?

— Qui peut savoir ? Peut-être à cause d'une erreur de transcription lointaine, ou parce que l'épidémie semblait provenir de l'inondation elle-même. Chaque bête qui s'abreuvait à ces eaux était condamnée. Cela, je le sais de source sûre.

— Parce que vous avez retrouvé l'arche, releva Dilara avec mépris. Ce qui soulève une autre question. S'il s'agissait simplement d'une épidémie, pourquoi Noé a-t-il construit un énorme navire pour y embarquer des animaux ? Cela n'a aucun sens.

— Ah ! vous continuez à faire des suppositions gratuites. Et oui, j'ai découvert l'emplacement de l'arche.

— Vous voulez plutôt dire que mon père l'a découvert.

— C'est juste. C'était un homme brillant.

Dilara remarqua qu'Ulric avait employé l'imparfait. Elle avait depuis longtemps cessé de croire que son père pouvait être encore en vie, mais entendre Ulric en parler au passé de manière si catégorique ne lui en brisa pas moins le cœur.

— Et quel était ce vestige si précieux ? demanda Dilara.

— Un résidu de l'épidémie.

— Qui serait resté intact pendant des milliers d'années ?

— Si difficile à croire que cela soit, oui. Réfléchissez, Dilara. Rex Hayden et ses amis étaient réduits à l'état de squelettes. Je sais que vous avez vu de vos yeux le résultat. Le vestige récupéré dans l'arche de Noé a été la graine à partir de laquelle j'ai pu travailler. Il m'a simplement suffi de la modifier.

— Dans quelle intention ?

— Je ne souhaitais pas tuer les animaux qui peuplent la terre. Je suis biochimiste de formation, et ma société dispose de ressources qui feraient rêver la plupart des autres laboratoires pharmaceutiques. La maladie découverte dans l'arche de Noé était un prion terriblement dangereux qui attaquait toute matière animale et détruisait la structure des tissus mous en les réduisant à leurs composants de base. Après des années de recherche, nous avons réussi à limiter sa virulence à une seule espèce. Les êtres humains.

— Vous ne pouvez donc pas vous contenter d'être Noé, vous voulez être Dieu aussi ? Vous prenez la décision d'exterminer l'humanité, afin de devenir le patriarche qui repeuplera la terre ?

— Je n'ai pas pris cette décision. C'est celle de Dieu. Sinon, pourquoi m'aurait-il permis de trouver l'Arkon-A ? Je ne suis que l'instrument du Seigneur.

— L'Arkon-A est le prion extrait de ce résidu ?

— C'est comme ça que je l'ai appelé, oui, répondit Ulric. L'Arkon-A était la maladie originelle. L'Arkon-B était notre premier échantillon à n'agir que sur les humains. Malheureusement, il causait une mort trop rapide pour pouvoir se répandre sur toute la planète. C'est pourquoi j'ai pris le temps de développer l'Arkon-C. C'est cette souche qui sera dispersée demain.

— Pourquoi me racontez-vous cela ?

— Soyez réaliste, Dilara. Vous ne pourrez pas vous enfuir ; et étant archéologue vous-même, vous êtes une des rares personnes susceptibles d'apprécier à sa juste valeur l'étendue de ce que j'ai réalisé. J'espère bien pouvoir un jour retourner à l'emplacement de l'arche et la mettre au jour moi-même. Je pourrais avoir l'utilité de vos talents dans mon Nouveau Monde. Vous devriez m'accompagner.

— Plutôt mourir, répondit Dilara en ravalant la bile qui lui brûlait la gorge.

— Vous changerez peut-être d'avis après que notre nouveau déluge aura purifié la surface de la terre. Devenir l'une des toutes dernières femmes de cette planète, quelle expérience grisante ce serait !

Dilara comprit qu'Ulric ressentait de l'attirance pour elle. Comme c'était souvent le cas chez les hommes avides de pouvoir, il ne pouvait se satisfaire d'une seule femme, même aussi belle que Svetlana Petrova. Et avec la tâche qui l'attendait de repeupler la terre, pourquoi se priverait-il de se constituer un harem ? Cette pensée l'écœurait, mais elle pouvait peut-être utiliser cela à son avantage, afin de trouver un moyen de s'enfuir et de donner l'alerte.

— Vous avez raison. J'imagine que je peux y réfléchir.

— Oh ! je ne me fais pas d'illusions, Dilara. Cela prendra du temps. Vous n'en êtes pas encore là et vous me trahirez probablement à la moindre occasion. Mais dans six mois… eh bien, beaucoup de choses auront changé alors.

Ulric entreprit de se lever. Dilara tenta de le retenir.

— Attendez ! Tout cela est tellement fascinant. Je voudrais en savoir plus à propos de l'arche.

— Nous aurons tout le temps d'en reparler plus tard. Nous sommes sur le point d'atterrir.

— Mais je voudrais tout savoir. Si je dois devenir votre partenaire, j'estime que je le mérite.

— Je suis le seul à tout savoir, lui répondit Ulric avant de regagner le poste de pilotage et de fermer la porte derrière lui, laissant Dilara seule, qui se mit à réfléchir à un plan.

Chapitre 41

Trois heures après avoir quitté la *Nouvelle Genèse* en emportant le dispositif découvert dans la cabine d'Ulric, Tyler se trouvait dans la salle d'observation du Centre de contrôle des maladies, à Atlanta. Sur les écrans du réseau de caméras en circuit fermé du laboratoire de confinement de niveau quatre, il suivait les actions de techniciens habillés comme des cosmonautes.

Les techniciens commencèrent par boucher le tuyau de diffusion afin d'empêcher toute fuite de l'agent biologique. Puis ils percèrent un trou dans la valise et glissèrent une fibre optique à l'intérieur afin de vérifier qu'elle ne contenait aucun explosif. Rassurés sur ce point, ils ouvrirent enfin la valise. Comme Tyler le soupçonnait, le compte à rebours se remit immédiatement à zéro, désactivé par un contacteur dans le couvercle.

Un dispositif complexe occupait l'intérieur de la valise. Trois cylindres transparents de la taille d'une bouteille de soda de deux litres étaient reliés les uns aux autres par des tuyaux de métal et bagués de cercles de couleurs permettant de les distinguer : rouge, bleu et blanc. Le cylindre bleu était relié au tube externe.

L'ouverture de la valise enclencha plusieurs mécanismes. Le liquide translucide du cylindre blanc commença à s'injecter dans le cylindre bleu, tandis que le cylindre rouge se mit à libérer son contenu sous la forme d'un jet d'air. Les techniciens du laboratoire reculèrent, mais leurs combinaisons de sécurité les protégèrent du gaz éjecté.

En quelques secondes, l'injection dans le cylindre bleu prit fin et le jet d'air du cylindre rouge se réduisit à un sifflement. Les techniciens prélevèrent ensuite des échantillons de chaque cylindre.

Tyler les avait déjà informés que le contenu de la valise était probablement similaire à l'arme bactériologique utilisée dans l'avion de Rex Hayden et qu'il s'agissait donc de quelque chose d'éminemment dangereux. Il constata que les techniciens avaient pris ses avertissements au sérieux et procédaient avec une extrême prudence, même s'il aurait aimé que les choses aillent plus vite.

À présent que tout danger d'explosion était écarté, les compétences de Tyler n'étaient plus requises. Il fut raccompagné à une salle d'attente pendant que les techniciens analysaient les échantillons. L'adrénaline de ces derniers jours finit par retomber et il sommeilla sur un divan en attendant la fin des analyses.

Il se réveilla en sursaut en sentant qu'on lui secouait l'épaule et jeta immédiatement un coup d'œil à sa montre. Vendredi, 9 heures. Un petit homme chauve d'origine indienne était penché vers lui. L'agent Harris se tenait à côté de l'homme.

— Le Dr Gavde a les résultats des tests, l'informa Harris. Comme vous participez à l'enquête sur le *crash* de Hayden, j'ai pensé que vous aimeriez les connaître. N'oubliez pas que ce sont des informations classées secret défense.

— Avez-vous découvert la nature de l'agent biologique ? demanda Tyler en se levant.

Harris semblait sur les nerfs. Elle devait déjà connaître les résultats.

— J'en ai bien peur, répondit Gavde avec un léger accent, combinaison d'hindi et d'anglais de la BBC. Évidemment, nous n'avons effectué que des tests préliminaires, mais les résultats sont assez alarmants. Nous avons affaire à quelque chose d'effrayant.

— Il s'agit d'une bactérie ou d'un virus ?

— Ni l'un ni l'autre. L'agent actif dans ces cylindres est un prion. Vous savez de quoi il s'agit ?

— Vaguement. C'est ce qui cause la maladie de la vache folle, non ?

— L'encéphalopathie spongiforme bovine est la maladie la plus connue, c'est exact, mais il existe de nombreux autres prions. On connaît encore mal ces organismes. Il s'agit d'agents infectieux entièrement constitués de protéines. Tous les prions ont en commun d'être mortels, et celui-ci n'est pas différent des autres. En dehors de cela, il ne ressemble à aucun autre prion de ma connaissance.

— En quoi est-il différent ? demanda Tyler.

— La façon dont il agit est terriblement insidieuse, expliqua Gavde avec perplexité. Il s'attaque aux cadhérines, les protéines qui assurent la liaison des cellules de notre organisme. Par contre, il est inoffensif pour les cadhérines animales. Nous l'avons testé avec des cellules de souris, de rat et de singe. Celles-ci restent indemnes. Les cellules humaines, en revanche, sont rapidement attaquées.

— Et que se passe-t-il quand les cadhérines sont détruites ?

— Les cadhérines maintiennent la cohésion de toutes les cellules de votre organisme. Si elles disparaissent, les cellules se détachent les unes des autres puis leur enveloppe éclate. La seule partie du corps qui n'est pas affectée est le squelette parce que les tissus osseux sont minéralisés.

Tyler repensa au pilote de l'avion de Hayden. Dans la transcription de ses communications avec la tour de contrôle de Los Angeles, il avait hurlé qu'ils étaient en train de fondre. Il n'avait pas utilisé le bon verbe : ils n'étaient pas en train de fondre, mais en train de se dissoudre, jusqu'à ce qu'il ne reste plus d'eux que leurs os.

— Existe-t-il un moyen de stopper le processus une fois que l'on est infecté ?

— C'est ce que j'ai demandé moi aussi, intervint Harris.

Gavde secoua la tête.

— Hormis le fait d'être mortel, ce prion a ceci de commun avec les autres qu'il est incurable. L'attaque des cadhérines a pour effet secondaire de produire de nouveaux prions, ce qui fait que l'infection s'entretient d'elle-même.

— Quelle est la vitesse d'action du prion ? demanda Tyler.

— Voilà une question intéressante, répondit Gavde, manifestement fasciné par ce prion. Comme vous l'avez constaté par vous-même, la valise contenait trois cylindres. Quand elle a été ouverte, une valve s'est déclenchée dans le cylindre rouge, qui a rejeté des prions dans l'air, tandis que le cylindre bleu recevait une injection de solution saline en provenance du cylindre blanc.

— De l'eau salée ?

Gavde acquiesça.

— Au début, nous n'avons pas compris pourquoi. Lorsque nous avons voulu prélever des échantillons des cylindres bleu et blanc, nous n'avons obtenu que peu de prions actifs. La plupart d'entre eux avaient été détruits par la solution saline. À l'examen au microscope, les prions du cylindre bleu et ceux du cylindre rouge paraissaient en tout point identiques. Mais quand nous les avons testés, un type de prion agissait beaucoup plus rapidement que l'autre. Un examen plus poussé du dispositif nous a permis de comprendre pourquoi.

Un piège, pensa Tyler.

— J'imagine que les prions du cylindre rouge étaient les plus rapides d'action, dit-il.

— Comment le savez-vous ? s'étonna le Dr Gavde.

— C'est comme ça que j'aurais conçu l'engin. Si personne n'était intervenu, le dispositif aurait fonctionné comme prévu et infecté l'ensemble du navire. Si quelqu'un touchait à l'engin, il devait être tué en quelques minutes par les prions du cylindre rouge libérés dans l'air.

Gavde acquiesça derechef.

— Cela semble logique. Celui qui a conçu ces prions est extrêmement doué. Je dirais que les prions les plus lents doivent faire apparaître des symptômes au bout de quelques jours, ce qui permettrait de répandre l'épidémie en interdisant toute possibilité de la circonscrire.

— « Conçu » ? demanda Harris. Vous confirmez donc que cet agent infectieux est synthétique ?

— Les différences minimes mais très spécifiques que présentent ces deux types de prions laissent penser qu'ils sont le résultat de manipulations génétiques. Toutefois, il est fort peu probable qu'il s'agisse entièrement de prions de laboratoire. Ils ont dû être conçus à partir d'un prion source présentant des caractéristiques similaires, qui a été modifié par manipulations biochimiques. Mais je n'ai jamais entendu parler d'un prion de ce genre. Je n'ai aucune idée de l'endroit où on a pu le trouver.

— Autre chose, Dr Gavde ? demanda Harris.

— Encore une chose intéressante. Nous avons détecté des traces d'argon ; nous supposons donc que les cylindres contenant les prions étaient remplis de ce gaz inerte et hermétiquement scellés.

— En quoi est-ce important ? demanda Tyler.

Il trouvait cette conversation à la fois fascinante sur le plan scientifique et effrayante en raison de ses implications.

— Le prion à action rapide commence à se désagréger en quelques minutes quand il n'est pas au contact d'une cellule. Sa durée de vie – si l'on peut s'exprimer ainsi pour un prion – est extrêmement brève. Ces prions agissent très rapidement mais doivent se dupliquer tout aussi rapidement. Une fois que toutes les cellules humaines ont été dépouillées de leurs cadhérines, les prions eux-mêmes commencent à se dissoudre. Je suis prêt à parier que les prions à action lente réagissent de manière similaire, mais sur une période de temps plus longue. Malheureusement, nous n'avons découvert cela qu'après la destruction de tous nos échantillons de prions.

Cela répondait à une autre question, à savoir pourquoi aucun prion n'avait été découvert sur le lieu du *crash* ; ils s'étaient dissous longtemps avant la chute de l'avion. Leur nature éphémère était également cohérente avec le plan d'Ulric de les répandre sur le monde pendant qu'il se terrerait dans son abri. Il n'avait plus ensuite qu'à attendre la fin de toute civilisation et que les prions finissent par disparaître d'eux-mêmes, laissant la terre vierge de toute présence humaine. Il pourrait alors sortir de son abri et prendre possession du monde entier.

— Qu'est-ce qui peut tuer ces prions avant qu'ils soient disséminés ? demanda Tyler.

— Nous avons effectué quelques tests rapides. Il faut une température supérieure à deux cent soixante degrés Celsius pour les détruire. L'autre moyen, bien sûr, est l'emploi d'une solution saline. Le sel a un effet hautement corrosif sur eux.

— Je dois passer quelques coups de fil, dit brusquement Harris, qui ouvrit son téléphone portable et s'éloigna dans le couloir.

— Vous avez eu de la chance de trouver cet engin avant qu'il soit utilisé pour infecter le bateau de croisière, remarqua Gavde. Je frémis à l'idée qu'il puisse y avoir d'autres dispositifs de ce genre ailleurs dans le monde.

Tyler ne doutait pas qu'il y en ait d'autres. Toute la question était de savoir où.

Chapitre 42

Tyler quitta Atlanta à bord du jet de la Gordian pour rejoindre le CET de Phoenix. Il ne pilota pas lui-même cette fois-ci ; il était déjà 11 heures sur la côte est et il avait beaucoup de pain sur la planche.

La première chose dont il s'occupa fut de s'arranger avec le FBI afin d'amener Ulric à baisser sa garde. Le FBI diffusa un communiqué selon lequel le Dr Tyler Locke ainsi qu'un agent du FBI avaient été tués durant une fusillade à bord de la *Nouvelle Genèse*. Ainsi, Ulric ne s'inquiéterait pas du silence de Perez et penserait qu'ils avaient péri tous les deux.

Sa tâche suivante était de découvrir où Ulric emmenait Dilara. Tyler supposait qu'il l'avait kidnappée pour avoir une monnaie d'échange en cas de besoin, ou parce qu'il désirait l'interroger. Si Ulric avait voulu la tuer elle aussi, Perez aurait tenté de les éliminer tous les deux au lieu de se donner la peine de les séparer. Dilara était certainement en vie, mais Tyler ignorait pour combien de temps encore.

— Où se trouve l'avion d'Ulric ? demanda Tyler à Aiden MacKenna en utilisant le téléphone satellite du jet.

Aiden avait collaboré avec les agents du FBI pour retrouver la trace d'Ulric.

— Selon le FBI, répondit Aiden, il a atterri à Seattle il y a un peu plus de cinq heures. Nous savons qu'ils n'ont pas repris un autre avion, mais nous avons perdu leur trace. Ils doivent se trouver quelque part autour du détroit de Puget.

— As-tu une liste des propriétés d'Ulric dans le coin ?

— Oui. Nous avons trouvé des liens entre la firme d'Ulric et PicoMed Pharmaceuticals, le laboratoire où travaillait Sam Watson. Celui-ci se trouve à Seattle, comme la plupart des autres biens immobiliers d'Ulric, y compris le siège social de sa société.

— Ce que je cherche est un endroit où il aurait pu construire son bunker. Ulric est sur le point de propager le prion. Cela signifie qu'il doit s'enfermer dans son Oasis. Il n'aurait pas pu construire un tel abri souterrain au beau milieu de Seattle. Il a dû faire ça sur un terrain relativement isolé. Possède-t-il un ranch ?

— Pas selon mes informations, ni en nom propre, ni par le biais d'une de ses sociétés.

Tyler réfléchit aux différentes possibilités. Si Ulric cherchait vraiment à recréer les effets du Déluge et qu'il se prenne pour un nouveau Noé…

— Aiden, et qu'en est-il de la Sainte Église diluvienne ?

— Laisse-moi regarder dans la base de données du FBI et croiser ça avec des informations financières que j'ai récupérées de manière plus ou moins légale. (Aiden marqua une pause et Tyler entendit le cliquetis de son clavier.) Je pense que nous avons un gagnant. Le siège de l'Église se trouve dans le centre-ville de Seattle, ce qui ne colle pas avec ce que tu recherches, mais l'organisation possède une vaste propriété sur l'île d'Orcas.

— C'est quel genre de propriété ?

— Selon les dernières images satellite du département de la Défense, elle compte cinq bâtiments. Un manoir, un gros édifice qui ressemble à un hôtel, et trois entrepôts de la taille de hangars à avion. La propriété comporte aussi des hélisurfaces pour hélicoptères et un débarcadère.

Ils avaient trouvé. C'était l'endroit parfait pour édifier un abri sans risquer d'attirer l'attention.

— Est-ce que tu vois des travaux de terrassement ?

Coleman avait dû déplacer des milliers de tonnes de terre pour creuser les tunnels et les salles de l'abri souterrain.

— Rien de visible sur les images satellite.

Voilà qui était étrange. Tyler était persuadé que c'était le bon endroit, d'autant plus en considérant qu'Ulric avait atterri à Seattle, qui n'était qu'à une centaine de kilomètres de l'île d'Orcas. Pourtant, il devrait y avoir des traces visibles de travaux de terrassement.

— Fais une vérification pour voir si le tracé de la côte a changé.

D'autres bruits de clavier.

— À part l'apparition de nouveaux bâtiments, la côte a le même tracé qu'il y a trois ans.

— Tu as dit que les entrepôts avaient la taille de hangars d'aviation ?

— Oui, chacun est assez grand pour abriter une paire de 747. Je ne vois pas trop à quoi ils peuvent servir.

— J'ai ma petite idée.

C'était ça. Les hangars. Tyler avait compris.

Un « bip » résonna dans son téléphone, lui indiquant un double appel. Tyler regarda l'écran et grimaça. C'était le coup de fil qu'il redoutait de recevoir.

— Aiden, dit Tyler, je dois prendre un autre appel. Vois si tu peux trouver le moindre élément qui puisse prouver qu'Ulric est bien sur l'île d'Orcas. Vérifie tous les navires et tous les hélicoptères.

— OK, Tyler. Je te rappelle.

Tyler respira profondément et prit l'autre ligne.

— Général. Merci de m'avoir rappelé.

— J'ai entendu parler de cette sale affaire sur la *Nouvelle Genèse*, lui répondit sèchement son interlocuteur. Dans quoi t'es-tu donc encore fourré ?

Tyler sentait déjà la moutarde lui monter au nez. Ils n'avaient eu presque aucun contact ces deux dernières années, mais apparemment son père n'avait rien perdu de sa morgue.

— Je n'y suis pas vraiment pour grand-chose, père. Ils ont essayé de me tuer à trois reprises.

— À trois reprises ! Et c'est seulement maintenant que tu m'appelles ?

Cette conversation tournait aussi mal que Tyler l'avait craint. *Pas tant que j'ai mon mot à dire*, avait pensé Tyler quand Miles lui avait suggéré d'appeler Sherman Locke. Mais il n'avait plus le choix désormais ; la vie de Dilara était en jeu.

Étant donné les résultats des tests sur le prion, Tyler se doutait bien qu'il ne s'agissait plus que d'une question de temps avant que l'armée soit impliquée. La découverte d'une nouvelle arme biologique était une question qui relevait de la sécurité nationale et le FBI allait devoir coordonner ses efforts avec le Pentagone. Avec Dilara qui était retenue en otage, Tyler ne voulait pas être mis sur la touche et il s'était donc résigné à appeler le bureau son père afin de lui communiquer quelques informations sur cette affaire.

— Jusqu'ici, je ne voyais pas vraiment comment tu aurais pu intervenir dans tout cela, lui expliqua Tyler. Mais la situation est devenue critique et je pense que l'armée a les moyens de la gérer.

Le général manifesta sa désapprobation d'un claquement de langue.

— On dirait bien que tu es dépassé par les événements.

— Qu'est-ce que tu veux m'entendre dire, père ? Que j'ai besoin de ton aide ?

— Il n'y aurait rien de mal à ça, fils.

La voix de son père était dure, mais Tyler y perçut une pointe d'inquiétude qu'il n'avait que rarement entendue. Sa colère dégonfla légèrement.

— Très bien, concéda-t-il. J'ai besoin de toi.

— C'est pour ça que nous sommes là. Le Centre de contrôle des maladies m'a informé que nous avions affaire à du bioterrorisme de niveau quatre.

— C'est une vraie saloperie, oui.

— Apparemment, il ne subsiste aucun échantillon, ce qui veut dire que nous n'avons aucun moyen de développer une réponse.

Dans le jargon militaire de son père, cela signifiait un antidote, mais Tyler le suspectait aussi de vouloir récupérer cette arme biologique pour un usage militaire.

— J'ai parlé au président, poursuivit le général. Quand il a appris la virulence de ces prions, il a suivi mes recommandations et déclaré que cela représentait une menace prioritaire pour la sécurité nationale. Il a ordonné à l'armée de faire tout ce qui était en son pouvoir pour mettre fin à cette menace.

— Et le FBI ?

— Quand j'ai briefé le président sur Oasis, il a décidé que l'unité antiterroriste du FBI n'avait pas l'expertise nécessaire pour mener l'assaut contre un complexe aussi sécurisé que celui-ci. Il a autorisé que ce soit une unité de commandos de l'armée qui se charge de l'opération. Il ne reste plus qu'à trouver où se situe ce bunker.

— Je sais où il est. Dans la propriété de la Sainte Église diluvienne sur l'île d'Orcas.

— Tu en es certain ?

— À quatre-vingt-dix pour cent, répondit Tyler, frustré de ne pouvoir être plus catégorique.

À sa surprise, son père ne l'entendit pas ainsi.

— Cela me suffit amplement.

— J'ai une idée pour vérifier cette hypothèse. Où es-tu actuellement ?

— Je suis en route pour la base de White Sands, répondit le général. D'ailleurs, je veux que tu m'y rejoignes pour midi. Tu dois assister à une démonstration.

C'était un ordre, pas une invitation. Tyler ne se donna pas la peine de discuter.

— Une démonstration de quoi ?

— Je ne peux rien dire. Mais cela a un rapport avec notre problème présent.

— OK. Je pourrais être là-bas vers 11 h 30, heure locale. (Le vol vers Phoenix depuis Atlanta survolait la région de White Sands.) Je vais demander à Grant Westfield de me retrouver là-bas.

— Ce n'est pas une démonstration ouverte à n'importe qui.

— Tu as déjà rencontré Grant. C'est un ancien Ranger, un ingénieur de combat. Il dispose des mêmes accréditations que moi et c'est un électronicien de haut vol. Par ailleurs, il en sait plus que n'importe qui sur le *crash* de Hayden.

— Très bien. Ne sois pas en retard, ajouta le général avant de raccrocher.

Tyler contempla son téléphone d'un air perplexe. La conversation n'avait pas pris le tour attendu. On aurait presque dit que son père sollicitait son avis. Quelle que soit cette démonstration à la base de White Sands, ce devait être quelque chose d'importance pour que le général se donne la peine d'y assister en personne.

Tyler gagna l'avant de l'appareil et passa la tête dans le cockpit.

— Changement de plan, les gars. Nous allons au Nouveau-Mexique.

Chapitre 43

Avec ses cinq mille kilomètres carrés – trois fois la taille de l'État de Rhode Island – la base d'essais de missiles de White Sands était la plus grande installation militaire des États-Unis. Depuis la toute première explosion d'une bombe atomique en 1945, sur le site de Trinity, dans la partie est de la base, celle-ci avait accueilli les essais des plus puissantes armes développées par l'armée. Le pilote de Tyler posa le jet sur la piste qui servait pour les atterrissages d'urgence de la navette spatiale.

Le jet fut guidé jusqu'à une passerelle près de laquelle était posé un hélicoptère. Grant se tenait à côté de l'appareil. Avant même que les réacteurs de l'avion se soient éteints, Tyler ouvrit la porte du jet et fut accueilli par la chaleur étouffante du désert. Il enfila une casquette et des lunettes de soleil puis se dirigea vers Grant, dont le crâne chauve ruisselait déjà de sueur.

Grant l'accueillit avec un regard grave.

— Tyler, je suis désolé pour Dilara, dit-il. Je suis sûr qu'elle va bien.

— Nous allons la retrouver, affirma Tyler d'une voix confiante, même s'il était rongé par l'inquiétude.

— Un peu que nous allons la retrouver.

— Nous devons prendre l'hélico ?

— Ton père m'a donné des instructions quand je suis arrivé. Le site du test se trouve à quatre-vingts kilomètres d'ici et il veut que nous nous y rendions le plus vite possible.

— Tu as une hypothèse ?

Grant secoua la tête.

— Apparemment, il aime avoir ses secrets. Il m'a dit qu'il nous expliquerait tout une fois là-bas.

Grant et Tyler montèrent dans l'hélicoptère qui s'éleva dans les airs une minute plus tard.

Après vingt minutes de vol, l'hélicoptère se posa à côté d'un groupe de mobil-homes reliés à un énorme générateur et équipés d'antennes satellite.

Tyler et Grant se dirigèrent vers le plus gros mobil-home, deux fois plus large que les autres. L'intérieur était occupé par plusieurs rangées d'ordinateurs devant lesquels s'affairaient des techniciens, certains en habits civils et d'autres en uniforme de l'armée de terre ou de l'Air Force. La climatisation maintenait la température à dix-huit degrés, ce qui paraissait glacial en comparaison de la fournaise à l'extérieur. Les chiffres rouges d'un compte à rebours s'égrenaient sur un petit écran placé au-dessus d'une large fenêtre offrant une vue dégagée sur une montagne située à une quinzaine de kilomètres. Un écran plasma installé près de la fenêtre montrait une vue rapprochée de la montagne. Le compte à rebours affichait quinze minutes.

Le général deux étoiles Sherman Locke était en discussion avec deux autres généraux à l'extrémité opposée du mobil-home. Quand il vit entrer Grant et son fils, il interrompit sa conversation et s'avança vers eux. Son visage arborait une expression sévère.

Même s'il approchait de la soixantaine, le général possédait toujours une silhouette imposante, dépassant en carrure et en taille la plupart des jeunes soldats présents dans la pièce. La ressemblance de Tyler avec son père sautait aux yeux, mais ils différaient dans leur approche des rapports humains. Tyler avait une attitude détendue et préférait diriger par l'exemple et la douceur. Le général, au contraire, commandait d'une main de fer en exigeant que l'on respecte son autorité en toutes circonstances, et aujourd'hui ne faisait pas exception à la règle.

— Capitaine, dit le général en tendant la main à Tyler, content que tu aies pu te joindre à nous. Ta sœur m'a dit de te saluer.

Le général était la seule personne qui avait persisté à utiliser le grade de Tyler après qu'il eut quitté l'armée. Probablement que son père voulait également que les autres personnes présentes sachent que Tyler était officier.

— Général, le salua Tyler en serrant la poigne d'acier de son père, tu lui rendras le bonjour.

Le général hocha la tête à l'adresse de Grant et lui serra la main d'un geste machinal. Tyler et son père se dévisagèrent en silence, échangeant un regard dans lequel aucun des deux ne laissa rien paraître.

— Je parie qu'il t'en a coûté de m'appeler, dit le général à son fils.

Tyler ignora la pique.

— Tu as lu le rapport du Centre de contrôle des maladies ?

— Cela fait des années que j'avertis Fort Detrick et le FBI que les laboratoires privés et les ordinateurs finiraient par mettre des armes biologiques mortelles entre les mains d'acteurs non gouvernementaux. Ils s'inquiétaient de l'anthrax et de la variole, mais je savais qu'il ne s'agissait que d'une question de temps avant que l'on voie surgir quelque chose de pire encore, et il semble bien que ce soit aujourd'hui le cas.

Le général Locke était à la tête de l'agence militaire chargé de la lutte contre les armes de destruction massive. Ses trente-cinq années de carrière dans l'Air Force avaient fait de lui un des officiers les plus respectés et les plus influents. Son poste lui permettait de fourrer son nez dans à peu près n'importe quelle opération, notamment quand des unités testaient de nouvelles armes sur le terrain.

Un colonel s'approcha et posa une question à l'oreille du général. Le général lui répondit et le colonel acquiesça d'un bref « à vos ordres ! » avant de tourner les talons.

Tyler avait déjà vu son père évoluer parmi d'autres officiers au cours de réceptions, mais il ne l'avait encore jamais vu en situation opérationnelle et il ne put s'empêcher de ressentir une certaine fierté à voir son père mener ses troupes avec autorité.

— Général, dit Tyler, les gens qui ont répandu l'agent biologique dans l'avion de Hayden ont tenté de renouveler l'opération sur la *Nouvelle Genèse.* Et je reste persuadé qu'ils vont bientôt faire une nouvelle tentative.

— Et tu prétends que Sebastian Ulric est derrière tout ça ?

— Oui, monsieur, répondit Tyler, fasciné par la rapidité avec laquelle il se sentait de nouveau dans la peau d'un officier de l'armée quand il se trouvait en présence de son père. Nous avons la preuve que Sebastian Ulric est le cerveau de l'opération. Il possède l'un des plus importants laboratoires pharmaceutiques du pays et c'est un expert en biochimie. Et il dispose en outre des ressources financières pour édifier un abri comme Oasis.

— Et tu penses qu'il s'est effectivement construit ce bunker.

Tyler expliqua au général ce qu'il savait d'Oasis et du travail de John Coleman, et comment il avait lui-même brièvement participé à ce projet du temps où celui-ci était baptisé « Tornade ».

— S'ils n'ont pas apporté de modifications majeures au cahier des charges auquel j'avais eu accès à l'époque, poursuivit Tyler, nous parlons d'un abri qui pourrait rivaliser avec celui de Mount Weather. Il pourrait aisément héberger confortablement trois cents personnes, le temps que le prion tue le reste de la population mondiale avant de disparaître à son tour.

Le général resta silencieux, comme s'il était en train de décider ce qu'il devait leur dire ou non. Il attira Grant et Tyler dans un coin, le plus loin possible des techniciens, et baissa la voix.

— Ce que je m'apprête à vous révéler est hautement confidentiel, dit-il. Sachez que je vous crois. Et cela parce que nous menons une enquête sur Ulric depuis deux ans.

Tyler et Grant échangèrent un regard de surprise.

— Comment ? s'exclama Grant un peu trop fortement, avant de baisser la voix pour poursuivre. Mais pour quel motif ? Ulric ne paie pas ses impôts ?

— Quelqu'un a commencé à débaucher certains des meilleurs concepteurs d'armes biologiques du pays employés chez différents sous-traitants travaillant pour l'Institut militaire de recherche médicale sur les maladies infectieuses de Fort Detrick. Au début, nous avons pensé qu'ils étaient attirés par la perspective de meilleurs salaires en allant travailler pour l'industrie pharmaceutique. Mais quand leur nombre n'a cessé de croître, nous avons commencé une enquête. Nous en sommes arrivés à la conclusion qu'on leur avait proposé de travailler sur d'autres projets de défense en guerre bactériologique pour des entreprises qui prétendaient mener des opérations secrètes pour le gouvernement. Évidemment, aucune de ces compagnies n'était sous contrat avec le département de la Défense, mais ceux qu'elles recrutaient l'ignoraient.

— Cela ressemble à la façon dont j'ai été embauché sur le projet Tornade, remarqua Tyler.

— Quand nous avons continué à creuser, nous avons découvert certains liens avec Sebastian Ulric, mais rien qui puisse être prouvé.

— Est-ce qu'un de ces scientifiques se nommait Sàm Watson ?

— Oui. Il a succombé à une crise cardiaque la semaine dernière.

— Non, dit Tyler, il a été empoisonné.

Enfin une information que son père n'avait pas déjà.

Le général sourcilla.

— Comment peux-tu être si catégorique ?

— Parce que la personne qui se trouvait avec lui à ce moment-là, une archéologue du nom de Dilara Kenner, est venue me trouver deux jours plus tard et m'a dit que Sam avait été empoisonné.

— Et où se trouve cette archéologue aujourd'hui ?

— Sebastian Ulric l'a kidnappée, dit Tyler, écœuré de penser qu'Ulric avait Dilara en son pouvoir. Elle a été enlevée pendant que je coursais cet agent du FBI corrompu. Nous devons la retrouver.

Le général balaya sa remarque d'un geste négligent.

— Elle ne pourra rien lui apprendre de critique. Ne t'inquiète pas pour ça.

— Je m'en inquiète, au contraire, répliqua Tyler. Elle était sous ma responsabilité.

Le général posa son index sur le torse de Tyler.

— Tu devrais plutôt t'inquiéter du fait qu'Ulric doit désormais être sur le qui-vive, ce qui compromet nos plans. Nous lançons un assaut contre la propriété ce soir.

— Tu veux parler de celle sur l'île d'Orcas ?

Le général acquiesça.

— Nous avons fait quelques vérifications en partant de ta supposition qu'Oasis devait se trouver sur sa propriété d'Orcas. Le FBI a découvert des traces d'une location d'engins de terrassement par une de ses sociétés écrans. La seule question qui reste en suspens est que si le bunker se trouve bien là-bas, il devrait y avoir des traces des milliers de tonnes de terre déblayées. Nous n'avons pas d'explication à ce sujet.

— Moi si. La terre est encore là-bas, dit Tyler.

— Où ça ?

— Dans les hangars. J'ai fait quelques calculs. D'après la taille du bunker, ces hangars pourraient facilement contenir toute la terre et la roche excavées pour la construction.

— Tu en es certain ?

— C'est la seule explication possible.

— Eh bien, nous en aurons la confirmation ce soir, conclut le général.

— Comment ça ?

— Nous allons infiltrer la propriété. Une fois que notre radar à pénétration de sol sera installé sur zone, nous pourrons vérifier la présence de salles souterraines. Nous avons déjà vérifié ses autres laboratoires. Aucune trace de ce prion dans l'un d'entre eux. Ulric doit posséder un laboratoire souterrain.

— Comment comptez-vous mener l'assaut ?

— Avec une section entière de l'unité antiterroriste des forces spéciales. La propriété est fortement gardée. Il sera peut-être impossible de réussir à s'y introduire ; nous avons donc un plan de secours. Soit nous réussissons à récupérer cet agent biologique, soit nous devrons le détruire avant qu'il soit dispersé.

— Et Dilara ?

— Elle n'est pas une priorité dans cette mission.

— Dans ce cas, j'accompagne la section, dit Tyler.

Le général lui lança un regard noir.

— C'est hors de question.

— Quelles sont vos informations sur la configuration du bunker ?

— Nous n'en avons aucune, grommela le général avec contrariété.

— Vous y allez donc à l'aveugle ?

— Nous n'avons pas d'autre choix.

— Si. J'ai vu les plans originaux. Je sais comment ils ont conçu et construit cet abri souterrain.

Le général leva les yeux au plafond, comme s'il espérait y découvrir une autre option. Mais Tyler savait qu'il n'en existait aucune.

— Père, tu sais que pour que cette mission ait la moindre chance de réussir, il faut que je les accompagne.

— Et s'il y va, intervint Grant, j'y vais aussi.

— Tu n'as pas à faire ça, lui dit Tyler.

— Tu m'as déjà vu me porter volontaire pour quelque chose que je n'avais pas envie de faire ?

— Seulement quand cela pouvait te donner une chance de t'envoyer en l'air.

Grant sourit.

— Je ne crois pas que ce soit le cas aujourd'hui.

— Très bien, ça suffit ! grogna le général. J'ai sûrement tort, mais entendu, vous irez tous les deux. Nous avons besoin de tes connaissances, Tyler, c'est d'ailleurs la raison pour laquelle je t'ai fait venir ici.

— C'est à quel sujet ? demanda Tyler.

— Une minute avant largage, cria une voix dans le mobil-home.

— As-tu déjà entendu parler de la MOP ?

— La « Massive Ordnance Penetrator », le projet de développement d'une bombe lourde antibunker ?

Tyler se rappelait avoir lu un article à son propos dans la revue internationale *Propellants, Explosives, Pyrotechnics.*

— C'est exact. Boeing a développé ce modèle pour nous dans l'intention spécifique de détruire des bunkers souterrains abritant des armes de destruction massive. Je n'aurais jamais pensé que nous aurions à l'utiliser sur notre propre sol. Nous effectuons le test final aujourd'hui. S'il s'avère concluant, j'ai été autorisé à utiliser cette bombe pour détruire Oasis.

— Vous voulez dire qu'il s'agit de votre plan de secours, monsieur ? demanda Grant.

— Si nous ne parvenons pas à pénétrer le bunker et à le neutraliser par des moyens conventionnels, oui.

Tyler se rappelait les spécifications de la bombe. Longue de six mètres et pesant treize tonnes, elle était encore plus grosse que la terrible MOAB, une bombe de destruction massive par souffle, et était capable de détruire des bunkers enterrés à soixante mètres sous le sol.

Tyler resta sous le choc.

— Il y a trois cents hommes et femmes dans ce bunker, dit-il.

Dont Dilara.

— Ce qui devrait te faire comprendre à quelles extrémités le président est prêt à se résoudre pour empêcher la dispersion de ce prion. Je répète donc ma question : Est-ce que cela marcherait ? Est-ce que la bombe détruirait entièrement Oasis ?

Tyler hocha la tête avec gravité.

— S'ils l'ont construit suivant les plans d'origine, l'explosion devrait annihiler le complexe entier.

Le compte à rebours arriva à dix, et une voix se mit à faire le décompte final. Un des écrans montrait une vue depuis un chasseur qui suivait le B-52 transportant la MOP. Quand le compte à rebours atteignit zéro, une énorme bombe en forme d'ogive tomba du B-52, qui vira immédiatement après avoir largué l'engin.

— Trente secondes avant impact, annonça la voix.

— Père, dit Tyler, tu vas commettre une erreur. Nous ne sommes même pas certains que le prion sera détruit par l'explosion.

— Cette bombe contient deux tonnes sept d'explosif. Tout ce qui ne sera pas incinéré par l'explosion se retrouvera enterré sous les décombres.

— Mais nous parlons de la vie de trois cents personnes !

— Le président est d'accord avec notre analyse de la situation. Ces vies doivent être sacrifiées si cela peut nous assurer que la menace est neutralisée. Si tu veux sauver ces gens, fais en sorte que vous ayez pris le contrôle de ce bunker avant 21 heures.

L'aviateur arriva au bout du décompte.

— Trois… deux… un…

Pendant une fraction de seconde, Tyler aperçut l'énorme ogive qui fonçait vers le sol. Le flanc de la montagne se souleva avant de s'effondrer sur lui-même, creusant une dépression de quatre-vingt-dix mètres de large sur douze mètres de profondeur. Un nuage de poussière s'éleva dans les airs, mais l'explosion était trop profonde pour se voir à l'extérieur. Le mobil-home se remplit de cris et d'applaudissements, mais Tyler frissonna devant ce spectacle.

— L'abri que la MOP vient de détruire était enterré sous quarante mètres de granite, l'informa le général.

— Le sous-sol rocheux de l'île d'Orcas n'est pas si résistant, dit Tyler.

— Es-tu sûr de vouloir toujours y aller ?

Plus que jamais, pensa Tyler tout en acquiesçant.

— Tu es une fichue tête de mule, remarqua le général avec un léger sourire. Tout comme ton père. Entendu. Tu as jusqu'à 21 heures pour nous informer que tout est sous contrôle. Passé ce délai, je n'aurais pas d'autre choix que de réduire le bunker d'Ulric à l'état de cratère.

— Quand l'assaut sera-t-il lancé ?

— Nous ne devons pas leur laisser le temps de se préparer. L'assaut est prévu à 20 heures, heure de la côte ouest, quand la nuit sera tombée. Nous estimons que si Oasis n'est pas investi dans l'heure qui suit, c'est que la mission aura échoué et que l'unité d'assaut aura été éliminée. Ce qui nous mettra en face d'un risque grave de dispersion de l'arme biologique.

— Nous réussirons, lui promit Tyler.

— Je pars rejoindre le centre de contrôle de l'opération, dit le général en regardant Tyler droit dans les yeux. Et j'ordonnerai le largage de la bombe à 21 heures précises si je n'ai pas de nouvelles de toi. Ne sois pas en retard. C'est un ordre, fils.

Puis le général se retourna pour parler de nouveau au colonel, considérant qu'il en avait terminé avec eux.

Tyler entendit au-dehors les pales de l'hélicoptère se mettre à tourner. Grant et lui devaient se dépêcher s'ils voulaient avoir le temps de se coordonner avec la section d'assaut.

Il regarda sa montre. Il restait exactement neuf heures avant l'attaque.

Oasis

Chapitre 44

Lorsque le jet privé d'Ulric survola la zone urbaine de Seattle, Dilara sut enfin où elle se trouvait, mais cela ne changea pas grand-chose à sa situation. Le trajet en hélicoptère depuis l'aéroport jusqu'à l'île d'Orcas ne lui offrit pas non plus la moindre chance de s'échapper.

L'hélicoptère se posa dans une vaste propriété que dominait un manoir. Dilara fut traînée dans un bâtiment, franchit un poste de garde et fut emmenée jusqu'à un ascenseur qui descendait en sous-sol. Le panneau de contrôle de l'ascenseur comportait sept boutons. Quand les portes s'ouvrirent au niveau trois sur un couloir noir de monde, Dilara comprit où elle se trouvait. Il s'agissait d'Oasis.

Un géant au crâne rasé, flanqué de deux hommes armés de mitraillettes, les accueillit à leur sortie de l'ascenseur.

— Où en sommes-nous ? demanda Ulric.

— Tous nos membres se sont présentés à l'appel.

— Parfait. Nous fermerons Oasis ce soir. Dr Kenner, voici Dan Cutter. Il va vous conduire à vos quartiers. (Ulric se tourna vers Cutter.) J'ai certaines affaires dont je dois m'occuper. Nous commencerons l'interrogatoire tout à l'heure.

Ulric remonta dans l'ascenseur en compagnie de Petrova.

Cutter prit Dilara par le bras et la conduisit dans une chambre qui était plus luxueusement meublée que ce à quoi elle s'attendait. La pièce avait la taille d'une cabine de bateau de croisière et comprenait une petite salle de bains attenante. Le lit, la table de nuit et la coiffeuse étaient du mobilier ancien. Des vêtements de rechange l'attendaient sur le lit, ainsi qu'une paire de chaussures posée sur le sol.

— Vous pouvez vous changer, ou rester avec votre robe et vos talons aiguilles, l'informa Cutter. Peu m'importe.

Il referma la porte et la verrouilla. Dilara l'entendit ordonner à un des hommes de rester devant la porte, puis elle entendit des pas s'éloigner dans le couloir. Elle ne s'était jamais sentie si seule de sa vie.

Elle n'avait pas l'intention de rester en robe de soirée. Même si les chances qu'elle puisse venir à bout d'un soldat entraîné comme Cutter étaient proches de zéro, elle préférait porter une tenue plus fonctionnelle quand le moment viendrait de passer à l'action. Il y avait probablement des caméras dans la chambre, mais elle n'avait pour l'instant aucun intérêt à essayer de les chercher. Les gardes débarqueraient immédiatement si elle tentait de neutraliser les caméras.

Elle s'était retrouvée bien trop souvent sur des chantiers de fouille où l'intimité n'était pas une préoccupation majeure pour se laisser embarrasser par l'idée qu'on puisse la regarder, mais elle ne voulait pas non plus se donner en spectacle plus que nécessaire. Elle changea de vêtements, en prenant soin d'enfiler le chemisier avant d'ôter sa robe. Les vêtements lui allaient étonnamment bien, y compris la paire de chaussures de tennis. Aller aux toilettes était bien plus embarrassant, mais elle n'avait guère le choix, et là encore elle prit soin de se dissimuler au maximum des éventuelles caméras.

Il ne lui restait plus qu'à attendre ; elle s'assit sur le lit et médita. On lui apporta à manger, mais elle ne toucha pas à la nourriture et se contenta de boire au robinet de la salle de bains. Elle avait l'habitude de se passer de manger une journée entière quand il le fallait. S'ils voulaient la droguer, elle n'avait pas l'intention de leur faciliter la tâche.

Elle s'était plongée dans un état méditatif si profond que lorsque la porte s'ouvrit, elle l'entendit à peine. Cutter la saisit par le bras et la mit sur ses pieds.

— Suivez-moi.

— Où allons-nous ?

— Au laboratoire. Nous avons quelques questions à vous poser, répondit-il en la poussant vers la porte.

Ils tournèrent au coin dans un autre couloir plus long que le précédent et pénétrèrent dans un laboratoire. Ulric se tenait au côté d'un homme maigrelet qui avait la quarantaine et des cheveux aussi blancs que sa blouse.

Le laboratoire ne contenait que trois meubles : un fauteuil qui ressemblait à celui d'un cabinet de dentiste, une table d'examen et une chaise pour le docteur. Le comptoir disposé contre un des murs comportait un évier et était encombré de différents appareils électroniques. Il devait s'agir d'une infirmerie installée en prévision de leur séjour dans le bunker.

Cutter guida Dilara jusqu'au fauteuil de dentiste.

— Asseyez-vous.

Le ton était sans appel. Une fois installée, Dilara observa avec nervosité Cutter tandis que ce dernier lui sanglait les poignets aux bras du fauteuil. L'apaisement émotionnel que lui avait apporté la méditation n'était déjà plus qu'un lointain souvenir.

— Écoutez, Sebastian, commença Dilara, je suis prête à vous dire tout ce que vous voulez.

— C'est peut-être vrai, dit Ulric, mais je peux difficilement vous croire sur parole. Je n'en ai pas le temps. Demain, mes hommes vont activer les appareils qui disperseront le prion, et je dois avoir la certitude qu'ils ne seront pas interceptés.

— Comment saurais-je une chose pareille ?

— Vous sembliez en savoir déjà beaucoup. J'ai appris que l'agent spécial Perez du FBI ainsi que Tyler Locke ont été tués dans une fusillade sur la *Nouvelle Genèse*. Vous êtes par conséquent mon dernier lien avec ce que Tyler avait découvert.

Le cœur de Dilara se serra en apprenant la mort de Tyler. Ulric n'avait pas l'air de mentir.

— Je sais que cette nouvelle est un choc pour vous, poursuivit-il. Vous devez comprendre que personne désormais ne sait où vous êtes. Vous êtes seule. Nous sommes tout ce qui vous reste.

Dilara tira sur les sangles qui lui enserraient les poignets, mais elle était solidement attachée.

— Vous allez quand même me droguer ?

— Le Dr Green va vous faire une injection, oui. C'est un nouveau sérum que ma société a développé pour la CIA. Il s'agit d'une variante plus efficace du sodium amytal. Il ne provoque pas de douleur, mais son utilisation comporte un risque parce qu'il déprime les fonctions du système nerveux. C'est pourquoi il vous sera administré par un médecin.

— Je vous jure que je ne sais rien !

Ulric l'ignora.

— Dr Green, nous pouvons commencer.

Green alla jusqu'au comptoir, enfonça l'aiguille d'une grosse seringue dans l'opercule d'un flacon et aspira vingt centilitres d'un liquide incolore. Il se rapprocha de Dilara et frotta le creux de son bras gauche avec un coton imbibé d'alcool.

— Vous êtes médecin, le supplia Dilara. Je vous en prie, ne faites pas ça.

Green lui sourit.

— Vous allez juste sentir une petite piqûre, dit-il en enfonçant l'aiguille dans son bras.

Dilara sentit le liquide froid s'écouler dans sa veine. Quand le piston de la seringue atteignit le fond du réservoir, Green ôta l'aiguille du bras de Dilara.

— Le sérum atteindra son effet maximal d'ici à cinq minutes. Dilara, je veux que vous comptiez à rebours depuis cent.

Dilara se sentait déjà cotonneuse. Elle secoua la tête.

— Vous pouvez toujours courir !

Elle tira sur les sangles jusqu'à ce que les veines de ses bras se gonflent sous l'effort.

— Cela sera plus facile si vous ne luttez pas.

— Détachez-moi !

Soudain, la pièce fut plongée dans le noir, comme si quelqu'un avait appuyé sur un interrupteur, et Dilara eut l'impression que l'on venait de lui plonger la tête dans un baquet d'eau glacée. La voix de Green devint indistincte et diminua jusqu'à ce que Dilara perde connaissance.

— Que s'est-il passé ? s'emporta Ulric. Elle n'était pas censée s'évanouir, mais rester éveillée et répondre à mes questions !

— Elle a fait une chute de tension et perdu connaissance, dit Green en examinant les pupilles de Dilara à l'aide d'une petite lampe torche. Comme je vous l'ai expliqué tout à l'heure, cela se produit dans cinq pour cent des cas. Installons-la sur la table.

Green l'avait effectivement informé des risques. Ulric sentait que le docteur mourait d'envie de lui cracher un « je vous avais prévenu », mais il n'eut pas cette audace.

— Aidez-le, ordonna-t-il à Cutter. Cinq pour cent ! Imbécile !

Cutter défit les sangles et souleva le corps inerte de Dilara pour le déposer sur la table d'examen.

Green installa un oreiller sous les jambes de Dilara pour les surélever, puis vérifia sa tension.

— Sa tension est basse, mais stable.

— Et maintenant ? Vous pouvez la réveiller ?

— Je peux lui faire une injection d'adrénaline. Elle reprendra connaissance, mais cela va également dissiper les effets du sérum. Et lui administrer une nouvelle dose à un si court intervalle risquerait de lui être fatal.

— Et si nous attendons qu'elle reprenne connaissance d'elle-même, sera-t-elle toujours sous l'effet du sérum ?

— Nous ne pouvons pas le savoir tant qu'elle ne revient pas à elle. Et cela peut prendre quelques heures.

— Bon sang ! Très bien. Restez ici avec un des hommes de Cutter. Informez-moi dès qu'elle se réveille.

— Entendu, monsieur.

— Venez, dit Ulric à Cutter avant de sortir de la pièce d'un pas rageur.

Chapitre 45

Quand Tyler et Grant atterrirent à McChord, la base de l'Air Force au sud de Seattle, ils n'eurent plus qu'à parcourir un court trajet jusqu'à Fort Lewis, où la section d'assaut effectuait ses derniers préparatifs. Une carte de l'île d'Orcas était punaisée au mur et trente commandos endurcis s'affairaient à vérifier leurs armes et à remplir leurs sacoches de munitions. La plupart des hommes avaient une vingtaine d'années. Tyler et Grant avaient au moins cinq ans de plus que les plus âgés d'entre eux.

Ils se présentèrent au commandant de l'unité, le capitaine Michael Ramsey, un trentenaire athlétique à la peau pâle et aux cheveux roux coupés en brosse. Ramsey, dont les tendons du cou semblaient tendus jusqu'au point de rupture, les dévisagea avec méfiance, comme s'il cherchait à voir si ces deux hommes étaient de taille à rivaliser avec les soldats de son unité. Il leur serra la main, mais ne semblait pas ravi de leur présence.

— Navré de nous immiscer dans votre mission, capitaine, lui dit Tyler, mais nous possédons certaines informations tactiques qui pourraient s'avérer utiles une fois que nous serons sur zone.

— Si le général Locke dit qu'il faut que vous veniez, vous êtes les bienvenus dans l'unité, rétorqua Ramsey, en bon soldat qui savait qu'il n'avait pas d'autre choix que d'obéir aux ordres. Du moment qu'il reste bien clair que c'est moi qui dirige cette opération.

— Absolument. Je suis sûr que vous devez avoir eu accès à nos états de service.

— Exact. Le quartier-maître de la base a mis des uniformes à votre disposition. Allez vous changer, et nous passerons au *briefing*. (Ramsey jeta un coup d'œil à sa montre.) Il est 17 h 43. Nous devons être en route à 19 heures.

Tyler passa l'uniforme le plus grand à Grant et enfila le sien. Il n'avait plus porté de treillis depuis qu'il avait quitté le service actif cinq ans auparavant, mais le simple fait d'en revêtir un lui fit retrouver ses habitudes de l'armée.

— Comme au bon vieux temps, remarqua Grant. Sauf que j'ai l'impression d'être un vieillard en comparaison de tous ces jeunots.

— Tu as besoin de ton déambulateur pour cette mission ? lui demanda Tyler en gloussant.

— Seulement de ma canne. Et toi, tu as mis ton Sonotone ?

Tyler secoua la tête et lui répondit en forçant la voix.

— Je n'entends pas ce que tu dis, je n'ai pas mon Sonotone. Mais j'ai pris mes lunettes de lecture, au cas où j'aurais besoin de lire la notice de mes médicaments.

Ramsey coupa court à leurs plaisanteries.

— Vous êtes prêts ? leur demanda-t-il d'une voix sèche.

Tyler finit de nouer les lacets de ses rangers et se leva.

— Grant est prêt depuis le jour de sa naissance ; moi je suis un peu plus lent à la détente.

Ramsey leva les yeux au ciel. Apparemment, il ne partageait pas leur sens de l'humour.

— Écoutez, dit-il d'une voix forte, et la pièce plongea instantanément dans le silence.

Tous les regards se tournèrent vers Ramsey. Ces soldats étaient vraiment à leur affaire.

— Les renseignements dont nous disposons pour cette opération sont pour le moins sommaires, poursuivit Ramsey. Notre mission est d'infiltrer ce complexe ici et de récupérer l'arme biologique qui se trouve à l'intérieur avant 21 heures.

Ramsey montra du doigt la photo satellite du domaine de l'Église diluvienne sur Orcas. L'île avait la forme vague d'un « W » inversé avec ses trois péninsules pointant vers le sud. Le complexe était situé sur la côte est de la péninsule la plus à l'ouest, le long d'une baie en forme de doigt.

— Nous avons d'abord pensé faire notre approche en bateau par Massacre Bay.

Tyler et Grant se regardèrent en entendant le nom de la baie, qui n'avait rien d'encourageant.

— Mais cette zone est bien éclairée, poursuivit Ramsey, et nous serions exposés le temps que nous pénétrions la clôture qui longe la côte. Ils disposent d'un quai, mais celui-ci est étroitement surveillé. Nous estimons leur force sur place à au moins trente gardes. Aucune information en revanche sur leur niveau de préparation.

Tyler prit la parole :

— Je crois que je peux répondre à ça, capitaine. Le sergent Westfield a servi avec l'un des suspects. C'est un ancien des forces spéciales nommé Dan Cutter et il est logique de supposer qu'il a recruté des hommes au profil similaire. Il ne s'agira pas de gardes ordinaires. Ils seront bien entraînés et sur le qui-vive.

— J'ai été briefé à propos de Cutter, dit Ramsey avec un dégoût évident. Notre meilleure chance de réussir l'opération est de les prendre par surprise. Les délais imposés ne nous permettent pas de faire débarquer nos Humvee. Et si nous nous faisons déposer par des Black Hawk à moins de trois kilomètres, ils nous entendront arriver. (Ramsey montra du doigt la péninsule à l'est du « W » inversé, à une quinzaine de kilomètres à l'est du domaine d'Ulric). Nous avons pris des dispositions pour qu'un des bus scolaires de l'île nous attende au point de largage. Nous prendrons le bus pour nous rapprocher jusqu'ici.

Ramsey indiqua un point à moins d'un kilomètre et demi du côté nord de l'immense propriété.

— Quand nous serons arrivés à portée, nous ferons une reconnaissance de la zone avec le drone.

Un petit hélicoptère électrique pas plus gros qu'un modèle réduit d'enfant était posé à la gauche de Ramsey. Quand ce minidrone volait à une quinzaine de mètres d'altitude, il restait inaudible pour des forces au sol. La caméra embarquée, qui comportait des optiques à infrarouge et un amplificateur de lumière pour les opérations nocturnes, était assez puissante pour transmettre des images du champ de bataille en temps réel.

— Une fois que nous aurons déterminé leurs positions, nous franchirons la clôture d'enceinte et nous éliminerons toutes les forces hostiles rencontrées. Quand le périmètre sera sécurisé, nous pénétrerons dans le bunker ici.

Ramsey désigna le hangar le plus proche du manoir.

— Vous pensez pouvoir faire cela sans être repérés ? demanda Tyler.

— Nous tenterons d'éliminer autant de gardes que possible avant que l'alerte soit donnée. À ce moment-là, nous devrions avoir nettement l'avantage du nombre.

Tyler secoua la tête.

— Cela compromettrait la mission.

— Pourquoi ?

— Parce que si l'alerte est donnée, cela entraînera un bouclage immédiat du bunker. Des cloisons en béton viendront sceller toutes les entrées de l'abri. Fin de la partie.

— Comment savez-vous cela ?

— Cela faisait partie du cahier des charges du bunker. J'ai dessiné un plan préliminaire pour cet abri il y a trois ans de cela et même s'il y a certainement eu des modifications, les éléments de base sont probablement restés les mêmes. Les ascenseurs sont alimentés par des moteurs électriques installés dans les cabines elles-mêmes ; il n'existe donc pas de câbles que l'on puisse couper. Des dalles de béton d'un mètre d'épaisseur bloqueront les cages d'ascenseur ainsi que les cages d'escalier, et nous ne disposons pas d'une puissance de feu capable de les percer. Il sera impossible de s'introduire dans le bunker après ça, sauf s'il est ouvert de l'intérieur.

— Et les conduits d'aération ?

Tyler secoua de nouveau la tête.

— Il n'y a que dans les films que les conduits d'aération sont assez larges pour qu'on puisse y ramper. Je sais de source sûre que ceux du bunker seront conçus pour prévenir cette éventualité.

— Nous pourrions les enfumer en jetant des grenades fumigènes dans les conduits d'aération.

— Cela ne fonctionnera pas. Même si nous réussissons à trouver certains conduits d'aération, leurs filtres élimineront n'importe quel gaz.

— Vous avez un autre plan à proposer ? demanda Ramsey avec exaspération.

Tyler haussa les épaules.

— Tout ce que je sais, c'est que nous devons pénétrer par cette entrée et descendre dans le bunker avant que l'alerte soit donnée.

— Dans ce cas nous devrons être très, très discrets. Autre chose ?

— Oui. Une fois que nous serons à l'intérieur, nous devrons être très vigilants pour ne pas disperser l'agent biologique. Si l'un d'entre nous est exposé ne serait-ce que l'espace d'une seconde, nous sommes des hommes morts et nous pouvons tout aussi bien attendre que la MOP fasse son boulot.

— Je suis vraiment heureux que vous soyez là pour nous apporter toutes ces bonnes nouvelles, capitaine Locke, remarqua Ramsey d'une voix cassante.

— Croyez-moi capitaine, j'aimerais vraiment revenir de cette mission en un seul morceau. En parlant de ça, comment devrons-nous signaler que la mission est un succès ?

— Quand j'aurais estimé que l'agent biologique et le bunker sont sécurisés, je donnerai l'ordre au radio d'informer le commandement que tout est sous contrôle ; la phrase code est : « Le puits est sec. » Le B-52 en attente sera alors renvoyé à la base.

— J'ai hâte d'entendre cette phrase, dit Grant.

— Une dernière chose, capitaine Ramsey, ajouta Tyler. Il y aura des civils désarmés dans le bunker, ainsi qu'un otage, une femme du nom de Dilara Kenner. Assurons-nous de ne tirer que sur les vrais méchants.

— Mes ordres sont d'abattre quiconque représente une menace. S'ils ne sont pas armés, ils ne représentent pas une menace.

— C'est tout ce que je voulais entendre.

— Très bien, les gars ! cria Ramsey pour motiver ses troupes. Vérifiez votre matériel et chargez vos armes ! On bouge !

— Et synchronisons nos montres, dit Tyler. Parce que mon père est du genre ponctuel. Si nous appelons ne serait-ce qu'une seconde après 21 heures, nous n'aurons plus que trente secondes à vivre. Et ce qui restera ensuite de nos corps ne suffira pas à remplir un cendrier.

Chapitre 46

Il était assez comique de monter à l'assaut à bord d'un car scolaire jaune, mais Tyler et Grant étaient les seuls à s'en amuser. Les autres hommes de l'escouade semblaient mal à l'aise, engoncés sur les sièges trop petits. En l'absence de base militaire sur l'île, le bus qui portait sur le flanc l'inscription « École du district de l'île d'Orcas » était le mieux qu'ils avaient trouvé.

Tandis que le car roulait dans la lumière déclinante du soir, Tyler revérifia l'équipement qui lui avait été fourni par l'armurerie de Fort Lewis. Il était armé de son Glock à la hanche et d'une mitraillette H&K MP5. Certains soldats étaient équipés de fusils d'assaut M4, plus imposants et plus puissants ; c'était le cas de Grant, qui sommeillait, l'arme coincée sous le bras.

Il leur fallut vingt minutes de trajet sur de petites routes sinueuses depuis la zone de largage sur la côte est de l'île pour arriver au point à partir duquel ils opéreraient leur approche finale à pied. Le domaine de l'Église diluvienne était entouré d'une clôture barbelée de trois mètres de haut, qui n'était sans doute pas électrifiée, afin d'éviter d'éventuels accidents pouvant entraîner des poursuites judiciaires et attirer l'attention sur le site.

En revanche, ils soupçonnaient la présence de capteurs de mouvement dissimulés dans le sol et dans les arbres. Même si l'île regorgeait d'animaux sauvages, ceux qui étaient assez gros pour déclencher les capteurs – comme les cerfs – étaient incapables de sauter par-dessus la clôture. Tyler était d'accord avec Ramsey pour dire qu'une fois la clôture franchie ils seraient immédiatement repérés s'ils ne trouvaient pas un moyen de saboter les capteurs.

De part et d'autre de la clôture, les arbres avaient été coupés sur une bande de quinze mètres de large afin d'éviter que des intrus puissent pénétrer dans le domaine en grimpant dans les branches. Le seul moyen de franchir la clôture était d'y ouvrir un passage.

L'escouade, qui s'était déployée dans les bois à une centaine de mètres de la clôture, fit halte au signal de Ramsey et tous les hommes s'allongèrent au sol. Tyler se trouvait à côté de Ramsey. Le sol était détrempé par la pluie qui était tombée sans discontinuer sur le détroit de Puget depuis que Dilara et lui étaient partis mardi matin, et qui avait cessé juste à temps pour l'opération. Ramsey et Tyler sortirent leurs jumelles. Ils ne remarquèrent aucune patrouille le long de la clôture, ce qui confirmait la présence de capteurs de mouvement ; les patrouilles n'auraient cessé de les déclencher, rendant le dispositif inefficace.

Les gardes devaient patrouiller au centre du domaine, prêts à accourir si les capteurs détectaient la moindre activité.

— Qu'est-ce que vous en pensez ? demanda Tyler.

— Nous devons couper la clôture.

— Et ensuite ? Il y a environ cinq cents mètres de la clôture au centre de la propriété. Cela fait beaucoup de risques de déclencher des capteurs, à moins de tous les repérer.

— Nous devrons courir ce risque. Mes hommes sont entraînés à les repérer et à les neutraliser.

— Puis nous fonçons par la porte principale du hangar en mitraillant tout ce qui bouge ?

— Vous avez une meilleure idée ? lui demanda Ramsey.

Tyler réfléchit un instant, mais il n'avait pas d'autre option à proposer.

— Peut-être verrons-nous quelque chose avec le minidrone.

Il leur fallait attendre encore dix minutes pour que l'obscurité soit complète et qu'ils puissent utiliser le drone sans risquer qu'il soit repéré.

Grant, qui avait emprunté les jumelles de Tyler, lui donna un coup de coude pour attirer son attention.

— Jette un coup d'œil à la clôture. À 2 heures, à la base du poteau, dit Grant en lui rendant ses jumelles.

Tyler scruta l'endroit indiqué et il ne lui fallut qu'une seconde pour repérer ce dont Grant voulait parler.

— Merde.

— Qu'y a-t-il ? demanda Ramsey.

— La clôture est électrifiée.

— Pourtant une clôture à haute tension…

— Il ne s'agit pas de haute tension. Juste d'un détecteur électrique. (Un des fils était à peine déterré, juste assez pour que le regard aiguisé de Grant le remarque.) Si nous coupons la clôture, ils le sauront immédiatement.

— Est-ce qu'on peut faire une dérivation ?

— Peut-être, mais ça risque d'être délicat, dit Tyler. Ces gars sont des bons.

— Donc les cloisons en béton se mettront en place dès que la clôture sera coupée ?

— Ça m'étonnerait. Ils voudront avoir la confirmation d'une intrusion avant de prendre une mesure si définitive. Mais dès qu'un trou dans la clôture aura été repéré, l'alerte sera donnée et nous serons marron.

— On pourrait peut-être essayer un assaut direct par le portail principal, réfléchit Ramsey. Tenter de les prendre par surprise.

— C'est le même problème. Dès qu'ils soupçonneront que leurs gardes ont été éliminés, l'alarme sera déclenchée et ils s'enfermeront dans leur bunker.

— Vous n'êtes pas d'une grande aide, Locke.

Tyler tenait un discours pessimiste, il le savait. Mais c'était en éliminant les options les plus évidentes que l'on permettait à d'autres solutions moins flagrantes de se présenter.

Tyler se concentra de nouveau sur la clôture. Il avait posé ses jumelles sur le sol tandis qu'il parlait à Ramsey et les lentilles s'étaient couvertes d'humidité au contact des herbes hautes. Il entreprit de les nettoyer, puis se figea. Il pressa sa main gantée contre le sol détrempé. Ses doigts s'enfoncèrent jusqu'aux premières phalanges aussi facilement que dans un bol de gelée.

Tyler leva les yeux sur l'arbre à côté de lui, un conifère géant de quarante-cinq mètres de haut.

— Capitaine Ramsey, déclara Tyler dont le visage se fendit d'un large sourire, je crois que je vais finalement vous être utile. J'ai trouvé un moyen d'entrer.

Sebastian Ulric consulta son ordinateur portable pour s'assurer que l'inventaire d'Oasis était bien à jour, puis contacta Cutter par radio. L'appareil sur la *Nouvelle Genèse* devait être activé à présent. Sebastian aurait aimé ordonner dès maintenant la fermeture du bunker, mais l'installation de ses disciples dans l'abri n'était pas encore achevée. Une fois qu'Oasis serait bouclé, il ne se rouvrirait qu'une seule fois, le lendemain matin, quand les trois diffuseurs de prion seraient prêts et que les hommes chargés de leur transport partiraient pour l'aéroport de Los Angeles, l'aéroport Kennedy de New York et celui d'Heathrow, à Londres. Une fois qu'ils seraient partis, Oasis serait bouclé, isolé du reste du monde pour trois mois, le temps estimé pour que l'Arkon-C se répande sur toute la surface du globe. Les hommes qui transportaient les diffuseurs seraient sacrifiés à la cause, mais ils l'ignoraient. Ulric leur avait dit qu'il les laisserait rentrer à Oasis, mais il ne pouvait pas prendre le risque qu'ils aient été infectés.

— Où en sommes-nous ? demanda Ulric à Cutter.

— Encore vingt minutes, monsieur.

— Comment ? Pourquoi est-ce si long ?

— Nous avons encore certains équipements indispensables à transporter dans le bunker.

Oasis était équipé de sas pressurisés et de combinaisons de protection en cas de sortie extérieure d'urgence, mais Ulric ne voudrait y recourir qu'en cas de force majeure. Le bunker était alimenté par deux générateurs branchés sur l'énorme cuve de carburant enterrée juste à côté et qui contenait assez de fioul pour trois mois d'autonomie. L'eau de l'installation de désalinisation garantissait un approvisionnement stérile et les stocks de nourriture contenaient le double de ce qui leur serait nécessaire.

— Très bien, dit Ulric, mais dès que l'équipement est rentré, vous bouclez tout. Dites bien à tout le monde que nous n'attendrons pas les retardataires.

— Compris, monsieur.

Ulric reposa la radio sur son bureau et entendit toquer à la porte.

— Entrez !

Une tête apparut dans l'embrasure. Il s'agissait de David Deal, son pharmacologue de remplacement.

— Qu'y a-t-il, Deal ?

L'homme entra dans le bureau et s'arrêta sur le seuil. Il paraissait nerveux.

— Je suis navré de venir vous déranger, monsieur, mais…

Il hésita à poursuivre.

— Au fait, Deal. Nous sommes sur le point de fermer le bunker.

— Je le sais bien, monsieur. C'est pourquoi je suis là. Ils m'ont dit que j'aurais besoin de votre permission.

— Pour faire quoi ?

— Eh bien, avec l'agitation des derniers jours et mon accession récente au niveau dix, puis l'ordre de descendre immédiatement au bunker, enfin, j'ai oublié certaines choses au Pavillon dont j'ai besoin pour mon travail.

— De quoi s'agit-il ?

— De quelques blocs-notes contenant des informations cruciales. Je les ai oubliés dans la précipitation. J'ai voulu aller les récupérer, mais on m'a dit que je devais vous demander d'abord la permission.

— Combien de temps vous faut-il ?

— Juste quelques minutes. Je crois que je sais où ils sont rangés.

— Vous croyez ?

— Ce sont vraiment des notes importantes.

Ulric réfléchit à la situation. Pour garder ses disciples heureux, il devait s'assurer qu'ils restent occupés, et Deal était un ajout de dernière minute.

— Très bien. Mais faites vite.

— Oui, monsieur.

Ulric prit sa radio et informa les gardes à l'entrée qu'ils pouvaient laisser Deal sortir.

Chapitre 47

La nuit était enfin tombée, offrant à l'unité d'assaut l'obscurité tant attendue. Un caporal ouvrit le terminal qui permettait de piloter le minidrone ; cela ressemblait à une sorte d'ordinateur portable sophistiqué, équipé d'une paire de *joysticks* à la base du clavier.

Le capitaine Ramsey fit un signe de tête et le soldat qui avait préparé le drone recula d'un pas. Le caporal appuya sur un bouton et les pales de l'hélicoptère se mirent à tourner. Le son n'était pas plus fort que celui d'un sèche-cheveux.

Le drone s'éleva droit dans les airs, bientôt inaudible. Le pilote continua à lui faire prendre de l'altitude jusqu'à ce qu'il soit au-dessus de la cime des arbres. Tyler n'apercevait plus le drone qu'occasionnellement, quand celui-ci passait devant une étoile. Tant que le drone restait à cette altitude, personne ne pourrait le repérer.

Tyler, Ramsey et Grant se regroupèrent autour de l'écran diffusant les images de la caméra Starlight du drone. Ils virent l'hélicoptère passer au-dessus de la clôture puis survoler une autre zone boisée. En l'espace de deux minutes, le minidrone arriva au-dessus des premières lumières à la périphérie des bâtiments de la propriété.

Le drone survola le hangar le plus éloigné du manoir et exécuta un cercle au-dessus. Aucune activité. Même constat pour le deuxième hangar. Des lampes à arc similaires aux réverbères qui bordaient les rues d'une ville éclairaient la propriété.

Au dernier hangar, qui était le plus proche du manoir et de l'hôtel, une dizaine d'hommes déchargeaient du matériel depuis un camion et le transportaient dans le bâtiment par une large porte de livraison. Le drone manœuvra pour tenter d'apercevoir l'intérieur du hangar, mais l'angle était trop important.

— J'essaie de descendre un peu ? demanda le pilote.

— Négatif, répondit Ramsey. Avec tous ces gens, il y a trop de risques d'être repéré. Restez en stationnaire.

À côté du camion, deux gardes en tenue et bonnet noirs attendaient près d'un 4 × 4 Ford, leur fusil en bandoulière. Un autre 4 × 4 s'arrêta à côté du premier et un des gardes alla parler au conducteur.

Le drone survola le domaine à la recherche d'autres gardes. Il repéra trois autres 4 × 4, ainsi que cinq gardes à pied. Cela en faisait quinze en tout, mais il y en avait probablement d'autres à l'intérieur des bâtiments. Toutes les lumières étaient éteintes dans la résidence principale ; quelques-unes s'allumaient encore aux fenêtres du bâtiment qui ressemblait à un hôtel. En dehors des gardes et des hommes qui déchargeaient le camion, la propriété semblait déserte. Tyler supposa que le reste des résidants se trouvaient déjà dans le bunker. Le temps était compté.

Le drone revint survoler le centre du domaine et repéra un homme qui sortait du hangar par une porte latérale.

— Encore un garde ? demanda Ramsey.

— Je ne vois pas d'arme, remarqua Grant. Il ne porte pas de bonnet noir non plus.

— Et il a un pantalon kaki, ajouta Tyler. Ce doit être un des civils.

— Qu'est-ce qu'il fait ?

— Il se dirige vers le bâtiment qui ressemble à un hôtel. C'est peut-être l'occasion qu'on attendait.

— Que voulez-vous dire ?

— Si nous tentons de capturer un des gardes vivant, il y a peu de chances qu'il nous aide, même sous la menace. J'ai déjà vu deux d'entre eux se donner la mort pour éviter la capture. Mais un civil, c'est une autre histoire. Si nous arrivons à aller jusqu'à lui, il pourrait bien être notre ticket d'entrée pour le bunker.

— Dans ce cas, il est temps d'essayer votre idée. Vous pensez vraiment que ça peut marcher ?

— Cela dépendra des gardes sur lesquels nous tomberons. Si c'est Cutter, nous sommes cuits. Avec quelqu'un d'autre, nous aurons peut-être notre chance.

— Très bien, dit Ramsey. Voyons un peu quel tour vous avez dans votre sac.

Justin Harding, un ancien Ranger recruté par Dan Cutter, était adossé à la portière passager du 4 × 4 quand il entendit un énorme craquement en provenance de l'extrémité nord de la propriété, immédiatement suivi par un fracas qui se répercuta à travers les bois.

Il se tourna vers Burns, le conducteur, et était sur le point de rapporter l'incident quand il reçut un appel radio de Cutter.

— Patrouille Écho, ici la base. Nous venons de détecter une intrusion au niveau de la clôture nord. Allez voir sur place de quoi il s'agit. La patrouille Bravo vous rejoint sur zone. En cas de présence ennemie, vous avez ordre d'engager le combat.

Cutter précisa ensuite les coordonnées exactes de l'incident.

— Bien reçu. Patrouille Écho, terminé.

Burns démarra le 4 × 4 et quitta en trombe le centre du domaine. Le 4 × 4 zigzagua entre les arbres en cahotant sur le sol inégal.

Arrivé à une centaine de mètres, Burns arrêta le véhicule et les deux hommes descendirent. S'il y avait des ennemis, Harding n'avait aucune envie de foncer tête baissée dans une embuscade.

En compagnie de Burns, qui avait servi lui aussi dans les Rangers, ils opérèrent une approche classique, en couvrant chacun leur tour la progression de l'autre. Quand ils atteignirent l'orée des arbres, Harding scruta la clôture à l'aide de ses jumelles à infrarouge. Aucune trace d'hommes ou de bêtes dans les environs. Il alluma sa lampe torche et vit immédiatement quel était le problème. Il se releva et abaissa son arme.

— Oh non ! pas encore, se plaignit-il à Burns. Et pile sur la clôture cette fois-ci.

Il contacta par radio Jones, qui conduisait le deuxième 4 × 4.

— Patrouille Bravo, avancez jusqu'à la clôture et allumez vos phares.

Le 4 × 4 se rapprocha et la clôture fut brillamment éclairée par les phares du véhicule.

— Ben dis donc ! s'exclama Jones en sortant du 4 × 4. Il est tombé droit dessus.

Un gigantesque pin s'était effondré depuis la forêt de l'autre côté de la clôture et avait écrasé le grillage sur six mètres de large.

— Comme si on avait besoin de ça ce soir.

Durant la tempête des jours précédents, le vent avait fait tomber un arbre, ce qui avait déclenché les détecteurs, mais cela s'était produit dans les bois et la chute était presque passée inaperçue. Cet arbre-là représentait un bien plus gros problème.

— La base, appela Harding sur sa radio, nous avons une autre chute d'arbre.

— Où ça ?

— Juste sur la clôture. C'est ce qui a déclenché l'alerte.

— Vous pouvez réparer les dégâts ?

— Négatif. L'arbre a écrasé la clôture.

— Nous ne pouvons pas entreprendre de réparations si importantes avant demain matin. Burns et toi restez ici pour monter la garde. Renvoyez la patrouille Bravo au centre de la propriété. Elle viendra vous relever d'ici à quelques heures. Je veux un rapport de situation toutes les quinze minutes.

— Bien reçu.

Harding rangea sa radio.

— Vous avez entendu le boss, dit-il aux trois autres gardes, qui se tenaient devant le 4 × 4 et contemplaient l'énorme arbre couché. On va être de corvée ce soir.

Harding entendit un petit « pop » en provenance de la ligne d'arbres de l'autre côté de la clôture. La tête de Burns partit brusquement en arrière et Harding eut le temps de sentir l'odeur du sang giclant de la blessure mortelle de son binôme avant d'être abattu à son tour.

Le conducteur de la patrouille Écho fut le premier à être descendu par les snipers de l'unité d'assaut. Tyler les regarda ajuster leurs fusils PSG-1 à silencieux et mettre en joue les trois autres gardes. Tout fut terminé en moins de deux secondes, bien trop rapidement pour que les gardes aient le temps de réagir.

L'unité d'assaut avait intercepté leurs communications radio et savait donc à quel moment faire feu. Le plan s'était déroulé exactement comme Tyler l'avait prévu.

Le sol était tellement détrempé que les racines des arbres peinaient à maintenir les troncs à la verticale. Tyler s'était rappelé que la tempête qui avait frappé Seattle pendant son absence avait endommagé des arbres sur tout le pourtour du détroit de Puget. Avec un sol si gorgé d'eau, il ne fallait pas grand-chose pour faire tomber un arbre.

Il avait sélectionné un pin qui penchait déjà suffisamment en direction de la clôture pour être certain du sens de sa chute. Il lui avait ensuite suffi d'enfouir quelques explosifs à des endroits stratégiques autour de la base du tronc. Il avait choisi d'utiliser de petites charges afin que leur détonation puisse passer pour les craquements d'un tronc pourri. Grâce au radar à pénétration de sol, il avait pu repérer les plus grosses racines de l'arbre et concentrer les charges explosives autour de ces dernières.

Le pin était tombé directement sur la clôture. D'un seul coup d'un seul, ils avaient ouvert une brèche dans la clôture, éliminé quatre gardes, récupéré deux véhicules et déjoué les capteurs de mouvement.

L'unité traversa au pas de course la quinzaine de mètres qui la séparait de la clôture et se glissa dans la brèche ouverte par la chute de l'arbre.

Tyler regarda les quatre cadavres des gardes qui gisaient devant le 4 × 4. Les phares du véhicule étaient encore allumés, éclairant la scène macabre. Tyler n'éprouvait aucun remords pour cette attaque surprise, pas après tout ce qu'il avait vécu cette semaine.

— Vous avez entendu l'homme à la radio, dit Tyler à Ramsey. Nous avons quinze minutes avant le prochain rapport de situation.

— Très bien, dit Ramsey. Ne perdons pas de temps.

Chapitre 48

Seules quelques lumières s'apercevaient dans le Pavillon, qui était le nom que les disciples de l'Église avaient donné à cette sorte d'hôtel où ils logeaient dans la propriété d'Orcas. Une fois que le courant serait coupé dans le bâtiment, celui-ci serait plongé dans le noir. Vu le temps que David Deal avait passé au Pavillon, il aurait cru s'y sentir à son aise, mais le voir ainsi déserté le perturba au contraire. Il avait l'étrange sensation que les visions qu'il avait reçues risquaient à tout instant de revenir et que cette fois-ci elles ne seraient plus si bienveillantes.

Il traversa le hall d'entrée et grimpa l'escalier jusqu'à sa chambre, au deuxième étage. Il avait expliqué au Guide des croyants qu'il avait oublié certains documents de travail importants, mais en vérité ce qu'il avait laissé derrière lui était quelque chose de bien plus précieux à ses yeux. Il n'aurait jamais osé dire à Sebastian Ulric qu'il avait besoin d'une permission spéciale pour aller récupérer une lettre que sa fille lui avait écrite des années auparavant, une lettre qu'il avait cachée sous son matelas afin que personne ne la découvre.

Sa femme l'avait abandonné avec leur petite fille afin d'aller s'installer avec un autre homme, un *dealer* de drogue qui l'avait entraînée dans une vie de débauche et de péché. Bon débarras, s'était dit Deal, qui avait élevé seul leur fille. Mais deux ans plus tard, celle-ci avait succombé à une leucémie.

Dévasté par ce deuil, Deal s'était tourné vers la religion en quête de réponses. Et quand son ancienne Église n'avait pu lui apporter la consolation qu'il cherchait, il avait rencontré la Sainte Église diluvienne qui promettait l'avènement d'un Nouveau Monde paradisiaque dans un futur proche, quelque chose qu'il verrait s'accomplir de son vivant. Il avait trouvé au sein de l'Église des gens comme lui, des intellectuels qui avaient soif de croire en quelque chose de plus grand qu'eux, et une religion dans laquelle la science n'était pas une illusion à rejeter, mais au contraire la voie offrant les réponses qu'il cherchait.

Lorsqu'il avait commencé à recevoir des visions au cours de sa mise à niveau, il avait eu la conviction que le diluvianisme était bien le chemin qui lui permettrait de donner un sens à sa vie.

Puis le Guide des croyants, Sebastian Ulric, leur avait annoncé que le Nouveau Monde était sur le point de s'accomplir et que lui, David Deal, avait été choisi pour en faire partie. Deal ne savait pas exactement en quoi ce Nouveau Monde consistait, mais Ulric leur avait promis qu'après quatre-vingt-dix jours d'isolement dans l'abri souterrain, ils émergeraient dans ce Nouveau Monde, un Éden terrestre que Deal contribuerait à façonner.

Seules quelques personnes dans le cercle des intimes d'Ulric savaient exactement en quoi consistait ce Nouveau Monde et, malgré sa curiosité, Deal acceptait de ne pas être du nombre. Ulric leur avait dit que d'autres personnes pourraient tenter de leur prendre leur Oasis, ce qui expliquait les mesures de sécurité exceptionnelles : les gardes, les clôtures, les armes, les mots de passe pour entrer et sortir du bunker. Cette semaine, le mot de passe ordinaire était « projecteur » et le mot de passe d'alerte était « paradis ». Deal était enthousiasmé par tout ce mystère et par ce Nouveau Monde à venir.

La décision de lui permettre de rejoindre Oasis s'était prise dans la précipitation et c'était la raison pour laquelle il avait oublié la lettre sous son matelas. En temps normal, il la conservait dans une poche dissimulée à l'intérieur de sa valise, mais il avait pris l'habitude de la lire chaque soir avant de s'endormir et il avait donc été plus pratique de la glisser sous le matelas. Ce ne fut que lorsqu'il prit ses quartiers à Oasis qu'il se rendit compte qu'il avait oublié la lettre dans sa chambre au Pavillon. Si ce dernier était incendié ou pillé, Deal risquait de perdre à jamais le dernier lien qui lui restait avec sa fille, et même la plus belle utopie du monde ne signifiait plus rien sans cela.

Arrivé dans sa chambre, Deal ne mit qu'un instant à récupérer la lettre là où il l'avait laissée. Il la fourra dans sa poche, referma la porte de sa chambre et redescendit l'escalier.

Il finissait de traverser le hall quand la porte d'entrée s'ouvrit. Deux gardes en pantalon, sweat-shirt et bonnet noirs s'avancèrent vers lui. Il y avait un grand homme blanc qui arborait un léger sourire et un Afro-Américain à la musculature impressionnante. Deal ne se rappelait pas les avoir déjà croisés, mais il n'était là que depuis peu de temps et ne connaissait pas encore la moitié des gardes.

Deal supposa qu'il avait été trop lent et qu'ils venaient pour le ramener au bunker. Cela lui convenait parfaitement : il avait récupéré son bien et était désormais prêt à attendre l'avènement du Nouveau Monde.

— Quel est votre nom ? lui demanda le plus grand des deux gardes.

— David Deal. Désolé d'avoir mis si longtemps. Le Dr Ulric m'avait autorisé à venir récupérer quelque chose dans le Pavillon.

— Mais il veut à présent que vous reveniez et nous devons vous ramener à lui.

Deal haussa les épaules. Toutes ces précautions lui semblaient un peu exagérées, mais de toute façon il était sur le point de revenir.

Tyler avait appris d'expérience que le meilleur moyen de franchir la sécurité d'un endroit était d'agir comme si vous étiez chez vous. Ce Deal les avait pris pour des gardes et Tyler se garda bien de le démentir.

Ils sortirent du Pavillon et escortèrent Deal jusqu'au 4 × 4 pris aux gardes éliminés. Ramsey occupait le siège conducteur et le soldat Knoll de l'unité d'assaut était assis à l'arrière. Grant s'installa sur le siège passager et Tyler monta à l'arrière avec Deal, qui se serra entre Knoll et lui. Ramsey dirigea le véhicule vers la porte du hangar par laquelle ils avaient vu Deal sortir.

Après s'être débarrassé des cadavres des gardes, Ramsey avait ordonné au reste de l'unité de rester en arrière près de la clôture avec un des véhicules et d'abattre toute personne qui s'approcherait. Avec deux 4 × 4 qui s'étaient rendus sur le lieu de l'incident, personne ne s'inquiéterait de voir l'un d'eux revenir. Nul besoin de s'occuper des capteurs de mouvement ; tous ceux de la zone avaient probablement été désactivés pour éviter les fausses alertes.

Si d'autres gardes apercevaient le 4 × 4 avec plus de quatre personnes à bord, cela aurait eu l'air louche. Bien sûr, si une personne qui connaissait bien les gardes les voyait de plus près, la ruse serait de toute façon éventée.

Le radar à pénétration de sol avait confirmé la présence d'un vaste abri souterrain. Oasis se trouvait bien là. Tyler se rappelait que les plans d'origine du bunker comprenaient un laboratoire de confinement de niveau quatre similaire à celui du Centre de contrôle des maladies, prévu *a priori* pour analyser les éventuelles armes de destruction massive qui justifiaient la construction de cet abri. Il savait à présent que ce laboratoire était en réalité destiné à la fabrication d'une arme biologique.

Ramsey confia le commandement du groupe arrière à un sergent bourru, avec ordre de surveiller les communications radio. S'ils rencontraient de l'opposition dans la propriété ou si l'alerte générale était donnée, l'unité devait lancer immédiatement l'assaut. Comme Tyler était le seul à connaître le plan général d'Oasis et qu'il avait son idée sur la façon d'y pénétrer, il accompagnait Ramsey, et avait insisté pour que Grant soit le quatrième.

Ils s'étaient changés pour revêtir les habits des gardes. Sur les quatre gardes tués, ils avaient réussi à récupérer trois tenues qui ne soient pas trop ensanglantées. Trois des gardes avaient été éliminés d'un tir à la tête et deux bonnets étaient hors d'usage. Le quatrième garde avait été touché au cou. Ramsey et Knoll ne portaient donc pas de bonnet, et le capitaine avait enfilé un des sweat-shirts les plus tachés de sang. De loin, il ferait tout de même illusion.

Le trajet jusqu'au hangar en compagnie de Deal ne prit que très peu de temps, mais la montre de Tyler lui indiqua qu'il ne leur restait que huit minutes avant le moment où Harding était censé rendre compte à la base. Ils devaient agir sans tarder.

Tyler se doutait bien que pénétrer à l'intérieur d'Oasis ne devait pas être aussi simple que de franchir une porte, mais il ne pouvait pas interroger Deal sans que celui-ci le démasque. Il devait donc improviser. Il dit à Grant, Ramsey et Knoll d'attendre dans la voiture. Ils resteraient en contact avec Tyler par l'intermédiaire de leurs oreillettes et sauraient quand le rejoindre.

La lumière de la lame à arc éclairait brillamment la porte d'entrée. Tyler sortit du véhicule, suivi par Deal. Ce dernier se retourna vers le 4 × 4 le temps que Tyler ferme la portière et son regard se posa sur Ramsey. Il se figea, puis se pencha vers ce dernier, les yeux écarquillés.

— Mon Dieu ! qu'est-ce qui vous est arrivé ?

Dans la lumière crue du lampadaire, le sang qui maculait les vêtements de Ramsey était clairement visible.

Tyler saisit Deal et le plaqua sur le capot, en lui plaçant une main sur la bouche.

— Écoutez-moi bien. Faites exactement ce que je dis et je n'aurai pas à vous tuer. Aucun geste brusque et aucun cri. Hochez la tête si vous avez bien compris.

Deal acquiesça sur-le-champ. Tyler ôta prudemment sa main, prêt à la remettre sur la bouche de Deal si celui-ci se mettait à crier.

— Que voulez-vous ? demanda Deal en tremblant.

— Je veux que vous me fassiez entrer dans Oasis. Quelle est la procédure ?

Deal déglutit nerveusement.

— Il y a… un garde à l'intérieur, derrière une vitre blindée. Il ouvre la porte après vérification des empreintes sur un scanner et il faut également lui donner un mot de passe.

— Quel est le mot de passe ?

Deal sembla hésiter l'espace d'une seconde, puis se décida à parler :

— C'est « paradis ».

La façon dont Deal avait prononcé le mot fit douter Tyler.

— Vous êtes bien sûr ? Parce que si le garde n'ouvre pas cette porte, je vous abattrai sur-le-champ.

Tyler bluffait. Il n'exécuterait jamais un civil désarmé, mais il avait affirmé cela d'une voix ferme.

— La porte s'ouvrira, répondit Deal en gémissant. Je vous le jure.

— Très bien. Nous allons entrer à présent. Faites ce qu'il faut et il ne vous arrivera rien.

Deal acquiesça de nouveau et retrouva son sang-froid. Il s'avança vers la porte, Tyler sur ses talons.

Ils pénétrèrent dans un petit vestibule donnant sur une porte métallique coulissante et un garde assis à l'abri d'une vitre pare-balles. Le garde les dévisagea cependant que Deal posait sa main sur l'écran du scanner biométrique.

— Qui êtes-vous ? demanda le garde à Tyler, voyant que ce dernier ne prenait pas la peine de poser la main sur l'écran du scanner.

— Tyler. James Tyler.

Il valait toujours mieux utiliser quelque chose qui soit proche de la vérité lorsque l'on mentait. James était son deuxième prénom.

— Je ne vous ai encore jamais vu, Tyler.

— Je suis nouveau. Cutter m'a engagé il y a deux jours, en remplacement d'Howard Olsen.

— Passez au scanner.

— Je ne peux pas. Avec toute l'agitation de ces derniers temps, ils n'ont pas encore eu le temps d'enregistrer mes données dans le système. Mais le Dr Ulric m'a demandé de ramener M. Deal en bas.

Tyler s'était souvenu du nom de l'homme qui s'était jeté de l'ascenseur de la Space Needle, Howard Olsen, et misait sur le fait que ce dernier appartenait sûrement aux gardes. Apparemment, la ruse sembla fonctionner. Tous ces noms véritables donnés sans la moindre hésitation avaient convaincu le garde que Tyler était bien celui qu'il prétendait.

— Mot de passe, demanda le garde.

Tyler ne quitta pas le garde des yeux. Il ne pouvait forcer Deal à donner le mot de passe et, si ce dernier se décidait, il voulait voir la réaction du garde.

— Paradis, dit Deal.

Le garde hocha la tête. Tyler, le regard rivé sur le visage du garde, remarqua son imperceptible haussement de sourcil. L'homme masquait bien ses émotions et si Tyler n'était pas resté totalement concentré sur lui, il n'aurait jamais remarqué cette fugace expression de surprise. Apparemment, il ne s'agissait pas du mot de passe auquel il s'attendait.

Quoi qu'il en soit, le garde appuya d'un geste nonchalant sur un bouton du panneau de contrôle qui lui faisait face et la porte coulissa dans le mur. Puis sa main retomba le long de son corps et il leur fit signe de l'autre main de franchir la porte. Une manœuvre de diversion classique. Il était sur le point de dégainer.

Tyler fit donc de même. D'un signe de la main, il indiqua à Deal de passer le premier, détournant ainsi l'attention de son autre main, qu'il fourra dans la sacoche qui pendait contre son flanc. Il devait bien calculer son coup, sinon il serait mort à la seconde où il franchirait cette porte.

Chapitre 49

Le garde en poste à l'entrée d'Oasis ce soir-là s'appelait George Henderson. Ce boulot n'était pas ce qu'il préférait, mais George était un professionnel, et il accomplissait sa tâche avec application, particulièrement attentif à tout événement qui sortait de l'ordinaire. Ce type qui disait s'appeler Tyler répondait en tout point à cette catégorie.

Normalement, Henderson aurait été un des premiers à apprendre le recrutement d'un nouveau membre pour l'équipe de sécurité. Mais vu l'agitation qui avait régné au domaine ces derniers temps, il était plausible que l'information ne lui ait pas été transmise. Les membres de la sécurité assuraient cette garde par rotation et c'était la première fois qu'il se retrouvait à ce poste depuis une semaine. Quand Tyler avait mentionné Cutter, Olsen et Ulric, il s'était dit que ce type semblait réglo… jusqu'à ce que Deal donne le mot de passe d'alerte, « paradis ». Peu importe qui était ce Tyler, il n'était pas le bienvenu.

Henderson songea un instant à appeler Cutter pour rendre compte sans ouvrir la porte d'accès, mais il décida qu'il avait une bonne occasion de régler le problème lui-même. En cas de situation de ce genre, ses ordres étaient de prendre les mesures qui lui semblaient appropriées, y compris l'élimination du suspect, et ce fut exactement ce qu'il décida de faire. S'il les débarrassait de l'intrus, ce genre d'acte héroïque lui vaudrait certainement d'échapper pour toujours à la corvée de garde.

Il appuya donc sur le bouton commandant l'ouverture de la porte et descendit simultanément son autre main vers l'arme à sa ceinture. Il comptait la dégainer au moment où l'intrus faisait le tour de la vitre blindée pour s'avancer vers la porte. Henderson serait alors en mesure d'abattre Tyler avant que celui-ci ait le temps de comprendre ce qui lui arrivait.

L'intrus fit signe à Deal de passer le premier. Deal s'avança et, au même moment, Henderson entendit quelque chose tomber sur le sol. D'instinct, son regard quitta Tyler pour regarder par terre, où il vit un cylindre métallique rebondir contre le bas du mur pour atterrir à ses pieds.

Il aperçut du coin de l'œil Tyler qui se jetait au sol de l'autre côté de la vitre pare-balles, mais il comprit trop tard que le cylindre à ses pieds était une grenade étourdissante. Il avait les yeux tournés vers celle-ci quand elle explosa.

Tyler se jeta au sol en se bouchant les oreilles et en fermant les yeux de toutes ses forces. Il avait ôté la goupille de la grenade et compté jusqu'à deux avant de la jeter d'un discret mouvement du poignet par la porte ouverte.

La grenade explosa avec un bruit sourd. Le souffle de la détonation s'accompagna d'un flash de lumière. Dans la majorité des cas, l'explosion n'était pas dangereuse mais elle étourdissait les cibles en provoquant un aveuglement et une surdité temporaires.

Tyler bondit sur ses pieds et franchit le seuil. Deal et le garde étaient couchés sur le sol, les mains sur leurs yeux. Avant que le garde ait le temps de reprendre ses esprits, Tyler lui assena un coup de crosse sur la nuque avec le fusil qu'il avait récupéré sur un de ses collègues. Le garde s'effondra contre le bureau, inconscient mais vivant. La fumée s'attarda dans la pièce tandis que le système de ventilation s'employait à la dissiper.

Tyler profita du couvert de la fumée pour briser la caméra de surveillance, mais il savait qu'il ne faudrait pas longtemps à l'équipe de sécurité de Cutter pour s'apercevoir que celle-ci ne fonctionnait plus. Quand cela arriverait, les agents de sécurité penseraient d'abord à une panne. Ils appelleraient alors le garde pour s'assurer qu'il ne s'agissait pas d'une intrusion et, n'obtenant pas de réponse, enverraient quelqu'un vérifier. Tyler estimait qu'ils avaient au mieux deux minutes pour agir.

Grant et Ramsey, qui avaient entendu la détonation de la grenade grâce à leurs oreillettes, entrèrent précipitamment dans le bâtiment, l'arme au poing ; Tyler n'avait pas eu l'occasion de les avertir de son action. Ils baissèrent leurs fusils en voyant que Tyler était le seul qui soit encore debout.

— À ce qu'il semble, tu as la situation sous contrôle, remarqua Grant.

— Il a essayé de me descendre au lieu de donner l'alerte, dit Tyler.

— Grossière erreur.

— Où est Knoll ?

— Il monte la garde à l'extérieur.

— Nous ferions mieux de nous dépêcher.

Ramsey sortit d'une poche un paquet de liens en plastique et en tendit une paire à Tyler, qui ligota les mains et les chevilles du garde. Grant fit de même avec Deal, qui était encore étourdi, tandis que Ramsey contactait son sergent par radio.

— Leader Arès à Arès un, appela-t-il.

— Arès un à l'écoute.

— Nous avons franchi la porte d'entrée. Nous avons encore cinq minutes avant le rapport des gardes.

Maintenez votre position. Je vous alerterai quand nous aurons pris le contrôle du système de fermeture du bunker. Ne bougez pas avant que je vous en donne l'ordre.

— Bien reçu.

Tyler vérifia le couloir qui s'ouvrait derrière la porte gardée et qui menait à une intersection. À gauche et à droite partaient de longs couloirs qui se terminaient chacun par une porte. Tyler se tourna et vit deux ascenseurs équipés d'un seul bouton d'appel, pour descendre. En face des ascenseurs se trouvait une porte blindée à triple épaisseur d'acier, sans doute capable de résister à un tir direct de lance-roquettes.

Tyler ouvrit la porte, qui donnait sur un immense hall occupant l'essentiel du hangar. À l'autre bout, à cent cinquante mètres de là, se trouvaient la porte principale du hangar qui était ouverte et, à côté, un grand ascenseur de service. Deux gardes se tenaient devant l'ascenseur et surveillaient le chargement d'équipements. Apparemment, la porte blindée avait suffisamment assourdi la détonation de la grenade étourdissante pour que les gardes n'aient rien entendu au milieu des bruits de déchargement.

Le hangar ne contenait qu'une seule chose, mais en très grande quantité : de la terre. Des tas énormes de déblais montaient jusqu'au toit et occupaient tout le volume du hangar, à l'exception d'une allée de circulation qui permettait de rejoindre l'ascenseur. Les autres hangars devaient être tout aussi pleins que celui-ci.

Tyler referma la porte sans que les gardes, focalisés sur les opérations de chargement, le repèrent. Il revint dans le couloir, passa devant les ascenseurs et ouvrit la porte qui se trouvait au bout. Celle-ci donnait sur une large cage d'escalier qui s'enfonçait dans le sous-sol.

Au niveau du premier palier, une lourde cloison de béton horizontale était encastrée dans le mur. Une pression sur un bouton du poste central de sécurité et la cloison coulisserait pour venir s'encastrer dans le mur d'en face, recouvrant entièrement la cage d'escalier. Il faudrait bien plus d'explosifs que Tyler n'en avait dans son sac pour détruire une cloison si épaisse.

Tyler n'entendit aucun bruit dans la cage d'escalier et referma la porte. Il revint au pas de course jusqu'au poste de garde et vit l'ordinateur sur le bureau. S'ils parvenaient à pénétrer dans le système informatique, ils pourraient peut-être trouver un plan du bunker.

— Je vais vérifier…

Tyler n'eut pas le temps de terminer sa phrase. Il entendit un coup de feu claquer à l'extérieur du bâtiment. La porte d'entrée s'ouvrit brutalement et le corps sans vie de Knoll s'effondra à l'intérieur. Un garde se précipita dans l'entrée et bondit au-dessus de Knoll. Il s'immobilisa quand il vit la fumée qui envahissait encore la pièce et les trois silhouettes d'hommes qui se dressaient dans le poste de garde.

L'homme leva son arme pour tirer et Tyler tendit la main vers le bouton contrôlant la fermeture de la porte blindée. Il pressa le bouton au moment où les balles de la mitraillette du garde venaient cribler le mur derrière la porte ouverte. Grant se jeta au sol pour éviter les tirs et la porte se referma en coulissant. Le garde visa la vitre, qui était effectivement blindée, et les balles s'y écrasèrent sans pouvoir la pénétrer.

Le garde porta sa radio à ses lèvres et Tyler comprit qu'ils n'avaient plus que quelques secondes pour descendre dans l'escalier. Le garde était en train de donner l'alerte et l'abri allait être immédiatement bouclé.

— Venez ! cria Tyler en se précipitant vers l'escalier de droite.

Grant lui emboîta le pas, suivi de Ramsey qui criait dans sa radio :

— Arès un ! Ici Leader Arès ! Nous avons été repérés ! Commencez votre attaque !

— Bien reçu, Leader Arès !

Tyler ouvrit la porte et dévala les marches quatre à quatre. Une sonnerie résonna soudain. Il venait de franchir le palier quand la cloison commença à sortir du mur pour recouvrir la cage d'escalier. La cloison de béton devait peser plusieurs tonnes, mais elle se fermait rapidement. Elle recouvrait déjà la moitié de la cage d'escalier quand Grant sauta par-dessus et se réceptionna dans l'escalier. Ramsey se plaqua à la rampe contre le mur opposé. Il se ramassa sur lui-même et fit un roulé-boulé dans l'escalier, passant de justesse sous la cloison avant que celle-ci ne s'encastre dans le mur opposé avec un bruit sourd.

La sonnerie diminua de volume et une voix de femme se fit entendre :

« Alerte intrusion. Veuillez rester dans vos chambres. »

Le message se répéta dix secondes plus tard. Il était sans doute destiné aux civils présents dans le bunker.

— Ça va ? demanda Tyler à Ramsey en l'aidant à se relever.

— Je survivrai, répondit Ramsey en se massant l'épaule.

— Essayez votre radio.

Ramsey essaya à trois reprises de contacter le sergent. Aucune réponse, seulement des interférences.

— Les communications sont bloquées par l'épaisseur de la cloison, dit Ramsey.

— Et si nous n'arrivons pas à les joindre, cela veut dire que nous ne pouvons pas non plus contacter le bombardier.

— Dans ce cas, une fois que nous aurons trouvé l'arme biologique, notre premier objectif sera de rouvrir cette cloison.

Tyler se contenta de hocher la tête. Ils avaient tous trois conscience du défi qui les attendait. Il y avait sept niveaux à explorer, certainement au moins une vingtaine de gardes à l'intérieur d'Oasis ainsi que des centaines de civils désarmés – dont Dilara Kenner –, et s'ils ne mettaient pas la main sur l'arme biologique et ne rétablissaient pas le contact avec leur unité dans les trente prochaines minutes, la bombe la plus puissante de l'arsenal militaire – à l'exception des engins nucléaires – transformerait le complexe entier en un cratère fumant.

Grant s'éclaircit la voix.

— Bon, c'est pas gagné.

Chapitre 50

Dilara Kenner était vaguement consciente d'un bruit assourdissant qui ressemblait à la voix de quelqu'un lui criant après. Elle cligna des paupières et ouvrit les yeux. Sa tête retomba mollement sur le côté en lui donnant l'impression qu'elle était embourbée dans des sables mouvants. Pendant un instant, elle ne se rappela plus où elle était. Puis elle distingua deux hommes de l'autre côté de la pièce. L'un d'eux, tout de noir vêtu, était en train de parler dans une radio. L'autre, qui portait une blouse blanche de laboratoire, ne quittait pas son comparse des yeux. Puis Dilara les reconnut, ainsi que le fauteuil dans lequel elle avait été attachée et l'adrénaline afflua dans ses veines.

Elle ne se souvenait pas de la façon dont elle s'était retrouvée allongée sur la table. La drogue qu'ils lui avaient injectée la rendait cotonneuse, mais la sonnerie qui continuait à résonner dans la pièce avait fini par la réveiller.

Les paroles crachées par les haut-parleurs devinrent enfin distinctes.

« Alerte intrusion. Veuillez rester dans vos chambres. »

Quelqu'un donnait l'assaut au bunker. Et si des alliés avaient pénétré le complexe, sa meilleure chance était d'aller elle-même à leur rencontre.

Son esprit embrumé s'éclaircit peu à peu. Elle ferma les yeux et se força à se concentrer. S'ils remarquaient qu'elle était de nouveau réveillée, ils la rattacheraient au fauteuil ou la ramèneraient dans sa chambre.

— Restez là et surveillez-la, dit le garde à la voix grave. Je vais voir ce qui se passe. Verrouillez la porte et ne l'ouvrez pas. Je viendrai vous ouvrir quand la situation sera revenue à la normale.

Elle entendit la porte s'ouvrir puis se refermer. Elle était désormais seule avec le docteur.

Dilara plia subrepticement les mains et les jambes. Ses membres répondaient, mais elle ne savait pas si elle avait récupéré toutes ses forces. Elle devait de toute façon prendre le risque d'agir.

Elle laissa échapper un petit gémissement et remua légèrement la tête comme si elle était en train de reprendre conscience.

Il lui sembla que le docteur s'était rapproché et se tenait à côté de la table d'examen. Elle cilla, ouvrit les yeux et les referma. Il se tenait à côté d'elle et était probablement en train de se demander ce qu'il devait faire. Son entrejambe se trouvait juste au niveau de la table. Parfait.

Dilara se tourna sur le flanc pour faire face au docteur et gémit derechef. L'homme tendit la main pour l'empêcher de tomber et ne vit pas le genou de Dilara se plier pour frapper.

Le coup de genou l'atteignit à l'aine et le petit homme se plia en deux avec un cri de douleur. Il tomba à genoux, la respiration coupée.

Dilara bondit de la table avec trop de précipitation. La tête lui tourna violemment et elle dut s'appuyer à la table pour ne pas tomber.

Le docteur tenta de se relever en titubant. Dilara retrouva les réflexes acquis durant ses cours d'autodéfense. Quand elle avait choisi une carrière qui l'amènerait à effectuer de longues campagnes de fouilles dans des régions dangereuses, elle avait pris des cours de *close-combat* et de maniement des armes, pour pouvoir parer à toute éventualité. Elle s'en félicitait aujourd'hui. Et une des premières choses qu'elle avait apprises était que le coude faisait partie des points les plus durs du corps humain et que l'on pouvait l'utiliser pour faire un maximum de dégâts avec un minimum de risques de se blesser.

La tête du petit médecin se trouvait désormais à hauteur du coude de Dilara.

Rassemblant toutes les forces qui lui restaient, elle projeta son coude en arrière et frappa le docteur à la tempe, envoyant sa tête rebondir contre le bord de la table. Le bras de Dilara l'élança furieusement, mais elle avait réussi son coup : l'homme s'affala sur le sol, assommé.

Dilara n'était pas assez forte pour l'installer dans le fauteuil et l'attacher. De toute façon, elle n'avait pas de temps à perdre ; les autres risquaient de découvrir rapidement qu'elle s'était échappée. Sa seule chance était de rejoindre ceux qui avaient investi le bunker. Elle ignorait leur identité, mais il ne pouvait s'agir que d'amis s'ils attaquaient le complexe.

Elle fouilla la pièce du regard en quête de quelque chose pouvant lui servir d'arme, peu désireuse de sortir du laboratoire les mains vides.

Cutter se trouvait en compagnie d'Ulric dans les laboratoires scientifiques du niveau cinq quand il fut averti par les gardes que l'entrée avait été forcée. Ulric et Cutter étaient en train de superviser la dernière étape de préparation des diffuseurs de prion avant leur expédition. Dès qu'il reçut l'alerte, Cutter ordonna la fermeture des cloisons du bunker.

Peu après, les gardes qui se trouvaient encore à l'extérieur lui rapportèrent qu'ils étaient attaqués par un groupe d'assaut, probablement des commandos des forces spéciales.

Cutter alla à un moniteur et visionna l'enregistrement de la caméra de sécurité de l'entrée. Il vit un garde franchir la porte avec David Deal, puis un flash et un rideau de fumée, et plus rien. Cutter repassa l'enregistrement et reconnut l'homme habillé en garde.

— Tyler ! s'écria Ulric. L'annonce de sa mort était un leurre ! Les cloisons se sont-elles refermées à temps ?

— Mon garde n'a pas pu accéder à l'escalier, répondit Cutter, mais il pense que les intrus ont peut-être réussi. Il les a vus se diriger vers l'escalier est.

— Dilara Kenner. Nous pourrons nous servir d'elle comme otage. Dites au garde qui la surveillait de nous l'amener. Peu importe si elle ne s'est pas encore réveillée.

Cutter appela le garde qu'il avait laissé en compagnie du docteur.

— La femme est-elle toujours inconsciente ? demanda Cutter.

— Je ne sais pas, répondit le garde.

— Comment ça, tu ne sais pas ?

— Je suis en route pour la salle de contrôle, dit le garde.

— Comment ? Retourne à la salle d'examen et va chercher Kenner. Amène-la aux laboratoires. Porte-la au besoin. Et passe par l'escalier ouest.

— À vos ordres, monsieur.

— Si Tyler n'a que deux hommes avec lui, réfléchit Ulric, que peut-il faire ?

— On dirait bien qu'ils ont des renforts militaires à l'extérieur, donc ils vont essayer de rouvrir les cloisons. S'ils y parviennent, les soldats en surface pourront lancer un assaut de grande envergure contre Oasis et tous nous éliminer.

— Dans ce cas, allez à la salle de contrôle. Maintenant. Et coupez-moi cette fichue alarme, mais ordonnez bien à tout le monde de rester dans sa chambre. Je m'occupe de terminer ici. Quand nous aurons Kenner, vous raccorderez le laboratoire aux haut-parleurs généraux. Je ne pense pas que Tyler la laissera mourir à petit feu. Dès que les diffuseurs de prion seront prêts, je détruirai les échantillons restants. Nous ne pouvons pas laisser nos recherches tomber entre les mains de l'armée.

La salle de contrôle, située dans les profondeurs du niveau sept, était le système nerveux central du complexe Oasis. Les gardes postés là-bas pouvaient surveiller les moindres recoins du bunker grâce aux caméras installées un peu partout dans le complexe. Et la salle de contrôle était le seul endroit à partir duquel il était possible de rouvrir les cloisons.

— Où se trouve Locke à présent ? demanda Cutter dans sa radio alors qu'il dégainait son pistolet et courait vers l'escalier nord.

S'il pouvait les contourner et les surprendre par-derrière, il avait une chance de mettre rapidement fin à l'alerte.

— Ils sont toujours en haut de l'escalier est. Merde !

— Que se passe-t-il ?

— Ils viennent juste de détruire la caméra.

L'alarme cessa de sonner, remplacée par un message intimant aux habitants de rester où ils se trouvaient jusqu'à plus ample information.

Tyler ouvrit la porte du niveau un et découvrit un long couloir interrompu en son milieu par une intersection en « T », avant de se prolonger jusqu'à ce qui ressemblait à une autre porte d'escalier à son extrémité. Pas de gardes, ni de civils ; ces derniers semblaient suivre la consigne de rester dans leurs chambres. Tyler comprit avec consternation qu'il serait long de retrouver Dilara, alors même qu'ils manquaient cruellement de temps.

Ramsey surveillait la cage d'escalier. Grant avait cassé la caméra de surveillance, mais cela ne les protégeait guère d'une attaque. Ils allaient devoir détruire toutes les caméras qu'ils croisaient.

— Comment pouvons-nous rouvrir les cloisons ? demanda Ramsey.

— Il y a une salle de contrôle au dernier niveau, répondit Tyler. Qui doit être évidemment sécurisée.

— Et le laboratoire des matières dangereuses ?

— Au niveau quatre ou cinq. Lui aussi doit avoir un accès contrôlé. Ils ne laisseraient pas n'importe qui y pénétrer.

— Bon, quel est notre plan ?

— D'abord le laboratoire ? proposa Grant.

Tyler acquiesça.

— Si nous ne trouvons pas l'arme biologique, nous pouvons aussi bien attendre ici que la bombe arrive et pulvérise les lieux.

— Dans ce cas, allons-y, dit Ramsey. Gardez un œil sur les portes pendant la progression. Je prépare des grenades au cas où nous entendrions quelqu'un remonter l'escalier vers nous.

— Mais d'abord, une petite surprise, dit Tyler en ouvrant son sac.

— Un autre de vos petits tours ?

— Il ne faudrait pas que quelqu'un nous prenne à revers, dit Grant, qui savait ce que Tyler voulait faire. C'est une éventualité qui colle des démangeaisons à Tyler.

À environ une dizaine de centimètres de la porte, Tyler plaça une mine Claymore de dernière génération. Si la porte était ouverte, elle frapperait le détonateur et tous ceux qui se trouveraient dans un rayon de six mètres autour de la porte seraient « hors service », pour employer un euphémisme du jargon militaire.

Tyler finit d'installer la mine puis se releva.

— Et maintenant que mon dos ne me gratte plus, allons trouver ce labo.

Chapitre 51

La salle d'examen ressemblait à un cabinet médical quelconque. Dilara fouilla dans les tiroirs et les armoires en quête d'une arme, mais la seule chose approchante était la seringue hypodermique avec laquelle le docteur lui avait fait l'injection.

Sans arme, elle était impuissante. Les gardes étaient d'une autre trempe que le docteur et elle n'avait aucune chance contre l'un d'eux. Mais elle ne pouvait pourtant pas rester là à attendre qu'on vienne la sauver. Elle devait agir et se battre.

Sa meilleure option était d'essayer de rejoindre un escalier et de tenter de fuir pendant que les gardes étaient occupés à repousser ceux qui attaquaient le complexe. Une fois qu'elle aurait rejoint la surface, elle tenterait de prendre contact avec les assaillants.

Le cœur battant la chamade, Dilara entrouvrit légèrement la porte pour jeter un coup d'œil dans le couloir. Elle devait se montrer prudente, sinon son évasion risquait de se terminer aussi vite qu'elle avait commencé. Elle observa le couloir par l'entrebâillement.

Personne de ce côté-ci. Elle ouvrit davantage la porte, vit le chiffre « 315 » inscrit sur celle-ci et observa l'autre côté du couloir. Personne non plus. Elle commença à sortir de la pièce quand elle entendit la voix d'un homme. Il arrivait dans sa direction, mais devait marcher dans un couloir qu'elle ne voyait pas de là où elle se trouvait. L'homme marqua une pause, comme lors d'une conversation téléphonique. Dilara n'entendit qu'un seul pas. L'homme était seul.

Elle reconnut la voix. Il s'agissait du garde qui se trouvait avec elle quelques instants auparavant.

— J'arriverai avec d'elle d'ici à quelques minutes, dit l'homme.

Il venait la chercher.

Dilara referma la porte en silence. Elle n'avait que quelques secondes devant elle. Le garde devrait ouvrir complètement la porte avant de pouvoir remarquer le corps du docteur qui gisait au sol. Cela donnerait à Dilara l'occasion de le surprendre.

Elle s'empara de la seringue hypodermique et planta l'aiguille dans le même flacon qu'avait utilisé le docteur. Elle aspira cinq fois la dose qui lui avait été injectée, puis elle s'accroupit derrière la porte, qui s'ouvrait vers l'intérieur.

Elle tint la seringue d'une main et plaça la paume de son autre main sur le piston. Les pas se rapprochèrent de la porte sans marquer la moindre hésitation ; le garde s'attendait à trouver Dilara toujours allongée sur la table d'examen.

La porte s'ouvrit et le garde entra avant de se figer dès qu'il aperçut le docteur sur le sol. Dilara jaillit de derrière la porte et planta avec force l'aiguille dans la cuisse du garde tout en pressant le piston de la seringue de l'autre main. Le liquide s'injecta dans la cuisse du garde avant que celui-ci ait pu réagir.

Le garde glapit de douleur en s'écartant. Dilara garda la seringue en main tandis que l'aiguille sortait de la cuisse du garde et la leva devant elle comme un couteau.

— Salope ! rugit le garde en se jetant sur elle.

L'homme musclé lui fit sauter la seringue des mains et la saisit par les épaules.

Même si elle lui avait injecté la drogue dans le muscle de la cuisse, Dilara espérait que la dose massive finirait par avoir le même effet sur lui que sur elle. Dès le moment où elle l'avait frappé avec la seringue, elle avait commencé à compter dans sa tête.

À six, le garde la plaqua contre le mur et le choc lui coupa le souffle. Elle se plia en deux de douleur.

— Ne bouge plus ! lui intima le garde.

Tout ce qu'elle pouvait faire était de compter dans sa tête.

À huit, le garde porta la radio devant sa bouche.

À neuf, les yeux du garde roulèrent dans leurs orbites.

À dix, il s'affala sur le sol.

Le garde n'avait pas perdu connaissance, mais il était hors de combat. Il gémit faiblement et bredouilla des mots incompréhensibles. Dilara reprit son souffle et se redressa.

Elle donna un coup de pied dans le bras du garde, mais celui-ci était complètement flasque et elle n'eut aucune difficulté à le débarrasser de sa mitraillette et de ses chargeurs de réserve.

Elle examina l'arme. Il s'agissait d'un MP5 Heckler & Koch. Elle avait eu l'occasion de tirer avec une mitraillette de ce modèle au cours de son entraînement. C'était une arme légère et fiable. Exactement ce dont elle avait besoin.

Elle glissa le pistolet Sig Sauer du garde dans la ceinture de son pantalon et quitta la salle d'examen pour chercher l'escalier.

Au deuxième niveau, Tyler prit les mêmes précautions qu'au niveau un. Ils détruisirent toutes les caméras et Tyler plaça une autre mine Claymore derrière la porte. Avec les caméras hors service, le premier qui passerait cette porte connaîtrait trente millisecondes de désappointement avant d'être pulvérisé par l'explosion.

Grant fracassa la caméra du niveau trois et Tyler s'agenouilla près de la porte. Il plaça la mine et était sur le point d'activer le détonateur quand il entendit des bruits de pas légers dans le couloir de l'autre côté de la porte. Quelqu'un arrivait.

Tyler n'avait pas fini d'installer la Claymore ; il poussa de côté la mine et le détonateur, puis recula sur le palier en pointant son arme sur la porte. Grant et Ramsey, qui se trouvaient dans l'escalier au-dessous de lui, levèrent également leurs armes. La porte s'ouvrit et quand Tyler vit le visage qui pointait par l'entrebâillement, il ôta son doigt de la détente.

— Ne tirez pas ! cria-t-il.

C'était Dilara, armée jusqu'aux dents.

— Tyler ! s'écria-t-elle. Vous êtes vivant !

Elle se jeta dans les bras de Tyler, qui la serra contre lui. Après quelques secondes, il la relâcha et adressa un sourire niais à Ramsey, dont le visage exprimait la surprise, tandis que Grant expliquait à ce dernier de qui il s'agissait.

— Vous allez bien ? demanda Tyler à Dilara.

— Ulric m'a droguée, mais ça va aller, répondit-elle d'une voix un peu pâteuse.

Tyler désigna le MP5 qu'elle portait.

— Vous êtes certaine de pouvoir vous servir de ça ?

— Quand j'ai franchi cette porte, j'ai failli vous descendre.

— Je vais considérer ça comme un « oui ».

— Ils m'ont dit que vous aviez été tué.

— Tant mieux. Je voulais qu'ils le croient.

— Nous devons les arrêter, poursuivit Dilara. Ils prévoient de libérer une espèce de prion dans New York, Los Angeles et Londres. Ils expédient les engins ce soir.

— C'est la raison de notre présence ici. Et il ne nous reste plus que vingt minutes pour mettre la main dessus.

— Vingt minutes, pourquoi ça ?

Tyler l'informa à propos du bombardier en attente.

— Vous n'êtes que trois ?

Tyler acquiesça.

— Le reste de notre section est bloqué à l'extérieur. Nous avons perdu le contact avec eux.

— Que faisons-nous, alors ?

— Dès que nous aurons récupéré le prion, nous devrons trouver un moyen de pénétrer dans leur salle de contrôle.

— Un garde pourrait peut-être nous donner le moyen d'y entrer, réfléchit Dilara.

— Même si nous capturons un garde, dit Tyler, ces gars ne sont pas des bavards. Cela nous prendra trop de temps de réussir à le faire parler.

— J'en connais un qui devrait répondre à nos questions.

— Et pourquoi le ferait-il ?

— Parce que je viens de lui injecter une dose massive de sérum de vérité.

Chapitre 52

Sebastian Ulric observa ses scientifiques qui chargeaient la dernière dose d'Arkon-C dans les diffuseurs. D'ici à quelques minutes, ceux-ci seraient prêts pour leur déploiement. Si les scientifiques pouvaient terminer leur travail, cet assaut ne resterait rien de plus qu'un pénible désagrément.

— Dépêchez-vous, les pressa-t-il dans le micro. Cela prend trop de temps.

Comme chaque fois, le remplissage de l'Arkon-C s'effectuait à l'intérieur de la chambre de confinement où les traîtres avaient été exécutés quelques jours auparavant. Tout l'Arkon existant en ce monde se trouvait dans cette chambre, à l'exception de l'échantillon qui reposait encore dans l'arche de Noé. Une fois le remplissage achevé, Ulric avait l'intention de détruire tout le surplus.

Les fichiers informatiques avaient déjà été effacés. Ulric en conservait l'unique copie dans une clé USB rangée dans sa poche. Celle-ci contenait le détail de toutes les opérations permettant de modifier l'Arkon-A, le prion d'origine découvert dans l'arche de Noé, en Arkon-C. Il ne voulait pas courir le risque, si minime soit-il, que le gouvernement mette la main sur le processus de fabrication et en tire des informations permettant la conception d'un antidote.

Les hommes à l'intérieur de la chambre de confinement portaient des combinaisons de protection au cas où une fuite se produirait durant le remplissage. Les autres laboratoires avaient déjà été stérilisés à l'eau salée, ce qui demandait plus de temps que d'utiliser de hautes températures, mais s'avérait tout aussi efficace. C'était la raison pour laquelle Noé avait finalement été capable de sortir de l'arche pour repeupler le monde ; après avoir exterminé les êtres vivants, l'Arkon avait été détruit en se déversant dans les eaux salées de la mer.

Les trois hommes qui devaient transporter les diffuseurs se trouvaient dans la salle d'observation en compagnie d'Ulric. Tous pensaient qu'ils reviendraient à Oasis une fois leur mission accomplie, mais il existait toujours un risque minime qu'ils soient infectés au cours de leur mission. À leur retour, ils arriveraient jusqu'à la porte d'entrée puis seraient éliminés par des gardes en combinaison de protection. Ulric regrettait de perdre ces fidèles disciples, mais c'était un mal nécessaire afin de garantir la sécurité d'Oasis.

Les seules autres personnes présentes dans la salle d'observation étaient l'opérateur au pupitre de contrôle et Petrova. Dilara Kenner aurait déjà dû lui être amenée, s'étonna Ulric en s'emparant de sa radio.

— Cutter, où est Dilara Kenner ? Je ne peux pas me servir d'elle contre Tyler si elle n'est pas là. Il exigera d'entendre sa voix.

— Elle s'est échappée, monsieur, répondit Cutter.

Ulric crispa la main sur le talkie-walkie.

— Quoi ? Comment a-t-elle fait ?

— Je l'ignore. Mais nous venons juste de la voir entrer dans la cage d'escalier au niveau trois, pile à l'endroit où Locke doit se trouver à l'heure actuelle.

— Vous voulez dire qu'ils se sont retrouvés ?

— Je ne sais pas. La caméra de l'escalier est hors service à ce niveau.

— Et si vous me disiez ce que vous savez ?

— On ne les a repérés sur aucune caméra du couloir, ce qui signifie qu'ils se trouvent tous dans l'escalier, et nous sommes sur le point d'attaquer.

— Très bien. Manifestement, je n'ai plus besoin du Dr Kenner. Tuez-les tous.

Cutter regarda le moniteur de la caméra du niveau quatre. Celle-ci fonctionnait encore et ne montrait qu'un couloir désert, ce qui signifiait que Locke et les autres devaient toujours se trouver sur le palier du niveau trois.

Parfait.

Cutter avait planifié une attaque sur trois fronts. L'équipe un monterait vers eux dans l'escalier et ferait office de diversion. L'équipe deux était en position au milieu du couloir du niveau trois, prête à déclencher l'embuscade dès que Locke et les autres franchiraient la porte. L'équipe devait rester cachée jusqu'à ce que Cutter l'informe que Locke et ses compagnons avaient été repérés sur les caméras du couloir du niveau trois. Ses hommes devaient alors surgir de leurs cachettes et les mitrailler.

Une fois que l'attaque depuis les niveaux inférieurs aurait commencé, l'équipe trois, qui avait utilisé une autre cage d'escalier pour remonter jusqu'au niveau un, devait les prendre en tenaille en descendant jusqu'à eux. Locke n'aurait d'autre choix que de foncer tête baissée dans l'embuscade qui l'attendait dans le couloir du niveau trois.

Cutter brûlait de mener l'assaut lui-même, notamment parce qu'il avait repéré Grant Westfield parmi les intrus, mais il serait plus utile en dirigeant l'attaque depuis la salle de contrôle. Au moins aurait-il la satisfaction d'assister en direct à la mort de Westfield.

— Équipes deux et trois, attendez mon signal. Équipe un, feu vert.

L'équipe un surgit dans la cage d'escalier par la porte du niveau sept et grimpa les marches tout en tirant.

— Équipe trois, à vous !

Cutter vit le chef de l'équipe trois dans le couloir du niveau un ouvrir la porte de la cage d'escalier d'un grand coup de pied.

La porte explosa.

Les deux hommes qui se trouvaient devant celle-ci furent réduits en charpie. Les deux autres gardes, qui avaient été protégés par les corps de leurs camarades, s'effondrèrent au sol en se tenant le visage. Cutter serra les dents. La porte avait été piégée.

Cutter appela l'équipe un pour lui dire de battre en retraite. Trop tard.

Il entendit une explosion avant que le chef de l'équipe ne lui réponde.

— Le chef de l'équipe un est mort ! répondit un autre homme à Cutter. Ils jettent des grenades dans l'escalier !

Cutter perdait ses hommes à un rythme effrayant.

— Équipe un, tirez-vous de là ! Sortez par la porte la plus proche ! Équipe deux, restez en position et attendez mes ordres.

Locke allait peut-être sortir de l'escalier par la porte du niveau trois et Cutter pourrait encore éviter la débâcle.

Il patienta, mais rien ne bougea sur les écrans de la caméra du couloir du niveau trois. Trente secondes passèrent. Toujours rien.

— Passez sur la caméra du couloir du niveau deux, ordonna-t-il.

Le moniteur montra Dilara Kenner derrière Locke, et un autre soldat qui faisait la courte échelle à Grant Westfield pour que ce dernier puisse atteindre la caméra. Aucun d'eux ne semblait blessé. Le visage de Westfield occupa presque tout l'écran, ses bras étendus derrière la caméra. Pourquoi ne se contentait-il pas de la casser ? Qu'est-ce qu'il… ?

Bon sang!

— Coupez l'alimentation de cette caméra ! hurla Cutter. Vite !

L'opérateur ne fut pas assez rapide. Dans un flash, les signaux vidéo de toutes les caméras s'éteignirent en même temps.

Chapitre 53

Après être revenus sur leurs pas au niveau deux, Grant avait examiné les restes de la caméra sur le palier et informé Tyler qu'il avait un moyen de désactiver toutes les caméras d'un seul coup. Même s'ils pouvaient détruire chaque caméra qu'ils voyaient, cela les ralentissait et ils manquaient cruellement de temps.

Les caméras, qui n'étaient pas encastrées dans les murs, étaient toutes branchées sur le même circuit. Si Grant réussissait à trouver un câble de haute tension et le reliait à une caméra branchée sur le circuit vidéo, il pourrait créer une surtension dans l'ensemble du système.

Les étincelles qui jaillirent de la caméra informèrent Grant que son plan avait réussi.

—Nous devrions être tranquilles à présent, dit-il. Cela leur apprendra à confier la construction à quelqu'un n'ayant pas mes exceptionnelles compétences.

Tyler les conduisit jusqu'à l'escalier à l'extrémité ouest du couloir. Ramsey suivit sans protester. Puisque Tyler était le seul à avoir une idée générale de la configuration des lieux, Ramsey l'avait laissé prendre la tête du groupe.

Il ne leur restait plus que quinze minutes et tous ressentaient l'urgence, mais ils ne pouvaient pas non plus se risquer à attaquer de front une position fortifiée sur laquelle ils avaient si peu de renseignements. Tout ce que le garde drogué au sérum de vérité pourrait leur révéler valait de perdre quelques précieuses minutes.

Ils s'engagèrent prudemment dans l'escalier, qui était désert, et recommencèrent à descendre. Ils se trouvaient à mi-chemin de l'étage suivant quand la porte du niveau trois s'ouvrit. Ramsey avait un angle de tir et envoya deux rafales rapides, éliminant deux gardes avant qu'ils aient pu réagir. Leurs cadavres empêchèrent la porte de se refermer et Tyler aperçut deux autres hommes qui battaient en retraite.

Il fonça dans le couloir en tirant sur les gardes qui couraient vers l'escalier est, exactement comme il l'espérait.

Il vit l'un des gardes se figer avant d'ouvrir la porte, comme si l'homme écoutait une voix dans son oreillette, mais l'autre le bouscula pour ouvrir la porte. Le premier garde tenta de le retenir, mais la porte s'était déjà ouverte et avait touché le détonateur de la Claymore que Tyler avait installée derrière.

Le souffle de l'explosion propulsa les deux hommes dans le couloir et ils s'affalèrent sur le sol, couverts de sang et de poussière.

— Quelle pièce ? demanda Tyler à Dilara.

Celle-ci les conduisit à la porte 315. À l'intérieur, ils trouvèrent le docteur et le garde, qui gisaient encore tous deux au sol.

Grant et Ramsey relevèrent le garde et l'installèrent dans le fauteuil en lui sanglant les poignets.

— Quel est ton nom ? lui demanda Tyler pendant que Ramsey ligotait les mains et les pieds du docteur.

Les pupilles du garde étaient complètement dilatées, incapables de faire le point sur le visage de celui qui lui parlait.

— Connelly, répondit-il d'une voix pâteuse, comme s'il mâchait un paquet entier de *chewing-gum*.

— Combien y a-t-il de gardes ici, Connelly ?

— De gardes ?

— Tes hommes. Combien sont-ils ?

— Trente-deux membres de la sécurité au total.

— Cette drogue semble efficace, remarqua Grant.

— Combien se trouvent à l'intérieur ? lui demanda Tyler.

— Quinze.

Si Tyler avait de la chance, Cutter ne disposait plus que de la moitié d'entre eux à présent. Cutter allait rassembler ses hommes à la salle de contrôle et se retrancher. Il pouvait tenir longtemps comme ça, mais Tyler était dans l'urgence. Il ne restait plus que dix minutes avant le largage de la bombe.

— Parle-moi des civils, Connelly. Ils sont armés ?

Connelly secoua maladroitement la tête.

— Ulric ne veut pas qu'ils aient des armes. Il n'y a que nous.

Cela répondait logiquement à la volonté d'Ulric de dominer le groupe une fois qu'il aurait exterminé toute la population à l'extérieur. Il voulait un troupeau de moutons qui lui obéirait sans discuter dans son Nouveau Monde. Cutter ne pouvait donc espérer d'aide de personne, en dehors des membres de la sécurité.

— Où se trouve le laboratoire de biologie ?

— Au cinquième niveau, répondit Connelly.

— Comment y a-t-on accès ?

— Par un scanner digital.

— Et la salle de contrôle ? Où se trouve-t-elle ?

— Au septième niveau.

— Comment on y accède ?

— C'est impossible. Elle ne peut être ouverte que de l'intérieur.

Comment faire pour obliger les hommes qui s'y trouvaient à en sortir ? Tyler ne voyait qu'un moyen pour cela : déclencher un mouvement de panique.

— Connelly, dit Tyler, est-ce que tes empreintes digitales te donnent accès au laboratoire ?

Connelly acquiesça.

Tyler se tourna vers Grant.

— Aide-moi à le relever. Nous l'emmenons avec nous.

Chapitre 54

Sur le palier du niveau cinq, Ramsey et Grant surveillèrent les escaliers au-dessus et au-dessous d'eux cependant que Tyler pressait la main de Connelly sur le scanner palmaire commandant l'accès au laboratoire. L'écran changea pour afficher un pavé numérique qui disait : « Entrez le code secret. »

— Quel est le code secret ? demanda Tyler.

— Sept-huit-neuf-deux-quatre, répondit machinalement Connelly.

Tyler entra les chiffres. La porte bourdonna et la serrure s'ouvrit. À présent que la sonnerie d'alarme s'était tue, le bourdonnement résonna dans la cage d'escalier déserte avec la force d'une corne de brume.

Tyler ouvrit la porte et poussa Connelly dans le couloir. Pas de tirs. Tyler le suivit, pour découvrir un nouveau couloir aux murs blancs. Ramsey, Grant et Dilara leur emboîtèrent le pas, l'arme au poing.

— Où sont-ils ? dit Tyler, tout en attachant les poignets de Connelly, dont il n'avait plus besoin. Où est Ulric ?

— Dans la salle d'observation.

— Où est-ce ?

— Au milieu du couloir, juste en face de l'ascenseur.

— Que font-ils là-bas ?

— Ils préparent les valises de dispersion. Puis ils feront brûler tout le reste.

— Les valises de dispersion ? (Tyler se tourna vers les autres.) Il doit s'agir de dispositifs similaires à celui que j'ai trouvé sur la *Nouvelle Genèse*. C'est pour ça que mon père a envisagé d'utiliser la bombe en dernier recours.

— Bon, comment procédons-nous ? demanda Ramsey.

— Il ne nous reste plus beaucoup de temps, dit Tyler. (Sa montre affichait « 8:53 ». Il ne restait plus que sept minutes.) Nous devons foncer.

Abandonnant Connelly affalé sur le sol, Tyler courut jusqu'à l'ascenseur et jeta un coup d'œil au coin du couloir conduisant à l'escalier nord. L'endroit était désert.

Tyler fit signe aux autres d'avancer et ils progressèrent vers la salle d'observation. Ils avaient parcouru un quart de la distance quand une porte s'ouvrit à l'autre extrémité, à une vingtaine de mètres. Une femme en combinaison de protection pénétra dans le couloir et se figea quand elle les vit.

Elle hurla et recula précipitamment dans la pièce. Tout s'était passé en un éclair.

Un garde armé émergea de la salle d'observation et Ramsey l'abattit d'une rafale de trois balles. Tyler courut dans le couloir et se jeta par terre sur le dos, glissant devant la porte sur le sol lisse. Il aperçut fugitivement Ulric et Petrova qui sortaient par une porte de l'autre côté de la pièce. Une rafale s'écrasa sur le mur au-dessus de lui pendant qu'il glissait devant la porte et il riposta. Il eut l'impression d'avoir fait mouche.

Ramsey bondit au-dessus du cadavre du garde et entra dans la pièce. Il reçut une balle dans l'épaule et tomba au sol, mais la diversion permit à Grant qui l'avait suivi d'abattre le dernier garde. Tyler se releva et entra à son tour.

Un homme en blouse blanche s'était accroupi sous un pupitre de contrôle. À travers la vitre au-dessus du pupitre, Tyler vit trois autres personnes en combinaison de protection qui se trouvaient dans une pièce aux murs d'acier. Trois valises identiques à celle que Tyler avait récupérée sur la *Nouvelle Genèse* étaient posées sur le sol de la pièce. Les hommes en combinaison avaient interrompu leurs activités et regardaient la salle d'observation qui venait d'être le théâtre d'une fusillade.

Tyler remarqua tout cela en une seconde, y compris le fait qu'Ulric n'était plus là. Il fonça vers la porte de l'autre côté de la salle et la franchit en faisant un roulé-boulé pour éviter d'éventuels tirs. Il aperçut Petrova qui ouvrait la porte menant à l'escalier au bout du couloir et Ulric qui se retournait pour le regarder. Même à cette distance, Tyler lut la haine sur le visage d'Ulric. Tyler remarqua que ce dernier ne transportait pas de valise.

Tyler leva son arme et fit feu, mais Petrova entraîna Ulric dans la cage d'escalier et le tir le manqua. Tyler recula dans la salle d'observation.

Grant avait une main appuyée sur la blessure de Ramsey à l'épaule gauche.

— Comment va-t-il ? demanda Tyler.

— Ça va aller, dit Ramsey avec une grimace. L'horloge continue à tourner. Finissons-en.

Tyler se tourna vers l'homme sous le pupitre.

— Dis à ces gens de sortir immédiatement sans rien emporter et en verrouillant la porte derrière eux.

Les hommes en combinaison s'exécutèrent sans faire d'histoires.

— Est-ce là tout le stock ? demanda Tyler en pointant son arme sur l'opérateur terrifié, qui hocha vigoureusement la tête.

— C'est tout l'Arkon qu'il nous reste.

— L'Arkon ? Tu veux parler du prion ?

— Oui.

— Tu peux faire brûler tout ça ?

Un autre hochement de tête.

— Fais-le.

— Une minute, Locke, intervint Ramsey. Nous sommes censés le récupérer, pas le détruire.

— Désolé, capitaine. Personne ne mettra la main sur ce truc. Et surtout pas mon père.

Tyler se tourna de nouveau vers l'opérateur.

— Exécution.

Ramsey fit mine de vouloir l'arrêter, mais Grant posa une main sur l'arme du capitaine.

— Non, non, lui dit Grant. Je n'ai pas fait tout ça pour laisser l'armée mettre la main sur une nouvelle arme biologique.

— Capitaine Ramsey, dit Tyler, vous n'avez pas vu les effets de l'Arkon. Vous avez une famille ?

— Une femme et deux fils, répondit Ramsey.

— Ulric prévoyait d'utiliser l'Arkon pour les tuer ainsi que tous ceux que vous connaissez. Je dormirais bien mieux en sachant que nous l'avons détruit. Pas vous ?

Ramsey marqua une pause.

— Je vous donne officiellement l'ordre de récupérer l'agent biologique. Mais dans mon état actuel, il me sera difficile de vous arrêter si vous décidez de désobéir à cet ordre, dit Ramsey avec un petit sourire.

— Très bien, dit Grant, voilà qui règle les questions de procédure.

— Allons-y, ordonna Tyler à l'opérateur, qui pressa un bouton rouge intitulé « Stérilisation ».

Des flammes jaillirent du plancher grillagé de la chambre. Tyler surveilla la jauge de température. En quelques secondes, la température de la chambre avait dépassé les cinq cents degrés Celsius. Les cylindres d'Arkon dans les valises encore ouvertes se brisèrent, libérant leur contenu dans les flammes. Tout ce qui n'était pas en métal fondit et prit feu.

Tyler laissa échapper un soupir de soulagement. La menace était éliminée et les militaires ne récupéreraient pas non plus de nouvelle arme biologique avec laquelle faire joujou. Ils pouvaient à présent s'occuper d'ouvrir les cloisons et de sauver leur peau. Tyler regarda sa montre.

— Il ne reste plus que cinq minutes. Dilara, pouvez-vous vous charger de cet homme ? demanda-t-il en montrant l'opérateur.

Même s'il y avait déjà une cartouche dans la chambre de sa mitraillette, Dilara fit jouer la culasse et éjecta la cartouche d'un geste théâtral qui acheva de terrifier l'opérateur.

— Je suis prête, dit-elle d'une voix qui avait retrouvé sa clarté.

Tyler lui donna la radio de Grant. Ils n'auraient droit qu'à une seule chance, et la synchronisation devait être parfaite.

— Et vous capitaine ? Vous êtes d'attaque ?

— Il me reste un bras valide. Je peux encore servir.

— Parfait. Nous n'avons droit qu'à un seul essai. Nous devons les convaincre qu'ils sont sur le point d'être infectés par l'Arkon. Capitaine Ramsey, dès que vous serez en position, faites sauter la porte du niveau sept. Dilara, ce sera votre signal pour presser ce bouton.

Tyler lui montra un bouton à côté de celui marqué « Stérilisation ». Sous un capuchon en plastique destiné à empêcher toute activation accidentelle se trouvait un bouton rayé jaune et noir sobrement intitulé « Rupture de confinement ».

Chapitre 55

Le B-52 de la base de Fairchild vira afin de faire son dernier passage au-dessus de la péninsule Olympic. Même chargé de la MOP de quinze tonnes, l'énorme bombardier accomplit son virage avec aisance. Il lui faudrait exactement quatre minutes et trente-neuf secondes pour atteindre le point de largage.

Le major Tom Williams reçut l'ordre du général Locke lui-même.

— Opération Foreuse, préparez-vous à larguer.

— Bien compris, Commandement Foreuse. Largage prévu à 21 heures.

— Opération Foreuse, restez prêt à recevoir le code d'annulation de la mission à tout moment.

— Bien reçu. (Williams passa sur le canal interne.) OK les gars, concentrez-vous. Je veux qu'on envoie le colis pile sur la cible.

Williams était le seul officier à bord à connaître la nature véritable de la mission. Il comprenait l'importance d'éliminer une arme biologique meurtrière, mais il n'avait pour autant aucune envie de larguer une bombe antibunker sur le sol américain. Il obéirait aux ordres, mais il continuait d'espérer recevoir le code d'annulation avant le moment fatidique.

Les portes de la soute du bombardier s'ouvrirent.

Tyler et Grant étaient en position sur le palier du niveau sept tandis que Ramsey était posté dans la cage d'escalier du côté opposé. Dilara quant à elle était restée dans la salle d'observation du laboratoire.

Tyler n'avait plus croisé de gardes ; Cutter devait s'être retranché avec ses derniers hommes dans la salle de contrôle.

— Tout le monde est prêt ? demanda Tyler.

Leurs radios fonctionnaient à l'intérieur d'Oasis, même si elles ne parvenaient pas à transmettre à l'extérieur du bunker.

— En position, dit Ramsey.

— Je suis prête, répondit Dilara.

Tyler regarda sa montre. Plus que quatre minutes. L'objectif était de réussir à communiquer au bombardier le code d'annulation de la mission.

— OK. Ramsey, allez-y.

La radio cracha la réponse de Ramsey :

— J'envoie la sauce !

Bien qu'ayant lieu à plus de cinquante mètres de là, l'explosion fit trembler les murs comme si elle s'était produite dans la pièce d'à côté. Ramsey avait fait détoner tout le reste des explosifs emportés par Tyler juste devant la porte de sa cage d'escalier. La poussière et la fumée dissuaderaient Cutter et ses hommes de sortir par là.

— Dilara, appela Tyler. À vous.

Une sirène résonna dans le complexe, différente de l'alarme qui avait signalé leur intrusion.

— Attention ! hurla une voix dans les haut-parleurs. Rupture du confinement au niveau cinq !

Tandis que l'avertissement se répétait, Tyler ouvrit la porte de la cage d'escalier. Si les informations de Connelly étaient exactes, la salle de contrôle devait se trouver au milieu du couloir du niveau sept. Entre l'explosion et la sirène d'alarme, Tyler espérait provoquer un mouvement de panique chez les derniers gardes, qui connaissaient certainement les effets de l'Arkon.

Comme il l'avait espéré, deux hommes jaillirent de la salle de contrôle. Tyler et Grant devaient arriver à la porte avant que celle-ci se referme.

Tyler abattit le garde de gauche et Grant celui de droite, sans qu'aucun d'eux ait le temps de lever son arme. Ramsey, le bras gauche pendant contre son flanc, arriva du côté opposé, mais pas assez vite pour empêcher la porte de la salle de se refermer.

Tyler se rua en avant et attrapa la poignée de la porte, qui s'ouvrait vers le couloir, juste avant que celle-ci se referme. Il rouvrit la porte tandis que des tirs fusaient depuis l'intérieur de la salle de contrôle. Grant jeta sa dernière grenade étourdissante dans la pièce. Ils ne pouvaient prendre le risque d'endommager le système commandant l'ouverture des cloisons en utilisant une grenade à fragmentation.

La grenade étourdissante explosa et Grant chargea à l'intérieur, suivi par Ramsey et Tyler. La salle de contrôle faisait une quinzaine de mètres de côté. Deux gardes étaient assis devant un pupitre de contrôle sur la gauche, les mains sur les yeux. Grant les assomma de deux coups de crosse rapides.

Des tirs éclatèrent sur la droite et Tyler vit Cutter et deux autres gardes entraîner Ulric et sa compagne dans une salle sans autre porte. Apparemment, Ulric disposait de sa propre pièce de sûreté et Cutter couvrit leur retraite de ses tirs.

La porte de la pièce de sûreté se referma en coulissant, mais Tyler eut le temps d'apercevoir Ulric lui sourire et remuer les lèvres, prononçant les mots : « Vous avez perdu. » Puis Ulric, Cutter et Petrova disparurent derrière la porte.

Tyler n'avait pas le temps de s'occuper d'eux. Ils mourraient tous de toute façon s'il ne parvenait pas à ouvrir les cloisons de béton qui scellaient le bunker.

Les seules personnes encore conscientes dans la salle de contrôle étaient Tyler, Grant et Ramsey, et ils se retrouvèrent devant un pupitre de contrôle qui s'étendait sur presque toute la largeur de la pièce.

L'horloge au mur indiquait « 8:58 ». La moitié des moniteurs, reliés au réseau de caméras court-circuité, étaient noirs. L'autre moitié des écrans indiquaient l'état de différents systèmes vitaux du complexe.

— Vite ! les pressa Tyler. Cherchez le contrôle des cloisons !

— Ce sera une commande manuelle, tu penses ? demanda Grant.

— Oui. Cela ne doit pas passer par le système informatique ; il y a forcément un bouton de contrôle spécifique.

Ils scrutèrent le pupitre, examinant chaque interrupteur et chaque écran LCD.

— Je crois que je l'ai trouvé ! s'écria Ramsey. Là : « Verrouillage » !

— Essayez-le !

Ramsey poussa l'interrupteur. L'écran au-dessus passa du rouge au vert. Les cloisons étaient en train de s'ouvrir.

Soixante secondes.

Ramsey se précipita sur sa radio pour donner le code d'annulation.

— Leader Arès à Commandement Foreuse. Répondez Commandement Foreuse. Le puits est sec. Je répète, le puits est sec.

Seules des interférences lui répondirent.

— Nous sommes trop profond pour qu'ils puissent recevoir le signal radio, dit Ramsey. Nous devons nous rapprocher de la surface.

Ramsey était pâle comme un linge du fait de sa blessure. Il serait incapable de courir. Grant était le plus fort, mais Tyler était le plus rapide.

— J'y vais, dit Tyler.

Il laissa tomber son arme et son sac et se précipita vers l'escalier.

Tandis qu'il grimpait les marches quatre à quatre, il ne cessa de répéter :

— Commandement Foreuse. Le puits est sec. Répondez Commandement Foreuse.

Le temps qu'il arrive au niveau deux, il était à bout de souffle. Il venait de vivre une heure d'action ininterrompue et l'adrénaline commençait à retomber. Mais alors qu'il atteignait le palier, Tyler entendit une voix entrecoupée dans son oreillette. Il se força à continuer à grimper les marches.

— Arès… répondez… pouvez… vous…

— Je répète, le puits est sec. Le puits est sec !

— Ici Commandement Foreuse. (C'était la voix de son père.) Répétez.

— Père, c'est moi ! Le puits est sec ! Ne larguez pas cette fichue bombe !

Il entendit la voix lointaine de son père hurler :

— Annulation ! Annulation ! Annulation !

Cela allait devenir le mot préféré de Tyler, qui s'écroula à quatre pattes pour reprendre son souffle, comme s'il avait couru un marathon.

— Annulation ! Annulation ! Annulation ! hurla la radio.

Le major Williams, qui pilotait le bombardier, relaya l'ordre à l'officier de soute qui s'apprêtait à larguer la bombe.

Williams se rendit alors compte combien sa main était crispée sur le manche. À présent que le spectre d'avoir à bombarder son propre pays s'éloignait, il relâcha sa prise et se détendit.

— Opération Foreuse retourne à la base, annonça Williams par la radio avant de virer à l'est en direction de Spokane.

Les portes de la soute se refermèrent.

Chapitre 56

Tyler émergea d'Oasis et découvrit que l'unité des forces spéciales avait terminé de neutraliser les gardes. Elle avait fait quelques prisonniers et tué la plupart d'entre eux, en enregistrant trois pertes de son côté, dont le soldat Knoll. Dès que le code d'annulation avait été donné, des hélicoptères Black Hawk qui étaient en attente arrivèrent sur les lieux et débarquèrent deux sections de la police militaire de Fort Lewis. Des dizaines de soldats patrouillaient à présent dans le domaine à la recherche d'éventuels fuyards qui tenteraient de s'échapper par des sorties dissimulées. Il fallut près d'une heure aux policiers militaires pour faire sortir tous les résidants d'Oasis et les rassembler dehors. Des centaines de personnes à l'air hébété s'assirent sous les lampes à arc, en se demandant ce qui venait de se passer.

Quand le bouton d'alerte de rupture de confinement avait été pressé, tout le niveau cinq avait été isolé et il fallut un bon moment pour parvenir à faire sortir Dilara. Puis Tyler la ramena à l'extérieur et ils prirent un moment pour jouir de l'air frais de la nuit avant de se diriger vers la zone de transit où l'on s'occupait des blessés.

Tyler avait déjà raconté à Dilara comment Ulric s'était enfermé dans la pièce de sûreté.

— Nous ne savons toujours pas quel est le lien avec l'arche de Noé, dit-elle. Ulric m'a raconté qu'un vestige retrouvé dans l'arche était la source du prion, mais je ne sais pas s'il faut le croire ou pas.

— Le scientifique du Centre de contrôle des maladies m'a dit que le prion avait été créé à partir d'une souche naturelle, lui apprit Tyler.

— Vous pensez qu'Ulric disait la vérité ?

— Nous le saurons bientôt. Quand ils l'auront enfin sorti de son refuge, il utilisera toutes les informations dont il dispose pour négocier et sauver sa peau, ce qui inclut la localisation de l'arche de Noé. Ulric a un certain talent pour la survie.

— La seule chose que je veux savoir est ce qui est arrivé à mon père, dit-elle.

— Je leur ai demandé de m'appeler dès qu'ils auraient capturé Ulric. Je vous promets que vous aurez une réponse.

Ils atteignirent une clairière où six hommes étaient allongés sur des brancards. Des médecins s'affairaient autour d'eux, bandant des blessures et posant des perfusions. Grant se tenait près de Ramsey, dont la blessure à l'épaule avait été bandée avant qu'il soit transféré au centre militaire médical de Madigan, à Fort Lewis. Le capitaine, qui avait déjà une peau blanche de roux, semblait encore plus pâle qu'à l'ordinaire, ce que Tyler n'aurait pas cru possible.

— Comment vous sentez-vous ? lui demanda-t-il.

— Ce ne sera pas ma décoration la plus chèrement gagnée, lui répondit Ramsey d'une voix faible.

— Vos hommes ont fait un super boulot.

— Je les ai bien entraînés. Vous ne vous en êtes pas trop mal sortis vous-mêmes. Je suis content qu'on vous ait amenés avec nous.

— C'est maintenant que les choses se compliquent. Il va falloir clarifier tout ce bazar.

— Ces gens n'ont pas l'air de comprendre ce qui vient de leur arriver, remarqua Grant, tandis qu'un autre hélicoptère atterrissait.

— Je crois que la plupart d'entre eux n'étaient pas au courant, dit Tyler. De ce que j'ai compris, ils croyaient qu'il s'agissait d'une sorte de mise à l'épreuve de leur foi.

— Tu veux dire qu'ils n'avaient aucune idée de ce qu'Ulric prévoyait de faire ?

— Je suis persuadé que certains étaient au courant. La Sécurité intérieure risque de mettre un certain temps à découvrir qui était dans le secret.

— Mais vous avez brûlé toutes les preuves, dit Ramsey. Ulric va s'en tirer et on va se retrouver avec une crise politique sur les bras. Ces illuminés vont accuser le gouvernement.

— Je ne pense pas, dit Tyler. Je n'ai fait que détruire le prion. L'opérateur de la chambre de stérilisation paniquait tellement à l'idée d'être tenu pour responsable qu'il nous a conduits à des documents détaillant leurs projets.

— Et la bonne nouvelle, dit Miles Benson, qui s'avançait vers eux sur son fauteuil roulant iBOT après avoir débarqué de l'hélicoptère, c'est que la société d'Ulric va devoir casquer pour cette course-poursuite à Phoenix. J'ai déjà contacté nos avocats et la compagnie d'assurances. Je n'aurai pas besoin de soustraire les frais de tes prochains dividendes, plaisanta-t-il en se tournant vers Tyler. Beau boulot.

— Merci.

— Tu as l'air épuisé.

— Je n'aurais rien contre une petite sieste.

Un sergent aboya soudain un « Garde à vous ! » et les soldats autour d'eux se redressèrent.

— Repos ! ordonna le père de Tyler, vêtu d'un treillis de camouflage au lieu de son uniforme de service, en s'avançant vers eux pour venir se placer à côté de Miles.

En dehors du handicap de Miles, les deux hommes avaient la même allure : une posture militaire, la coupe de cheveux réglementaire, un visage dur. Ils auraient pu être frères.

Le général s'adressa aux soldats sans quitter Tyler des yeux.

— Excellent travail, messieurs. Je suis fier de vous.

— Le général Locke m'a dit que tu avais insisté pour faire partie de cette mission, dit Miles.

— Il est toujours prêt à se lancer dans n'importe quel projet insensé, intervint le général. Un jour ou l'autre, il finira par se faire tuer. Où est le prion ?

— Votre arme biologique a été réduite en cendres, répondit Tyler d'un air satisfait.

— Mes ordres étaient de prendre le contrôle de cette arme. Que s'est-il passé ?

— Monsieur, intervint Ramsey depuis son brancard, la situation nous a contraints à détruire l'arme biologique. C'était la seule façon de garantir la réussite de notre mission.

Le général scruta le visage de Tyler en plissant les yeux.

— Est-ce exact ?

— C'était ma décision, qu'elle te plaise ou non.

Le général ôta son bonnet et se passa la main dans les cheveux.

— Je voudrais dire un mot en privé à mon fils.

Tandis que le général s'éloignait, Tyler se pencha vers Ramsey.

— Vous n'aviez pas à faire cela.

— Nous n'abandonnons pas nos hommes. Et vous êtes un des nôtres, à présent. Même si ce n'est que de manière officieuse.

— Allons vous mettre dans le prochain hélicoptère, lui dit Grant, en l'aidant à se relever.

Tyler les regarda s'éloigner en clopinant pour rejoindre le Black Hawk le plus proche, puis il alla retrouver le général qui l'attendait, raide comme la justice. Le visage de marbre, Tyler se planta à quelques centimètres de lui, prêt à subir les réprimandes de son père.

— Tu as désobéi aux ordres, lui dit le général.

— Je n'allais pas te laisser mettre la main sur ce prion.

— Je me moque de cette arme biologique. À dire vrai, je suis heureux que tu l'aies détruite.

Tyler sentit son visage se détendre, mais il était en pleine confusion.

— Quoi ?

— Je te l'ai dit, le monde n'a pas besoin de choses pareilles.

— Mais tu as ordonné à Ramsey…

— Tyler, je suis un soldat et mon premier devoir est d'obéir aux ordres. J'ai reçu l'ordre de récupérer cette arme biologique, et j'ai répercuté cet ordre à Ramsey. Officiellement, cette partie de la mission a échoué, et je vais devoir m'en remettre au rapport de Ramsey. Officieusement, je pense que tu as fait ce qu'il fallait. Cela demandait du courage.

— Cela te surprend ?

— Pas vraiment. J'ai lu tes états de service. Ils sont impressionnants, pour sûr, mais quand nous étions à White Sands, c'était la première fois que tu me tenais tête. Tu n'as pas cherché à m'éviter, comme tu l'as fait à l'université quand tu as rejoint le corps des officiers de réserve derrière mon dos. Non, tu m'as fait face. Et de te voir en action pour la première fois n'a fait que renforcer mon estime.

C'était loin d'être ce à quoi Tyler s'attendait. Le général était vraiment en train de le complimenter. En dehors des condoléances qu'il lui avait adressées à la mort de Karen, c'était la première chose positive qu'il lui disait depuis des années.

—Alors pourquoi ne voulais-tu pas que je prenne part à la mission ? lui demanda Tyler.

Le général soupira.

—Tu n'as pas d'enfants, et j'en suis désolé. Sinon, tu comprendrais dans quelle position tu m'as mis. (Il marqua une pause.) J'étais sur le point de donner l'ordre au B-52 de larguer sa bombe.

Le ton de son père restait bourru, mais Tyler y décela un léger adoucissement. Il comprit que son respect pour le général venait de remonter de quelques crans. Il pensa à ce que son père venait de lui dire et à la révélation de Dilara sur le fait qu'un objet de l'arche de Noé contenait les derniers spécimens du prion.

—S'il existait un autre échantillon de ce prion, hasarda Tyler avec un air de sous-entendu, et que quelqu'un sache où il se trouve, que dirais-tu à cette personne ?

—Je lui dirais que je ne veux rien savoir qui m'obligerait à agir officiellement, répondit le général, mais j'espérerais que cette personne aurait la force de faire ce qu'il faut et de le détruire.

Tyler soutint le regard du général, puis acquiesça.

—Je vais garder ça à l'esprit.

Tyler et son père revinrent vers Miles et Dilara, qui étaient restés à l'antenne médicale. Le général regarda de nouveau son fils.

—Et Tyler, cesse donc de faire ta tête de mule et donne-moi de tes nouvelles. La prochaine fois, ce sera peut-être moi qui aurai besoin de ton aide, dit-il avant de s'éloigner vers le poste de commandement.

Miles regarda Tyler avec étonnement.

— Tu es finalement en bons termes avec lui ? demanda-t-il à Tyler.

Tyler secoua la tête, encore dérouté par leur conversation.

— Je ne sais pas vraiment. Pour l'instant, en tout cas.

— Cela signifie que je peux parler *business* avec le général, alors ?

Miles savait battre le fer pendant qu'il était chaud.

— Si tu as une chance de récupérer un contrat, vas-y, lui répondit Tyler. (Il leva un doigt en signe d'avertissement.) Mais fais en sorte que je ne sois pas chargé de ce projet. Je ne crois pas que nous soyons encore prêts pour cela.

— Parfait, dit Miles en se frottant les mains à l'idée de récupérer un contrat juteux. Oh ! avant que j'y aille, Aiden m'a contacté durant le vol. Il demande que tu l'appelles. Il paraîtrait qu'il a des informations intéressantes à te communiquer. (Il tendit son téléphone portable à Tyler.) Pendant que tu passes ton coup de fil, je vais expliquer au général Locke tout ce que la Gordian peut apporter à l'Agence de lutte contre les armes de destruction massive.

Il fit avancer son fauteuil en direction du poste de commandement, laissant Tyler et Dilara seuls.

— Je passe juste ce coup de fil, dit-il à Dilara, puis nous retournerons à Seattle.

— Entendu. Je ne serais pas contre une bonne douche.

Il appela Aiden, qui répondit dès la première sonnerie.

— Tyler ! J'ai entendu dire que vous vous en étiez payé une bonne tranche là-bas. Je suis jaloux.

— Non, crois-moi, tu ne l'es pas. Écoute, Aiden, je suis crevé. Miles m'a dit que tu avais quelque chose pour moi ?

— Tout à fait. Tu te rappelles ce bout de papier trouvé dans le médaillon de Dilara que tu nous as laissé pour analyse ? Celui qui portait les lettres « LGT » ?

Le Livre de la grotte aux trésors.

— Pour être honnête, répondit Tyler, je n'y pensais plus. Vous avez trouvé quelque chose ?

— Deux séries de chiffres et de lettres. Nous avons réussi à lire les traces de la pointe du stylo grâce au microscope à balayage électronique du CET. J'ai dans l'idée qu'il s'agit d'une latitude et d'une longitude.

Aiden dicta à Tyler les coordonnées : 122.bggyuO, 48.hutzsN. Celui-ci les examina avec perplexité.

— Pourquoi est-ce qu'elles me semblent familières ? s'étonna Tyler.

— Parce que tu te trouves exactement à cent vingt-deux degrés ouest et quarante-huit degrés nord, répondit Aiden.

Tyler se souvint avoir vu ces coordonnées quand ils préparaient le raid contre Oasis.

— Sans les décimales, ces coordonnées peuvent indiquer n'importe quel point de cette île. Et les lettres ?

— À toi de me dire. C'est tout ce qu'il y avait sur ce bout de papier.

Tyler se tourna vers Dilara.

— Votre père utilisait-il un code pour rédiger ses notes ?

— Pourquoi cette question ? demanda-t-elle.

— Il vous a laissé un message, répondit-il en lui montrant les coordonnées. Et j'ai dans l'idée que cela conduit à quelque chose. Sauriez-vous lire cela ?

— Oui, je pense. Il utilisait un code secret pour les notes qu'il ne voulait pas que d'autres puissent lire. Il m'a enseigné son code quand j'étais enfant, et je l'utilise moi-même parfois. Mon père et moi sommes les seuls à le connaître.

Dilara examina les coordonnées et prit le stylo de Tyler. Elle barra rapidement chaque lettre pour la remplacer par un chiffre.

— Merci, Aiden, dit Tyler. On prend la suite.

— Tu me diras ce que vous avez trouvé, réclama Aiden avant de raccrocher.

— Vous pensez qu'il s'agit de quoi ? lui demanda Dilara.

— Il n'y a qu'un moyen de le découvrir, dit-il en arrêtant un soldat qui passait à proximité. Sergent, j'ai besoin de votre localisateur GPS.

— À vos ordres, répondit le sergent surpris en lui tendant le boîtier.

Le père de Dilara avait dû lui aussi utiliser un GPS pour transcrire des coordonnées si précises. Tyler les entra dans le GPS. La réponse ne le surprit pas outre mesure.

— C'est ici, dans la propriété.

Dilara semblait soudain avoir oublié toute fatigue.

Les coordonnées indiquaient un endroit à trois cents mètres au nord de leur position, en direction des bois que Tyler avait traversés après avoir franchi la clôture.

Dilara et lui marchèrent jusqu'à l'endroit précis en s'éclairant à la lampe torche. Au point exact des coordonnées se dressait un immense pin, vieux d'au moins cinq cents ans. Un trou sombre creusait son tronc, vestige d'anciens feux de forêt.

— Il a dû enterrer ce qu'il a laissé pour moi, dit Dilara. C'était un archéologue, après tout. Il nous faudrait des pelles.

Tyler examina le sol, qui était couvert d'aiguilles de pin. Si son père avait enterré quelque chose ici trois ans auparavant, inutile d'espérer trouver encore des traces. Le radar à pénétration de sol pourrait les aider, en revanche.

Il était sur le point de retourner sur ses pas avec Dilara, quand il s'arrêta soudain.

— Pourquoi votre père aurait-il caché quelque chose ici ? se demanda Tyler.

— Je l'ignore. Ce devait être quelque chose qu'il ne voulait pas voir tomber entre les mains d'Ulric.

— S'il était ici en visiteur, vous ne croyez pas qu'il aurait été étrange qu'il se balade avec une pelle sur l'épaule ? Quelqu'un l'aurait forcément remarqué.

— Il a peut-être creusé avec ses mains.

— Dans ce cas il n'aurait pas pu creuser bien profond. Sinon, il serait revenu couvert de terre et les mains en sang ; Ulric s'en serait aperçu.

— Dans ce cas comment aurait-il pu… ?

Elle ne termina pas sa phrase. Tyler et elle s'étaient tournés en même temps vers l'arbre au tronc creux.

Tyler passa la main dans le trou et éclaira vers le bas avec sa lampe torche. Rien d'autre que des morceaux d'écorce et de l'eau de pluie. Puis il se pencha et regarda vers le haut. Un reflet. Il s'agissait de l'extrémité circulaire d'un tube de cinq centimètres de diamètre, coincé dans la partie supérieure du tronc que les insectes avaient continué à dévorer. Tyler tenta d'attraper le tube, mais sa main était trop grosse.

Dilara glissa la main à l'intérieur du trou et agrippa le tube. Elle dut s'y prendre à trois fois pour arracher le cylindre de sa cachette, tant celui-ci avait été enfoncé dans une étroite anfractuosité du tronc.

Le tube était blanc, opaque, et mesurait soixante centimètres de long. Son couvercle était scellé et semblait étanche. Dilara nettoya la crasse poisseuse qui couvrait le tube avec son chemisier puis, après une grande inspiration, elle l'ouvrit.

À la lueur de la torche, Tyler vit un rouleau de parchemin jauni, d'aspect ancien. Au centre du rouleau se trouvait une feuille de papier blanc moderne, que Dilara récupéra avec précaution.

Elle parcourut le papier du regard et ses yeux s'emplirent de larmes. Quand elle eut fini de lire, elle releva la tête vers Tyler.

— C'est de votre père ? dit-il.

Dilara hocha la tête.

— Il voulait que je retrouve ce manuscrit. C'est celui du *Livre de la grotte aux trésors*, qui donne le moyen de retrouver l'arche de Noé.

Chapitre 57

Lorsque Tyler débarqua du Black Hawk à l'aéroport de Boeing Field, il eut l'impression qu'il s'était passé des mois depuis que Dilara et lui avaient atterri ici en provenance de Los Angeles, seulement cinq jours auparavant. Tout ce dont Grant avait parlé durant le vol était Tiffany qui attendait son retour, et Tyler était heureux pour lui. Grant, qui vivait dans un appartement du centre-ville, profita du van de Miles pour se faire conduire au siège de la Gordian. Tyler emmena Dilara dans son 4 × 4 Porsche. Comme elle avait déjà dormi chez lui, il lui proposa de nouveau de la loger. La grosse différence était que cette fois-ci ils n'avaient pas d'assassins professionnels aux trousses.

Le père de Dilara avait eu une brillante idée en utilisant un code secret pour écrire le message caché dans le médaillon. Les premiers nombres montraient qu'il s'agissait de coordonnées, mais les lettres codées rendaient celles-ci trop imprécises pour qu'elles soient vraiment utiles. Personne d'autre que Dilara n'aurait été en mesure de déchiffrer ce code.

Tandis que Tyler conduisait, Dilara lui lut la note retrouvée dans le tube scellé. À plusieurs reprises, l'émotion la submergea et elle dut arrêter sa lecture le temps de se reprendre.

Ma très chère Dilara,

Je suis navré que tu aies retrouvé cette note parce que cela signifie que mes soupçons étaient fondés et qu'il y a de fortes chances pour que je sois mort. Je suis désolé de n'avoir pu partager avec toi ma plus grande réussite professionnelle, l'accomplissement de toute ma vie. Pour satisfaire ma curiosité et mon ambition, j'ai bien peur de m'être associé à un homme qui ne recherche pas la connaissance pour les mêmes raisons que moi. Je crains que Sebastian Ulric ne soit en réalité un dément assoiffé de pouvoir et qu'il finisse par me trahir. Par conséquent, j'ai caché ce document afin que tu puisses le retrouver. Ce rouleau est la seule copie connue du Livre de la grotte aux trésors.

J'ai exhumé ce rouleau durant des fouilles dans le nord de l'Iraq. J'ai choisi de ne pas révéler son contenu dans l'espoir de réussir à trouver moi-même l'arche. Mais je suis arrivé à court de financement et, par l'intermédiaire de mon vieil ami Sam Watson, j'ai rencontré un nouveau mécène, Sebastian Ulric. Je lui ai montré le Livre, mais je suis le seul à pouvoir le déchiffrer. J'ai ressenti le besoin de le cacher quand j'ai découvert qu'Ulric recherchait d'autres traducteurs.

Je sais que tu pourras toi aussi le traduire. Si tu lis le texte attentivement, il te conduira à la célèbre arche de Noé et au fléau qu'elle cache encore dans ses entrailles. Ulric a commencé à suspecter que je lui dissimulais des informations. Il feint de me croire, mais je sens sa méfiance. Le médaillon est le seul moyen que j'ai trouvé pour te faire parvenir mon message. J'espère que le fait de te l'avoir envoyé comme cadeau d'anniversaire aura réussi à tromper sa vigilance.

Si tu lis cette lettre, c'est que tu dois déjà avoir déjoué les plans d'Ulric, au moins en partie. Mais sois prudente. Je crois cet homme capable des pires extrémités s'il vient à savoir que tu es en possession de ces documents. J'espère que tu choisiras d'achever mon travail et de révéler l'arche de Noé au monde. Si tu te lances dans cette aventure, je te dis bonne chance. Quoi que tu décides, sache que ta mère et moi t'aimons à jamais.

Hasad Arvadi

— Il est mort, n'est-ce pas ?

La douleur dans la voix de Dilara était palpable.

— Nous n'en savons rien, répondit Tyler, sans y croire vraiment.

— Si, il est mort. Je le sais.

Tyler posa la main sur celle de Dilara.

— Je suis vraiment navré, Dilara. Je vous promets que nous découvrirons ce qui est arrivé à votre père.

Dilara serra la main de Tyler dans les siennes.

— Merci. Je vous suis très reconnaissante.

Tyler la laissa pleurer en silence, la main toujours posée sur la sienne. Après quelques minutes, Dilara retira sa main pour prendre un mouchoir et s'essuyer le visage.

— Mon père voulait que je retrouve l'arche, et c'est exactement ce que je vais faire.

— La lettre de votre père dit que le « fléau » se cache encore dans les entrailles de l'arche. Cela confirme ce que vous a raconté Ulric. Qu'un vestige de cette maladie du prion – l'Arkon – se trouve encore dans l'arche de Noé.

— Mais Ulric m'a dit qu'il n'avait jamais vu l'arche lui-même. S'il n'est pas entré dans l'arche, comment a-t-il trouvé un vestige provenant de l'arche ?

— Nous devrons le lui demander. Peut-être même utiliser son sérum de vérité sur lui. En attendant, que faisons-nous ?

— Comment ça, « nous » ?

Tyler repensa aux derniers mots échangés avec son père le général.

— Je veux m'assurer que l'Arkon soit détruit jusqu'à la dernière trace.

— Je vais rapporter le manuscrit à mon laboratoire de l'université de Californie et l'analyser. Nous disposons d'une salle à l'environnement contrôlé pour l'examen des documents antiques et celui-là a l'air d'avoir au moins trois mille ans. Il doit être extrêmement fragile.

— Qui d'autre sera impliqué ?

— Personne. S'il s'avère que ce texte mène effectivement à l'arche de Noé, je ne veux pas que ce soit la bousculade sur le site. Je sais que vous vous inquiétez à propos de l'Arkon, mais je m'inquiète également de ce qui risque d'être perdu pour la science. Des artefacts d'une valeur inestimable pourraient être pillés, abîmés ou détruits.

— Cela sera une découverte exceptionnelle pour vous. Elle va changer votre vie.

— Et la vôtre, aussi.

— Non, je suis un ingénieur, pas un archéologue. Je vous laisse volontiers toute la gloire et la célébrité.

Le reste du trajet se passa en silence, chacun réfléchissant aux implications d'une telle découverte.

Quand ils arrivèrent enfin à la maison de Tyler, Dilara replaça soigneusement la lettre de son père avec le manuscrit antique dans le tube et referma ce dernier. Elle soupira, le cœur lourd.

— Il serait très fier de vous.

Les mots de Tyler eurent un effet totalement opposé à ce qu'il avait voulu. Dilara éclata en sanglots.

— J'ai été stupide, sanglota-t-elle. Toutes ces années, j'ai pensé qu'il était cinglé alors qu'en réalité il avait raison depuis le début. Et maintenant qu'il est mort, je ne pourrai jamais lui dire à quel point je suis fière de lui.

Tyler prit Dilara dans ses bras et lui fit doucement incliner la tête au creux de son épaule.

— Il le sait. Il le sait.

Elle releva les yeux vers lui, le visage ruisselant de larmes. Elle n'avait jamais eu l'air si belle ni si vulnérable, nichée ainsi au creux de ses bras. Tyler pencha la tête et l'embrassa sur la joue, goûtant la saveur salée de ses larmes.

Dilara laissa échapper un long soupir et tourna son visage vers le sien. Leurs yeux se rencontrèrent et leur désir refoulé les submergea. Ils échangèrent un long baiser, pénétrés du sentiment d'une évidence. Tyler sentit le corps de Dilara se presser contre le sien et il répondit de même.

— Une douche ? lui murmura-t-elle à l'oreille.

Il acquiesça et l'embrassa de nouveau. Son désir pour elle était presque incontrôlable. Il se sentait aussi impatient qu'un adolescent.

Ils s'avancèrent maladroitement dans le couloir sans cesser de s'étreindre. Ils se déshabillèrent l'un l'autre, abandonnant au sol vêtements et chaussures jusqu'à ce qu'ils n'aient plus rien sur eux.

Ils pénétrèrent dans la salle de bains en trébuchant, leurs corps toujours entremêlés, et Tyler tâtonna à l'aveuglette pour trouver le robinet de la douche. Dilara lui prit la main pour la ramener sur elle avec une impatience qu'il comprenait parfaitement.

— Plus tard, dit-elle en l'entraînant au sol.

La douche attendrait.

Le matin suivant, Tyler se réveilla en sursaut. La lumière se déversait par les fenêtres ; la veille au soir, il avait été trop occupé pour penser à fermer les rideaux. Il avait la sensation inhabituelle d'une chaleur près de lui. Le corps nu et doux de Dilara était lové contre le sien, elle avait la tête posée sur sa poitrine et son souffle venait lui caresser la peau. Les cheveux de Dilara, étalés sur l'oreiller, exhalaient le parfum de son shampoing. L'effet était enivrant et Tyler sourit à part lui en repensant au sol de la salle de bains, à la longue douche chaude qui avait suivi, puis à cette nuit d'amour torride sur les draps qui les couvraient à présent.

L'intrus parmi toutes ces sensations plaisantes était la sonnerie aiguë de son téléphone. Tyler se dégagea du corps de Dilara à contrecœur et saisit le combiné.

— Qui que ce soit, dit Tyler d'une voix ensommeillée, vos prochains mots feraient bien d'être : « Félicitations, vous avez gagné à la loterie. »

— Prépare-toi à être déçu, lui répondit la voix de Grant.

— OK. Quelle heure est-il ?

— Huit heures. Moi aussi, je serais bien resté au lit, mais nous avons un gros problème.

Le ton de Grant alerta Tyler, qui s'assit sur le lit.

— Que s'est-il passé ?

— L'armée a finalement réussi à pénétrer dans cette chambre où Ulric et ses hommes s'étaient terrés.

— Il a été capturé ?

— J'aurais aimé. Mais il ne s'agissait pas d'une pièce de sûreté comme nous le pensions. La pièce comportait un couloir secret, qui conduisait à un quai souterrain, assez grand pour accueillir un sous-marin de poche comme celui du yacht d'Ulric.

— Dis-moi que tu plaisantes, s'exclama Tyler.

— J'enrage de le dire, poursuivit Grant, mais Ulric et Cutter se sont fait la malle.

L'arche de Noé

Chapitre 58

Tandis qu'il rembarquait à bord de son jet Lear qui venait d'être ravitaillé à l'aéroport d'Heathrow, Sebastian Ulric se félicita une nouvelle fois de l'obsession de Cutter pour les plans de secours. Les spécifications d'origine du projet Oasis ne mentionnaient pas d'abri pour sous-marin, mais Cutter n'aimait pas l'idée de se retrouver piégé dans le complexe une fois les cloisons de béton refermées. Quand le contrat était passé de la Gordian à Coleman, Cutter avait convaincu Ulric d'ajouter un quai de secours pour mini-sous-marin, et Ulric était heureux de s'être laissé convaincre. Sans cela, il serait à l'heure actuelle aux mains de l'armée des États-Unis.

Ulric avait piloté le sous-marin jusqu'à une marina du port de Deer Harbor, sur l'île d'Orcas. Là, ils avaient volé un voilier et sabordé le sous-marin afin que personne ne le retrouve. Puis ils avaient vogué jusqu'à Vancouver, en Colombie-Britannique, où les fonds d'Ulric dans des comptes aux îles Caïman lui avaient permis de louer un Lear et de faire taire toutes les questions. Quant à Cutter, il savait où se procurer de faux passeports plus vrais que nature.

Tyler finirait par découvrir qu'Ulric s'était enfui, mais celui-ci avait huit heures d'avance, peut-être davantage. Il avait largement le temps de visiter l'arche avant que Tyler retrouve sa trace et de récupérer le dernier échantillon d'Arkon au monde.

Ulric fit rouler la clé USB entre ses doigts et sourit à Petrova, qui faisait grise mine. Cutter et elle avaient bien plus de mal que lui à encaisser leur récent revers. La sérénité d'Ulric lui venait de ce que, comme Cutter, il avait toujours un plan de secours. Le gouvernement des États-Unis allait geler ses actifs, mais il ne mettrait pas la main sur l'ensemble de sa fortune. Avec des centaines de millions de dollars encore à sa disposition, même un désastre de l'ampleur de celui de la nuit dernière pouvait être réparé.

La Suisse deviendrait son nouveau refuge. Le laboratoire construit sous un château médiéval dont il s'était porté acquéreur sous un pseudonyme serait en mesure de remplacer Oasis. Cet abri-là n'était pas aussi confortable, mais il ferait l'affaire. Une fois qu'il aurait l'échantillon d'Arkon en sa possession, il ne lui faudrait que quelques semaines pour synthétiser un nouvel Arkon-C. Le temps que les autorités le retrouvent, il serait trop tard.

Il lui fallait à présent accéder au mont Ararat et à l'arche de Noé. Ulric connaissait son emplacement grâce à Hasad Arvadi mais, comme ce dernier, il ne s'était jamais rendu sur place, craignant la surveillance étroite qu'exerçait le gouvernement turc sur la région. Une expédition là-bas aurait été forcément repérée et aurait attiré l'attention sur ses plans. Mais à présent que ses projets avaient été révélés au grand jour, il lui fallait courir le risque de se rendre sur place. Avec assez d'argent pour payer les pots-de-vin nécessaires et Cutter et ses deux hommes pour assurer sa sécurité, Ulric était persuadé de réussir à pénétrer dans l'arche de Noé en moins de vingt-quatre heures. Il n'aurait plus alors qu'à récupérer le deuxième échantillon d'Arkon et à disparaître.

Ulric passa le temps en imaginant comment il pourrait se venger de la perte d'Oasis et du retard qu'avaient pris ses plans. C'était un homme patient et il avait une vision à long terme, mais cela ne signifiait pas pour autant qu'il était au-dessus du désir de vengeance. Durant les semaines que réclamerait l'accomplissement de sa vision d'un Nouveau Monde, il engagerait les meilleurs assassins que sa fortune pouvait lui offrir et Tyler Locke découvrirait bientôt à quel point la curiosité était dangereuse pour la santé.

Tyler avait réussi à convaincre Dilara que le laboratoire de la Gordian à Seattle disposait de tout ce dont elle avait besoin et qu'il était inutile de perdre de précieuses heures à gagner Los Angeles. Dans le laboratoire, Dilara sortit précautionneusement le manuscrit du tube à l'aide de pinces en caoutchouc, les mains gantées. Une large table d'examen avait été installée afin qu'elle puisse y dérouler les feuilles et l'humidité du laboratoire était maintenue à vingt-cinq pour cent afin de préserver l'intégrité du document. L'air frais et sec qui régnait dans la pièce rappelait à Tyler les soirées de janvier à Phoenix. Grant et Miles étaient également présents et observaient le travail de Dilara.

Malgré la pression de l'horloge qui tournait, Dilara agissait avec lenteur et précaution. Elle était intransigeante sur la nécessité de protéger ce document antique. Comme ils n'avaient besoin que d'une traduction du texte, Tyler lui suggéra de dérouler le rouleau et de le photographier. De cette façon, ils pourraient emporter les photographies avec eux et laisser l'original à l'abri. Pendant que Dilara préparait le document, Tyler s'occupa d'installer l'appareil photo haute définition sur un bras articulé.

Toute la question était de savoir combien de temps il faudrait à Dilara pour déchiffrer le texte écrit sur le parchemin défraîchi. L'écriture ressemblait à une sorte d'hébreu primitif.

— Quel est l'âge de ce papier ? lui demanda Tyler.

Dilara gardait en permanence un léger sourire sur les lèvres. Elle ne pouvait s'empêcher d'être enthousiasmée par l'importance archéologique de cette découverte, même si celle-ci risquait d'engendrer la fin du monde.

— Ce n'est pas du papier, mais du papyrus, comme celui qu'on utilisait dans l'Égypte ancienne. Sans datation au carbone, il est impossible de déterminer son âge avec certitude, mais je dirais qu'il a au moins trois mille ans et qu'il est antérieur aux rouleaux de la mer Morte.

Grant laissa échapper un sifflement.

— Ce document en lui-même est une découverte archéologique exceptionnelle, poursuivit-elle. Seule la découverte de l'arche de Noé serait encore plus extraordinaire.

— Espérons qu'il y ait là-dedans quelque chose qui puisse nous y conduire, dit Tyler. Je suis prêt ; et toi ?

— Encore quelques minutes. Je dois manipuler cela avec le même soin que tu apportes à la manipulation des explosifs. Le moindre faux mouvement, et il risque de tomber en poussière.

Dès qu'elle eut fini de dérouler le document, Tyler prit une photo de chaque section. Les images, grossies cinq fois, apparurent sur l'écran à l'autre bout de la pièce.

— Tu peux traduire cela ? lui demanda Tyler.

Dilara examina le premier morceau.

— Je crois. C'est de l'hébreu proto-tannaïtique, la même langue que sur le rouleau de cuivre des manuscrits de la mer Morte. C'est assez inhabituel et plutôt rare, et c'est très difficile à traduire. Seules quelques personnes dans le monde sont capables de le lire. Mon père était l'une d'entre elles.

— Et heureusement pour nous, tu fais aussi partie de ces rares personnes. (Tyler pressa un bouton sur le téléphone du laboratoire.) Tu as téléchargé les photos, Aiden ?

La voix d'Aiden résonna dans le haut-parleur :

— Tout à fait. Je suis en train de les transférer sur ton ordinateur portable. J'ai également commencé à les analyser. Si le Dr Kenner peut me fournir une matrice de traduction, nous devrions pouvoir automatiser une partie du travail.

— Parfait. L'objectif est de découvrir tout ce que le papyrus raconte à propos de l'arche de Noé.

— Oh ! mon Dieu ! s'exclama Dilara, qui avait continué à lire.

Tyler attendit qu'elle poursuive, mais elle resta silencieuse.

— Qu'y a-t-il ? finit-il par demander.

— Ce manuscrit ne parle pas seulement de l'arche de Noé, répondit-elle. Il s'agit d'une version entière du livre de la Genèse. C'est la plus ancienne version d'un livre biblique jamais retrouvée. Il y est décrit comment Dieu façonna le ciel et la terre, le jardin d'Éden, Adam et Ève, mais tout est raconté avec une foule de détails inconnus. Extraordinaire !

— Je déteste devoir t'interrompre, dit Tyler, mais nous sommes pressés par le temps. Quand nous reviendrons, tu auras tout le loisir d'étudier ce document. Peux-tu passer directement à Noé ?

— Oui, je sais. Désolée. Section suivante. Encore. Encore. Stop !

Dilara se rapprocha de l'écran. Elle déchiffra le texte, les yeux tellement écarquillés que Tyler eut l'impression qu'ils allaient jaillir de leurs orbites.

— C'est ça ! s'écria-t-elle.

— Le texte dit où se trouve l'arche ?

— Pas exactement, mais je comprends à présent pourquoi mon père retraduisait le livre de la Genèse. Tu te rappelles qu'il avait barré des mots pour les remplacer par d'autres dans certains chapitres ? Par exemple, cette phrase ici pourrait être interprétée comme disant que l'arche se trouve à l'intérieur des montagnes de l'Ararat.

— En quoi cela nous aide-t-il ?

— Je l'ignore. (Elle reprit sa lecture puis se figea, et la perplexité envahit son visage.) Hein ? Voilà qui est inédit…

— Tu veux bien arrêter ça ? s'esclaffa Grant quand Dilara laissa sa phrase en suspens. Tu es en train de nous rendre dingues.

— Désolée. Il y a ici un passage qui n'apparaît pas dans la Bible. Il parle d'une carte.

— Une carte conduisant à l'arche de Noé ? demanda Tyler.

Dilara acquiesça.

— Le texte décrit également deux amulettes d'une telle puissance qu'elles pourraient détruire le monde.

— Cela concorde. Au moins, nous savons à présent que nous recherchons une amulette, même si la question reste de savoir comment une amulette peut contenir un prion pathogène. Où se trouve cette carte ?

— Le texte parle d'une cité. Je ne peux qu'émettre une supposition sur la prononciation. Ce doit être quelque chose comme Ortixisita. Il y aurait dans cette ville un temple du nom de Cur Ferap.

— Cela te dit quelque chose ?

— Ces noms ont quelque chose de familier, mais je n'arrive pas à me rappeler. Si j'avais mes livres…

— Aiden, tu as entendu ? dit Tyler dans le haut-parleur du téléphone.

— Je suis déjà dessus, répondit Aiden. Je vais essayer toutes les combinaisons possibles de voyelles et concentrer mes recherches sur la région autour du mont Ararat.

Après quelques secondes, Aiden intervint :

— J'ai trouvé. Il y a une ville dans l'ouest de l'Arménie qui s'appelle Artashat. Elle a été fondée en 180 avant J.-C.

sous le nom d'Artaxiasata. Elle est célèbre en raison d'un monastère qui se trouve à sa périphérie.

Dilara claqua des doigts.

— Je me rappelle à présent ! Khor Virap ! La prison de saint Grégoire l'Illuminateur !

— Vous êtes douée, docteur, la félicita Aiden. J'ai une photo de l'endroit. Je vous l'envoie sur l'écran du labo.

Dès que Tyler vit la photo, il eut la certitude qu'il s'agissait de l'endroit où ils devaient se rendre.

— Aiden, appela-t-il, fais-nous préparer le jet. Nous partons pour l'Arménie.

Tyler continua à regarder la photo et commença à croire qu'après tout ils allaient peut-être vraiment retrouver l'arche de Noé. Sur une colline surplombant un champ verdoyant s'élevait l'ancien monastère de Khor Virap, qui avait l'apparence d'un fortin entouré d'une enceinte aux épais murs de pierre. À l'arrière-plan, dominant l'horizon et se détachant sur le bleu du ciel, se dressait l'immense silhouette enneigée du mont Ararat.

Chapitre 59

Avec tous les voyages qu'elle avait faits de par le monde pour ses campagnes de fouilles, Dilara Kenner était une voyageuse expérimentée, mais l'accumulation de trajets en avion au cours de la dernière semaine, dont ce dernier vol de vingt heures pour rejoindre Erevan, la capitale de l'Arménie, finissait par être pesante, même pour elle. Elle avait pris assez d'avions pour une année entière.

Dilara avait consacré tout son temps de veille à bord du jet de la Gordian à examiner les photographies du manuscrit à la recherche du moindre indice qui leur permettrait de trouver la carte à Khor Virap. Tyler et Grant l'avaient laissée travailler en paix et, avant l'atterrissage, elle leur fit un compte-rendu de ce qu'elle avait découvert. Malheureusement, la récolte était maigre, malgré l'aide d'Aiden.

— Tu penses que la carte est toujours là-bas ? lui demanda Tyler. Pourquoi Ulric ne l'aurait-il pas emportée avec lui ?

— Parce qu'elle n'est pas transportable. Le texte parle d'une carte de pierre. D'après moi, cela signifie que la carte doit être représentée sur un mur.

— Aiden a fait une recherche poussée dans des bases de données publiques et privées, et il dit que personne n'a jamais entendu parler d'une telle carte.

— C'est juste ici, expliqua Dilara en montrant un passage du texte sur l'écran de l'ordinateur portable. Il est dit que les descendants de Japhet, un des fils de Noé, ont bâti le temple en hommage à la miséricorde de Dieu. La carte ainsi qu'une des amulettes sont conservées dans une chambre secrète connue des seuls élus. L'autre amulette a été enfermée dans l'arche elle-même.

— Donc les prêtres de Khor Virap ignorent tout de cette chambre secrète ?

— Le temple a été pillé durant une invasion perse et les gardiens ont fui sans révéler l'existence de la chambre, qui doit être soigneusement dissimulée. Ils ont consigné son emplacement dans ce document, mais ont certainement péri avant d'avoir pu revenir et récupérer son contenu.

— Il doit bien y avoir un indice dans le texte qui conduise à cette chambre, dit Tyler.

— Ceux qui l'ont écrit craignaient que ce qui s'y trouvait tombe aux mains de leurs ennemis, aussi ont-ils utilisé un code.

— Tu veux dire que le texte du rouleau est crypté ?

Dilara surligna une partie du texte qui parlait de Khor Virap, ce monastère chrétien qui était autrefois un temple juif.

— Vous remarquez quelque chose de différent dans cette partie du texte ? leur demanda Dilara.

— Les espaces et les alinéas sont légèrement différents, dit Grant. Cela ne saute pas aux yeux, mais comme tu as surligné ce passage, je l'ai remarqué.

— C'est ça. (Dilara afficha la photo de la note que son père avait écrite à son intention.) Il y avait quelque chose d'étrange dans la façon dont mon père avait rédigé ce mot, et j'ai donc demandé à Tyler d'en faire également une photo. Mon père m'a laissé un autre message.

Dilara superposa la note manuscrite à la partie du texte parlant de Khor Virap. Les lignes s'alignaient parfaitement.

Tyler pointa le doigt sur la note manuscrite du père de Dilara.

— Le premier mot de chaque ligne…

— … est légèrement plus appuyé, acquiesça Dilara. Une personne examinant cette note pourrait penser que mon père utilisait un simple code de transposition où les premiers mots de chaque phrase forment une phrase. Mais en réalité, cela donne une phrase incohérente. En fait, mon père voulait simplement m'indiquer que le *Livre de la grotte aux trésors* utilisait un code de transposition, et uniquement dans cette partie du texte.

— Allez, mets fin au suspense, lui dit Grant. Qu'est-ce que cela dit ?

— « Comptez les pierres depuis la baie : cinq et huit la dévoilent, mais quatre et sept la voilent. »

Grant afficha une moue perplexe.

— La version en hébreu rime elle aussi ?

— Non, ça c'est ma contribution. Cela sonne mieux que : « Les cinquième et huitième pierres depuis la baie la révèlent. Les quatrième et septième pierres depuis la baie la dissimulent. »

— Tu as raison, acquiesça Grant en souriant. C'est bien plus mystérieux ainsi.

— Tu as une idée de ce que cela signifie ? lui demanda Tyler.

Dilara secoua la tête. Elle y avait réfléchi longtemps, ce qui expliquait qu'elle ait attendu avant de leur en parler, mais elle échouait toujours à en comprendre le sens.

— Je pense que nous le saurons quand nous le verrons.

Tyler haussa les épaules.

— Dans ce cas, allons voir ce que nous trouverons à Khor Virap.

Tyler ne cessait de l'étonner. Rien ne semblait pouvoir le déstabiliser. Peu importe ce qui se passait, il savait qu'il trouverait toujours un moyen de s'en sortir. Dilara supposait que c'était cette capacité à résoudre n'importe quel problème qui se présentait qui faisait de lui un ingénieur de talent, et il irradiait cette confiance dans tous les autres aspects de sa vie. C'était ce qui le rendait tellement attirant aux yeux de Dilara. Elle ne savait pas où la nuit qu'ils avaient partagée les conduirait, mais elle en chérissait le souvenir.

Le jet atterrit à Erevan. Tyler avait pris des dispositions pour qu'un interprète les attende à l'aéroport avec un véhicule. Arrivé à la voiture, Tyler tendit à l'interprète une liasse de dollars que l'homme regarda avec stupéfaction. Il y avait là plus d'argent qu'il n'en gagnait en six mois.

— J'espère que cela suffira à garantir la confidentialité de notre expédition, lui dit Tyler.

— Certainement, Dr Locke, bafouilla l'homme dans un anglais parfait. Je m'appelle Barsam Chirnian. Je serai heureux de vous apporter toute l'aide que je pourrai.

— Combien de temps faut-il pour atteindre le monastère de Khor Virap ?

— Ce n'est qu'à une trentaine de kilomètres au sud-est. Il nous faudra moins d'une heure.

Ils devraient donc y arriver à 17 heures, heure locale.

— Parfait, dit Tyler. Pendant le trajet, vous pourrez peut-être nous dire ce que vous savez sur Khor Virap.

Ils montèrent tous les quatre dans un Land Cruiser Toyota vétuste et traversèrent la ville pour rejoindre une grande route au sud. Sur leur droite, le mont Ararat et son petit frère s'élevaient au-dessus de la plaine. Même si les Arméniens considéraient cette montagne comme la leur au point d'en faire leur symbole national, celle-ci se trouvait en réalité en territoire turc, de l'autre côté de la frontière.

Durant le trajet, Chirnian leur parla du monastère avec le discours bien rodé d'un guide touristique. Artashat, la ville où se situait le monastère, avait été la première capitale de l'Arménie et l'était restée jusqu'au Ve siècle. On ne connaissait pas précisément la date de fondation de Khor Virap, mais il s'agissait d'un des tout premiers monastères chrétiens. Il se dressait sur la seule véritable colline à des kilomètres à la ronde et avait servi dans l'Antiquité de place forte contre les envahisseurs du fait de sa position stratégique sur la rivière Araks. L'endroit était le sanctuaire le plus vénéré d'Arménie en raison de l'histoire de saint Grégoire l'Illuminateur.

Au IIIe siècle, Grigor Lusavorich était revenu d'Israël dans son Arménie natale afin de l'évangéliser. Le père du roi Tiridate III avait été assassiné par le père de Grigor ; le roi fit donc emprisonner Grigor dans une fosse à Khor Virap où il survécut miraculeusement à treize années de tortures et de souffrances. Quand Tiridate tomba malade, il reçut une vision l'informant que Grigor était le seul susceptible de le guérir. Grigor guérit Tiridate et le roi se convertit au christianisme. En 301, l'Arménie devint la première nation chrétienne et Grégoire, une fois béatifié, devint le saint patron du pays.

Le temps que Chirnian leur raconte l'histoire de saint Grégoire, ils étaient arrivés à Artashat. Le soleil de l'après-midi d'octobre baignait la plaine d'une brume dorée. De vastes plantations de vignes et des fermes s'étalaient jusqu'au piedmont de l'Ararat, dont le sommet disparaissait dans les bancs de nuages qui parsemaient le bleu du ciel.

Le vieux monastère de Khor Virap était perché à l'extrémité sud d'une éminence rocailleuse dénuée de végétation. Le Land Cruiser grimpa la petite route à flanc de colline jusqu'à franchir le portail du monastère. Le site n'avait pas volé sa réputation de site touristique majeur de l'Arménie : même si la fermeture n'allait pas tarder, le parking comptait encore une bonne dizaine de véhicules. Tyler et ses compagnons descendirent de voiture et franchirent une arche qui s'ouvrait dans l'épais mur d'enceinte avant de grimper une volée de marches.

Ils émergèrent dans la cour centrale qui abritait une église ; Chirnian leur expliqua que celle-ci accueillait souvent des mariages. Il n'y avait pas de mariage pour l'heure, mais des touristes, certains en vêtements occidentaux et d'autres en habits arméniens, qui prenaient des photos de l'église et de la célèbre montagne où l'arche de Noé était censée reposer. Il n'y avait plus de moines dans ce monastère depuis fort longtemps et le lieu était administré par des prêtres de l'Église arménienne.

— Nous devons rencontrer le prêtre responsable des lieux, déclara Tyler à l'interprète.

Chirnian hocha la tête et partit le chercher. Quelques minutes plus tard, un prêtre au visage cordial sortit de l'église en compagnie de Chirnian. Il ne parlait pas anglais, mais se présenta par l'entremise de l'interprète et serra la main de Tyler.

— Je suis le père Yezik Tatilian. Que puis-je faire pour vous ?

— Père Tatilian, dit Tyler, je m'appelle Tyler Locke. Je suis ingénieur et je viens des États-Unis. Je vous remercie de nous recevoir.

— Êtes-vous intéressé par l'histoire architecturale de notre monastère ?

— Dans un certain sens, oui. Avez-vous déjà rencontré un archéologue du nom d'Hasad Arvadi ?

Dilara retint son souffle, espérant avoir enfin la chance de retrouver son père, mais le prêtre secoua la tête.

— Je ne crois pas, mais de nombreux scientifiques et historiens viennent étudier le monastère, répondit-il, et je ne peux guère me rappeler le nom de tous.

Tyler montra Dilara, dont le visage exprimait la déception.

— Le Dr Kenner est sa fille. Nous avons des raisons de penser qu'il est venu ici.

— Je suis désolé, dit le prêtre. Ce nom ne me dit rien.

Tyler prit l'appareil photo de Dilara et montra sur l'écran LCD la plus récente photo que Dilara avait de son père.

Le père Tatilian haussa les épaules. Tyler lui montra deux autres photos, une d'Ulric issue du magazine *Forbes* et une autre de Cutter, prise par la caméra de sécurité du CET.

Le prêtre ne reconnut aucun d'eux.

— Si vous me disiez pourquoi vous les cherchez, cela m'aiderait peut-être à me souvenir.

Tyler regarda Dilara, qui hocha la tête. S'ils voulaient obtenir la coopération du prêtre, il faudrait bien lui expliquer toute l'histoire à un moment ou à un autre.

— Nous avons des raisons de penser que votre monastère abrite une chambre secrète, dont vous ignorez certainement la présence.

Le prêtre s'esclaffa.

— Ce monastère existe depuis des milliers d'années. Je suis sûr que s'il y avait une pièce secrète, je le saurais. Je peux vous assurer qu'il n'existe rien de tel ici.

Tyler lui montra une photographie du manuscrit.

— Il s'agit d'un texte ancien retrouvé en Iraq par Hasad Arvadi. Le Dr Kenner l'a traduit et celui-ci raconte qu'une carte menant à l'arche de Noé se trouve quelque part à Khor Virap.

L'interprète marqua une pause, se demandant s'il avait bien compris ce que venait de dire Tyler. Mais celui-ci avait l'air tout à fait sérieux et Chirnian finit donc de traduire ses propos. Le père Tatilian sourit.

— Les chasseurs de trésor sont nombreux à passer par ici à la recherche des vestiges sacrés de l'arche de Noé, mais vous êtes les premiers à me parler d'une carte.

— Le père du Dr Kenner a disparu il y a trois ans sans laisser de traces. Nous pensons qu'il a été assassiné.

Le sourire du prêtre s'effaça.

— Je suis navré d'apprendre cela.

— Père Tatilian, dit Tyler, est-ce qu'il s'est produit quelque chose d'inhabituel il y a trois ans ?

— Effectivement, répondit le prêtre avec une certaine perplexité. Quelque chose de très inhabituel. À l'époque, deux novices en pèlerinage résidaient au monastère. L'un d'eux a été tué et l'autre a disparu. On ne l'a jamais retrouvé.

— Comment a été tué le novice ?

— Il a été abattu à l'arme à feu. La police a mené une enquête, mais n'a arrêté personne. L'affaire n'a jamais été élucidée.

— Et le mobile ?

— Le vol, sans doute. Je suis arrivé un matin à Khor Virap et j'ai découvert le corps.

— C'était forcément l'œuvre d'Ulric, dit Grant.

— Vous savez qui pourrait être le coupable ? demanda le prêtre.

— C'est possible, dit Tyler. Pouvez-vous me raconter exactement ce qui s'est passé ?

— Il n'y a pas grand-chose à dire. Cela s'est produit la nuit, quand le monastère était fermé. Frère Digipian a été retrouvé avec deux balles dans la tête, et nous n'avons plus jamais revu frère Kalanian. Nous avons supposé qu'il avait été kidnappé, même si nous n'arrivions pas à comprendre pourquoi, d'autant que nous n'avons jamais reçu de demande de rançon. Non pas que nous aurions pu payer une forte rançon, d'ailleurs. Nous recevons des dons pour les mariages et les autres fêtes célébrées ici, mais l'essentiel de ces revenus va à l'entretien du monastère.

— Où le corps a-t-il été retrouvé ?

— C'est là l'élément le plus étrange. Il a été retrouvé dans la fosse.

— Celle où saint Grégoire a été emprisonné ? demanda Dilara.

— Oui. Mais s'il s'agissait d'un vol, c'est vraiment étrange d'avoir emmené frère Digipian dans cet endroit. La fosse de saint Grégoire est un lieu saint de la plus haute importance, mais elle ne contient rien de valeur. Quelques bougies dans une alcôve, rien de plus.

Dilara s'étrangla.

— Une alcôve ?

Le mot employé dans le papyrus que Dilara avait traduit par « baie » pouvait également se traduire par « alcôve ».

— C'est là que les pèlerins viennent rendre hommage au saint.

— « Les cinquième et huitième pierres depuis l'alcôve la révèlent », cita Dilara en regardant Tyler, qui comprit immédiatement ce qu'elle voulait dire.

— S'il vous plaît, mon père, dit-il, montrez-nous la fosse de saint Grégoire.

Au sommet de la colline qui surplombait la cour de Khor Virap, Ulric régla ses jumelles pour mieux distinguer les silhouettes qui se trouvaient deux cents mètres plus bas. Il vit Locke, Westfield et Kenner en compagnie d'un homme qui avait tout l'air d'un interprète et qui s'adressait à un prêtre. Ulric était allongé à côté de Svetlana Petrova et de Dan Cutter, qui épaulait un fusil de tireur d'élite, un VAL russe équipé d'un silencieux et tirant des balles subsoniques de 9 mm. Cutter avait acquis ce modèle rare en Arménie, ainsi que le reste de leur armement.

— Voulez-vous que je les abatte ? demanda-t-il.

Ulric s'était déjà rendu à l'emplacement de l'arche, mais pour comprendre qu'Arvadi l'avait abusé. Le vieil homme s'était montré rusé et lui avait dissimulé une information essentielle, celle qui permettait d'accéder à l'arche. Ulric n'avait pas pu pénétrer dans l'arche pour récupérer la deuxième amulette.

Après avoir constaté qu'il ne pouvait pas accéder à l'arche, Ulric était retourné à Khor Virap. L'information qu'Arvadi lui avait cachée devait forcément se trouver là-bas. Son plan consistait à photographier chaque centimètre carré de la carte afin d'être certain de ne manquer aucun détail, puis de trouver quelqu'un pour lui traduire ce qu'elle disait. Trouver un traducteur qualifié risquait de réclamer un certain temps, aussi Ulric prévoyait-il de détruire la carte, afin d'empêcher quiconque de le suivre.

Ulric et Cutter avaient pris position en attendant le moment d'approcher du monastère, comme ils l'avaient fait trois ans auparavant. Puis, à la surprise d'Ulric, Locke et les autres étaient arrivés à Khor Virap.

Leur apparition l'avait ébranlé, mais il avait rapidement réévalué la situation et compris qu'il pouvait la tourner à son avantage.

— Ne tirez pas, ordonna-t-il à Cutter. Nous allons laisser Tyler Locke et Dilara Kenner faire le travail pour nous.

Si Kenner était une archéologue aussi expérimentée que son père, elle serait peut-être en mesure de déchiffrer le texte de la carte et de découvrir ce que son père avait caché à Ulric. Dès qu'ils émergeraient de la fosse, Ulric saurait s'ils avaient trouvé la carte et découvert l'emplacement de l'arche. Il n'aurait alors qu'à les suivre jusqu'à l'arche et à les tuer une fois qu'ils lui auraient montré le moyen d'y pénétrer.

Chapitre 60

S'éloignant de l'église au centre de la cour, le prêtre les conduisit jusqu'à la petite chapelle dédiée à saint Georges. Il était 17 h 30 passées et les touristes quittaient le monastère qui fermait. Ils avaient la chapelle pour eux seuls.

À la droite de l'autel, Tyler discerna un trou équipé d'un escalier pentu en aluminium qui s'enfonçait dans le sol. Le père Tatilian s'y engagea comme sur une échelle, dos à la pente, et les autres le suivirent.

La fosse était une citerne vaguement ronde aux murs de pierre grise. Ils tenaient facilement à cinq à l'intérieur, même si l'endroit deviendrait vite étouffant avec la seule ouverture de l'escalier pour renouveler l'air. Pour une cellule, l'endroit était plus grand que Tyler ne l'avait imaginé mais même ainsi, l'idée d'y rester enfermé pendant treize ans lui donna des sueurs froides. C'était un miracle que saint Grégoire ne soit pas devenu fou. Peut-être était-ce d'ailleurs un des miracles qui lui avaient valu d'être canonisé.

Un candélabre avait été installé de l'autre côté de l'escalier. Sur la droite s'ouvrait l'alcôve dont le père Tatilian leur avait parlé. Elle était voûtée et mesurait un mètre quatre-vingts de haut pour soixante centimètres de large et quatre-vingt-dix centimètres de profondeur. Elle comprenait un siège de pierre ainsi qu'une étagère, de pierre elle aussi, installée à environ un mètre vingt de hauteur.

Tyler s'avança sur l'estrade semi-circulaire qui précédait l'alcôve et examina cette dernière. Les pierres étaient jointes par un mortier grossier et il ne remarqua aucun indice de la présence d'une ouverture aux endroits où le mortier s'était effrité. Selon toutes apparences, la citerne semblait telle qu'elle se présentait, aussi solide que la roche dans laquelle elle avait été creusée.

— Où la victime a-t-elle été retrouvée ? demanda Tyler.

Le prêtre montra du doigt l'autre côté de la citerne.

— Et vous n'avez rien remarqué d'inhabituel en dehors du cadavre ?

— Pas pour autant que je m'en souvienne, répondit le prêtre, mais il était difficile de se concentrer sur autre chose que la mare de sang.

Tyler ne prit pas la peine de lui demander si la police scientifique avait retrouvé des indices. Même si les tueurs avaient été assez négligents pour laisser derrière eux des fibres ou des empreintes, ce dont Tyler doutait, la police locale n'avait sûrement pas les moyens de mener des analyses scientifiques très poussées.

Le novice n'avait pas été tué sans raison, et la mention d'une alcôve dans le texte du papyrus devait bien avoir une signification.

Il compta les pierres à partir de la gauche de l'alcôve, en commençant par la pierre qui faisait l'angle. *Comptez les pierres depuis l'alcôve : cinq et huit la dévoilent.* Les pierres qui constituaient le mur étaient de tailles inégales, entre dix et trente centimètres de large. Les pierres avaient été taillées en fonction des besoins.

Tyler supposa que les pierres dont parlait le texte devaient se trouver à hauteur des yeux, à environ un mètre cinquante pour les hommes de l'époque. Il remarqua que la cinquième et la huitième pierre en partant de l'alcôve avaient à peu près la même taille et qu'elles étaient assez grosses pour qu'il puisse y poser la paume de la main. Il les examina plus attentivement et découvrit sur chaque pierre une petite entaille d'un centimètre, placée exactement au même endroit. C'étaient les pierres dont parlait le texte, à n'en pas douter.

Si les bâtisseurs avaient construit un passage secret, le mécanisme permettant de l'ouvrir devait être relativement simple ; les méthodes de construction et les techniques de l'époque étaient encore rudimentaires. D'un autre côté, il fallait un mécanisme qui ne puisse être déclenché accidentellement, sinon il risquait d'être découvert trop facilement.

Deux pierres. Il y avait une raison à cela, et Tyler pensait savoir laquelle. Il essaya de se positionner afin de presser les deux pierres simultanément, mais leur éloignement l'empêchait d'exercer suffisamment de pression sur celles-ci.

— Grant, donne-moi un coup de main. À trois, je veux que tu pousses sur la huitième pierre de toutes tes forces. Et moi je ferai de même sur la cinquième pierre.

Grant se mit en position.

— Que faites-vous ? demanda le prêtre.

— Je vais vous montrer quelque chose dont vous ne soupçonniez même pas l'existence, lui répondit Tyler.

— Je suis prêt, annonça Grant.

— Un. Deux. Trois.

Ils poussèrent de toutes leurs forces. Au début, rien ne se produisit. Puis Tyler sentit sa pierre bouger légèrement.

— Tu as senti, toi aussi ? demanda Grant.

— Oui. Je crois qu'il faut que nous poussions avec une force égale. Vas-y un peu plus doucement de ton côté. Encore une fois. Un. Deux. Trois.

Cette fois-ci, Tyler sentit immédiatement la pierre coulisser lentement dans le mur, tout comme celle de Grant.

Les pierres s'enfoncèrent d'une quinzaine de centimètres puis s'immobilisèrent, tandis qu'au même moment les quatrième et septième pierres émergeaient lentement du mur pour faire saillie.

Tyler jeta un regard à Dilara qui semblait tout aussi enthousiasmée que lui par cette découverte. Le père Tatilian en revanche s'étrangla et bafouilla en arménien.

— Que dit-il ? demanda Tyler à l'interprète.

— Le prêtre est très perturbé, répondit Chirnian. Il exige de savoir ce que vous avez fait.

— Je pense que nous venons de découvrir un passage secret.

Tyler examina les pierres qui saillaient du mur. À l'exception des petites encoches, elles étaient soigneusement taillées sur chaque face afin de pouvoir coulisser aisément. Les bords externes étaient taillés en creux et recouverts d'un centimètre de mortier afin de donner l'illusion que les pierres étaient solidement assujetties au reste du mur.

Tyler pénétra dans l'alcôve et constata que la paroi latérale s'était légèrement entrouverte. Il poussa de l'épaule contre la paroi et le coin gauche de l'alcôve pivota, révélant une ouverture. Tyler sortit sa lampe torche et éclaira les ténèbres. Un escalier s'enfonçait dans le sous-sol et une odeur moisie de décomposition remonta du passage. Sur la gauche, Tyler remarqua le mécanisme qui permettait de refermer la porte secrète.

Comme il l'avait imaginé, il s'agissait d'un simple pivot en pierre. S'il avait été en bois, il se serait décomposé depuis longtemps. Les deux moellons qu'ils avaient poussés étaient reliés l'un à l'autre ; à cause de l'effet de levier, pousser une seule pierre n'aurait fait qu'exercer une pression sur le pivot, sans permettre aux pierres de coulisser. Mais lorsqu'on les poussait simultanément, la pression s'équilibrait et non seulement le pivot faisait jaillir du mur les autres pierres, mais il déplaçait également un bloc qui maintenait la porte fermée.

Pour refermer le passage, il suffisait de fermer la porte et de repousser à leur place les quatrième et septième pierres. *Les quatrième et septième pierres depuis l'alcôve la dissimulent.* Tyler s'émerveilla de l'ingéniosité primitive du mécanisme.

— Que vois-tu ? demanda Dilara.

Tyler se rappela soudain pourquoi ils étaient là.

— Il y a un escalier. Nous avons trouvé la chambre secrète.

Grant et Dilara allumèrent eux aussi leur lampe torche, tandis que Chirnian et le père Tatilian récupérèrent des bougies du candélabre.

Tyler descendit dix marches, puis l'escalier tourna à droite et s'enfonça d'encore vingt marches. Il avait fallu au moins un an de travail pour creuser cet escalier dans le sous-sol en grès.

Arrivé au pied de l'escalier, Tyler se retrouva dans une nouvelle salle circulaire, deux fois plus grande que la fosse. Il s'immobilisa quand il découvrit ce qui se trouvait sur le mur qui lui faisait face. Une carte. Il passa le faisceau de sa torche sur la carte et vit la silhouette soigneusement dessinée du mont Ararat. Plusieurs points noirs parsemaient la carte, qui s'accompagnait d'un texte rédigé dans une écriture similaire à celle du manuscrit découvert par le père de Dilara.

Tyler fit descendre le rayon de lumière de sa torche jusqu'à la fin du texte, au bas du mur, et il éclaira un pied, revêtu d'une chaussure. Il éclaira le corps jusqu'à remonter à un visage desséché à la bouche béante, résultat macabre d'années de lente décomposition dans l'atmosphère sèche du lieu. La robe de bure qui habillait le corps momifié ne laissait aucun doute sur son identité : il s'agissait du novice disparu.

Le prêtre et l'interprète hoquetèrent en découvrant le cadavre et Tyler entendit Dilara gémir. Sa réaction l'intrigua pour quelqu'un dont le métier consistait à exhumer des restes humains. Tyler se retourna et vit que Dilara ne regardait pas le corps du novice ; elle fixait des yeux un autre cadavre, qui présentait le même état de dessiccation.

Ce cadavre-là portait un jean, une chemise et une veste kaki. Ses cheveux grisonnants indiquaient qu'il s'agissait du corps d'un homme âgé, qui devait avoir au moins la cinquantaine. Un carnet et un stylo reposaient sur le sol à côté de lui. Tyler comprit soudain de qui il s'agissait.

À la lumière pâle des torches, il vit le visage de Dilara figé par l'horreur de cette découverte, et elle murmura d'une voix douce et affectueuse :

— Papa ?

Chapitre 61

Dilara s'agenouilla auprès de son père et Tyler se rapprocha d'elle pour poser une main sur son épaule. Il savait ce que cela faisait d'arriver trop tard pour pouvoir dire au revoir à ceux que vous aimiez. Sa seule consolation était qu'elle connaissait enfin la vérité. Elle posa la main sur celle de Tyler et pleura en silence, le corps agité par les sanglots.

— Je suis tellement navré, Dilara, dit-il.

Elle hocha la tête, sans prononcer un mot.

Les autres s'écartèrent autant que le permettait l'exiguïté du lieu, afin de laisser à Dilara un peu d'intimité pour pleurer son père. Des taches de sang maculaient le sol ; Arvadi avait reçu une balle dans chaque jambe, et une autre dans le ventre. Sa mort n'avait pas été douce. Tyler ramassa le calepin tombé de la main d'Arvadi, qui avait écrit un mot juste avant de mourir. Les phrases étaient irrégulières et appuyées, bien différentes de l'écriture soignée du reste du calepin.

La note ne faisait que trois lignes, tracées de biais sur la page, probablement écrites dans l'obscurité. La dernière ligne était inachevée. Arvadi avait dû rendre l'âme alors qu'il l'écrivait.

« Sebastian Ulric m'a tué. Il m'a tiré dessus pour que je lui révèle l'emplacement de l'arche.

Je ne lui ai pas dit où se trouvait la véritable entrée. Il a pris l'amulette de Japhet.

Ne dites… »

Tyler relut la deuxième ligne.

« Je ne lui ai pas dit où se trouvait la véritable entrée. »

Le père de Dilara avait trompé Ulric. Mais qu'est-ce que cela signifiait ? La véritable entrée ? Quelle importance quand on parlait d'un navire en bois vieux de six mille ans ? Il suffisait de se creuser un passage dans la coque pour y pénétrer. Tout cela était incompréhensible.

Entre la douleur et l'hémorragie, Arvadi devait délirer. La dernière ligne n'avait aucune signification, mais les deux premières paraissaient pourtant cohérentes. Si Ulric avait été abusé, ils avaient peut-être une chance de le prendre de vitesse et de retrouver l'arche et la deuxième amulette avant lui.

Tyler aurait aimé pouvoir accorder à Dilara le temps de pleurer son père, mais ils ne pouvaient plus attendre. Même si cette découverte était pour le moins traumatisante, Dilara devait les aider à déchiffrer la carte.

— Je suis désolé, Dilara, répéta-t-il. Ça va aller ?

Dilara ôta sa veste et en couvrit le visage de son père. Puis elle se leva et hocha la tête avec gravité.

— Je savais depuis longtemps qu'il était mort. Mais c'est autre chose d'en avoir la certitude. Et surtout de savoir qu'il est mort ainsi.

— Je comprends.

— Il était si proche d'accomplir le rêve de sa vie. Et Ulric l'a tué alors même qu'il touchait enfin au but. (Elle essuya les larmes sur son visage et se tourna vers Tyler.) Nous allons le retrouver, n'est-ce pas ? Nous allons tuer ce salopard ?

Cela ne troublerait pas Tyler de voir Ulric six pieds sous terre, mais le désir de vengeance de Dilara ne devait pas les distraire de leur objectif.

— Nous ferons ce que nous devons faire. Mais d'abord tu dois achever l'œuvre de ton père si nous voulons réussir à arrêter Ulric. Tu crois pouvoir te concentrer là-dessus ?

La rage dans les yeux de Dilara flamboya encore un instant, puis s'éteignit. Elle acquiesça, le visage encore marqué par le chagrin.

— Tyler, regarde ça, appela Grant.

Avec sa lampe torche, Grant éclaira un petit autel. La trace d'un objet rond qui reposait autrefois sur l'autel se distinguait dans la poussière. Il ne pouvait s'agir que de l'amulette, la source du prion mortel.

Dilara prit plusieurs photos de la carte puis éclaira le texte. Son regard revint se poser sur le corps de son père à plusieurs reprises et ses yeux s'emplirent à nouveau de larmes. Chaque fois, Tyler la serra tendrement avant de ramener son attention sur la carte. Il s'agissait de la même écriture que celle du rouleau de papyrus.

— C'est exactement comme Ulric me l'a dit. (Sa voix tremblait et ses mots étaient entrecoupés de reniflements, mais on sentait y percer son intérêt.) Il m'a raconté que le Déluge était en réalité une épidémie. Je ne l'ai pas cru ; je veux dire : Pourquoi m'aurait-il dit la vérité ? Mais ce texte raconte que l'amulette de Japhet repose ici et qu'elle contient une chose horrible qui a manqué de détruire l'humanité. Elle a été cachée dans cette chambre pour rappeler le courroux de Dieu, sa justice et son amour pour l'humanité, et la chance qu'il a offerte aux hommes de s'amender.

— Mais comment une amulette pourrait-elle provoquer la mort de tous les êtres humains à la surface de la terre ?

demanda Tyler. Comment pourrait-elle être la source de l'épidémie ?

— Je ne sais pas. Ce texte dit que le Déluge est emprisonné pour l'éternité à l'intérieur de l'amulette. Et que pour connaître l'histoire véritable il faut retrouver l'arche, où est gardée l'amulette de Sem.

— Génial, intervint Grant. Nous arrivons enfin à la partie intéressante. Où est-elle ? Il y a des points dessinés un peu partout sur la carte. N'importe lequel pourrait indiquer l'emplacement de l'arche.

— L'arche se trouve sur la face orientale du mont Ararat, poursuivit Dilara. Les autres points sont des leurres, afin de tromper ceux qui découvriraient cette chambre mais seraient incapables de lire ce texte. La majorité de la population était illettrée en ces temps reculés.

— J'ai trouvé, dit Grant, en désignant un point sur le flanc est de la montagne.

— Attendez une minute, dit Tyler en examinant la carte, si l'arche se trouvait à l'endroit indiqué, elle aurait été découverte depuis des années. Le lieu se situe sous la limite des neiges éternelles.

— Je cite le texte : « Le grand vaisseau dans lequel Noé s'abrita du Déluge se trouve dans le flanc est de l'Ararat. »

— Tu veux dire « sur le flanc est de l'Ararat », la reprit Grant.

— Non, je veux dire « dans », répéta Dilara.

— Cela n'a pas de sens, s'étonna Tyler.

— Le texte parle de deux entrées conduisant dans l'arche. Une qui est scellée, et l'autre qui est franchissable.

— L'ultime note rédigée par ton père parle d'une véritable entrée, comme s'il avait pu abuser Ulric en lui indiquant la mauvaise voie d'accès. Mais comment cela pourrait-il avoir empêché Ulric de retrouver un objet se trouvant à l'intérieur d'un navire de bois qui pourrit depuis des milliers d'années ?

Dilara poursuivit sa lecture. Arrivée à la fin du texte, elle tituba en arrière, comme si elle avait reçu un coup.

— Oh mon Dieu ! dit-elle. Ils ont fait exprès de la dissimuler. Ils ont menti à propos de l'arche de Noé afin d'empêcher qu'elle soit retrouvée.

— De quoi parles-tu ? Ils ont menti à quel propos ?

— À propos de tout.

— Un instant, dit Tyler, es-tu en train de nous dire que l'arche de Noé ne se trouve pas sur l'Ararat ?

— Dans un certain sens, c'est exactement ce que je veux dire, répondit-elle. Elle n'est pas sur l'Ararat, mais dans l'Ararat. C'est la raison pour laquelle personne ne l'a jamais retrouvée. Il s'agit bien d'un vaisseau, mais pas du genre qui flotte sur les eaux. Durant six mille ans, tout le monde a recherché un navire géant. Mais en réalité, l'arche de Noé est une grotte.

Chapitre 62

La référence d'Arvadi à des entrées prenait désormais tout son sens. Dilara avait même parlé d'Oasis comme d'une nouvelle arche. Tyler se serait giflé de ne pas avoir fait le rapprochement plus tôt, mais il avait été tellement persuadé que l'arche de Noé était un navire qu'il n'avait jamais eu l'idée de penser qu'il pourrait s'agir d'autre chose, comme d'une grotte.

— Mais la Bible parle d'un navire, non ? d'un navire en bois ?

— C'est vrai, concéda Dilara. « Fais-toi une arche en bois résineux, tu la feras en roseaux et tu l'enduiras de bitume en dedans et en dehors. »

— Cela ressemble à un bateau pour moi.

— Nous utilisons une traduction moderne d'un texte qui s'est transmis sur des milliers d'années. Tout est une question de traduction et d'interprétation. Pense au jeu du téléphone arabe. De petites erreurs au fil de la transmission peuvent aboutir à une énorme déformation du message original. Je pense que c'est ce qui a dû se produire. Et si l'arche de Noé était une structure édifiée à l'intérieur d'une grotte ? Un vaisseau peut également désigner un récipient, un contenant, plutôt qu'un navire. (Dilara se tourna vers le cadavre de son père.) Je suis vraiment stupide. Pourquoi n'ai-je pas voulu l'écouter ?

— Tu ne pouvais pas savoir, lui dit Tyler, qui continuait à réfléchir au sens des mots. La grotte devait être un refuge. Cela collerait. Mais nous parlons d'une immense grotte. Trois cents coudées de long, cinquante coudées de large et trente coudées de haut. Cela fait approximativement cent quarante mètres de long, vingt-trois mètres de large et quatorze mètres de haut.

— Il y a quelques jours, tu m'as dit qu'un navire en bois de cette taille se briserait dès qu'il serait mis à l'eau. Cela expliquerait ces dimensions improbables.

Tyler goûta l'ironie de se retrouver à défendre l'hypothèse que l'arche de Noé était un navire, alors qu'auparavant il s'y opposait.

— Et qu'en est-il de la fenêtre et de la porte ?

— Je ne sais pas, concéda Dilara. Des ouvertures dans la grotte ? Ce que je sais en revanche, c'est que ce texte indique clairement que l'arche de Noé est une grotte qui s'ouvre dans le flanc du mont Ararat.

— Ce qui explique pourquoi personne ne l'a jamais retrouvée. De nouvelles grottes sont découvertes tout le temps. Le problème est que le mont Ararat est un volcan bouclier, un type de volcan qui en général ne contient pas de grottes.

— Pourquoi ?

— Les grottes sont habituellement creusées par l'eau sur des millions d'années et le mont Ararat est trop jeune pour que cela ait pu se produire. Les grandes grottes découvertes de par le monde le sont généralement dans un sous-sol de calcaire, une roche soluble qui peut se dissoudre au contact d'une eau légèrement acide.

Tyler avait appris cela lors d'une mission sur l'effondrement d'un centre commercial en Floride consécutif à l'affaissement d'un entonnoir géologique.

— Pourtant tu te rappelles ces énormes conduits magmatiques que nous avons explorés à Hawaï ? intervint Grant.

— Je n'ai pas dit que c'était impossible. Et pour ce qui est du Déluge ?

— Le Déluge était une pandémie, expliqua Dilara. Ulric m'a raconté qu'il avait dû modifier la forme originelle du prion. Les maladies qui se transmettaient par l'eau étaient courantes et virulentes dans l'Antiquité. Elles le sont encore, d'ailleurs. La typhoïde contamine l'eau dans de nombreux pays. Mais quand les premiers traducteurs se sont trompés en interprétant l'arche comme un navire au lieu d'un abri, ils ont dû penser que l'eau faisait référence à une inondation et non à une épidémie.

— « Je vais amener le déluge, les eaux, sur la terre pour exterminer toute chair », cita Tyler.

— Et si le prion dans l'amulette s'attaquait aussi aux animaux et pas uniquement aux humains ? réfléchit Dilara. Si cette maladie s'était répandue dans les rivières et les lacs, elle aurait éradiqué toutes les créatures vivantes de ce côté-ci de la ligne de partage des eaux. Il ne serait plus resté que des os. Pour des gens qui voyageaient rarement à plus de cinquante kilomètres de l'endroit où ils étaient nés, cela aurait pu donner l'impression que Dieu avait exterminé tous les êtres vivants à la surface de la terre.

— Et Noé se serait réfugié avec tous les animaux qu'il voulait sauver. Une fois que la maladie aurait exterminé hommes et bêtes, les derniers prions auraient fini par se désagréger ou par atteindre la mer et être détruits par l'eau salée.

— Si Noé ignorait le temps qu'il fallait à l'épidémie pour disparaître, il aurait très bien pu édifier une énorme arche, avec assez de vivres pour nourrir sa famille et ses animaux pendant plusieurs mois.

— Donc quand la Bible parle des eaux du Déluge, poursuivit Tyler, cela signifie que les eaux amenaient avec elles le Déluge, qui était en réalité une épidémie.

— Et si cela s'est produit durant une saison particulièrement pluvieuse, enchaîna Dilara, Noé a pu avoir l'impression que c'était la pluie qui amenait ce fléau. Cela collerait même avec le fait d'envoyer un corbeau puis une colombe pour voir si les eaux avaient reflué. Le corbeau n'est jamais revenu parce qu'il a été tué par le prion. Avec quelques réinterprétations dans les dates et le sens des mots, toute l'histoire se tient.

— Mais cela n'explique toujours pas le lien qui existerait entre le prion et les amulettes. Tout ce que nous avons appris semble indiquer que le prion se trouve emprisonné à l'intérieur des amulettes.

— Il faut que nous retrouvions la dernière amulette pour comprendre ; et pour cela, nous devons d'abord localiser l'arche.

Chirnian avait traduit la conversation au père Tatilian, qui avait écouté jusque-là attentivement sans faire le moindre commentaire. Puis il s'exclama soudain par l'entremise de l'interprète :

— Non, il vaudrait mieux que vous ne retrouviez pas l'arche.

— Pourquoi ça ? lui demanda Tyler.

— Parce que si tout cela est vrai, cette information risque de provoquer beaucoup de détresse et de confusion. Nous croyons que la Bible est la parole de Dieu, soigneusement compilée au fil des siècles, et une remise en cause d'un épisode aussi important que l'histoire du Déluge serait dramatique. Cela risquerait de saper les fondements de notre compréhension de l'Ancien Testament.

— Nous devons la retrouver, objecta Tyler. Si nous ne le faisons pas, il ne restera plus un être humain sur terre pour en débattre.

— Dieu ne permettra pas que l'humanité soit à nouveau éradiquée. L'alliance qu'il a conclue avec Noé est particulièrement claire sur ce point. « Tout ce qui est ne sera plus détruit par les eaux du déluge. » Il ne laissera pas une telle chose se produire.

— Mais nous ne remettons pas en cause cette promesse, lui expliqua Dilara. Sebastian Ulric veut exterminer la race humaine, il ne veut pas détruire tous les êtres vivants. C'est la raison pour laquelle il a consacré tant d'efforts à modifier la maladie dans son laboratoire. Il l'a spécifiquement modifiée pour qu'elle n'affecte plus les animaux. Et si nous étions ceux qui sont destinés à l'empêcher de détruire toute chair ? Nous pourrions être les soldats de Dieu, chargés d'empêcher cela et de garantir l'alliance divine.

— Dieu aide ceux qui s'aident eux-mêmes, dit Tyler.

— Ce n'est pas dans la Bible, répliqua le père Tatilian.

— Je le sais bien. C'est Benjamin Franklin qui a dit cela.

— La Bible est infaillible. Cette fable à propos d'une grotte ne peut être vraie !

— Si nous trouvons l'arche, argumenta Dilara, cela confirmera au contraire le texte biblique. Cela fournira une preuve matérielle que le livre de la Genèse est fondé sur des éléments historiques et qu'il représente davantage qu'un texte littéraire ou religieux. Et rien n'empêchera ceux qui le désirent de continuer à croire le texte au pied de la lettre. Ce sont les traducteurs humains qui ont été faillibles, pas le texte lui-même. Avec quelques amendements, l'histoire reste vraie. Est-ce vraiment un problème si nos versions modernes du texte biblique nécessitent quelques petites corrections ?

Le prêtre se renfrogna mais ne protesta pas.

— Il faudra que je prie pour que Dieu m'éclaire sur toute cette histoire.

— Il vous appartient de décider ou non de révéler l'existence de cette chambre, lui dit Tyler, mais quoi qu'il en soit vous devez amener la police ici afin qu'elle puisse disposer des corps.

Le père Tatilian acquiesça.

— Khor Virap ne sera plus jamais le même.

Dilara contempla le corps sans vie de son père, mais ses yeux restèrent secs.

— Ils prendront soin de son corps, Dilara, lui dit Tyler.

— Je sais. Au moins, il a eu la satisfaction de mourir en sachant qu'il avait raison.

— Et il voudrait que tu mènes sa quête à son terme.

— Et je vais le faire, dit-elle d'une voix empreinte de conviction. Allons retrouver l'arche de Noé.

Chapitre 63

Tyler supposait que Sebastian Ulric était déjà en chemin pour se rendre à l'arche et il devait donc le prendre de vitesse.

Grant, Dilara et lui-même revinrent à Erevan et reprirent le jet de la Gordian pour un rapide vol jusqu'à l'aéroport de Van, en Turquie. Durant le trajet, Tyler utilisa le téléphone satellite de l'appareil pour informer Miles Benson de leurs progrès.

Tyler évita de prévenir son père, sachant que les militaires voudraient reprendre les recherches à leur compte afin d'essayer de récupérer le prion. De plus, si le gouvernement turc était informé qu'ils avaient localisé l'arche de Noé, ils se verraient interdire l'accès au mont Ararat. Il fallait que leur expédition reste la plus discrète possible s'ils voulaient avoir une chance d'arrêter Ulric sans créer d'incident diplomatique et sans que le prion tombe dans d'autres mains.

Quand ils atterrirent à Van, il faisait déjà nuit et il était trop tard pour se lancer immédiatement à la recherche de la grotte de l'arche. Ils devaient attendre le matin, ce qui laissa à Tyler le temps de réunir l'équipement nécessaire à leur expédition. Il avait quelques contacts dans l'industrie minière de l'ouest de la Turquie qui pourraient lui fournir ce qu'il recherchait. Pendant qu'il s'occupait de cela, Dilara, qui parlait couramment le turc, alla réserver un hélicoptère pour rejoindre le mont Ararat, à cent cinquante kilomètres de là.

Leur dernière tâche fut de trouver des renforts. Ulric était au minimum accompagné de Petrova et Cutter, ainsi que des deux gardes qui s'étaient enfuis avec eux. Tyler n'aimait pas l'idée de se retrouver à trois contre cinq. Grâce à ses contacts militaires, Grant dénicha trois mercenaires à Istanbul, susceptibles de rejoindre Van avant l'aube. Tyler avait embarqué dans le jet de la Gordian suffisamment d'armes pour équiper Grant, Dilara et lui-même. Les mercenaires devaient apporter leurs propres armes.

Il ne restait plus qu'à attendre le matin. Tyler demanda aux pilotes de se trouver un hôtel en ville tandis que Grant, Dilara et lui restèrent dormir à bord de l'avion. Malgré le confort des sièges, ils ne passèrent pas une très bonne nuit.

Le lendemain matin, l'équipement demandé par Tyler arriva à la première heure, bientôt suivi des trois mercenaires, qui se présentèrent dès leur descente d'avion. Tyler leur expliqua leur mission mais en se gardant bien de mentionner l'arche de Noé. L'hélicoptère les déposerait sur le flanc oriental du mont Ararat et irait ensuite les attendre un peu plus au sud. Quand ils en auraient fini, Tyler contacterait par radio l'hélicoptère afin qu'il vienne les récupérer. Il ne voulait pas que l'hélicoptère reste sur place et trahisse leur présence au cas où ils arriveraient les premiers.

Ils eurent la surprise de découvrir que l'hélicoptère affrété était un Bell 222 flambant neuf, avec assez de place pour eux et leur matériel. Durant le vol, le pilote leur expliqua que l'exploration pétrolière et minière avait connu un remarquable essor au cours des cinq dernières années. Depuis le milieu des années 1980 et pendant une quinzaine d'années, l'accès au mont Ararat était resté interdit au personnel non militaire en raison des attaques du Parti des travailleurs du Kurdistan, ou PKK. Les rebelles kurdes avaient pris des touristes en otages et perpétré des attentats à la bombe dans des villes du sud-est de la Turquie. Mais après l'arrestation du chef du PKK en 2000, les attaques s'étaient raréfiées. La montagne avait été rouverte au tourisme et la région avait retrouvé son dynamisme économique.

Le trajet jusqu'à la montagne leur prit moins d'une heure. Les pentes accidentées du mont étaient bordées de vallées rocailleuses et d'affleurements susceptibles de dissimuler des centaines de grottes. L'hélicoptère avait dépassé la limite des arbres, mais certaines plantes survivaient encore à cette altitude, juste au-dessous des neiges éternelles. L'hélicoptère gagna la localisation approximative indiquée sur la carte de Khor Virap et ils commencèrent à scruter le paysage en quête de la saillie rocheuse décrite dans le texte.

La carte décrivait ce repère comme une proue de navire émergeant d'une falaise et surmontée d'un mât, quand on le voyait depuis le sud. La porte de l'arche se trouvait une centaine de pas au sud, et la fenêtre une centaine de pas plus loin encore. Il ne restait plus qu'à espérer que cette formation rocheuse existait encore.

Le mont Ararat était un volcan en sommeil ; en l'espace de six mille ans, des éruptions ou des séismes mineurs avaient très bien pu détruire ce repère. Tyler repensa à cette formation rocheuse dans le New Hampshire, « le Vieil Homme de la montagne », qui ressemblait au profil d'un homme barbu accroché au flanc de la montagne Cannon. Cette curiosité naturelle était si célèbre et si appréciée qu'elle ornait les pièces de vingt-cinq cents du New Hampshire. Tragique ironie, la formation rocheuse s'était effondrée peu après la mise en circulation de la pièce de monnaie à sa gloire, montrant combien la topographie d'une montagne pouvait brusquement changer. Les chances que la formation rocheuse en forme de proue ait survécu étaient bien minces.

Ils firent six passages par le sud avant que Tyler entende Dilara crier et la voie montrer quelque chose du doigt à la fenêtre gauche de l'appareil. Le profil de l'étrave d'un navire jaillissant d'une falaise ne leur laissa aucun doute : ils se trouvaient au-dessus de l'emplacement de l'arche de Noé. Dilara adressa un sourire enthousiaste à Tyler, dont l'excitation restait tempérée par la prudence.

L'hélicoptère survola la zone afin de voir s'ils ne repéraient pas d'autres présences. Le flanc de la montagne semblait désert, mais le terrain était si accidenté qu'une compagnie entière de soldats aurait pu s'y dissimuler sans problèmes. Tyler ordonna au pilote de se poser dès qu'il trouverait un endroit dégagé, ce qui les força à s'éloigner d'un bon kilomètre.

Tyler, Grant, Dilara et les trois mercenaires descendirent de l'appareil et débarquèrent leurs armes et leur équipement. Les mercenaires étaient équipés de fusils d'assaut lourds, tandis que les autres portaient des pistolets et des mitraillettes. Quand Tyler avait vu la façon dont Dilara avait manié une mitraillette MP5 dans Oasis, il lui avait proposé de lui en fournir une, ce qu'elle avait accepté sans une seconde d'hésitation.

L'hélicoptère reprit les airs, et leur petit groupe entama sa progression vers l'entrée de l'arche de Noé.

— Quelle est notre altitude ? demanda Grant.

— À peine deux mille quatre cent cinquante mètres, répondit Tyler en levant les yeux vers la cime qui se trouvait encore à deux kilomètres et demi au-dessus d'eux.

Les recherches précédemment menées s'étaient concentrées sur une zone plus proche du sommet, mais une altitude inférieure semblait logique. Il fallait que l'arche soit suffisamment accessible pour pouvoir y amener les matériaux de construction et les animaux. L'ascension n'était pas aisée, mais la pente s'avérait suffisamment dégagée et douce pour permettre à des animaux de bât de grimper.

L'été n'avait pas encore totalement déserté la montagne en ce mois d'octobre. Le ciel était dégagé et la température atteignait les dix degrés. Tandis qu'ils progressaient, un des mercenaires laissa courir une main nonchalante sur un parterre de plantes parsemées de petites fleurs d'un violet pâle.

— Je ne ferais pas ça si j'étais vous, le prévint Dilara.

L'homme lui retourna un regard qui disait : « De quoi je me mêle ? » et continua à passer la main sur les fleurs.

— Pourquoi ça ? demanda Tyler.

— Parce que c'est de l'aconit. Les feuilles et les fleurs contiennent un poison mortel qui peut être absorbé par la peau. Cette plante était utilisée pour empoisonner les pointes de flèche.

Le mercenaire écarta vivement la main comme si le buisson était en feu et l'essuya sur son pantalon.

— Si votre main s'engourdit un peu, ne vous inquiétez pas, lui précisa Dilara. Cela va passer. Mais ne vous léchez pas les doigts après le déjeuner.

Trente minutes plus tard, ils avaient atteint la formation rocheuse et Tyler commença à compter ses pas. Arrivé à quatre-vingt-treize pas, il remarqua une ouverture sombre dans le flanc de la montagne. L'entrée d'une grotte !

L'ouverture formait un demi-cercle de soixante centimètres de rayon ; depuis cet angle, Tyler ne distinguait pas le fond de la grotte. Si Ulric était déjà arrivé, la grotte serait un endroit parfait pour une embuscade. En quelques signes, il ordonna aux mercenaires de contourner l'entrée de la grotte par le bas de la pente en restant hors de vue, puis de s'en approcher par le bord opposé. Quand ils furent en place, Tyler alluma un bâton éclairant et le jeta dans l'ouverture.

Cela ne provoqua pas de fusillade, mais Tyler savait que Cutter et ses hommes étaient trop aguerris pour se laisser prendre à une ruse si simple. Tyler sortit de son sac un des équipements qu'il s'était fait envoyer. Il s'agissait d'un véhicule télécommandé qui avait la taille d'une miche de pain, de gros pneus tout-terrain et était équipé d'une caméra fixée à son sommet.

Tyler posa le véhicule sur le sol et prit la manette de contrôle, qui avait la forme d'une poignée équipée d'une détente pour accélérer. Un petit volant lui permettait de contrôler la direction de l'autre main. Il appuya doucement sur la détente et le véhicule s'ébranla avec un petit bruit strident en direction de la grotte. Un écran couleur LCD au-dessus du volant de contrôle relayait les images de la caméra.

Éclairée par le bâton lumineux, la grotte présentait une forme régulière et se terminait en cul-de-sac au bout d'une quinzaine de mètres. Tyler distingua bien quelques reliefs, mais rien de suffisamment grand pour permettre à un homme de se cacher derrière. La grotte était déserte.

Tyler informa les autres que la voie était libre et rangea le véhicule ainsi que la manette de contrôle dans son sac. Il ramassa le bâton éclairant et s'avança dans la grotte, suivi de Grant et Dilara, qui avaient allumé leurs lampes torches. Les mercenaires restèrent dehors pour monter la garde.

Au milieu de la grotte, Tyler repéra contre la paroi une pile de caisses, certaines brisées, d'autres encore intactes. Il était évident qu'elles ne dataient pas de l'époque de Noé, mais elles n'étaient pas récentes non plus. Elles devaient se décomposer dans la grotte depuis au moins une bonne vingtaine d'années. La caisse la plus proche comportait une inscription grossière, sans doute en turc.

— Qu'est-ce qui est écrit ? demanda Tyler à Dilara.

Une autre caisse était partiellement ouverte et Tyler approcha le bâton lumineux pour mieux en éclairer le contenu.

— Je ne sais pas, dit Dilara. Ce n'est pas du turc, c'est du kurde.

Le bâton éclairant révéla le contenu de la caisse. Quand il vit ce dont il s'agissait, Tyler se recula précipitamment avant qu'une étincelle du bâton éclairant ne risque de tomber dans la caisse.

— Qu'y a-t-il ? demanda Grant.

— Tu te rappelles le PKK ? lui dit Tyler, les séparatistes kurdes dont le pilote nous a parlé ? Cette grotte devait être une de leurs caches d'armes. Si Dilara parlait le kurde, elle aurait pu lire le mot « dynamite » sur la caisse.

Dilara se figea en entendant le mot « dynamite ».

— Lève-toi doucement et recule-toi, lui enjoignit Tyler. Fais bien attention à ne pas toucher les caisses.

— On a eu un petit coup de chaud ? plaisanta Grant tandis que Dilara se reculait prudemment.

— Comme un obèse dans un sauna.

Si la dynamite était laissée sans surveillance, la nitroglycérine se mettait à sourdre des bâtonnets, les recouvrant de cristaux et se répandant sous sa forme liquide. Lors du bref aperçu que Tyler avait eu de l'intérieur de la caisse, il avait remarqué le scintillement de centaines de cristaux sur l'explosif qui était de fabrication grossière, pas comme ces nouveaux bâtons de dynamite conçus pour empêcher ce genre de dégradation. Les caisses devaient être là depuis des années, soumises au climat rigoureux de la montagne.

— Est-ce qu'elle risque d'exploser ? demanda Dilara d'une petite voix.

— Pas si nous évitons d'y toucher. Mais la nitroglycérine est un explosif instable. Le fond de la caisse en est couvert. Un simple choc pourrait la faire détoner et l'explosion risquerait de faire s'effondrer la grotte.

— Passons par l'autre côté, proposa Grant.

Ils traversèrent la grotte jusqu'au côté opposé et avancèrent au fond de la caverne qui se terminait sur une paroi couverte de fissures. Tyler examina soigneusement la roche et remarqua qu'une des fissures formait une ligne continue qui traçait un carré grossier d'environ deux mètres cinquante de côté. Il s'agenouilla et passa les mains sur le sol de la grotte. Ses doigts rencontrèrent une surface sablonneuse ; il y avait une rainure dans le sol rocheux, qui avait été comblée avec du sable. Il dégagea la rainure et découvrit que celle-ci formait un arc de cercle à partir du côté droit de la fissure.

— Il s'agit d'une porte, dit Tyler. Cette fissure est le contour d'une porte taillée par la main de l'homme. Cette rainure doit servir à guider l'ouverture de la porte. J'aimerais bien savoir comment ils ont construit ça.

— J'aimerais bien savoir comment on fait pour l'ouvrir, dit Dilara.

— On ne peut pas. Du moins, pas de ce côté-ci.

— Pourquoi ? Il y a peut-être un mécanisme dissimulé qui déclenche l'ouverture ?

— Non. J'ai dans l'idée qu'elle ne peut être ouverte que de l'intérieur. C'est ce que voulait dire ton père quand il a écrit qu'Ulric ne pourrait pas y entrer. Il n'a donné à Ulric que l'emplacement de cette porte, mais il savait que celle-ci ne s'ouvrait que de l'intérieur, probablement pour protéger l'arche. Une fois la construction achevée et les animaux amenés à l'intérieur, les bâtisseurs ont dû refermer cette porte de l'extérieur et utiliser la fenêtre pour entrer dans l'arche. Pour ouvrir une porte de cette taille, il faut pouvoir la pousser de l'intérieur. (Tyler ne dissimulait pas l'admiration qu'il avait devant une telle réalisation.) Noé devait être un sacré ingénieur.

— L'arche se trouve donc derrière cette paroi ? demanda Dilara d'une voix pleine de révérence.

Tyler passa la main sur la porte de l'arche de Noé.

— Espérons qu'Ulric n'est pas en train de nous attendre de l'autre côté.

Chapitre 64

Sebastian Ulric observa à la jumelle les trois hommes postés près de l'entrée de la grotte, quatre cents mètres plus bas. Il se trouvait face au soleil du matin et fit attention à ce que le reflet des lentilles de ses jumelles ne le trahisse pas. Les hommes s'étaient installés derrière les meilleurs couverts qu'ils avaient pu trouver et Ulric distinguait uniquement la tête de deux d'entre eux.

Locke était là, comme Ulric l'avait prévu. Quand Ulric avait vu Locke et les autres sortir de l'église de Khor Virap en compagnie du prêtre qui gesticulait furieusement, il lui avait semblé évident qu'ils avaient découvert la chambre secrète. Il était désormais inutile de la détruire ; cela n'aurait fait qu'alerter Tyler sur sa présence.

Dès qu'il les avait vus partir, Ulric avait retraversé la frontière avec son groupe pour revenir en Turquie, en graissant généreusement la patte aux gardes-frontières. Puis, en utilisant les coordonnées GPS que Cutter avait relevées lors de leur précédente visite à l'emplacement de l'arche, ils avaient regagné la montagne à la faveur de la nuit. Après avoir laissé leur véhicule, ils s'étaient équipés de lunettes de vision nocturne de troisième génération qui amplifiaient la pâle lueur des étoiles pour leur permettre de voir le relief comme en plein jour, rendant leur progression relativement aisée. Avec l'aide de stimulants, ils avaient marché toute la nuit et étaient arrivés juste à temps pour voir l'hélicoptère de Locke survoler la zone.

Petrova et les deux gardes étaient cachés derrière un rocher. Cutter était couché à côté d'Ulric, son fusil Val en position de tir.

—À quelle distance devez-vous vous rapprocher pour pouvoir éliminer ces hommes ? lui demanda Ulric.

—D'ici, je peux en descendre un, répondit Cutter, mais les autres sont dispersés. Ils auront le temps de se mettre à couvert avant que je puisse les abattre.

—Nous avons besoin d'une diversion. (Ulric baissa la voix afin que les autres ne l'entendent pas.) Vos hommes peuvent être sacrifiés.

Cutter acquiesça.

—Je vais les envoyer contourner la position par le sud, murmura-t-il. Je leur dirai de se rendre, et quand les hommes de Tyler sortiront de leurs cachettes pour les désarmer, je les éliminerai tous les trois avant qu'ils puissent réagir.

—Parfait. Et pour leur équipement radio ?

—J'activerai notre brouilleur d'ondes juste avant l'attaque. J'engage l'opération ?

—Pas encore. Nous avons examiné cette grotte du sol au plafond. Il n'y a pas de mécanisme d'ouverture similaire à celui de Khor Virap. Je ne pense pas qu'il s'agisse de la véritable entrée, mais si Tyler ne ressort pas d'ici à quelques minutes, cela voudra dire qu'il a réussi à pénétrer dans l'arche, Dieu seul sait comment.

—Il serait risqué de les suivre à l'intérieur ; cette grotte est un endroit parfait pour nous tendre une embuscade. Je continue à penser que nous ferions mieux d'attendre qu'ils ressortent avec l'amulette pour les abattre à ce moment-là.

—Non, décréta Ulric avec fermeté. Nous devons les suivre. Je ne veux pas courir le risque que Tyler détruise l'amulette à l'intérieur de la grotte. Dès que nous saurons où se trouve la véritable entrée, nous passerons à l'action.

Cutter pointa le doigt vers la grotte.

— Les voilà.

Locke, Westfield et Kenner émergèrent dans le soleil.

— Vous voyez, dit Ulric. Cette grotte n'est pas l'entrée.

Ulric vit Tyler faire signe aux trois hommes avant de commencer à marcher en direction du sud.

— Cherchez une ouverture beaucoup plus petite que celle-là, dit Tyler. Sûrement un trou à peine assez grand pour qu'un homme puisse s'y faufiler.

Il recommença à marcher en comptant ses pas. Quand il arriva à quatre-vingt-dix-sept, il se retrouva à hauteur d'une crevasse qui semblait faire l'affaire. Elle était étroite et ne faisait pas plus de soixante centimètres de large pour deux mètres de haut, remplie de rocaille et de terre, comme si le plafond de la faille s'était effondré des siècles auparavant.

— Tu crois que c'est ici ? demanda Dilara.

— Si c'est le cas, cela signifie que nous sommes arrivés les premiers. Si Ulric était passé avant nous et avait trouvé ce qu'il cherchait, il ne se serait pas donné la peine de boucher la fissure.

— Je sens venir l'heure de la corvée, grommela Grant.

Il leur tendit deux pelles repliables, en prit une pour lui et s'attela à la tâche.

Ils n'avaient aucun moyen de connaître la profondeur de la fissure. Il leur faudrait peut-être creuser des heures, ou même des jours. Il fallait pourtant qu'ils soient les premiers à pénétrer dans l'arche, et c'était là l'entrée, Tyler en avait la certitude.

En réalité, ils n'eurent à creuser que pendant deux heures avant que la pelle de Grant ne tombe sur la fin de l'éboulement. Ils évacuèrent les dernières pelletées de terre et éclairèrent un passage qui se poursuivait au-delà de la portée de leurs lampes torches.

Ils étaient tous équipés d'oreillettes radio. Tyler informa les mercenaires qu'un groupe d'au moins cinq ennemis risquait de tenter d'entrer dans la grotte. Les mercenaires avaient ordre de rester à l'extérieur et de les prévenir par radio au moindre événement suspect. Tyler les contacterait toutes les quinze minutes pour faire le point.

Les mercenaires se mirent à couvert. Tyler vérifia que Grant et lui pouvaient passer dans la fissure avec leurs sacs à dos. Ils enfilèrent des casques de chantier et Tyler se tourna vers Dilara.

— Les dames d'abord ? demanda-t-elle.

— Étant donné que c'est avec toi que toute cette histoire a commencé, j'estime que tu mérites d'être la première à voir l'arche.

— Merci, répondit-elle en souriant. Je me rappellerai ce jour pour le reste de ma vie.

Dilara prit une grande inspiration et s'engagea dans la faille, pour être immédiatement avalée par les ténèbres. Tyler lui emboîta le pas et Grant ferma la marche.

La progression était lente. Le passage rétrécissait en plusieurs endroits à tel point que Tyler craignait que Grant n'arrive pas à s'y faufiler.

— Tu t'en sors ? demanda-t-il à Grant.

— C'est un tantinet serré, répondit Grant d'une voix essoufflée. Si je reste coincé, nous dirons aux gars dehors de nous rapporter une bassine de beurre chaud.

Tyler s'esclaffa. Grant s'en sortait très bien.

— Tu vois quelque chose ? dit Tyler après qu'ils eurent progressé sur une quinzaine de mètres.

— Oui, répondit Dilara. Je crois que ça s'élargit d'ici à une dizaine de mètres.

Après une nouvelle minute de progression, la fissure s'élargit et Tyler vint se placer à côté de Dilara. La grotte n'avait pas l'odeur humide des cavernes en grès. L'air était sec et poussiéreux, et rappelait à Tyler sa visite de la tombe de Toutankhamon dans la Vallée des Rois. On y sentait le même poids de l'histoire, le même sentiment écrasant d'éternité.

Tyler dirigea sa lampe torche sur la paroi à sa gauche. Il éclaira jusqu'au plafond à quinze mètres de haut, puis suivit la paroi jusqu'à ce qu'elle se termine sur une autre paroi à angle droit. À en juger par la faiblesse du faisceau lumineux, il estima que la paroi du fond se trouvait au moins à vingt mètres de distance. Sur sa droite, le faisceau de sa torche se perdait dans l'obscurité.

Grant émergea de la fissure à côté de lui et prit une grande inspiration.

— Dieu merci, c'est fini. Je ne suis pas claustrophobe, mais je pourrais bien le devenir après ça.

La voix grave de Grant résonna sur des surfaces éloignées comme s'ils se trouvaient dans un canyon encaissé.

— Cet endroit m'a l'air immense, remarqua Grant.

— Voyons ça, dit Tyler.

Il sortit de son sac un projecteur stroboscopique. La batterie ne durerait pas longtemps, mais sa haute intensité leur permettrait de se faire une idée plus précise des dimensions de la caverne.

— Ne regardez pas directement le projecteur quand je l'allumerai. (Tyler plaça sa main sur l'interrupteur.) Vous êtes prêts ?

— Allons-y, dit Grant.

Dilara hocha la tête avec impatience.

— Montre-nous.

— Madame, monsieur, je vous présente l'arche de Noé.

Tyler enclencha l'interrupteur et recula. Il entendit le condensateur accumuler l'énergie pour déclencher le premier flash, puis le stroboscope se mit à projeter son large rayon lumineux à intervalles d'une demi-seconde. La persistance du système visuel humain permettait à l'œil de distinguer la scène presque comme si elle était éclairée par une lumière continue.

Dilara hoqueta et tous restèrent sans voix. Le spectacle était à couper le souffle. S'étendant aussi loin que l'œil portait, une immense structure en bois de deux étages de hauteur occupait le côté gauche d'une caverne si vaste que l'autre extrémité restait noyée dans les ténèbres. La construction de l'édifice montrait un degré de sophistication que Tyler n'aurait pas cru rencontrer chez une civilisation si antique. Les éléments de construction s'emboîtaient aussi précisément que s'il les avait conçus lui-même.

Il resta ébahi par la somme de travail qu'il avait fallu pour bâtir une chose pareille à des kilomètres des forêts où trouver le bois de charpente nécessaire à sa construction. Même avec les équipements modernes, construire un tel bâtiment à l'intérieur d'une caverne, sans éclairage naturel, aurait été une tâche colossale. C'était proprement incroyable que cette structure ait pu être édifiée des milliers d'années auparavant, avec seulement la force de bras humains et l'aide de bêtes de somme. Tyler arrivait à peine à concevoir ce qu'il avait sous les yeux. Il contemplait le plus ancien bâtiment en bois au monde, une construction qui rivalisait en majesté avec les grandes pyramides d'Égypte, une structure extraordinaire conçue et bâtie par Noé lui-même.

— Mon Dieu, s'exclama enfin Dilara. L'arche est intacte. Après tout ce temps, elle est encore debout.

— L'air est sec, dit Tyler. Pas d'eau, pas de termites, pas de putréfaction.

— On dirait que nous n'aurons pas besoin de tout cet équipement de spéléologie que nous avons trimballé avec nous, dit Grant. À en juger par la taille de l'arche, Noé et sa famille avaient prévu de rester ici un bon moment.

— Alors, tu es encore sceptique ? demanda Dilara à Tyler.

Il secoua la tête lentement.

— Je reconnais volontiers que j'avais tort.

— C'est certainement la découverte archéologique la plus incroyable de tous les temps.

— J'irais même plus loin. Je dirais qu'il s'agit d'un véritable miracle.

Chapitre 65

Au bout de quelques minutes, la batterie du stroboscope rendit l'âme et la grotte fut de nouveau plongée dans les ténèbres, à l'exception de la lumière des lampes torches et de la pâle clarté qui filtrait par la faille.

Tyler utilisa un télémètre laser et confirma que la grotte de l'arche avait bien les dimensions indiquées dans la Bible : cent quarante mètres de long, vingt-trois mètres de large et quatorze mètres de haut. Ils se tenaient à l'extrémité sud de la caverne et l'arche occupait toute la partie gauche de la grotte. La caverne avait une forme étonnamment régulière et Tyler ne pouvait que s'interroger sur son origine. Peut-être s'agissait-il d'un gigantesque conduit magmatique, ce qui serait une formation particulièrement inhabituelle pour ce type de volcan. Certains pourraient même la qualifier de miraculeuse. L'absence d'eau mise à part, l'endroit constituait un parfait refuge.

L'arche elle-même était une construction en degrés, un peu comme les gradins d'un stade de football, et comportait deux étages. Les trois niveaux reposaient contre la paroi gauche de la grotte qui formait le mur arrière de la structure, tandis que des cloisons intérieures délimitaient des pièces sur les cent quarante mètres de long du bâtiment. La façade de chaque degré ne comportait ni portes, ni murs.

Tyler examina le bois utilisé pour la construction. Il s'agissait d'un solide bois de charpente recouvert de poix pour le préserver de la putréfaction. Il tapota le bois en plusieurs endroits. La structure semblait encore solide après six mille ans. Malgré l'objection de Dilara, il planta la lame de son couteau dans une poutre et constata que le bois ne se désagrégeait pas. La construction semblait suffisamment solide pour qu'ils puissent y pénétrer sans danger.

Des vestiges anciens d'occupation jonchaient le sol, comme si les habitants n'avaient quitté les lieux que quelques minutes auparavant. Apparemment, ils n'avaient pas pris la peine de ramasser les objets en bois et les poteries répandus un peu partout dans la grotte.

Tous les quinze mètres, une rampe courait le long de la structure et grimpait au niveau suivant, un peu comme un chemin en lacets. Aux deux étages, une galerie de cinq mètres de large se déployait en façade sur toute la longueur du bâtiment et offrait un point de vue sur le niveau du dessous. Le rez-de-chaussée ouvrait quant à lui directement sur le sol de la grotte.

Les pièces les plus spacieuses se concentraient dans le tiers arrière de l'édifice. Elles étaient moins profondes aux niveaux supérieurs en raison du recul de la construction en gradins et de l'espace conservé pour la galerie en façade. Les pièces avaient une profondeur de quatorze mètres au rez-de-chaussée, de neuf mètres au premier étage, et d'à peine quatre mètres cinquante au deuxième étage. D'après les pièces que Tyler pouvait distinguer avec sa torche, celles-ci faisaient entre trois et quinze mètres de large.

Un rapide calcul mental lui indiqua qu'il devait y avoir un peu plus de cinquante pièces à fouiller. Cela leur prendrait plusieurs jours, à moins de savoir où commencer à chercher. Tyler se tourna vers Dilara.

— Par où devrions-nous commencer nos recherches selon toi ?

Dilara secoua la tête.

— Personne n'a jamais vu un édifice pareil. Ce n'est qu'une supposition, mais je pense que les pièces du rez-de-chaussée étaient probablement utilisées pour le stockage, pour parquer les animaux et entreposer les ordures. Le premier étage accueillait sans doute les salles communes et le dernier étage les chambres individuelles. Mais ce n'est qu'une hypothèse. L'amulette pourrait être n'importe où. Je suggère que nous nous séparions.

— Je suis d'accord. Puisque nous sommes seuls pour le moment, il ne devrait pas y avoir de danger. Mais d'abord, j'ai quelque chose qui devrait nous aider dans nos recherches.

Tyler ouvrit son sac et sortit à nouveau le véhicule télécommandé.

— En quoi cela va-t-il nous aider ? s'étonna Dilara. Cela prendra plus de temps d'utiliser ce joujou et sa caméra.

— La caméra n'est pas le seul équipement de cet engin, lui expliqua Tyler. Cette fois, nous allons utiliser son système de cartographie laser.

— À quoi cela servira-t-il ?

— Je vais piloter l'engin pour qu'il parcoure chaque niveau de l'arche dans son intégralité et le laser mesurera chaque surface qu'il rencontrera et communiquera les informations à l'ordinateur. L'ordinateur construira en temps réel une image tridimensionnelle de la structure que je pourrai ensuite télécharger dans les puces mémoires installées dans les casques.

Tyler ôta son casque pour le montrer à Dilara. Celui-ci ressemblait à un casque de mineur ordinaire, équipé d'une lampe frontale. Mais le casque comportait sur les côtés de petites optiques montées sur des bras articulés qui permettaient de les positionner à hauteur des yeux. Le casque disposait en outre d'une caméra à infrarouge capable de repérer la signature thermique d'un corps chaud à une grande distance. Comme ils étaient seuls dans la grotte, ces caméras à infrarouge ne leur seraient en la circonstance d'aucune utilité.

— La Gordian a développé ces casques pour les interventions sur des catastrophes minières quand la visibilité est mauvaise. Je les ai fait venir depuis un site de Grèce où la Gordian travaille.

— Tu veux dire que ce casque va me permettre de voir l'ensemble de la grotte ?

— Chaque fois que tu tourneras la tête, il te montrera une représentation graphique de ce que tu auras en face de toi. Quand tu éclaireras une zone, l'image réelle se superposera à celle générée par l'ordinateur. Le système utilise cet émetteur comme point de référence.

Tyler plaça le petit émetteur contre la paroi, à l'écart.

— Combien de temps faudra-t-il pour que nous puissions utiliser ce système ?

— Il ne faudra que quelques minutes pour collecter les données nécessaires. La vitesse maximale du véhicule téléguidé est de soixante-cinq kilomètres à l'heure. Tout ce que j'ai à faire, c'est l'envoyer parcourir toute la longueur de la grotte, et le laser et l'ordinateur s'occuperont du reste. Quand il sera de l'autre côté, je le ferai monter au premier étage, et ainsi de suite. Évidemment, le laser n'est pas capable de voir derrière des obstacles, mais cela nous donnera un bon aperçu de tout ce qui se trouve ici.

Tyler posa le modèle réduit sur le sol, pianota sur son ordinateur et, quand il reçut la confirmation que la collecte des données avait commencé, il pressa la détente de la manette de contrôle. La voiture télécommandée s'éloigna, éclairée par sa propre lampe torche, qui se réduisit en quelques secondes à un point lumineux perdu dans l'obscurité. Tyler se concentra sur l'écran de contrôle. En l'espace de dix minutes, l'engin fit le tour des trois niveaux et revint vers eux.

— Joli tour de circuit, Andretti, se moqua Grant.

— Toutes ces heures passées sur des jeux vidéo m'ont enfin servi à quelque chose, plaisanta Tyler tandis qu'il téléchargeait les données dans leurs casques.

Il remit son casque, plaça les optiques devant ses yeux et alluma le système.

Il voyait clairement Dilara et Grant à travers les lentilles, mais désormais l'environnement n'était plus noir et informe. Tyler tourna la tête et l'ordinateur calcula sa position et la superficie de chaque surface dure puis reconstruisit une représentation grossière de tout ce qui se trouvait dans son champ de vision. L'application d'une graduation de texture selon la profondeur permettait aux objets de se détacher sur le fond uniforme de la paroi.

Tyler fit quelques pas de côté et la vue se modifia instantanément. Tout ce qui n'était pas un mur, un plancher ou un plafond leur sauterait aux yeux.

— Essaie-le, dit-il à Dilara en lui tendant un casque.

Dilara posa le casque sur sa tête et se tourna de droite à gauche.

— C'est incroyable ! Je peux tout voir dans le moindre détail !

Elle vacilla et perdit l'équilibre. Tyler la rattrapa.

— Cela peut prendre quelques minutes pour s'habituer. Si tu te sens déstabilisée, ferme simplement les yeux pendant quelques secondes.

— Entendu.

— Laissons l'équipement ici ; inutile de s'encombrer. Nous allons prendre chacun un niveau. Je m'occupe du rez-de-chaussée. Grant, tu prends le premier étage et Dilara, le deuxième.

— Cela va à l'encontre de tout ce que j'ai appris ou enseigné à propos de l'exploration archéologique. Nous devrions procéder à une étude méthodique, centimètre carré par centimètre carré, et non farfouiller dans l'arche comme une bande de pilleurs de tombe.

— Inutile de faire n'importe quoi. Personne ne touche à quoi que ce soit sauf absolue nécessité. Nous laisserons l'analyse scientifique pour plus tard. Notre objectif est de retrouver l'amulette.

— Qui ressemble à quoi ? demanda Grant. Une broche ?

— Il s'agit probablement d'une sorte de bijou, oui, répondit Dilara. Elle sera certainement déposée sur le même genre d'autel que celui que nous avons vu dans la chambre secrète de Khor Virap. Si vous la trouvez, n'y touchez pas avant que j'aie pu la voir *in situ*. (Dilara leva son appareil photo.) Je voudrais prendre une photo pour conserver une trace avant que nous la déplacions.

— Et faites attention où vous mettez les pieds, les prévint Tyler. L'arche semble encore solide, mais même s'il n'y a pas d'humidité dans la grotte, certaines parties du plancher pourraient avoir pourri. Testez le sol avant chaque pas.

Même si les mercenaires montaient la garde à l'extérieur, Grant et Tyler conservèrent leurs mitraillettes par prudence, mais Dilara décida de ne pas s'encombrer et laissa son arme avec leurs sacs. Au point où ils en étaient la vitesse était plus importante que tout le reste. Si Ulric finissait par se montrer, Tyler préférait être reparti avant son arrivée.

Ils se séparèrent comme Tyler l'avait suggéré. Grant et Dilara grimpèrent prudemment la rampe la plus proche et ne furent bientôt plus que deux lumières s'agitant dans l'obscurité.

Des milliers de pots en céramique de toutes tailles, allant de celle d'un pot à café à des pièces d'un mètre cinquante de haut, s'alignaient le long de la paroi de la grotte faisant face à l'arche, brisés pour certains, mais pour la plupart intacts. Tyler regarda à l'intérieur de quelques céramiques, mais elles étaient vides ou ne contenaient que des restes desséchés de nourriture. L'amulette ne se trouvait certainement pas là.

Tyler pénétra dans la première pièce et examina rapidement son contenu. Encore des pots en céramique, rien de remarquable. Il avait le sentiment que l'amulette devait être exposée dans une salle plus grandiose, mais il mena néanmoins une recherche minutieuse.

Il recommença dans les deux pièces suivantes, qui étaient vides. Tyler se dit qu'il devait s'agir de pièces de stockage pour des provisions, de l'eau, du matériel, tout ce qu'il fallait pour faire vivre une famille et un troupeau de bêtes pendant plusieurs mois d'affilée. Il y avait largement l'espace nécessaire. Tyler avait fait un rapide calcul : l'endroit faisait plus de vingt mille mètres carré, l'équivalent de trente-cinq maisons américaines ordinaires. Les dimensions de l'arche étaient époustouflantes. Noé devait avoir des centaines d'animaux pour que se justifie la construction d'un édifice si gigantesque.

Dans la quatrième salle où Tyler pénétra, une barrière de bois coupait la pièce dans le sens de la largeur et comportait en son centre une porte de deux mètres de large. Il devait s'agir d'un enclos pour bestiaux. Quelques bottes de paille desséchées s'empilaient dans les coins de la pièce, mais les animaux avaient été emmenés ; Tyler ne trouva aucun ossement sur le sol.

Les quatre pièces suivantes étaient elles aussi des enclos. Tyler avait déjà parcouru la moitié du rez-de-chaussée sans rien trouver d'intéressant. Il appela les autres par radio, mais eux aussi avaient fait chou blanc. Ils avaient bien trouvé d'autres vestiges – des poteries, des vêtements, des outils – mais pas d'amulette.

Tyler inspecta un autre enclos, puis entra dans une pièce trois fois plus grande que celles qu'il avait visitées jusque-là. La salle mesurait vingt-sept mètres de long et son plafond était soutenu à intervalles réguliers par des piliers en pierre. L'image tridimensionnelle affichait différents niveaux de texture, indiquant que la pièce était remplie à ras bord d'objets. Tyler balaya l'espace de sa lampe torche et la lumière lui renvoya une myriade de reflets scintillants.

C'était comme s'il venait de pénétrer dans la caverne d'Ali Baba. Des bijoux et des récipients en or, des statuettes d'ivoire et des objets incrustés de joyaux jonchaient le sol. Des coffres débordaient de pièces de bronze, d'argent et d'or, des masques d'or ornés d'incrustations de jade scintillaient à la lumière de sa lampe et des bustes en marbre s'alignaient le long des murs. Des saphirs, des rubis, des diamants et des améthystes étaient répandus sur le sol comme s'il s'agissait de simple gravier. Ce trésor était si faramineux que Tyler n'aurait pas été surpris de voir un dragon couché au sommet de ce monceau de richesses.

L'espace d'une minute, il oublia totalement pourquoi il était ici. Le trésor scintillant avait un effet hypnotisant. Puis il se reprit et se rappela ce qu'ils étaient venus chercher. Si l'amulette se trouvait bien dans l'arche de Noé, elle était forcément ici.

Il contacta Grant et Dilara par radio pour leur demander de le rejoindre le plus vite possible, sans leur donner plus de précisions. Il ne voulait pas leur gâcher le plaisir de la découverte.

Chapitre 66

Tandis qu'il attendait les autres, Tyler examina de plus près le trésor. Les statuettes et les urnes présentaient une vaste palette de styles et de formes et comportaient des inscriptions dans des langues variées. Elles étaient empilées sans soin, comme si elles avaient simplement été déposées dans le premier endroit disponible. Une partie du trésor était rangée dans des coffres de pierre ou dans des poteries, mais pour l'essentiel les pièces et les joyaux s'empilaient à même le sol.

Grant fut le premier à arriver et il s'immobilisa brusquement, la bouche grande ouverte. Il resta sans voix, ce qui était une première, pensa Tyler en souriant.

Dilara arriva derrière lui, mais elle était concentrée sur l'écran LCD de son appareil photo.

— J'ai découvert un extraordinaire dépôt d'armes... (Elle releva la tête et se figea.) Mon Dieu !

— Apparemment, le roi Midas vivait ici, dit Tyler.

— Je crois que je vais prendre une retraite anticipée, ajouta Grant.

— Malheureusement, le gouvernement turc risque d'avoir son mot à dire.

— Ou les Arméniens, remarqua Dilara alors qu'elle balayait du regard la pièce avec un air émerveillé. Je n'arrive pas à y croire ! Dès que l'existence de ce trésor sera connue, il y aura une terrible bataille juridique pour savoir à qui il appartient. Le contenu de cette pièce doit valoir des milliards.

— L'inventeur a droit à un pourcentage ? demanda Grant avec espoir.

— Nous verrons bien, répondit Tyler. Chaque chose en son temps. L'amulette se trouve certainement quelque part ici. Et Grant, personne n'emporte de souvenir.

— Rabat-joie.

— Nous pourrons revenir plus tard quand nous aurons un meilleur équipement et des vivres. Tu pourras alors aider Dilara à trier tout ça pièce par pièce. Pour l'instant, nous devons trouver l'amulette.

— L'amulette était un objet d'une importance cruciale, réfléchit Dilara. Elle n'aurait pas été abandonnée sur le sol. Cherchons près du mur du fond.

Ils se frayèrent un chemin au milieu de cet amoncellement de richesses et découvrirent contre le mur une rangée de sept coffres de pierre d'un mètre quatre-vingts de long. Chaque coffre reposait sur un piédestal et un long texte recouvrait le mur derrière eux. L'écriture était similaire à celle de la carte de Khor Virap.

— On dirait des cercueils, remarqua Grant.

— Des sarcophages, plutôt, précisa Dilara. (Elle prit des photos de chacun d'eux et passa la main sur la surface du sarcophage le plus proche, projetant dans l'air une poussière séculaire.) Le texte nous dira sans doute qui est inhumé ici.

— Attends, intervint Tyler. Regarde.

Il éclaira un pilier adossé au milieu du mur, séparant les sarcophages en un groupe de quatre et un groupe de trois. Le pilier mesurait un mètre vingt de hauteur ; un orbe translucide de la taille d'une balle de tennis, qui avait la couleur du sirop d'érable, reposait au sommet du pilier. L'orbe était entouré d'autres globes, légèrement plus petits.

Dilara lut le texte gravé sur le pilier.

— Ici repose l'amulette de Sem, pour rappeler l'iniquité des hommes et l'amour de Dieu, et avertir ceux qui oseraient provoquer le courroux divin.

Tyler s'agenouilla près du pilier et éclaira les globes. Il reconnut immédiatement qu'il s'agissait de gros morceaux d'ambre, de la sève d'arbre fossilisée remontant à des millions d'années. Il arrivait parfois que l'ambre contienne des insectes, préservés de l'air et de l'eau et conservés pour ainsi dire intacts dans leur gangue de sève fossilisée.

Les petits globes d'ambre étaient translucides et ne contenaient rien, mais l'amulette de Japhet emprisonnait le squelette d'une grenouille de cinq centimètres de long. Les os semblaient flotter dans une poche de fluide visqueux qui avait la forme d'une grenouille.

Après que Dilara eut pris une photo, Tyler récupéra l'orbe. Le fluide à l'intérieur clapota, et les petits os flottèrent doucement dans la poche liquide.

— Voilà la source de la maladie, dit Tyler. Le prion d'origine. La grenouille a été prise dans la sève puis dissoute par la maladie, laissant l'empreinte de son corps dans l'ambre. Le prion doit être encore viable, protégé par l'ambre. Quand Ulric a découvert l'amulette de Japhet, il a dû comprendre que le fluide à l'intérieur contenait une maladie mortelle.

— Il a récupéré l'Arkon sur une grenouille ? s'exclama Grant. Comme dans *Jurassic Park*, mais en plus gluant ?

Tyler acquiesça.

— Le texte de Khor Virap disait que l'amulette contenait une chose horrible. Ulric a tout de suite compris qu'il s'agissait d'une maladie qui avait exterminé tous les hommes et les animaux à l'époque de Noé. Il avait les moyens de l'analyser et de voir s'il était en mesure de la transformer en une arme meurtrière. Revenu à son laboratoire, il a découvert ce qu'il avait entre les mains et commencé à échafauder son plan.

Grant prit l'amulette des mains de Tyler et contempla les os qui flottaient à l'intérieur.

— Exactement comme ce qui s'est passé à bord de l'avion de Hayden.

— Si cette grenouille dissoute est le vecteur de l'Arkon, dit Tyler, alors la maladie doit remonter à l'époque où ce batracien vivait. Ce qui est impossible à préciser pour l'instant. Pour ce que nous en savons, cette grenouille était peut-être en train de sautiller hors du chemin d'un tyrannosaure quand elle s'est retrouvée emprisonnée dans l'ambre.

— Tu penses que ce prion pourrait avoir éradiqué les dinosaures ? demanda Grant.

— Nous ne le saurons jamais. Mais l'Arkon paraît suffisamment virulent pour pouvoir être responsable de leur extinction.

Dilara avait commencé à lire le texte gravé sur le mur.

— Les gars, les appela-t-elle, tout en prenant une photo. Cela raconte ce qui s'est passé. (Elle commença à traduire laborieusement le texte.) Il est dit que Noé a découvert ces morceaux d'ambre dans le lit d'une rivière asséchée. Cette découverte était le premier signe que Dieu lui envoyait pour lui enjoindre de construire l'arche. (Dilara se tourna vers Grant et Tyler.) L'ambre a toujours été apprécié comme bijou pour sa couleur et son lustre. La découverte de si gros morceaux d'ambre était une aubaine.

— Comment le prion a-t-il été libéré ? demanda Tyler.

Dilara passa le doigt sur les lignes d'écriture.

— J'espère que je comprends bien le texte. Il est dit que Noé reçut une vision lui expliquant que ces morceaux d'ambre étaient spéciaux, qu'ils étaient un présent de Dieu destiné à lui seul. Trois des plus gros morceaux contenaient des ossements de grenouilles. Un marchand de passage les vit et prétendit que le fluide à l'intérieur pouvait être vendu pour ses vertus médicinales. Craignant d'offenser Dieu, Noé se refusa à les vendre et tenta de les cacher, mais le marchand déroba un des morceaux avant de disparaître.

Dilara parlait lentement, s'arrêtant fréquemment dans son récit quand la traduction lui posait des difficultés.

— Noé eut une autre vision disant que ce vol était le symbole de l'iniquité des hommes dont même un serviteur de Dieu n'était pas à l'abri. Puis Noé entendit parler d'une étrange maladie qui se répandait depuis le pays d'origine de ce marchand. Il interpréta cela comme le signe que la fureur divine s'abattait sur la terre et une autre vision lui donna les instructions pour construire l'arche. Ses fils et lui s'attelèrent à la tâche, tout en tentant de persuader les autres que la mort allait s'abattre sur la terre et qu'ils devaient se joindre à eux, mais ils refusèrent de les écouter.

— Puis les pluies arrivèrent, dit Tyler.

Dilara hocha la tête.

— Et elles amenèrent le Déluge, qui était le nom donné à cette épidémie dans la région. Noé scella l'entrée de l'arche de peur que ceux qui étaient contaminés ne cherchent à se réfugier dans la grotte.

— Cet endroit est aussi sec qu'un tombeau, dit Grant. Comment ont-ils fait pour l'eau ?

— Le texte ne le dit pas, mais ils se sont probablement approvisionnés à un ruisseau coulant d'un glacier non contaminé à l'extérieur de la faille par où nous sommes entrés. Puis ils ont attendu jusqu'à ce que cesse l'épidémie.

— Et le trésor ?

Dilara reprit sa lecture.

— Quand le Déluge prit fin, il n'y avait plus âme qui vive. Ni animaux, ni oiseaux, ni hommes.

— L'épidémie a tué tous les hommes à la surface de la terre ? demanda Grant.

— Probablement pas, répondit Tyler. Mais je suis sûr que Noé n'a pas voyagé au-delà du bassin-versant du mont Ararat. Pour lui, c'était comme si le monde entier avait été balayé.

— À l'extérieur de la grotte, ils découvrirent des ossements, ainsi que les vestiges de l'avidité des hommes, dit Dilara. Ils récupérèrent tout ce qu'ils trouvèrent, les trésors des rois comme les possessions des riches marchands, et rapportèrent tous ces trésors ici, en offrande à Dieu qui les avait délivrés de la maladie.

Dilara se figea.

— Quoi ?

— Je comprends à présent, dit-elle. Le *Livre de la grotte aux trésors*. L'arche de Noé est la « grotte aux trésors ».

— Laisse-moi deviner qui est inhumé là, dit Tyler. Noé et ses fils.

Dilara respira profondément et posa une main sur le sarcophage à la droite du pilier où reposait l'amulette.

— Nous nous tenons devant Noé. Devant la preuve matérielle qu'un événement relaté dans le premier livre de la Bible s'est réellement produit. Deux de ses fils sont enterrés à ses côtés, ainsi que leurs quatre épouses.

— Pourquoi le troisième fils n'est-il pas là ? demanda Grant.

— C'est Cham qui a gravé ce texte, lui expliqua Dilara. Il a inhumé les membres de sa famille dans l'arche à mesure qu'ils mouraient. Il était le seul à pouvoir le faire ; un autre aurait pu céder à la tentation de piller le trésor et provoquer à nouveau la colère de Dieu.

Tyler récupéra l'amulette de Sem des mains de Grant, ramassa également un des globes d'ambre sur le piédestal et les rangea dans sa poche.

— Eh ! protesta Grant, je croyais que l'on ne devait rien emporter en dehors de l'amulette !

— L'amulette elle-même est trop dangereuse pour être soumise à un examen. Mais si les autres morceaux d'ambre ont été découverts en même temps, cela pourrait nous révéler à quand remonte cette grenouille. Est-ce que ce ne serait pas extraordinaire qu'elle date de soixante-cinq millions d'années ?

— Tout à fait, acquiesça Grant d'un ton ironique.

Tyler regarda sa montre. C'était le moment de vérifier la situation à l'extérieur.

— Ici Tyler, dit-il dans son talkie-walkie. À vous.

Pas de réponse. Il recommença, sans résultat.

— Nous sommes peut-être trop éloignés de l'entrée, suggéra Grant.

— Puisque nous avons trouvé ce que nous étions venus chercher, je suggère que nous repartions.

— Laissez-moi rester quelques minutes encore, demanda Dilara. Je veux prendre d'autres photos.

Tyler hésita. La perte de contact radio était troublante, mais les mercenaires les auraient prévenus s'ils avaient été attaqués.

— Je vais rester avec elle, proposa Grant. Si elle refuse de partir quand tu en donneras l'ordre, je la ramènerai par la peau des fesses.

— Ne t'inquiète pas, lui dit Dilara. J'en ai juste pour quelques minutes.

— Entendu, céda Tyler. Tu as cinq minutes. Je repars vers l'entrée pour contacter nos gars et leur dire d'appeler l'hélico. Si je n'arrive pas à les joindre, nous devrons supposer qu'il est arrivé quelque chose dehors et je veux que vous rappliquiez tous les deux au pas de course.

Dilara avait déjà recommencé à prendre des photos, sans plus écouter Tyler.

Il sortit de la salle du trésor et se dirigea vers l'endroit où ils avaient laissé leurs sacs, tout en continuant à essayer de contacter les mercenaires. Toujours rien, et les interférences semblaient même s'accentuer à mesure qu'il se rapprochait de l'entrée de la grotte.

Tyler arriva à l'endroit où devaient se trouver leurs sacs, à six mètres de l'entrée de la fissure, mais il n'y avait plus rien sur le sol. Il ne s'était pourtant pas trompé ; la seule explication était que quelqu'un avait pris leurs sacs.

Cela voulait dire également que les communications radio avaient été brouillées et que quelqu'un d'autre était avec eux dans la grotte. Puis les interférences radio cessèrent brusquement.

— Bonjour, Tyler, dit une voix mielleuse derrière lui. Les mains sur la tête, je vous prie. En douceur.

Tyler obéit.

— À présent, retournez-vous.

Tyler pivota sur lui-même et la lampe de son casque éclaira Sebastian Ulric qui s'avançait vers lui, un pistolet à la main. Ulric releva sur son front ses lunettes de vision nocturne et s'arrêta à six mètres de Tyler, un sourire satisfait sur les lèvres.

— Merci de nous avoir indiqué l'entrée.

Chapitre 67

— Éteignez donc la lampe de votre casque, dit Ulric, cette lumière dans les yeux, c'est désagréable. Et pas de gestes brusques. Je ne suis pas seul ici.

Quelqu'un alluma une lampe torche derrière Tyler ; il s'agissait d'un des gardes d'Ulric qui se tenait devant la fissure. Tyler éteignit l'interrupteur de la lampe de son casque. La torche du garde, braquée sur Tyler, était désormais la seule source de lumière. Les lampes de Grant et de Dilara, allumées dans les entrailles de l'immense arche, étaient trop éloignées et trop faibles pour éclairer jusque-là.

— Qu'est-il arrivé à nos hommes à l'extérieur ? demanda Tyler, même s'il se doutait de la réponse.

— C'étaient de bons soldats. Ils n'étaient pas excellents, mais pas mauvais non plus. Ils ont même réussi à abattre un de mes hommes avant que Cutter les élimine tous. À présent, posez vos armes. Doucement. Et la radio, aussi.

Tyler posa au sol sa mitraillette, son pistolet, sa radio ainsi que son oreillette.

— Tournez-vous et poussez-les du pied vers Brett.

Tyler se retourna vers un homme élancé équipé d'une arme automatique et de grenades accrochées à son gilet tactique. Lui aussi avait une paire de lunettes de vision nocturne remontée sur le front.

— Où sont vos autres lèche-bottes ? Ils attendent dehors ?

Tyler voulait pousser Ulric à lui donner des informations.

— Non, ils sont ici avec nous. Cutter et Petrova portent eux aussi des lunettes de vision nocturne et sont en train de chercher Kenner et Westfield.

— Ulric est là ! hurla soudain Tyler dans les ténèbres.

— Grossier, mais efficace. Enfin, cela n'a guère d'importance. Vous n'êtes pas équipés pour voir dans le noir comme nous. Sinon, vous m'auriez repéré en revenant vers l'entrée. Par ailleurs, j'ai une offre à vous faire.

— Je ne vous dirai jamais où est l'amulette.

— Je le sais déjà. Je peux voir qu'elle se trouve dans votre poche. Par contre, je ne peux laisser Kenner et Westfield farfouiller ici, et trouver éventuellement une autre voie de sortie une fois que je serai parti. Or donc, voici mon offre.

C'était du Ulric tout craché. Cet homme était tellement bouffi de prétention qu'il n'hésitait pas à utiliser une expression comme « or donc » pour proférer ses menaces.

— Vous avez l'intention de nous tuer de toute façon, dit Tyler.

— C'est exact, je ne peux laisser aucun de vous en vie. Et je finirai par retrouver vos compagnons de toute façon. Mais je préférerais ne pas perdre mon temps. (Il tendit la main vers Brett.) Passez-moi sa radio.

Brett jeta la radio de Tyler à Ulric, qui la rattrapa d'un geste sûr.

— Dilara Kenner et Grant Westfield, dit-il dans le talkie-walkie. Je sais que vous m'entendez. Si vous vous rendez d'ici à deux minutes, je vous promets à tous une mort rapide et indolore. Dans le cas contraire, je commencerai à tirer sur Tyler Locke. D'abord dans les pieds, puis dans les mains, dans les genoux et ainsi de suite. Rien qui puisse le tuer immédiatement, mais il connaîtra une agonie longue et douloureuse. Vous avez deux minutes pour vous montrer.

— Ils ne céderont jamais, affirma Tyler.

— Il vaudrait mieux pour vous que vous ayez tort.

— Depuis le début vous nous attendiez, n'est-ce pas ?

— Vous êtes un homme plein de ressources. Dès que j'ai vu que vous aviez découvert la chambre de la carte à Khor Virap, j'ai su que vous réussiriez à trouver l'arche et son entrée.

— Et vous avez toujours été doué pour analyser une situation sous tous les angles, Ulric. Quand vous avez contourné les règlements pour la construction de votre laboratoire, vous vous en êtes sorti en me renvoyant du projet.

Ulric afficha un sourire satisfait.

— Et je gagne encore une fois. En menant l'assaut contre Oasis, vous avez contrarié mes plans, mais l'issue ne changera pas. (Il porta le talkie-walkie à ses lèvres.) Il ne vous reste plus que soixante secondes.

Grant avait commis une erreur en ne restant pas avec Dilara.

S'il voulait sauver Tyler, il devait aller vite et Dilara l'aurait ralenti. Il lui avait dit de remonter au deuxième étage de l'arche et de se cacher, en se servant du système de cartographie 3D pour se guider et sans allumer la lampe de son casque ni sa torche.

Après qu'ils se furent séparés, Grant éteignit sa lampe torche et brancha le système de détection à infrarouge de son casque. Toute source de chaleur dans son champ de vision – et notamment un corps humain – brillerait comme un feu de camp dans une nuit sans lune. Il savait que Cutter était là quelque part et que ce dernier ne se contenterait pas d'attendre que les deux minutes soient passées.

Grant se dirigea vers la fissure au pas de course en se faisant le plus discret possible, mais en passant devant une rampe il se dit qu'une position surélevée serait un avantage et il grimpa au premier étage.

C'est là qu'il comprit son erreur de s'être séparé de Dilara.

Tandis que Grant courait, il leva les yeux vers la galerie du deuxième étage pour voir où Dilara était allée se cacher et pouvoir venir la rechercher plus tard. Grâce aux infrarouges, il la vit entrer dans une pièce, mais eut la mauvaise surprise de distinguer une autre silhouette armée qui s'avançait au deuxième étage. Puis une autre silhouette apparut au rez-de-chaussée. Aucun de ces deux inconnus ne semblait regarder dans sa direction et Grant en profita pour s'engouffrer dans une pièce. Apparemment, ils fouillaient méthodiquement et silencieusement chaque salle de l'arche. Grant releva les lunettes à infrarouge du casque et rampa sur la galerie pour jeter un coup œil sur l'étage d'au-dessus ainsi que sur le rez-de-chaussée. Il ne repéra aucune lumière, ce qui signifiait que l'ennemi utilisait des lunettes de vision nocturne.

Grant remit ses lunettes en position. Les images infrarouges n'étaient pas très nettes, mais la silhouette au deuxième étage lui sembla plus mince. Il s'agissait sûrement d'une femme, Svetlana Petrova, la compagne d'Ulric. L'autre était Cutter, Grant en avait la certitude.

Petrova ferait un parfait otage ; il pourrait l'échanger contre Tyler, ou au moins gagner assez de temps pour trouver un plan et empêcher que son ami soit tué ou blessé. Si Grant arrivait à surprendre Petrova par-derrière, il pourrait l'immobiliser et la désarmer.

Grant rampa jusqu'au deuxième étage le plus vite possible. Il entendit dans son oreillette la voix d'Ulric annoncer : « Il ne vous reste plus que soixante secondes. » Le temps jouait contre lui.

Il jeta un coup d'œil par-dessus le bord de la galerie du deuxième étage. Petrova se trouvait à une dizaine de mètres devant lui. Elle était sur le point d'arriver à la pièce où Grant avait vu Dilara entrer. Si Petrova la voyait la première, Dilara était morte ; Ulric et les siens ne cherchaient pas à faire de prisonniers.

Grant se remit sur ses pieds et s'approcha de Petrova à pas feutrés, se préparant à la neutraliser par un étranglement.

— Vous avez pensé à tout, dit Tyler. Même à ces lunettes de vision nocturne. Elles sont de troisième génération ?

— Les plus récentes qu'il était possible de se procurer dans de si brefs délais, répondit Ulric. Ce sont de petites merveilles technologiques. La lumière qui filtre par la fissure suffit à nous permettre de voir la grotte entière comme en plein jour.

— Vous avez pensé à tout, sauf à une chose. Et si l'amulette n'était pas dans ma poche ? Et si je l'avais cachée quelque part dans l'arche ?

— Vous n'en avez pas eu le temps. Et si c'est un de vos amis qui l'a en sa possession, je suis persuadé qu'ils ont compris que mon offre impliquait de me rapporter l'amulette.

— Mais s'ils l'ont cachée, vous pourriez mettre longtemps à la trouver. L'arche de Noé est immense.

— Vous bluffez.

— J'essaie juste de vous amener à considérer le problème sous tous les angles.

Ulric regarda sa montre sans cesser de tenir Tyler en joue.

— Il nous reste trente secondes. Très bien. Nous allons nous en assurer. (Ulric s'adressa à Brett.) Fouillez-le, en commençant par la poche gauche de son pantalon.

Ulric avait mordu à l'hameçon, comme Tyler l'avait espéré. Et, comme toujours avec lui, il laissait faire le sale boulot à ses subordonnés.

Brett s'approcha de Tyler. Tyler avait remarqué que le garde tenait la lampe torche dans la main gauche et un pistolet dans la droite. Il faudrait qu'il rengaine son arme pour pouvoir le fouiller.

Brett sortit l'amulette de Sem de la poche de Tyler et la lança à Ulric. C'est alors que Tyler saisit sa chance ; tandis qu'Ulric rattrapait l'amulette, Tyler baissa brusquement les bras et saisit Brett par la veste. Brett lâcha sa lampe torche au sol, qui cessa de les éclairer. Tyler repoussa Brett en arrière, tandis que celui-ci martelait son ventre de coups de poing pour le faire lâcher prise.

Ulric tira. Dans l'obscurité, Tyler sentit les balles le frôler. Une d'elles le toucha à la cuisse et il vacilla. L'afflux d'adrénaline vint anesthésier la douleur, empêchant Tyler d'estimer la gravité de sa blessure. Sa seule chance était de rester collé à Brett jusqu'à ce qu'ils atteignent la faille. Tyler le repoussa encore et au bout de deux pas, Brett trébucha dans la fissure.

Tyler le laissa tomber au sol et se recula en titubant. Il n'avait que quelques secondes devant lui, car, alors qu'il faisait tomber Brett, il avait dégoupillé une des grenades accrochées à la veste de ce dernier.

Tyler parcourut trois mètres et se jeta au sol en se protégeant la tête, en priant pour que son plan ne fasse pas s'effondrer la grotte entière sur eux.

L'onde de choc le frappa de plein fouet. La grenade explosa avant que Brett ait eu le temps de se relever, entraînant la détonation de ses petites sœurs. Une explosion tonitruante résonna dans toute la grotte, puis Tyler entendit les parois de la fissure s'effondrer, obstruant complètement l'entrée.

Son plan avait fonctionné comme il l'avait espéré. Non seulement la sortie était bouchée, mais plus aucune lumière ne filtrait désormais à travers celle-ci. En l'absence d'une source lumineuse, la grotte n'était plus seulement sombre, elle était d'un noir d'encre. Les lunettes de vision nocturne qu'Ulric portait fonctionnaient parfaitement dans l'obscurité d'une nuit sans lune, parce que les étoiles apportaient encore une faible source de luminosité. Mais dans une grotte sans aucune source de lumière, les lunettes de vision nocturne n'avaient plus aucune lumière à amplifier et devenaient donc inutiles. Ulric, Cutter et Petrova n'avaient plus l'avantage désormais ; ils seraient contraints d'utiliser leurs lampes torches.

Ils jouaient désormais à jeu égal.

Chapitre 68

Cutter avait espéré découvrir Grant Westfield accroupi dans le coin d'une pièce et pouvoir l'abattre comme un chien, mais il n'eut pas ce plaisir. La chance tourna enfin quand il jeta un coup d'œil vers les étages afin de voir où en était Petrova. Ils étaient en silence radio afin de ne pas trahir leur position. Sur une rampe au-dessus de lui, Cutter remarqua une silhouette massive qui se trouvait à une dizaine de mètres derrière Petrova et s'avançait vers elle. Ce mastodonte ne pouvait être qu'une seule personne : Westfield. Cutter l'avait enfin repéré, mais l'angle était mauvais. Avant de tirer, Cutter voulait être certain de ne pas le rater.

Westfield ne l'avait pas vu. Comme à l'armée, celui-ci était trop concentré sur sa cible pour penser à surveiller ses arrières. Cette erreur allait lui être fatale.

Cutter trouva une rampe et grimpa à pas de loup. Il remit son fusil de sniper à l'épaule pour s'emparer de sa mitraillette.

Westfield, l'arme en bandoulière, s'était encore rapproché de Petrova. Il n'était qu'à huit mètres de Cutter, qui pointa son arme sur son dos massif. Cutter ne pouvait pas le manquer et il ne résista pas à l'envie de voir l'expression de Westfield quand celui-ci comprendrait qu'il allait être tué par Cutter.

— Le Tronçonneur arrive, lui cria Cutter.

Westfield tourna la tête et, même à travers ses lunettes de vision nocturne, Cutter vit son visage se figer quand il le reconnut.

Une puissante explosion en provenance de l'entrée déchira le silence et se répercuta à travers toute la grotte. Au même instant, l'écran des lunettes de Cutter devint noir. Plus rien.

Cutter tira, mais il savait qu'il était trop tard. Il entendit les balles s'enfoncer dans le bois, mais aucun cri de douleur n'éclata.

Il avait manqué Westfield, et à présent il ne voyait plus rien.

Dilara détestait l'idée de se cacher et le bruit de l'explosion, suivi d'une rafale de mitraillette toute proche, la décida à agir. Elle ne pouvait pas rester ici, à se terrer comme une proie, se dit-elle en dégainant son pistolet.

Dilara avait trouvé refuge dans la salle remplie d'armes qu'elle avait découverte durant son exploration. Elle avait été ébahie devant la quantité de couteaux, d'épées et de lances alignée le long des murs. Il y avait également des arcs rangés contre un mur, près d'une urne peinte d'un symbole violet qui ressemblait à une silhouette encapuchonnée en prière. L'urne contenait un faisceau de flèches rangées la pointe en bas. Le symbole lui avait paru familier, sans qu'elle sache dire pourquoi.

Elle s'avança au milieu de la pièce et regarda tout autour d'elle à travers le système de cartographie 3D, en espérant que quelqu'un allume une lumière.

L'obscurité était totale, puis une lumière flamboya comme un phare dans la nuit, mais il s'agissait seulement de la lampe frontale du casque de Grant. Le casque roula sur le sol à quelques mètres devant elle, en provenance d'une autre pièce.

Puis Dilara vit la silhouette de Petrova, si proche qu'elle aurait pu la toucher. Petrova tira en direction du casque tout en reculant et vint se cogner à Dilara qui, surprise, perdit son arme dans le choc. Désarmée, Dilara réagit instinctivement et saisit Petrova pour la plaquer au sol.

Petrova tomba et lâcha sa mitraillette. Elle donna un coup de coude à Dilara, qui riposta par un coup de poing. Mais Dilara savait déjà qu'elle n'aurait pas le dessus sur cette femme dans un combat au corps à corps, pas sans l'avantage de la surprise comme sur la *Nouvelle Genèse*.

Dilara tourna la tête et vit Grant se précipiter vers elles dans la lumière du casque. Puis il changea brusquement de direction et alla percuter Cutter, qui se tenait au bord de la galerie et pointait son arme sur Petrova et elle. Les deux hommes disparurent dans le vide pour aller s'écraser sur la galerie de l'étage du dessous.

Dilara reporta son attention sur Petrova, dont les traits étaient déformés par la rage, et elle sut qu'il s'agissait d'un combat à mort. Personne ne viendrait la sauver et si Dilara voulait vivre, elle devait l'emporter.

Chapitre 69

Tyler savait qu'il y avait peu de chances que l'explosion ait également tué Ulric. Il se redressa en réprimant une quinte de toux afin de ne pas révéler sa position. Son casque était tombé et il tâtonna sur le sol jusqu'à le retrouver. Il l'enfila et constata avec soulagement que le système de modélisation 3D fonctionnait toujours. Il pouvait distinguer l'arche, mais le capteur à infrarouge avait été endommagé ; impossible de repérer Ulric sans allumer la lampe du casque. Et s'il faisait ça, il lui fournirait une cible parfaite.

Tyler entendit Ulric recharger son pistolet et faire jouer la culasse, puis une rafale de mitraillette déchira soudain les ténèbres. Ulric était lourdement armé et Tyler ne l'était pas.

— Locke, espèce d'imbécile ! hurla Ulric. Vous savez ce que vous avez fait ? Vous avez condamné l'entrée ! Des milliers de tonnes de roche la bloquent désormais.

Ulric semblait hystérique. Parfait. Cela signifiait qu'il ignorait que la porte de pierre donnant sur la première grotte pouvait s'ouvrir de l'intérieur.

Tyler se remit debout et sa blessure à la jambe se rappela à lui par une douleur fulgurante. Il pouvait marcher, mais chaque pas lui donnait l'impression qu'un pic à glace lui labourait la cuisse.

— Vous êtes fier de vous, Tyler ? Vous avez condamné l'humanité ! Je voulais préserver la race humaine ! Vous ne comprenez pas ? Nous sommes des êtres autodestructeurs.

Mon projet devait nous permettre de prendre un nouveau départ. Vous avez tout gâché !

Ulric essayait de lui tendre un piège : il voulait pousser Tyler à lui répondre afin de pouvoir vider son chargeur dans sa direction. Mais Tyler n'était pas né de la dernière pluie.

Il entendit Ulric parler dans sa radio :

— Cutter ! Svetlana ! Répondez !

Ulric répéta son appel plusieurs fois, mais personne ne lui répondit.

Tyler s'avança à pas de loup aussi souplement que sa jambe blessée le lui permettait et manqua de s'affaler au sol quand son pied rencontra quelque chose qui n'apparaissait pas sur l'image 3D. Il se pencha et sentit la forme d'un sac. C'était le sien : il trouva le véhicule télécommandé, la manette de contrôle, l'ordinateur portable, mais pas d'armes.

Des coups de feu résonnèrent à l'autre bout de l'arche, sans qu'il entende quoi que ce soit d'autre ; ses oreilles bourdonnaient encore à cause de l'explosion des grenades. Tyler regarda dans la direction des tirs et discerna une faible lueur. La peur lui noua les entrailles alors qu'il pensait à Dilara et Grant, traqués par des tueurs professionnels.

Tyler ne pouvait pas s'attaquer à Ulric, pas avec une jambe estropiée et sans la moindre arme. Il avait désespérément besoin d'un plan. Il réfléchit et songea à utiliser le véhicule télécommandé. C'était risqué, mais cela pouvait marcher. Il ramassa son sac et l'enfila sur son dos.

Tyler avait besoin de gagner du temps et de s'éloigner. Il sortit l'ordinateur portable de son sac en prenant soin de faire le moins de bruit possible, puis le jeta comme un Frisbee vers la faille.

L'ordinateur s'écrasa contre la paroi et Ulric tira une rafale de mitraillette en direction du bruit.

Tyler profita de cette diversion pour boitiller dans la direction opposée, vers la porte de sortie. Le bruit de la rafale masqua son mouvement et il progressa en s'abritant près des urnes alignées contre la paroi de la grotte.

— Je finirai bien par vous trouver, Locke !

Ulric alluma sa lampe torche et commença à fouiller la grotte, en examinant méthodiquement chaque pièce du rez-de-chaussée de l'arche devant laquelle il passait.

Tyler accéléra le mouvement en s'efforçant de rester hors du faisceau lumineux de la torche d'Ulric. Il fallait qu'il rejoigne la sortie avant d'être repéré.

Mais pour que son plan fonctionne, Tyler avait besoin que Dilara et Grant l'aient rejoint. Il n'était pas question de partir sans eux. Il ne pouvait pas crier pour les appeler ; son seul espoir était que Grant ait branché le système à infrarouge de son casque.

Tout en marchant, Tyler leva un bras au-dessus de sa tête et commença à faire des signes à l'intention de Grant.

Grant ne pouvait pas relâcher Cutter, pas s'il voulait avoir une chance de gagner ce combat.

Cutter était le meilleur tireur que Grant connaissait et il était également doué avec un couteau. Mais Grant était son égal au corps à corps et même si Cutter était plus massif, Grant avait l'avantage de la taille.

Dans leur chute sur la galerie du premier étage, Grant avait atterri sur Cutter. Ils avaient roulé sur le plancher, agrippés l'un à l'autre, et Grant avait fini par relâcher son adversaire. Cutter en avait profité pour allumer sa lampe torche et la jeter de côté afin qu'elle les éclaire sans que Grant puisse mettre la main dessus et l'éteindre.

Pendant ce temps, Grant avait réussi à passer un bras autour du torse de Cutter, mais sans réussir à se mettre en position pour un étranglement. Cela lui rappelait le temps du catch, mais cette fois-ci ce n'était pas du spectacle et il n'y avait pas de règles à respecter. Il n'allait pas se priver des coups bas, sachant que Cutter ne lui ferait pas non plus de cadeau.

Grant assena un coup de poing dans le rein droit de Cutter, qui riposta en lui écrasant le pied. La douleur remonta la jambe de Grant qui tomba en arrière. Cutter fit un roulé-boulé et se remit sur ses pieds. Grant entendit une fusillade au loin et espéra que c'était Tyler qui abattait Ulric.

Cutter dégaina son pistolet et Grant se jeta sur lui avant qu'il ait pu tirer. L'arme vola dans les airs et l'impact de leurs deux corps les ramena au sol. Grant se trouva de nouveau derrière Cutter, mais il n'arrivait toujours pas à s'assurer une bonne prise. Ils roulèrent un instant au sol, toujours agrippés l'un à l'autre, et Grant profita d'un bref répit pour murmurer à l'oreille de Cutter :

— J'aurais bien essayé de te mettre un coup de genou où je pense, Cutter, mais je sais que c'est inutile. C'est un des avantages d'avoir perdu ton engin.

Cutter grogna furieusement et se libéra de l'étreinte de Grant. Il sortit un couteau de derrière son dos et Grant tendit la main vers son propre couteau, pour trouver l'étui vide.

— Je t'ai pris ton couteau, sale enfoiré ! rugit Cutter d'une voix triomphante. J'ai toujours été un meilleur soldat que toi.

Il porta un large coup de couteau en direction de Grant, qui bondit en arrière vers le bord de la galerie. Cutter poursuivit son attaque, ponctuant chaque coup d'un mot grommelé.

— Tu… es… mort.

Si Grant sautait au rez-de-chaussée pour s'enfuir, Cutter ramasserait sa mitraillette et se lancerait à sa poursuite. Il devait en finir maintenant.

— Amène-toi ! cria-t-il, en baissant volontairement sa garde à gauche.

Cutter bondit et plongea son arme dans l'épaule gauche de Grant. La douleur était atroce, mais Cutter avait fait exactement ce que Grant voulait.

Grant utilisa une variante d'une de ses prises fétiches de catcheur, qu'il appelait le Détonateur : il se déhancha sur la droite et passa son bras autour du cou de Cutter. Il assura sa prise et se jeta de la galerie.

Ils tombèrent ensemble mais Grant, retrouvant les réflexes acquis par des années de pratique, pivota sur le côté droit durant leur chute. Il atterrit sur l'épaule droite et la force de l'impact se répercuta dans son bras serré autour du cou de Cutter, lui brisant la trachée et les vertèbres cervicales.

Grant dégagea son bras du corps inerte de Cutter puis ôta le couteau planté dans son épaule. Il sentit le sang couler, mais de manière limitée. Apparemment, aucune artère n'avait été touchée.

Il entendit la respiration sifflante de Cutter dans l'obscurité et sut que l'homme n'en avait plus que pour quelques secondes à vivre.

— « Sens la brûlure du Brasier », salopard, lui dit Grant.

Un gargouillis s'échappa de la gorge de Cutter, puis plus rien.

Soutenant son bras gauche blessé, Grant se releva, ramassa la lampe torche, et tituba vers la rampe la plus proche afin de retrouver Dilara.

Petrova repoussa Dilara, qui tomba à la renverse. Dilara bondit de nouveau sur ses pieds, sans trop savoir quoi faire désormais. Les techniques de *self-defence* qu'elle avait apprises suffisaient pour repousser un éventuel agresseur, mais Petrova avait l'air d'une combattante aguerrie.

Petrova alluma sa lampe torche et la pointa sur le visage de Dilara, l'aveuglant momentanément. Dilara recula dans la salle aux armes et ramassa une épée sur le sol. Elle frappa de la lame la lampe torche qui tomba sur le sol, sans s'éteindre.

D'un mouvement leste, Petrova fit un roulé-boulé et ramassa en même temps une épée elle aussi. Elle se redressa et exécuta quelques mouvements élégants avec son arme, dans la posture d'une escrimeuse expérimentée.

— Vous avez donc choisi l'épée, dit-elle. Très bien. C'est une de mes armes favorites.

Dilara ne s'était jamais servie d'une épée ; le combat risquait d'être dramatiquement bref si elle ne trouvait pas un moyen de l'emporter. Petrova courut vers elle en abattant son épée de haut en bas. Par pur réflexe, Dilara leva son arme au-dessus de sa tête pour parer le coup. Elle détourna l'épée de Petrova, mais sa prise n'était pas bien assurée sur la poignée de son arme qui lui échappa des mains et vint frapper l'urne au symbole violet, dispersant les flèches sur le sol.

— J'aurais dû finir le travail à l'aéroport de Los Angeles et vous empoisonner vous aussi quand j'en avais l'occasion, dit Petrova.

Du poison, c'est ça ! Le symbole sur l'urne n'était pas une silhouette en prière, mais une fleur d'aconit. Les flèches avaient dû être trempées dans le poison extrait des fleurs et l'urne était ornée d'un symbole afin d'indiquer qu'il s'agissait de flèches empoisonnées.

Dilara ramassa une poignée de flèches et commença à les lancer sur Petrova, qui les dévia de son épée. Dilara saisit la dernière flèche et chargea, réussissant à en planter la pointe dans la jambe de son adversaire avant que celle-ci ait pu réagir. Petrova abattit son épée et ouvrit une entaille dans le bras de Dilara, qui s'effondra contre le mur en titubant.

Petrova retira la flèche de sa cuisse avec un sourire.

— C'est tout ce que vous pouvez faire ? Espèce d'amateur.

Dilara se saisit d'une lance qui reposait contre le mur et la pointa devant elle. Elle porta quelques attaques, mais Petrova esquiva sans mal ses coups d'estoc.

— Pathétique, commenta Petrova en abattant son épée sur la lance.

Dilara réussit à ne pas lâcher la lance sous le choc, mais l'épée brisa la hampe en deux. Il ne lui restait plus en main qu'un bout de bois de quatre-vingt-dix centimètres ; Petrova en profita pour lui porter un coup de pied circulaire qui l'atteignit en pleine poitrine. Dilara s'effondra au sol, le souffle coupé, et son casque tomba de sa tête.

Petrova s'approcha d'une démarche hautaine et appuya un genou sur la poitrine de Dilara. Elle leva son épée, la pointe dirigée vers la gorge de Dilara pour le coup de grâce, puis s'immobilisa soudain. Elle posa une main fébrile sur sa gorge et l'épée au bout de son bras commença à trembler. Soudain privée de forces, Petrova lâcha l'épée. Dilara détourna vivement la tête ; l'épée tomba pointe la première et lui entailla la nuque avant de basculer sur le sol.

Petrova fut agitée d'un spasme violent et tomba en arrière. Elle resta allongée, le corps parcouru de tremblements. Elle ouvrit la bouche, mais aucun son ne franchit ses lèvres.

Dilara se releva et se passa une main sur la nuque. Elle la ramena tachée de sang, mais la blessure semblait superficielle.

Dilara entendit des bruits de pas s'approcher et elle se hâta de ramasser l'épée au sol. Elle se retourna et vit Grant s'avancer vers elle. Malgré la pénombre, elle remarqua un liquide luisant sur son bras gauche. C'était du sang.

— Mon Dieu ! s'exclama-t-elle. Tu vas bien ?

— J'allais te demander la même chose. (Il regarda Petrova qui gisait sur le sol, le corps agité de soubresauts.) Que lui est-il arrivé ?

— Une flèche à la pointe empoisonnée. Tu te rappelles les buissons d'aconit que nous avons vus ? Cette plante est incroyablement toxique. Elle reste l'un des poisons les plus mortels que l'on connaisse, et il n'existe aucun antidote.

Dilara jeta un regard froid à Petrova, dont le regard transpirait la peur de la mort.

— À présent vous savez ce qu'a subi Sam Watson.

Comme en réponse, le corps de Petrova se cambra brutalement, avant de retomber, inerte.

— Et Cutter ? demanda Dilara.

— Il est arrivé en enfer quelques minutes avant elle. (Grant récupéra le casque de Dilara et le mit sur sa tête.) Viens. Ce n'est pas encore fini. Ulric est toujours là.

— Et Tyler aussi, dit-elle, même si l'inquiétude et le doute perçaient dans sa voix.

— Espérons-le, se contenta de répondre Grant.

Chapitre 70

Grant récupéra le pistolet de Dilara et retrouva son propre casque, qui avait été mitraillé par Petrova. Il éteignit la lampe du casque et le posa sur la tête de Dilara, puis il la guida jusqu'au bord de la galerie du deuxième étage. Leur position leur offrait un large point de vue sur l'arche et Grant alluma le capteur à infrarouge du casque de Dilara qu'il portait désormais.

Il repéra immédiatement deux silhouettes se déplaçant dans la grotte. L'une d'elles avait une lampe et se déplaçait d'avant en arrière, à la recherche de l'autre homme, qui avait une vingtaine de mètres d'avance et se trouvait presque à l'aplomb de Grant. L'homme levait un bras tout en avançant d'un pas boitillant.

L'une de ces deux silhouettes était celle de Tyler, mais laquelle ? Les lunettes à infrarouge n'offraient pas une résolution suffisante pour les identifier, et Tyler et Ulric avaient la même taille. Grant ne pouvait pas non plus appeler Tyler, au risque de trahir leur position.

Il ramena les yeux sur l'homme qui avançait un bras levé. Il comprit soudain pourquoi. C'était Tyler et il utilisait la langue des signes en exagérant ses gestes pour qu'ils soient compréhensibles. Grâce au capteur à infrarouge de son casque, Grant discernait les mouvements de la main de Tyler dans l'air froid de la grotte ; si celui-ci avait tenu sa main devant son corps, Grant n'aurait pas pu distinguer ses gestes.

— *Grant, va à la sortie.*

La porte de pierre dans la première grotte. C'était par là qu'ils sortiraient.

Grant lui fit signe qu'il avait compris, mais Tyler continua à répéter aveuglément le même message.

Grant chuchota à l'oreille de Dilara :

— Nous partons.

— Et Tyler ? murmura-t-elle à son tour.

— Je le vois. Il est en difficulté. Allons le chercher.

Grant prit la main de Dilara et la guida pour descendre la rampe en suivant les images du système de cartographie 3D.

Tyler sentit un mouvement dans l'air ambiant. Il était subtil, mais néanmoins réel. Quelqu'un s'approchait de lui. Il se tendit, prêt à repousser une attaque.

Il renifla et sentit un parfum familier, celui du shampoing de Dilara. Cette odeur le hantait depuis la douche et la nuit qu'ils avaient partagées.

Tyler sentit une main de fer se refermer sur son poignet. Il tendit la main et toucha l'épaule musculeuse de Grant, qui se recula vivement. Le liquide poisseux qui couvrait la main de Tyler lui fit comprendre. C'était du sang ; Grant était blessé. Mais il avait vu son message.

Il sentit qu'on lui enlevait son casque défectueux pour le remplacer par un autre, dont le système à infrarouge fonctionnait. Tyler vit les images rouges de Grant et de Dilara qui se tenaient devant lui.

Grant fourra un pistolet dans la main de Tyler, puis dit en langue des signes :

— *Cutter et Petrova sont morts. Mène-nous à la sortie.*

Tyler rangea le pistolet dans son holster et prit la main de Dilara et le bras valide de Grant.

Maintenant qu'il n'avait plus à faire de signes tout en avançant, il pouvait progresser plus vite, mais il était toujours handicapé par sa jambe et ralenti par la nécessité de ne pas faire de bruit. Il estima que la sortie devait se trouver à une trentaine de mètres sur leur droite.

Ils avançaient à bonne allure et avaient parcouru la moitié du chemin quand Grant trébucha sur un rocher.

Il tomba sur sa mauvaise épaule, entraînant Dilara avec lui. Le casque de cette dernière glissa sur le sol de la grotte. Grant réprima un cri de douleur mais laissa échapper un grognement, qui suffit à les faire repérer.

— Je te tiens ! entendit Tyler derrière lui.

Le faisceau de la lampe torche pivota dans leur direction et se fixa sur eux. Ulric fit feu et les balles se mirent à ricocher sur le sol et la paroi de la grotte. Dans le noir et à cette distance, son tir manquait heureusement de précision.

— Allez-y ! hurla Tyler. Je vous couvre !

Grant se releva, alluma sa lampe torche et entraîna Dilara avec lui.

Tyler se coucha sur le sol et commença à riposter.

Ulric savait qu'ils étaient faits comme des rats. Apparemment, Locke, Westfield et Kenner avaient tous trois survécu, ce qui signifiait que Cutter et Petrova étaient morts. Cela ne le troubla pas un instant. Ils étaient de toute façon morts pour lui à la seconde où Locke avait fait exploser leur unique voie de sortie. Ses grands projets étaient morts, sa vision d'un Nouveau Monde détruite. Cette prise de conscience lui déchira les entrailles et il ragea en silence contre l'injustice divine. Mais il pouvait encore s'offrir une petite satisfaction.

Ulric portait l'amulette dans la poche de sa veste, mais cela n'avait plus d'importance. Aucun d'eux ne sortirait jamais de cet endroit. Mais Ulric pouvait encore s'accorder le plaisir de voir Locke souffrir.

Abrité derrière un mur de l'arche, Ulric pointa sa lampe torche vers son ennemi. Des balles de neuf millimètres volèrent autour de lui. Les tirs de Locke étaient précis, mais pas suffisamment. Il n'avait qu'un pistolet ; pas de quoi rivaliser avec la mitraillette d'Ulric.

Ulric s'accroupit et quitta son abri pour vider le reste de son chargeur en direction de la forme allongée de Locke, sans réussir à voir si son tir avait fait mouche.

Il revint se mettre à couvert derrière le mur pour recharger. Il jeta un coup d'œil et constata que l'endroit où se tenait Locke était désert, à l'exception d'un sac sur le sol. Locke avait profité de ce qu'il rechargeait pour se déplacer, mais dans quelle direction ?

Ulric entendit un bruit de frottement en provenance de l'autre extrémité de l'arche, comme le bruit d'un gros rocher qu'on déplaçait. Il perçut également les grognements de quelqu'un en train de produire un effort. Puis il vit une chose qui le laissa stupéfait.

C'était ténu, mais bien réel. Une lumière naturelle. Une autre sortie. Évidemment ! La paroi au fond de la grotte que lui avait indiquée Hasad Arvadi trois ans auparavant n'était pas qu'une simple paroi de roche. C'était une porte !

Il existait donc un autre moyen de sortir. Et à présent, il voyait de nouveau dans l'obscurité. Il remit en place ses lunettes de vision nocturne. Comme Cutter le lui avait assuré, la faible lumière qui filtrait depuis l'extérieur était suffisante pour que la grotte entière lui apparaisse, baignée dans une vive lumière verte.

Son Nouveau Monde était encore possible ! Dieu avait répondu à ses prières.

Il vit Westfield et Kenner qui s'efforçaient d'ouvrir la porte, mais Locke n'était pas avec eux. Ulric se pencha vers eux pour les abattre, mais trois nouveaux tirs de Tyler l'obligèrent à se remettre à couvert.

Locke se trouvait quelque part au milieu de l'amoncellement d'urnes en céramique qui s'alignaient contre la paroi opposée de la grotte.

Là ! derrière trois jarres d'un mètre cinquante de haut, Ulric aperçut le sommet du casque de Locke qui pointait au-dessus du vase du milieu. Ulric quitta son couvert et pointa sa mitraillette vers la tête de Locke.

Chapitre 71

Tyler n'avait plus que deux cartouches dans son chargeur ; chaque tir devait compter désormais. Il avait posé le casque qu'avait perdu Dilara au sommet de la jarre et s'était couché sur le sol avec à peine assez d'espace pour voir entre les céramiques. Le système de vision à infrarouge de son casque ne lui permettait pas de viser avec précision, mais il n'aurait droit qu'à une seule chance.

La forme rouge d'Ulric jaillit de derrière le mur, l'arme levée à hauteur des jarres. Tyler visa la tête d'Ulric et tira au même moment que lui.

Le bruit de ses deux tirs de pistolet se perdit dans le fracas de la rafale de mitraillette. Une pluie d'éclats de poterie se déversa sur Tyler qui vit la tête d'Ulric basculer brusquement en arrière avant qu'il s'effondre au sol.

Tyler lâcha son pistolet et boitilla jusqu'à Ulric. Ses lunettes à infrarouge lui montrèrent la forme rouge et immobile d'Ulric et sa mitraillette, qui luisait d'un jaune brûlant, tombée sur le sol derrière lui.

Tyler remarqua l'ampoule de la lampe torche d'Ulric qui luisait encore faiblement. Il ramassa la torche, l'alluma et la dirigea sur la forme d'Ulric. Il récupéra l'amulette dans la poche de la veste de ce dernier, puis éclaira son visage. Au lieu de trouver le point d'entrée d'une balle dans le front d'Ulric, il vit les morceaux éparpillés de ses lunettes de vision nocturne, fracassées par son tir.

Les yeux d'Ulric s'ouvrirent soudain, brûlants de rage. Avant que Tyler ait pu réagir, Ulric lui assena un coup de pied sur sa jambe blessée. Tyler hurla de douleur et laissa tomber la lampe, mais sa main droite resta solidement fermée sur l'amulette, qu'il ne voulait pas perdre une nouvelle fois. Ulric bondit sur ses pieds, se débarrassa de ses lunettes brisées et se ramassa sur lui-même, en position de combat.

Tyler luttait simplement pour ne pas s'évanouir sous le coup de la douleur. Il s'efforça de se concentrer sur la mitraillette, qui se trouvait près du mur, derrière Ulric.

— Rendez-moi l'amulette, dit Ulric.

Il se jeta sur Tyler et le frappa à la poitrine, lui coupant la respiration, mais Tyler abattit l'amulette dure comme la pierre sur la tête d'Ulric. Il n'avait jamais entendu de bruit plus agréable que celui du morceau d'ambre frappant le crâne d'Ulric.

Pendant que Tyler retrouvait son souffle, Ulric tituba en arrière, secoua la tête pour retrouver ses esprits et fonça de nouveau sur Tyler. Cette fois, Tyler s'accroupit sur son genou valide et accueillit Ulric d'un uppercut au plexus solaire. Ulric se plia en deux de douleur et Tyler enchaîna avec un coup de coude aux reins qui envoya son adversaire au sol.

Tyler se redressa et commença à boitiller vers la mitraillette. D'un coup de pied, Ulric faucha les jambes de Tyler qui retomba au sol sur le dos. Ulric se jeta sur lui et le martela de coups de poing furieux.

Tyler saisit la nuque d'Ulric de la main gauche et écrasa violemment son casque dans le visage de ce dernier. Le sang jaillit du nez et de la bouche d'Ulric. Puis Tyler puisa dans ses dernières forces et utilisa sa jambe valide pour soulever Ulric et le projeter par-dessus sa tête. Il ne pensa que trop tard au fait qu'il envoyait Ulric en direction du mur… et de la mitraillette.

Malgré la douleur de son visage tuméfié qui lui embrumait l'esprit, Ulric sentit qu'il était retombé sur la mitraillette dont le canon était encore chaud. Il cracha du sang et s'empara de l'arme. Il se redressa en position assise et tira à l'aveuglette dans la direction où Locke se trouvait.

Les balles ricochèrent sur la paroi de la grotte et fracassèrent des poteries, sans atteindre leur cible. Ulric aperçut la silhouette de Locke se découper dans le rayon de lumière qui filtrait par la porte de la grotte. Il avançait d'un pas traînant vers la sortie, un sac sur l'épaule.

Ulric se lança à sa poursuite tout en continuant à tirer. Il ne réussit pas à l'atteindre avant qu'il franchisse l'ouverture, mais à la vitesse où Locke avançait, il n'irait pas bien loin.

Il s'en était vraiment fallu de peu pour que Locke réussisse à s'échapper. Cela n'en rendrait la satisfaction d'Ulric que plus douce. Il allait suivre Locke dehors et le tuer alors que celui-ci croyait enfin s'en être sorti.

Ulric atteignit la porte et scruta la grotte ouvrant sur l'extérieur, se méfiant d'une embuscade, mais il vit seulement Locke qui chancelait vers la sortie. Ulric tira de nouveau et Locke s'effondra à genoux.

Tyler se tourna et jeta quelque chose dans la direction d'Ulric ; l'objet roula au sol vers lui comme une grenade.

— Prenez-la ! dit Locke. Mais laissez-nous partir !

L'objet roula vers Ulric, qui vit sa teinte ambrée et son éclat dans la lumière du soleil. Il ramassa l'amulette et la fourra dans sa poche.

Locke se débarrassa de son sac à dos et se releva pour tenter désespérément d'atteindre l'air libre.

Ulric secoua la tête et inséra un nouveau chargeur dans sa mitraillette. Blessé et sans armes, Locke pensait que lui donner l'amulette était sa dernière chance d'en réchapper.

Ulric s'avança vers lui d'un pas tranquille, le canon de sa mitrailleuse pointé sur le dos de Locke. La tête d'Ulric l'élançait furieusement, mais il se sentait exalté.

— Vous ne pourrez jamais me battre, Locke, jubila Ulric.

Locke s'immobilisa juste à l'extérieur de l'entrée de la grotte et se retourna, baigné dans le soleil de midi. Pour quelque étrange raison, il souriait. Ulric secoua de nouveau la tête.

Apparemment, Locke avait perdu la raison.

Ulric crispa le doigt sur la détente.

Tyler savait qu'il risquait de mourir, mais au moins aurait-il eu la satisfaction de voir le visage de *play-boy* d'Ulric réduit à une bouillie sanglante.

Ulric se tenait au milieu de la grotte, sa mitraillette pointée sur Tyler, avec sur le visage un sourire suffisant qui disait à ce dernier tout ce qu'il avait besoin de savoir. Ulric n'avait pas remarqué ce que Tyler avait posé sur le sol de la grotte.

— J'ai pourtant essayé de vous inciter à envisager le problème sous tous les angles, dit Tyler.

— Je l'ai fait, répliqua Ulric. Vous perdez. Encore une fois.

Tyler secoua la tête.

— Je gagne, dit-il en pressant la détente de la manette de contrôle du véhicule téléguidé.

Au moment où Tyler avait feint de tomber, il avait posé la voiture téléguidée sur le sol, tournée en direction de la vieille caisse de dynamite. L'engin s'activa et Ulric baissa les yeux pour voir le véhicule passer devant lui à ses pieds puis tourna vivement la tête vers les caisses corrodées. Cutter avait certainement dû lui expliquer combien les explosifs qui se trouvaient là étaient instables. Tellement instables qu'un choc avec un jouet de trois kilos lancé à soixante-cinq kilomètres à l'heure suffirait à provoquer leur détonation.

Tyler vit Ulric comprendre ce qui se passait une fraction de seconde trop tard pour arrêter l'engin télécommandé. Tyler sauta de côté en prenant appui sur sa jambe valide alors même qu'Ulric pressait la détente de sa mitraillette. Les balles traversèrent l'air là où se trouvait la tête de Tyler un instant plus tôt.

Alors que Tyler retombait sur le sol, la voiture heurta la caisse de dynamite et la grotte explosa. Tyler profita du mouvement de sa chute pour rouler sur lui-même et venir se plaquer au pied de la falaise. Il se couvrit la tête et sentit les flammes de l'explosion le frôler et roussir ses vêtements.

Le plafond de la grotte s'effondra, étouffant l'explosion et projetant un énorme nuage de poussière. Tyler leva la tête, redoutant le déclenchement d'une avalanche dans les hauteurs du mont Ararat. Quelques rochers se détachèrent de la paroi, mais rien de plus.

Tyler s'assit, adossé à la falaise.

Grant et Dilara émergèrent de derrière un rocher. Ils clopinèrent jusqu'à lui et se laissèrent tomber au sol à leur tour. Leurs vêtements étaient en lambeaux, ils étaient couverts de poussière et maculés de sang. Tyler était certain d'avoir une apparence encore pire que la leur, et il se sentait aussi mal qu'ils en avaient l'air. Ils allaient copieusement salir cet hélicoptère tout neuf, mais Tyler s'en souciait comme d'une guigne.

— Si c'est ça ton idée de l'archéologie, lui dit Dilara, ne viens jamais sur un de mes chantiers de fouilles.

— C'est promis. De toute façon, pour le moment c'est plutôt à un hôtel avec service d'étage que je rêve.

— Moi, tout ce que je veux, ajouta Grant, c'est un lit douillet et vingt milligrammes de morphine.

— Ulric est mort ? demanda Dilara.

Tyler hocha la tête.

— Il est dans la grotte, réduit en charpie et enterré avec l'arche.

— L'arche sera exhumée un jour ou l'autre. J'en suis sûre. (Elle souleva son appareil photo). La communauté scientifique ne peut ignorer ça.

— Et pour l'amulette ? demanda Grant.

— Incinérée dans l'explosion. C'est fini.

— Nous avons eu de la chance qu'Ulric ne nous ait pas coupé la route vers la sortie, remarqua Grant. Sinon, il serait parti avec l'amulette sans que l'on puisse l'en empêcher.

— Pourquoi ne l'a-t-il pas fait ? s'étonna Dilara.

— Il ignorait l'existence de cette porte de sortie, répondit Tyler.

— Comment le sais-tu ?

— Ce n'est qu'une supposition. Sebastian Ulric était un homme extrêmement intelligent, mais il avait un sacré point faible.

— Lequel ?

Tyler sourit.

— Il n'était pas ingénieur.

Chapitre 72

Debout sur le balcon de sa chambre au *Four Seasons* d'Istanbul, Tyler finissait son dernier café du matin. Des nuages de pluie s'amoncelaient au-dessus des minarets de Sainte-Sophie, mais il pouvait apercevoir une éclaircie dans le lointain. Le soleil devrait refaire son apparition juste à temps pour sa sortie avec Dilara.

Il reposa sa tasse et revint à l'intérieur de la chambre. Sa jambe protestait à chaque pas ; le médecin lui avait dit qu'elle lui ferait mal encore quelques semaines, mais qu'il n'avait pas besoin de marcher avec une canne. La blessure avait été douloureuse, mais sans grande gravité.

Tyler ne se donna pas la peine d'allumer la télévision. Il savait ce qui passerait aux informations. Trois jours étaient passés depuis leur sortie de l'arche et le monde commençait à peine à être informé de la découverte de la carte à Khor Virap. La possibilité que celle-ci conduise à la découverte de l'arche de Noé avait plongé les médias dans la frénésie. Tyler avait réussi à éviter de se retrouver sous les projecteurs et laissé Dilara et son père en retirer tout le crédit.

Il avait toutefois dû s'impliquer pour faciliter les choses. Après avoir récupéré les radios des mercenaires, ils avaient appelé l'hélicoptère qui les avait ramenés à Van, où leurs blessures avaient été soignées. Bien sûr, les trois cadavres des mercenaires avaient soulevé des questions de la part des autorités turques, mais la pression exercée par Sherman Locke par l'intermédiaire de ses alliés politiques à Washington, combinée aux preuves photographiques rapportées par Dilara, avaient convaincu les Turcs que les réponses à leurs questions pouvaient attendre un peu, à condition que Grant, Dilara et Tyler acceptent de rester quelques jours en Turquie.

La perte de sang consécutive à sa blessure à l'arme blanche avait imposé à Grant de rester quelques nuits dans le meilleur hôpital d'Istanbul, où il avait subi une opération pour recoudre les muscles déchirés de son épaule. Sa récupération prendrait plus de temps que celle de Tyler, mais il ne garderait normalement aucune séquelle. Tyler et Dilara devaient aller le chercher en fin de matinée, mais ils avaient d'abord une chose à faire.

— Prête ? demanda Tyler.

Dilara était assise à une table, le regard fixé sur une petite urne qui contenait les cendres de Hasad Arvadi. Après une autopsie pratiquée à Erevan, la police arménienne avait clos le dossier et expédié la dépouille en Turquie. Dilara avait choisi de se passer de service funèbre. La plupart des amis et des collègues d'Arvadi se trouvaient aux États-Unis, et il avait toujours voulu reposer dans sa Turquie natale.

— Dilara ?

Elle acquiesça et s'essuya les yeux, avant de prendre d'un geste tendre l'urne dans ses bras.

— Oui. Allons-y.

Ils sortirent de l'hôtel et entamèrent leur court trajet jusqu'à l'avenue Kennedy. Ils marchèrent à pas lents ; Tyler sentait que Dilara souhaitait prendre son temps. Finalement, elle rompit le silence :

— J'aurais tellement aimé qu'il puisse la voir. Il en était si proche.

— Je pense qu'il aurait été heureux de savoir que c'est toi qui l'as retrouvée, dit Tyler. Et il aurait aimé te voir abandonner le nom de Kenner pour reprendre celui d'Arvadi.

— C'est quelque chose que j'aurais dû faire depuis longtemps.

— Dilara et Hasad Arvadi vont devenir des noms célèbres.

— Tu es bien sûr que tu ne veux pas en partager le mérite ?

— Je ne cours pas après la célébrité, répondit Tyler. Par ailleurs, Miles Benson est déjà en train d'exploiter nos aventures pour remporter de nouveaux contrats. Non, ton père et toi vous le méritez.

— Tu as sauvé le monde, tu sais.

— Cela me fait penser que la Bible a besoin d'une nouvelle interprétation. L'alliance de Dieu avec Noé disait qu'Il ne chercherait pas à détruire à nouveau l'humanité.

— Il ne l'a pas fait.

— Uniquement parce que nous avons empêché Ulric d'utiliser l'Arkon.

— Et comment sais-tu que tu n'étais pas l'envoyé de Dieu ? Dieu œuvre par des voies mystérieuses. Tu as dit toi-même que l'arche était un miracle.

— Je te l'accorde. C'était pour le moins étonnant de la retrouver intacte après tous ces siècles. Mais cela était dû à son emplacement, ainsi qu'à son isolement. Tout cela peut s'expliquer scientifiquement. Il n'y a rien de surnaturel là-dedans.

— C'est toute la beauté et la complexité de l'œuvre de Dieu. Elle peut être interprétée de nombreuses façons.

— Je dois admettre que j'ai été trop prompt à rejeter tes théories à propos de l'arche.

— Qu'en est-il de ta réputation de sceptique invétéré ?

— Il n'y a rien de mal à garder une certaine ouverture d'esprit. (Tyler prit la main de Dilara.) Alors, encore quelques jours ici puis tu retourneras au mont Ararat ?

— J'ai déjà pris des contacts avec le gouvernement turc pour organiser la fouille du site. Étant donné qu'il s'agit de ma découverte et que je suis en possession des seules photos de l'intérieur de la grotte, les autorités sont désireuses d'avoir ma collaboration. Mais tout cela va prendre des mois, puis il va falloir un certain temps pour dégager les entrées, sans parler de l'étude de l'intérieur de la grotte. Qui sera menée selon des critères scientifiques, cette fois-ci.

— On dirait que tu vas rester un bon moment ici. Je vais quant à moi devoir retourner bientôt à Seattle.

Elle hocha la tête.

— Qui sait ? Un jour, nous serons peut-être prêts tous les deux à nous fixer ?

— Un jour peut-être, acquiesça-t-il en serrant la main de Dilara dans la sienne.

Ils arrivèrent dans l'avenue Kennedy et la traversèrent pour rejoindre la digue le long de la mer de Marmara. La partie asiatique d'Istanbul se dressait sur la rive opposée et les navires embouteillaient le détroit qui reliait la mer Noire et la Méditerranée.

Tyler laissa Dilara s'avancer jusqu'à l'eau. Il la vit remuer les lèvres, puis elle s'agenouilla et versa les cendres de son père dans la mer.

Elle se releva, une main sur le médaillon à son cou. Tyler la rejoignit et passa ses bras autour d'elle.

Ils restèrent ainsi enlacés un petit moment, puis Dilara se tourna vers lui.

— Si nous allions chercher Grant, à présent ?

— Vas-y de ton côté. Je te retrouverai là-bas, et nous l'emmènerons déjeuner dans un bon restaurant. Je suis sûr qu'il doit mourir de faim après trois jours de régime d'hôpital.

— Où dois-tu aller ?

— J'ai une course à faire. Pour la Gordian.

Il l'embrassa, puis la contempla alors qu'elle s'éloignait d'une démarche volontaire en direction de l'hôpital. Elle marchait comme une femme investie d'une mission et Tyler trouva cela incroyablement sexy.

Elle se retourna une fois et lui fit un signe de la main. Il leva la main en réponse puis la perdit de vue quand elle tourna au coin de la rue.

Tyler monta dans un taxi.

— Araco Steelworks, demanda-t-il au chauffeur.

Quinze minutes plus tard, le taxi arriva dans une zone industrielle d'Istanbul envahie par les fumées des usines. Le taxi s'arrêta devant le portail d'une gigantesque fonderie. Par la large porte ouverte du bâtiment, Tyler vit un flot d'étincelles jaillir alors que de l'acier en fusion coulait d'un creuset.

— Attendez ici, dit-il. Je n'en ai que pour quelques minutes.

Le conducteur hocha la tête et arrêta le moteur.

Au portail, Tyler montra son passeport.

— Miles Benson a pris rendez-vous pour moi.

Le garde désœuvré vérifia ses papiers, lui tendit un casque de chantier et lui fit signe de passer.

La Gordian avait effectué une mission pour une aciérie d'Araco en Bulgarie, et Miles connaissait donc son propriétaire. Miles semblait disposer d'une ressource inépuisable de contacts, mais Tyler ne s'en plaignait pas. C'était justement ce talent relationnel qui avait fait de la Gordian ce qu'elle était.

Et cela facilitait d'autant le projet actuel de Tyler.

Il n'était pas certain de savoir exactement pourquoi il n'avait rien révélé à Dilara. Il se disait qu'elle n'avait pas besoin de le savoir, mais au fond de lui il savait que c'était parce qu'il ne voulait pas la mettre de nouveau en danger. Il avait déjà perdu une personne qu'il aimait. Même s'il ne savait pas s'il était vraiment amoureux de Dilara, il tenait à elle, et les événements des deux dernières semaines lui avaient appris qu'il n'était pas prêt à prendre le risque de perdre quelqu'un à qui il tenait.

L'intérieur de la fonderie était suffocant et la chaleur du haut-fourneau le frappa comme le soleil d'un après-midi d'été à Phoenix. Il grimpa à une échelle jusqu'à une passerelle. Quand il se trouva au-dessus d'une des trémies contenant du fer en fusion, il sortit de sa poche l'amulette de Sem.

L'ambre luit à la lueur du feu, révélant les contours de l'amphibien qui avait failli provoquer l'extermination de l'humanité. Quand Tyler avait jeté l'autre globe d'ambre à Ulric, il avait parié, au vu de la situation, que celui-ci ne prendrait pas le temps de l'examiner soigneusement, et Tyler ne voulait pas courir le risque que l'amulette soit retrouvée au moment des fouilles du site. Quelqu'un aurait pu l'utiliser pour fabriquer à son tour une arme biologique mortelle. Il ne voulait pas voir ses efforts finalement réduits à néant.

Personne ne savait que Tyler possédait encore la véritable amulette, pas même Dilara ni Grant. Si les militaires avaient appris qu'elle se trouvait en sa possession, ils l'auraient récupérée avant même qu'il monte dans l'avion pour rejoindre Istanbul.

Tyler contempla l'amulette une dernière fois, fasciné qu'une chose si simple et si belle puisse se révéler si dangereuse, puis il la jeta dans le fer en fusion. L'orbe prit feu et disparut dans le métal liquide à mille cinq cents degrés. Le prion était enfin détruit.

Il redescendit et rendit le casque au garde du portail. Son téléphone portable sonna. C'était Miles Benson.

— Merci de nous avoir logés au *Four Seasons*, Miles.

— Tu parles. Vous l'avez bien mérité. Nous allons éviter toutes les poursuites judiciaires pour l'affaire du camion minier grâce à toi. Cela ne va pas coûter un sou à la Gordian, tout sera payé sur les biens d'Ulric. Tu as pu aller à la fonderie ?

— J'en sors à l'instant.

— Je suppose que tu ne veux pas m'expliquer pourquoi tu avais besoin d'y aller ?

— Je te le dirai quand nous nous reverrons d'ici à une semaine.

— Je vais sans doute avoir besoin que tu écourtes tes vacances. Tes dernières escapades nous ont valu une belle publicité chez les militaires et les forces de police. J'ai quelques nouveaux projets sur le feu, et tu serais l'homme parfait pour ces jobs. Grant est toujours à l'hôpital ?

— Je m'apprête justement à aller le chercher, il sort aujourd'hui.

— Eh bien, dis-lui d'arrêter de flemmarder au lit. J'ai besoin de vous deux.

Tyler réprima un éclat de rire. Miles savait comment exploiter la moindre occasion de faire du profit.

— Désolé, Miles, je ne t'entends plus. La réception est mauvaise. Je te rappelle dans quelques jours.

— Tyler, tu as une idée du paquet de pognon que… ?

Tyler raccrocha et coupa la sonnerie de son téléphone. La Gordian et le reste du monde pourraient survivre une semaine sans lui. Il avait besoin d'un peu de temps pour se reposer.

Tandis qu'il ouvrait la porte du taxi, il sentit quelques gouttes de pluie sur son visage, alors que les nuages achevaient de se dissiper. Il leva la tête et se demanda comment Dilara interpréterait le phénomène qui se déployait dans le ciel. Son existence avait une explication scientifique parfaitement rationnelle, mais au vu de leur récente aventure, Dilara lui accorderait certainement une autre signification.

« Je mets mon arc dans la nuée et il deviendra un signe d'alliance entre moi et la terre. »

Tyler prit un instant pour apprécier le spectacle, qui lui rappela combien la vie était brève et qu'il fallait savoir s'arrêter de temps en temps pour apprécier la beauté de la nature. Et peu importe qui ou quoi en était responsable, c'était bien là le plus bel arc-en-ciel que Tyler avait jamais contemplé de toute sa vie.

Postface

Dans un thriller contemporain, il n'est pas toujours facile de savoir quelles technologies ou quels endroits sont réels ou non. Si tel est bien le cas dans *L'Arche*, je prendrai cela comme un compliment, car cela signifiera que j'ai bien fait mon travail et que j'ai rendu ces différents éléments crédibles, du moins dans le cadre de cette histoire. Pour ceux qui en sont curieux, je prends ici le temps de détailler ce qui est vrai et ce qui ne l'est pas (pour le moment).

Les prions provoquent effectivement différentes maladies, et notamment la maladie de la vache folle. Ce qui rend les prions fascinants, c'est qu'il ne s'agit pas d'organismes vivants. Ce sont des agents infectieux constitués de protéines complexes qui ont pris une forme anormale. Les maladies qu'ils provoquent sont particulièrement effrayantes parce qu'elles sont incurables et toujours mortelles. Jusqu'à présent, aucun prion capable d'affecter l'intégrité cellulaire n'a été découvert. L'Arkon est évidemment une invention, mais les prions restent mal connus. Espérons que l'Arkon demeure à jamais du domaine de l'imaginaire.

Certaines technologies utilisées par Tyler et la Gordian n'existent pas. Le système G-Tag de classification des débris d'un *crash* aérien, le système de reconnaissance vocale qui projette du texte sur les lunettes d'Aiden MacKenna et le système de cartographie 3D utilisé dans l'arche relèvent de la fiction, mais ces technologies n'ont rien de scientifiquement impossible. Il existe peut-être des technologies similaires, mais je n'en ai pas trouvé trace. Le fauteuil roulant iBOT utilisé par Miles Benson est en revanche réel ; il s'agit d'une technologie développée par Dean Kamen, l'inventeur du Segway.

L'*USS Dunderberg* était un navire cuirassé de l'Union qui, avec sa coque en bois de cent quinze mètres de long, est considéré comme le plus grand navire en bois jamais construit. Il est toutefois bien loin des cent quarante mètres supposés de l'arche de Noé. Certains affirment que la goélette *Wyoming* était le navire en bois le plus long avec ses cent quarante mètres, mais il faut savoir qu'il s'agissait de sa longueur depuis la pointe du mât de beaupré jusqu'à celle de l'espar d'artimon. Le pont en lui-même ne mesurait que cent sept mètres de long, par conséquent sa coque était plus petite que celle du *Dunderberg*.

L'Arche fait référence à plusieurs catastrophes réelles. L'avion privé de Payne Stewart s'est effectivement écrasé comme décrit dans le roman, et un plombier sans emploi a bien semé le chaos dans San Diego à bord d'un char d'assaut volé. La tragédie fut évitée par le vol de la British Airways 747 qui vit s'éteindre ses réacteurs après être passé dans un nuage de cendres volcaniques. L'équipage réussit à redémarrer les réacteurs et put atterrir sans encombre.

La plupart des véhicules utilisés dans *L'Arche* existent bien. Le camion minier Liebherr est le plus gros du monde et la voiture électrique Tesla existe réellement, encore qu'à ma connaissance une Tesla ne soit jamais passée sous les roues d'un Liebherr. Et même si la *Nouvelle Genèse* est un navire de fiction, de nouveaux paquebots de croisière géants, tels que l'*Oasis of the Seas* de la Royal Carribean, un mastodonte de 220 000 t, sont lancés chaque année.

Les panneaux de polycarbonate deviennent effectivement friables quand ils sont recouverts d'acétone, ce que j'ai appris en lisant l'excellent ouvrage de Mark Eberhart *Why Things Break*. Je laisse aux chasseurs de légendes urbaines le soin de vérifier cela.

La « Massive Ordnance Penetrator » ou MOP a déjà été testée, et cette bombe devrait bientôt rejoindre l'arsenal de l'Air Force.

Khor Virap est bien un magnifique monastère et un lieu saint de l'Arménie situé au pied du mont Ararat, et ressemble à sa description dans le livre.

L'arche de Noé pourrait bien être réellement une caverne abritant un immense trésor, mais jusqu'à sa découverte, cela restera une simple hypothèse.